国家社会科学基金项目（05XZW001）成果

广西大学"211四期"重点学科群——区域文化传承
创新与交流研究学科群研究成果

梁　扬　谢仁敏　等 ◎著

清代广西作家群研究

QINGDAI GUANGXI ZUOJIAQUN YANJIU

中国社会科学出版社

图书在版编目(CIP)数据

清代广西作家群研究／梁扬，谢仁敏等著 . —北京：中国社会科学
出版社，2014.9
ISBN 978 - 7 - 5161 - 4095 - 6

Ⅰ.①清… Ⅱ.①梁…②谢… Ⅲ.①作家群—研究—广西—清代
Ⅳ.①I209.967

中国版本图书馆 CIP 数据核字（2014）第 056662 号

出 版 人	赵剑英
责任编辑	张　林
特约编辑	金　泓
责任校对	高建春
责任印制	戴　宽

出　　版	中国社会科学出版社
社　　址	北京鼓楼西大街甲 158 号（邮编100720）
网　　址	http://www.csspw.cn
	中文域名:中国社科网　　010 - 64070619
发 行 部	010 - 84083685
门 市 部	010 - 84029450
经　　销	新华书店及其他书店

印　　刷	北京市大兴区新魏印刷厂
装　　订	廊坊市广阳区广增装订厂
版　　次	2014 年 9 月第 1 版
印　　次	2014 年 9 月第 1 次印刷

开　　本	710×1000　1/16
印　　张	44.25
插　　页	2
字　　数	705 千字
定　　价	118.00 元

凡购买中国社会科学出版社图书,如有质量问题请与本社联系调换
电话:010 - 64009791

目　录

自 序

梁 扬

三十多年来，国内学术界对地方古籍整理和地域文学研究越来越重视，两个方面的工作都取得了长足的进展，出现了不少新的学术生长点和热点，不断推出新的成果。地方古籍整理的成果，为地域文学研究提供了依据和基础；地域文学研究的成果，则是地方古籍整理的价值体现的最重要标志之一。广西的地方古籍整理和地域文学研究工作的发展，也与全国同步。

在 20 世纪 80 年代，广西地方古籍整理的最重要成果是莫乃群先生主编的《桂苑书林》大型丛书。广西地域文学研究的成果，则主要有专题论文 12 篇、专著 2 部。即毛水清《桂山漓水写襟抱——谈李商隐在桂林》（学术论坛 1980.4）、梁扬《镇安府任上的赵翼》（广西大学学报 1981.1）、梁扬《袁枚与广西》（广西大学学报 1981.2）、梁扬《赵翼在镇安府》（学术论坛 1981.4）、毛水清《瘴雨海棠写归魂——谈宋代词人秦观在广西》（学术论坛 1982.3）、丘振声《论临桂词派》（学术论坛 1985.7）、梁超然《唐末五代广西籍诗人考论》（广西社会科学 1986.3）、丘振声《浩气长存山水间——瞿式耜、张同敞风雨桂林吟》（学术论坛 1987.5）、梁超然《略论〈粤西诗载〉的史学价值与美学价值》（广西民族学院学报 1988.4）、韦湘秋《博学多才的龙启瑞》（学术论坛 1989.1）、丘振声《试论壮族诗人韦丰华的诗论》（广西民族学院学报 1989.3）、梁超然《晚唐桂林诗人曹唐考略》（广西师范大学学报 1989.4）；欧阳若修、周作秋等《壮族文学史》（广西人民出版社 1986）、梁超然《八桂诗人论及其他》（广西人民出版社 1988）。

进入 90 年代以来，广西地方古籍整理的成果主要有广西少数民族古籍整理出版规划领导小组主编《广西少数民族古籍丛书》，曾德珪编《粤西词载》，蒋钦挥主编《全州历史文化丛书》，杨东甫编《八桂千年游：古代广西旅游文学作品荟萃》，余瑾、梁扬主编《广西地方古籍整理研究丛书》等。广西地域文学研究的成果，主要有韦湘秋《广西百代诗踪》，梁庭望《壮族文学概要》，周作秋、欧阳若修等《壮族文学发展史》，张利群《词学渊粹——况周颐〈蕙风词话〉研究》，韦湘秋《广西历代词评》，张维、梁扬《岭西五大家研究》，梁扬、黄海云《古道壮风——赵翼镇安府诗文考论》，张维《清代广西古文研究》，王德明《广西古代诗词史》，张明非等《广西古代诗文发展史》，钟文典、刘硕良主编《中国地域文化通览·广西卷》等；研究论文则更多。

　　广西大学文学院（前身为中文系）一直积极参与广西地方古籍整理和广西地域文学研究，并把这两项工作与研究生培养有机结合起来。从1993级到2006级的十多年间，文学院的古籍整理方向（含汉语言文字学、中国古代文学、中国古典文献学三个专业的相关方向）的硕士生导师，结合自己的学术专长和科研方向，先后指导了72位硕士研究生，完成硕士学位论文72篇。这些论文，均为在导师指导下精选广西本土作家或旅桂作家及其作品为研究对象，搜集、整理成各家诗文别集校注本，并对作家生平及创作进行初步的研究。"大家面对广西古籍这座蕴蓄丰厚却有待开发的南国特色宝藏，这方久经岁月侵蚀而亟需抢救的不可再生资源，以当代学人的一种近乎神圣的责任感、使命感和紧迫感，甘坐冷板凳，满怀热心肠，共同投入广西地方古籍整理研究工作，而且十七年如一日，专注地尽力做好这项事业。"（梁扬《广西地方古籍整理的历史、成就和价值——〈广西地方古籍整理研究丛书〉总序》，《广西大学学报》2010.5；《广西地方古籍整理研究丛书》，巴蜀书社2011）共整理出了98家122种作家别集校注本。包括宋代1家，明代6家，清代91家；本土81家计105种，旅桂17家计17种；男62家计86种，女36家计36种。

　　其中，由我指导完成的作家别集校注本共有59家计78种。即：临桂朱琦《怡志堂诗文集》、临桂龙启瑞《经德堂诗文集》、临桂朱依真《九芝草堂诗存》、藤县苏时学《宝墨楼诗册》、临桂罗辰《芙蓉池馆诗草》、苍梧邓建英《玉照堂诗钞》、全州蒋琦龄《空青水碧斋诗集》

（与潘琦合带）、临桂况澄《西舍诗钞》（与潘琦合带）、容县王维新《萋猗园初草》、《峤音诗》、《丛溪集》、《十省游草》、《宦草》、《海棠桥词》、《红豆曲》（以上7种合为《王维新韵文集》）、临桂倪鸿《桐阴清话》、容县封祝唐《味腴轩诗稿》、临桂况周颐《存悔词》、《新莺词》、《玉梅词》、《锦钱词》、《蕙风词》、《菱景词》、《玉梅后词》、《二云词》、《餐樱词》、《菊梦词》、《秀道人修梅清课》、《补遗集》（以上12种合为《况周颐词集》）、临桂倪鸿《退遂斋诗钞》、全州蒋冕《琼台诗话》、马平王拯《茂陵秋雨词》、临桂龙启瑞《汉南春柳词钞》、龙启瑞续室何慧生《梅神吟馆词草》、平南彭昱尧《彭子穆先生词集》、苏汝谦《雪波词》、临桂龙继栋《槐庐词学》（以上6种合为《岭西五家词》）、全州谢良琦《醉白堂诗文集》、陆媛等35家《广西清代闺秀诗》；江苏常州赵翼《瓯北集》（卷13、14、16）、《檐曝杂记》（卷3、4）（以上2种合为《赵翼镇安府诗文集》）、山东高密李宪乔《少鹤先生诗钞》（与潘琦合带）、江西临川李秉礼《韦庐诗集》、江苏如皋汪为霖《小山泉阁诗存》、浙江绍兴商盘《质园诗集》（卷26—32）（另名为《商盘旅桂诗集》）等。其中，已有11种陆续在中国社会科学出版社、上海古籍出版社、中央民族大学出版社、岳麓书社、巴蜀书社、光明日报出版社、广西人民出版社等正式出版。

由另外6位导师指导完成的作家别集校注本共有39家计44种。即：全州赵炳麟《赵柏岩文集》、全州谢赐履《悦山堂诗集》、全州蒋冕《湘皋集》、梧州吴廷举《东湖集》、临桂蒋启敭《问梅轩诗草偶存》、贺县苏煜坡《萃益斋诗集》、平南黎建三《素轩诗集》、临桂李宗瀛《小庐诗存》、临桂蒋琦龄《空青水碧斋文集》、临桂龙献图《易安堂集》、荔浦潘乃光《榕阴草堂诗草》、苍梧李璲《白鹤山房诗抄》、临桂王必达《豫章集》、钦州冯敏昌《小罗浮草堂集》、桂平崔瑛《琼笙吟管诗余》、苍梧钟琳《咀道斋诗集》、临桂周必超《分青山房诗集》、贵县李彬《愚石居集》、临桂王必达《北上》《过江集》、临桂况周颐《阮庵笔记五种》、临桂周益《树萱草堂集》、临桂王鹏运《王鹏运词集》；广东番禺徐樾《遗园诗集》、江西南康谢启昆《树经堂咏史诗》、浙江仙居吴时来《横槎集》、江西新建蔡希邠《寓真轩诗钞》、浙江会稽衍梅《红杏诗集》、江苏山阳秦焕《剑虹居古文诗集》、浙江会稽衍梅《红杏诗集》、湖南善化唐鉴《唐确慎公集》、江西南康谢启昆《树经堂文集》、江西奉新甘汝来《甘庄恪公全集》、山东益都李文藻《南涧文集》、广东南海何梦瑶《菊芳园诗钞》、河北定州郝浴《中山诗钞》、松江华亭袁凯《海叟集》、松江华亭董传策《奇游漫记》、江西临川李绂《穆堂初稿诗集》、广东南海程可则《海日堂诗集》等。其中，已有7种选入《广西地方古籍整理研究丛书》，由巴蜀书社出版。

　　上述对广西地方古籍文献中作家别集空前规模的整理，在较大范围内为开展广西地域文学的研究打下了基础。同时，在普查古籍整理选题的实践中，我们发现有的著述疑似孤本，且蟫蠹伤残严重，亟待抢救性保护。如容县王维新《海棠桥词》是一部具有珍稀文献价值的词集，南京艺术学院音乐学院张翠兰教授指出："《海棠桥词》是清嘉、道年间广西词人王维新的一部稀见词作，集中的《法曲献仙音·洋琴》是目前所见清词中唯一一首专述洋琴的咏物词。因作者身处边地，词集未刊刻，原作流传不广且抄本稀见，故词作中蕴涵的相关史料在目前所见扬琴研究论著论文中鲜见引用。"（张翠兰《稀见清词中的洋琴史料》，《江苏教育学院学报》2007.6）该词集在广西区内久已绝踪，1986年自治区广电厅邓生才厅长于旧书摊购得一抄本并捐给容县博物馆，2001年我派研究生赴容拍照时因蟫蠹粘连未能摄全，后来我亲往并在馆长协助下将缺页补齐，但蠹洞残字则难以复原。

　　在抓紧进行广西地方古籍整理的同时，我们还积极开展广西地域文学的立项研究。先后进行了广西大学项目《岭西五大家研究》（梁扬、陈自力主持，1996—1998）；广西大学项目《广西地方古籍整理研究丛书》（梁扬主持，2001—2003）；广西社科规划项目《赵翼镇安府诗文考论》（梁扬主持，2004—2005）；国家社科基金项目《清代广西作家群研究》（梁扬主持，2005—2007）；广西社科规划项目《广西地方古籍整理研究丛书》（陈自力主持，2007—2009）；广西桂学研究会委托项目《广西典籍概论》（梁扬主持，2012—2014）；广西社科规划项目《广西乡邦文学文献研究》（梁扬主持，2013—2015）；广西社科规划项目《桂西壮族地区汉文化传播研究》（梁颖峰主持，2013—2015）等。

　　本书即为国家社科基金项目《清代广西作家群研究》的研究成果。

广西文学是中国文学的重要组成部分，清代广西各民族文学是中华古代多民族文苑中的一簇奇葩，也是汉壮等多民族融合，南北、东西文化交流的成果和实证。本书对清代广西作家群体作区域性的考察，主要以作家籍贯所在地分类，列出桂北作家群、桂东作家群、桂中作家群、桂西作家群、桂南作家群等五种群体；然后，又单列出跨地域、有特色的两种——广西桐城派和广西词人群体。通过对广西作家群这一整体内不同地域作家群体或不同体裁文学创作群体的全面研究，从而把握清代广西地方文学发展的脉络和兴盛状况，探讨对广西地方文学发展产生影响的主要因素，并结合全国范围内文学发展的背景，探寻广西地方文学的特色、规律和经验。本书是目前学术界第一部从作家群角度研究清代广西文学的专著，研究对象全面覆盖诗歌、散文、词、竹枝词、散曲、戏剧等几乎所有文体，而且论述作家的数量也是最多的。举凡文学的各类体裁和清代广西较知名的作家，均已囊括其中。

在研究中，我们着重在几个方面进行探索和努力：

一以大量可信的文献资料为依据，注意对有关素材进行梳理、鉴定，坚持言必有据，不作浮华空论。强调所依据的文献资料尽可能用第一手"生料"，少用第二、三手"熟料"，力避照搬他人高密度重复使用过的"腐料"。例如，本书论述荔浦潘乃光为"竹枝词名家"，认为其《海外竹枝词》应是"清代广西唯一写海外题材的竹枝词集"。这个论断便是以文献调查的第一手资料为基础的。因为清代广西竹枝词的创作及文献存佚情况，迄今未见有专门的统计。从多种广西古代文学作品集和广西古代文学史，包括被认为论及广西古代诗人诗作最多的《广西古代诗词史》来看，所论及的广西竹枝词作家和选录的广西竹枝词作品，均未超出 10 家、10 集的范围。而据本书作者近年来的访求辑录，已收集到清代广西竹枝词集 43 家计 56 种（另有 11 家计 14 种，因正在查核待定之中，未计入此数内）。这些丰富的广西竹枝词作家作品文献数据证明：其内容绝大部分是泛咏本地风土，少量为泛咏国内的他处风土，唯独潘乃光《海外竹枝词》是写海外题材的集子。虽是寻常一句判语，背后却是数年求索的艰辛。本书作者还以扎实的文献数据，论证了潘乃光《海外竹枝词》是"国内海外竹枝词中涉及国家和地区最多者"、"涉及国家较多的竹枝词集中唯一根据亲历见闻写作者"，

"以潘乃光《海外竹枝词》为代表的清代海外竹枝词已自觉或不自觉地承担起并完成了反映中外文化交流的历史性文化使命"。然而，对于这样一位竹枝词名家，国内竹枝词研究界对潘乃光的认识却有若干空白点和谬误之处。丘良任《论海外竹枝词》云："《海外竹枝词》，作者署名为寄所讬斋，生平未详。……其自序署名晟初，光绪廿一年三月作于巴黎使馆。"（《长沙水电师院学报》1992.3）似乎并不知晓作者是潘乃光，"晟初"乃为其字。其姓氏字号、生平行迹均详载于《荔浦县志》（顾英明《荔浦县志》卷四，民国十三年刻本）。何建木等《帝国风化与世界秩序——清代海外竹枝词所见中国人的世界观》称："晚清时代的广西荔浦人潘乃光，多年经商、奔波于东南亚一带，足迹远及欧洲。在光绪二十一年（1895）写作了组诗《海外竹枝词》百首。"（《安徽史学》2005.2）竟想当然地断定"潘乃光多年经商、奔波于东南亚一带"，且粗略地称其《海外竹枝词》仅有"百首"。其实潘氏其人终生做他人幕僚，一天也没有经过商；《海外竹枝词》即他作为幕僚随清廷唁慰使王之春赴俄国沿途及期间所作。其词也不止百首，而是逾百二十首。这两点，一查史志，一数词集，便可知晓。

二在以实事求是的态度认真钻研资料的基础上，力求对研究对象作出准确的描述、分析和概括，突出理论探索的原创性，力求理论上有所创新、突破。放眼时代和全国的大背景，兼顾宏观、微观而重在"中观"研究，注意突出作为西部省区的地域性（特别是边远性）和民族性特点。例如，本书在对各区域作家群体形成、创作等进行历时性描述的同时，也注重各群体之间共时性的关联；在探究各作家群体特点的过程中，主要从当时的社会思潮、学术思想和地域文化背景中寻求原因。如桂北地区的理学氛围较浓，受湖湘学派经世思想的影响，桂北作家群的作品中经世致用的内容尤其丰富；桂东地区则更多地受岭南文化的影响，心性之说深入人心，因此作品风格更为飘逸空灵。本书作者论述桂南壮族作家群的思想倾向复杂性、矛盾性时指出："其原因与壮族作家群的特殊处境直接相关。其一，壮族文人学习汉文化具有一定的被动性，大多以吸纳接受为主，而这些思想中的矛盾倾向，其实在汉人士大夫身上本来就或隐或显地存在着。其二，壮族文人虽然努力学习汉文化，但缘于诸多主客观条件的限制，他们比起中原纯熟的汉文化而言还有一定的距离，因此其上升的空间有限，人生境遇多不如意；而另一方面，比之普通百姓，他们的地位又略显优越。这种微妙的处境，是其思想矛盾性滋生的又一源头。其三，桂南处于中法战争和多次农民反抗运动的前沿，文人们对国家大义和忠君观念有着更为直接的切身体验。一方面，他们出于坚定的爱国观念，对清政府在外交政策上的失误之处颇为不满，以致语多批判；另一方面，又缘于保守的忠君思想，对农民的反抗运动持反对态度。总之，多种因素的纠合，促成了其思想的矛盾性和复杂性。而这些复杂因素，也影响着他们的诗文观，并进而影响到作品的艺术特点。"在分析清代诗文派别林立的彼时环境中，壮族诗人为何都不约而同地选择了"性灵"派而放弃其他创作学派的原因时，有的学者认为："这是因为袁枚的'性灵'说在当时最为流行，影响也最大，追随者无数；加上袁枚、赵翼等人久负盛名，并且都到过广西，壮族文人对之追慕崇拜，故奉其为诗歌楷模。"而本书作者认为："这或许是壮族文人崇尚'性灵'的一个重要因素，但绝不是关键因素。因为郑献甫、韦丰华等人在袁枚去世后才出生，而到了清后期，'性灵'学说被世人大加批判，袁枚更是'嘲毁遍天下'，甚至'前之以推袁自矜者皆变而以骂袁自重'，但此时壮族诗人们还是一如既往地坚持'兴来聊写性灵诗'，提倡书写真性真情。那么，什么才是决定性因素呢？这还得回到壮族文人的自身特点来考察。壮族人素以善歌而著称于世，而壮歌自然天成，朴实诚挚，强调抒发内心的真情实感，可算是诗歌中的'质朴派'，这一特点恰好与'性灵'派的主张相契合，因此，壮族文人以己之长来学习汉诗，这是非常自然的选择。若是选取翁方纲的'肌理说'，以学问为根底，强调以才学为诗，那么以壮族文人当时相对较薄的文化底蕴，恐怕作起诗来困难不小。"这应更为实事求是，合情合理。

三注重多学科的交叉融合与综合考察，采用多种研究方法，立足学术前沿，拓宽学术视野，纵横交错地展开尽可能全面的论述。例如，本书从文化传播学的角度分析王维新散曲所反映的府、县学授课的方式和内容，认为在桂西民族地区传播汉文化的过程中，王维新既是传播信源和行政管理者，又在自己的曲作中反映了这一过程。因此，王维新的这一部分散曲作品，堪称清代桂西壮族地区汉文化传播的实录，具有重要的地方历史文化文献价值。又如，本书作者指出：赵翼的人口论，始于出知镇安府时的所见所思："我行万里半天下，中原尺土尽耕稼"；来到"地当中国尽，官改土司流"的镇安，"只拟此中非世界，谁知鸡犬亦相闻"。随着人口剧增，到处开发，"昔时城外满山皆树，今人烟日多，伐薪已至三十里外"；"三两茅棚嵌碧螺，坡边荞麦水边禾。万山深处都耕遍，始觉承平日已多。"此时的赵翼已经意识到土地紧缺是由承平日久、人口骤增引起的。"遥山最深处，想必无人居。一缕炊烟起，乃亦有室庐。始知生齿繁，到处垦辟劬。虎豹所窟宅，夺之为耕畲。尚有佣丐者，无地可把锄。民生方愈多，地力已无余。不知千岁后，谋生更何如？"随着原始森林日渐萎缩，虎群不时入城觅食，赵翼曾亲自组织打虎安民，同时开始认识到人口激增带来的弊端，以及这一问题的严重性和"天心也愁"的解决难度："五风十雨惠民深，物产犹难给釜鬵。到此天心纵仁爱，也愁力薄不从心。"此后，他的思考逐步深入，形成了解决人口问题的基本框架："太平生齿日蕃昌，不死兵戈死岁荒，天为疏通人满患，可知国运正灵长"，通过天灾人祸达到减员；"勾践当年急生聚，令民早嫁早成婚。如今直欲禁婚嫁，始减年年孕育蕃"，通过晚婚、晚育控制人口增长；"更从何处辟遐陬，只有中郎解发邱。或仿秦开阡陌例，尽犁坟墓作田畴"，推平坟墓以增加耕地；"海角山头已遍耕，别无余地可资生。只应钩盾田犹旷，可惜高空种不成"，斗胆提出将皇家园林翻为耕地，并想到了如何向高空发展这个几百年后的热点问题！以往，洪亮吉的《治平篇》被视为我国乃至世界上最早的人口专论，但事实上赵翼的人口论比他早22年，更比英国的马尔萨斯早27年！

四注意打破常规，克服思维定势，不断拓展研究的新题材、新领域，务求独具慧眼，别开生面。例如，桂西镇安府是清代广西13个府中唯一没有作家别集传世的一个府，属于文化发展最滞后地区，以往学界极少关注过此间文情。本书作者论述陆续进入镇安地区的文人官员如傅堅、商盘、赵翼、汪为霖、李宪乔、刘大观等人的作为时指出，他们重视文教，观风俗，施礼教，在行政治理和文学创作的同时，致力于在桂西推广中原先进的汉文化，有的还捐俸办学，亲自授课。如镇安知府商盘"甫下车，即进诸生课于庭口，讲指画无倦容。镇俗言语侏僷，习试帖者均不谐平仄，盘训以开口合口、唇轻唇重辨音法。生儒环侍而听者，称为商夫子云"。（羊复礼修《镇安府志》，光绪十八年刊本）归顺知州李宪乔"敏明刚断，礼士爱民，尤工于诗。政暇尝以教州人士。州人粗知韵语，皆宪乔所教也。贡生童毓灵、庠生童葆元皆经其陶育。一时风雅称彬彬焉"。（民国版《靖西县志》）据赵翼记载："广东言语虽不可了了，但音异耳。至粤西边地，与安南相接之镇安、太平等府，如'吃饭'曰'紧考'、'吃酒'曰'紧老'、'吃茶'曰'紧伽'，不特音异，其言语本异也。然自粤西至滇之西南徼外，大略相通。余在滇南各土司地，令随行之镇安人以乡语与僰人问答，相通者竟十之六七。"（赵翼《檐曝杂记》卷三《西南土音相通》）商盘、李宪乔诸大家要教"言语侏𠌯"，"不特音异，其言语本异也"的本地壮族"诸生"或"州人士"学会"辨音法"并"粗知韵语"，写出"风雅彬彬"的汉文诗来，其教学的难度与敬业精神可想而知。也正因为有这样一批学者循吏对汉文化的热心传播，镇安府一带出了一些壮族诗人甚至壮族文学家族。本书作者以具体作品数据证明李宪乔在"政暇尝以教州人士"时的用力之深："或与门下弟子讲学，或同游名胜并创作，或在同品书画时互相唱和。他赋赠诸生的诗作不少，诸如《与诸生》、《示州父老子弟》、《招诸文士》、《游滨山寺》、《归顺书感》、《携黄生鹤立登西城带山，亭子坐竟日，鹤立有诗，予和之》、《与鹤立步访上甲村二黄生》、《下雷土州舍与门人童正一同宿》、《和正一早行》、《汪太守以陈洪绶画韩文公访卢仝卷见赠赋谢并示归顺诸生》、《赠黄生》、《喜雨和门人童正一》、《赠袁生子实（思明）》、《月下送子实》、《九日游太极洞读楚辞，因同其体作歌，命门弟子和之》、《九月十七夜与童正一登怀远楼》、《将去镇安前一夕留赠黄生鹤立》、《叙吟示正一》、《镇安寓舍赠农生大年，并示童正一，即以留别》、《镇安与童正一别后却寄》、《镇安离席听童、曾二生歌诗，音韵凄切，因复留赠（童名毓灵，曾名传敬）》等等。"又以其壮族门生童毓灵的《独秀峰呈颖叔先生》为例，诗中"龙攫虎拏纷无数，中间一峎尤嵸峣"二句中用了三个古壮字：峎，上声下形，即读若当地壮话"巴"音，意指高而尖的石山。"嵸"，左形右声，即读若当地壮话"松"音，意指（山）高；两字叠用，即很高很高。二句以刚健灵动之笔，极写众山簇拥之下独秀峰的险峻奇丽。壮族人写汉文诗偶尔夹用古壮字，对理解诗作并无大碍，反而使笔下景物别具异域风味，更显奇丽怪伟。这些土著壮人用古壮字写诗与国内名家唱和的事例，堪称相映成趣、独特绝妙！

该项目自 2005 年获得立项后，因我于 2006 年 9 月至 2007 年 10 月赴加拿大做高访并讲学一年，影响了项目研究的进度。其后又因项目组成员工作调动等原因，对项目组成员作了调整增补。大家通力协作完成课题的研究工作，于 2011 年下半年提交结题申请。2012 年元月获得结项，鉴定等级为"良好"。附国家社科基金项目评审专家（匿名）意见。

专家一

广西古代、近代作家，有令人注目的创作成果，丰富了中华民族文学大观园。清代广西作家成绩突出，以他们为研究对象，有助于深入审视这一地域的文学创作景观，有助于中国古代、近代文学史的学科建设。该选题，有较高的文学史价值。

该结项成果，对有关文史资料，进行了广泛而细致的收集、梳理、比较、鉴定工作，取其精要，重点突出，来路清楚，令人信服。作者的学术作风，相当严谨；所付劳动，相当艰巨。

全著思路，甚为清晰；篇章架构，自然合理。主要以作家籍贯所在地分类，列出桂北作家群、桂东作家群、桂中作家群、桂西作家群、桂南作家群等五个群体；最后，又单列出跨地域、有特色的两种——广西桐城派和广西词人群体。如此经营，既彰显了个性特征，又便于综合概括，是个好办法。对某一地域的代表性作家，均认真选录，可见推敲之力。

该著写得相当平实，不事张扬，以文史资料说话，恰如其分地进行评析，显得比较沉着。对于清代广西的几位重要作家——朱依真、张鹏展、吕璜、王维新、郑献甫、王鹏运、况周颐等，均有平稳、中肯的评述，颇富功力。

要之，该结项成果内容丰富，有独创意义，是一部很好的学术专著。

专家二

地域文化（含文学）的研究是近三十年学术研究发展趋向之一，且有不少值得关注的成果。此项研究成果《清代广西作家群研究》，可以说是这类学术成果中很有分量的著作，其学术建树主要有以下几点。

其一，专著分列七章，全面研究了广西作家群这一整体内不同作家群体或不同体裁文学创作。其研究视野之开阔，其研究范围之广泛，其群体划分之精确，均是前人研究所不及的。可谓是目前学术界在这一研究领域的集大成，是有代表性的重要成果，对该领域内的学术发展贡献大矣。

其二，论著在对广西作家群的文学创作进行探析时，能将其放置在清代文学及文化的发展大背景中进行分析与考察，表现出研究者高屋建瓴的学术眼光。其所论清代广西作家群的特点，把握准确，概括精练，较前人的研究进了一大步，值得充分肯定。

专家三

《清代广西作家群研究》是目前学术界第一部从作家群的角度来研究清代广西的作家及文学创作的著作，选题及研究的角度极具创新性。

在具体的研究过程中，研究者对某些问题提出了很好的意见。例如论述蒋琦龄的散文特点，认为"蒋琦龄无意为文，也不愿意过多地受文法限制，因此，他的大多数作品并不刻意讲求文法"。论述赵翼在镇安府时期的诗歌创作，认为其"抒写性灵最具特色之处是以议论的手法抒写其独特的思想、独具的识见，从而显示出'识高'，'胸中有识'的个性特征"。诸如此类的闪光之处，在本成果中应有不少。

从论述的全面性来说，本成果既论述了清代广西的诗歌，又论述了散文、词、竹枝词、散曲、戏剧等文体，而且论述作家的数量也是最多的。举凡文学的各类体裁与清代广西较有知名度的作家，均已囊括其中。这与目前绝大多数著作均以分体论述的做法和成果相比，有其独到之处。

专家四

《清代广西作家群研究》对清代广西作家群作了比较系统、完整和全面的审视，在研究的视角上主要以区域划分的眼光对桂北、桂东、桂中、桂西及桂南的作家作了全方位的论述。在对每一区域的作家群进行探讨时，既能顾及作家所处的时代背景与社会环境，也能较深入地剖析作家代表作品的思想内涵及表现手法。对相关作家的创作思想与创作手法的判断也较有根据，有较强说服力。在着眼论述区域作家群时，也能做到重点突出。如桂北作家中对清初享誉文坛的谢良琦与谢济世用笔较多，分析也较深入。在对桂东诗人的探析中，重点抓住了"梧州""苍梧""藤县""容县"四地诗人的创作成就与创作风格。不少具体论述颇有见地。对桂中诗人与桂西诗人的研究中也做到了突出重点人物与诗篇，亦能顾及一般诗人。

因此，整个研究显得详略得当，主次有别，安排合理，时见分析的亮点。在主要的区域划分作块状研究的同时，也能嵌入"广西桐城派研究"，加上了一块与其他研究略有区别的以流派特征为前提的广西作家群研究，有利于弥补以区域分块为研究对象的不足，也显示出课题在研究覆盖面上的完整性。

专家们的高度评价是对我们工作的肯定和鼓励。同时，也提供了若干意见和建议。我们参照专家意见又对全稿进行修订润色，终成此书。

本书是国家社会科学基金项目《清代广西作家群研究》（05XZW001）和广西大学"211四期"重点学科群——区域文化传承创新与交流研究学科群研究项目成果。由梁扬负责项目的论证申请，张维参加了论证工作。全书由梁扬设计框架和统稿，谢仁敏协助做了部分统稿工作，梁颖峰负责进行全书文献资料核对。各章节撰稿分工为：

绪　论　第一、二、三节：梁扬；第四节：张维、黄海云、谢仁敏

第一章　第一节：梁扬；第二、三节：张维；第四、六节：谢仁敏；第五节：周永忠、谢仁敏；第七节：阳静、谢仁敏；第八、九节：梁颖珠

第二章　第一、二、三节：谢明仁；第四节：梁颖峰、谢明仁；第五节：谢明仁、梁颖珠；第六节：梁颖珠

第三章　第一、二节：梁扬；第三、四、五、六、八节：谢仁敏；

第七节：梁颖珠

第四章　第一、三、四、五、六节：黄海云；第二、七节：黄海云、梁颖峰；第八节：梁颖峰

第五章　谢仁敏

第六章　张维

第七章　黄红娟、梁扬

我在《〈广西地方古籍整理研究丛书〉总序》中指出："我们的古籍整理研究工作，一直得到自治区领导和社会各界的鼎力支持。莫乃群、李纪恒、潘琦、沈北海、钟家佐、梁超然等同志都曾过问并解决有关问题，有的还直接参与研究生培养工作。黄天骥、钟振振、莫砺锋、康保成、陶文鹏、郑杰文等国内名家对我们的工作多有指导。毛水清、丘振声、顾绍柏、韦湘秋、张业敏、刘振娅、杨东甫、胡大雷、蒋钦挥、周文铮、张再林等区内专家学者先后参与历届学位论文的评审指导工作，倾注了大量心血。"国家社科基金评审专家的鉴定意见，为本书的修改润色进一步提高学术水平，提供了非常重要而中肯的指导。广西大学文学院古籍整理方向的导师和硕士生搜集整理出来的广西历代（绝大部分为清代）作家别集校注本，为本项目的研究工作打下了坚实的基础。广西大学副校长商娜红教授一直很重视和支持地方古籍整理与地域文学研究工作，并为本书出版提供了指导帮助。在此，谨向有关领导、专家和老师、同学们致以诚挚的感谢！

中国国家图书馆、上海图书馆、自治区图书馆、桂林图书馆、自治区通志馆和有关高校、研究院所、文博单位提供了资料查阅之便。此外，本书吸取了海内外许多专家学者的研究成果，大都注明了出处，其中有些为学界所熟知的，为节省篇幅计，不再一一标示，谨作说明。在此，一并致以深切的谢意！

我还要诚挚地感谢中国社会科学出版社编辑中心主任张林女士为本书付出的辛勤劳动，并深谢她多年来对我与友人合作的《古道壮风——赵翼镇安府诗文考论》《中国散曲综论》两书，以及由我推荐的另外两书的高水平审编，这四种学术专著先后都被评为广西社科优秀成果，荣获自治区人民政府的嘉奖。

本书的撰著带有探索性与开拓性，加上在原始资料采集上尚存不少

缺失和自身的水平所限，我们自知远未达到成熟的程度，敬请专家、学者和读者诸君批评指教。

二〇一三年十一月十日于广西大学碧云湖畔寓所

绪　论

清朝建国于 1616 年，初称后金，1636 年始改国号为清，至溥仪下台的 1911 年止，其国运是 295 年，即使是从 1644 年入关（即顺治元年）算起，其国运也长达 276 年。

在这二百多年的时间里，尽管清统治者实行的是民族压迫、民族歧视、文字狱等高压政策，但却不能压制中国人的创造力，中国文化的蓬勃发展，达到了前无古人的地步。例如清代诗歌的创作情况，可称"诗人丛出，诗作如林"。近人邓之诚《清诗纪事初编》所录限于清初 80 年，共收作者 600 人，存诗 2 000 余首。沈德潜《国朝诗别裁集》所选限于乾隆二十五年（1760）前已去世的诗人作品，收入 996 家，存诗 3 952 首。张维屏《国朝诗人征略》60 卷共收 1 095 家作品，且其道光十年重印之《再识》云"兹编所录，不过千百之十一"。而清末徐世昌所辑《晚晴簃诗汇》中著录的诗歌作者达 6 100 余家，这个数字超过《全唐诗》所收家数的两倍半，但还远不是清代诗人的总数。清代文化发达的畿辅及江、浙、晋、豫、鲁、湘、皖、鄂、赣、闽、粤、滇、黔、蜀等省区，甚至不少州、府、郡、县，都编刻了地区性的诗歌选集，其中规模较大者如《江苏诗征》、《山左诗钞》及《续钞》与《补钞》、《两浙辅轩录》及《续录》、《沅湘耆旧集》、《粤东诗海》等，都是洋洋上百卷，存诗数千家。另据估计，现存清人诗歌别集在 4 000 种以上。用"浩如烟海"四个字来形容清人诗作，并不为过。[①] 词的创作也成就非凡。严迪昌《清词史》估计清代词人有一万之数，词作超过 20 万首以上。至于散文，

---

① 汪龙麟：《清代文学研究》，北京出版社 2001 年版，第 62 页。

更非唐宋所能比。《清史稿·艺文志》及《艺文志补编》共收清人文集 4 574 种，《清集簿录》著录清人文集近 16 000 家。清代小说、戏剧也极为繁荣。难怪有学者惊叹道："有清一代，文学创作之盛，足以称为中国文学的黄金夕照时代。"①

第一节 清代广西作家的创作概况

广西地处岭南，远离中原，但文化传统却源远流长。自秦始皇经略岭南，以苍梧文化为滥觞，数千年古风遗韵，旷世传来。苍梧秀毓，湘漓灵炳，几多渊云墨妙，笔健才宏。就文学而言，唐宋以降，出现了诸如唐代的曹邺、曹唐，五代至宋初的王元、翁宏、陆蟾、裴说，宋代的契嵩、欧阳辟、李时亮、冯京、周渭、徐噩、秦怀忠，明代的蒋冕、吴廷举、戴钦、张翀、张鸣凤、李文凤、王贵德等有影响的诗人。到了清代，更是名家辈出，佳作涌现，各体兼善。清代文坛以全州的"二谢"和蒋氏三代文学群体开古文、诗歌盛局之先；其后有朱依真与李秉礼、"杉湖十子"、藤县"四苏"、桐城派古文"岭西五大家"、"岭西五词家"和张鹏展、郑献甫、韦丰华、黎申产、谢兰、黄焕中、韦陟云、农实达等壮族诗人，以及竹枝词名家潘乃光、桂剧先驱唐景崧、散曲大家王维新、文论家廖鼎声和倪鸿等，各领八桂文坛之风骚；最终以名列词坛"晚清四大家"半壁江山的王鹏运和况周颐及其代表的"临桂词派"，蔚成广西文坛的大气象和最高峰，"虽至蛮荒，万里之间，莫不风驰云辏"②。

最早系统载录广西文献者当推清代谢启昆《广西通志·艺文略》。该志所录，始自汉成帝时期的陈钦，止于清嘉庆初年，历时近两千年，存广西人士著作 240 余种，其中大部分为清人著作。其后蒙启鹏《近代广西经籍志》收录闻见所及的桂人著作，凡谢志未收，或虽收而有缺遗者，一并著录；外省人士所写有关广西文献，亦酌予采录，得 450

---

① 季羡林：《20 世纪中国文学研究》，北京出版社 2001 年版，第 1 页。
② 倪鸿：《小清秘阁诗·序》。

余种。20 世纪 30 年代，广西统计局对本省地方文献遗存情况进行普查，"举凡广西人或广西人团体之各种撰著、译述、纂辑、笺注，其已成定本者，悉为甄录"，共得 2 548 种，辑为《广西省述作目录》一书，并对各时代各类别的述作列表说明（见表 1.）。

表 1.

种数 \ 类别 \ 朝代	总类	哲学	宗教	社会科学	语文学	自然科学	应用艺术	艺术	文学	史地	合计
汉	3	1									4
三国	2								1		3
唐									2		2
宋	1	1	2	2					8	19	33
元		1							1	2	4
明	17	15		15		2		3	80	143	275
清	157	62	1	31	14	11	30	13	803	281	1 403
民国	180	45	14	135	29	52	31	12	219	107	824
合计	360	125	17	183	43	65	61	28	1 114	552	2 548

80 年代初，广西民族学院（今广西民族大学）图书馆编《广西历代文人著述目录》，收 819 人著述 1 505 种，兹列简表 2 如下：

表 2.

作家作品 \ 朝代	三国	唐	宋	元	明	清	民国	合计
人数	1	2	8	2	70	622	114	819
种数	1	6	9	2	98	1 078	311	1 505
种数占比	0.07%	0.4%	0.6%	0.13%	6.5%	71.6%	20.7%	100%

从这两种《目录》的统计数据来看，《广西省述作目录》所列文学类述作总数为 1 114 种，其中清代 803 种，占 72.1%；《广西历代文人

著述目录》列著述 1 505 种，其中清代 1 078 种，占 71.6%。均占了历代总数的七成以上。① 如果与清前各代比较，汉、三国、唐、宋、元代均不足总数的 1%；明代较多，但也仅占清代的十分之一弱。

清代广西文人文学有四大亮点。一是出现了不少在全国深有影响的作家作品。如桐城派岭西五大家的古文、王维新的散曲、朱琦的诗、王鹏运和况周颐的词、潘乃光的竹枝词，等等。二是壮族文人文学著述的涌现。清前壮族的文人作品流传不多，更未发现文学性的专集，而清代壮族文人用汉文写作的诗集在 40 种以上，现仍存于世的也有 20 余种。三是女性文学著作涌现。清前广西妇女作品集仅存周洁《云巢集》，清代则有超过 36 种。四是出了一批广西乡邦文学文献整理成果。如汪森《粤西三载》、张鹏展《峤西诗钞》、梁章钜《三管英灵集》、张凯嵩《杉湖十子诗钞》、唐岳《涵通楼师友文钞》、况周颐《粤西词见》、况澄《粤西胜迹诗钞》、侯绍瀛《粤西五家文钞》、张凯嵩《杉湖十子诗钞》、周嵩年《桂海文澜》等。

《峤西诗钞》和《三管英灵集》这两部广西本土诗歌总集，都是先后在道光年间（1821—1850）编成的。《峤西诗抄》为张鹏展以 10 年时间编定，共 21 卷，近 18 万字。收入 250 多位诗人的诗作 2 100 多首，其中壮族诗人 30 位、诗作 360 余首。《三管英灵集》为广西巡抚梁章钜命广西各府、州、县采送乡邦人士诗文集、石刻、地方志、丛书等资料，由彭昱尧、朱琦选辑编成。共 57 卷，约 30 万字，上起唐宋，下至当时（道光二十一年），凡已故广西文人传世之诗皆选录，并注明其里居事迹。共收 567 位诗人的诗作 3 578 首（实际上不只此数，因有些在同一诗题下有多首诗，编者仍算一首）。除掉年代出处居邑未详者 19 人 41 首、闺秀 20 人 202 首、方外 12 人 52 首、流寓 10 人 169 首，其他可确定朝代和广西本籍的诗人有 506 位、诗作 3 114 首。各朝代诗人及作品数可列于表 3：

---

① 以上请参见梁扬《广西地方古籍整理的历史、成就和价值——〈广西地方古籍整理研究丛书〉总序》，《广西大学学报》2010 年第 5 期；余瑾、梁扬主编《广西地方古籍整理研究丛书》，巴蜀书社 2012 年版。

表3.

作家作品　　　　朝代	唐	五代	宋	明	清	合计
人数	5	1	12	73	415	506
首数	91	1	17	456	2 549	3 114
首数占比	2.9%	0.03%	0.55%	14.62%	81.9%	100%

　　在历代诗歌合计3 114首中，清代为2 549首，独占了总数的八成以上。

　　张炯等主编的十卷本《中华文学通史》①，对清代广西作家多有论述。"第四卷·古代文学编"第十八章"嘉庆、道光时期的诗歌与散文"第六节"赵庆熺、王景文的散曲"，在专论清代散曲时仅及赵庆熺、王维新两位大家，其中激赞王维新散曲"大胆地攻击道学，其精神尤为可贵。……写景之作也清新可读，……以清秀为主，也有豪放之作，但往往以豪放之势抒凄凉之情"。"第五卷·近代文学"第四章"鸦片战争时期爱国诗潮"第三节"林则徐、张维屏、朱琦"，将朱琦与林则徐、张维屏两位大家相提并论，对朱琦诗文予以高度评价："他以古文家为诗，而且有以文为诗的特点……尤擅古体叙事。……叙事中稍加点染形容，时入议论，以求澜翻波宕之致。语言洗练老迈，格调凝重。""第五卷·近代文学"第二十六章"南方少数民族文学"第三节"十九世纪文人文学的发展"，将晚清广西诗人郑献甫评为"近代较有成就的壮族诗人"，位列重点评述的七位南方少数民族诗人之首。该节结语还指出："除以上几位比较著名的南方少数民族文人之外，还有一些在本民族或本地区较有影响的南方少数民族文人，如壮族的韦丰华、黎申产、凌应梧、谢兰、黄焕中、蒙泉镜、韦陟云、韦麟阁、赵荣正、农实达、曾鸿燊等。"郭延礼《中国近代文学发展史》② 第一卷第三章第四节专论"朱琦的诗与鸦片战争"；第七章"太平天国的文学活动"专论以广西人为主的太平天国作家；第九章第一节题为"壮族文学史

---

①　张炯等主编：《中华文学通史》，华艺出版社1997年版。
②　郭延礼：《中国近代文学发展史》，高等教育出版社2010年版。

上的一颗巨星：诗人郑献甫"；第二卷第二十一章第三节"壮族诗人黄焕中及其他"，专论壮族诗人黄焕中、韦丰华、谢兰等；第二十九章"近代四大词人及常州派词论的发展"对王鹏运和况周颐均设专节论述，其中第二节题为"近代四大词人之冠：王鹏运"，第七节题为"况周颐及其《蕙风词话》"；第三卷第三十六章第一节"壮族诗人农实达和曾鸿燊"，对农实达和曾鸿燊等进行了专题论述，给予的评价都很高。

从上述两部比较有代表性、权威性的文学史著作对清代广西文学的总体评价来看，无论是在论述的角度、内容和评价的广度、高度方面，还是就其在书中所占的重要篇幅而言，广西文学虽然比传统的文学强省（市）浙江、江苏、安徽、北京、广东等少数地区尚有一定差距，但已明显超越绝大多数省（市），跻身于全国的先进行列，在全国文坛上具有举足轻重的地位。

第二节　清代广西文学创作与前代的关系

清代广西文学的全面崛起与繁荣，是以之前各个朝代的草创与积累为基础的。

广西文化的渊源，早在汉代就有苍梧广信（今梧州）陈钦、陈元父子专攻经学，著《陈氏春秋》、《春秋训诂》，南朝宋范晔撰《后汉书·陈元传》称陈钦"与刘歆同时而别自成家"，东汉著名经学家赵歧在《三辅决录》中盛赞二陈为"《左氏春秋》，远在苍梧"。汉末刘熙南来苍梧讲学，著《释名》27篇，是我国第一部以声训释字义的训诂学著作。东汉末三国初，苍梧广信人士燮是著名经学家，著有《春秋经注》、《穀梁传注》、《公羊传注》等书；他曾任交趾太守，加绥南中郎将，总管岭南七郡，重视办学和学术自由，在其身边形成有影响的学术集团。与士燮同时，苍梧广信出现了著名的佛教学者牟子，其《理惑论》37章是中国最早的佛学经典之作，著名佛学家周叔迦在《牟子丛残新编·序》①中称"汉人所著典籍之论及佛道者，唯此篇耳"。以上表明，广西上古在经学、佛学等学术研究方面曾一度占据全国领先的位置，但这些研究硕果大多已佚失，且未见有文人文学作家作品的记载、遗存。由于上古往往文史哲不分家，我们仍可从某些典籍中保存下来的吉光片羽，例如《后汉书》卷36《陈元传》所收陈元《上疏难范升奏左氏不宜立博士》、《上疏驳江冯督察三公议》两篇政论文高屋建瓴、正反对比、辞华雄辩的风格与艺术，梁僧佑编《弘明集》卷1所载牟子《理惑论》巧设宾主问答、博闻广喻、铺张扬厉、层层深入的善说理惑引人入胜，可以想见当时应有文人文学作品，且其水平当不逊于学术研究太远。

　　及至南北朝时期，桂州（今桂林）作为岭南地域另一个重要的文化中心悄然崛起。该州不仅雄踞湘桂走廊南端要冲特殊地望，且以山山水水天生丽质引得雅士名流向往、来归。刘宋武帝时期，在朝中与谢灵运并称"颜谢"的大学者颜延之出任始安郡（治今桂林）太守。他在独秀峰下专辟"读书岩"，开创了为政以学、以学养政的文化传统，其诗句"未若独秀者，峨峨郛邑间"，也成为桂林山水诗长河的滥觞。隋唐五代时期，因贬官而到桂州的文人学士最多，著名者有褚遂良、张九龄、李渤、郑亚等，其他因仕宦等原因而来桂州的还有李昌夔、元晦、戎昱、李商隐等。其余因贬谪、任官等到广西各地的，如柳宗元、刘蕡到柳州，韩益、郑畋等到梧州，韦挺、柳奭等到象州，王锡、韦陟等到昭州，张直方、宇文融等到龚州、严州，李邕等到富州，宋浑等到贺州，张说到钦州，张大安到横州，等等。他们对广西文学的发展起了重要的示范与推动作用。广西本土作家的创作也渐入佳境，绽放异彩，出现作家群体，也以桂州为最多，计有以"二曹"并称驰名的曹邺、曹唐，同科分列状元、榜眼的裴说、裴谐兄弟，夫妻诗人王元和黄氏，诗人石仲元等；其他还有上林壮族诗人韦敬办、韦敬一兄弟，镡津（今藤县）陆蟾，邕宁钟允章，平南梁嵩，富川林楚材，贺州翁宏等。

　　宋元时期，因被贬谪而到广西的名家也不少，如苏轼、苏辙兄弟曾寓居桂南，秦观编管横州（今横县），黄庭坚编管宜州，曾布流贬宾

---

① 周叔迦辑撰、周绍良新编：《牟子丛残新编》，中国书店2001年版。

州、廉州，邹浩、黄葆光贬居昭州（今平乐县），李周贬流贺州，等等。因任官等原因到广西的名宦循吏、文人雅士则更多，著名者如北宋柳开、米芾、周敦颐、程颢、程颐、陈执中、张岷、陶弼、许彦先、丁谓、吕渭、林遹、李师中、李彦弼等，南宋李邦彦、王安中、李光、李纲、曾几、张孝祥、范成大、张栻、王正功、岳霖、梁安世、方信孺、刘克庄、史渭、谭惟寅等，几近百名，对弘开广西文运其功甚伟。广西本土著名作家则有镡津（今藤县）释契嵩、博白李时亮、贺州林勋、永福状元诗人王世则、藤县三元及第的冯京、桂林欧阳辟、恭城周渭、全州陶崇、宜州壮族诗人区革等；并出现更多的诗人群体，如融州一门三代三进士的覃光佃、覃庆元、覃昌，"博白三公"李时亮、徐䂮、秦怀忠，临桂"三石"兄弟石安民、石安行、石安持，象州壮族双进士兄弟诗人谢洪、谢泽等。

　　到了明代，自然也有不少宦游、贬流文士旅桂并对当地文学的发展继续起示范、推动作用，但这一时期广西文坛的重大变化，是本土作家、诗人及其群体的成批涌现。这表明，经历了从汉代至宋代的长期酝酿、蓄势、发展之后，广西文学进入了快速、全面发展期，广西本土作家、诗人的创作业已更臻成熟。从上述《广西历代文人著述目录》所收819家1 505种著述中各代的占比来看，三国、唐、宋、元四代共13家18种，种数合计占比仅1.2%；而明一代70家98种，种数占比6.5%，比前四代之和翻了5番之强。临桂诗人廖鼎声于同治七年（1868）付印的《拙学斋论诗绝句》，全书198首、论及254人，分总论1首、论唐人诗6首、论五代人1首、论宋人13首、论明人21首、论国朝人74首、补作论国朝人78首、论诗成后自题2首、再题王世则、吕调阳2首。其中总论1首相当于总序，论诗成后自题2首相当于跋，其他是正文。其所论已囊括了广西历史上从唐代至清同治间所有的重要诗人，是一部具有《粤西诗歌发展史》性质的重要文献。廖鼎声在跋语中指出，广西的文化之所以在省外无多少影响，"非以僻远之故"，主要原因在于：一是"文献失据"，从诗歌来说，唐以前的基本上都找不到记载了；二是很多广西人不懂交际，不善于与朝中人士"应援瞻顾"，所以"声气不易通于时矣"。《拙学斋论诗绝句》的《总论》是这样概括的："象郡山川辟自秦，苍梧绝学重前民。如何诗断三唐始，汉魏风谣迹就湮？"诗中认为，早在秦朝入桂治郡时，广西与中原地区的文化交流就开始了，通过对中原文化的传承和融汇贯通，苍梧等地曾出现过文化繁荣，当地文人创作了一批精妙的诗作。可惜的是，由于缺乏记载，至今已难以考索，以至于按传世作品来判断，广西的诗歌史只能从唐朝开始算起了。其中论明人的 21 首咏及明代广西诗人 25 人。例如《蒋冕、蒋昇》："湘皋巨集又琼瑰，二陆双丁信使才。未佟西涯诗法在，风裁岳占重三台。"全州人蒋冕官至首辅内阁大学士，有"理学名臣"之誉，存《湘皋集》等；蒋昇为其兄，官至留都南京户部尚书。《吴廷举》："系狱能成正气吟，刚肠热血自森森。晴窗手把东湖集，感我苍梧正里心。"苍梧人吴廷举官至南京工部尚书，刚直敢言，有《东湖集》等。《戴钦》："秋官垂死杖痕在，往迹令人感不忘。九卷鹿原仍北派，问谁高唱和仙郎。"马平（今柳江县）人戴钦官至刑部郎中，因国事直谏被廷杖垂死，有《鹿原集》等。《王贵德》："都峤山人传集剩，麻阳政绩亦堪夸。秋怀跌宕关河老，惆怅戎州拂剑花。"容县人王贵德号都峤山人，曾任湖广麻阳县令，有政声，存《青箱集剩》。《张鸣凤》："羽王著述富堪珍，配得名姝句亦新。不解云巢诗在否，汪寨萧艾误斯人。"临桂人张鸣凤字羽王，官至应天府通判，"以直道三黜"，受诬入狱。一生著述甚富，有《桂胜》16 卷、《桂故》8 卷、《浮萍集》、《东潜集》、《河垣稿》、《谪台稿》、《粤台稿》、《漕书》8 篇、《西迁注》1 卷等，晚年受广西巡抚蔡汝贤委托编修《广西通志》，未终病卒。以上所咏诸人，均为明代广西有名诗人。

明代广西本土作家、诗人众多，足以供按地区论列。其中，桂北除"二蒋"、张鸣凤外，尚有黄骥、陈宣、张溮、蒋曙、曹学佺、谢良瑾、杨鉴、杨清、时之华、陈经宗、蒋佳徵、章极、吕景蒙、章润、张沛、袁启翼、黄献、袁明泰、唐瑁等。桂中除戴钦外，尚有佘勉学、佘立、徐养正、张翀、孙克恕、龙文光、周琦，与戴钦并称为"柳州八贤"，而戴居首位；此外还有罗之鼎等。桂东除吴廷举、王贵德外，尚有张溮、袁崇焕、马文祥、甘泉、文国华、龙国禄、陈昶、何诹、梁台玉、张廷纶、杨乔、尹志、冯承芳。桂西有岑业、高应旸、陈愚、张直之、李文凤等。桂南有萧云举、黄凤翔、李璧、黄子来、陈瑾、邓镳、张可兰、钟荣辉、任信等。

明代乡邦前贤们掀起的文学创作高潮，为清代广西文学的全面繁荣奠定了坚实的基础。清代广西本土作家、诗人们在自己的作品中，也常常提及前代乡贤们的经验与遗泽，引为自豪并感念追怀，其中的明代乡贤就是重点对象，因为明人对清人的影响是最直接、最深刻的。这种影响有多方面的表现。一是本土先贤优秀作品的示范作用，使当地后学觉得更亲切易学，因而群起效法，使一些地方出现了写作题材、艺术风格相近的现象，有的就因之形成作家群体、流派；二是本土先贤树立了好学善写的传统，不仅诗书传家，造就书香门第甚至名门望族，特别是诗文名家或学术大师的引领作用，还风尚所及带动一方，蔚为创作风气与文化传统，逐渐形成以家族或地方为特征的作家群；三是科举考试的指挥棒效应，本地前贤"学而优则仕"，直接刺激、鼓舞着后代学子到官办或民间书院求学，或听私人、名流讲学，并争相废寝忘餐苦读，呕心沥血创作，促进了一些以名节相尚、以声誉并称或不名一派、独具特色作家的出现，有的则是以师生、同门为纽带形成的作家群。由于这些影响的共同作用，再加上清代广西边地开发提速，经济较快发展，社会持续进步，南北内外文化交流加剧，与中原先进省份差距缩小等大背景，于是出现了清代广西本土"作家诗人丛出，作者群体如林，作品喷涌如潮，艺术风格纷呈"的全面繁荣景象。

第三节　清代广西作家的划群及其分布

作家群体的划分，可以有多种角度和方法。按时代的，如赵永纪《清初诗歌》①；按身份的，如清康熙年间卓尔堪编选《遗民诗》；按理论主张的，如刘世南《清诗流派史》②、王英志《性灵派研究》③；等等。但是，最常见的还是按地域来划分。

地域与文学具有极其密切的关系。地域不是仅从自然的或人文的某

①　赵永纪：《清初诗歌》，光明日报出版社1993年版。
②　刘世南：《清诗流派史》，人民文学出版社2004年版。
③　王英志：《性灵派研究》，辽宁大学出版社1998年版。

一方面对文学产生影响，更不是仅从物质的层面对文学产生影响，它的影响也并非平面的（比如自然影响等）或单一的（比如水乡、山地、海滨、平原之类的影响），而是一种多层次、综合性的影响。此外，我们从事文学的地域性研究或者说是地域文学的研究，最终目的是要从地域的角度来研究文学，探讨地域及地域文化对文学的影响，研究在地域及地域文化的影响下文学的发展规律，以便丰富、深化文学和文学史的研究，而文学的发展在很大程度上也有赖于地域文化的丰富多样性。美国著名人类学家克利福德·吉尔兹认为，地方文化和地域文学研究的意义之所以重大，这不仅在于对地方文化和地域文学的认识，"更在于从这一认识开始，它便为我们描述出更加复杂而多样化的文化场景；而这一场景可能又从思想观念上颠覆从前文化大一统和文学大一统的美好蓝图，因为地方性知识对于传统的一元化知识观和科学观具有潜在的解构和颠覆作用"。① 他的这一论述，有助于我们加深对地域文学和地方文化研究的意义的理解，并从更为广泛而深入的角度去认识文学史和文化史。

由此看来，"地域"应是个立体的概念，自然地理或自然经济地理可能是其外在浅层的东西，再深一层如礼仪制度、性情秉性、风俗习惯等，而处于核心深层者则是心理、价值观念等。它们都从不同方面对文学产生影响。因此，按地域又可以有空间的、自然的、社会的、政治的、文化的多种划分方法。但从学术研究的实际来看，还是行政的（政治的、社会的）和文化的划分法最值得重视，也最为常见。近年来出现的地域文学研究成果即大都采取这种方式，或以行政区域（最常见的是以省、市为单位的文学史），或以文化区域（例如岭南、巴蜀、荆楚、吴越、河洛、关陇、齐鲁、燕赵、东北之类的文学史）来划分。

黄华表即是从作家的地域分布来分类的，他在《广西文献概述》中讨论清代广西作家群时指出："平心而论，桂诗之视粤，狎主齐盟，殊为未可，顾已附庸蔚为大国。今为便利叙述起见，权分之为桂全诗

① ［美］克利福德·吉尔兹：《地方性知识——阐释人类学论文集》，王海龙译，中央编译出版社 2004 年版。

派、高密诗派、浔州诗派、梧州诗派、柳州诗派、玉林诗派、平乐诗派、南宁诗派等，每派略举数人为代表，非谓各地之诗人，便尽于此也。"①

黄华表的分群法，除了"高密诗派"是按理论主张的标准来分类以外，其余均依作家的籍贯所在地区来分类。严格而言，这种分法并不科学，因为即使出生在同一地区，情况起码有两点不同：一是做官的地方不一定相同；二是创作的形式、内容、风格等也不一定相同。但是，自春秋以来，中国的知识分子一直把"诗言志"作为经常讨论并实践的主题，孔子、荀子等儒家大师以及儒家经典更多所称引。这种把诗歌的功能和道德联系在一起的观点，在封建社会里，是合理的不刊之论。正因为如此，诗歌一直成为中国文学的"正宗"，而中国古典文学里，最为发达昌盛的也是诗歌，这是一。其次，中国人一贯有着强烈的地理意识，如"中国者，天下之中也"，这既是文化学的中心意识，更是地理学的中心意识。因此，从这两方面来说，黄氏的分法又是不无道理的。

本书参照黄华表的分群法而多加变通，把清代广西的作家群按地域分布，分为桂北作家群、桂东诗人群体、桂中诗人群体、桂西作家群、桂南诗人群体等五个群体，每个群体各占一章。在按区域作板块进行研究的同时，又嵌入以流派或文体特征为前提的"广西桐城派研究"、"广西词人群体研究"，各占一章，以弥补按区域分块为研究对象的局限与不足，确保在研究覆盖面上的完整性。这里所说的"按地域分布"分群，并非完全按作家的出生地来分，同时还考虑到作家实际交往的疏密情况。例如王拯为马平（今柳州柳江县）人，但其生平更多是在桂林参与"杉湖十子"的诗歌创作活动，则归入桂北作家群论列；又如倪鸿为临桂人，但自幼随父"侍客广州"，长成后就地为官，又去粤适闽，跟桂北文人少见联系，却跟广东及相邻的桂东众多文友过从甚密，仅与藤县苏时学即数次会晤，至今尚存两人唱和诗近十首，因此将他列在桂东作家群。

黄华表在同文中还指出："广西人的学术、著作，实至胜清一代，

---

① 黄华表：《广西文献概述》，《建设研究》1931 年第四卷第五期。

质量上（并非数量）始足与广东或中原齐驱并驾，如理学、音韵学、史学、墨学、古文、诗、词及画，或止于一二人，一二书，第论其质量，他省实无以胜。"① 黄氏认为，清代广西与广东或中原发达地区相比，作家人数相对来说是少得多的，但若论作品质量水平，却不乏足可称雄全国者。那么，清代广西的作家群究竟有多少，他们又是如何分布的呢？

科举考试制度是中国封建王朝培养和选拔人才的一种教育考试制度，历来受到学者的重视，而清代的科举考试，还有专门的著作记述，如《清代科举考试述录》等。关于广西的科举具体情况，《广西科举史话》提供了很好的资料：

清代广西文科进士 587 名（含恩赐）。其中，桂林府 298 名，柳州府 27 名，庆远府 5 名，梧州府 52 名，太平府 7 名，南宁府 38 名，浔州府 42 名，平乐府 38 名，郁林直隶州 62 名，镇安府 4 名，思恩府 7 名，泗城府 3 名，廉州府 4 名。

清代广西乡试共举行 100 科，中式举人共 5 075 名。其中，桂林府 2 516 名，属县临桂占有 1 207 名；梧州府 454 名，其属县苍梧却占 134 名。清代全广西解元共 100 名。其中，桂林府 63 名，其属县临桂占有 34 名；梧州府 8 名，其属县苍梧占有 5 名。至于历代科举考试中，临桂、苍梧两县中式进士的人数，无疑也相应多于其他州、县。……由此可以概见临桂、苍梧位于桂北、桂东地区，得天独厚，占有地利之便，而为人才成长设置的温床，提供了条件。因此，临桂、苍梧两地比之社会经济、政治、文化落后，交通闭塞的桂西地区发展得较快，开化得较早，所以它们在科举时代，文风蔚起，人才辈出，获得科名者较多，这是顺理成章而必然导致的结果。②

① 黄华表：《广西文献概述》，《建设研究》1931 年第四卷第五期。
② 梁精华：《广西科举史话》，广西人民出版社 1993 年版，第 125—126 页。

　　这些经过激烈甚至残酷的竞争而中举、登第的读书人，自然都是能文善诗的作家，尽管其中不少人此后主要是以官员而不再是文人的身份名世。而这些进士、举人的地域分布情况，也大体体现了清代广西作家群的分布状况。

　　为了更具体地考察清代广西作家群在地理上的分布，我们以嘉庆二十五年（1820）广西各级政区划分为四个区域，即桂北（包括桂林府、柳州府、庆远府），桂东（包括梧州府、平乐府、浔州府、郁林州），桂南（包括南宁府、廉州府），桂西（包括思恩府、太平府、镇安府、泗城府）的分区法为基础，再加细分并略作调整，分为五个区域。这五区所对应的当代行政区划，桂北为桂林，桂东为梧州、贺州、玉林、贵港，桂中为柳州、来宾，桂西为百色、河池，桂南为南宁、崇左、钦州、防城港、北海。为了在今天广西的版图上再现清代时期广西作家的地理分布情况，这里的"广西"包括了原属于广东的钦廉地区，而排除了原属于广西的怀集县。其余古今政区的变动难以尽述，因此，这一划分仅供大略参考而已。参照 20 世纪 80 年代初广西民族学院（今广西民族大学）图书馆编《广西历代文人著述目录》，列清代 622 家 1 078 种著述，按五个地区列简表 4 如下：

表4.

地区 作家作品	桂北	桂东	桂中	桂西	桂南	合计
人数	248	225	53	20	76	622
种数	496	352	101	21	108	1 078
种数占比	46.0%	32.6%	9.4%	2.0%	10.0%	100%

　　从表 4 中可看出各地区作家、作品的多寡，从而间接了解作家群的分布情况。

　　表 4 所列著述目录均为广西本土清代文人的作品。在清代广西 13 个府（直隶州）中，12 个府（直隶州）均有著述存留，唯独桂西镇安府未见有存，这是广西文学创作发展最为滞后的区域。但在清初"改土归流"以后，随着孔传堂、傅鼐、许朝、赵翼、商盘、汪为霖、李

宪乔、刘大观、羊复礼等一批著名文人纷纷来任知府、知州（县），他们大多重视文教，亲自授课，指导辨音，批阅习作，躬身唱和，带出了一批本土诗人，出现了一种以外来名家主导、本地诗人辈出的可喜景象。这期间也出现了本土壮族诗人的诗集，如归顺州（今靖西县）"二童"兄弟，童毓灵有《岳庐集》、《秋思集》、《宾山集》，童葆元有《皆玉集》，但均已散佚，仅在张鹏展《峤西诗钞》中存录二人诗作数十首。因此，在论述桂西作家群时，将作为特例讲到赵翼等外来作家，但其作品并未列入上表的统计内。

　　在下文的论述中，对诗、文（包括戏剧）并重者称为"作家群"，以诗、词（包括竹枝词、散曲等）为主的称为"诗人群体"。此外，个别跨地域而又极有特色的，则单列专论，此种情况有广西桐城文派和广西词人群体。

第四节　清代广西作家群的特点

　　广西作家的创作，自唐宋特别是明代以来，既有贬流和宦游的著名文人在创作上的不断示范与推动，又有因应本地环境、风光、社会、民俗、文化等因素的综合作用，因而到清代已逐步养成本土作家群丰富多样的创作风格与特色。而到乾嘉之后，由于某些文学流派的风靡全国，广西各地出现了文则桐城、诗则性灵与高密的现象，但各地仍散布着各具风格特色的大小作家群或创作个体，并非个别流派、风格的一统天下。在主要是按地域形成群体之后，各地作家群内又具有若干特点，表现出既有地域特色，又在一定程度上超越地域范围而带有若干规律性的特点。其中最突出的是家族文学群体、旅桂作家群体和壮族作家群体。

一　家族文学群体

　　清代广西家族文学群体的出现，是清代广西文学兴盛和繁荣的重要标志。因为家族文学群体的出现反映了文学创作的自觉性，至少是在一定范围内已形成的自觉意识。这是促进文学发展和繁荣的重要因素，尤其是清代广西家族文学群体的主要代表，是那些已在广西长期繁衍生息、扎根本土的家族。他们经过相对漫长的经济、文化积累，历经几代人的努力经营，形成了一定的家族文学传统，并激励着后人奋发向上，在继承家庭传统的同时又不断丰富其内涵。家族文学群体成为促进清代广西文学发展的一股重要力量，如临桂陈宏谋家族、龙启瑞家族、况周颐家族、朱依真家族、王必达家族，全州谢济世家族、蒋良骐家族，灌阳唐景崧家族，容县封祝唐家族，藤县苏时学家族等。其中较早的、影响较大的是全州谢氏和蒋氏家族。

这些家族文学群体虽各具特色、各有所长，但他们的形成和产生都离不开清代广西这一特定的历史、地理环境，因此探究其中的共同特点，是可能的，也是必要的。清代广西家族文学群体的特点主要表现为以下几个方面：

（一）家族文学群体的形成经历了漫长的累积过程

由于历史上广西是文化相对落后、文学发展相对缓慢的地区，文化、文学积淀相对薄弱，因此，家族文学形成所需的经济、文化等条件，是经历了一个较为漫长的累积过程后，通过几代人的不懈努力和艰苦奋斗创造出来的。

如状元及第出身的龙启瑞，在追溯家族来源时说道："府君讳光甸，字见田，姓龙氏，世为广西临桂人。自始祖庆成公殁于康熙间，始有墓在邑北飞鸾桥。中更变故，莫知其籍之所自来。四世至府君之曾祖，貤赠文林郎，讳镇海；祖，貤赠奉政大夫，讳䎖，皆潜德弗耀。父，貤赠奉政大夫，讳济涛，始以文学起家，由乾隆甲寅恩科举人大挑二等，借补浔州府武宣县儒学训导，推升柳州府儒学教授。"① 也就是说，从始祖庆成公以来，经过六代，到龙启瑞的祖父龙济涛时，才开始真正通过考取功名，进入仕途。正是这种执着和坚守，营造了家族良好的教育和读书氛围，不断累积起家族的文学和文化传统。其重要标志之一就是家族科举的兴盛。

陈继昌评价全州蒋氏家族则这样说道："全州蒋氏，系出蜀汉大司马琬之后，逮入我朝，累世科甲，为桂林望族。自安定公以下官迹卓著，以廉惠称，各见于省邑志。至奉政公，具文武才，笃学力行，尤能

---

① 龙启瑞：《经德堂文集》内集卷四《先大夫事略》，光绪四年（1878）京师刻本。

世其门阀。"① "累世科甲"和"官迹卓著",就是蒋氏一族的身份标志。

　　在家族荣耀这股潜移默化力量的作用下,谢氏和蒋氏家族中的文学佼佼者逐渐闪现,夺目耀眼。康熙二十一年(1682),谢明英与谢赐履父子同时参加乡试,两人均中举,谢明英还是解元。谢赐履后来官至山东巡抚,在清初广西诗坛享有盛誉。而蒋励常、蒋启敭、蒋启敨、蒋琦龄等祖孙三代诗古文皆有名,咸丰年间已成为全国著名的世家大族,令人称羡。②

(二) 家族文学群体中的代表人物对家族具有典范性和凝聚力

　　在家族文学传统形成的过程中,各自涌现了具有代表性的突出人物,成为家族世代传颂和学习的楷模。而通过对家族典范的标榜,激起族人内心强烈的家族认同感,从而强化延续家族文学传统的使命感,并内化为个人的自觉意识,贯穿于人生终始。

　　如全州谢氏家族在雍正朝出现了一位享誉一时的直节之臣——谢济世。他的为人治学,深受家族先贤的影响。谢济世内心充满了对家族先贤的崇敬之情,晚年时候还专门绘制图像,用以激励自己,其中就包括谢良琦、谢赐履等。③ 因为谢良琦、谢济世同以诗古文辞名于乡里,所以后人常将他们放在一起评价。如《广西百代诗踪》将全州"二谢"作为清初诗坛的重要代表列于其首。清末赵炳麟称道本乡古文时,也以二人并称:"国朝吾州古文辞家,翕然称二谢。石臞先生以风华典丽称,梅庄先生以古洁峭直称。"④

---

　　① 陈继昌:《皇清敕授修职郎、融县训导,诰赠奉政大夫、江西定南厅同知蒋公铭》,见蒋励常著,蒋世玢等点校《岳麓文集》前附,广西人民出版社 2001 年版。

　　② 请参见张维《试论家族文化对清代广西古文创作的影响——以全州谢氏、蒋氏为例》,《广西师范大学学报》2010 年第 3 期。

　　③ 谢济世著《梅庄杂著》卷四《跋谢氏先贤像》:"右图谢氏先贤十有五人。……我朝先叔曾祖石臞公良琦,先叔中丞公赐履。或立功,或立言,或立节。"广西人民出版社 2001 年版。

　　④ 赵炳麟:《后记》,见谢济世著《梅庄杂著》附录三。请参见张维《试论家族文化对清代广西古文创作的影响——以全州谢氏、蒋氏为例》,《广西师范大学学报》2010 年第 3 期。

（三）对家族文学前贤的敬仰重在人格气节

从以上分析可以看出，对家族前辈先贤的敬仰，首先是他们的人格魅力和气节风度，其次才是他们的文学造诣。或者说，在品评他们的文学成就时，往往从个性人品着眼，甚至于将文品等同于人品。如蒋崧《岳麓先生文集后序》说："先生为人笃实刚健，性养交粹，故发为文章皆菽粟布帛之言，而不染于月露风云之习，发潜阐幽，无微不至，恒有裨于名教纲常之大，而不以文深阿饰之词以矜才，而别见其为文如此。"① 这虽然有时不免偏颇，或稍显粗略，但也反映出清代广西的家族文学传统和家族的精神内核有着密切的关系。

谢良琦屡遭诬陷，仍坚守洁操，骨鲠磊落，不事权贵；谢济世几度因忠言而获罪下狱，但并不屈从权威，一秉气节，不改率直；蒋励常不苟同官场污浊，宁愿辞官回乡，开席讲学，培养士风，等等。这些都说明他们是注重自身修养，以儒家思想指导人生，讲求气节禀性的直节耿介之士。因此，在文学创作中强调"文以载道"、经世致用也就不难理解了。如谢良琦坚持"文道合一"的观点，认为"文以传道，道以存文，文与道交相维焉"。②

可以说，"经世致用"正是清代广西家族文学传统的精粹，这很大程度上决定了清代广西的诗文风格质实无华、纯朴自然的特点。

二　旅桂作家群体

较早进入广西的外籍著名文人，有唐代宋之问、张九龄、元结、李渤、柳宗元、李商隐等，宋代柳开、苏轼、黄庭坚、秦观、张孝祥、张栻、范成大等。他们的行踪主要集中在以桂林为中心的桂北一带，个别也辐射到柳州（柳宗元）、宜州（黄庭坚）、横州（秦观）、廉州（苏轼）等地。到了清代，外籍文人入桂人数更多，分布的面更广，甚至成批深入到最偏远落后的桂西地区，形成旅桂（西）作家群体。

（一）外省籍文人入桂西与桂西文化的发展

清代广西西部的镇安府、泗城府、庆远府、太平府等是省域境内开

① 见蒋励常著，蒋世玢等点校《岳麓文集》前附。
② 请参见张维《试论家族文化对清代广西古文创作的影响——以全州谢氏、蒋氏为例》，《广西师范大学学报》2010 年第 3 期。

发最晚的地区。桂西与越南交界，地处边陲，地理位置十分重要，历朝政府必须依赖地方势力维护国家边界的完整。汉、唐、宋时期，对桂西一带采取羁縻政策，元、明实行土司制度，清代仍长期保留着土司制度或是土官与流官并治的状态。这项制度曾在一定程度上维护了地方的稳定，巩固了祖国的统一，并促进了南方各民族社会经济的发展，沟通了边疆与内地的联系，尤其在保卫国家领土完整的斗争中发挥了重要的作用。

但是，土司制度对于桂西社会、经济、文化发展的制约很大。在土司制度下，清代桂西社会约分为四个等级：土官及其官族为一等；外来落籍的汉人为二等；服侍土官的人为三等，农民为四等。土官横征暴敛，骄纵跋扈，随意鞭笞杀戮，土民毫无人身保障。桂西一些地方改土归流后，地方土司余势依然强大，土民的人身权利和政治自由还受到很大程度的剥夺。土官规定凡农民、家奴、理发匠、轿夫等人及其子弟，不准参加科考。一般土民也受限制，唯恐考上有了官职而脱去土籍。偶有学塾，只授予《三字经》、《百家姓》、《五言诗》之类。在学塾中出现有较聪明的子弟，土官即强征为童仆，或令其父为公差，使其为法令约束而无法出头。倘读书有所精进，土官更为害怕嫉妒，心怀叵测，导致生命之忧。土司制度下土民以读书为畏途，甘心永世当奴。

乾隆年间著名的史学家、性灵派诗人赵翼任桂西镇安府知府（1767—1770）期间，镇安府已改土归流近半个世纪（1729 年镇安土府改为流府），然属下有一半的行政区域仍未改流，当时的镇安正处于土流并治的状况。赵翼以史学家的识见透过镇安的古朴民风看到土司统治的黑暗与没落。例如，土司可以随意强占土民之女。有狱讼，只是由本族地方官吏来判定，却不敢向朝廷所派的流官申诉。在土官的统治下，土民不得随便迁徙。在文化上压制土民的发展，能应试的大都是土司家族的子弟。赵翼在《檐曝杂记》中有这样的记载："凡土官之于土民，其主仆之分最严，盖自祖宗千百年以来，官常为主，民常为仆，故其视土官，休戚相关，直如发乎天性而无可解免者。粤西田州土官岑宜栋，即岑猛之后，其虐使土民非常法所有。土民虽读书，不许应试，恐其出仕而脱籍也。田州与镇安之奉议州一江相对，每奉议州试日，田民闻炮声但遥望太息而已。"① 在土司制度下，土民受教育的机会对比土官家族及汉人而言很不均等。田州（今田阳县）与镇安奉议州（今属田阳县）相邻，土官岑宜栋允许土民可以读书，却不许应试，从而杜绝土民通过仕途改变世代为土官之仆的命运。

一份统计资料反映了桂西土司制度下的文化萧条情况。《广西壮族社会历史调查》② 统计，养利州（今属百色）从明万历至清光绪数百年间中功名的人数共有 68 名，其中汉族占 27 名，不知民族成分的一名，壮族占 40 名，当中绝大部分是那些土司家族的子弟。这从一个侧面说明，桂西改土归流后的几百年里，虽然废除了不准"土人"读书的规例，而实际上因民族压迫和贫困等原因，壮族人民一直没有得到正常的教育机会。在科举上获取功名的人数远远低于广西其他地区。

清代，为鼓励官员在桂西任职，这些地方的流官职位被列为烟瘴、苗疆（苗为对当时对少数民族的统称）要缺。清政府对在桂西任职的官员实行优惠的晋升措施，如将"五年俸满即升"改为"三年俸满即升"。这些烟瘴、苗疆的官员大多为外省籍，去桂西任职成为他们升职的一条捷径，这是改流之后，外省文人职官进入桂西的开始。雍正年间，由于外省人口不断迁入，桂西的自然环境已得到很大的改善，一些桂西的烟瘴要缺职位由调缺改为吏部铨选，而一些"水土最为恶劣"的地方，如太平府、泗城府、西隆州、西林县等照旧实行"三年俸满即升"的做法。

改流之后对桂西文化影响最明显的是教育的推行。清朝为了争取人心和巩固其统治地位，不得不增设科举名额，鼓励新建书院和兴办义学，在改土归流的原土司地区设置官学。康熙、雍正年间，桂西的镇安府（治今德保县）、泗城土府（治今凌云县）相继设立府学；天保县、西林县创立县学；归顺州（今靖西县）、西隆州（治今隆林县）、太平土州（治今大新县）、奉议州（治今田阳县）、土田州（治今田阳县）设立儒学；西林县、永康州（治今扶绥县）、土田州（治今田阳县）、太平府知府（治今崇左市）相继创立义学。后义学规模扩大，纷纷改

---

① 赵翼：《檐曝杂记》卷三"黔中保俗"，乾隆五十七年（1792）湛贻堂刊本。
② 《广西壮族社会历史调查》，广西人民出版社 1998 年版。

为书院，如永康州的康山书院、土田州的化成书院、太平府的丽江书院、庆远府的庆阳书院、新宁州的吉阳书院等，均由义学改成。乾隆八年（1743），镇安知府陈谟创建秀阳书院。乾隆十五年，泗城府知府杨缵绪、西隆州知州唐桂生捐资在南街创建云峰书院。义学改为书院可以说是一个重大的转折，它意味着桂西的各种教育形式已基本纳入到国家的教育考试制度之内。在清代，经过童试录取为生员的士子，不管是入官学学习，还是入书院、经馆等继续学习，均可通过选拔后参加乡试。

改土归流之后，来广西烟瘴之地的官员，开始大都是从饮食起居大体相似之广东、福建、湖南、云南、贵州等省人员内拣选官员调补，后江浙、山东籍的官员增多。外省籍官员、文人进入桂西，给当地带来崇文尚学的良好风气，给一些开明的土司产生了良好的影响。嘉庆年间，田州仍为土司治理，土知州岑宜栋改义学为化成书院，修校舍，置学田。另建鹅州、兼州、灵溪、工尧、上隆、恩隆、武隆7所义学，在今百色、田东、巴马县境内。与此同时，又在这些民族地区扩大官学的招生名额。清雍正十一年（1733），清廷批复广西巡抚金鉷请示，由于镇安府已经改土归流，设教授1员，招取文武童生各12名。泗城府学招取童生旧无定额，按照镇安府名额招取，新改流的东兰（治今东兰县）、归顺（治今靖西县）2州，各设学正1员。招取文武童生各4名。这些官学的设立和扩招，为桂西文学与文化的发展点燃了星星之火。在官学、书院或是经馆执教讲学的往往是外地入桂的文人、官吏或本地的名儒。他们为桂西文化的发展起到了十分积极的推动作用。

最早进入桂西的外籍著名文人如宋代的黄庭坚、成都华阳人范寥、直隶人姚本瀛、江西临川人汤乐吾等，他们流寓桂西，喜文词，乐与桂西士子商谈文艺，为桂西最先带入了中原诗风。明代王守仁对桂西的开发及治理贡献很大，他在嘉靖六年（1527）以左都御史总督两广巡抚，领兵进入广西。次年初招抚思恩府（治今武鸣）、田州（治今田阳）土酋卢苏、王受，建议实行土流并治，以流官知府约束土官、土目。王守仁在田州、南宁等地兴办学校、书院，登坛讲学，发展教育，注重对少数民族进行文化上的熏染。桂西多处地方留下他的行迹。在平田州之乱后，他途经归德土州（今属广西平果县境内）右江畔的归德峡，在绝壁上刻下"王文成平田州摩崖颂词"，彰显中原文化的魅力与清王朝的威力。他到靖西题下泉名——"鹅泉",在南宁建敷文书院并亲自登坛讲学。这一风范对清代赴任桂西的官员影响甚大。不少人在诗中记述并称赞王守仁的功绩,并且身体力行,在开展行政治理的同时,以官员身份在书院、官学等地方发挥影响,把各自所秉持的文法诗风带进了桂西,极大地推动了桂西文学与文化的发展。

(二) 清代桂西作家群的形成及其总体特点

清代桂西文化的发展,与许多外籍官员的推动密切相关。他们大都身兼诗人的身份,在桂西任职期间,他们用诗笔记述自己的行踪,或是给地方学子传授诗学。清代进入桂西的著名文人有乾隆年间开启桂西性灵诗风的赵翼,传播高密诗风并建立广西高密诗派的李宪乔、刘大观,联结性灵、沟通高密两诗派的诗人汪为霖,以及商盘、许朝等,他们是桂西文坛的创立及发展者。这些文人以江浙籍与山东籍居多,因为地缘因素,一些诗人在入桂前就有或多或少的联系。入桂后,相似的仕宦经历让他们相互之间有着较大的认同感,且他们在文学方面有着共同的兴趣,因此以文交友,惺惺相惜,唱和频频,形成一个重要的旅桂作家群体。

乾隆三十一年(1766)冬十一月,赵翼被特授为广西镇安府知府。他在镇安府三年期间,写下了一百多首记述镇安的诗歌,并记下了一些与镇安风土人情相关的杂记文。随后进入桂西的官员,如许朝、商盘、汪为霖、李宪乔、刘大观、羊复礼等诗人,他们重视文教,观风俗,施礼教,在创作的同时,致力于在桂西推广中原文化。在外地文人的带动下,本地文人迭出,桂西文坛出现了一个前所未有的以外地诗人主导,本地诗人为辅的可喜景象。

桂西的本地文风最先以庆远府地区为盛。庆远府籍人有以理学闻名全国的学者型诗人余心孺,有诗集《詅痴梦草》传世。璩之润的《醉真集》、高熊徵的《孟晋斋诗集》等也颇著名。庆远府所出的文学人物还有黎之佶、张汝贤、沈乙震、袁缙、陈启焯等。镇安府、泗城府等地的本土诗人,则有追随高密诗派李宪乔的归顺州(今靖西县)壮族二童兄弟(童毓灵、童葆元)和袁思明,天保县(今德保县)刘凤逸,以岑毓英为首的西林岑氏家族诗人群体。桂西地方诗人有名可查的还有归德土州(治今平果县)的黄昌、新宁州(今属扶绥县)的王星烛、隆安县的马延承、永康州（原同正县，今属扶绥县）的熊方受、田州的岑宜栋、东兰州的罗翾鹏等人。

三　壮族作家群体

壮族文人作家群的崛起，是一个值得关注和研究的现象。据梁庭望先生统计，广西由唐代至近代的 1 000 多年里，作汉诗文的壮族作家共有 100 多人①，而桂南太平府属地仅清代即占了 70 多席；其中又以宁明作家群规模最大，仅《宁明耆旧诗辑》就收诗人 50 多家。可惜的是，大多数作品已然散佚，如农赓尧、郑绍曾等作诗较多者，目前存诗也"不逮十之二三"②，要想完整见出当年的创作风貌实属困难。造成作品散佚的原因无外乎以下几点：首先，此地"乡穷，士尤穷"③，文人尚无冗余财力将作品结集刻版流传；其二，大多数壮族文人并没有将自己的作品当作进身入仕的敲门砖④，"其无心于悦世也，故不成家，亦无完集，飘零落拓，各类其人。随村塾之传抄，闾巷之循诵，沉浮听之"⑤，文人这种不加珍视的结果是流传过程中作品散佚和错讹者尤多；最后，历次的兵燹同样让许多文稿难逃毁灭之灾。

（一）壮族作家群的思想倾向

作为同民族、同地域、同习俗和相近时代背景的壮族作家群，他们或以家族血缘为纽带，或以师徒文友为感情连结的基础，在价值观念、诗文主张和审美趣味上，都具有不少共通之处，形成这个群体坚实的精神内核和风尚品格。

壮族作家一般都有较强烈的忠孝观念和不屈的反抗意识。强化士人的忠孝节义观念，服膺于礼教和等级制度，以保持社会稳定和中央集权，这无疑是清政府兴文教的根本目的。从桂南作家群的诗文看，清政府的文教宗旨的确发生了作用，宣扬和强化忠孝观念成为壮族文人们赋

---

① 梁庭望、潘春见：《少数民族文学》，上海古籍出版社 1996 年版，第 119 页。
② 《宁明耆旧诗辑》苏康甲序。
③ 《宁明耆旧诗辑》农樾序。
④ 农赓尧曾以诗名受清高宗赏识，特赐知县位，但此事属意外，且农终不就任。见《宁明耆旧诗辑》卷一。
⑤ 《宁明耆旧诗辑》苏康甲序。

诗作文无法绕开的重要命题；并且，这种思想观念随着文化的发展和教育的深入，呈现出日益强化的趋向。在草创期的宁明"三家诗"诗人身上，如农赓尧的《圣主垂衣万万年》、郑绍曾的《寄怀李楚余》、赵克广的《谒马伏波祠》①等，皆未脱除模仿汉人作诗的痕迹，故将忠孝观念注入诗歌，尚可理解为集体无意识之举动，并且大多只是挂个理念的尾巴。而到了黎申产、钟德祥、韦丰华这代文人，宣扬忠孝节义已经成为了某些作品表现的主题内容。例如黎申产的《节妇行》、《查氏一门节烈歌》、《王烈妇行》、《詹陈氏节烈歌，李星海刺史属赋》等。若说提倡孝老抚幼当然无可非议，但作者对女子宁可服毒而亡也不愿改嫁的行为却大加褒赞，"如此之人当则效。其人虽死名长留，但逢识者都凭吊"②，这样的言论就难免迂腐了。由于黎申产担任江宁书院山长长达二十余年，宁明诗人多出自他的门下（如苏士培、农魁廪、农周廪等），故后期诗人在创作思想上无不受其影响。

但忠孝思想并没有压抑住壮族文人"不平则鸣"的声音。面对社会上的不合理现象，他们同样敢于表达自己的意见。例如农赓尧的《贫女嘲》，末句"年年空作嫁衣裳"显然意有所指，借贫困女子的无奈来表述自己的满腔愤慨；黄体元的《困雉行》，以"离群转受家禽侮，失势翻教瓦雀欺"暗喻自己的不幸遭遇，抒发"郁郁困于斯"的压抑心绪；另如郑绍成的诗作，大多以自身经历来叙说仕途之险恶，以批评官场的腐败黑暗。若说这些前辈诗人们还是较多地以他人酒杯浇个人块垒，以致一定程度地削弱了诗歌的抗争性和锋芒性的话，那么后辈的黄焕中、赵荣章、韦丰华、蒙泉镜、黄君钜、农实达等人的诗歌，其题旨的指向性无疑更为明显，批判性也尤为强烈。例如黄焕中的《苦农行》写道："嗟彼大地主，坐享现成福。煌煌身上衣，累累仓中粟。巍巍阁于楼，堂堂园与囿。非农何由来？非农何由筑。不感农人恩，反把农人辱。胡为乎苍天，遭此不平局？吁嗟乎苍天，设心何太酷。"作者几乎是以呼喊的方式，满腔愤怒地控诉了社会的不平等，矛头直指地

---

① 苏康甲、农樾等集校《宁明耆旧诗辑》，民国二十三年刊印。下文所引作品若出自《宁明耆旧诗辑》，将不再出注。

② 《王烈妇行》。

主统治阶级，一定程度触及了引发农民反抗行动的社会根源。同时，黄焕中还亲历过多次抵御外敌的斗争，对时势也有自己的认识和判断，因此对当朝的诸多卖国辱国行径颇为不满，直斥其"认仇作父岂徒然，异梦同床黯黯天"①。又如龙州诗人赵荣章，面对"当道豺狼势纠桓"②的现实，以其切身体会，痛斥了为政者的贪功逐利、治理无方"治盗求功争草草，纵兵贻患恨年年"③；另如韦丰华的《宾阳杂感》、《谈时艰有感》，蒙泉镜的《感事步韵》、黄君钜的《易门任内感事》等等。诗人们的斥责批判，其实已由个人的牢骚之言上升为对国家民生的关注，因此也更见深度和社会意义。

就连思想最为传统，一向温儒敦厚的黎申产，其作品的字里行间也不时透出批判的意味，典型如他的《杂书》系列。黎氏本人有过办团练的经历，其间既耳闻目睹了官员们"无怪一闻贼，官乃先民徙"④ 这类舍民自保、贪生怕死的可耻行为，也看到了府衙官吏们为了争功逐利和排除异己，不惜欺上瞒下的卑劣行径："大吏揣摩真，辄以大捷奏。空中幻海市，某某绩最懋。"⑤ 这里不仅批判了国朝官吏的逢迎欺瞒，也委婉地批评了君主的昏庸偏听，从中可见其耿介性子和过人胆气。有意思的是，作者写这首诗时刚刚被朝廷授予六品官衔，属于既得利益者，因而此处的揭露和批判就显得尤为耐人寻味。

壮族作家还具有积极的入世态度和淡然的内心操守。桂南作家群成员多属贫寒之士，"辛苦真将舌代耕"⑥ 是其人生的常轨；即使偶有为官入宦的，亦多不长久，最终还是以布衣之身课徒度其余生。难能可贵的是，他们虽处江湖之远，但都心系民生社稷，希望能匡世济国，扶危于乱世，并常常为自己"才浅难医国"⑦ 而多有遗憾，体现出一种积极

① 《感怀世事》，见李文雄、覃辉等修纂《思乐县志》，民国三十七年石印本。

② 《示儿·其四》，采自刘介《广西僮族文人诗文选》，1959 年编印（内部资料），第197 页。

③ 《难中口占·其一》。

④ 《杂书·其五》。

⑤ 《杂书·其四》。

⑥ 黎申产：《课徒杂咏·教书》。

⑦ 黎申产：《戊辰岁余矣，读白乐天诗集有四十五岁诗，因次其韵》。

的入世精神。黄焕中的《秋兴》八首其五写道："国事岂容分党误，同心咸望凯歌班。"① 表现了作者希冀建功立业的志向和满腔的报国热情，以及对国家赢弱、无力驰援属国越南表示出了深深的忧虑。赵荣章也是深具扶危济世志向的壮族诗人，他对当时的既有现状颇为不满，认为古风不存，需要有人站出来匡扶大义。因此，他希望自己在"莽莽乾坤俯仰宽"中，能够"干济狂澜"，做出一番功业，并时刻不忘提醒自己"光阴辜负闲中过，五夜何堪抚剑叹"②；他也深感时事维艰，成事尤难，为自己建树不多而深感负疚，"辜负乡关诸父老，未成一篑愧功亏"③，一片赤诚之心着实令人感动。而以农实达为首的晚清壮族诗人，更是在近代中国革命浪潮中，积极为革命事业奔走呐喊，诗歌中常常泛溢出革命志士特有的战斗激情，以及为改造社会、重建家国而不懈努力的责任感和使命感。

而另一方面，追求内心平和，陶然自乐，则是桂南诗人群体的又一共同思想特征。或许，淡然无为的心态是大多数落魄文人自我心理调整的必然选择——无论汉族诗人还是壮族诗人，而广西秀美的自然山水，无疑为他们提供了绝好的情感寄托媒介。于是，耽情山水成为诗人们不约而同的生活方式——当然，这也与诗人们对故土的无限挚爱有着莫大的关系。

从目前存世的作品看，桂南的每一位诗人都有寄情山水的作品，而且很多诗人此类作品还占了相当的数量比例，包括郑绍曾、黄体元、黄焕中这类以沉郁激愤诗风为主的诗人，也有不少平和闲适之作。且看黄体元的《江行偶兴》："荻岸晚风清，长江一望平。浮云无滞色，过雁有乡声。月皎山河洁，秋高天地清。素耽幽隐癖，对此足怡情。"黄体元本是一位情感奔放之人，处处可见其愤世嫉俗之言，但这首诗却让我们看到了诗人其实也有"素耽幽隐癖"的另一侧面，只是被自己深深压抑而已，一旦机缘巧合，其淡定平和之心情便自然而然地流露出来。

壮族作家又往往同时具有较顽固的守成思想和开放的纳新心态。桂

---

① 采自刘介《广西僮族文人诗文选》，1959 年编印（内部资料），第 188 页。
② 《书感·其二》，同上书，第 196 页。
③ 《难中口占·其三》，同上书，第 197 页。

南壮族文人的出身和家世，现在有些已无法考证，但从他们的姓氏看，不少都是当地的大姓，甚至与当地土司望族有着千丝万缕的关系，故有条件读书识字，考科举，入仕为官。至于像郑绍曾那样出生贫瘠之地的贫困生员，到经济发达的广东当官后竟然出现"本为贫而仕，翻教仕益贫"① 的状况似乎并不太可能，即使可能也仅是特例。而更通常的情况是，掌握了知识工具的壮族文人，即使不外出为官，也在当地任有教职，因此有着相对稳定的经济来源——当然，限于桂南彼时落后的经济大势，他们或许也并不宽裕，但其社会地位和经济条件显然还是要比下层人民来得更为优越一些，故壮族民谣有"官不嫁，嫁秀才，三人打鼓四人抬"② 的说法。而这种比上不足比下有余的处境极易滋生人的"小农意识"，加上文人"乐天知命"传统观念的影响以及信息的闭塞，这就形成了桂南壮族文人相对顽固的守成思想。其中，最为典型的表现要算是对农民运动的蔑视和反对，以维持旧有秩序，这点跟汉族文人表现出惊人的一致。他们基本都站在农民运动的对立面，无论农民的反抗行为是否正义，出于何种原因、目的，都一律地斥之为"盗"、"贼"、"寇"或"匪"。广西本是贫瘠边远之地，民众受压迫甚深，因此在近代成为多次农民反抗运动的策源地，文人相对安稳的生活也被屡屡打破，"故国回头余劫火，他乡流泪为穷途"③ 这种颠沛流离的时光成为他们难以磨灭的记忆。典型如黎申产、谢煌、韦丰华、蒙泉镜等，都经历了太平天国运动等多次动乱，其间写下了大量的离乱诗歌。他们在太平天国运动发起后，看到"只今盗贼满天地，危险还过十八滩"④、"万户生荆杞，祭奠多新鬼"⑤ 和"贼势方张行路难"的境况，不禁胆战心惊，感叹"枝上流离声不断，故园回首胆犹寒"⑥ ——想想过去尚有方寸栖身之所，如今是"立锥地尚无，何论田与园"⑦ ——今昔对比，感

---

① 《感秋》。
② 《牛阿牛》，商璧辑解《桂俗风瑶》，广西民族出版社1984年版，第8页。
③ 黎申产：《纪事感怀四首·其一》。
④ 黎申产：《二弦行，送别游任之茂才尔澄，用白博〈琵琶行〉原韵》。
⑤ 谢煌：《乱后》，采自《复斋诗存》，天宁小集手抄本，年代不详。
⑥ 黎申产：《凭祥途中感作》。
⑦ 黎申产：《贫士七首，和陶渊明。时在凭祥龙里村·其二》。

慨无限，但愿能寻得一处方外桃源，过过陶渊明们的安稳生活也就罢了。

另一方面，壮族诗人也有积极纳新的开放心态，其突出表现是积极向汉人学习。相比广西本地的瑶、苗等其他少数民族，壮族跟汉人有着更多的接触①，因此无论是生活方式还是语言文化受汉人的影响也最为深巨。单就文学创作而言，壮族文人能在清代形成一个规模不小的作家群，并一直延续至今，应该与此不无关系。而汉文化中的不少进步思想，也自然地被壮族文人所吸收和继承。比如，古代壮族人的巫风甚浓，壮族文人对此多有批判，黎申产便为此写下了不少劝诫诗，对知府的禁巫令更是持褒赞态度。到了晚清，新的思想观念不断涌入，给壮族文人带来了巨大冲击，也引起了有识之士的兴趣并很快吸纳，典型如宁明农实达的革命诗、扶绥曾鸿燊的咏物诗等，都紧追时代潮流，具有浓郁的时代精神，给壮族文学带来了新的气象。

以上论述可见，桂南作家群的思想倾向相当复杂，甚至体现出某种矛盾性，其原因与壮族作家群的特殊处境直接相关。其一，壮族文人学习汉文化具有一定的被动性，大多以吸纳接受为主，而这些思想中的矛盾倾向，其实在汉人士大夫身上本来就或隐或显地存在着。其二，壮族文人虽然努力学习汉文化，但缘于诸多主客观条件的限制，他们比起中原纯熟的汉文化而言还有一定的距离，因此其上升的空间有限，人生境遇多不如意；而另一方面，比之普通百姓，他们的地位又略显优越。这种微妙的处境，是其思想矛盾性滋生的又一源头。其三，桂南处于中法战争和多次农民反抗运动的前沿，文人们对国家大义和忠君观念有着更为直接的切身体验。一方面，他们出于坚定的爱国观念，对清政府在外交政策上的失误之处颇为不满，以致语多批判；另一方面，又缘于保守的忠君思想，对农民的反抗运动持反对态度。总之，多种因素的纠合，促成了其思想的矛盾性和复杂性。而这些复杂因素，也影响着他们的诗文观，并进而影响到作品的艺术特点。

---

① 沌谷记广西风俗云："粤西苗猺多居岩洞之中，椎结粗衣，不知丝屬，圩尊土盌，不知有瓷器，犹上古遗风也。……不与汉人通婚嫁，食用之物具足自备。……（壮人）不居岩洞，常与汉人往来。"（《粤西琐记》，《地学杂志》第一年第九号，宣统二年十月）。

（二）壮族作家群的诗文观及创作特点

有清一代是一个大融合的时代。就文学论，中国古代的所有文体样式，在清代几乎都有出现并呈现出繁荣的态势，各种诗文主张和文学流派更是层出不穷，让人眼花缭乱。作为诗文的学习者，起步较晚的壮族文人们自然有了更多的选择——也正因此，壮族作家群诗文观颇为庞杂，其诗歌的创作艺术也各具形态，要想对之进行细致精确的归纳，恐怕颇为困难，毕竟特例太多，变数太大；但作为一个群体，由于地域条件、师承关系、生活遭遇等诸多相同、相似因素的影响，他们的诗文还是呈现出一些共同的艺术特质，不难对其做出大致的勾勒。

许多壮族诗人都能注意向杜甫诗学习。农樾的《宁明耆旧诗辑·序》认为宁明出优秀诗人的原因是"遭遇尤足悲，其诗独隽"，故而诗"穷而后工"，并以杜甫作为一个重要的参照系。这句话从一定意义上揭示了杜甫对宁明诗人的影响。其实，杜甫不仅限于宁明，他在整个桂南壮族文人心目中都具有很高的地位，许多诗人喜欢读杜诗并模仿其创作，甚至就直接采用杜诗元韵作诗，当中又以和杜甫的《秋兴八首》为最多。个中缘由也不难理解。杜甫颠沛流离的遭遇和郁郁不得志的身世之感，与屡经战乱之苦的桂南落魄文人颇有相似之处，因此这方面最能引起桂南作家群的同情和共鸣。杜诗沉郁顿挫的风格和关注民生的视角，也随之被壮族诗人吸纳并融入到自己的诗文创作之中。

宁明早期的"三家诗"，沉郁深挚是其诗风的一大感情基调。例如郑绍曾的《仁阳书怀八首》，这组作品虽然比不上杜少陵的《秋兴八首》来得宏阔浑厚，但其诗风的沉郁深挚、感怀身世之忧愤悲戚，还是颇见杜诗精神的。其后的主力诗人黎申产，其崇杜、学杜、评杜、和杜的诗歌就更多了。黎氏经历了太平天国运动的整个过程，并曾经为此流落异乡多年，可以说这场战乱无论在生活上还是精神上都给他带来极大的影响，而杜甫的诗歌正好给了他情感上的共鸣和精神上的寄托。因此，其诗作中不时可见杜诗的身影——或引杜甫事迹为典故，或化用杜诗原句，或干脆于心有所感之时直接以杜诗元韵创作和杜诗，典型如《庚戌年感作，用老杜〈诸将五首〉诗韵》（共五首）、《癸丑仲冬，偕越南贡使西旋途中感作，用老杜〈秋兴〉八首韵题壁》（共八首）、《九日，大王山登高即事二首，一用老杜蓝天韵，一用小杜齐山韵》

等。这些作品不仅仅是在形式上套用杜甫的诗韵，其在情感基调上也颇得杜诗神韵。或许是缘于黎申产的导引作用，之后学杜、和杜的诗歌就更多了，特别是黎氏的学生区润增、农嘉麇以及黄焕中、赵荣章"宁明五俊"等，他们的一些作品或是在表现技法上，或是情调风格上，学习杜诗的痕迹宛然，可见老杜在众人心目中的地位以及杜诗对桂南文人影响之深远。

　　许多壮族诗人又都崇尚"性灵"，讲求抒发个体的真性情。这应该算是广西壮族诗人认可程度最高的诗文观念。上林壮族诗人张鹏展认为诗歌"涵泳之兴本与情性"①，意即诗歌之源头，究其根本还是出于人的情感本性；武鸣壮族诗人韦丰华进一步阐释了抒写性情的要诀，"惟得一真字，故能悱恻动人"，只有将"一段真情融结其间，乃得超然特出"②；包括象山壮族诗人郑献甫也同样强调诗歌创作要"愁苦欢欣各性情"③，要随心而为，在"聊以写意"中"得作诗之本旨"④。宁明农樾这样归结诗人们的创作特点："今诸子者之为诗，皆无心悦世，各因所遇，而讬为虫、鱼、物类、羁愁、感叹之言，各自成为穷者之诗，以鸣天籁。……惟其无心于悦世也，各从性情之感触，一讬其旨于诗，故胎息厚而格律高。"⑤ 总之，壮族诗人"夫作诗者，匪求悦于世，写性情而已"⑥ 这既是他们普遍认同的诗文观，也是他们最大的艺术特点。

　　那么，在清代诗文派别林立，各种创作学说缤纷多样、层出不穷的彼时环境中，壮族诗人为何都不约而同地选择了"性灵"派，而放弃其他创作学派呢？有的学者认为，这是因为袁枚的"性灵"说在当时最为流行，影响也最大，追随者无数；加上袁枚、赵翼等人久负盛名，并且都到过广西，壮族文人对之追慕崇拜，故奉其为诗歌楷模。这或许是壮族文人崇尚"性灵"的一个重要因素，但绝不是关键因素。因为

---

① 张鹏展：《山左诗续钞·序》，嘉庆十七年刻本。
② 韦丰华：《今是山房吟余琐记》，民国十五年抄本。
③ 郑献甫：《论诗十六绝句》，《补学轩诗集·鹤唳集》，光绪五年刊印本。
④ 郑献甫：《黄韶九军中草诗序》，《补学轩外集·卷一》，光绪二年刊印本。
⑤ 《宁明耆旧诗辑》农樾序。
⑥ 同上。

郑献甫、韦丰华等人在袁枚去世后才出生，而到了清后期，"性灵"学说被世人大加批判，袁枚更是"嘲毁遍天下"，甚至"前之以推袁自矜者皆变而以骂袁自重"①，但此时壮族诗人们还是一如既往地坚持"兴来聊写性灵诗"②，提倡书写真性真情。那么，什么才是决定性因素呢？这还得回到壮族文人的自身特点来考察。壮族人素以善歌而著称于世，而壮歌自然天成，朴实诚挚，强调抒发内心的真情实感，可算是诗歌中的"质朴派"，这一特点恰好与"性灵"派的主张相契合，因此，壮族文人以己之长来学习汉诗，这是非常自然的选择。若是选取翁方纲的"肌理说"，以学问为根底，强调以才学为诗，那么以壮族文人当时相对较薄的文化底蕴，恐怕作起诗来困难不小。

　　总之，壮族作家群崇尚"性灵"，并非跟风流行或膜拜诗坛偶像那么简单，而是经过无数探索、对比甄别、实践检验之后的必然选择，他们走的是一条最适合自身发展的道路。这也才有了清代壮族诗歌的发展繁荣，并能独成格局，自具价值，为诗坛增添了一派壮丽灵秀的异彩。

---

　　①　蒋子潇：《游艺录》，光绪戊子重刻本。
　　②　赵荣章：《偶成》，采自刘介《广西僮族文人诗文选》，1959 年编印（内部资料），第198 页。

第 一 章

桂北作家群研究

第一节 桂北作家群概述

广西地方社会、文化的开发进步，虽然有文献记载的最早区域是桂东的苍梧，但是后来居上，成为全广西社会文化首善之区的却是桂北。在清代，广西文学兴盛和繁荣的重要标志之一，就是从清初起经过世代积累而形成的桂北家族文学传统，如临桂陈宏谋家族、龙启瑞家族、况周颐家族、朱依真家族、王必达家族，全州谢济世家族、蒋良骐家族，灌阳唐景崧家族等形成的家族作家群。

要评述桂北诗人群体，不能不提到"乾隆三大家"之首袁枚（1716—1797）的指导和影响。袁枚平生事业的起点，是广西巡抚金𬭎的荐引。乾隆元年（1736），袁枚来桂林探望他在广西巡抚幕中的叔父袁鸿，时年 21 岁。由于"家徒四壁，日用艰难"，父亲只能给他二两银子作路费，历尽饥寒到达桂林。但袁鸿官运不佳，旅桂 30 年还只是个幕僚，深感没有出路，因而一见袁枚，便怫然大怒道："汝不该来！"弄得他惶恐无措。不料次日引见巡抚，金𬭎看到袁枚"长身鹤立，广颡丰下，齿如编贝，声若洪钟"，不禁暗暗称奇。恰好此时有安南人献上铜鼓二面，金𬭎便让他以此为题，即席作赋。果然援笔立成，写得瑰丽动人，举座皆惊。金𬭎大加赞赏，即命作为"艺文类国朝第一篇"收进自己主编的《广西通志》中，并留住三个月，与之谈诗论文，悉心栽培。适值重开博学鸿词科试，金𬭎便上疏保荐他。疏中称"本朝鸿博，停五十七年。廪生袁枚，才二十一岁，奇才应举，卓识冠时，臣所特荐，止此一人"。并说"臣朝夕观其为人，性情恬淡，举止安详，国家应运生才，必为大成之器"。同时送给袁枚一百二十两银子，遣人办装，护送至京。这次各省所荐多为老师宿儒，且一疏累数名。在被荐的近二百人中，袁枚是最年轻的。

从此他留在都城，三年间连中举人、进士，入翰林院选庶吉士，出为溧水、沭阳、江宁等县令。袁枚为官清正，明于断案，"市人至以所判事作歌曲刻行四方"。但他不以吏能自喜，三十三岁即辞官侨居江宁（今南京），筑园林于小仓山，号"随园"，过着论文赋诗、优游自在的生活，"时出游佳山水，终不复仕"。"年逾耳顺，犹独游名山，尝至天台、雁荡、黄山、匡庐、罗浮、桂林、南岳、潇湘、洞庭、武夷、仙霞、四明、雪窦"，而年近古稀时"探东南二万余里胜游之地，补桂林五十年前未尽之奇"的第二次桂林之行，则是袁枚最后的一次壮游。时隔半个世纪，当年的小才子已成为誉满全国、蜚声海外的大诗人了，但他对桂林的美好印象和感恩之情却有增无减，白首不衰。在桂林逗留期间，他满腔热情地扶持地方诗社，奖掖后学之士。当时桂林有个诗会，骨干分子为中翰马谦山、明府朱心池、山长浦柳愚、郎中李松圃、布衣朱小岑等，外地诗人如岑溪县令李义堂诸人，也经常参与活动，分题吟咏。袁枚一到，同人便以诗本向他请教。袁枚"援之而止，不吝不骄"，"千言献赋，必把卷长吟；一字未安，为拈须屡改"，"他人意所欲出，不达者悉为达之"，并"为点定，各厌其意以去"，"又人各选诗数首归，采入《今雨集》"。还同他们"揽裳联袂，访古搜碑，极文宴之欢"。还曾为桂林胡德琳的《碧腴斋诗存》作序。北归途中，从湘源寄诗二章，录示桂林诗十三首。回到随园后，犹念念不忘，先后来过三封信，继续给诗会以鼓励和指导。

这个诗会的主要成员，后来被称为"杉湖十子"。这是桂北诗人群体中的重要一群。"杉湖十子"得名于张凯嵩所编《杉湖十子诗钞》。此书编成后，张凯嵩特此写了一个序：

> 方乾嘉间，海内人文极盛之秋，最后袁、赵以诗鸣，一时风靡。子才初起自桂林，老复来游，时临川李松甫郎中，侨家于此，门第颇盛。子才来实主之。然松甫为诗，宗陶、韦，又时有桂林朱小岑、高密李少鹤两君子与松甫师友，风尚颇道。粤人皆知朱、李诗法之高，于子才来初，不甚尚之也。朱、李既往，粤之诗人益多辈出，尤莫

盛于道光之初。余来虽已不及其盛，然犹得与朱伯韩侍御、龙翰臣
学士游。两君故时健者松甫之客，零落久矣，然如陈君心芗，老犹
健，在官学博。杨君柳塘，年更老于心芗，时亦尚存。而汪剑峰、
曾芷潭、彭兰畹数君者，又各以其孤杰雄纍之才，兀律自起于粤诗
人盛衰绝续之交。松甫之子小韦（宗瀛）能读父书，为诗乃不相袭，
于伯韩、心芗、剑峰、兰畹，故皆往来唱和。至黄香甫、赵淡仙，
又小韦客之尤者也。……夫粤人诗岂尽于此，即此数子，亦不尽为
粤人，然皆生长或老死于其间。如小韦、淡仙，侨家实粤产也。

　　他在序中提到的广西诗人，不以桂北为限，更不止于"十子"，从
中可见桂北诗坛盛况，以及性灵派、高密派两大清代诗派先影响到桂北
诗坛，再由此传播辐射到广西各地的情形。

　　本章主要评述桂北以谢氏、蒋氏为代表的家族作家群，"杉湖十子"
诗人群体，以及若干有个性的桂北诗人，如况澄、朱依真、李秉礼，以
及竹枝词名家潘乃光、桂剧先驱唐景崧等。个别作家虽生于桂北，但从
小在外地生活、创作的，则归入当地群体论析。如倪鸿自幼随父"侍客
广州"，长成后就地在广东为官，以致"诗省外颇负盛名，省内知者盖
寡"①，但又能与就近的桂东作家如苏时学等密切往来，便归入桂东作家
群论析。"清季四大词人"中的两位均出自桂北，即"岭表宗风"王鹏运
和"新莺词客"况周颐，则在专论广西词人群体的第七章中论述。

第二节　清初享誉文坛的"二谢"

　　全州谢氏一族，按照谢良琦的自述，其来历如此："按吾宗，自宋
由安成（即今江西安福）移居粤，载迁桥渡，厥后本支繁衍，则分为
两甲。……及宋谢瞻守豫章，而安成之谢遂显，既又散之衡、澧、湘、
景、沔、汉间。"② 到谢良琦这一代，已经是迁入广西的第十八世了。

────────────

① 黄华表题《退遂斋诗钞》扉页。
② 谢良琦：《醉白堂诗文集·文集》卷四《族祖屏南公墓志铭》。

谢氏一族自宋入粤，历代人才辈出。据《广西通志》记载，宋代谢士
夔，"少有文名。淳佑四年进士。以贾似道当国，不仕。惇笃孝友，好
施与，卜筑桥渡，子孙繁衍"。（谢启昆，卷二百五十六，列传一）有
明以来，更是科甲兴盛，宦迹显著，文学兴旺。清初广西文坛则出现了
以谢良琦、谢济世为代表的全州谢氏家族文学群体。他们文名显赫，开
启了清代广西文学的篇章。虽然他们生活的时间互有先后，相互之间也
不一定有直接的师承、交流，但他们都有着强烈的家族意识，成长中都
深受家庭教育的影响，这是显而易见的。

一　古文名家谢良琦

　　谢良琦（1624—1671），字仲韩，一字献庵，号石臞，广西全州人。
崇祯十五年（1642）谢良琦乡试中举后，还没来得及进京考试就遭逢世
变。1644年，清军入关，明朝灭亡。世事离乱之际，谢良琦并未像一些
抗清义士那样，投身抗清运动中去，而是闭门家居，研究学问，尤肆力
于诗古文辞，并深得全州知州许哉庵器重，时时与之载酒过从，讨论诗
古文辞，谢良琦的诗文得到很大的长进。天下初定，谢良琦也没有因为
抗清斗争失败而逃遁山林，而是在顺治六年（1649）出仕新朝，为淳
安令。① 不久，因母丧丁忧。顺治十二年（1655），起为蠡县令。在任
二年，事无巨细，一执为正。顺治十四年（1657），迁常州通判。处理
讼狱以十数，均秉公办理。由于谢良琦为人耿直，"强岸峭独"② "孤直

---

　　① 谢良琦《醉白堂诗文集·文集》卷二《与贾二安书》："此时天下方乱，私念非圣贤
固不能以济，遂欲焚弃帖括，驰骛于救时之略。属国家遭李逆之变，南北梗塞，因得究穷于
经传、子史、百家之业，博观古今成败、兴亡、得失之数，与贤人君子所以斡旋匡济之方，
以为幸而见用，则犹将为之，不然，守其道以终老则亦已矣。遭际圣朝，两仕为令。"卷三
《醉白堂记》："呜呼，吾年十二而孤，又七年而举于乡，又七年而仕于越。"卷二《与姚百叙
书》："仆年二十六已入仕路，在淳安与足下同事。"由此可知，谢良琦出任淳安令在顺治六年
（1649）。而吕集义《谢石臞先生传》："清顺治八年，为淳安令。"误。
　　② 钟德祥：《王刻序》，《醉白堂诗文集》前附。《醉白堂诗文集·文集》卷二《与贾二
安书》："天下方务为苟且，仆以其实；天下方务为逢迎，仆以其真；天下方务为诡遇，仆以
其拙。……方今主上圣明，综核名实，士大夫皆争自濯磨，不敢为苟且，不敢为逢迎，不敢
为诡遇，仆倘于此时得一官以守其道，更以乡之实与真、与拙者，从事于其间，或者亦仆得
志之秋乎？不然，亦终已耳。"

不容于时"，① 终招致恶言诬陷。谢良琦在常州府宜兴县治盗贼、戒奸淫、诛武断、拒请托、正风俗，触及了当地豪绅的利益，因而被诬告私通海贼，遭弹劾而落职。赋闲兰陵期间，谢良琦将满腹的不平之气借着酒意挥写在诗文作品之中。后来，谢良琦到福建任延平通判，其恃才傲物依然如故，因得罪权贵而入狱，几欲引刀自决。出狱后，因知不合于时，见嫉于世而请辞。康熙十年（1671），卒于闽，终年四十八岁。

入清为官十多年，历官燕吴闽越间，虽然几度宦海沉浮，"再起再踬"，② 谢良琦仍然坚守忠正节义，洁清操守，从不折节苟且，俯首低眉以事权贵。其磊落自重，骨鲠刚直赢得了时人的赞赏和肯定。莆阳余飏称"石臞两为邑令，皆有异绩；两为别驾，皆以谗去。其为人也，忠质而泽于文，浑厚而裁于义"③，较为全面地概括了谢良琦的一生，并凸显出其人格品质。

谢良琦兼善诗文词，尤以古文名重一时。康熙年间，其孙拟刊刻谢良琦的作品，最终因财资不足，只能先刻诗词部分。对此，张怡感慨道："予谓公之淹博闳肆，多见于古文辞，而诗与诗余，其吉光片羽耳，不足以尽见公所长。"他对谢良琦的古文大加称赞说："石臞公所为古文辞，绚若春华，湛于秋水，未尝规规践迹前贤，而流利之笔，磅礴之气，觉昌黎、眉山诸大家无不出其神情与相辉映。故环词异想，不戒以孚。每一翻阅，中怀畅然，乃其感慨盱衡，猎精耀颖，又往往有猛起旧末、目空一世之意。"④ 甚至连当时的文坛领袖王士禛也说："谢石臞能为古文，……自负其才，不可一世。"⑤ 这足见谢氏古文在当时的影响。

谢良琦能够脱颖而出，在清初文坛崭露头角，家族的荣誉是其内在动力，⑥ 而其父兄则起着具体的指引作用。

---

① 王鹏运：《醉白堂文集跋》，《醉白堂诗文集》前附。

② 王鹏运：《醉白堂文集跋》。

③ 张鹏展：《峤西诗钞》卷二，清道光二年（1822）清远楼刻本。

④ 张怡：《原刻序》，《醉白堂诗文集》前附。

⑤ 王士禛撰，湛之点校《香祖笔记》卷四，上海古籍出版社1982年版。

⑥ 谢良琦总是以出身望族而自豪，常自称为"名家子"。他的诗文集以"醉白堂"命名，也有标榜家世之意。钟德祥《王刻序》："《醉白堂》者，先生以其先世所名堂表于集，谨其德也，始所从受学不敢忘也。"不难看出，全州谢氏一族的光耀和科举之盛，以及谢良琦内心强烈的家族荣誉感。

其父谢日升（1554—1636），号九如。明万历十三年（1585）高中举人。先后掌教中州三年，又到金陵教授南雍一年，再任福州同知。在福州任上，曾率军抵御海寇扰乱，人服其勇。宦游所在，多有惠政。崇祯四年（1631），谢日升受命带领八千兵卒镇压地方叛乱，其时"慷慨上马，意气激发"。① 因有功得授官井陉观察，未至而丁艰归里。回乡后三年，1636 年病疾而终。谢良琦的兄长谢良谨，字季琳，崇祯十三年（1640）进士，任长洲知县，有政声。为官不及三个月，明朝灭亡。后辅助桂王朱由榔的永历政权，任侍郎，迁太常卿。1647 年，永历政权失败后，归隐乡里。1659 年病疾而终。

谢氏家族谨守"后先者，德行；所重者，孝弟；所急者，读书"②的家训，勤俭治家，恭敬谨饬，苦读兴家。谢良琦的父亲自幼谨遵此训，刻苦攻读，中举后由于父亡家贫母病，决意以奉养为先，在乡里教授生徒，幼弟稍长才出仕为官。谢日升还经常教导谢氏兄弟："君子之进也，必有所为。其退也，则必有以自乐。以不为乡党之所疑，而为后世贤人君子之所景慕。"③ 所以，谢日升生性"平易和乐，无几微喜怒之色"。④ 谢良谨在父亲去世后，恪守家训，家教俭朴，布衣蔬食，发愤读书，担负起长兄的责任。父兄的言行成为谢良琦一生所遵奉的训言和企仰的典范。他不仅以此来训导后辈，而且将之作为鞭策自己的励言。

对谢良琦古文学习更为重要的影响是父兄的诗文造诣和积极的求学态度。其父少时，即"深恶孤陋之学，岭西地荒僻，不能多得书，时时从他人借书"。授学乡里时，受聘于舒应龙尚书，因此得以饱览群书，"尽窥经史、骚赋、百家之业"。⑤ 平常闲居乡里，则与二三好友畅游乡中苍翠奇丽山水，壶觞啸咏，写诗为乐。出仕为宦，此志不改。甚至是晚年病卧床榻，手不能书，还笃志不倦。其兄谢良瑾亦好学勤读，

① 谢良琦：《醉白堂诗文集·文集》卷一《先中宪公〈三山草〉序》。吕集义《谢石臞先生传》"清师入关，将卒八千人御之。"误。
② 谢良琦：《醉白堂诗文集·文集》卷二《示诸侄孙书》。
③ 谢良琦：《醉白堂诗文集·文集》卷三《醉白堂记》。
④ 谢良琦：《醉白堂诗文集·文集》卷一《先中宪公〈三山草〉序》。
⑤ 同上。

"于古今书无所不读，为文章清丽和雅，又纵观上下数千百年事势成败利钝，忠臣孝子，审时观变，生死去就，议论证据经史，较然一秉于是非、义理之正"。① 诗学阮籍，声名也显。②

谢良琦就是在这样的环境中，跟随父兄开始学习，从小就"勤敏聪颖，迥异常儿"。③ 谢良琦在父兄的督促下，刻励攻读，熟读子史诸书，并有志于圣贤之学："仆始年十六七时，有志于圣贤之为，自六经、周秦史汉而外，独喜唐宋韩、欧、苏诸家之书，以为能传圣人之道，惟此而已。"④ 谢良琦醉心读书，嗜书如命，他所建的藏书楼，取名"积书楼"，有专文记云：

> 积书楼潇湘谢石臞所建，以藏其先后得书者也。石臞性嗜书，所至辄购书，既得书则尽日夜读不厌，既久得书益多，或舟车行李不尽随，则藏之，随者盖十之一二焉。石臞今年生四十七年矣，其诗歌古文辞颇见重于世，然嗜书益笃，至于目为之瞖犹不止，其求书也日益急。常叹今之人不能读书，亦不肯读书，间读书则又求所神奇怪异之书，而不能屈首于寻常之书，故往往读书之弊至，等于不读书。何也？世无神奇怪异之书，而止有其寻常之书，故虽读书卒不肯读书也。

自幼时起，谢良琦嗜书之性不改，时至中年，仍一如既往，嗜书益甚。其所读都是经史著作：

> 今考石臞之所读书，则皆寻常之书焉。经则专，经而外，《易》、《书》、《春秋》、《礼》、《语》、《孟》、《周礼》、《左传》之书，《周礼》、《左传》多不尽读，则节取之以为书。史则班、马之

---

① 谢良琦：《醉白堂诗文集·文集》卷一《奉常公〈未刻书〉序》。

② 请参见张维《试论家族文化对清代广西古文创作的影响——以全州谢氏、蒋氏为例》，《广西师范大学学报》2010 年第 3 期。

③ 吕集义：《谢石臞先生传》。谢良琦：《醉白堂诗文集·文集》卷二《上胡念莪学宪书》："仆少固陋，读古先圣贤书，无意仕进，中年迫于父兄，勉为制举业。"

④ 谢良琦：《醉白堂诗文集·文集》卷二《拟上某执政书》。

书，史而外，《国语》、《国策》、《离骚》、《楚辞》、《老子》、《庄子》之书，班、马书多不尽读，亦节取之以为书。文则自选唐宋八家之书之文，又自选周、秦、汉、魏、唐、宋诸家之书之文，又自结绳以来迄于近代之书之中可歌、可咏、可喜、可感、可涕，或一篇或一节，皆掠取之以为文，采撷之以为故实，以为吾书。而诸书之中之《水经注》、《山海经》又皆书之有法度者焉。七书虽猥杂，昭代尚之士之讲武者习焉，则又不独采撷之而全识之，虽不尽读，亦异乎汛汛然止涉其流者也。诗则汉、魏之书所载乐府、古诗及安世房中之歌，既遍观焉，不尽读则选而取之陶诗、李诗、杜诗、唐诸家诗、诗余及残编断简之书之诗之一字一句可传者。内典则《楞严》、《金刚》之书其最可读者也。凡此诸书，读之率五百遍，览之亦数百遍，丹铅数易焉，既损折则卷帙亦再易，丹铅又数易焉。此皆石臞自随之书也，其他得而览之、藏之以备考订之书，皆不记，记其大者，廿一史纲鉴、性理诸经注疏、《会典》、《通典》、《通志》、《通考》、《一统志》诸书，其约略举之而不尽者，则亦不必尽之也。若此者，世以为神奇怪异之书乎？抑以为寻常之书乎？[①]

从所列内容看，其读书范围遍及经史子集各类，而且阅读不止一遍，"读之率五百遍，览之亦数百遍"。阅读时也各有侧重，有尽读之书，如《论语》、《孟子》、《国语》等；有节取而读之的，如《左传》、《史记》、《汉书》等；还有自己选辑为册读之的，如诗文等。阅读的时候，不仅观览，还时常丹铅其旁。除了阅读之外，还有"得而览之""藏之以备考订之书"则多不胜举。从中可以想见谢良琦一生读书之勤和涉猎之广博，这是在其父兄影响下形成的良好的读书习惯，同时也为其文学创作奠定了坚实的基础。

谢良琦最早的诗文集版本是在康熙初由其友龚百药、李长祥刊刻的，道光二十七年（1847）由其族孙谢肇崧再为刊布。光绪年间，此两种版本均已不多见，所以光绪十九年（1893）王鹏运重新付梓，但

---

① 谢良琦：《醉白堂诗文集·文集》卷三《积书楼记》。

只刻印文集部分。1943 年，广西省政府重新整理编印乡贤遗著，由李任仁总理其事。经过艰难访查，终以谢氏族人的原刻本为底本，刊印《醉白堂诗集》九卷，《醉白堂文集》四卷。2001 年，蒋钦挥主编"全州历史文化丛书"，也将谢良琦的诗文作品列入其中，并由熊柱、唐智、蒋钦挥、吕朝晖、唐志敬、蒋廷炉等进行了校注整理，其中古文共152 篇，包括书序、记传、论说文等。

　　谢良琦先是致力于诗歌创作，三十四岁时才开始专心于古文创作。① 但是，因为谢良琦读书一直以"六经"为指归，积累了较为深厚的学术修养，因此，虽钻研古文较晚，却不影响其创作的水平和成就。② 谢良琦古文创作，以记叙文和人物传记见长，擅长抒情和描绘。记叙文情感真挚，平易流畅；人物传记长于描绘，栩栩如生，堪与"清初三家"相媲美。

　　记叙类散文最能反映谢良琦个人性情和处世态度，尤其是在游记散文中，谢良琦描摹景物细致精巧，议论精辟，语言精炼，感情真挚，将写景、抒情、议论三者融为一体，多有佳作。如《琢句亭记》，③ 文中首先简要介绍了谢良琦重新修葺琢句亭的经过：

　　　　淳安之山与歙州黄山、白岳相联接，其峰峦林麓之胜，在东南最为幽秀。县治在数峰之巅，又有琢句亭者，耸出于县治之后。在昔盛时，名人贤士之所经过虽无文字可传，方其从容退食，据案啸咏，则今登临之际，犹堪想见其乐焉。

　　　　及余来此则兵燹之余，乡之堂室鞠为茂草，前时长吏僦民屋以居。余曰："噫嘻！岂时移物换，以后虽山水之清，供吏亦不能享

---

　　①　谢良琦《醉白堂诗文集·文集》卷二《上贾徒南业师论〈易〉书》："是时（1643），方驰骛于诗歌，未即学（《易》）。及丁酉（1657）从蠡归……虽卒业，方学为古文辞。"《再与李研斋书》："然方迫于制举业，不得肆力。最后婴世纲，奔走南北，饥寒流离况瘁，则又以其不得意者，托于诗而发之。故自戊戌以前，我生已三十四年，率未尝为文章。"

　　②　谢良琦《醉白堂诗文集·文集》卷二《再与李研斋书》："仆少年读书为文，颇能不事章句，恩欲于寻常绳墨之外，精索其理，以求当圣人之道。故于近世诸家所为文集颇见厌绝，间一开卷十余行，已昏倦欲卧。至于庄周、列御寇之徒，然乐其奇肆，然切疑其用意奇僻，与圣人六经之旨不合，只是周秦、两汉、唐宋八家之书，需以岁月，以庶几一日之获。"

　　③　谢良琦：《醉白堂诗文集·文集》卷三。

而乐之耶?"乃即其废址诛茅为数椽,而以次新其前后堂,并琢句之亭者以成。及是亭成,而吾始洒然以乐也。

接着,作者由自己享受美景,联想到此前琢句亭一直得不到修缮的原因,或是前任的县令勤于政务,尽忠职守,无暇顾及;或是疏于治理,未尽其职,无此闲情。自己到任时,正是风调雨顺,民风纯朴,安然无事,所以才得以优游赏玩其间的青山秀水,与民同乐。

虽然,吏之职于一邑事无所不当问,故昔之人恒戴星出入,以图尽其职业之事,则虽有乐亦不得而乐之。其或俗尚浇薄奸宄,狱讼繁兴,或水旱饥疫之不时,政务之丛脞,则是吏职之不尽。至吏职之不尽,则又忧谗畏饥之不暇矣。嗟乎!君子之仕也固亦有幸不幸哉。独余所处之时不然。其俗渊美朴茂,其士民皆厚自爱重,不收菲薄以欺侮其长吏。乡里细民霑体涂足,务先以其赢余者完公,而后及于其私。而余也又以其清静宁一之治以治之,故常安然无事。及乎安然无事,而后得优游燕闲于斯亭之上,则又思昔之名人贤士所为无文字可传者,或者会其时之不幸,而余幸与斯民共乐太平歌舞之乐,而因以自乐其乐也。

最后,谢良琦还命人将自己的诗赋佳句书于琢句亭,以使后来者同享其乐。

亭前有古梅二,巨竹数十,后有素松约十围,秃其首,已数百年物。余每酌酒对之赋诗。至于春花之烂漫,夏云之缥缈,秋月冬雪,四望应接,则又莫不有诗。凡吾之得句于斯亭者,皆斯亭之所助而成也,顾不乐欤!诸生有童胤倬者,颇善行草书,因命次第书之,以悬于亭之左右,不独使吾之文字将托斯亭以传之于不朽,亦将使后之登斯亭者,读吾诗想见吾之所以乐,而彼亦将思所以自乐也。夫乐其乐与民同者,亦吏之职也。于是记。

谢良琦此文与欧阳修《醉翁亭记》极为相似。在公务之余,还有闲情逸致享受大自然的山水秀景，多少反映了作者对治理才能的自负和得意。同时，文中也表现了谢良琦与民同乐的思想，这是难能可贵的。文中积极用世之意也与谢良琦早年刚入仕途的心态是相吻合的。

又如《江树阁记》，① 此阁是谢良琦任福建延平通判时所建，他以"江树"命名，是因为登阁远眺，展现在眼前的，正是谢朓"云中辨江树"诗句中所描绘的美景：

> 江树阁，余所建，在署西山之巅，取谢朓诗"云中辨江树"之句而名之也。势高而景旷，凡山之绵延、联亘、回环逶迤于郭之外者，数十里皆得见之；水之纡回曲折消长，平沙远岸，洲岛出没隐现，皆得见之；山间水涯竹石、树木参差，渔舟野艇帆樯上下，皆得见之。独以江树名者，方落成时，晓雾未开，林影沙汀略可辨视，故遂名之也。

而这时，作者更倾向的是一种独处自适的观览，在悠然自乐中寻找心灵的寄托。

> 余性笃嗜山水，其于旷览遐尤所好，然而颇倦登涉。非倦也，无同心之友、无济胜之具，无优游闲暇之时。或且尘土面目、逡巡冠盖未及，周遭箫鼓酒肉，薄暮旅归，志气昏塞，山水之于人，人之于山水恒若不相接。然而今幸也，乃得之几案衽席之上。则见夫朝暮晦明，不一其时；烟霏云敛，风驰雨还，不一其候；苍翠离陆，含蓄蕴藉，吞吐明灭，不一其态。一日之间，一刻之内，千变万化，犊人樵子能知而不能言，学士大夫能言而不能知。而今幸也，乃得之饮食笑语之余。噫嘻！孰使余非仁且智，愚贱以居于是邦，而乐其山水之乐者，非兹阁之胜也耶？
>
> 阁成于戊申之秋，己酉余以罪废，求复朝夕此阁不可得，故记之。然余家桂林山水奇崛甲天下，异日者归而立乎湘山之上，旷望绵邈，则斯阁虽远，要不越红云碧落之外，倘临风而读斯记，或可

---

① 谢良琦：《醉白堂诗文集·文集》卷三。

呼而出之。

显然，此时的谢良琦在经历了宦海沉浮之后，对人生有了更多的感悟，无论顺逆，他都尽力地超然面对，以寻求内心的平静。正如他在《适庵序》中所说："天下之物，有所不适而后见其适。辟之日月，苦其阴翳者乐其清明；辟之山林，厌其烦嚣者耽其幽静。至于人生，优游以无事至逸豫也，然必阅历乎出处进退、生死穷达之间，而融炼于荣华、知遇、憔悴、流离、悲忧、愉佚之变，而后其心淡泊而无所凝滞。"① 他的《舫斋记》、《偶轩记》、《三石山记》、《兼葭庄看梅记》等，都是这一类散文的代表作。

谢良琦的人物传记所刻画的人物形象生动，个性鲜明，无论历史人物还是市井人物，都令人印象深刻，难以忘怀。其成功的关键是善于选材。如《死事五人传》② 所传为明末抗清将领瞿式耜、张同敞、周震、孟泰、焦琏等坚决抵抗清兵，宁死不屈的英勇事迹。五人合传，篇幅有限，所以，谢良琦精心选取最能表现他们坚贞气节的场面，通过人物的语言来凸显其个性。如，守城失败，清兵逼近，焦琏"挟（瞿）式耜俱行"时，瞿式耜不愿撤离，并说道："吾奉命留守，且大臣固不可去。君行自努力为吾报天子，臣竭力矣。"最终被俘。面对敌人的劝降和利诱，瞿式耜并未贪恋，而是"乞纸笔从容作诗，以死自誓"。文章还重点描写临刑前瞿式耜和张同敞的一段对话，进一步表现两人大义凛然、视死如归的浩然正气："（张同敞）顾见式耜方执笔吟咏，谓之曰'公大臣，宁当不死耶?'式耜曰：'此固某之志。'同敞乃起，整衣冠南望，载拜号泣，以首触阶前石流血。"

又如《贾时泰传》。③ 贾时泰是蠡县一位正直勇敢、为民除害的普通乡民，他"见人所为不义辄面诟詈，乡里颇惮之。生平独喜击贼，所居县南乡，南乡之村四十有二，遇有警必率其村之敢勇者俱赴，贼逸去，远近反覆踪迹，务尽根株痛断乃止"。后来，贾时泰受命官府，专

---

① 谢良琦：《醉白堂诗文集·文集》卷三。
② 谢良琦：《醉白堂诗文集·文集》卷四。
③ 同上。

门捕盗擒贼。贾时泰接受任命后，"聚北东西乡之豪杰而誓之曰：'自某至某，凡村几属之某，其村之可属以事者，某任之；有事则某与某毕其力。非是，有罚；乡之中有不良，教之不率，有罚；相隐庇，罚同；凡某与某不善，闻于泰；泰不善，闻于官；不如约，有罚。'"文章通过贾时泰与村民约法三章时简练有力的语言，表现了他出色的组织能力和公正严明的纪律性，准确地抓住了人物的性格特点。

谢良琦对市井人物的描写则别具风味。如《王生传》① 通过身处乱世的琵琶艺人的坎坷经历和传奇遭遇，间接地反映了明清易代之际老百姓漂泊不定的生活，也透露出作者对历史更替的无耐和感慨。其文曰：

> 王生者，幽州人，不肯言其名字，善琵琶，人呼为"琵琶"，或曰"王生"也。
>
> 余于京师贵人座上见之，年六十余矣，颜色憔悴，琵琶声尤哀怨。酒半忽私谓余曰："走抱琵琶五十年矣，幸遇公，倘不鄙夷，死无憾。"余未之应。明日，复至旅舍，自言天启时曾侍至尊，时上方喜新声，教坊能琵琶者以百数，顾独爱生。每风悲雨淋，上心忽若不乐，生从旁拨拉数声则天颜立霁。上宠宦者朱国寿，国寿少年，美姿容，喜谐谑，尤嗜琵琶作哀怨声，上常使生教之。后国寿泛舟溺死，上哭之痛，每闻生琵琶以为如复见国寿，故生常侍左右。逮烈皇帝立，教坊尽斥，并斥生。生游王公贵人家，争以上客处之，凡女弟子学琵琶，必以生为师。甲申之乱，李自成购得生，甚喜。自成起身卒伍，与其将帅皆喜《出塞》、《入塞》之曲，生故淫厉其声以感之。大兵人，自成尽弃辎重、姬妾，独不舍生，挟之西。往往战败，日落则生必为哀怨之音，使其众悲思以泣，自成竟以失众败死。生流落湖湘二十年，以琵琶自随。又途述其生平遭遇为歌曲，抑扬上下其音节，使用权合于调，听者泪落。既而老病，复归京师。京师之人见之皆曰："此四十年老王琵琶也。"
>
> 余谓琵琶小技，至于常侍至尊，又听盼睐不同于众人，则亦琵琶一时之遭也。然转瞬而屏斥，转瞬而流离，又转瞬而衰老，此在

---

① 谢良琦：《醉白堂诗文集·文集》卷四。

琵琶声中不过一响耳。而人民已非，旧弦未断，是可感也。且子曾
侍熹庙，当时谐臣媚子，其人有至今在者无有乎？曾游王公贵人，
当时恒舞酣歌，不忧国恤，其人有至今在者无有乎？曾随李逆，当
时飞扬跋扈之雄，其人有至今在者无有乎？乃酌之酒而告之曰：
"子为我弹，吾为子歌。"歌曰："望宫阙之巍峨兮，中凄以其瞻。
秦楚之县邈兮，思迷以离怅。荒草之故居兮，子将安归？"歌未
竟，王生调益急，声益哀，双泪承睫欲下，乃徐而终之曰："此自
古莫不皆然兮，又何独琵琶之声悲。"

　　文章虽然描写的是王琵琶这个普通艺人的生活经历，但也间接地写
出了明代后期最高统治者的沉迷享乐、疏于朝政和宠幸宦官，而这正是
导致明代灭亡的最主要原因。谢良琦最后的议论，则弥漫着浓厚的历史
沧桑感。其他如《马姬传》、《种松道者传》等都是这类散文的代表。
　　谢良琦的散文相对于清初三家来说，虽然议论中少了一些激烈的言
辞，描写中少了一些紧张的情节，（如侯方域《李姬传》直接表现与阉
党的斗争），但也因此而更显出其古文的特点，即理智冷静，含蓄委
婉，气象浑厚。这是与谢良琦独特的心态有关的。
　　谢良琦坚守儒家的中庸之道，所以他在明清易代之际的行藏出处，
与当时一些知识分子的普遍做法有所不同。他既非激烈的抗清义士，但
又闭门研读儒家经典，反复自省以修炼心志；他出仕新朝，但又抗颜直
言，不合时宜，屡遭谗言，几度沉浮。面对历史的变迁和朝代的更迭，
谢良琦可以一种较为平和的心态对待，就在于他对历史的思考比别人更
为深刻。在同时代许多人将明朝覆亡的原因归于明代中后期以来兴盛的
空疏的心学理论时，谢良琦却清醒地认识到明朝廷自身的政治腐朽和社
会弊端，才是导致明朝倾覆的主要因素。这样的分析是较为客观的。谢
良琦在《拟合祀死珰诸贤祠记》①指出，明末的农民起义在客观上造成
天下大乱，但导致明朝日益衰弊的主要原因，则是明中后期以来的宦官
阉党把持朝政，残害忠良，而最终危害国家："明运既终，天生圣人，
建万世之业。然乱明之天下者，李自成、张献忠也。所以召天下之乱，

———————————

　　① 谢良琦：《醉白堂诗文集·文集》卷三。

而其国卒因以亡者，魏忠贤也。呜呼，阉尹之祸，使贤人君子被污辱、遭惨戮，已可愤恨，况其效至于亡人之国也哉？"谢良琦更进一步指出，宦官阉党可以为所欲为，最根本的原因是最高统治者不辨忠奸，其失察之责不可推卸："琦尝论世，至于此事，未尝不叹息痛恨，深怪当时人主不察，甘以其生、杀、予、夺之权恣人喜怒，而以其身与社稷从也。"这样的思想在《拟敕建崇祯死难诸臣庙记》① 中表达得更为明确："方明之季世，君子小人各有其党，当时人主亦不能区别而用之，贤奸并庸，卒以召乱。"谢良琦身处明清易代之际，能对历史分析如此深刻、透彻，这样的洞察力甚至是许多后世历史学家所不及的。

正是基于这样的认识，所以谢良琦认为新朝的建立是历史的必然，所以，他没有像一些抗清义士那样，坚决抵抗清朝的统治，或是采取隐逸逃遁的方式来拒绝与清朝合作。在《重刻刘同人〈帝京景物略〉序》② 中，他在流露出对旧朝眷恋的同时，更多的是寄希望于新朝的"仁政"。《帝京景物略》是刘侗所撰的一部反映崇祯时京城繁华景象的书籍。但书成之时，其名不显。但对于经历了朝代交替的明末遗民来说，这本书却寄寓了对前朝的怀想。文中谢良琦说道：

> 方甲戌岁，天下极治，天子开明堂，朝诸侯四方万国，无有远迩内外，咸臣服，稽颡听命，公车肆觐，车击毂，人摩肩，接踵继至。既宴郡国贤能吏于国门，又宴进士于礼部。天地清明，草木光润，一时名公巨卿，章服……同人于是年举进士，亲见其盛。又少年能文章，意气自雄。于是本其山川风土、歌谣习俗，与其建置、废兴、沿革，大而宸居宗庙，及于桥梁池沼之微，山林洞壑，佳花奇树，……五年而成书，名曰《帝京景物略》。至今开卷，则京师虽远，如在目前，大观也哉。方书初成，流传未广，当是学古之士，亦能喜其文辞简峭近古，争相传诵，顾同人仕未贵显，又不幸蚤世，又无相知有声位者扬翊，故人视之亦不劳动人民爱惜。逮至甲申，寇氛蹂躏宫阙，人民摇散。赖新天子廓清扫除，旋复旧观。

---

① 谢良琦：《醉白堂诗文集·文集》卷三。
② 谢良琦：《醉白堂诗文集·文集》卷一。

然而乡之所为魁奇壮丽，或且寒风靡草，求其仿佛不可得。然后思同人之书，记载详悉，以为可备观览。嗟乎，昔人著书立言，将以见志，至如《三都》、《两京》，比物连类，矜炫奇异，君子或不肯为之。若乃一书极小，而有以动天下治乱兴亡，新故今昔之感，则同人初心或亦未计及此也。余家旧有是书，友人借观久遗失。前年游京师，已有新版，惜其多讹字，又先时所录诸诗，率徇俗不择美恶。近从董侍御易农所乞得旧本，为之厘正，尽去其诗其文之无关要，或稍丛杂者亦删其十之一。庶几，卷帙不多又精当可传。悲夫，同人之书可重刻，其人可复作，其景物可复见乎？幸今天子仁圣，励精求治，京师民物殷富，不二十年，景物当十倍畴昔。而余又虑衰老，恐不能复游矣。①

经过明末的动乱之世，许多书籍散佚不存。谢良琦这时出资刊印此书，不可否认他多少存有对旧朝的流连之情，不过，他更希望在新朝能够有所作为，兼济天下，实现自己的人生理想。这种务实的政治态度，是促使谢良琦出仕新朝，敢于进言，力图有所作为的原因所在。

谢良琦的古文因其独特的创作心态，与"清初三大家"不尽相同。他恪守六经之道，坚持出世为国，但又不迎逢主好，以利民兴邦为旨；他讲求古文法度，但又不尚摹拟，独抒己见，而自成一体。王鹏运评谢良琦古文说："其文师法司马公、韩愈氏，而汪洋恣肆，凡所至所学，抑郁而不得见诸施为者，一于文焉发之，而不以摹拟、剽窃为能事。"②这是很有见地的，准确地概括了谢良琦的古文特色，这也奠定了他在清代广西古文史上的地位。③

二 直谏名臣谢济世

谢济世（1688—1756），字石霖，号梅庄，康熙二十七年，出生在

---

① 《重刻刘同人〈帝京景物略〉序》。
② 王鹏运：《跋》，载谢良琦《醉白堂诗文集》前附。
③ 请参见张维《试论家族文化对清代广西古文创作的影响——以全州谢氏、蒋氏为例》，《广西师范大学学报》2010 年第 3 期。

广西全州桥渡村。谢济世生逢清朝盛世，从小聪颖过人。八岁，即可诵读《四书》、《周易》、《毛诗》等经典。① 十二岁，便可代父作文，被目为"奇童"。康熙四十七年（1708），年二十，乡试第一，中解元。五十一年（1712），中进士，授翰林检讨，在翰林院与李元直、孙嘉淦、陈法以古义相勖，时称四君子。雍正四年（1726），十一月，选任浙江道监察御史，到任未满十日，因上奏章弹劾河南巡抚田文镜，触怒雍正皇帝。十二月初七日下狱，次日旋奉旨免死释放，充军到新疆。雍正七年（1729），又因卷入陆生楠文字狱案，几死。复蒙圣恩，鉴其赣直免死，仍充军塞外。乾隆皇帝即位，已戍边九载的谢济世才蒙恩召回，得以重新起用。但这些磨难却未能消蚀他的耿直之气，他依然一秉气节，不改率直，并未"怵于祸患，或痛自摧抑，求处于材不材之间，以终天年"。② 乾隆七年（1742），因弹劾衡阳令李澎、善化令樊德贻被诬下狱，几为所陷。最后澄清事实，再度复官。乾隆九年（1744），奉旨休仕，终老乡里。有《梅庄杂著》，存文 62 篇、诗 49 首。

　　谢济世人格品质的形成和文学基础的奠定，都深深烙上了家族的印记。其《梅庄记》对此有直接的描写。《梅庄记》③ 所记"梅庄"是谢济世先祖所遗下的山庄，在这里，满载着谢氏家族祖孙几代的悲欢离合，所以，当谢济世中年回乡葬父，重游此地，必然引起他无限的感慨。文章先简要介绍"梅庄"的来历：

　　　　梅庄者，吾祖遗山庄也。吾家世居桥渡村，村在城西十五里，庄又在村西三十里。吴三桂之乱，先祖挈家避兵于此。
　　　　三桂既平，岁在壬戌春二月，吾省补行辛酉乡试，庄中老梅一株，叶蓁蓁结实如梧桐子矣，仰瞻梢上花二朵在焉。未几，榜发，

---

　　① 谢济世《梅庄杂著》卷三《梅庄记》："越八年，丙子（1696），先祖以思恩府教授赴公车便道还家，余与诸昆弟罗拜于膝下。祖顾曰：'谁为瑞梅者？'余口吃音结不能对。父在旁指出：'吃伯音霸是。'祖命诵书，《四书》、《周易》、《毛诗》，随举一则，应声朗诵无遗。"
　　② 胡敬思：《〈谢梅庄先生遗集〉序》。
　　③ 谢济世：《梅庄杂著》卷三。

先祖、元叔父中丞公魁，因名之曰瑞梅庄。①

可见，"梅庄"从一开始就承载着谢氏家族读书荣家的传统和理想，因此，庄中之梅也就成为谢家瑞兆的象征，谢济世的出生就是明证之一。谢济世从小机敏聪颖，八岁就能诵读《四书》、《诗经》等，当然也就成了家人的希望所在。

> 戊辰春三月，梅梢复见重台花一朵，家中以为叔父捷南宫之兆也。已而，叔父下第归。及腊月廿六日，余小子适生。先祖在永康州学正任，闻之喜曰："梅之瑞，其在此子乎！"名余曰瑞梅。
>
> 越八年，丙子，先祖以思恩府教授赴公车便道还家，余与诸昆弟罗拜于膝下。祖顾曰："谁为瑞梅者？"余口吃音结不能对。父在旁指出："吃伯音霸是。"祖命诵书，《四书》、《周易》、《毛诗》，随举一则，应声朗诵无遗。祖喜曰："此扬子云也！异日或能中进士！"叔在旁笑曰："世俗中进士，必有别号，此子其号梅庄乎！"②

儿时的欢声笑语和祖、父的殷切期望还历历在目，但一晃三十多年，如今祖、父已先后离世，只有谢济世茕茕独立于庄中，看着从干枯的梅枝中长出的顽强茁壮的新枝，岁月流逝的感伤和家族兴衰的强烈责任感顷刻一涌而上，让人竟夕不眠，泪流湿巾，不得不写下此文，表达作者对祖、父关切之爱的留恋和对父母含辛茹苦之情的感激。

> 呜呼！父子、祖孙、伯叔、兄弟聚首一堂，依依如昨日也。而今吾祖、吾父，不可见矣。自余襁褓离此庄，迄今三十有四年。顷奔父丧归里，安厝既毕，巡视田土，始得至焉。问我梅，老干枯矣，幸孙枝竟茁，摩挲久之。佃人导余出庄，指点某段某邱。行至莲堂山，余徒徊不能去。叹曰："此即我首邱地矣。生于斯，小名

---

① 谢济世：《梅庄杂著》卷三。
② 谢济世：《梅庄杂著》卷四。

于斯，若以祖父之灵，保首领以殁，又得藏体魄于斯，我于斯其有
始有卒矣乎？"

是日为余初度之辰，薄暮归庄，饭罢就寝。追想当年吾父吾母
劬劳情状，泪涔涔，枕、席、被、地皆湿，竟夕不成眠。鸡鸣，呼
童举烛，起坐援笔而记之。①

文章通过作者与梅庄的特殊情缘——"生于斯，小名于斯，别号
于斯"，追述了祖孙三代温馨安祥的家庭生活。诗书传家的家庭环境，
尤其是祖父为自己起名和对自己考读背诵的夸奖，叔父笑赠字号，以及
父母的艰辛抚育，都是谢济世勤读好学而终成大器的潜在动力。②

《藕塘先孺人阡表》③ 是谢济世纪念母亲的一篇墓表，这篇文章与
《梅庄记》一样，写于谢济世中年回乡葬父之时。此时，谢母已经辞世
近二十年。文章主要描写母亲对作者的抚育和教诲，表达了作者未及报
答的遗憾和内疚之情。幼时，谢济世的父亲因随侍其祖父，常年在外，
家政均由母亲蒋氏操持。其母"自幼聪明才智慧，听舅氏读书即能成
诵，因遂识字通文义"，通达文理，知书懂礼。所以，作者深受母亲的
影响。在众多的事情中，有两件事给作者留下了深刻的印象，因为它们
对作者的读书做人产生了极大的影响。

济世幼顽惰，从群儿为叶子戏，竟日忘餐，手一编辄昏听欲
睡。母折蓁而诲之曰："汝畏辛苦而贪快活耶？夫快活须从辛苦
来。吾曾闻吾父训兄弟云：'早辛苦早快活，迟辛苦迟快活，不辛
苦不快活。'吾而男子也，早已释褐登朝矣。汝不发奋，吾见汝终
身无扬眉吐气之日也。"昼自塾归，必考其业。塾无师，则扃锁一
室，非馈食不启扉。夜一灯，率吾妹纺，济世读迄三更乃休。

---

① 谢济世：《梅庄杂著》卷四。
② 请参见张维《试论家族文化对清代广西古文创作的影响——以全州谢氏、蒋氏为
例》，《广西师范大学学报》2010 年第 3 期。
③ 谢济世：《梅庄杂著》卷四。

　　谢济世幼时顽劣贪玩，整日戏嬉，不爱读书，所谓"业精于勤，荒于嬉"，所以母亲蒋氏将玩具折损，并对谢济世进行了一番语重心长的教诲，让他认识到"少时不努力，老大徒伤悲"，要及早用功进取，才能光耀门楣。每天从私塾回来后，母亲都会检查谢济世的学习情况，如果老师不来上课，就把房门紧锁，让谢济世专心自学，只有吃饭时候才开门。晚上还一边做针线，一边陪谢济世读书，直到三更才休息。母亲的严格管教对谢济世日后的学术和文学成就有着积极的作用。所以，谢济世特别地提及这件事，也说明了他在其中是深受其益的。谢济世年龄稍长，开始了考取功名的道路，然而并非一帆风顺。

　　　岁乙酉，命出应童子试。宗师张露顶赤足坐于堂，令诸生跪而呈卷，济世以不跪被逐。请罪于寝门，母笑曰："一领蓝衫不得，有何罪？今日为蓝衫而屈膝，他日为青紫有甚于屈膝者。窥狗窦，献虎子，拜门生义儿，皆由此忍辱求荣之一念使之也。汝能如此，吾无忧矣。"即而叹曰："日者瞽史推吾命，今年卸丑交壬，不利，恐不及见汝之成立也。"未几归宁，感暴疾，遂不起。呜呼痛哉！

　　十七岁时，谢济世参加童子试，因为不愿下跪呈上试卷而被取消资格。谢济世回到家后，懊悔不已，向母亲请罪。令人意想不到的是，母亲并没有责备，反而对谢济世不愿卑躬屈膝表示称赞，如果现在就学会奴颜媚态，那么可想而知，以后必定会为了一些利益而自甘屈辱，失掉做人的基本原则。母亲的教诲无疑对谢济世人格的形成有着重要的影响，其在日后虽屡遭谗毁而终究一秉气节，不改本性，就是他从小养成的品性所致。这两件事，对谢济世的学业和做人都有着深刻的启示，因此，追忆这些幼时的经历就是他纪念母亲的最好方式。而令谢济世深感悲痛的是，经过这件事后不久，母亲就患病辞世，没有亲眼看到在自己一番苦心培养下，儿子所取得的学业成就。三年后，谢济世中解元，又四年，成进士，又一年，恭逢圣恩，敕赐其母"孺人"。这也算是弥补了一点缺憾，作者的内心也得到了一些安慰。

赵炳麟以"古洁峭直"评价谢济世的古文，结合其独特的经历和品性，可以看出，谢济世的古文风格与"唐宋八大家"中的王安石最为相近。谢济世是清代广西第一位直声震天下的直节大臣，与之有关的几桩狱案，都曾轰动一时，震惊士林。其政治作为虽无法与王安石相比，但由此带来的影响却有相似之处，不可忽视。而背后的原因则是因为两人都本着忠君为民的初衷，兴利除弊，直言进谏，与旧有积习作斗争。因此，谢济世的政论文，也就是他的疏议类文章，都简洁有力，语言精粹，结构严谨，劲健奇峭。如《论开言路疏》①：

> 臣闻政治在于求言，求言期于闻过。与其遍求诸有官守之人，不如专求诸有责之人。而欲收开言路之利，且先除开言路之弊。
>
> 夫开言路何弊之有？告密是也。古帝王冕旒蔽目，黈纩塞耳，恶至察也。语云："水至清则无鱼，人至察则无徒。"自后世有密奏之例，小人多以此谗害君子，首告者不知主名，被告者无由申诉。上下相忌，君臣相疑。无论捉影捕风，将无作有；就令情真事实，而臣子阴私小过，亦非君父之所乐闻。恐虞舜好问好察，非此之谓也。
>
> 请自今除军机外，皆用露章，不许密奏。即或论列宫壶，指斥乘舆，如唐魏徵之于太宗，后人美魏徵之能谏，未尝不美太宗之能容。"君子之过也，如日月之食，过也，人皆见之。更也，人皆仰之。"安用密为哉！
>
> 至于有言者，台垣是也。内而六卿，外而督抚、提镇，皆有官守。所条陈者，任内之事；所举劾者，属下之官。惟六笠十三道，职衔虽有部、省之分，而天下之事皆得条陈，天下官皆得举劾。今恐言路不开，舍科道而问之督抚、提镇及藩臬，犹御膳不调，舍尚食而问衣、尚宝及百执事也。
>
> 臣愚以为开言路，当仍责成于科道。其责成奈何？
>
> 一曰严不言之罚。古者，君有过而臣不匡，其刑墨。御史拜官百日而无弹文，谓之辱台。近世居此官者，多巧宦之徒，或更变旧

---

① 谢济世：《梅庄杂著》卷一。

章，或敷陈细事，以塞讥评；或发摘孤立之小吏，或排挤失宠之大僚，以示风采。甚有峨其冠而箝其口，历俸数年，坐致大位者。苏轼曰："养猫所以捕鼠，不可以无鼠而养不捕之猫；畜狗所以吠奸，不可以无奸而畜不吠之狗。"似此言官或放归田里，或改授闲曹，则人知所惩矣。

一曰恕妄言之罪。凡章奏而言祥瑞者，佞人也；言利孔者，小人也。皆宜罢斥。此外，上者补衮职之阙，次者论君侧之奸，又次者陈朝政之失，言而当褒美之，言而不当亦优容之。虽其中有结党挟仇、形迹可疑者，亦宜给之冠带，不宜加以僇辱。问者？徇私负国之人纵免于国法，难免于清议；纵免于清议，难免于鬼责神纠。宁可有漏网之人，投畀皇天后土；不可有僇辱言官之事，载之史册也。如此，则人知所劝矣。

既立台垣劝惩之法，又当除文字忌讳之禁。臣曾读《尚书》，见禹、皋、周、召告君之词，毫无忌讳也。汉、唐宋、元犹无之，至明洪武时，始有极尽当化一百六十六字之禁。然而明祖享国才三十年，传世不三百年，则忌讳之无益，明甚。岂惟无益而已，言路之闭，实由于此。何也？纸上所书凶咎、悔吝之字且忌讳之，身上所作凶咎、悔吝之事，未有不忌讳者。无心失检且然，何况有心寓刺？泛论曲讽且然，何况直陈切指？片言只字且然，何况连篇累牍？上既已示其意，下谁敢撄其锋！此所以佞谀成风、謇谔绝响也。臣请自今表奏及乡、会试出题，皆不拘忌讳，行见嘉言罔伏，且使天下后世谓我乾隆为宽大之朝，岂不盛哉！

臣所谓开言路者如此。若皇上必欲为尧舜之君，复斯世于唐虞之盛，莫若于《大学》、《中庸》求之。《大学》言格物、诚意、正心、修身。《中庸》言慎独、致中和、达德行、达道。圣功王道莫要于此，莫备于此。舍此而别求平天下之道，形未端而欲影正，源未洁而欲流清，以博览广听为求言，以察言观色为知人，以亲庶官、理庶务、折庶狱为勤政，臣恐其为汉唐杂霸之治，而非二帝三王之治也。

这篇奏疏从反面论证着手，首先说明"欲收开言路之利，且先除

开言路之弊"，也就是说，为了避免打着广开言路的名义而进行陷害忠
良的情况出现，除了涉及军事秘密的奏折以外，都应该用露章，不许密
奏，以增加奏疏的透明度，也使君臣之间可以开诚布公地交流。① 为了
真正做到广开言路，谢济世认为，还应该让更多的大臣参与进谏，这不
应只是台垣谏官的职责而已。谢济世还提出了具体的措施，即"严不
言之罚"和"恕妄言之罪"。也就是在鼓励进言的同时，也要提供一个
较为宽松的环境，才能让更多的人进言献策。所以，作为最高统治者要
用宽容的态度对待大臣的批评意见，尤其是奏疏中可能出现的忌讳文
字。整篇奏疏就是一篇逻辑严密、思辨力强、条理清晰的政论文，绝不
亚于王安石的《本朝百年无事札子》、《上仁宗皇帝言事书》等优秀的
奏疏作品。谢济世这类文章的代表作还有《论殿试之弊疏》、《嘉靖大
礼议》等。

谢济世另外较有特色的是"记"体文和墓志铭。其中"记"体文
又有杂记和人物传记之分。先看他的杂记文。谢济世的杂记文并非以记
叙见长，大多是以议论为主，篇幅短小，形式活泼，言简意深。如
《姚中允覆车记》、《陈侍御失马记》等，都是通过一件小事来说明一些
人生的哲理，启人深思。其中《姚中允覆车记》② 这样写道：

> 由锅耳至特里，重山复岭，路甚崎岖。是日，中允车在前，主
> 人正襟危坐，仆夫扶辕缓行。行数十里，路始平，仆回顾主曰
> "而今而后，吾知免夫。"
>
> 于是，仆夫升车而坐，主人凭轼而观。行数里，主人拥鼻微
> 吟，仆夫执缓鼾睡。鼾声、吟声、辘声相间也，相续也。已而，左
> 枯根，右巨石，车仄以翻，马卧且踢，主人猬缩于箱中，仆夫鹄立
> 于辕外。众至，解鞯断靮，出马于辕，乃出主人于箱。仆夫曰：
> "异哉，不覆于高冈而覆于平地也。"主人曰："宜哉，高冈防其

---

① 密折制度始于康熙，盛于雍正，它为清初巩固统治等起到了重要作用。但后来也出
现了一些弊端。参见杨启樵《雍正及其密折制度研究》，上海古籍出版社2003年版，第178—
179页。

② 谢济世：《梅庄杂著》卷三。

覆，是以免于覆；平地自以为必不覆，安得而不覆也！"

　　谢子闻之曰："善哉言乎，独车也乎哉！"

　　文章首先记叙了马车翻倒的经历：当马车走在崎岖的山路上时，主人和车夫都小心翼翼，或"正襟危坐"，或"扶辕缓行"；顺利通过山路以后，主人和车夫就开始掉以轻心，以为平路上行车，不会有什么意外，所以，或"凭轼而观"，或"升车而坐"，闲然自得，还呼呼入睡。就在此时，却遭遇平路上翻车的狼狈。车夫对此不解，主人却饶有深意地指出了原因："高冈防其覆，是以免于覆；平地自以为必不覆，安得而不覆也。"谢济世从这一句话继续阐发道："善哉言乎，独车也乎哉！"就是说，不仅乘车的时候应该时时小心，不能有丝毫的麻痹大意，在人们的日常生活中和人生的旅途上，又何尝不是如此呢。人们在面临危险的时候，都有一种自觉的自我保护意识，小心谨慎；而当危险刚刚过去，马上思想松懈，毫无防备，其实，这个时候才是最危险的。这篇短文，叙述简明扼要，几个动作几句话，就将人物形象勾勒出来，尤其是坐车时神态的描绘细腻入微，而且前后记叙详略得当，对比鲜明，说理透彻深刻。

　　《陈侍御失马记》[①]也有异曲同工之妙。陈侍御即陈学海，他和谢济世一样，因弹劾田文镜被充军塞外。在军中，陈学海负责牧马。不久，他所放养的五匹马就被狼叼走了四匹，放牧人向他汇报时，他却毫无惊讶之容，也无叹惜之言。人们对他的举动感到十分奇怪，向他问道："先生矫情镇物者与，何得失置于度外也？"陈学海认为，"婚姻、仕谪、迁谪、死丧、财帛，皆有数焉"，"人生饮食亦有数焉"，"凡物成毁亦莫不有数焉"，所以，"不知其有数而以得失动其心者，愚也；既知其有数犹以得失系其心者，愚之甚者也。吾此身亦吾有，而何有于物？吾身外之物何者为吾有，而何有于马"？也就是说，既然一切都早有定数，那么，就应该以宽宏、从容的态度对待人生的得失，更何况是那些"身外之物"呢？这里虽然主要表现陈学海遭流放后洒落的胸襟，但也蕴涵着为人处世的奥妙哲理。

---

　　① 谢济世：《梅庄杂著》卷三。

又如《悔斋记》，① 这是谢济世被流放戍边时所作，其文曰：

梅庄子既至军中，卜居于市廛之西偏，颜其室曰"悔斋"。

客曰："吾子至此，今亦悔之乎？"子不对。客惭而请曰："然则吾子别有悔乎？"曰"有。吾闻之作非曰恶，陷非曰过。吾曩也，匪直多过，且亦有恶。今也，庶几无恶，岂能无过？圣人无过无悔，小人遂过不悔。吾不能无过，而不敢遂过，是以有悔。悔者，改之萌也；改者，寡之基也；寡者，无之渐也。客曰："吾子行年四十，其犹可及乎？"曰："可。古之人有少而悔者，颜夫子也；亦有衰而悔者，蘧大夫也；又有耄而悔者，卫武公也。少，吾过矣；衰，将及；耄，犹未也。"客改容谢曰："吾今乃得受教于君子也。吾亦悔吾失言矣。"

客退，书以为记。

虽曰"悔斋"，实则不悔。因为，当客问"吾子至此，今亦悔之乎"时，"子不对"。说明谢济世对因触怒皇帝而遭充军一事，并不后悔。而下文所说之"悔"，是谢济世在不惑之年反省自身时，对此前的错误有所悔而已，毕竟"人非圣贤，孰能无过"。过而有悔，悔而能改，为时未晚。最后，客人也因自己失言而悔，并记之以文，更表明谢济世对忠言直谏而遭流放并不后悔，他的直节敢言令客人也为之感动。这里主要通过主客问答的形式，一方面表现谢济世的直谏不阿，另一方面也是通过所居取名"悔斋"一事，表达了有过能悔、悔过能改的道理。这与孔子所说的"知错能改，善莫大焉"是一样的道理。

谢济世还善于选取不同的角度，发表议论，即使是同一内容，也会有不一样的感受。如《归化城关侯庙记》和《陀罗海兵马营关侯庙记》②，这两篇从内容上看都是为新建的关侯庙而作，但所论述的主题却完全不同。前者认为关羽之所以得到后世敬仰，甚至在边远的塞外也受到尊崇，是因为关羽的"至诚"的品质。由此，文章围绕"诚"字

---

① 谢济世：《梅庄杂著》卷三。
② 两篇均见谢济世《梅庄杂著》卷三。

展开论述:"诚则无私,故孙权结之而不可;诚则无欲,故曹公縻之而不能;诚则无诈,故不可伐而可袭;诚则不贰,故可杀而必不可降。其生也,诚能动物,威震华夏;其死也,诚不可掩,灵显古今。……中庸之道曰明、曰诚,侯之城可谓至矣。侯自汉迄明,历代加封曰王、曰帝。余谓侯亘古人豪,王爵既不足为重,而志扶汉室,帝号尤非其所安,故不敢从世俗之称,而仍其生前之爵,所以慰忠魂、励臣节也。"其中表达的是谢济世的做人原则和他对理想人格的描述。而后者,谢济世则将关羽看作是杀身成仁的正气的化身,以此激励戍守边关的将士,也应该像关羽那样"胸贮韬钤,志扶社稷,威足以震诸夏,勇足以冠三军"。立意不同,但都言之成理,各有所长。

谢济世的人物传记则写得栩栩如生,各种人物跃然纸上,各具情态。如《戆子记》[①],将作者身边一位憨厚忠直的仆人形象刻画得声情并茂,令人印象深刻,过目难忘。其文曰:

> 梅庄主人在翰林,佣三仆:一黠,一朴,一戆。
>
> 一日,同馆诸公小集。酒酣,主人曰:"吾辈兴阑矣!安得歌者侑一觞乎?"黠者应声曰:"有!"既又虑戆者有言,乃白主人以他故遣之出,令朴者司阍而自往召之。召未至,而戆者已归,见二人抱琵琶到门,诧曰:"胡为来哉?"黠者曰:"奉主命!"戆者厉声曰:"自吾在门下十余年,未曾见此辈出入,必醉命也!"挥拳逐去。客哄而散,主人愧之。
>
> 一夕,燃烛酌酒校书。天寒瓶已罄,颜未酡。黠者呴朴者再酤,遭戆者于道,夺瓶还,谏曰:"今日二瓶,明日三瓶,有益无损也。多酤伤费,多饮伤生,有损无益也!"主人强颔之。
>
> 既而改御史,早朝,书童掌灯,倾油污朝衣。黠者顿足曰:"不吉!"主人怒,命朴者行杖。戆者止之,谏曰:"仆尝闻主言'古人有羹污衣、烛燃须不动声色者。'主能言不能行乎?"主人迁怒曰:"尔欲沽直耶?市恩耶?"应曰:"恩出自主,仆何有焉?仆效愚忠,而主曰'沽直',主今居言路,异日跪御榻与天子争是

---

① 谢济世:《梅庄杂著》卷三。

非，坐朝班与大臣争献替，弃印绶其若蹝，甘迁谪以如归。主亦沽
直而为之乎？人亦谓主沽直而为之乎？"主人语塞，谢之，而心颇
衔之。

由是，黠者日夜伺其短，诱朴者共媒蘖，劝主人逐之。会主人
有罪下狱，不果。

未几，奉命戍边，出狱治装，黠者逃矣，朴者亦力求他去，戆
者攘臂而前曰："此吾主报国之时，即吾侪服主之时也。仆愿往！"
市马造车，制穹庐，备粱糗以从。

于是，主人喟然叹曰："吾向以为黠者有用，朴者可用也，乃
今而知黠者有用而不可用，而戆者可用也。朴者可用而实无用，而
戆者有用也！"

养以为子，名曰戆子云。

　　文章通过对比的手法，写出身边服侍的三个仆人——即黠者、朴者
和戆者，在面对同一件事时不同的表现，来突出戆子的性格。其中写了
四件事：作者任职翰林时，一次与朋友宴饮，兴尽之余，命仆人请歌妓
回家助兴。黠者顺从主人，但又怕戆者阻止，先让主人差遣他出门办
事，又命朴者守在门口，以为可以大功告成，邀功领赏。殊不知歌妓进
门时恰巧被回来的戆者碰到，并将歌妓斥退，因为身为朝廷官员不应沉
溺声色，作者听后羞愧不已。戆者看似违背主人的命令，其实他才是真
正地替主人着想，维护他的声誉。又一次，作者寒夜校书，以酒暖身，
不一会儿，酒即饮尽，黠者善于察言观色，立即示意朴者再去酤酒，又
遭到戆者阻挠，因为喝酒伤身，无益健康，作者只好勉强点头。后来，
谢济世官至御史，一日早朝，书童不小心将灯油倒在朝服上，黠者责骂
书童，作者也要杖打责罚他。戆者再次阻止，并有理有据地为书童辩
护，令作者无言以对。其后，黠者、朴者虽多次试图抓住戆者的把柄，
将他赶走，终究不成。不久，谢济世因事下狱，又逐放边塞，黠者闻讯
逃之夭夭，朴者也极力请辞，只有戆者依然如故，追随作者左右，以报
主恩。历经此劫，谢济世终于清楚地认识到，真正对自己忠心的人，只
有那个整天不顺己意，让自己难堪的戆者。除了各个事件中的对比之
外，文章更通过三个仆人在主人顺逆之际所暴露的本性，将他们再次进

行了一个最大的比较，使人物性格得到最深刻的揭示。

　　文中用对比手法，对黠者的机巧善变、一味投主所好的狡黠，朴者的唯命是从、不辨是非的庸迂，以及戆者憨厚耿直、大智若愚的忠诚都一一展现在读者面前。但作者对三人的描写详略得当，将主要笔墨放在戆者身上，极力表现他的言行表情，以突出人物的个性。如每次戆者之所以能够及时制止主人的过错，就因为他能言善辩，恳切有理，令人心服口服。而且，对他的动作和神态描写也十分准确，使戆者的形象更为生动、真实。如当他看到歌妓登门，先是十分诧异，然后一边"厉声"怒斥，一边将歌妓"挥拳逐去"；当他发现朴者拿着酒瓶，准备再去酤酒，戆者是一手"夺瓶"，径直回去劝阻主人；当作者落难，其他两仆已经先后离开时，戆者却二话不说，"攘臂而前"，积极为主人作好远行的各种准备，话语毫不迟疑，斩钉截铁，义无反顾。

　　文章虽然所述内容较多，又要兼顾各个人物形象，但是仅用几百字就将人物描写得活灵活现，各个事件的叙写也是首尾完整，条理清晰，毫不纷乱纠结。这就体现了谢济世古文语言雅洁精辟、简练流畅的特点。

　　如果说，《戆子记》中的黠者和朴者让人多少已经体会出人情的冷暖和世态的炎凉的话，那么，《陆水部出塞记》①更直接地反映了虎落平阳、龙游浅滩时倍受欺凌的凄凉和悲惨。陆水部即陆生楠，广西灌阳人。因忤逆圣旨，被充军塞外。这篇文章所记述的就是他出塞途中备尝欺辱和艰辛的经历。文章在表现陆生楠坚忍不屈的同时，还成功刻画了一个势利、贪婪、狡诈的赵姓仆役的形象，他对陆生楠的侮辱和欺诈，更深刻地揭露了人间的冷酷无情。

　　文章首先交代了陆生楠因获罪被充军塞外，出发前租赁骆驼负载前往：

　　　　有赵姓以二驼应，一乘，一载行李。既又曰："君无仆，与我三驼价，仆我。"水部如其言，立券，外银。将行，其一驼以马代，曰："驼上下难，马易。"是时，驼价四倍于马。水部知其绐

————————
①　谢济世：《梅庄杂著》卷三。

也，私自念："若贪财，我贪路，路行矣，驼马何择焉！"遂行。

虽然明知赵姓仆役的贪婪、欺诈，陆生楠并没有与他计较，只求到达目的地，不愿再生枝节。但这只是仆役欺弄的开始，一路上，他几次三番刁难陆生楠，谎称生病，借故推脱责任，甚至到最后大言不惭，坐享其成，陆生楠倒成了仆役，反过来服侍他。

> 行一日，赵谓曰："一人难兼二役，牧与炊，君择一。"水部领牧。又数日，称疾。水部炊且牧。由是屡称疾，坐食。夫坐食无责矣。一日，盂有宿餐，冷热半，掇热者去，曰："我不惯冷食！"水部笑曰："汝，介休人，亦不惯耶？"馕而自食之。

陆生楠虽一再忍让，息事宁人，但赵姓仆役却变本加厉，更为刁钻古怪，还吐露了他之所以如此大胆放肆的原因，是因为他知道陆生楠是戴罪之身，而他这个"无罪"之人，当然就可以肆无忌弹地进行凌辱和为所欲为。面对羞辱，陆生楠回想往昔，不堪回首，忍无可忍，几欲自尽，但最终还是忍受了下来。

> 又十余日，食无肉，骂。水部佯不闻。骂甚，及所生。水部正色言曰："吾纵不才，曾忝朝籍，况年倍汝，汝何至是？"应曰："吙，罢职即民耳。老去死来，蝼蚁引领久矣！尚以此傲我乎？"骂益甚，水部掩耳走。是夜至牧所，坐草中，雪纷纷下。追忆昔时歌鹿鸣，登玉陛，在家妻孥相守，出门童仆相随，今破帽散袤，昼行夜牧，掬蹄溲饮，拾马通炊，肤裂肌消，手龟足皲，又不幸为鼠子所窘辱，不觉涕泗交颐，仰天太息曰："天乎，不意我陆公荣竟至此！"拔佩刀欲自刎。既又自念曰："吾奉命从军，此非吾死所！"从此垂头、塞耳、箝口，凡历两月始至。

陆生楠两个多月的默默忍受，终于到达目的地。但赵姓仆役仍然冷漠无情，毫无悔意，依旧恶言相加：

　　既至，赵系马，汲且炊，水部意其悔过也。及炊熟，自进，麾水部曰："既至，吾事毕矣！汝去。"

　　在这里，赵姓仆役的无情冷漠和鲜廉寡耻通过人物的语言得到了栩栩如生的表现。即使文中没有对他的外貌、神态、动作等进行刻画，但从他漠然恶毒的话语中，其丑陋奸诈的嘴脸已清晰可睹。随着其恶行的一步步展现，读者对他的厌恶憎恨也在逐步地加深，同时相伴而生的则是对陆生楠的同情和悲惋。谢济世的人物传记确是善于抓住人物形象的性格特征，进行深入细致的刻画，而且语言雅练精确、文笔畅达，不愧是叙记描写的圣手。

　　由此可见，谢济世虽然以名臣直谏为世人所称道，但这并不能掩盖他古文创作的成就。他虽不以文称，但却谙熟古文创作之道，无论叙事、议论、抒情，都自有法度，各具特色，与专力古文创作的古文家相比，毫不逊色。相反，因为谢济世不囿于文法，直抒胸臆，更多了一分灵动和生气，风格更为明净畅练。"二谢"不仅是清初广西诗坛的佼佼者，在清初广西古文家中，谢良琦和谢济世都以自己丰富多彩的古文作品，从文法、文风和语言等各方面，对古文创作进行着有益的探索，他们的尝试都为此后广西古文的创作留下了宝贵的经验和有力的借鉴。同时，他们也掀起了清代广西古文创作的第一次高潮，为后人树立了一座丰碑。

第三节　蒋氏三代文学群体

　　全州蒋氏一族，文学兴盛。自蒋励常始，祖孙三代均有诗文集传世。这得益于他们自己对编纂整理诗文集的重视，蒋启敭、蒋琦龄父子居功至伟。尤其蒋琦龄，他在父亲蒋启敭搜集祖父古文作品的基础上，再经过三十年的尽力搜讨，最终刊成《岳麓文集》。对此，他有识言记道："道光庚寅岁，先君子始哀辑之。得古文五十余篇，诗八首，欲付剞劂而病其阙佚过多，旋丁先大母忧，遂不果。琦龄稍长有知，复遍索于门生故旧之家，合前所辑为古文百有十篇，诗九首，词一阕窃意假以岁月，或犹有获，仍逡巡未刻。及丁巳奉讳归，则兵后藏书毁尽，遗稿幸存，又佚去《王旦论》一篇及《官箴十二则》，而耆旧凋落，搜罗无复可望矣。更惧其久而存者复佚也，乃携至永州亟梓之。文有今事为人所不及知者，间附小注于其下，评语有与文相发明者，亦附登一二焉，盖上距庚寅之岁已三十年，即先君子亦不及见矣。刻既竣，泫然记其始末如此。咸丰九年中秋后一日孙琦龄谨识，邑后学邓文熊、曾孙冠英同校。"① 同治八年（1869）和九年（1870），蒋琦龄先后刊成其叔父蒋启敩《少麓遗稿》和其父蒋启敭《问梅轩文稿偶存》四卷。②

蒋励常、蒋启敭、蒋启敩、蒋琦龄祖孙三代之间的文学传承关系明显，其中蒋励常居于中心地位。

一　为文重气的蒋励常

蒋励常（1751—1838），字道之，号岳麓。蒋励常少负异才，天资聪颖，悟性过人。四岁入家塾读书，必深究文义，求达疏解，然后欣然成诵。稍长，喜读宋儒之书，十五六岁即潜心存诚、主敬之学，通经之外，还纂辑性理诸书，颇有见地。所以，参加童子试时，蒋励常因为文义精奥而得到学使的称奇赏识。但他的科举之路却一再受挫。乡试六次皆售，但会试均告落败。从乾隆五十一年（1786），三十六岁的蒋励常中举，直到嘉庆六年（1801），年逾半百，蒋励常才大挑二等，补融县训导。但他从不灰心沮丧，当人们为他官运不畅、官职低微而婉惜时，蒋励常却踌躇满志，携家前往，并谦虚地说："教职一官，职教士也，予惟未能称职是惧耳。"③ 融县地瘠民贫，士风不振，学风不盛。蒋励常积极采取措施，整饬风气，严立课程，减免资费，资助贫士，鼓励读书。日常教学中身体力行，循循善诱，深受士子敬重。自此当地文风日

① 蒋琦龄：《岳麓文集前言》，载蒋励常著，蒋世玢等点校《岳麓文集》前附，广西人民出版社 2001 年版。

② 蒋琦龄《空青水碧斋文集》卷四《少麓遗稿序》："呜呼！先叔父府君之殁于今三十有一年，其兄之子琦龄始得哀其生平所为古文，用钱玥、顾非熊之例锓木以附于先祖训导公文集之后。"见蒋琦龄著，蒋世玢等点校《空青水碧斋诗文集》，广西人民出版社2001年版。

③ 蒋启徵、蒋启敭：《行述》。

渐兴盛，弟子相继中举，成效显著。

　　蒋励常为人耿介正直，不苟同于官场污浊。早年随父从军时，曾设计打击骄悍蛮横的军将的嚣张气焰，大快人心。蒋励常任融县教谕十年，拟调补西隆州训导。未及赴任，因有官吏私索贿赂，蒋励常宁肯辞官回乡，食贫居贱，也不愿屈枉奉承。嘉庆十六年（1811），已逾花甲的蒋励常回乡后，受骋主讲清湘书院，开始了造士育人、谘政为乡的生活。在书院讲学十年期间，蒋励常"以德行为先，而文艺次之"，他经常以圣贤之言勉励诸生，并刊刻朱熹《白鹿洞书院教条》悬于书院讲堂东壁，"以备朝夕警省"，① 作为立身砥行之法。蒋励常还删辑"九经"注疏，集前贤言行为《养蒙编》，以作诸生学习材料，并著有《类藻》、《摘艳》等书教授诸生，日以实学相切劘。"士始苦其难而继感其恩，终服其教"，② 其门下"弟子数百人，多获高弟"，③ 为家乡培养了大量的人才，真正发挥了"书院，造士之区也"④ 的作用。此外，闲居乡中，"凡遇乡里利病事"，蒋励常都出谋划策，躬耕力行，"力兴除之"，⑤ 得到乡人的称戴。

　　纵观蒋励常一生，他虽有治理之才，却不汲汲于功名，而以修身养性为本；他虽无显赫之职，却常显超凡才智，而不计较个人荣禄。蒋励常"为人笃实刚健，性养交粹"，⑥ 一生行事以"义"为先，"义所当为，虽险阻艰难决然为之，不挠于利害祸福之说。于伦纪大节，竭诚尽性，务合于天理之至，而得乎人心之所安"。蒋励常以其独特的人格魅力而"为乡梓推尊，为士林倚重"。⑦ 虽乡人推请为孝廉方正，但蒋励常以盛名难当而推辞不就。所以，蒋励常成为后人景仰膜拜的典范，常以不得亲炙为恨。⑧

----

① 蒋励常：《岳麓文集》卷四《录〈白鹿洞书院教条〉示士小序》。
② 梅曾亮：《蒋岳麓先生家传》。
③ 蒋启徵、蒋启敔：《行述》。
④ 蒋励常：《录〈白鹿洞书院教条〉示士小序》。
⑤ 蒋启徵、蒋启敔：《行述》。
⑥ 蒋嵩：《岳麓先生文集后序》，载《俟园文集》，清抄本。
⑦ 蒋启徵、蒋启敔：《行述》。
⑧ 陆锡璞《序》："璞幼闻蒋岳麓先生名，窃深景仰，追先后见先生之子若孙，服其家学世范，益向往之，恨不及亲炙先生。"载蒋励常著，蒋世玢等点校《岳麓文集》前附。

　　蒋励常不甘于以古文家自居，所以他虽然创作了不少古文作品，但并不注意收集整理，更没有想过要刊印出版。道光十年（1830），在门人的一再劝说下，蒋励常终于同意刊行其文稿。① 但由于蒋励常生平未曾措意收藏诗文稿，所以仅得古文五十余篇，诗八首，最后因阙佚过多而未付梓。后来，其孙蒋琦龄年纪稍长，经过多番搜寻，遍索门生故旧之家，与前所辑得一起共得古文百余篇，诗九首，词一阕。但并没有马上刊刻，他还希望搜集到更多的作品。不过，咸丰年间，经历了太平天国运动的兵火之后，藏书多有散佚，虽然蒋励常的遗稿尚存，但又佚去《王旦论》一篇及《官箴十二则》。而这时，耆旧多已凋落，搜罗无望，蒋琦龄恐再拖延，辛苦搜集回来的文稿再次散佚，所以，咸丰九年（1859）将蒋励常遗稿整理刊印为《岳麓文集》八卷，并附《十室遗语》、《养正篇》二部辑著。其中《岳麓文集》八卷，包括论、说、考、记、书、序、跋、寿序、墓志铭、杂著等约九十多篇古文，并将九首诗和一首词作附录于后。

　　虽然蒋励常专心研注宋儒理学，日常言行亦准于居理穷敬之学，但蒋励常并不满足于空疏论理，而是以切实有用为归。所以，他不是理学气味十足的道学家，就"文""道"关系来看，蒋励常与朱熹的"道先于文"有相同的一面，但对朱熹的"以文害道"论却有着不同的认识。蒋励常也强调"先理后文"，"作文须醇而后肆，未醇而肆，恃才者浮，务博者靡"。不过，他认为讲求文法不会影响说理载道："理醇而文肆，《孟子》是也。故论文者但论其理之当否，不可以文之恣肆而诋之。周子曰：'美斯爱，爱斯传。'文不恣肆，第拘拘于绳墨之间，乌见其可爱而可传耶？"也就是说，只有醇厚的内容，而没有灵动活泼的形式，也不能算是真正的美文。他甚至还直接针对朱熹对苏轼散文的责难进行

---

　　① 蒋崧《岳麓先生文集后序》："惜是篇所收犹十之五六。诸兄恐复散失，亟欲梓之。先生曰：'不朽之业不在此，况篇幅寥寥，何梓为？'崧曰：'古虽三不朽并称，而首重在德，终归于言。德立，然后可以见功之纯驳与言之真伪；言立，然后可以见德之至否与功之是非。功有立、有不立，立德、立言则圣贤之所同也。故曰有德者必有言也，故文为心之声也。先生行道而有得于心矣，其所以化人而垂训，非文不著，况耆而好学，著述固未有艾，而其散佚在人间者，片羽吉光人人珍惜，异时搜辑以续此篇之后，崧不敏，犹能执铅椠以从事。'先生笑颔之。"

了辩驳："朱子论东坡文太恣肆。然作文不能恣肆，便是不会作文。虽高简足贵，亦必先由绚烂以造平淡也。"① 可见，蒋励常论"文"并没有道学家的迂腐气，所以，即使是论道说理的作品，蒋励常也经常运用不同的手法，灵活多变，不是板着脸孔地传道，而是在润物无声中让人领悟奥折的道理。如《醉说》：②

　　友人某嗜酒。余惧其以醉致疾也，劝令节饮。某曰："有是哉，子为我惧也。物之足使人醉者，独酒也乎哉？虎食犬而醉，猫食鼠而醉，鸠食桑椹而醉，物之足使人醉者独酒乎也哉？耽于色，醉于色者也。溺于财，醉于财者也。惓惓于荣名，醉于荣名者也。孔子，大圣人也。孟子，大贤也。天下岂复有物焉足使之醉？然而孔子悲天命，悯人穷，孟子师之，至老不醒。孔子曰，'甚矣，吾衰也久矣，吾不复梦见周公'。孟子适梁，梁不用。适齐，齐不用。其去齐也，亦可以已矣，犹以当今之世舍我其谁，私与门弟子相慰藉。夫悲天命，悯人穷，此盛德事也。而孔、孟以是醉，子何为我惧耶？"余曰："孟子适梁梁不用，适齐齐不用，是无招饮之人也。孔子摄政权仅三月，是酒方沾唇而遽夺之爵也。且孔、孟岂不知道之不行，特以目击时艰，不忍恝然而置之度外，故劳劳焉求尽吾力所当尽，吾力尽矣而道卒不行，于吾心可以无恨矣，岂可以言醉哉？若伊尹、周公，则居然拥大烹，酌大斗，以燕乐饮酒矣。然而伊尹复政厥辟，周公明农，则所谓饮而能节者也。今吾子虽不能不饮，请少节焉。可乎？"某曰："人之于物也，有所系则醉，彼四圣人者，惟无所系于物，故虽日置之醉乡可也，虽穷年不得一饮亦可也。子劝我节，我请以无所系法古人可乎？"余曰："富哉斯言，余得闻所未闻矣，岂独于子为可。"

　　文章从醉酒之"醉"谈起，通过主客问答的方式，一步步地将论题引向深入：这里的"醉"不仅是"醉于酒"，而且也可能是"醉于

---

① 蒋励常：《十室遗语》卷九"论文"。
② 蒋励常：《岳麓文集》卷一。

色""醉于财""醉于荣名",甚至连孔孟这样的圣人也会因"悲天命，悯人穷"而醉。所以，"醉"是人的一种执着心，也就是"醉心于物"。作者劝友节饮，但是又如何能够节制人的各种欲望呢？蒋励常则认为，孔孟虽有"知其不可为而为之"的执着，但他们不过是出于侧隐之心而勉为其难地劳碌奔走，只求问心无愧，并不是真正的"醉"，并不真正地为外物所羁绊。但其朋友却更深刻地指出了这样一个道理：按照作者的说法，孔孟等圣人之所以可以"不醉"，能够有所节制，是因为他们不为外物所系，那么，照此类推，如果要节酒的话，最好就是以这些圣人为榜样，不要为外物所系。但其实这样做的话，虽然达到了节酒的目的，但同时又落入到另一种执着中去了，就是"法乎圣人"，这又是另外一种形式的"醉"了。蒋励常往往就是在这些看似平淡的讨论当中，说明一些深奥的道理。由浅入深，层层深入，既简洁生动，又启人深思。这正是蒋励常与道学家之文的区别所在，也是蒋励常有意为之的结果。因为他曾说过："说理不善运笔，便近注疏语录。然而运笔之妙，当先于《孟子》求之。此余十数年用心古文独有会心，未易为不知者道也。"①

　　另外又如《岳麓说》② 也是这类文章的代表作。

　　　　有难余者曰："山之足曰麓，其上为峰，子素不甘人下，其自号也胡不以峰而以麓?"余曰：此先从父午峰府君赐余者，非自号也。然余闻之泰岱虽高，峡岬是藉。盖山之有麓，犹木之有本也。府君以号余，殆恐余之徒务乎高，而思有以抑之，俾反诸其本耶？且吾母于岳山之麓，吾筑室而居于斯，将以终吾之生焉。安土而敦仁，乐天而知命，咸于是乎。在吾又焉能舍此近且安者，而远慕乎巍巍耶？

　　文章围绕作者取号"岳麓"展开论述，"麓"虽有山之足的意思，但决不意味着作者甘心居于人下，落于人后。以此为号，在于"盖山

---

① 蒋励常：《十室遗语》卷九"论文"。
② 蒋励常：《岳麓文集》卷一。

之有麓，犹木之有本也"之意，也就是取其脚踏实地，反诸其本之意。这与蒋励常做事从不好高骛远，做人总是反本求源、求诸本心的原则是一致的。而且，这个命号还体现了作者的至诚孝心和乐天知命的达观的人生态度。嘉庆元年（1796），蒋励常的母亲谢氏去世后，时作者闲居乡里，因此，葬母后，蒋励常即在墓旁筑室而居，编茅其间，为母守孝。乡人因慕其孝行，每天都有很多人到此间向他问学，于是，蒋励常建立学舍，在山间讲学授徒，生活闲暇雅逸，其乐无穷。

　　蒋励常不仅在以"说"类文章中善于抒发修身穷理的观点，而且在"论""序""记""书"类文章中，对于治家安邦也多有创见。蒋励常一生勤俭持家，写楹联"存心忠厚，居室俭勤"八字劝导族人乡邻，并说："存心诚实为忠，处世慈和为厚，用物有樽节为俭，做事无偷惰为勤。余年近九十，见世之不为贫病，且子子孙孙能保其衣食者，皆不出此四字。因辑为联，以为我乡邻劝。"[①] 蒋励常虽然在乡里寿高年长，深孚众望，但他并不依仗资历，却俭约自励，为乡人先。他的《辞亲友祝寿书》[②] 就是通过劝阻亲友族人为己祝寿，说明俭朴简约不仅有利自身，而且亦可惠及他人。其文曰：

　　　　世俗所谓祝寿，有最伤天理者二，有最可鄙笑者一，今请得而具陈之。一以子生之辰，即其母免身受难之日。昔唐太宗于是日素服减膳，不受朝贺，以是故也。帝王且然，况属愚贱。一以物力甚艰，戚友所具贺仪，设措匪易，甚至有典鬻衣物以足其数者。生日一年一度，即七十、八十以至百岁，亦人所常有，何关轻重，而顾累及多人，甚无谓也。愚尝谓祝寿一次必减数年。盖以人之福分有限，惟多积阴德，尚可默邀天佑，顾反以无关轻重之生日，至减众人之衣食供吾一日之娱，鬼神有知，必厌之矣。一以天之生人，备此昂然七尺之躯，非独为己，利物济人皆分内事也。今自顾一生曾无一事有益于人，而偷居人世已若赘疣，乃复恬不知愧，戴其有靦之面目而立于堂皇之上，以俟人贺祝，使其人而尚有人心，清夜自

---

　① 蒋励常：《岳麓文集》卷一《楹联说》。
　② 蒋励常：《岳麓文集》卷三。

思，有不为之怃怩者哉？凡此数者，某每见他人为之且窃窃然嗤之，奈何其尤而效之也。

文中列举了不可大肆祝寿的三个原因，即己生之日，乃母亲受难之时，华宴筹贺，可谓不孝；因为祝寿，而令亲友颇费周折，甚或典衣鬻物以备贺礼，可谓不悌不亲；而以一己无益之身，以俟人贺祝，可谓不知羞耻。尤其因己累人，更是于心何忍？这并不是危言耸听，而是蒋励常亲身经历，身有所感，故而反复申说，婉辞祝寿。

> 二十年前，族中前辈某值八十一生日，族人议醵钱若干同往致祝，当时有闻而欣然者，有闻而稍有难色者，至于自知无力，而又不能以遽已往来，踌躇咨嗟而太息者，盖十居五六焉。俄有来告者曰："某翁实不欲以俗情累诸君，使某辞。"前太息者曰："然则免矣乎？"曰："免矣。"遂哄然散。此实余所亲见。彼龁龁翁只知博一日之欢，乌能念及于此，方其红烛高烧，华觞交举，祈黄耇而祝冈陵者纷纷满前，方自谓人生乐事无逾于此，岂知席上宾朋，其不至力穷悉索而破涕为欢笑者，有几人哉？今某以某月日生，诸君子平日幸不以某为不肖，纷纷有为某祝寿之说，第念某于诸君素承厚爱，方愧此生无涓滴之报，敢复以是相索？区区鄙衷，用先布闻，倘寻德爱而嘉纳之，则幸甚，幸甚。

此中可见蒋励常倡导节约俭朴风气的良苦用心。文章立意新颖，措辞委婉，有理有据，说服力强。虽以说理为主，但因其言辞恳切，感情真切，故而尤为动人。

蒋励常对寿宴婚丧不主张铺张浪费，认为"若徇俗情，务为铺张，此风一倡，彼无知者必以为观美，踵而行之，其害礼而贻讥于将来，洵非细故，不独资费伤财为足訾也"。[①] 所以，临终之时，他命家人以"家礼"丧葬即可，不可铺排，"待吊客不以酒肉"。[②] 蒋励常一生都在

---

① 蒋励常：《岳麓文集》卷三《答门人家鼎山书》。
② 蒋励常：《岳麓文集》卷三《答门人家鼎山书》后蒋琦龄注。

谨奉俭约的生活态度，对家人也严苛要求。其次子分官江西，如有"华衣美食，樗蒲非道等事，痛加戒绝"。① 蒋励常的示范作用对乡人族群都产生了很大影响，"豪华之家，悉为敛抑。游惰者闻履杖声即避去。一时无行之辈，至畏以名闻"。②

但另一方面，蒋励常提倡俭约并不是为自己积聚丰厚的家产，以遗子孙，相反，即使是薪俸甚微，并不富裕，但只要是有利于乡里族人的公共利益，他都慷慨解囊，倾力资助，并以此为乐。正如陈继昌所说："晚年益乐善不倦，建宗祠，辑世谱，设蒙塾，立义仓，凡亲族婚丧之助，靡不斟酌简要次第举行。"③ 蒋励常先后建立了敦睦堂、式谷堂等义仓，以接济族人不时之需，这都有记文详述。《敦睦堂义仓记》④写道：

> 积贮者，生人之大命，未有凶荒无备，而能讲睦姻任恤之谊者也。吾族自德祥公以下，迄今二十一传，支派繁衍，生计日艰，其中衣食丰瞻者，落落可屈指数，次则终岁勤苦，仅足自给，其余室如悬磬，朝不谋夕，盖十之四五焉。夫今日同族疏属，自始祖视之皆一体也。其忍秦越遇之而不少为周济乎？予夙昔有志，欲储谷数百石为义仓，以备岁歉时兄弟叔侄中之困乏者借贷之，老病孤寡者周恤之。奈历年贫窘，不克果行。洎就养江西，命次子启敫力事节俭，积年俸所余得若干金，兹于归里后买谷五百石，捐入敦睦堂宗祠，设仓存贮，归六房公正首事经理，每年收放以济同族，永远作为公项。予家子孙异日不得凯觎。仍刊石为识。呜呼！人之好善谁不如我？予方自愧力薄，不能仰法范文正公、史文靖公之广立义庄以待荒歉。吾族中岂无二三同志，不私其有而殷然酿粟以扩充义举者。异时庾亿仓盈，多多益善，即遇旱涝不必告籴他方而籴粟充然有余裕，于以讲信修睦，敦礼让而厚风俗，不亦善乎！所拟收放章

---

① 蒋启徵、蒋启敫：《行述》。

② 同上。

③ 陈继昌：《皇清敕授修职郎、融县训导，诰赠奉政大夫、江西定南厅同知蒋公铭》。

④ 蒋励常：《岳麓文集》卷二。

程，俱经公同酌定，众谋金同，非一人之私言也，并列如左。

显然，蒋励常不是为了个人的荣誉和名声而大倡立义仓之举，他是从族人整体利益出发，为营造和睦共处和互助友爱的生活环境，率先以自己微薄的力量，出资捐粮，设立义仓，以实际行动唤起大家的公益心。这与他讲求实用、注重实践的学术思想是一致的。文章语言朴实，简净古朴，层次分明，文意深远。

而乡里的风气也为之大为改善，修缮旧桥，筹资兴建书院，捐款建祠，修葺毁亭等，都成为全州乡民积极的善举。如《柴堂庵石桥记》、《广福桥记》、《翥凤亭记》、《重修清湘书院启》、《新建家文定公祠堂启》等，都记录着每一件善行义举，而我们也可以看到蒋励常齐家安乡的突出才能和躬行力事的人格魅力。

蒋励常不仅在"修身""齐家"方面堪称典范，而且他还有治理安邦的显著才能。虽然蒋励常只担任过地方教谕，官职卑微，但他却能实实在在地履行职责，极大地改善了当地落后的教育面貌。后来，蒋励常随次子就养江西，虽年事已高，但还日夕督促"修书院，兴水利，严胥役，清词讼，行保甲"，① 还著有《保甲论》，以明赏罚，寓教化，杜奸宄，保平安，提出了很多有益的举措。但即使是在谈论治国安边良策的文章中，蒋励常也并非以气势凌厉取胜，而是在纡徐婉曲中将问题娓娓道出，最后点明题意。这类文章以《独秀山记》、《得佳菊记》等为代表。

蒋励常的这类"记"体文，常常通过对景色、事物等的细致描写和叙述，引出对为官之道的讨论，往往引人深思。《独秀山记》② 从游览融县独秀山写起，在饱览胜景后，引发了山灵钟秀与人文之胜之间相互关系的一番思考。文章首先展现了融县独秀山的美景，由近及远，着重描写构筑在半山之上的几处亭阁，以及从半山远眺，山水相映的宏阔景象：

---

① 蒋启徽、蒋启敫：《行述》。
② 蒋励常：《岳麓文集》卷二。

融城西里许，有山名独秀。颠崖峻削，崛起平坡中，盖众山之特立者。山半石台数处，邑人构屋其上，凿石通径，护以短垣，曲折以登。其中为佛堂。循崖而西为大士阁。佛堂东附崖筑小亭，东上近颠，则文昌阁也。屋仅数区，布置天成，雅饶逸趣。山之外群峰环峙，若拱若揖，远近无虑千百。而其东南，则环以融水，山色波光，遥遥辉映。所以登高而远视，游目而骋怀，真胜境也。

接着，作者与友人在游历休憩之际，对眼前钟灵毓秀的山水形胜与融县之邑的人文盛况之间的关系进行了一场论辩：

壬戌夏，偕同人登焉。遍历诸胜，还憩亭中。客有询余者曰："此山与在桂林者孰胜？"余曰："桂林者奇特，此山周正，两不相上下也。"曰："形家谓桂林人文之胜，钟由独秀，今融之人士，英明而秀发无异桂林，非此山之灵使然耶？"余曰："是则在人，非山之灵也。使融而有人，奚事此山；使融而无人，虽有此山数十奚益哉？方今重熙累洽，文教覃敷，融之人士方日孜孜焉，争自濯磨，以仰副圣天子作人之雅意，而渐臻于人文之极盛。议者不其察，所以致此者，由国家涵濡之久，与邑人感奋之深，而独归功于此山，恐此山不任受功也。"客复难之曰："崧生岳降，载在诗篇，此山既与众异，宜有以钟其秀于人。洵如子言，是山之块然者徒具此形耳，于人何补焉？今吾子司教导于是，士风之劣者，惟吾子得新之，文教之，颓者惟吾子得振之，然则人文盛否，责将在子，乃独为融之人是望，是又何异山之块然徒具有此形乎？"余闻而自失者久之，继乃逊谢曰："善哉，子之为是言也。余敢勿兢兢以勉从吾子之箴？"归，即书其言于厅事之左，用以自警焉。

友人认为山水灵秀滋养了当地的人文气象，而作者则认为"是则在人，非山之灵也"。友人进而论道，既然人事重于山水，那么，身为融县教谕，作者肩负着兴教育才的重责，有责任重新整饬士风，振奋士人，否则，苟且度日，不思有为，无异于独秀山徒具虚名而已，无益于人文兴盛之业。至此，作者才幡然领悟友人的苦心孤诣，表示一定将这番话铭记于心，用心教职，有所作为。文章与一般的山水游记不同，不在于景物的描摹，而重在议论。通过摄事比喻，类比说理，题意深刻透彻。不仅作者从中悟出勤政为民的为官之道，而且读者也会心一笑，有所一得。

虽然蒋励常有志为民谋利，但他不会因此而屈节奉迎，所以，当上司逼迫贿赂时，蒋励常毅然拒绝，宁愿辞官归乡，平淡度日，安贫乐道。为此，蒋励常写了《得佳菊记》① 以明其志。

> 余素好菊，于菊之黄色者尤笃嗜之，而每以不得佳种为恨。盖花之佳者有三，曰大、曰圆、曰花瓣细密而层次分明。尝执此以求之。经数十年，足迹几遍天下，迄无所闻见。自分此生无复觏此矣。后余司铎玉融，于官署前曾姓家购得菊数本，云是黄色者，使儿辈植诸篱下，初亦不甚珍惜也。逾数旬，见其枝叶疏秀似与凡种异，始覆以肥壤，既开而视之，则果非凡种也。曩之所谓大而圆，细密而层出，求之天下经数十年，而不得者，今一旦得之，快何如乎！花既萎，即寄一本与季弟愚渊，且为缄书叮咛，使好封殖之。明年旋里，得以数盆归。不谓花未舒金而青枝如玉，辉映江潭，为波臣所嫉，悉被掠去，惆怅久之。谓携诸身畔者尚会之东流，况寄一枝于关山数百里之外，其他无恙乎？既抵里门，幸前所寄归者孙枝繁衍，竟得十余本，既以数本自植，余悉分送戚族家，盖虑其种少易绝，故广植之，俾日以蕃滋也。少陵诗云："诸公衮衮登台省，广文先生官独冷。甲第纷纷厌粱肉，广文先生饭不足。"是则广文之穷由来久矣，而余独不然。余之归，灼灼黄金锭，其大如碗，布满庭廊，且分所有余，足以仁及其三族。是以言之，广文穷乎？不穷乎？

菊花在中国文人笔下，历来代表着高洁、傲骨的品质。蒋励常对菊花的偏爱，正有以物寓志，以物明性之意。经过辛苦遍寻，作者终于得到佳种，而且繁衍茂盛，自然快乐无比。但回乡途中，随身携带的几盆

---

① 蒋励常：《岳麓文集》卷二。

菊花却被卷入河中，作者心中无限惆怅。而令作者意想不到的是，当初偶寄回乡的一株菊花却充满生机，繁盛灿烂，作者从中又看到了菊花的任由霜风摧残而不屈的精神，又找回了希望。文章以物托志，菊花"为波臣所嫉"显然比喻作者在仕途中为小人所嫉的现实。最后菊花的繁盛如故，表达了作者坚守贞操，不屈枉迎逢的态度，以及对贪腐官场的鄙视和嘲笑。文章寓意深远，委婉曲折。

蒋励常还有《诫次子启敫书》、《答谢稼轩书》等都表达了有志治国的愿望，而且他认为，无论官居何职，都要安守本分，忠尽职守。他虽身无显职，无法施展抱负，但他力劝次子出仕，尽心为官，造福百姓。① 这都说明蒋励常积极入世的政治态度。

其他像《智说》、《养心百字说》、《长孙奇淳字申甫说》、《恕庵序》、《录〈白鹿洞书院教条〉示士小序》、《十室铭》、《金丹百炼铭》等，或述修身养心之法，或明行身立事之宜，或道齐家安邦之策，"语意精确，发前人所未发。……读者皆叹府君于存心养性之功深矣"。② 这类文章大都言简意深，于细微处将宋儒修身之法缓缓道出，不着痕迹，而意趣益然，回味无穷，一方面既显示了作者深厚的学术修养，另一方面也反映了作者以文明道、道由文生的较为统一的文道观。

蒋励常为文不拘一格、讲求新变，如果要说他为文的取向，则更接近韩愈、苏洵。蒋励常虽不甘以文家自居，但也颇留心文法，《十室遗语》就有专门"论文"一章，记载作文要旨。如"凡作文，先于参差中求整齐，而后能以整齐为参差。整齐之中有参差，文也；参差之中觅整齐，章也"；"左、国之文多整齐，当于整齐中求其流动处；《国策》、诸子、《史记》之文多放纵，当于放纵之中求其严整处"③ 等，都是蒋

---

① 蒋启徵、蒋启敫《行述》："癸日先太宜人窀穸事毕，不孝启敫服阕起，复以府君春秋高，不欲复出。府君谕曰："汝年方强，仕当及时报国，但能做一好官，虽违色养亦孝子也。况余尚健，尔兄弟俱在膝下，而欲以养终耶？"不孝启敫不敢违，赴都引见，奉旨补缺，后以知州用，仍发原省补贵溪县，旋调南昌。府君寄谕曰："汝迁首邑，日与上官接，一切利病可以面陈，趁此为地方多作善事，即所谓不空到宝山也。"又曰："繁剧之地，多尚趋承，习奔竞，不知穷通得失俱有定命，君子乐得为君子，小人枉自为小人。尔宜居易俟命，无负于国，有益于民。不愧于天，不作于己，方不枉读书一生也。"不孝启敫谨跪志之不敢忘。"

② 蒋启徵、蒋启敫：《行述》。

③ 蒋励常：《十室遗语》卷九"论文"。

励常精研古文典范后的独到之语。而他最推崇《孟子》的文法，认为其"理醇而文肆"。他还专门探研《孟子》文法的心得笔记。而在具体作文时，蒋励常还是从唐宋大家入手，尤其推崇韩愈和苏洵。因为"茅鹿门选唐宋八家文。八家中，昌黎、老泉皆得力于《孟子》"。除了评点《孟子》之外，他还评论韩愈文章，有《读韩》一节，多有体会。其孙蒋琦龄说："先大夫肆力于古文，尝自谓于孟子文有心得，于唐宋大家尤嗜昌黎、老泉，谓皆得力于孟子者也。坊肆间有苏评孟子，伪托眉山，至为弇陋。因欲仿其书自抒积年所得。适主讲清湘书院，因命门人日抄孟、韩文各一首置案头，暇则为加评论。后缘事，其业未竟。其已加墨者，亦为门人传抄散佚，同志惜之。此数则为姑丈谢竹庄所藏，戊戌之冬始求得之，存其什一，想见大概而已。然吉光片羽，读而爱且惜者，未始不可因一脔以测全鼎也。"① 从他所谈到的作文要领也可以看出受韩愈的影响。曾有门人问"作文如何而能圆足"，蒋励常曰："惟足而后能圆，如吹猪脬，其未圆者气未足也。气盛，则言之短长、高下皆宜。盛即足，宜即圆也。上文足，则下文之或转或接，都不吃力，一定之理也。"② 其为文重气的说法，与韩愈如出一辙。而蒋励常虽重文法，却不拘泥于法，他从韩愈这里学到的更多是一种自出新杼，敢于创新和尝试的精神。蒋励常的《竹先生寿文》③ 类似韩愈的《毛颖传》，是游戏而成的佳作，题目就明确标示"戏代笔为纸祝寿作"，其文曰：

> 某年月，友人石君端、陈君元来告于余曰："我辈与竹先生从，正为莫逆交，于兹有年矣。是月之某日，是其降生之辰，同人愿为祝嘏之词以献，敢以属诸吾子。"余再三以少文辞，必不可。因念吾侪与先生交既久，生平行事惟吾辈深知之，亦惟余能言之。因跻堂之祝而表，而出之以风示一世，非余之责而谁之责乎？先生姓竹名方，从正其字也，家衡湘之间，世有文名。父笔，性峭直，

---

① 蒋励常：《十室遗语》卷九"论文"后蒋琦龄注。
② 同上。
③ 蒋励常：《岳麓文集》卷七。

训子有义方。先生禀性纯粹，中通外直，美姿容、莹洁鲜腻，有如片玉。少客渭川，学于蔡伦，读书仅一过辄终身不忘。与人交，初若朴素无文，及与之论义理及前古事，则帝王经世之宏猷，圣贤修行之大法，凡人所不能道者，先生言之条分缕析，观者无不了然于心。自朝廷以迄里党，事无大小，有不及记忆者，问先生，必悉举以对。为文不拘泥于一格，词赋歌诗及古今文字各随其题而付之，无不酷与之肖。故每一篇出，四方之士咸爱慕之，而奉以为楷模。客有劝之就科举者，先生曰："吾乌用是为哉。今四方皆用吾术，是四方之就科举者，即无异吾之就科举也。吾乌用是为哉。且仆虽不获大展其所有余，以置身通显，而卷而怀之，亦焉往而不得其为我。古人有言曰，知己实通讯。故人生无论穷达，得一知己即可无恨。况知我者有三人也。吾与此三人者，或于山房精舍之中，焚香列坐，上论古人，下酌时事，疑可相析也，奇可相赏也，乐至忘忧，几不知人世间足以阸我者尚有何事。时而天朗气清，花妍柳媚，则相与徜徉其间，睹烟云之变态，与山川草木鸟兽虫鱼之纷纭，作为诗文，以写其情状而娱其情，乐更何如？奚暇慕夫宝贵哉？"客避席谢曰："先生之言是也，仆不才，尘垢性其胸中，今得而涤之矣。"先生之祖有名箭者，居嶰谷，因伶伦得见黄帝，帝命掌乐，身定律吕而五音正，故箭之后世为乐官，而守其家业，卜淇园居焉。迄始皇焚书坑儒，败先王法度，而律吕之学亦不传。箭之后因避秦，移居衡湘间。汉末有麻氏工制诰之辞，显于朝。箭之后，篁遂自衡湘间舍业而往学焉，尽得其传，归以遍示诸族人，而麻氏之学遂自此废。麻氏之先有简氏、白氏，麻氏皆尝师事之，而取二家之学而变通之，故尤适于用。同时与篁学于麻氏者有楮氏、谷氏。楮氏最著，退之所称会稽楮先生是也，今少衰矣。惟篁之学遍天下，学者赖之。竹之族甚繁，篁之后有曰笕、曰筱者，笕生先生，而余则筱之自出也。筱长成出赘中山毛，因别为一族，其实与先生同源而异派。故余视石君、陈君交尤密，而相知尤深。先生尝谓余曰："柔不失己，刚不迕时。圆而有直，体吾子之行也。"盖世尝称余为管城子，故云。则是知余者孰有过于先生？余所称说，虽不足以尽先生之行，然不右谓非知己也。仄山之高也，指其一拳而形可识；河水之广也，尝其一勺而味可知。举是以例其余，其亦可矣。佥曰可哉。因不揣固陋，谨述之以为先生寿。先生不善饮酒，则不饮酒而饮水。今观所述，当必有怡然以悦者，或因是而进一觞乎？

文中寓意，不言自明。作者表达了对竹子的君子禀性的向往，即文章所说"柔不失己，刚不迕时，圆而有直"，同时也表达了作者重视修身养性，淡泊名利的人生追求。文章谐趣别调，又不失简朴醇雅，可说是蒋励常作品中的一枝独秀。

二 蒋启敭与蒋启敭

蒋启敭与蒋启敭，分别是蒋励常的长子、第三子。

蒋启敭（1795—1856），字明叔，一字研三，号玉峰。嘉庆二十三年（1818），举于乡。道光二年（1822），中进士，以知县分发江西。蒋启敭在写作古文方面很有天赋，"九岁为文，不加点，洋洋数千言。攻制艺，以'凤兮凤兮'命题，理法兼到，符采焕然，见者惊异"。① 不过，父亲蒋励常在主讲清湘书院十年间（1811—1821），"其教士必期有礼有用，讲求性理，留心经济之学，不专于帖括，教子亦犹是也"，② 所以，蒋氏兄弟都以此作为立身行己的准则。蒋启敭初任江西广昌县篆，蒋励常即著《官箴十二则》寄示，曰："学者读书取功名，非图温饱，欲为朝廷添一好官，为地方行无数好事。否则，不如其已，毋徒自取戾也。"又曰："知县为亲民之官，造福易，造孽亦易。事事检点，时时觉察，则地方受福；稍一疏怠，内外即因缘为奸。吏役之贪婪，亲友之弊贿，豪右地棍之鱼肉良善，种种罪恶，皆坐于本官一人。不得以操守廉洁，居心宽厚，自为解免。盖不能造福处便是造孽，此际无中立之理也。"③ 道光四年（1824），蒋启敭将父亲迎养江西官署。后

① 蒋琦龄：《行述》，载蒋启敭《问梅轩文稿偶存》前附，同治九年（1870）刊本。

② 同上。

③ 蒋启徽、蒋启敭：《行述》，载蒋励常著，蒋世玢等点校《岳麓文集》前附，广西人民出版社 2001 年版。

蒋启敫历任德兴、会昌、新城、赣县，所至皆饬令修书院，兴水利，严胥役，清词讼，行保甲。"遇有疑难事，辄禀咨而行，居官十余年，幸免陨越者，皆府君提命也"。① 可见，蒋启敫将父亲的训导一以贯之于自己的行动中。蒋启敫虽不专意于古文，但从《问梅轩文稿偶存》四卷中，足以反映了蒋启敫古文创作方面的功力，还深得当时桐城派古文大家梅曾亮的赞誉。蒋琦龄《行述》中记道：

> 公事稍暇，则手一编，或与其邦之贤士大夫赋诗唱和。取昔人"欲知官况问梅花"之句，以"问梅轩"名其集。……上元梅伯方先生曾亮序之曰：婉而善入，易而善出，他人所艰苦而不能达者，皆出之以优游平夷，而循节曲傅奥美毕宣，使已无不尽之词，而读者亦无不快之意，如乘轻舟顺风中流，倏忽千里而恬然不知有波涛之惊，江湖之危阻也。君之诗即君所以善其政者乎？……呜呼，府君之诗，三先生之言尽之矣，抑所言不独诗也，古文牍札及骈体时艺，擅长胜概，论者谓皆与诗同。

虽然梅曾亮所称的是蒋启敫的诗歌作品（其有《问梅轩诗草偶存》八卷），但他的古文确也有着"婉而善入，易而善出"的特点。《问梅轩文稿偶存》包括了记、序、题跋、书信、传等各类文体，其中庭园游记等"记"类散文较为突出。如《相照园记》，② 此文写于1844年。相照园是其友人武宁县宰王勉斋所建的官署园林，蒋启敫首先介绍了建园缘起：

> 古之君子于筮仕之地，往往有亭台之好，园林之娱，朝夕游息于其间，非侈也，所以舒其烦劳之气，养其恬适之情，使吾心清明暇豫，以之析众理而应庶事，恒觉充然其有余。唐之白傅、宋之欧阳子、苏长公其人也。吾友勉斋王君宰武宁，境广事繁，夙号难治。君精明勤干，期年间政成民和。署之东轩后有隙地数十亩，君

---

① 蒋启徵、蒋启敫：《行述》。
② 蒋启敫：《问梅轩文稿偶存》卷一。

拓之为园。

接着着笔描写相照园四周的景色和环境，穿过官署东轩背后的亭子，往南是秋香阁，作者以之为中心，由北而西，分别写了文光楼和友竹山房。

> 背轩作亭，古树挟流，绿阴森然。循亭而南，为秋香阁。阁两层，下为桃花坞，环植花竹，登阁而望，城北诸山，浮青涌翠，如在几席间。阁前因洼地凿为池区，而二之，半以植花，半以蓄鱼。池心有亭，圆如盖，小桥通焉。花时流芬吐艳，人坐万朵菡萏中。池北危楼巍然，与秋香阁对峙，曰文光楼。凭栏远眺，南山一抹横天际，如列屏障。楼下饰绮疏，牓曰小留春馆。阶前叠石为山，高丈许，玲珑透瘦，有若天成。楼之西，石径曲折，坡陀起伏，绿竹千竿，有屋三楹，曰友竹山房。疏棂四闿，深翠欲滴。其前杂莳花卉，间列奇石。

由秋香阁往东，就是相照园。为避免重复，作者没有直接描写相照园的景色，而着重写出官民同游相照园的欢乐情景：

> 由秋香阁而东，粉垣一带，朱栏环绕，深柳覆之，负墙小亭如半舫，面池赏荷最宜。东北隅别闿一门，达于署外，牓曰相照园。每岁佳节，纵士民入游，亦同乐也。噫嘻，斯园之景，旷如奥如，君以匠心经营，阅三四年始成，可谓劳矣。土木砖石，丹膌胶漆之赀，可谓费矣。且君将以晋秩观察去任，犹日孳孳补葺，曾不少惜其财力。昔李德裕作平泉庄，诫其后曰，以吾一树一石与人者，非吾子孙也。然卒不能保，论者嗤之。今世士大夫往往视官廨如传舍，听其倾圮，而里第则务求轮奂之美。以视君所为，其达与隘何相越之远哉？异时邑人游斯园者，指相谓曰某亭某轩，昔使君所游憩也。某树某石，昔使君所培筑也。传之咏歌，载之志乘，历久而不朽，较诸以田宅遗后，人不易世而售归他姓者，其得失荣辱又何如也？

作者由此感慨道，王勉斋即将离任，还不惜财力，对相照园不断修缮补葺，犹如自家府第，这与其他人"视官廨如传舍，听其倾圮"的一般做法不同，表现了王勉斋宽厚达观，不计私利的为官之道，并安慰友人此举必然传颂后世。文章最后追叙了写这篇记文的由来：

予与君别七年矣，道光甲辰九月，自分宁受代，过此日已暮，舣舟入晤。君道斯园之胜，秉烛以游，坐池亭上，谈至夜分始别。明日值重九，君坚邀复游园中。登临欢宴，抚景流连，令人作尘外，想为诗以赠君。叹曰，吾去此有日矣，后之代者未知肯踵而修之否也。予曰，然，视乎其人耳。拙者竭蹶公私，则不暇修；悭者爱其资财，则不欲修；扬谨者又恐以兴土木，崇游观，致民失誉，于上官訾议，则不敢修。后之君子能如君之勤于政，斯事治而有余闲；如君之达观，自不私其财力；如君之循声卓卓，士民悦而大府嘉其贤能，乃可优游逸豫而訾毁不生，于焉舒其烦劳之气，养其恬适之情，追踪古君子之所为，则斯园之修，必有与君同志者，而又何虑乎？君欣然笑曰，然，请书斯言以示来者。还舟遂为之记，以复勉斋刻之园中。

这其中既是对友人的安慰之语，即劝说王勉斋不必因为即将离任而为园子的兴衰忧虑，相信他日必然有能够体会王勉斋用心的人来抚治是邦，一定会为相照园添光增色；同时这也是作者在发表议论，即希望为官者能够像王勉斋那样勤政、爱民、达观，以造福百姓，安国兴邦。

文章将描写与议论相结合，景物描写线索清晰，笔法细腻清新，议论部分有理有物，起到深化主题的作用。其他如《游覆釜山记》、《重修郁孤台记》、《魁星楼记》等都具有这样的特点。但蒋启敭这类"记"文也存在一些不足，有时不免过于冗长，不够简洁。对于这一点，蒋启敭并不讳言，他在《游覆釜山记》①之后有一段自跋说道：

① 蒋启敭：《问梅轩文稿偶存》卷一。

予在晓洞，鼎山（蒋崧）书其尊人松轩先生《登宝鼎记》见示。笔墨高洁，结构谨严，邃于古文者也。还家自为此记，复检阅州志，见曹公一湛有《游覆釜山记》，汪洋洒落，文采粲然，雕镂物态，穷殚工巧，文人之能事也。予之文，简洁而不及松轩先生，藻缋不及曹公，触景生情，兴到笔随，不构文律，亦犹日记例耳。然二公仅叙宝鼎之游，不记山后。予则兼访友之乐，毕览山后，西延之胜，二事并记，不得不长言之。观予文者，于明窗净几，风日清美之时，细阅一过，恍如身在高山深林，烟云缥缈中，则此记可作卧游之资，当不厌其辞之冗长矣。道光壬寅重九后十日，玉峰自跋于问梅轩西偏之半舫。

"记"文之外，蒋启敭的"序"文则以议论为主，较有代表性的是《书梅伯言刑说后》。[①] 这是针对梅曾亮《刑论》所作的一篇驳论文。文章首先指出，梅曾亮所谓不计轻重，凡杀人者必正法的做法，不仅不能减少杀人刑案，反而会弊祸丛生，因为如果不分青红皂白，一律处之以死，则真正的犯罪不能得到公正的惩罚，有损于法律的威严与公平。将惩罚手段简单化，并不能有助于良好的世俗风尚的建立，律法的条分缕析有时候是一种必要，而不是无谓的繁复。

余读伯言梅子《刑说》毕，抚卷而叹曰，梅子之意则善矣，惜乎立言之过当也。梅子意以为古法杀人者死，今则同一杀也，而计较情节之轻重，使民见杀人者有时不至于死，则何惮而不汹汹。不若略其法，使民易知而难犯，此救世苦心也。然梅子之言欲使杀人者毕出于死之一途，而不必有谋、故、斗、误、戏、过失之分，下手加功之异，情实缓决减等之差，信如实，则凡有杀人者，一经获犯，即可正法，而案情不须推鞫，解勘不须审驳，朝审不须矜恤，即周官三宥三赦之法，亦可无庸矣。梅子之言恐启天下以骤刑之渐也，是欲矫其弊而弊愈生也。

夫梅子以古之刑杀人者死，伤人及盗抵罪为法之整齐简易者。

---

① 蒋启敭：《问梅轩文稿偶存》卷二。

窃谓汉高当暴秦之余，赭衣塞路，囹圄成市，入关约法，蠲除烦苛，网漏吞舟，救时之弊政然耳。且诏词简略，因不暇条分缕析也。试观彼时肉刑未除大辟，尚有夷三族之令，其立法亦未尝尽略。迨后三章之法不足以御奸，于是相国萧何撍秦法，取其宜于时者，作律九章，则立法又不能不渐加详矣。吕刑云五刑之属三千，大辟之罪其属二百。自古杀人之罪已难概从一律，况后世风俗日偷，案情譸张百出，执法者欲以万有不齐之情，举一言以比而同之，刑罚乌能持平耶？

梅曾亮《刑说》中还认为，"死生者，民之所知也。曰误杀、戏杀、过失杀，则民所不知也"，并以此为由，认为可以不必分别重轻，杀人者死。对此，蒋启敭则指出，"王法本乎人情"，虽然老百姓对律法的具体规定未必可知，但遇有杀人之事，每个人都会追究事情原委、事件过程，从而分辨杀人者所应承担的后果，这是人之常情。所以，虽说情与法不相融，但制定律法的精神则应该从尊重人情出发，不能完全抹杀人情。这样，才能保证法律的公平，才能让每个人自觉遵守法律。否则，不由分说，不加仲裁就一律处死，只会使得杀人者不顾一切，更加凶狠。

　　梅子之言曰，死生者，民之所知也。曰误杀、戏杀、过失杀，则民所不知也。余以为王法本乎人情者也，杀而有误、戏、过失之异名，小民不读律，诚不足以知之。然杀人者之情形轻重，理事曲直，则固人人共见者也。今里巷之中有杀人者，必惊相告也。闻是事者，未有不详闻起衅之根由，致死之情节。或逞凶毙命，则人人欲诛之；或无心诬伤，则人人共谅之。然则小民所不知者，律文耳。其可行而知者，固天理人心所同然也。古之立法者，因是权其重轻，审其曲直，而罪名之差等分焉，生死之机括判焉。故曰，王道必本乎人情也。
　　且使小民知谋故者，法无可贷，则必懔然于有心逞凶之断不可为，而潜其阴狠残暴之气。知误戏、过失事出无心者，虽至于杀人，而犹曰情有可原，则愈昭然，于有心逞凶之不可幸免，而益坚其爱身守法之思，其所全不已多乎？故曰，法令者，所以抑暴扶弱，欲其难犯而易避也。乡愚不知，横逆之来，受其凌迫殴辱，情急气忿，猝然而出于杀，此其人多弱者流也。必概予勾决，适足快强暴之心于地下。且使人见强者弱者之同归于死也，则与其为弱，毋宁为强，孰不快心逞志争先于一杀乎？此其弊必至天下命案皆成为谋杀。故杀人而几无斗杀之案，何有于戏与过失乎？至于下手加功，尤不能无区别，否则首从不分，使之骈首受戮，可乎哉？

最后，蒋启歔从更深层次分析了梅曾亮《刑说》的根本用意，不是真的要置所有杀人者于死地，而是对当时执法者草菅人命、胡乱判案的现象有所不满而提出的意见，其意则善，惜乎立言过于极端。从而提出了"自古非无治法之患，而无用法之人之患"这样一个更为深刻的社会问题。只有执法者明鉴断案，大公无私，才是保证法律公平、公正的最关键，这样的话，无论法律疏密都能据实量刑了。

虽然，梅子欲使杀人者毕出于死之一途，而不必计较轻重者，盖亦辟以止辟之义，特未为清源之论耳，窃更绎其意而申论之。记曰：刑者，成也。一成不可变，故君子尽心焉。自古非无治法之患，而无用法之人之患。今之用法者，往往执救生救死之说，明明谋故也，而改为斗殴；明明斗殴也，而改为误杀，甚且改为戏与过失。情重罪轻，不顾死者含冤。旁观者明知斯人之谋故，而竟得援减以逃于死，无怪乎人人玩法而效尤也。然则，非法之弊，用法者之弊也。盖杀之出于谋故者，最难得情。谋者或谋诸心，或谋诸人事，本秘密故者。斗殴之际，一时顿起杀机，亦非人所及窥。故二者凶犯每易于狡卸，避重而就轻。谳狱者不能虚衷研鞫，证据未确，不虑犯供翻异，即恐上官驳诘，计不若托于罪疑惟轻之义，使案易结而又获救生之名，此其才不足以行法，所以漏网者多，而流弊深也。然则如之何而可也。一狱之决，烛之以明，出之以慎，耐之以勤，运之以奇，而尤在动之以诚，庶几发奸摘伏，供情如绘，使谋故重情，毫无遁饰，铁案如山，断不稍纵末减。而其余斗杀、误戏、过失各情，莫不推鞫得实，情真罪当，则律法虽委曲繁重，而执法之人能一一适如其分量，而无枉无纵，又何虑法密而弊深乎？夫梅子之意，原欲使情重者不得幸生也，而其究并使情轻者不得减死。吾故曰梅子之意则善矣，惜乎立言之过当也。

全文先破后立，从反驳论点再到论据，逐层深入，分析透辟，言之成理，是蒋启敫议论文的代表之作。此外的题跋、书信也偶有可读之作，墓表、传记则多是应酬之作。

蒋启敫（1798—1838），字睿季，号少麓，是蒋励常的第三子。道光二年（1822），乡试中举。后四试礼部，由于各种原因，荐而未果。其中道光十四年（1834），蒋启敫携侄蒋琦龄入京试礼部。中途将近京城，蒋琦龄染病不能前往，蒋启敫即刻掉头陪伴侄儿回乡。其兄启敫责之，他却说："侄病叔忍令其独返乎？功名迟速，无足介意。"① 后居乡以事亲、教子弟为乐。蒋启敫幼时胆识过人，曾与乡里儿童在园中玩耍，天忽降大雨，雷电击树，群儿惊啼扑地，启敫却神情自若，人多异之。束发读书后，启敫与兄长们一起从学其父于岳麓精舍，日夕成诵，学业精进。蒋励常主讲清湘书院时，如遇有事回家，生徒读书有疑难之处，都向蒋启敫请教。蒋启敫受父教导，以有体有用为学，虽无官职在身，却留心经济。道光六年（1826），蒋启敫北上会试未果回乡，正值徭民受奸商所惑，伐木为炭，导致水土流失，水源枯竭。蒋启敫请于当事，并率官兵民众前往，擒获奸商，平息纷争。道光十六年（1836），徭民再次滋事，邻邑震动，蒋启敫带领乡人，组织团练，积极防御，对方闻风胆怯，终于保守了一方安宁。事后，蒋启敫还呈上理徭、防徭二书，分析原由，建议改土归流，以谋长久之策，言辞恳切精辟，可谓具有远见卓识。道光十八年（1838），病卒于乡，年仅四十一岁。英年早逝，令人堪悲。梅曾亮撰《蒋君少麓家传》悲而惜之曰："君慷慨有大略，喜任事，其意固欲有所见于世，而顾淡于进取，何哉？夫古之任事者，固将以息事也，而世或以畏事者息之，畏事而事愈生，则反加任事者以首祸之名，事所以少成而多败也。然则君不遇以终，未可谓为不幸也夫。"②

① 蒋启敫：《行状》，载蒋启敫《少麓遗稿》前附，民国二十二年（1933）排印本。
② 梅曾亮：《柏枧山房文集》卷八《蒋君少麓家传》，续修四库全书本。

蒋启敩行谊才华为人所共识，希翼有所树立，却终不得用，可悲可惜。现实的挫折使蒋启敩由最初不屑于章句之学，转而借笔墨以消其块垒。在蒋启敩去世三十多年后，同治八年（1869），其侄蒋琦龄"始得衷其生平所为古文，用钱玥、顾非熊诗集之例，锓木以附于先祖训导公文集之后"。① 这就是说，蒋启敩文集最早是附刻于其父蒋励常文集之后。后因原刻板片无存，蒋启敩的侄嗣蒋大椿又于民国二十二年（1933）重新刊印，此本现存于广西壮族自治区图书馆，前有民国二十年（1931）马福祥序。《少麓遗稿》存文 38 篇，不分卷，有记、书、墓表、圹志、书后、祝文、书信、引等文体。内容多是尊祖睦亲、训谕子弟的文字，而《书韩文原道后》一文最能反映蒋启敩虽怀才不遇仍不改用世之志的心态，其文曰：

　　此篇崇论闳议，为韩集中第一文字，其谏迎佛骨、送浮屠文畅、与孟简尚书不刊之论，悉本此以阐发之耳。因忆敩束发时受书家塾，家君子手是篇为敩注释其辞义，指示其法律，敩觉欣然有会。次日令作制艺，议论颇不平衍，家君嘉之，谓于所授尚能领略，复俾手书一通，时置座右。今敩忽忽已年三十有八矣，家君春秋益高，而敩颓废放散，百无成就。今岁将试礼部，复以犹子道病中返，过广信，广信守赠所重刊《文章轨范》。舟中展视，适觏是篇，有触往事，不禁废书太息，回思依依膝下，口授斯文，时志气举举，颇不甘出人下，今二十余年而头颅犹如许。李翱有云：众嚣嚣而杂处，咸叹老嗟卑。予不敏，非必叹老嗟卑，蹈欧阳子之所耻也。第以志业无成，无以上答慈训，虽少时之了了，愧壮也之不如。温饱非其素志，帝乡终不可期，能不对此而增慨乎？或曰，圣人贤人之用心也，尽其在我者而已。孔孟之卒老于行，犹不倦不愠。夫亦曰遇不遇，有命焉已耳。虽然，四十无闻，圣人不许眼中之人。吾老矣，将逐逐于闻耶？抑求其为可闻者耶？疾没世而名不称，后之有志者将何以自处也？爰书之以自警。

----

① 蒋琦龄：《空青水碧斋文集》卷四《〈少麓遗稿〉序》，载蒋琦龄著，蒋世玢等点校《空青水碧斋诗文集》，广西人民出版社 2001 年版。

　　文章虽题曰"书后"，但却不是一般的读后感。作者由读韩愈《原道》，进而回忆少时读书的情景，以及少年作文的豪情壮语，而倏忽三十多年过去，自己却百无一成，不禁悲从中来。但蒋启敩并不因此而意志消沉，嗟怨自艾，相反从孔孟圣人卒老于行犹不倦不愠的经历中得到启示，因而写作本文以自省自警，鼓励自己闻达于世。

三　"发深情于豪宕"的蒋琦龄

　　蒋琦龄（1816—1876），字申甫，又字石寿，号月石。蒋励常非常重视启蒙教育，尤其晚年闲暇时以课孙为乐，而作为长孙的蒋琦龄受惠于祖父的训导较多。幼时蒋琦龄常随祖父蒋励常步诣祖茔，到岳山之麓扫墓，拜祭先曾祖母谢太宜人。因墓前生长着雀儿花，"春和始开，黄色，嘴翅俨然雀也"，又松树下长有一种名为"铜绿菌"的植物，"色绿如古铜"，"作羹皆香美"，于是，蒋励常就此命题，令各咏小诗，聪慧的蒋琦龄脱口而成五言二首，即《雀儿花》和《铜绿菌》，分别写道："黄雀报扬家，佳城日已斜。徘徊不忍去，还化作黄花。""何年古松下，埋此一片铜。未解依庞俭，何须遇邓通。"① 这两首诗意境清新，感情真切。前一首以雀写花，以花喻雀，既切题地写出雀儿花的形态特征，又用拟人手法，赋物以情，其"徘徊不忍去"正好写出了蒋氏祖孙对先祖深挚的怀念之情。后一首则通过准确的用典，表达了不依权贵，清高孤寂的思想。这正与蒋励常刚正不阿、厌见长官的孤高情怀相符，因此，深得蒋励常的赞赏，蒋琦龄的诗才于此初步显现。在家学的影响下，② 蒋琦龄"长而仪表俊秀，天姿卓越，酷嗜学，经籍子史无不

---

　　① 蒋琦龄：《空青水碧斋诗集》卷一，载蒋琦龄著，蒋世玢等点校《空青水碧斋诗文集》，广西人民出版社 2001 年版，第 234 页。

　　② 蒋文英、蒋方英、蒋庠英《行述》："府君（蒋琦龄）长，从同邑孝廉鼎山先生崧（蒋崧）游，弱冠后获伯祖考昕斋府君启徵、季祖考少麓府君启敩之教，得之家学者良多。"载蒋琦龄著，蒋世玢等点校《空青水碧斋诗文集》前附。又蒋琦龄《空青水碧斋文集》卷七《〈十室遗语〉跋》："幼蒙爱怜，出入提携，遇物辄诲。"蒋启徵、蒋启敩《行述》，"甲午夏，长孙奇淳年十五，州府院试皆第一，是秋乡试获榜首。府君（蒋励常）积年教诲力也。"载蒋励常著，蒋世玢等点校《岳麓文集》前附，广西人民出版社 2001 年版。

通晓"。① 很快在科场上崭露头角。道光十四年（1834），蒋琦龄应童子试，在州、府、院试中皆夺冠。学使池生春预言他将是今科榜首。果然，当年的乡试发榜，蒋琦龄高中解元。但在进京参加会试途中，行至扬州因患重病无法前往，只得返回。道光二十年（1840）中进士，改庶吉士。此后五六年间，蒋琦龄任官京中，历充国史馆协修、纂修、总纂，文渊阁校理、教习、庶吉士等。道光二十七年（1847），简放江西九江府知府，因其父时任江西候补道，为避嫌而改调陕西汉中府。在陕西做官期间，蒋琦龄整顿民风，除暴安良。后太平天国运动兴起，他又力主创立团练，督办保甲，使当地百姓免受战乱之扰，政绩显著。咸丰四年（1854），蒋琦龄升四川盐茶道。在蜀期间，他又力排众议，极力进谏，惩治腐败，整治盐政，百姓拍手称快，以吏治精干而著称。咸丰五年（1855），蒋琦龄因查案有功，特旨升擢京兆尹，时时蒙恩召见问天下事，辅弼君主。咸丰六年（1856），丁父忧解任返乡，守孝三年。此后，蒋琦龄因奉母而屡次上疏陈情乞养，终获圣允。晚年在乡，日以奉老母、教子弟、训族人为乐。他还先后受聘于衡州石鼓书院、永州濂溪书院和桂林秀峰书院，讲学授徒，淡于仕进。光绪二年（1876），卒于秀峰书院，享年六十一岁。

　　蒋琦龄受家学影响，学术上奉理学为正宗。其祖父蒋励常"酷嗜理学，授门弟子数百人，为一邑儒宗"，② 蒋琦龄"少时及事先大父，亲承提命。先大父希志圣贤，潜心理学"，③ 蒋琦龄取号"申甫"就寄寓着蒋励常的理学思想。蒋励常曾写《长孙奇淳字申甫说》以中庸之道、慎独之说劝勖琦龄。蒋琦龄朝夕承教膝下，"薰陶十余年，理宗濂洛，必身体而力行之"。④ 但蒋琦龄的学术思想在继承蒋励常讲求修身养性的同时，由于时代的变化和经历的不同，他更多地表现为一种讲求实用的经世色彩。所以他说："近时学尚考据，往往饰以永嘉学派，动谓博通古今，讲求实用，非但恃以排斥理学，并以菲薄词章。鄙人亦尝

---

① 蒋文英、蒋方英、蒋庠英：《行述》。

② 同上。

③ 蒋琦龄：《空青水碧斋文集》卷五《与赵子厚书》，载蒋琦龄著，蒋世玢等点校《空青水碧斋诗文集》，广西人民出版社2001年版。

④ 蒋文英、蒋方英、蒋庠英：《行述》。

息心静验，考据终是考据，经世终是经世，以考据为经世，其名易混，其实难合。……解此，则知近代西河、百诗诸公，以之润色太平可也，以为救时英物则误矣。"① 因此，我们就不难理解为什么同治皇帝刚刚登基，已经归养隐于田间的蒋琦龄，还呈上了后来传抄一时的《中兴十二策》。正是他始终关注国计民生的经世思想，使他在国家显露中兴气象之际，奋笔直书，写下了治世良策的万言书。

蒋琦龄擅长诗文，"公余与邦之贤士大夫讲习唱和。予告归里益肆志于古，生平事业经济，欢欣悲愤及所历所见人情之变，风土之殊，山水崖谷之大，草木虫鱼之细，无不一一寓之于文与诗，以抒写性情"，创作了大量诗文作品，有《空青水碧斋诗集》六卷和《空青水碧斋文集》八卷。其诗歌"五律、七律、五古、七古、排律等体，中年胎息少陵，仿剑南学杜，无非自道一生苦心。晚年学白香山、苏长公清新一派。宜门下士王子寿比部柏心序其诗曰：'受才之独厚，导源之独正，积而充者莫非忠孝气识。'观察朱伯韩先生琦则曰：'发深情于豪宕，寄至味于澹泊，作者平日用力于杜苏二家最深，故神与之会。'"② 评价极高。

蒋琦龄随父在赣时，学诗于蒋崧。③ 早年为官京城，"都下承平久，京朝官盛文酒之乐，翰林职又甚闲"，于是日与同年友凡十一人，"相与为文课，饮酒赋诗，或连辔游"。④ 后来侍母归养时，在"读书、课子弟之余，颇学为诗"。⑤ 侨居零陵，主讲濂溪书院，则"日与官绅赋诗唱和，语语皆关军国，有少陵风"。⑥ "暇日寻元柳遗迹，以山水文字自娱"，⑦ 不见山水游记之文，倒留下不少吟咏山水的诗歌作品。晚年归耕筑室，于罗水之东、湘水之西建"赐养堂"，更辟"东园"，"又开径竹间，招同人往来吟咏以为乐。秋菊初花，仿耆英会，斫白鱼煮菊

① 蒋琦龄：《空青水碧斋文集》卷五《与王子寿书丙寅》。
② 蒋文英、蒋方英、蒋庠英：《行述》。
③ 蒋琦龄《空青水碧斋文集》卷四《〈俟园集〉序》："琦龄少时从同姓叔父鼎山先生于赣，始学为诗。"
④ 蒋琦龄：《空青水碧斋文集》卷六《庐陵资政彭公夫人赠夫人曾氏墓表》。
⑤ 蒋琦龄：《空青水碧斋文集》卷六《答王雁汀先生书》。
⑥ 蒋文英、蒋方英、蒋庠英：《行述》。
⑦ 蒋琦龄：《空青水碧斋文集》卷八《书〈旋里日记〉后》。

粥，饮于花下，而荣辱绝不关心矣。"① 可见，蒋琦龄钟情于诗，公余闲暇或吟咏自乐，或与友朋切磋诗艺。蒋琦龄对于古文的研治，从十岁就已经开始。他的启蒙老师就是其叔父蒋启敩。② 在他的指导下，蒋琦龄进步迅速，下笔作文"潇洒之致，已出尘壒之外"。这也与蒋琦龄勤学深思有关，他每作一篇文章，凡是"间有未合法程者，殚力构思，甚至中夜兀坐，必期就于法、中于程而后已"。

现存蒋琦龄的《空青水碧斋文集》八卷中，主要是奏议、序记、书牍和墓表等，多是公文应酬之作，这与蒋琦龄的仕宦经历和他对古文无意着力为之的态度有关。所以，从这些文章中，我们读到更多的是蒋琦龄作为一名敢言抗辩的封建官员出于惩恶救弊的直谏忠言，如《进中兴十二策疏》、《请幸太原疏》等；是他作为一位仁人直士出于挽救世俗人心的劝诫箴言，如《答何镜海观察书》、《答劳翊清书》等；是他作为一位孝子贤侄出于尽孝守道的深情表言，如《陈情乞养疏》、《寿略》、《叔母唐夫人墓表》等。应该说，这些文章虽然写作目的不尽相同，但是都饱含真情，言辞真切，真诚动人，体现了蒋琦龄诗文以"真"为本的创作思想。具体而言，则又各有特点。以下一一论述。

如果说蒋琦龄以诗为主，较少切磨文法技艺，所以他的古文不宗一派，不拘一家，因而没有摹袭之嫌，也因此难以用文法衡量其优劣的话，那么，他幼时尚处于学习阶段的作品，虽然未脱痕迹，但已经可以看出其积蓄的经史修养和娴熟的文章章法，如《狄仁杰论》和《伯夷叔齐叩马采薇辨》。蒋琦龄的作品基本上标出创作时间，其中这两篇是他幼时所作，是驳论性的史论文，论点新颖，富有创见，也可看出蒋琦龄善于思考，不唯书是从的读书态度。《狄仁杰论》对史所公论的狄仁杰名为武周大臣，实则忠于大唐的观点提出了质疑，认为这不过是史家们在为贤者讳，文章开头就明确地表明了自己的立场，从评价历史"不可刻""不可泥"，应该尊重史实，客观公正的高度，提出了批驳：

---

① 蒋文英、蒋方英、蒋庠英：《行述》。

② 蒋琦龄《空青水碧斋文集》卷六《叔母唐夫人墓表》："始琦龄十岁学为文，我祖训导公春秋已高，我父廉访公方官于外，所以耳提而面命之者，唯叔父是赖。"

论古者不可刻，尤不可泥。忌其人之名，必求其疵而贬责之，刻也；震其人之名，于其所失者，必代为委曲以调护之，泥也。余尝读《紫阳纲目》，观其书，武后之篡唐也，凡拜断皆书周，以所以绝诸臣于唐也。而独于狄梁公之相也，则曰唐。解之者曰，"梁公心乎唐者也，故其拜官不曰周，以所以著其为唐臣也。"余独以为不然。①

蒋琦龄紧接着以当时的实际情形，说明其时心系大唐，效忠大唐的并非只有狄仁杰一人，有的人冒着比狄仁杰进言武后，挽救大唐二王时更危险的状况，力保大唐后嗣，其情可鉴，其义可察。他们的勇气与大义，比狄仁杰是有过之而无不及。

当武后之时，诸武用事，唐祚不绝如线，使无公"鹦鹉"之喻诸言，以感发乎武氏，则二王危；二王危，则李唐绝矣，然则公固心乎唐者也。虽然使当日诸臣皆欲危二王，而无有如公者，则公之拜官不书周也固宜，乃前此已有李昭德，后此更有吉顼诸人也。公之时武后老矣，诸武亦渐衰，故易感动，而其说亦易人。昭德之时，太后新移唐祚，诸武窥觎方盛，张嘉福等数百人，请立承嗣为皇太子，当时宰臣不从其议，坐诛者数十人。而昭德独掷杀王庆之，调护其间，卒使承嗣罢政，皇嗣获安。观其为姑立庙之说，何减于附姑于庙之言乎，曩使无昭德者，二王死久矣，及公之时，虽欲调护之，乌从而调护之。吉顼结二张以说武氏。安金藏，乐工也。剖腹以雪睿宗。是则心乎唐者，非公一人。而金藏固贱无闻，何以昭德、吉顼拜官皆书周，以抑又有说乎？②

李昭德在武则天刚登基掌权，武氏诸人气焰正盛之时，敢于违逆圣意，维护忠良，保护二王，其气魄并不亚于狄仁杰。因为狄公进言之时，武后已老，武氏气势已衰，相对的危险性也小了。在狄公之后，更有吉顼、安金藏等人，以性命护唐保嗣，所以说，力护大唐社稷并非只

---

① 蒋琦龄：《狄仁杰论》,《空青水碧斋文集》卷三。

② 同上。

是狄仁杰一人之举，而仅以此而独称狄公，对其他人有失公允。因狄公拜官不书周而独显其忠，也有失公正。像李昭德、吉顼等难道因为他们拜官书周，就可以否认他们对大唐的忠心吗？

而针对有人以狄公举荐张柬之，并最终力挽狂澜，恢复大唐宗庙，因此称名狄公之说，蒋琦龄也予以反驳道：

> 　　或者曰，否，非是之谓也。公荐张柬之，卒成反正，公之所以异于诸人也。余曰，公荐张柬之，柬之为相年且八十矣。武氏始以为秋官侍郎。姚崇曰"柬之且老，惟陛下速用之。"然则柬之之为相非尽由公，而公之荐柬之，亦宰相荐贤之常耳。且公能预知己死之后，柬之必代为相乎？能预知柬之为相之时，武氏必病，二张且用事乎？又能知柬之虽老不死，必能成兴复乎？使公殁之后，武氏不即以为相，且奈何？虽有可乘，而柬之先老病且死，又奈何？是皆不可知之事也，出于一，则兴复必不能矣。然则柬之成功，侥幸耳，天命耳。吾恐起公于千载之下，而以归功于公，公而果贤者乎？吾知其必不受也。①

蒋琦龄认为，推举张柬之为相，狄公之前已有姚崇，而且狄公荐举也属其分内之事。至于张柬之后来逼迫武后归政、诛杀张氏兄弟、恢复李唐等，都不是狄仁杰当初所能预知的。所以，此后这一切非人力所为，而是各种机缘巧合的结果。以此全部归功于狄公，并非公论。相反，蒋琦龄却对狄仁杰当李唐面临改权易庙之际，既不能诛灭武氏化解危机，也不能洁身退隐以明心志，反而登堂入室，屈膝事武提出批评，认为其名节有亏，出处无行。且不说兴复李唐非得力于狄公，即使是那样，他也有愧于宗庙社稷，难称忠臣。因此，史家讳其名声而枉评历史，反而"辱其名节，污其出处"，有损于狄公的千秋英名。所以，狄公之失不可掩也，亦不应掩也。

> 　　公之檄告西楚霸王也曰："鸿名不可以谬假，神器不可以力

---

① 蒋琦龄：《狄仁杰论》，《空青水碧斋文集》卷三。

争。"又曰："君潜游泽国，啸聚水乡，不测天符之所会，不知历数之有归。"夫汉祖项王，起兵皆以布衣，非素有群臣名分之殊。而项王谬假鸿名，力争神器也，所谓赫矣。皇汉受命元穹，皆后世成败之论。当其啸聚水乡，谬假力争者，天下皆是也。汉祖之兴，天未尝谆谆以命之。项王亦乌知乎天符之所会，历数之所归。夫唐高祖、太宗，栉风沐雨以平天下，此正符所会，历数所归。武氏以本朝妃妾，杀其子孙。毁其宗庙，移其社稷于衽席之间，较之项羽，其罪有过之无不及也。当其革命时，唐室诸臣，不闻有一人仗节而死者。诸臣无论矣，乃以公之心乎唐者，又会为高祖朝侍御史，亦伈伈睍睍，北面屈膝而事之。呜呼，公如知鸿名不可谬假，神器不可力争，必以武氏为乱臣贼子，痛心疾首而思劘刃于其腹，不克则掛冠解组洁身而去耳。岂更立其朝，或而陛下，或而老臣耶？英雄之庙则毁之，贼后朝则臣之，无怪乎遗诮于姑也。虽然公见诮于姑而大惭，则知当日未尝不悔，特以失之于前，无可复追耳。夫人臣之所以事其君者，名节出处之间而已。失之东隅，收之桑榆，志士犹曰不右。今也辱其名节，污其出处，而曰心乎国也，心乎社稷也，毋论兴复不由公，即令兴复由公，曷一思乎孟子"枉尺直寻"之说乎？然则公之失亦不可掩也。[①]

通篇立意新颖，理据充分，文气连贯，语言简洁，一如前代优秀史论文的章法结构和语势特点。这说明蒋琦龄初学古文时对文法的精研，也可看出他研读经史之深，这无疑为他在学术和文学方面的成就奠定了坚实的基础。如果蒋琦龄专意于文法探讨，相信以其聪敏的领悟能力，是可以成为古文大家的。不过每个人努力的方向各有侧重，不可求全责备。

另外如《伯夷叔齐叩马采薇辨》，蒋琦龄同样地对《孟子》、《史记》等史书所言、众所不疑的"伯夷叔齐叩马采薇"之说，提出了疑问，显现了他研经读史的精深和独立思考、敢于怀疑的治学精神。文章首先列举史书记载，指出矛盾抵牾、不符史实之处，并推断其中原因。

---

① 蒋琦龄：《狄仁杰论》，《空青水碧斋文集》卷三。

　　余尝读《孟子》，称伯夷避纣，居北海之滨，闻文王作，兴曰："盍归来乎，吾闻西伯善养老者。"又曰："二老者，天下之大老也，而归之。"是纣之时，伯夷固已去商而至周也。《论语》亦称伯夷叔齐饿于首阳之下，而未尝言其饿死。以二说思之，夷齐饿首阳之时，得非《孟子》所谓避纣居北海之滨之时乎？以其洁身高蹈，不立于恶人之朝，故云可以廉顽立懦，何尝言其耻食周粟，叩马而谏，卒以饿死哉？叩马采薇之说，出于腐迁，或当时耳食不真，遽笔之于书，遗误后世，后人又取孔孟之说附会之，使其说自汉至明，数千年牢不可破。①

接着，蒋琦龄进一步据史论证谬误所在，使其推断有所依据。而且认为伯夷叔齐叩马劝阻、耻食周粟、采薇首阳等做法并不符合儒家所谓圣人之举，并对史实偏误可能贻害后人表示了痛心疾首。

　　今以其说观之，武王应天顺人，而乃云以暴易暴。夷齐圣人，何至如此？况其歌词愤戾，固已大远乎夫子不怨之言。至于叩马，则曰："父死不葬，可谓孝乎？以臣弑君，可谓仁乎？"考武王会孟津泰誓，曰十有三年。《中庸》亦云武王末，受命诸侯五月，天子七月，安有即位十三年而文王犹未葬乎？纣，匹夫耳，不足为君。况周伐纣，以臣弑君，独不思汤伐桀亦以臣弑君乎？耻食周粟，亦将耻食商粟乎？普天之下，莫非王土，食土之毛，莫非王臣。首阳之山，非周之山乎？然则何适而可也？孟举夷齐以为后世法，使其如此，是使后人皆将饿死而后能法夷齐也。嗟乎！史迁之谬，诸儒又曲为之说，哀哉！②

同时，蒋琦龄认为世人读书，对于经典，不加考辨，一概接受，也是使得史谬延续千年的重要原因。

---

① 蒋琦龄：《伯夷叔齐叩马采薇辨》，《空青水碧斋文集》卷三。
② 同上。

　　然迁引夫子无怨之言，而以为睹轶诗可异，终之以怨耶，非耶？则其大旨在于善人而遇灾祸，天道为不可凭，特借夷齐以自抒其愤臆，而于其事其诗，固疑信参半，未执以为一定不易之说。乃后人读迁书者之误，非尽迁之谬也。或曰："推乱易暴"之说始于庄周，迁或沿其谬耳。然周之说以遭时自利，为周德之衰，其旨在于轻富贵，其书本寓言。周公血牲与盟，许以加富就官，乡党自好者羞为，谓可以诬圣人耶？其不可信益不足辨也。①

　　所以，蒋琦龄在这里不仅是就史论史，炫耀史才，而且还针对读书治学时普遍存在的偏听偏信的现象提出了警告。其意义不在于谈读书治学的方法，而是表现了蒋琦龄以史为鉴，古为今用的思想，这与他经世致用的思想是相一致的。文章见解独到，纵横捭阖，环环相扣，说理透彻，一气呵成，极显文法与功力，是蒋琦龄的代表作之一。

　　不过，正如前文所说，蒋琦龄无意为文，也不愿意过多地受文法限制，因此，他的大多数作品并不刻意讲求文法，但也不是毫无章法，只要说理明白，表意清晰，表达真情，那么情注笔端，自由抒写，就是一篇好文章。所以，在蒋琦龄言辞恳切、政见卓著的"奏疏"中，其深为君忧、恤民爱民之情彰显无遗。其中以《进中兴十二策疏》影响最大，就其对政局客观锐利的分析与所提出措施的切中肯綮而言，堪与王安石的奏疏名篇《上仁宗皇帝言事书》相媲美。

　　经过咸丰年间的艰危时势，在各方妥协之下同治皇帝即位登基，虽然时局尚未大定，但咸丰年间成长起来的一批洋务大臣，颇有辅君中兴之志。这时，已回籍终养休闲江湖的蒋琦龄，蒙恩感念，呈进了万言奏疏，就当时的形势，献上良言美策十二策。从正本清源的大政方针，到具体而微的整治措施，蒋琦龄都有所涉及，一一透析。每一策都渗透着作者企盼国盛民富、国强民安的急切心情，语言质实简朴，针砭时弊言辞犀利，进言献策则委婉诚恳。文章先表明自己"虽休闲乞养之员，无当官奏事之责"，但"念古人江湖魏阙之言，欲副今日竭忧抒悃之谕，勉竭刍荛，妄希采择"之意，并陈列"不胜区区愤懑之积，惓怀

――――――――――
①　蒋琦龄：《伯夷叔齐叩马采薇辨》，《空青水碧斋文集》卷三。

之切，谨就目前情势"所敬献的十二策之名：端政本，除粉饰，任贤能，开言路，恤民隐，整吏治，筹军实，诘戎行，慎名器，恤旗仆，挽颓风，崇正学。然后一一详细申明各策之意，而每一策都对时弊洞若观火，切中要害，不得不佩服蒋琦龄虽身在江湖，仍心存魏阙，深谙政局世情。① 试就"崇正学"一策来论。

处多事之秋而高谈理学，鲜不以为迂矣。岂知世之治乱，原于人心、风俗；人心、风俗原于教化，教化原于学术。正学不明，欲以施教化、厚风俗、致太平，必不可得矣。是学术者，政教之本也。国初，理学调停于朱、陆之间，其实沿前明余派所宗尚者，陆王则孙奇逢、汤斌、李中孚诸人。敦崇实践，类能救姚江末流之失，其粹然为程朱之学者，不过陆陇其、张伯行数人。赖圣祖仁皇帝表章扶持，一以程朱为归，于是正学昌明，国运隆盛，人材辈出，流风余韵，至今赖之。而毛奇龄、阎若琚之辈，扬孔郑之余波，为考据之汉学，与程朱相难，亦肇于其时。迨至乾隆，文治日盛，好古力学之士益以考订博洽相尚，厌性理之空谈，以记诵为实学。中叶开四库之馆，纪昀等司其事，钩元提要，凡遇宋儒之书，必致不满之词，微词讥刺，于濂洛关闽为尤甚。风尚所趋，于是乾嘉以还，遂以宋儒为诟病，性理道学群相鄙夷，偶一及之，借供笑柄。翁方纲之不背程朱，适成左袒，姚鼐之文以载道，终属支离。虽有一二豪杰如陈法、韩梦周者偶出其间，类如捧土塞河，无所补救。盖周、程、张、朱之学至是或几乎熄矣。夫以性道之空谈，较见闻之赅洽，诚觉汉学实而宋学空矣。然亦思圣贤之学果何学哉？非以学为人子，学为人臣，入事父兄，出事长上者耶？以心身之践履，较口耳之记诵，果何实而何空也？又况文字训诂、器数形名，为道所寓，不可以为道。讲求既精，反躬无毫末之涉。文为制度，宜于古或不可用于今。束发受书，至于槁项。讨论精详，临事不获一用。夫洽闻瘅见，著作等身，乃于天理民彝之实、身心家国之要漠然。初未介意，概乎其未有闻此可谓之学也哉。宜夫世教衰微，

————————

① 蒋琦龄：《进中兴十二策疏》，《空青水碧斋文集》卷二。

人才匮乏，士无气节，民不兴行，陵迟流极，以有今日。今则加以
泰西新入，群为利诱，充塞害政，尤未知所底极。然则欲正人心、
厚风俗，以开太平，非崇正学、以兴教化不能也。则盍仰法圣祖，
提倡宗风，退孔郑而进程朱，贱考据而崇理学。今世之能为宋学
者，如倭仁、李棠阶，已为硕果之余，宜隆以师传之任，责以教胄
之事。如古之胡瑗、孙明，复就成均以设科。如近代之汤斌，虽公
卿可从请业，优崇其恩礼而郑重其事，以风示天下。豪杰兴起，四
方风动，是在朝廷一转移间而已。夫上行下效，捷于影响；君师合
统，尤易见功。果能表章扶持以承先圣，将正教昌明，邪说自沮，
上礼下学，贼民自以不兴。孝弟忠信可使制梃，以雪国耻矣。臣之
所请崇正学者，此也。①

　　蒋琦龄认为"崇正学"就是重倡理学。他对清初以来宋学和汉学
互相消长的学术演变过程进行了客观的描述，并指出乾嘉以来崇汉学而
轻理学，以考订博洽为能事，最终导致"世教衰微，人才匮乏，士无
气节，民不兴行"，所以，他建议"提倡宗风，退孔郑而进程朱，贱考
据而崇理学"。但崇理学不是提倡空谈性理，而是要关注"天理民彝之
实、身心家国之要"，才能正人心、厚风俗和致太平。其具体措施则是
兴教化，由理学大师们开坛讲学，传播理学，使正教昌明，上礼下学，
孝弟忠信。字里行间无不充满了奋蹈激厉的真挚之情和恺切中肯的规劝
之意。正如庄受祺评价此文道："学识涵养具于此文，皆为数千百年之
图，而深以补苴旦夕为耻。"这种"奏议类"文章最能体现蒋琦龄议论
文的特点，即理直气盛，情真意切。但凡在论及国家社稷安危的时候，
蒋琦龄的文章就会呈现出这种激越的风格。在《答何镜海观察书》论
述咸同之际的士风人情时，希冀有并世贤豪可以扭转乾坤，同样也是意
气风发，一泻千里。

　　　当咸、同之际，诸贤竞进，机似可转矣。乃大难甫平，陋习仍
在。何也？忧劳则稍知警畏，安乐则故态复萌，人情大抵然耳。于

---

① 蒋琦龄：《进中兴十二策疏》，《空青水碧斋文集》卷二。

此而欲挽回二百数十年之积习，非有转移风会之大贤，而兼明良交庆之际遇不能也。且夫风俗偷薄，人才衰乏，此不可责之风俗人才也。政教者，风俗人才之本；学术者，政教之本也。繇古以来，未有学术不正而政教修明，风俗纯美，人才辈出者也，即明事而可睹矣。盖濂洛关闽之学，历元迄明，谨守弗失，至姚江乃病其支离而代简易，末流固不能无弊，然无论为程朱，为陆王，其事皆父子君臣之事，其理即忠孝贞廉之理，其教不失为孔孟家法，其弊极于烈士徇名而止。夫好名之与潜修，固有间矣。然苟好名，则有所慕而为，有所耻而不为，不免竟声气而近矫激，亦卒能贱爵禄而轻生死。圣人疾殁世不称，三代下唯恐不好名，非以此耶！岂模棱无耻者可相提并论也？其季世党同伐异，假公济私者，诚有之矣。然鱼目混珠，究可指数。其巨人大儒肩背相望，迹其抗拒王师，朝野上下，始终未尝提一“和”字。早崎岖岭海事不可为，碎首粉身甘之如饴，灰飞烟灭而浩然之气不与俱灭。感圣朝而被褒谥，兴起无穷，谓非学术之正有以致之耶！国初惩其树党交托之失，不免存破觚为圜之见。而我圣祖仁皇帝，表章正学，崇高程朱，一复元明之旧，其时大儒名臣，如陆平湖，张仪封，其丰裁皆壁立千仞，则所谓学术、政教、风俗、人才固有胜国所不敢望者，亦岂有矫枉之过耶？承平既久，魁奇隽上之才无所发露，思凿新奇，以自表异，于是近沿毛朱，远宗孔郑，以性理为空言，以考证为朴学，适际文运之隆，网罗典籍风尚。宏博纪文达诸公扬之于前，戴东原诸人承之于后。鄙夷宋儒，唾弃理学，遇笃行之士诮为迂愚，值意气之杰斥为谬妄。莫不重口耳而轻践履，贱义理而贵名物。夫方寸所具，理欲而已。理去则欲留于中。一身所接，义利而已，义亡则利诱于外。物各有理，而理不欲其明，兹其所以模棱乎；事各有义，而义不复顾，兹其所以无耻乎；作伪方自以为能，从众则慕有独实，兹其所以良心死，而患中于风俗人才乎。迁流所极，逮于纪文达之殁，而祸乱亦兴，其效可睹矣。天祐圣朝，岂敢谓非转移风整顿乾坤，然奋武而未遑揆文，仗钺而尝当轴，岂敢谓非转移风会之贤，而一一未当转移风会之任。其所拨识固多才杰，或专于干城之选，或尚逐于词章之末，其树立诚伟矣，而于城下之辱，不共之仇，轮船、机器、文馆、教堂之为，不免依违隐忍于其间。即"报仇雪耻"四字，尚不敢言以振颓靡而作士气，惮触忌而不惜违心律，以春秋之责备，或近于习俗之移人，而欲以移风易俗，不亦难哉？阁下但惧旧习之仍复，鄙生则已忧陷溺之日甚。何以言之？义理沦亡则识益卑陋，风俗颓坏则才益庸下，本不识考据之外迥有何事，记诵之余与日俱增有何学，不幸而蜒夷睢盱抵其隙而中之，奇技淫巧以荡其心，豪华奢侈以眩其目，佻险怪诞以夺其气，遂以为寻章句，不如测量制造之济实用也；孝弟力田，不如逐末罔利之快人意也；坚舡利炮，孙吴所变色却走；凿山架海，管商所逊谢不遑者也。一切俯首帖耳，心悦诚服，极之周孔有所不及，何有于程朱？奉以师友而犹未嗛，况敢言尊攘？相率出于无礼、无义，其卒必至于无父无君。无耻丧良，孰大于是？彝伦戾则人类灭，势所必至，斯言岂为过哉？天而未丧斯文，必将生圣贤以拯沉溺，否则绎鲁襄欲楚之言，睹辛有祭野之兆，祸且延于千万世而无所底极矣。当代固不乏忠臣节士，而子舆氏之策梁，要在修其孝弟忠信，以挞坚甲利兵。今天下溺矣，若学术不明，孝弟忠信之不讲，而遽欲激厉士气，以从事于报仇雪耻，则亦不可得之数也。[1]

读后令人为之忧虑、奋激，正如邓文熊所评："苦心卓识为当代之药，合历万劫而不磨，读之令人歔欷欲绝，忽复发上冲冠。"又如刘善果所论："欧阳公有言，其文博辨而深，切中于时病，不为空言。盖见其弊，必见其所以弊之因，如贾生论秦之失，而推原古养太子之礼，此可谓知其本矣。移以评此文，乃确不可易。"

蒋琦龄之"真"不仅在于对国计民生的忧患之情，还表现在对父母家人的眷恋之情。在某种程度上，蒋琦龄的"孝"比"忠"更为突出。所以，我们才会看到在进呈《中兴十二策》后，虽皇上谕令蒋琦龄来京听候简用，但他委婉陈情，再求终养，并获恩准。晚年以侍奉老母为乐，亲奉饮食药饵，"未敢假手于人，依依如孺子慕焉"。[2] 移忠作孝，息影林泉。

---

① 蒋琦龄：《答何镜海观察书》，《空青水碧斋文集》卷六。
② 蒋文英、蒋方英、蒋庠英：《行述》。

这种表现亲情的文章主要集中在"墓表""寿序"等作品中，如《寿略》、《叔母唐夫人墓表》、《伯母时恭人墓表》等。这类文章沿习传统写法，通过回忆日常琐事，刻画人物的音容笑貌，来表现人物的性格品行等。《寿略》是作者怀念母亲的文章，叙述了母亲平凡而可敬的一生。

> 家慈时太夫人，处祖邑庠生、诰赠奉政大夫、翰林院编修公讳瑞昌女。时为全州望族。太夫人生名门，幼娴女训，年十四归于先君廉访公，事先大父母，得其欢心。先君兄弟三人极友爱，宦三十年，廉俸所入，太夫人丝毫不以至私室，妯娌之际无间言。随宦江西，布衣蔬食，操作类寒俭。就养秦蜀，子妇以美衣食进辄却之。琦龄同产八人，弟琦沆、珣、光、琦洪、琦清、妹二，珣光洪清及幼妹皆庶母出，太夫人鞠爱均于所生。伯叔母早卒者，抚其孤稚若己子。婢女长成，为择夫嫁之不取钱。性好施，先大父周急事必赞成之。接下宽而治家严，内外肃如也。琦龄吏秦蜀，太夫人皆与偕。每退食侍侧，必问今日所作何事，有不合者辄诃曰："何不类汝父所为耶？"每治狱辄问曰："得毋刑求所致耶？"庚申，琦龄入都，太夫人留寓山西泽州府。九月，闻通州之警，寝不成寐。方遣仆往视，旋闻琦龄已至太原，欲合官绅为迎銮幸晋之举，急寄谕曰："勉为之，吾眠食甚佳，勿以吾为念。"时太夫人则已有病矣。已而琦龄所谋不遂，还省太夫人于泽州。太夫人具问所以，咨嗟太息不择者累日。入冬病益甚，逾年未瘳。琦龄因陈情乞养，圣恩允之，而中州道梗，不克即归。遇"求言诏"下，琦龄不度愚贱，欲上封章，思之经月，草成复毁，至于再三。太夫人窥之，曰："是何为者？诏书固曰言责者，汝乃退休之人，因感先帝恩遇而为此，言之不切岂独为天下笑，自问亦甚无谓矣。且祸福，命也。汝惧以讥刺致众怨耶？比年兵戈不靖，无因而得祸者，岂少也哉？岂皆以直言及难也？"琦龄顿首受教。既而圣恩不罪，且复起用。值太夫人犹未康复，琦龄再求归养，复蒙恩允。当具疏时，太夫人不许曰："时危，正君子自效之秋也。"对曰："不才英恐偾事，益辜恩耳。"乃听之。壬戌之秋，侍奉南旋，家山未靖，寓永州又二年，寇远始归。敝庐毁于寇，购得族有老屋数椽

于龙溪之东，地曰"东园"，稍葺之，命颜其堂曰"赐养"，纪恩也。怀宁邓守之明经为作榜书，监利王子寿比部为文以记。太夫人喜于还乡，亲戚情话兼含饴为乐，宿疴有瘳。自琦龄窃禄于朝，遇国家庆典，太夫人凡四受封为太夫人，有孙四人、孙女七人。今年年正七十。十二月十七日诞辰，将乞当代明公寿世之交，锡以难老。谨略具生平如右。

　　文章不到千字，一位勤劳俭朴、持家有道、育子有方、深明事理的母亲形象就已跃然纸上。在充满温馨和天伦之乐的家庭生活的叙述中，母亲的辛劳和教诲都成为作者一生铭刻的记忆，母亲可以颐养天年就是作者最大的孝心。文章感情深挚，语言明炼畅达，风格朴素简净，令人回味。

　　总之，全州蒋氏祖孙三代，诗古文皆有名，但却不名一派，最主要还是因为蒋励常以治学为本，不专于文学的训导，成了子孙不二的目标。① 虽然这样，祖孙几人的古文创作各有特点，在清代广西古文史上不可忽视。他们不是一味从俗，而是按照自己对古文的理解，在创作中

---

① 孙衣言于咸丰四年（1854）所作《蒋玉峰先生六十寿序》曰："今天子咸丰之四年，荐主蒋申甫先生自西安太守奉观察西川之命，而太公玉峰先生方观察河北，适当六十之生辰。于是甲辰、乙巳二科之士，以乡会试出吾师门下者，谋所以介太公之寿以庆吾师，而属衣言为之词。衣言甲辰举京兆，实出师门下，不可以不文辞，乃拜手而为之序曰，衣言自戊戌、己亥间以公车留京师，得从粤西士大夫游，即闻全州蒋岳麓先生为楚粤间大儒。笃信程朱之学，以名孝廉官校序，至今州部众载其言行，心窃慕之。及甲辰秋以门下士进见于吾师，则知岳麓先生实吾师之大父。当是时，吾师方官翰林，而太公领郡西江。吾师在翰林年最少，而以读书通古今为事，气和行庄，所以自箴警，必举先生之《法言》，而后知先生之学，吾师实守之也。既而闻之师，太公以进士为县令，即迎侍先生于官舍，先后几二十年，所以束身莅民，惟先生之训，而又知吾师之能守先生之学，太公实开之也。夫人之有生于世百年之身也，后先之相及祖孙父子数世间耳。惟其立身行道之实，上有以承先人之既往，而下有以迪后人之方来，则其精神心术所运，常以一身而流贯于数十百年。诗曰：乐只君子，德音不已。又曰：乐只君子，万寿无期。匪君子之能无期也，其精神心术所流贯于先后者，德音固不已也，此君子之所谓寿也。今太公为监司，著声河上，而吾师自守西安，备兵大庆关，屹然为西方之重。今又奉简命观察三川，方将父子宣力封圻。吾知太公必益有以修先生之学，而吾师必益有以推太公之绪，则诗之所以祝君子者，信可为太公庆，而庸俗富贵寿考之说，则不敢以陈焉。谨序。"从文章可以看出，蒋励常治身行术的训导是整个家族绵延兴盛的精神核心理念。"德音不已"的评价则说明全州蒋氏一族为人称誉的主要是家族的精神风貌，而非文学成就方面。《逊学斋文钞》卷三，续修四库全书本。

表达真知灼见，抒写真情实感，为丰富清代广西的古文创作和探索古文的发展，作出了很大的贡献。

第四节 朴而能雅的况澄

广西临桂况氏家族，在清代形成了一个颇见文名的家族作家群，成员包括父辈况澍、况澄、况洵、况濂，子侄辈况桂桢、况桂森、况桂梁、况周颐，孙辈况仕任等。其中成绩最突出者当属况澄及晚清著名词学大师况周颐。

一 况澄的生平、思想及其创作

况澄（1799—1866），字少吴，广西临桂人，出身书香门第。七岁受蒙学，八岁从父学《诗经》，十一岁开始创作，十五岁时诗歌已达"气象峥嵘"的境界，十七岁中秀才，二十岁中举人，二十四岁时考取道光二年壬午恩科进士二甲，并进入翰林院学习，二十五岁始入仕途，于农部任职。1835 年，三十七岁的况澄改任户部主事，同年担任顺天府乡试阅卷官，并于两年后任会试阅卷官，三年后任陕甘乡试主考官。1836 年，况澄降职刑部，但两年后升任刑部员外郎，三年后升为刑部郎中。1839 年任御史，第二年任给事中。1840 年，四十二岁的况澄兼任河南粮盐道，之后的两年，荣升河南省按察使，官正三品。1844 年因黄河水患无辜受累，况澄罢官归里，时年四十六。归田之年，他潜心著述，跟同邑文人及郑献甫、韦文宝等人时有唱和。同治丙寅年，况澄卒，享年六十八岁。[①]

况澄早年热衷科举，凭借个人努力和天资聪敏，的确是顺风顺水，可谓是年少得志。随后的仕途，也尚算顺利，但对官场文化的不适应也越来越明显，时时感到压抑和志不得伸，"宦海风波杳难测，传鹏遇之敛双翼。白日晦冥云雾深，欲叩九天不可得"[②] 便是其复杂心态的真实写

---

① 参见方芳《〈西舍诗钞〉校注》，硕士学位论文，广西大学，2003 年。
② 况澄：《归故园作》（第十二首），《西舍诗钞》卷四。

照。面对这样的景况，他渐渐有了倦意，"放迹屡招宾客怨，率真多与宦途违"①，认为"不如归去来，林壑荫台榭"②，打定主意要回归田园。而随后因黄河水患无辜受累遭罢黜，让他最终决定归里问学，绝意仕途。

况澄归里之后，绝少与外界交往，只专心于著述，"名山著作生平事"③ "留与书林作圣灯"④。其诗作主要收集在《西舍诗钞》中，共 16卷，其中第 16 卷为续编，共 2 100 余首诗歌。该诗集的版本为况澄家登善堂的藏板，刻于同治甲戌（1874 年）仲冬，刊行于光绪元年（1875 年）。除了《西舍诗钞》，况澄还著有诗集《使秦纪程集》2 卷。另编著有《杂体诗钞》8 卷和《粤西胜迹诗钞》26 卷，此外，况澄的著作还有《广千字》1 卷、《两论纂说》10 卷、《春秋属辞比事补》2卷、《说文征典》4 卷、《西舍文遗篇》4 卷、《使秦日记》1 卷。⑤

二 况澄诗歌的主要内容

况澄诗歌题材多样，类型较为丰富，但成就最高者，数时事讽刺诗、怀古咏史诗和杂咏诗三类。

第一类，时事讽刺诗。况澄的诗作中，有相当部分讥刺社会黑暗，揭示当朝的腐朽昏庸和国力衰敝。试看他的《仿香山讽喻诗·八省兵·刺将庸而兵弱也》：

> 唐代府兵务农事，时平往往勤敷菑。自从天宝多征调，少陵故有出塞诗。新婚无家与垂老，三别凄恻令人悲。今之养兵异于昔，岁有饩廪月有支。一朝荷戈出门去，自顾职业奚容辞。国家承平久，训练今何有？但饱仓庾储，谁是弓刀手？忽闻英夷犯吴越，调兵八省示挞伐。府帖昨夜下行间，士卒心惊气欲蹶。内恋妻孥外恋乡，复忧道路阻且长。此行生死未可卜，焉敢避匿干刑章。纷纷从军者，材官率部下。县官给饔飧，民间供车马。材官受犒始登程，

---

① 况澄：《自勉》，《西舍诗钞》卷十五。

② 况澄：《自遣》，《西舍诗钞》卷一。

③ 况澄：《归途偶赋》，《西舍诗钞》卷九。

④ 况澄：《自勉》，《西舍诗钞》卷十五。

⑤ 参见方芳《〈西舍诗钞〉校注》，硕士学位论文，广西大学，2003 年。

部下索食常交争。未到战场已却步，风声鹤唳皆甲兵。是时烽火照原薮。所幸将军亦束手，未能奏凯反累民。朝廷养兵竟何取？退舍从容解战袍。干戈倒载称建橐，今日登城意气尽。将军尚尔况汝曹？呜呼，将军尚尔况汝曹？

时值清末，外有英法等敌国入侵，内有太平天国举事，可谓是内忧外患，整个沿海一带更是烽烟四起，清政府处在了风雨飘摇的紧要关头。本诗中，作者切入角度是代表国家保卫力量的清兵，国家承平已久，军政松弛，一旦战事逼近，或贪生怕死，临阵脱逃，或为了私利不顾国家大义，"心惊气欲蹶"，"内恋妻孥外恋乡，复忧道路阻且长"，"未到战场已却步，风声鹤唳皆甲兵"。甚至有的还利用战事大力搜刮民财，"未能奏凯反累民"。面对此情此景，作者愤慨地连连发出质问"朝廷养兵竟何取？""将军尚尔况汝曹？呜呼，将军尚尔况汝曹？"类似揭示清廷腐败不堪，造成民众生活困苦的诗歌还有不少。如《书愤》：

　　羽檄何因奏凯歌？火轮随处犯风波。四方兵革难持久，一代公卿尽主和。世乱方知豪杰少，时平但见计谋多。金缯输却权休息，大府从容说止戈。

　　提剑尝思报国仇，欲随李广荷戈矛。舟山未息烽烟警，香港何容盗贼求？大泽于今方远被，无厌从此足深忧。九重南顾廑宵旰，帷幄知谁善运筹？

　　高士惟期蹈海滨，侧身南望尽烟尘。和戎赴敌推良守，围贼称兵赖义民。白发将军娱翠袖，黄扉承相宴红巾。孱儒抱志惭非职，欲扫搀抢慰紫宸。

　　纵城揖盗计偏工，忍见豺狼意气雄。兵畏烈烽先避舍，将无捷战尚论功。金输中外财将匮，漕转东南路未通。况复连年报河决，伤心处处有嗷鸿。

面对外强辱华，朝廷竟然"四方兵革难持久，一代公卿尽主和"。那些朝中夸夸其谈所谓多智者，此时却是"金缯输却权休息，大府从容说止戈"，只能拿割地赔款来换取暂时的和平。而武将则贪生怕死，无功也邀赏，"兵畏烈烽先避舍，将无捷战尚论功"。面对如此境况，诗人恨不能亲自征战沙场，"提剑尝思报国仇，欲随李广荷戈矛"，但毕竟是一介书生，"孱儒抱志惭非职"。看到民众"伤心处处有嗷鸿"那种水深火热的悲惨生活，诗人甚至无计可施，徒发哀叹，悲愤之情可谓是直透纸背。又如《答友问桂城风俗》：

习俗劳君问粤中，居人百里不同风。乡村言语声音别，市井儿童谩骂工。足食频年期谷贱，生财无计叹民穷。昔时俭朴今华侈，枝叶峥嵘根柢空。

富家寥寂尽贫居，邻国商人半里间。农不脐服惟望雨，士多文秀少观书。梨园奏曲无黄绢，桂酒征歌有翠据。我住水东真乐土，郡城风雅恐难如。

写的是连年征战之下，国库亏空，民生凋敝，"足食频年期谷贱，生财无计叹民穷"，"富家寥寂尽贫居，邻国商人半里间"。而社会风气也日渐糜烂，"昔时俭朴今华侈"，却不知"枝叶峥嵘根柢空"。诗歌如实描写了当时社会、经济的客观现实。可见，况澄这些直面社会现实的时事讽刺诗，大胆揭露了当时社会的某个侧面，一定意义而言，他的诗歌便具有了"诗史"的特殊价值。

第二类，怀古咏史诗。况澄的怀古咏史诗，注重"以古为鉴"，发掘历史背后的教育意义，故其作品很多都能发人深省，获得启发。试看他的《贫士》（节选）：

自古多贫士，圣门尤聚贫。颜渊居陋巷，子夏衣悬鹑。会子不举火，歌啸如逢春。原思坐蓬户，弄弦以怡神。四贤不可作，余怀竟谁陈。

　　赐也善货殖，结驷膺好爵。宪贫叹为病，可谓善戏谑。当其先贫时，志趣本磊落。富贵乐非真，未若贫而乐。

　　忆昔扬子云，家无儋石储。反骚悲屈原，作赋拟相如。校书登天禄，寂寞居成都。一朝使者至，投阁何其迂。太元且属草，美新休上书。固穷谢执戟，卓哉乃醇儒。

　　史云甄生尘，绝粒居蓬室。里巷莱芜歌，至今犹可述。岂不长饥寒，其志独恬逸。愿辞御史官，聊事君平术。

　　诗人在此列举了颜渊、子夏、扬雄、屈原等上古贤达之人的故事，说明每个成大业者，都可能经历很多苦难和不幸，但只要坚持为生民立命，为社会开太平，为后世继绝学，那么终会有所成，为后人所记诵敬仰。诗人通过古人的励志故事来进行自我观照，既时刻提醒自己，也表明个人志向。

　　与《贫士》正面激励不同的是，况澄的《陈宫词》、《隋宫词》、《萤苑》等怀古诗，则从反面揭示历史背后的教育意义。

　　结绮临春睹靓妆，云鬓星镜胜阿房。窗笼旭日千门丽，帘动微风数里香。春秋游宴趁繁华，自古风流属帝家。押客赋诗宫女唱，新声艳绝后庭花。才华如锦貌如仙，赢得君王宠爱偏。膝上共谋君国事，何须宣室更求贤。绮罗香度四时春，璧月常圆琼树新。日在温柔乡里住，图侬休虑外间人。
　　　　　　　　　　　　　　　　　　　　　　　　（《陈宫词》）

　　飞燕无由侍掖庭，五枝丹桂月中馨。东宫竟为阿云废，妒煞群僚纳小星。宴游今夕翠华临，天上吹来环珮音。萤苑直同城不夜，四围星火照山林。龙驭仓皇事可磋，无心侍疾爱宣华。盒中私赐同心结，帐里新开称意花。金驼自昔媚专房，璇室于今倚素妆。一自后庭花落后，空余哀艳赋神伤。述志篇成事可悲，江山举目已全非。飘流不及明妃去，犹向天涯望禁闱。宇文年少号三郎，惯向宫

中窃异香。独怪君王已先觉，仍传温诏下朝堂。 （《隋宫词》）

长安宫阙云相连，长安景物秋逾妍。秋风何处放萤苑，使我怀古心茫然。忆昔大业十二载，雕飞入殿星离躔。景华宫中乐未艾，征求萤火事游畋。夜游何必秉桦烛，得此数斛光匀圆。深岩穷谷遍照耀，长林丰草皆明鲜。四山疑有骊珠散，列炬直待龙舆还。初如观灯竞元夕，又若乘虹来九天。君王欢娱妃嫔笑，称斛上寿歌尧年。是时州县课毛羽，网罗几欲穷山渊。鹤拔氅毛自投地，结巢高树期安全。况复搜刮及虫穿，为乐何惜铜山钱。谁知明岁春三月，江南江北愁烽烟。鸟声劝酒梅花笑，遭春空赋怀归篇。不如腐草摧残后，犹化流萤照殿前。 （《萤苑》）

以上这些怀古诗，叙写了陈后主、杨广等人专宠妃子，骄奢淫逸，不事朝政，导致国势衰败，民怨鼎沸，最终落了个身死国败的可悲下场。作者以此提醒人们要以史为鉴，避免重蹈履辙。

第三类，杂咏诗。况澄所著杂咏诗种类驳杂，多角度表现了当时的人情风物，具有较高的认识价值。其中，有两类值得一提。

一是描写本土人文景观和风土人情的作品。如吟咏桂林的诗作有《题唐君成栋〈桂林八景图〉》、《桂林竹枝词》、《漓江杂咏》等，从中可以认识到当时桂林的民俗风情。

花桥何必问名花，自有春风管岁华。词客行来山渐近，村人归去日初斜。溪边红雨寻芳路，竹外青帘卖酒家。不数扬州明月夜，玉箫吹罢又琵琶。 （《花桥》）

千枝宝焰烂如星，元夕香尘动翠軿。家住城中灯景好，盼郎教妾早归宁。

二月风光剧可怜，淡红香白逗春妍。野花开遍东郊路，拜佛人来天赐田。

　　清明绣陌静无尘，东郭纷纷祭墓人。最是夕阳芳草路，数枝红艳不胜春。

　　碧树青山薜荔墙，李园春暖泛壶觞。谁添茅店依村坞？娇婢当炉酒更香。

　　波澄沧海肃灵旗，贾客家家报赛思。一路笙歌珠翠绕，天妃三月出游时。

　　放学归来好戏游，漓江竞渡看龙舟。先生分赐儿童扇，摇曳清风直到秋。

　　星岩翠接栖霞寺，风洞凉生叠彩山。长日使君消夏去，逢人却道劝农桑。

　　独秀峰高自郁苍，桂王一去粤宫荒。当年夜月征歌地，今日秋风校士场。

　　准备中秋蹈月光，阳桥连步去来忙。送瓜卜得宜男兆，处处高悬柚子香。

　　佳节登临例有诗，闭门聊泛菊花卮。独嫌此日游人盛，早拟先期与后期。

　　南来越鸟几经春，饮啄逍遥毛羽新。却畏风高云路远，退飞池馆巧谋身。

　　还珠洞口玲珑石，二十年来两状元。何事山灵先有兆，几回问石石无言。

　　对宇当时两侍郎，科名不独数朱黄。东街占尽湘南胜，秋月年年桂子香。

朝朝结伴向城东，玉指争夸织屦工。何必倚门轻卖笑，教人不肯爱青铜。

蛮歌一曲暮江边，醉煞闲游几少年。城里访花花不见，避人来上北流船。

红裙逐队斗铅华，上冢行行踽步斜。轻薄少年郊外去，眼迷心醉为看花。

（《桂林竹枝词》）

姊妹西湖约伴游，偏教年小荡轻舟。揭来一事真如意，摘得莲房结子稠。

莲花亭亭红满溪，莲叶田田绿映池。莲花莲叶争春色，不及吴侬十五时。

十里香风送棹歌，此情深处是烟波。阿娘解道莲心苦，岂识侬心苦更多？

藕丝衫子胜齐纨，一棹初停放鸭栏。采莲爱采青青子，留入怀中遗所欢。

秀色红妆一样新，芳池占尽十分春。都言人似莲花貌，自是莲花似玉人。

并蒂拈来若有缘，红衣翠袖总娇妍。此花只合佳人爱，不信周郎也爱莲。

娉婷相与采芳华，素舸归来日已斜。遥指门前环绿水，若耶溪畔是儿家。

集得芙蓉为作裳，缝纫妙制称檀郎。笑牵荷袂从旁问，可是花香是指香。

（《采莲曲》）

从这些描写本地风土人情的诗句中，可以知道清代广西当时民众的生活场景和广西美丽的自然景观，也透出作者对家乡山水的那份热爱之情。

二是描写西方资本主义进入中国后，在其冲击之下，本土风物人情的一些变化。例如《天津》：

渡河观海渺无涯，傍岸环城十万家。地错鱼盐多富庶，俗饶衣食竞奢华。词人劲气凌霜竹，弱女娇容浥露花。领取津门风景好，年年三月驻仙槎。

繁华何必让秦淮，胜地遨游亦壮哉。双岸月斜歌舞散，万帆风饱转输来。平里津馆春光艳，望海楼前曙色开。为问水西庄在否？闲门荒径长毒苔。

写出天津开埠之后，给当地经济带来的繁荣景象，"傍岸环城十万家""地错鱼盐多富庶"，往昔相对落后的天津，如今其繁华程度甚至到了可与秦淮媲美的地步。再如《汉口》：

武昌西望郁崔嵬，汉水东流去不回。山峙龟蛇争胜迹，洲空鹦鹉悼奇才。烟云缥缈晴川阁，环珮荒凉暮雨台。太息客中游未遍，扁舟临别重徘徊。

闾阎繁盛九州无，自是西南第一都。沿岸人家尽商贾，插江樯影若菰蒲。三更灯火明长市，十里笙歌动后湖。不独青楼堪载酒，旗亭茅舍亦欢娱。

作者以白描之笔，描写了开埠之后的武汉令人惊叹的繁华景象，让读者对当时的景况有了更深印象，诗歌因此具有了一定的认识价值。

三　况澄诗歌的艺术特点

深厚的家学教养，让况澄具有较深的传统文化底蕴，而传统文化价值观的影响也根深蒂固，因此其作品基本不离儒家的中庸之道——极少以极端态度品评事物，不会对朝廷过誉褒奖，也不会对之极尽贬责，只是就事论事地品评时事。试看他的《调兵》：

江淮惊烽火，东南远调兵。兵众势如虎，扬扬乘传行。民间供车马，县官给饼羹。先驱有将士，受脤乃登程。将卒态所欲，不然辄纷争。手挟李广箭，身投亚夫营。是时逆氛炽，风鹤已先惊。登陴旋退舍，孰与守严城？将军亦束手，寂寂返绥旌。从兹不设备，坐待肤功成。征调果何意，帷幄有隐情。深恐九重怒，聊示战与征。嗟哉尔苍赤，避乱家已倾。重以内兵扰，诚不如无生。初犹强索食，甚或烹孩婴。既遁反膺赏，入贼将献诚。天心厌离乱，君王颂圣明。挽枪一旦扫，海甸归承平。及时厉兵甲，以保我寰瀛。

诗人在这里批评了某些武将的无能，导致民众"避乱家已倾"，在"重以内兵扰"之下，老百姓沦落到了"诚不如无生"的境地，更甚者落到了"初犹强索食，甚或烹孩婴"的悲惨地步。但是，诗人依然心存希望，"天心厌离乱，君王颂圣明"，认为统治者有平定天下之心，终究会"及时厉兵甲，以保我寰瀛"，保境安民，还我太平。这是诗人取儒家角度，对时事发展的一种积极看法，虽不免有激烈语，但表现上总体属中和之态。再如他的《观葬》：

出门逢嘉辰，送葬人毕会。奔趋塞道途，后先扬旌旆。素骥驾輀轩，魂舆设冠带。冠带诚炜煌，爵秩或尊大。肃静题签牌，回避走市侩。涂车与刍灵，形容巧刻绘。歌童被绿衣，箫鼓发清籁。观者如堵墙，渐出郭门外。借问谁家丧，生前定有位。云是隶役流，工曹富称最。闻言叹浇风，使我心不泰。丧礼称有无，从厚原无害。贱役类高官，犯越亦已太。并闻诸徘优，祭葬陈冠盖。京师礼法区，此义转茫昧。孰与回狂澜，大邦资倚赖。

一个下层小吏，葬礼却极尽奢华，规格比肩高官，足见社会风气之坏。诗人对这种不正常的社会现象也持批评态度，但其出发点却只从礼法角度，认为这是有违礼数而已，"贱役类高官，犯越亦已太"，从而削弱了对社会风气堕落的批判深度。类似的作品还有不少，不一一赘列。

尽管况澄的讽刺诗力度有限，但依然不妨碍其现实主义上的价值。之所以有这样不俗的表现，很大程度上来自于况澄能较为充分地借鉴了白居易、陆游诗歌的创作手法。其中，《仿香山讽喻诗》更是向白居易的直接致意。至于陆游，况澄则直言个人对他的推崇："文采尤萧范陆同，石湖南渡振颓风。梁溪寂寞千岩冷，我独倾心拜放翁。"（《仿元遗山论诗三十首》第十九首）。可以说，对白、陆成功创作经验的吸取，是促成况澄诗歌艺术取得较好成绩的重要因素。

况澄诗歌的另一艺术成就，是描绘所见所闻所感的风土人情，笔调清新舒逸，写得活泼可人。试看他的《漓江杂咏》：

水东门外午凉天，菱藕肩桃入市廛。绛雪绿云迎客处，漓江新到卖瓜船。

两岸人家枫叶秋，城东筑屋近清流。江天明月江船笛，凉夜风光入绮楼。

路入危桥失坦平，醉乡宾客莫前行。惟当太守迎春日，一一红栏照水明。

揽胜吾家咫尺间，诗人从古占溪山。倾囊欲买訾洲地，惜阻烟波碍往还。

　　北来南去几人闲？西舫东船一水环。正欲过桥探胜景，江头小住待开关。

　　桂林山水擅清华，罗带瑶簪自昔夸。最好上洲洲畔望，绿榕城郭万人家。

　　妖容难比月婵娟，赢得青春买笑钱。愁煞贪花年少客，近来无复北流船。

　　天下浮桥此最长，千寻铁缆控金汤。江边楼阁愁春水，烟外帆樯送夕阳。

　　雉山初过象山来，江北还珠古洞开。不用青鞋造幽险，舟行便是小蓬莱。

诗人对桂林漓江一带民众的生活场景，以小角度选取典型场景，运用白描手法勾勒出当地的风土人情，朴实生动，充满生活的意趣。再看他的《署中杂咏十四首·菜畦》：

　　闻说夷山旧壤西，当时种菜碧连畦。晚菘早韭供朝夕，雨甲烟苗入品题。

　　老圃余香饶野味，饥年此色叹群黎。只今十亩蓬蒿满，黄蝶飞来路欲迷。

诗人以清新笔调，勾画了一幅饶有趣味的田园图景，十分可人。由此也可见出，况澄的创作不求富丽浓艳，虽有满腹学识，但不故作炫耀，大掉书袋，从而有效避免了以辞害意；风格上则倾向于清新自然，恬淡有致，朴素却又不失雅正。因此，他在清代广西诗坛，也算是一个独特的存在。

第五节　朱依真与李秉礼

一　"粤西诗人之冠"朱依真

朱依真，号小岑，生卒年不详，清广西临桂人，乾嘉间粤西诗坛上的重要诗人。"乾隆三大家"之一的袁枚晚年至粤西，常与朱依真诸人唱和，推朱为"粤西诗人之冠"①。有诗集《九芝草堂诗存》，词集《纪年词》，杂剧《人间世》、《分绿窗》等，但仅见其诗集传世。

（一）朱依真的生平

朱依真出生在官宦家庭，其父朱若炳乾隆二年进士，官至南昌府知府、江苏粮储道。著有《火余诗》、《补闲词》二卷。大伯父朱若烜以监生授江西新建县县丞，累摄南丰等县事，有政声。二伯父朱若熄丁卯举于乡，当地名士。伯兄朱依程为府学廪膳生，著有《耐寒词》。仲兄朱依韩为乾隆三十九年举人，镶蓝旗官学教习，著有《秋岑诗草》。②朱依真在父辈及兄长的影响下，"髫龄即嗜声律，……于十七史，丹铅数过，诗格亦日高"③，"小岑之学，自六经诸子下及百工技艺，……各诣其极"④。但其思想、性格有迥异于父兄之处，即"幼立志不为科举业"⑤，"狷性狭中，冷面隔俗，不乐进取，以布衣终身"⑥。朱依真不为仕进，却以其渊博学识和赤子之心热衷家乡的文化事业。嘉庆五年，广西巡抚谢启昆开志局，朱依真为《通志》分纂；嘉庆三年至七年，朱依真与安徽桐城胡虔总纂《临桂县志》。

朱依真一生交游较广。当他因父、兄早卒，家道中落，生活窘困时，其好友李秉礼倾情相恤，"每为之营致生业，图升斗以养母"⑦。朱

---

① 廖鼎声：《拙学斋论诗绝句考略》，民国二十五年版。
② 《临桂县志》卷二十九，据光绪六年补刊本影印本。
③ 蒋凡：《〈三管诗话〉校注》，广西人民出版社 1996 年版。
④ 《九芝草堂诗存·李秉礼序》。
⑤ 《九芝草堂诗存·邓显鹤序》。
⑥ 《九芝草堂诗存·李秉礼序》。
⑦ 同上。

依真诗集《九芝草堂诗存》也正是由于李秉礼的鼎力资助，才得以在道光二年刊刻于世。朱依真的另一挚友黄东旸，少受业于浙派诗人杭世骏，诗、古文皆有渊源。著有《南溪诗草》。朱依真与黄东旸作诗皆"以唐宋为则"，曾结诗社于桂林隐山，互相唱和，共同的艺术追求使他们结下了深厚的友谊。朱依真与"乾隆三大家"之一的袁枚也有深交。乾隆四十九年，袁枚第二次来广西，与许多诗人亲密交往，特别欣赏朱依真的诗才，常与之唱和，推之为"粤西诗人之冠"。朱依真亦云"海内为词章，心服袁与蒋"（朱依真《题蒋湘雪诗册后》）。《三管诗话》载有一则袁枚、李松圃、朱小岑联句咏钟馗画像佚事："袁简斋重游桂林，住李松圃比部家。有持钟馗画像求售者，作捧一大钱睥睨状。袁曰：'此画命意甚奇，不可无诗。'相与联句。李首唱云：'老钟何事把钱看？'袁续云：'进士从无捐纳班。'久之，尚无继响。时朱小岑在座，摇笔立就二语，云：'我为老钟参一解，功名容易发财难！'次日传诵遂遍。"① 袁枚七十大寿时，朱依真赋诗《寄寿随园先生七十》以示庆贺，并表达自己对前辈的仰慕之情。朱依真结交的士人，还有刘映棻、冷昭、汪修德、朱文震、胡德琳、李南涧、李宪乔、李怀民、蒲铣、吴嵩梁、李宗瀚等。②

（二）朱依真的思想

读书—科举—入仕，是封建时代科举制度建立以后一般读书人共同遵循的道路，把成就抱负与入仕联系起来，也几乎是所有读书人的理想。朱依真生当乾隆盛世，其布衣心境的冷峻与众人的热衷进取，构成一道时代色调的反差景象。正如其《闲居感事》诗云："闭户宁分雨旧新，频来瓦雀号佳宾。门前纵设漫天网，不是寻常逐热人。"诗人不追逐仕途的淡泊心境历历可辨。

朱依真的布衣心态，与中国古代隐逸风尚和清中叶的社会状况有密切关系。相传在唐尧时代，就有拒绝禅替尧位的隐士巢父和许由。春秋末至战国，开始把隐逸从个人行为上升到普遍的人生信念。从汉至宋，尚隐之风从未停息。明清易代之际，以顾炎武、黄宗羲、王夫之等为代

---

① 蒋凡：《〈三管诗话〉校注》，广西人民出版社 1996 年版。

② 请参见周永忠《〈九芝草堂诗存〉校注》，硕士学位论文，广西大学，2001 年。

表，或积极从事反清斗争，或以遗民自居，不仕新朝，甘愿老死山林泉石。清中叶乾隆盛世，其浓厚的文化专制主义色彩更甚。与此同时，以清前、中期商业的繁荣为背景，乾嘉之际大僚养士以其鲜明的时代特色令人瞩目。商业的自由精神也在逐渐改变士人传统理念。他们在经济上不专恃于科举、皇权，可通过寄食于热心艺文的富商大吏之门，恃其诗书画等方面的一技之长被礼遇为上宾，与主人一起从事吟社等活动，或者将自己的创作直接投入市场来解决生计。

朱依真宁困穷而不求仕，除上述历史和现实的因素，更有其保持心理平衡的思想支柱。他的思想特点，表现为杂取多家。其中主要是儒家安贫乐道、独善其身的道德观，道家解脱羁绊、自由至上的人生观，佛家身心皆空、苦行涅槃的修行观。

朱依真早年丧父，兄长亦先他而去，"小岑孤子零落，生意索然，益无以为家"。[①]"瓶盎屡告乏，妻孥颇号饥"（朱依真《岁杪病中读杭大宗〈小除简何监州〉诗，戏用其韵简南溪》）是他贫困生活的真实写照。但贫不足以挫其志，"方头少媚骨，冻饿亦其宜"（同前诗）表现了他不事权贵、甘守贫困的独立人格。"痴儿学写宜春竟，弱女初裁彩胜成。贫里莫嫌无节物，比邻丁壮尽从征"（朱依真《岁朝雨中作》）表现了他对贫困生活的乐观态度。"虚名多累吾弗取，庚桑愿学东周聃"（朱依真《家镜云弟见和参字韵诗并题拙画，因迭前韵奉答》）、"愿学东皋子，结庐田野闲"（朱依真《东郊》）则表现他蔑视富贵功名，渴望高蹈隐逸的道家思想。朱依真喜游佛寺、投宿禅房，并写下不少与佛寺有关的诗作。从其具有禅味的诗句，如"不知风动缘心动，细认秋坛无影幡"（《光孝寺》）、"老僧闭户习禅静，疑是小儿羊鹿机"（《光孝寺》）、"勘破羊鹿机，知具龙象力"（《南华寺》）、"不知莲界阔几许，仿佛香螺旋"（《舟由瓜步趋銮江……》）、"憩阴息影禅榻据，芬陀利香自何处"（《夏日访吴兰雪于永福庵……》）、"寺门闭曛黑，梵放银铛静。我心恒河沙，见佛众生并"（《泊昭山，山巅有观音禅院……》），等等，可窥见其佛家思想的一面。[②]

---

① 《九芝草堂诗存·李秉礼序》。
② 请参见周永忠《〈九芝草堂诗存〉校注》，硕士学位论文，广西大学，2001 年。

（三）《九芝草堂诗存》的思想内容

朱依真的作品集今仅存《九芝草堂诗存》（道光二年刻本），凡八卷，四百二十余首。

朱依真学识渊博，又远游四方，对社会生活有一定了解，故其诗歌题材较广，大致可分为七个方面。

1. 政治诗

朱依真生活在清朝由盛转衰的乾嘉时期，作为一个正直的诗人，他能够体察民生疾苦，洞察统治阶级的腐朽，诗集中不乏直接反映现实之作，继承了汉魏乐府和杜甫、白居易等人诗歌的现实主义传统。如《岁歉》：

> 岁居非火次，尔来旱亦甚。高田无青草，低田失润浸。
> 去年岁在酉，弗协浆酒谶。加之疫疠作，薄槥不遑镵。
> 米价三倍增，一饱力难任。柳象宾邕闲，死者每相枕。
> 田器亦卖除，牛种从谁赁。蒿莱久不辟，磽瘠无少渗。
> 近闻粥厂开，啖者类含鸩。困苦乞为奴，逃亡乃连袵。
> 入门问来历，泪下口如噤。或称素封家，亦有簪缨荫。
> 百年无此变，抵几为咤喑。达官非不勤，术穷莫能禁。
> 于悒坐中堂，笙歌且高饮。

描写旱灾、瘟疫肆虐、人民颠沛流离、无以为生的悲惨命运，并与官吏"于悒坐中堂，笙歌且高饮"的生活作鲜明对比，反映了时政的腐败和社会的不公。《书所见》：

> 黄金不可成，瓠子不可塞。岂其不可塞，筹之有失得。
> 譬如骏奔走，将牢衔与勒。一纵弗能制，要驾在倾刻。
> 河身本滞重，秋汛尤悍直。轮囷千金埽，崩分一蚁蚀。
> 初淫梁宋交，末散齐鲁域。南阳夏村闲，泉湖如组织。
> 既当河尾闾，复为漕羽翼。河怒董用威，川骇走畏逼。
> 昭阳泄不胜，秦沟覆厥职。风闻沛邑沦，密迩泗水侧。
> 明府鱼头生，衣冠龙伯国。有户皆腐鬼，无田供稼穑。

> 来观咏秋水，悠悠我心恻。仰睨天苍苍，俯视波巍巍。
> 蛟龙百战余，暂血千里酏。遥堤逮缕堤，荡尽失坚壁。
> 治兼漕及河，重系民与食。吾尝折肱医，邪盛戒勿抑。
> 疏瀹务多方，一丸安可即。师水即师禹，因势不因力。
> 帝衷廑昏垫，股肱迈契稷。相与握灵图，殷勤效马璧。
> 凡百尔臣工，经始毋惮亟。

写山东、江苏一带水漫千里，灾民流落无助。均是时代乱象的实录，具有批判现实的意义。

2. 感遇诗

朱依真社会地位接近下层人民，对自己艰难生活的吟咏屡见于诗。如《岁晚即事》、《粮艘中覆板多罅，雨下如注，床榻尽湿，戏作解嘲》、《咀虱》、《雪中四咏》等。《拥炉》：

> 元冬山木稀，市价乌薪昂。闭门三日雪，肝肺皆冰霜。
> 地炉寂无烟，瓦檠黯无芒。撤屋取旧茅，持斧斫枯桑。
> 焊剥发纤响，爞烺生微光。方其郁未伸，掩目视昏茫。
> 严飙一吹嘘，活焰赫以张。渐忘裋褐单，宁羡狐裘黄。
> 通塞在俄顷，旁睨心清凉。

贫寒而至于撤屋取茅供暖活命。诗中所描绘的极度愁苦的生活状况，既是属于他个人的，也在客观上反映了乾隆盛世下一部分侘傺失意、穷困潦倒的士人的生活境遇。

3. 亲（友）情诗

抒写亲情的，如《除夕》"得年饮酒输儿辈，守岁传柑让后生。两字齑盐儒者事，一瓯饘粥故人情。在家贫好非虚语，况是高堂鹤骨轻"。作此诗时，朱依真父、兄已故，诗中"高堂"指其母。全诗勾勒出除夕诗人一家老少虽清贫却也其乐融融的喜庆气氛。

朱依真与十余位诗友的友情，都可在其诗集中觅到踪迹。如《寄李石桐、少鹤兄弟》先自叙"余生托寒素，依人比赁春"的身世，然后追念对方"顾我蓬蒿中"，"欢然采我诗，牛铎应黄钟"，与己相知、相惜、共鸣的深厚情谊，结以"重子类古人，聊复披心胸。引领望朝日，寄怀东海东"，表达自己对对方的敬重和怀念之情。《哭黄南溪四首》之一、二首，则淋漓尽致地表达了诗人在挚友去世后内心无法驱遣的悲痛：

> 并州别去寄书频，恶耗传来泪满巾。复屋呼号儿女痛，盖棺诚信弟兄亲。弓刀雁塞稀朋旧，风雨蒲城泣鬼神。想得临歧一樽酒，铜驼更约几千春。

> 九月燕台折鸌鸿，新诗缄示慰萍蓬。孟韩交缔穷相似，甫白飘零死略同。洴澼自怜操术异，覆瓿人笑著书工。太清剩有隃麋在，呵壁犹能问碧翁。

4. 题画诗

朱依真能诗工画，其诗集中不乏题画诗，而且诗人常常借题画寄兴发慨，扩大图画的思想容量。如《题人种竹图》，通过描述画中人自辟庭园种竹的高行雅意，流露出诗人对种竹人的羡慕、对竹的无比倾心。画中种竹人是蒋诩一类的隐士。蒋诩，曾任兖州刺史，因不满王莽专政，告病辞官隐居，于院中自辟三径，杜门谢客，唯与羊仲、求仲来往。此洁身自好的隐逸之思，与竹君的潇洒瘦劲融为一体，互相映衬。诗末用晋人王徽之的典故，以其自比，表明自己爱竹之深。

5. 咏史诗

朱依真"于十七史，丹铅数过"，其诗集中反观历史事件和历史人物以影射现实的作品颇多，如《西厂叹》，叙述帝王从亲政到荒政、从清正到听谗的转变，回顾了宫廷的历史，历数明代特务机构西厂、东厂的罪恶行径，最后点明深刻的主题："耳目聪明国恒失！"映射清朝大兴文字狱必将贻害国家。

又如《鹦鹉洲怀古》。鹦鹉洲与祢衡有关。祢衡少有才辩，气尚刚傲，不为曹操所容，操将其送与刘表，表又不能容，转送太守黄祖。黄祖长子在洲上大会宾客，有人献鹦鹉，祢衡作《鹦鹉赋》，以鹦鹉自喻，抒写才志之士生于末世屡遭迫害的感慨。后祢衡终因出言不逊，为黄祖所杀。诗人望鹦鹉洲而触景针砭现实：

> 人生焉得同桔橰？喙长三尺閟不翥。
> 君不见鲁国巢覆黄口嗷，又不见海隅屯骨苍蝇饕。

表现了诗人对统治者压抑、迫害人才的不满，并预示这种专制统治必将走向覆亡。

6. 山水诗

朱依真一生游历较广，足迹遍及今广西、广东、福建、湖南、湖北、江西、四川、江苏、安徽、山西、陕西、山东、河南、河北等地，游览所至，辄有吟咏。朱依真的山水诗，闪烁着诗人追求静谧、向往和谐、借山水寄寓"冷面隔俗"之性情，消解与世不合的抑郁之气的真实灵魂，并在模山范水中隐含忧患之思。如《过宝应》，用清新自然的语言描绘了宝应（清属扬州府）一带湖泊众多，"网罥修鳞屏潋虾"的水乡风貌。诗人的愉悦之情，溢于言表。

又如《阳朔》：

> 桂山势奔突，傲不就规矩。我疑造物初，磊块期一吐。
> 不然岂虚生，童立复何补。宛若指在掌，莫辨十与五。
> 枝骈未可屠，跗戾得无苦。画山稍整饰，黑白绘戾斧。
> 昼猿啼一声，晴翠落如雨。昔之避世人，桃源浪称诩。
> 何如处平世，于此结衡宇。桑麻半无税，鸡犬各有主。
> 毕生青嶂闲，曷必定太古。

写出山峰气势奔突倨傲不就规矩的特点，与诗人的个性非常契合，正可以借山寓其理想。

7. 论诗（词）诗

乾嘉时期，活跃着以沈德潜为代表的格调派、厉鹗为代表的浙派、袁枚为代表的性灵派、翁方纲为代表的肌理派等诗派。朱依真主张不同风格的诗作可争相斗艳，并有选择地吸收各家所长。在《李厓竹宗澳志于诗，闲以诗法质予，愧无以答其意，为述古今得失，平日自砺者赠之》一诗中，朱依真通过总结自己学诗、悟诗的过程，给后人留下了宝贵的诗歌创作理论：提倡学古，重视诗歌的质实内容，"措词各有指，托义要非空"；提倡直抒性灵，表现真性情，"至于抒性灵，随境披心胸"；重视学问，主张多读书，使"诗思横纵"。

朱依真的词学观体现在其《论词绝句》二十八首。这组论词绝句，对晚唐五代至清中叶有代表性的词人词风作了中肯的评价。如论清初词人朱彝尊：

> 燕语新词旧所推，中兴力挽古风颓。如何拈出清空语，强半吴郎七宝台。

后有一段自注："词至前明，音响殆绝。竹垞始复古焉，第嫌其《体物集》不免迭垛耳。"宋是词发展的高峰，元、明两代词人成就不高。至清初，词人辈出，朱彝尊词不失为清词中一流的作品，但他主要从清雅的格调方面下功夫，忽视内容方面的拓展，虽追踪南宋词人姜夔（号白石道人）、张炎，风雅与白石相近，但在意度的高远、气象的清越方面，则远逊于白石。朱依真"嫌其《体物集》不免迭垛"，是颇有见地的。①

总体而言，朱依真与诗友黄东昀、冷昭等结诗社于桂林隐山，一以唐宋为则，在一定程度上扭转了当时诗歌创作浮浅不师古的风气。清中叶广西诗歌创作与全国同步，成就斐然，这与朱依真和其他许多广西诗人的努力是分不开的。"朱（依真）李（松圃）既往，粤之诗人，益多辈出。"② 乾嘉时期广西形成了良好的诗歌传统，充满生机和活力，并对乾嘉后的广西诗坛产生积极的影响。

二　澹泊闲适的李秉礼

在桂北作家群中，以李秉礼为核心形成了一个重要的作家小群体。其中，除了李秉礼之外，其子李宗瀚（进士，官至工部左侍郎）、李宗

---

① 以上请参见周永忠《〈九芝草堂诗存〉校注》，硕士学位论文，广西大学，2001年。
② 张凯嵩：《杉湖十子诗钞·序》。

瀛（"杉湖十子"之一），其孙李联琇都是清朝广西本土颇有名气的诗人。李秉礼同时还喜欢广结文友，他和宦居广西的高密派著名诗人李宪乔以及广西临桂诗人朱依真都有交往唱和，并一道促使乾嘉时期的广西诗坛达到了相当繁荣的局面。他还和全国各地的诗人多有来往。其中，袁枚六十九岁二游广西时，就入住李秉礼的家，并开展了一次影响颇为深远的雅集活动，成为一时佳话。相关方面，前人多有记载，如杨仲义《雪桥诗话》云："当乾隆甲辰、己巳间，少鹤官岑溪令，偕兄石桐与松圃定交时，袁简斋亦来桂林，四方名宿，如杨石墟、李桐冈、许密斋、王若农、浦柳愚、朱心池、刘松岚，吟咏赠答，极一时编经之盛。存斋至比于赵文子垂陇之会。"袁枚本人也对这段与广西诗友的文会经历津津乐道："桂林向有诗会。李松圃比部、马嵘山中翰、浦柳愚山长、朱心池明府、朱兰雪（即朱依真）布衣，时时分题吟咏。余到后，得与文酒之会，同访名山古刹。"① 桂林李氏作家群，其实不止在广西，在全国的也小有名气，"五六十年间，海内称德门者，咸曰桂林临川李氏云"②。因此，李氏作家群在广西诗坛有着特殊的历史地位。

（一）生平思想

李秉礼（1748—1830），字敬之，一字松甫（圃），号韦庐，又号七松老人。乾隆年间曾官至刑部江苏司郎中，但"供职未几，结庐桂林，养亲不出。"③ 三十岁即休官归返故里。

李秉礼出生于富贵之家，其父李宜民（字丹臣），据袁枚云："松圃父丹臣先生少贫，以笔一支，伞一柄，至广西，不二十年，致富百万。"④ 富足的家境，为李家的文化教育奠定了殷实的物质基础，为其后逐渐成为闻名的书香门第之家提供了重要条件。李氏家族成员中的父辈李宜民，李秉礼的弟弟李秉钱、李秉锉、李秉缓，后辈李宗瀚、李宗涵、李宗桂、李慧等都是当时的书画名家，家族文化风气甚浓。

在创作方面，李秉礼除了诗作外，未见其他文集传世。其诗作收入

---

① 袁枚：《随园诗话》。
② 陈用光：《工部左侍郎浙江学政李公墓志铭》。
③ 袁行云等：《清人诗集叙录》卷四十三，文化艺术出版社1994年版。
④ 袁枚：《随园诗话》。

《韦庐诗集》，分《内集》和《外集》，内容较全的是刊于道光十年（1830）的知稼堂刻本《韦庐诗内集》四卷和《韦庐诗外集》四卷。①

李秉礼的思想比较复杂，儒、道、释三家思想对其都有较大影响，其中，中国传统的隐士文化在他身上也留下了较为明显的痕迹。

首先，儒家思想对李秉礼有着根深蒂固的影响，即使隐居桂林之后，儒家思想观念依然下意识地支配着他的行为。特别是在教育子侄后辈之时，这种思想表现得最为充分，"自笑无闻成白首，人生难得是青年。尔曹志事须当勉，莫效庸儒守一编"（《过湘南别墅示子娃》）即是一证，在对人生的自我感慨中，以儒家思想劝勉后辈积极上进。又如，在《宗翰宗涛还家乡试作此示之》中，李秉礼对儿子的祝福是"望汝名早成"，典型地体现出儒家积极入世思想。可以说，儒家名利观已经深深地烙在李秉礼的潜意识之中，并不时显露出来——即使他一度洒脱地自云"事业看儿辈，优游任老夫"（《八十生日作》）。

其次，道家思想是其重要的精神寄托。李宪乔为李秉礼诗集作有一序，他的评价是："韦庐之学为诗，涵潜于韦，根抵于陶。"袁枚读了李秉礼的《闲居》后，特加批语云："性情吐属，真是靖节先生。"李怀民对李秉礼的《清江杂诗》也有一段批语："不必有意规仿，而性情气味纯是陶。"上述众人之言，都一致认定李秉礼与陶渊明的心性情怀相通，其实质无外乎是追求道教的隐逸精神，成为乐享田园恬静生活之隐士。李秉礼三十岁时即休官归故，漫漫人生长路，深埋心底的儒家"有为"思想已无可依托，那么道家"清静无为""陶然物外"等理念，便自然而然成为了他后半生的精神抚慰。

其三，到了晚年时期，佛家思想对其也有较深的影响。晚年的李秉礼对"万缘皆空"的佛家教义有很多体悟，参悟佛理也成为他晚年活动的重要方面。其《偶作》云："一尘不著万缘空，打坐烧香老衲同。七十五年弹指去，眼看儿辈尽成翁。"此时再遇僧畅谈，亦不再有早年"悟来欲相叩，曾否见如如"（《宿华严寺》）的悠然，或是共论"无生法"的兴致。又如《过定粤寺有感》云："一径弯环木叶堆，寺门寂寂

---

① 见赵志方《李秉礼〈韦庐诗集〉校注》，硕士学位论文，广西大学，2001 年。

傍山隈。昔年曾记题诗处，此日如寻旧梦来。破殿无人时堕瓦，断垣经雨遍生苔。白头胜有残僧在，延坐绳床话劫灰。"显然，看惯了人生的离合悲欢，消极之念油然而生，释家理念正好为其提供精神安慰，获得心理的安宁。①

（二）诗歌的主要内容

李秉礼享年八十有三，家境富足，一生并未经历太多的大起大落，且三十岁即辞官不仕，也使他的生活经历相对单调，故其诗歌内容主要以表现日常生活及个人心性为主。

1. 抒写远离官场的澹泊之志

李秉礼虽然为官时间不长，但对官场的苟且蝇营之事还是有较深的认识，并且对之加以嘲讽，以此表明自己与之划清界限，抒写个人的澹泊之怀。试看《谁氏子》：

> 营营攘攘谁氏子，升斗之禄恋无已。只解承迎工折腰，宁借疲劳逼暮齿。堂上酬呼堂下诺，一朝溃决长已矣。解语仅遗黄口儿，蔺露焦烟家万里。近闻黄口亦夭折，转眼陵夷至于此。过门豪贵不复顾，掩泣寡妻饥欲死。魂兮归来如有知，悔弗生前究终始。

营营攘攘追求富贵功名，极尽恭迎吹捧之能事。但失利之后，最终落了个"过门豪贵不复顾，掩泣寡妻饥欲死"的悲惨下场，世态炎凉可见一斑。诗人由此告诫钻营者莫要"悔弗生前究终始"，从反面表明了自己的澹泊心怀。相比而言，诗人的咏物诗，则更多地从正面表露自己不苟合于流俗的品性。试看：

> 结茆深竹里，尽日有风生。于此得真趣，自然无俗情。
> 繁阴移半榻，疏响度前楹。却笑营营者，惟寻热处行。
>
> （《此君轩纳凉》）

> 七本育松树，移栽傍石栏。枝低经鹤踏，根古作虬蟠。

---

① 见赵志方《李秉礼〈韦庐诗集〉校注》，硕士学位论文，广西大学，2001年。

好向风前听，还期雪后看。支离亦何碍，风格尽高寒。

（《种松》）

竹乃气节与品节高尚之寓，松则是品质坚韧、不惧严寒酷暑之象征，历来为人所咏，作品众多，李秉礼借竹、松这一传统意象表明自己的志趣和个人品性。

2. 抒写天伦之乐与朋友之谊

从名利场脱身之后，李秉礼回复平凡生活，有更多机会享受家庭的天伦之乐和单纯的朋友情谊。在他的作品中，父母、手足、儿女、友人之情都是常见的表现对象，其情感诚挚纯真，读来让人温暖。且看他的《营巢燕》：

> 双双燕，营巢苦。旧巢已破新巢补，不惜将身涴泥土。巢成力尽恒忍饥，辛苦哺出三五儿。日觅飞虫掠烟水，一雏不饱心不已。羽毛丰满各飞飏，子去母留空绕梁。左回右顾若有失，夜半犹闻语啾唧。不见飞来庭树乌，翻翻联联尾毕逋。得食反哺守故株，哑哑旦暮声相呼。燕兮涎涎胡为乎？同为羽族天性殊，谁谓百鸟之智其尔如。

诗中，作者以燕指代父母。父母之含辛茹苦，抚养子女成长，子女成人后也应该懂得感恩，"得食反哺守故株"，尽子女之孝道。另有《示佩之十弟》、《又示衡之九弟》等作品，都是抒写亲情的上佳之作，表现了一片手足情深。再看《咏新笋示瀛荣两儿》：

> 种得篔筜数十茎，岁寒相对澹忘情。几番风雨春雷动，瞥见墙根稚子生。

> 编篱培土几劳心，爱护香苞重比金。为语童奴勤灌溉，老夫日夜待成林。

在诗人眼中，竹是高尚之品，他不仅自喻，也希望以此作为后辈的标杆，并努力栽培之，希望其早日成才。诗人"编篱培土几劳心，爱护香苞重比金"，足见其护爱之切，而"为语童奴勤灌溉，老夫日夜待成林"则见其希望之深。另如《示潮沅两儿》：

> 巢居知风信，穴居知雨晴。草虫至微细，应候亦发声。
> 万物具觉性，况乃物之灵。分阴圣所惜，尔业当求精。
> 胡为志温饱，愦愦甘无成。少壮能几何，慎勿虚尔生。

诗人对后辈护佑但不溺爱，从父爱角度，严加规劝，这是爱的另一种表达。桂林李氏家族文风昌盛一时，看来跟李秉礼的家教门风有着莫大关系。

在友谊方面，李秉礼也是一位重情重义之人，曾云"人生宇宙间，难得惟知己"（《得季寿书却寄》）。他的诗文交游中，所见最多者当数当时著名诗人李宪乔（少鹤），相关诗作达 60 余首，可见其交往之频繁。[①] 试看其中几首：

> 忆昔东海一只鹤，巢我庭前松树林。松声鹤唳互响答，泠然润整流清音。一朝舍我忽飞去，误堕尘网遭泥汙。有客来自融江汀，曾见此鹤汀上行。矗矗鸡群耻独立，修趾偃蹇摧箝翎。安得仍来松顶宿，逍遥与世无拘束。吟罢谁当知此情，惟有松风鸣谡谡。
>
> 　　　　　　　　　　　　　　　（《松鹤吟寄子乔》）

> 吾宗具仙骨，爱鹤鹤相亲。近水情俱缓，临空气益振。
> 月中同皎洁，人外著精神。此意谁当识，翛然自写真。
>
> 　　　　　　　　　　　　　　　（《题子乔与鹤诗图》）

> 鹤去楼仍在，遗踪尚可寻。到来栖息地，共此寂寥心。
> 遼水何时返，孤松空自吟。重看题壁句，不觉涕沾襟。
>
> 　　　　　　　　　　　　　　（《同单月亭过栖鹤楼有感》）

---

① 见赵志方《李秉礼〈韦庐诗集〉校注》，硕士学位论文，广西大学，2001 年。

照壁一灯暗，小窗凄已凉。前林飒风雨，明日又重阳。
鸿雁几行去，秋宵一倍长。却思苦吟客，何处泊征航。

（《重九前夕听雨忆子乔》）

相望久不至，脉脉系予思。高馆新凉夜，孤帆乍泊时。
扫除栖鹤地，重检忆君诗。咫尺吾庐近，悠然惬素期。

（《喜晤子乔》）

诗人将才华横溢、志向高洁的好友李宪乔比作鹤，"吾宗具仙骨，爱鹤鹤相亲"。但进入官场后，李宪乔犹如鹤立鸡群，处处受排挤，志不得伸，这无疑是"误堕尘网遭泥汙"。对友人这种怀才不遇的情境，作为知己的诗人不仅充分了解也给予了理解，并表示出深切的同情，干脆劝他早日复返自然，回到"松顶宿"，过那"逍遥与世无拘束"的快活日子。在《同单月亭过栖鹤楼有感》中，诗人将写实和写意相结合，充满情感，"重看题壁句，不觉涕沾襟"，更是将两人间的深情厚谊表现得淋漓尽致。

此外，李秉礼的诸多作品都谈及与当时文人交往的细节，如陶季寿、胡茂甫、朱依真、叶巢南、王熙甫等，从这些诗作中不仅能体会到他们之间的密切关系，同时也可见出李秉礼在当时文人圈中的特殊地位。

3. 抒写闲适生活意趣

由于年少辞官，远离仕途，因此自然而然激起了李秉礼对前代隐士生活的追慕，并以此标准来定义个人生活，从而写下了大量闲适生活意趣的作品。

披衣先鸟起，雨气尚昏黑。稍稍曙光微，林杪动霁色。
池荷晓逾清，丛篠净如拭。徽吟惬幽赏，静境欣独得。
宿鸥忽复惊，掠过方塘侧。

（《园居早起》）

> 日暮江雨霁，疏星耿河汉。背船沙鸟飞，照水流萤乱。
> 凉风飒以至，阴霭薄犹漫。倚櫂揽清辉，披襟坐萧散。

（《雨霁》）

所写都是一时偶得的田园小景，清幽旷逸。境界虽不大，但包含着诗人的隐逸心境，从中也可见出作者的淡泊之志和对田园生活的乐享。再如《宿华严庵》：

> 无事此闲坐，佛前灯上初。院凉秋在树，窗静夜摊书。
> 微动鸟栖处，妙香僧定余。悟来欲相叩，会否见如如。

可以说，一生富贵，早年辞官的李秉礼，闲适成为其人生的重要状态。再看他的《湘南别墅》：

> 背郭数椽屋，闲闲水上扉。幽篁不受暑，空翠忽湿衣。
> 日午鸟声静，苔深人迹稀。倏然发孤咏，岂是学忘机。

诗人幽居一处，虽然是夏日，但幽篁空翠，清凉一片，听鸟声、观苔痕，忘却俗世的争权夺利，自得其乐，逍遥无比。又如《过陈氏山居》：

> 幽人门昼掩，经岁绝逢迎。翠篠当窗暗，孤花隔磵响。
> 鹤归苔有迹，蝉歇树无声。自是山居好，相看何限情。

还是以"幽"为核心意象，突出环境之幽，来表现心境之虚静，体悟大自然给人带来的无穷乐趣。再看他的一首游赏之作《耽吟》：

> 人生各有癖，我癖在耽吟。晨夕态冥搜，不知霜鬓侵。
> 芳华坐消歇，凉月虚庸临。呼酒再三酌，酌罢调鸣琴。
> 非求世人知，我自写我心。

诗中，作者明确表露了对耽吟的偏爱。因此，或调琴饮酒，或闲坐消歇，都喜欢耽吟思考，偶有所得，则欣喜地以我手写我心：

> 一碧清无暑，余香犹在诗。对吟耽坐久，欲去更迟迟。
>
> （《过永福庵访千叶莲已谢花和吴兰雪壁间题句》）

这或许就是作者清闲之余、耽吟之际最为乐享的生活状态。

（三）诗歌的艺术特点

李秉礼早年脱离官场，赋闲居家数十年。远离庙堂之后，其人生志趣发生了很大改变，加上其个人的生活主要围绕居家会友，这些经历对他诗歌艺术特质的形成都有重要影响。

1. 以寻常之物，表现空灵之感

鉴于生活范围相对较小，生活也相对安逸，没有太大波折，过的是富贵闲人生活，这一定程度上限制了诗人的识见和人生体悟，故其写作题材也以身边寻常之物为主。在他的诗歌中，常见的意向为菊、竹、松、山、泉、云、石、书、江、船、鸟等。

> 浙浙西风吹晓寒，瓦盆疏菊露初团。定知冷味无人领，移向斋头独自看。
>
> （《盆菊》）

> 新晴风日佳，春江泛兰鹢。前林暮蔼蔼，远岫明历历。
> 野老原上耕，渔人渡头立。水风时侵衣，沙鸟散还集。
> 何处櫂歌声，中流自清激。
>
> （《春江泛舟》）

> 五里城西路，来寻处士家。野田收晚稻，老树杂秋花。
> 犬吠柴门近，人穿竹径斜。因谈中隐胜，携手入烟霞。
>
> （《秋日过廖孝廉村居因游中隐山》）

> 舟行日易夕，系缆白苹湾。风笛不知处，沙鸥相与闲。

波光初上月，云气欲沉山。目断寒烟外，寥寥数鸟还。

（《晚眺》）

出郭爱晴景，野吟多远情。树藏村落小，泉入稻畦平。
牧子偶相值，山花难辨名。却看苔藓迹，疑有鹤经行。

（《出郭》）

类似的题材作品，占了《韦庐诗集》的大部分。菊、竹、松、山、泉、云、石、书、江、船、鸟等常见之物，被诗人运用了借物咏志的表现手法，将平常物上升为具有一定意蕴的象征物，从而附带了诗人的情感和志趣。

2. 意境清冷孤幽，直抒性灵

虽家境殷实，但作者孤寂的心绪却无法用钱物的富足加以排解。这种源自内心深处的孤独之感，在喧嚣之后来得愈加强烈。因此不难发现，在李秉礼的诗歌作品中，关于"夜"的主题创作非常多，"夜"给诗人提供了冷静沉思的绝好机会，此刻诗人对生命的体悟也来得最为深刻和丰富。同时，与"夜"主题相适应的清冷孤幽风格，在李秉礼的作品中也表现得十分突出。而且，这种风格竟然成了李秉礼诗风的主要格调，渗透于他大部分的写景咏物诗作之中。

日入众喧寂，虚斋坐清冷。揽衣步阶除，流连中夜景。
枯条生悲风，寒月照孤影。啾啾栖鸟惊，沉沉残漏永。
岁华倏已晚，窅然抱深警。

（《冬夜》）

溪水不盈尺，延缘湾复湾。远帆时出树，高竹欲遮山。
何处人驱犊，孤村昼掩关。翛然尘境外，心共白鸥闲。

（《塘湾》）

寻幽不觉远，沿岸踏苔痕。秋色林间寺，鸡声烟外村。
野花生涧曲，渔艇贴芦根。别有濠梁意，寥寥谁与论。

（《晚步溪上》）

篮舆入苍翠，绝壁寒泉响。深径不逢人，山猿自来往。

（《山行》）

东风吹雨散，门掩寂无哗。一鸟忽鸣树，小园纷落花。

吟余寒料峭，坐惜翠交加。试问此时意，宁殊蒋诩家。

（《园居雨后招春海》）

从以上作品不难看出，"清""冷""孤""寒""幽"等具有情绪色彩的关键词出现的频率非常高，这也是作者内心情感的直接折射。李秉礼采用以物喻人的表达方式，书写了个人独特的内心感受，使他的作品明显蒙上了一层清冷孤幽的情感色彩。因此，李秉礼的诗歌在直抒性灵上表现突出，充分表达了个体的存在感和生命体验，但其不足也同样源于此——个人体验的过分突出，往往带来的则是境界的狭小逼仄，气度不足。

第六节 "才气清超"的龙献图

近人黄华表将龙献图定位为"桂全诗派"的主要成员之一（"桂全诗派"以谢良琦、谢济世、龙献图、朱凤森、胡德琳、陈继昌、蒋琦龄、蒋达、吕璜、倪鸿等为代表）。[1] 龙献图在"桂全诗派"中广纳文友，也的确相当活跃。他除了"与当时诗人吕月沧、潘小江、袁醴庭友善，均有唱和"[2] 外，陈元焘、陈兆熙、李崖竹、黄春庭等文人也与之往来甚密，成为"桂全诗派"作家群中的一个重要人物。

---

① 黄华表：《广西文献概述》，《建设研究》1931 年第四卷第五期。

② 同上。

一 生平与作品

龙献图（1755—1838），字则之，号雨川，桂林临桂县两江人。乾隆四十五（1780）年乡试中举，年二十六。然而，此后会试皆名落孙山。嘉庆十三年（1808），方"秉铎昭州"（《戊辰小除之平乐广文任》），担任昭州（即今之平乐县）训导，开始自己的教书兼为官生涯。随后改任平乐知县，前后共十年。嘉庆二十三年（1818），调转云南盐道库大使。道光四年（1823）解官归里，开始田园生活。道光十八年（1838）病逝，享年八十有四。

龙献图"敦品励学，不屑以时艺见长，居官则济物为心，授徒则经世为本，故文帙虽存，未遑付梓"①，故其作品散佚严重。直到光绪年间，才由临桂知府秦焕校理成《易安堂集》，内设三小集，分别为《耕余草》、《宦游小草》和《归田草》，总共存诗489首。②

龙献图的诗歌主要收入《易安堂集》中，其中《耕余草》收诗316首，记录了作者中举之后、入仕之前长达二十八年间的人生历程。作品以咏物言志居多，题材琐碎，境界狭小。《宦游小草》收诗70首，主要反映秉铎昭州训导之后、云南退官之前的一段人生经历，时间跨度三十年。此间阅历逐渐丰厚，境界较为开阔，体现出较为厚重的历史感。《归田草》收入诗歌103首，书写作者致仕后，在临桂老家十五年间的一段晚年生活历程。诗歌多写田园之乐，追慕陶谢。

二 作品的思想内容

（一）咏物、怀古，抒写人生体悟

借助古迹、风物来抒发个人心志，在龙献图诗歌中最为常见。试看其作《雁》：

> 霜冷寒空夜未央，五更掠月过衡阳。江湖处处忧罗网，关塞年年逐稻粱。中泽无家毛羽洁，冲天有翼路途长。有鸣能字兼能阵，

---

① 《易安堂集·周德润序》。

② 见李国新《〈易安堂集〉校注》，硕士学位论文，广西大学，2005年。

羡尔联翩到楚湘。

显然，诗人以雁自比，书写个人的人生体悟。人生险恶，前途漫漫，但大雁们至少可凭借冲天之翼，并且"有鸣能字兼能阵"，大家成群结队，相互关爱，"联翩到楚湘"，令人羡慕；相比之下，面对世间的风雨，自己却只能独自对抗，了无依靠。诗人在此以雁明志，表述主人公的失落和无奈，悲凉之情溢于言表。类似的作品还有很多，如《风筝》：

> 鹏程争看翼垂天，游戏空中竟宛然。百尺丝编才到手，九霄鹤鹭忽齐肩。直疑跨凤楼头客，好比骖鸾月下仙。莫说人情如纸薄，也能吹送五云边。

> 偶被吹嘘到上林，本无毛羽逐飞禽。扶摇也作培风背，轻薄犹悬捧日心。乍起兰台才半晌，长凌霄汉已千寻。岂知操纵由人手，惹得儿童笑不禁。

风筝直上九天，高可与"鹤鹭忽齐肩"，美则如"骖鸾月下仙"，不过，终究只是"岂知操纵由人手，惹得儿童笑不禁"，成为别人游戏的玩物罢了。作者以风筝喻人生，蕴涵着深刻的人生体悟。

吊古诗也是龙献图抒写人生体悟的重要品类。在缅怀古人、品评古人旧事中，表述对社会现实中不尽如人意处的反思和生活的深刻感悟。如《谒朱将军墓》：

> 春光澹宕风日暄，驾言携□出北门。夭桃向人出墙笑，流莺对客隔叶喧。游蜂戏蝶各有意，翻然导我来山根。孤坟七尺葬谁氏，碑文剥落带血痕。刬苔剔藓再拂拭，赫然姓字志乘存。乃知将军仗忠义，一□之土埋忠魂。忆昔有明当末造，鼎湖龙去迹如扫。将军此地开雄藩，撄城孤守当虎豹。岂知乾坤运已移，山河破碎不可支。帐下千人进降表，将军一剑酬恩时。虽死强项未殊绝，堂上危坐扬旌麾。凛凛生气剑在手，健儿却顾惊且疑。毁巢那得有完卵，

阖门灰烬无孑遗。生为忠臣构阳九，死作正神列星斗。城隍血食百
余年，岁时祭奠罗浆酒。春秋崇祀名宦祠，笾豆益足垂不朽。维公
临桂池头人，翘关起科称虎臣。鄙儒与公同乡县，又复通门好朱
陈。近来昭州秉斯铎，得拜公墓奉公神。愿公英灵默呵护，此邦人
士文教新。酹酒题诗下肃拜，公之灵兮宛然在。鞠躬三叩公不言，
四围山色青如画。公如有灵随我归，池头村里人民非。子孙蕃衍多
锦衣，胡不归去化鹤飞。

朱将军，名旻如，临桂人，被当地人视为守护神。诗中赞扬了朱将
军的神勇无惧和凛凛气节，表达了诗人的崇敬之情，并以此自勉为官一
任就当护佑一方百姓，像朱将军那样保境安民。再看他的《当阳县怀
古》：

匹马倥偬势莫支，手扶炎汉忽倾危。难寻白帝城边路，恨杀孙
郎帐下儿。百战山河空复尔，三分事业竟如斯。虽然未了平生志，
万古纲常赖主持。

以三国英雄人物事迹，书写自己的人生之志。另有《谒屈原大夫
祠》、《谒钱南园夫子墓感赋》等，亦皆此类。

（二）写情抒怀，表现人伦之乐与友情之深

跟亲朋好友酬唱赠答、宴游送别，乃是古代文人生活中的一项常规
内容。因此这类诗歌，在《易安堂集》中亦占有相当的数量，几近三
分之一。其中，与吕月沧、陈春宇、陈蕉雪等友人之间的酬答唱和，形
成了一个文学小群体。试看《送邵东井旋里》：

万里携琴剑，滇池印爪鸿。老难医发白，檄可愈头风。
客况如中酒，归心似转蓬。板桥霜已满，行迹太匆匆。

此诗作于诗人官任云南盐道库大使时。诗人与邵东井同檐为官，感
情深厚。"檄可愈头风"句用陈琳写檄文痛骂曹操之典，将友人跟陈琳
同比，以此赞扬友人文采过人，并希望与之共赏奇文，切磋文艺，只是

此刻友人"归心似转蓬""行迹太匆匆".。面对友人将要辞归故里,诗人的离情别绪涌上心头,多少深情厚谊尽在不言之中。字里行间,见出诗人对友人的依依不舍之情及对友人的祝福。另如《公车北上留别诸知己》:

> 裋褐冲寒策赛驴,七千余里赴公车。轻帆柔橹三湘水,席帽红尘一卷书。客路魂消烟漠漠,离筵肠断柳疏疏。黄金台上春光好,为慰高堂莫倚闾。

在与友人依依惜别之际,还不忘细心地叮嘱友人"黄金台上春光好,为慰高堂莫倚闾",体谅父母的盼归之心,这的确是只有好友知己才能表达的心意。再有《送张友堂明府川》:

> 平生不识昭州路,鸣桡直抵中关渡。我来恰值岁欲除,孤蓬野泊舟子惧。静夜不闻犬吠声,村村遍植甘棠树。问谁贤尹宰是邦,云是张君来部署。使君江西名孝廉,胸中森然列武库。士元岂止百里才,骥足终当骋远步。不嫌薄宦四壁清,屏除驺从时左顾。寒毡拂拭生光辉,谓我孤介鲜世故。道乡书院共论文,抵掌衔杯薄章句。循吏儒林各努力,异苔同岑胶漆固。遥忆今年三月初,使君劝农桥亭铺。随车甘雨被青畤,四野秧歌颂五袴。长愿使君宰是邦,小民岁岁输租赋。岂知借寇未一年,禾黍登场君远去。君远去,百计留君留不住,忍听攀辕啼到暮。鄙生饯送独徘徊,山色苍苍起烟雾。欲采黄花远赠君,明年此曾知何处。

赞扬了张友堂为官一任,造福一方,同时也回忆了与之交往结下的深厚友谊,"异苔同岑胶漆固",可谓志同道合。另如《春日同韦和斋、蒋萃亭、欧兰畦、家雷塘学博谒朱将军墓,游水月庵,渡江登金富宫,晚归共饮小斋》、《朱荫涂明府移寓袁醴庭学博斋中以诗奉柬》等等,或是赞扬友人的深厚学识,或是佩服其高尚品格,或是表达与友人的融洽欢愉之情。其间,也透出诗人的一份隐逸之志。

（三）抒写亲情，表现人伦之乐

　　诗人常年在外任官，颠沛流离，而自己的妻子、家人始终不离不弃，这份深厚的情谊，让诗人深为感激；同时也对不能照顾家人、教育子女而愧疚，于是写下了不少诗歌表述自己的心情。这类诗歌写得情深意切，令人感动。试看其《寄内三首》（二）：

> 买臣负薪吟，五十当富贵。我今年半百，藜苋满肠胃。
> 子能饱糟糠，鸣机事络纬。眷言伯之东，飞蓬共憔悴。
> 门户勉支持，□盐惧乏匮。非无缠臂金，典质久遗弃。
> 谅无求去心，空闺复谁恕。相期到白头，眉案两相对。

　　此处借朱买臣之典，将诗人愧对妻子之情作了巧妙表达。并且，也用梁鸿孟光之典，表达了自己的心愿，"相期到白头，眉案两相对"。字里行间，可见作者对妻子的一片深情厚谊。试看他的《乙亥暮春送妻子归里川》：

> 嗟余病初起，送尔泪沾襟。白发妻长叹，青年子废吟。
> 那堪花寂寂，况复雨沉沉。归去春山暮，柴门正好寻。
> 宦囊无长物，临别恨匆匆。归乞何人米，行迟几日风。
> 燕巢痕在否，鹤径迹谁通。好把家山景，缄书告乃翁。

　　"送尔泪沾襟"写的是对白发妻子的依依惜别之情，而"青年子废吟"则表达了无暇课教儿女读书的愧疚之心，整首诗浓郁的亲情溢于笔端。再看《举家病疫时值五日赋诗三首》：

> 家计中年累，生憎对榻眠。飞腾杳难问，忧患最相怜。
> 好作辕驹促，应须艾虎悬。艰危仗朋友，买药有余钱。
>
> 蛮蛮原共命，狼狈久相依。物类有如此，予生宁独非。
> 呼爷儿宛转，念佛妇欷歔。佛法吾能说，安禅在息机。

骨肉团圆好，胡为病亦齐。虽然共灾患，犹胜各东西。

睡忆邯郸枕，馋思大谷梨。有丝能续命，儿女不须啼。

这首诗将对家境贫困的无奈和对家庭人伦温情的期待，都表现得淋漓尽致。特别是"骨肉团圆好，胡为病亦齐"、"有丝能续命，儿女不须啼"，深沉的亲情读之令人感动。还有不少类似的诗歌，表现出其浓厚的亲子之情。如《出门》、《抵家》等，对子女的关爱之情溢于言表。

（四）关注下层民众生活，揭露时艰多难

诗人出生于农民家庭，对下层民众生活有深刻理解，随后又身居官场，对官吏盘剥民众之事亦深有感触。因此，诗人创作的作品，无论写民众生活还是官场政治，都比较真实深刻。试看其《署后园蔬持盛，每餐撷食不尽，园丁请鬻于市，诗以遣之》：

天与园丁雨露浓，芥苔生意喜蒙茸。当年孤负看花眼，今日真成卖菜佣。市上谁人知此味，民间面色苦难容。得钱沽酒应须醉，老圃何曾让老农。

作者就自家种菜有感而发。从亲自体验种菜的辛苦中，知道粮食来之不易，"市上谁人知此味"，让人不禁联想到"谁知盘中餐，粒粒皆辛苦"。而"民间面色苦难容"句，则开始将主题提升——从对菜农的怜悯同情中，扩大到其他下层百姓的艰苦生活，从而具有了更为广阔的社会意义。再如《采买谣》：

常平仓始食货志，增价而籴农获利，减价以粜凶荒备。传之后世无治人，一籴一粜伤农民。年年岁未熟，县官抱空牍。请于大府傺，开仓粜陈谷。是时谷价如山高，石值白金二两，有奇人嗷嗷。千石万石卖牙侩，乡民不得买半挑。千贯万贯入官手，乡民不得分秋毫。可怜民命似鸡狗，转死沟壑期速朽。皇天不绝民性命，犹喜黄云被南亩。涤场获稻炊香秔，共说收成有八九。半年今日一饱餐，妇子全家笑开口。忽闻昨夜下官符，采卖谷石还仓储。大张告示照部价，每石五钱无多余。虬须虎吏蝐毛磔，咆哮下乡如捕窃。

乡民逃窜捉乡绅，交银乡绅散四邻。书生鼻涕长一尺，乍见官府丧魂魄。当堂具领部价银，归到乡村作差役。挨户俵散册档清，按粮派买称公平。尔谷早纳尔无事，尔谷不纳我黜名。纳谷之时更可哀，乡民负担纷纷来，日晡以后仓未开。书吏索钱写串票，乡民无钱书吏叫。官亲验谷如验伤，喝令斗级风车扬。袖中尚有钱一百，私贿斗级收入仓。谷入仓，日昏黄。无钱投宿卧路旁，腹中饥馁天雪霜。官租已完死无怨，只怨当日耿寿昌。

诗中，"可怜民命似鸡狗，转死沟壑期速朽"都是直接抒发对百姓的同情。同时也揭露了官府的胡作非为，"虮须虎吏蝟毛磔，咆哮下乡如捕窃"。具有很强的现实针对性，可谓为"诗史"。再看他的《猛虎谣》：

有虎有虎翼而角，爪牙如锯文斑驳。白昼攫人肆吞嚼，颐中有物曰噬嗑。虎之观象亦何虐，书生读书日下帷。虎虽角翼何能为，哀哉小民似鸡狗。赋命穷薄投虎口，昨日东邻灾剥肤，今日西邻丧其耦。我闻猛虎昔渡河，今之猛虎何其多。横当大道饱人肉，山南山北无人过。可叹五陵游侠子，臂鹰牵犬猎狐豕。闻声股栗那敢撄，虎益咆哮眈眈视。虎益咆哮眈眈视，惜哉冯妇为善士。

这显然是现实版的"苛政猛于虎"的真实写照。在苛政之下，"哀哉小民似鸡狗"。而且，这种苛政并非一两处，而是"猛虎何其多"，结果造成"横当大道饱人肉，山南山北无人过"的悲惨景象。面对这耽耽虎视，诗人也甚感无奈，只是感叹"惜哉冯妇为善士"，对没有能人贤士出手解救百姓于水火，表示了深深的哀叹。

三　艺术特色

龙献图少负诗才，刻苦读书，这使得他的诗作表现出较为深厚的学养，其中，最大特色是兼采陶潜、元白的冲淡之风，后人称其诗"才气清超、襟抱淡远"①，可谓颇为中肯。

龙献图有不少学陶、和陶的作品，在平淡自然方面，颇得陶渊明遗风。试看他的《种菊》：

> 三径无人处，群芳手自栽。欲知霜气味，先趁雨滋培。
> 生意连畦绿，秋英到晚开。曾须逢九日，定有白衣来。

诗歌一开篇，就化用了陶渊明《归去来兮辞》"三径就荒，松菊犹存"之语，表现自己追随陶公、隐居山林的志趣。随后，以种菊这一实际举动，期待能吸引友人到来，共享隐居之乐。类似的表述，也见于《菊花》：

> 众木自摇落，菊花何太妍。依人寄篱下，结蕊在霜前。
> 三径归时晚，孤根香可怜。白衣如送酒，相对更陶然。

用的依然是"菊花""三径""白衣"等意象，以此应和陶公，表达自己内心深处那份对隐士生活的向往。再看他的《题耕读图》：

> 一曲青山一水横，何人石上看春耕。才闻儿读书声好，又听林间布谷鸣。

> 我亦耕田识字人，几年落拓一官贫。于今恍忆家山景，几上图书陇上春。

从看画，回想曾经的耕田识字生活，冲淡自然之中，却又多了几分生活的灵动。

人在宦途，身不由己。他也明白，陶渊明式的隐居生活对自己而言只是一个幻想，于是开始对桃源的隐居生活作了另一种诠释。试看他的《戏题桃源记后》：

---

① 秦焕：《易安堂集序》。

阿房楼阁尽焚如，洞里仙人比屋居。可惜渔郎留信宿，不曾访到未烧书。

佳山佳水即仙乡，何必桃源路渺茫。试问南阳刘子骥，可曾近访卧龙冈。

他开始自我解怀说，只要身边有"佳山佳水"，即处处是仙乡，又何必苦苦去远追那路途渺茫的"桃源"呢？在平淡冲和之中，也表现了诗人的豁达心境和随遇而安的率性真情。

总之，龙献图作诗常是率性而为，情真意切，不作过多修饰，这点倒和袁枚所倡的"性灵派"有着共同的审美价值。既信守平淡风格又追求以性情作诗，这就形成了龙献图有别于一般性灵派诗人的特点，从而奠定了龙氏在临桂诗坛上的文学地位。

第七节　桂林"杉湖十子"

"杉湖十子"之名源于清同治六年张凯嵩主持编纂刻印的《杉湖十子诗钞》（下简称《诗钞》）①。《诗钞》收录了清道光、咸丰年间活动在广西桂林的十位诗人的诗歌作品，他们是朱琦、龙启瑞、彭昱尧、汪运、商书浚、杨继荣、曾克敬、李宗瀛、赵德湘、黄祖锡。这些诗人在桂林的杉湖湖畔诗歌唱和，文学往来，堪称当时广西诗坛之盛事。《诗钞》也正是本着保存和再现这些诗人的作品和活动编纂而成。

一　张凯嵩与《杉湖十子诗钞》

张凯嵩（1820—1886），字云卿，又字月卿，湖北江夏人，道光二十五年进士，广西即用知县，历宣化、怀集、临桂知县。历任广西左江道、广西巡抚等职。同治六年（1867）任云贵总督。光绪六年（1880）

---

① 《杉湖十子诗钞》，同治六年刻印本，今存于桂林图书馆。

起授通政使参议，后任贵州巡抚，十年调云南巡抚。奏请开设五金总局，招商开矿，奉令与内阁学士周德润勘察中越边界，后病死。《诗钞》正是编纂于张凯嵩就任广西巡抚期间，我们可以通过其在《诗钞》编成后所写的序言了解这部书籍。

> 余宦粤久，知粤为悉，于粤士夫相知亦夥。尝叹粤中近数十年文人之盛，而诗其尤著也。遭时多事，蹀躞风尘，戎马之间，鲜能从容议谈文事，顾从诸贤往往得其概焉。方乾嘉间，海内人文极盛之秋，最后袁、赵以诗鸣，一时风靡。子才初起自桂林，老复来游，时临川李松甫郎中，侨家于此，门第颇盛。子才来实主之。然松甫为诗，宗陶、韦，又时有桂林朱小岑、高密李少鹤两君子与松甫师友，风尚颇道。粤人皆知朱、李诗法之高，于子才来初，不甚尚之也。朱、李既往，粤之诗人益多辈出，尤莫盛于道光之初。余来虽已不及其盛，然犹得与朱伯韩侍御、龙翰臣学士游。两君故时健者松甫之客，零落久矣，然如陈君心芗，老犹健，在官学博。杨君柳塘，年更老于心芗，时亦尚存。而汪剑峰、曾芷潭、彭兰畹数君者，又各以其孤杰雄纍之才，兀律自起于粤诗人盛衰绝续之交。松甫之子小韦（宗瀛）能读父书，为诗乃不相袭，于伯韩、心芗、剑峰、兰畹，故皆往来唱和。至黄香甫、赵淡仙者，又小韦客之尤者也……所可慨者，诸君往矣，遗书经乱或存或亡，余之钞诸君诗，虽未必藉以传于世，然亦足使世之读者于兹先睹，可得其概……夫粤人诗岂尽于此，即此数子，亦不尽为粤人，然皆生长或老死于其间。如小韦、淡仙，侨家实粤产也。故题之曰《杉湖十子诗钞》……他日考粤西文献论诗者教者，必有取焉。

从序言中可以看到，身为地方最高行政长官的张凯嵩编纂《诗钞》的初衷源于"尝叹粤中近数十年文人之盛，而诗其尤著也"，应该说凸显政绩，关注和表彰地方文教事业是张氏编纂《诗钞》的出发点。另外，张凯嵩也曾是十年寒窗、科举举仕的苦读学子，追慕前贤遗风，参与文人交游雅集是他文人情结的集中表现，"朱、李既往，粤之诗人益多辈出，尤莫盛于道光之初。余来虽已不及其盛，然犹得与朱伯韩侍御、龙翰臣学士游。"从文学意义上来说,《诗钞》的最大意义在于保存文献,"所可慨者,诸君往矣,遗书经乱或存或亡,余之钞诸君诗,虽未必藉以传于世,然亦足使世之读者于兹先睹,可得其概……他日考粤西文献论诗者教者,必有取焉。"

正是由于张凯嵩的重视和自觉意识,《诗钞》成为广西近代文学史上的重要文献之一,它不但钞录了当时诗歌已经结集的朱琦的五卷作品,更重要的是把其他九家诗歌没有结集,甚至之后失传的诗人作品保存了下来,如汪运、商书浚、杨继荣、曾克敬在《诗钞》中都是只有一卷的作品,其中曾克敬的作品只有十一首;还有李宗瀛的《小庐诗存》,按照张凯嵩在《诗钞》卷十九《小庐诗存》后所附的跋中的说法:"小韦(李宗瀛)……所钞诗,则又有在十卷之外者。盖小韦自己酉以后所作,至乙未捐馆舍,又数百首,残丛未自编订。闻其家将合刻之。小韦平生诗甚富,此钞不过十之二三,存其崖略。"而就是这"十之二三",《诗钞》所保存的五卷作品,是今天能够看到的李宗瀛作品的大部分①。如果没有《诗钞》的钞录,这些流传不广或者散佚严重的作品早已湮没在历史的长河中。

关于"杉湖十子"能否被称作一个群体,入选的十人是否有统一的标准?或者只是张凯嵩《诗钞》的随意冠名和钞录?学界一直存在疑虑。如黄华表提出:"'杉湖十子'中,不尽是广西人,真正的杉湖诗派,也不止诗钞所录的几人"②。王德明则认为:"其'十子'的说法可能遵循的是'大历十才子'之类的旧例。"③借助张凯嵩的序言,特别是立足"十子"的具体诗歌作品,我们可以重新去了解《诗钞》编纂成书的过程,去还原当年桂林杉湖湖畔的诗坛盛事。

(一)杉湖唱和群体的存在

由于"杉湖十子"各人存世诗作数量多寡悬殊,从作品保存比较完整的朱琦、龙启瑞、彭昱尧诗集中,可以直接捕捉到当年集会的身影

---

① 《小庐诗存》另有光绪三十二年家刻本,为李宗瀛侄孙李翊煌出资所刻,收诗约四百五十首。

② 黄华表:《广西文献概述》,《建设研究》1931年第四卷第五期。

③ 王德明:《〈杉湖十子诗钞〉的编纂及其价值》,《河池学院学报》2007年第3期。

和盛况。如龙启瑞的《咏朱伯韩前辈院中紫薇二首》、《送彭子穆归里》、《送朱伯翰前辈》；彭昱尧的《三君子歌赠伯韩侍御》、《喜雨朱伯韩侍御和龙树寺韵》、《龙翰臣修撰以诗送行赋此奉答》、《夜读亡友黄香甫》等，朱琦的诗作《李小庐招饮藤花馆赏藤花》和游记《杉湖别墅记》就记录了这些集会的场景：

去年招我藤花馆，曾读秀水藤花诗。曝书亭上八万卷，压檐又值花开时。

倚松欲访间邱远，栖鹤还思陶隐居。我亦九芝愧家世，当年吟啸记韦庐。

西江别起开宗派，独秀峰寒又一春。五髻垂璎耐风雨，年年管领要诗人。

（《李小庐招饮藤花馆赏藤花》）

杉湖别墅者，王氏新拓小园也。吾粤山水函邃，省治居万山中，湖水绕之，傍城处处可庐，然惟城西杉湖为胜。环湖而园者数家，湖以东为李氏故宅，宅后有临水看山楼。其西则湖西庄，负郭面湖，缭以短垣，亦李氏故圃。旧有老松十余株，春湖侍郎所手植也。稍折而南，为画师罗星桥芙蓉池馆。曩尝爱而葺之，然其地小偏，亭榭半颓，李氏园亦近废，故余喜游杉湖别墅。又其子弟多余门下士，主人正先筑楼三楹，吟啸其间，尤酷爱古碑名画，及寺观遗迹，百方罗致，自是人知有王氏园矣。楼前累石作小山，循山径而下为半舫，后改为横楼，意弗惬。爱于楼西拓地数弓，为小阁，窗户虚敞，花竹翳然，中凿一池，莲叶新苗如盘，游鱼跳水面。每登眺则城西诸峰隐见烟树间。其左榕楼遥峙，独秀峰适相直。每天气晴霁，云雾敛净，空翠欲落几席。一日，余往游，侵晨微阴，已而风雨忽作，汹涛崩豁，小屋濛濛如舟，恍惚在江上，意以天下之奇，无有过是者。主人喜命酒，酒酣要余作草。余既爱兹园之胜，倚醉奋书十数纸，主人益喜，洗杯更酌，为书"杉湖别墅"四大字，悬之楼上。咸丰三年四月朱琦记。

（《杉湖别墅记》）

从作品中可以知道，"傍城处处可庐，然惟城西杉湖为胜"，当时环杉湖而建的园林除了"杉湖别墅"王氏小园，另外还有李氏园、罗辰的芙蓉池馆等，这些依山傍水的园林别墅成为文人雅集的最佳场所，集会的形式可以是赏花吟诗，也可以是游园题字，诗人们沉浸在湖光山色之中，把集会的美景、盛况都留在了作品当中。

（二）"杉湖十子"的人员构成

关于"杉湖十子"的诗人人选和作品选择问题，张凯嵩在《诗钞》序言中对诗歌的钞录过程作了详细的记录：

> 余既为心芗刻其诗，得伯韩、翰臣两遗集诗欲刻之，又以柳塘从孙嘉甫客余幕，久而得柳塘之诗。剑峰诗极自秘，余亦曾延之幕为子弟教授，心羡其人，久而亦知其诗，先后钞存……其中独伯韩诗曾一刻于京师，所谓《怡志堂初编》者，今即其本择尤胜者为若干首。翰臣、柳塘、剑峰、兰畹、香甫、澹仙集皆未刻，或仅即所见，或撮抄其略，都为一集。香甫诗得最后，乃王定甫通政归自京师所携至者。因又从得麓原、芷潭两家遗诗……通政所携皆昔假归所钞得者，非全稿也。

除了朱琦、龙启瑞的诗作，其他诗人作品的搜集过程都是比较曲折的，如张凯嵩为了得到柳塘（杨继荣）和剑峰（汪运）的诗作，他甚至将两位诗人本人或者后人聘入幕中。应该说，值得张凯嵩如此花费气力搜集钞录的诗人作品，在当时的诗坛都具有着一定的影响力。对待已经结集的朱琦作品，张凯嵩是"今即其本择尤胜者为若干首"；而对于尚未结集的其他诗人作品，则是"或仅即所见，或撮抄其略，都为一集"。本着保存地方文化、留存文献的出发点，张凯嵩在编纂《诗钞》过程中的细致和务实值得肯定。这一点在《诗钞》所录《香圃诗钞》之后所附王拯的跋中也得到了印证，"《香圃诗钞》一卷，仆于道光丙午假归重遇香圃桂林所从借录者也。香圃时已倦游多病，与之别不数月遽死。此卷藏之篋衍倏廿余年，同治丙寅，仆再假归桂林，开府江夏张公时方刻伯韩、小韦诸君之诗，暇辄及余论略，因出香圃此卷质之，而并及于麓原、芷潭。麓原诗身后零落，存者不十二三。芷潭则拾诸《苔岑集》中所刻之十余篇，于向所见于龚子茂田所者，但十一耳。开府欣然汇而刻之，合诸伯韩、小韦诸君，题曰《杉湖十子诗钞》。以香圃年最少而为之殿。香圃有知，其将稍慰藉于九原。"正是由于张凯嵩这种对地方文献的自觉保护意识，使《诗钞》可以比较宽泛地吸取和钞录当时诗坛有影响力的诗人作品。《诗钞》的价值不在于"杉湖十子"中的十子是不是一个严格的文学集团，十人之间是不是都互相有诗歌唱和往来，而是当时诗坛的十家诗人作品借《诗钞》得以留存。

另外，张凯嵩还比较通脱地提出了一个观点"即此数子，亦不尽为粤人，然皆生长或老死于其间。如小韦、澹仙，虽侨家实粤产也，故题之曰《杉湖十子诗钞》"。[①] 这种观点也得到了后来者的赞同和补充，如黄华表提出了"杉湖诗派"之说：

> 杉湖诗派，以桂林城郊的名胜"杉湖"得名。道咸间，桂林聚了一班诗人，相与唱和，后来广西巡抚张凯嵩，把这一群诗人的诗，合刻为《杉湖十子诗钞》，我因之便名这一班诗人为杉湖诗派。杉湖十子中，不尽是广西人，真正的杉湖诗派，也不止诗钞所录的几人。[②]

明确了杉湖湖畔的唱和群体的存在，我们不妨像张凯嵩那样继续以宽泛一些的态度去看待这个诗人群体，它也许不止十人，也不尽是广西人，甚至他们之间有些人相互之间没有文学交往，但他们都是道咸年间活跃在桂林诗坛的一群诗人个体。从个体的角度来关注他们的创作，研究角度会全面和务实得多。

（三）"杉湖十子"诗作研究

针对"杉湖十子"诗人作品的入选标准不一，有学者对重新界定

---

① 张凯嵩：《杉湖十子诗钞》。
② 黄华表：《广西文献概述》，《建设研究》1931 年第四卷第五期。

杉湖唱和群体的人选和作品提出了主张，如黄华表和王德明都把目光锁
定在了著名诗人王拯和郑献甫身上。

> 朱琦伯翰、龙启瑞翰臣、彭昱尧子穆、王拯定甫四人，是杉湖
> 诗派的骨干。朱伯翰自有《怡志堂诗初编》，何绍基称为当时第
> 一；龙翰臣有《浣月山房诗钞》。龙诗凄婉流丽，与朱诗朴茂深醇
> 者不同，而各有造诣。子穆诗，全集未刊，十子诗钞所录，多有未
> 尽……定甫诗，本当列诸十子之列，大约张氏刻行十子诗钞时，定
> 甫尚在，或且以定甫为柳州而非桂林人，故不列入，不知以诗派
> 论，定甫实为此一派的重要人物也。①

> 为什么张凯嵩在序中提到的长期在杉湖边活动，粤西当时著名
> 的诗人郑（小谷）献甫、王拯等人却没有进入"十子"的行
> 列……种种迹象表明，张凯嵩在确定"十子"的具体人选时，并
> 无十分严格的标准。如果说是标准的话，那就是他认为有特色而需
> 要重点保存资料的诗人。②

从张凯嵩的序言中可以知道，在《诗钞》历时一年的编纂过程中得到
了王拯、郑献甫的帮助和支持，"丙寅岁（1866），余自邕管班师桂林，
粤事少定，方于秀峰、榕湖两书院重与生徒稍旧理业。又一疏陈象州郑
小谷比部学行，请叙于朝，为国人式，而以心苈副之。区区之心之所愿
于粤人者，夫岂有尽。公余，又与王君芝庭、唐君仲方议及此，刻两君
诗赞助，厥意尤殷。数月之间，余乃奉督滇黔之命，行且有日，遂属芝
庭、仲方襄成其事"。应该说，"杉湖十子"的人选王拯和郑献甫等人
是知情和认可的。《诗钞》只是一个选本总集，要了解和研究这些诗人
作品，还是要立足于各自的作品别集，才能窥探其思想和创作之全貌。

个体研究离不开时代思潮、社会背景的基本环境，就诗歌的本身发
展来说，也有其自身的规律和轨迹。清代诗人喜言宗派，康乾期间，此

---

① 黄华表：《广西文献概述》，《建设研究》1931 年第四卷第五期。
② 王德明：《〈杉湖十子诗钞〉的编纂及其价值》，《河池学院学报》2007 年第 3 期。

风尤胜，作者大都各立门户，以尊唐、宗宋相标榜。大抵尊唐者，有王士祯的神韵派，沈德潜的格调派，翁方纲的肌理派；此外宋琬、施闰章、赵执信等又有初盛、中晚之分。宗宋者，反流俗，尚奇崛，喜发议论，铺排典故，又有苏、黄、剑南之别，主要人物有宋荦、查慎行等。在尊唐宗宋派之外，还有性灵派，代表人物是袁枚，主张表达性灵、张扬个性、抒发真情实感。"国家不幸诗家幸，赋到沧桑句便工"，道咸诗坛的诗人们大都能够摒弃尊唐宗宋的宗派成见，转而在内忧外患、外敌入侵的飘摇乱世中吸取能量，能以爱国伤时的情怀正视现实，表现人民的疾苦和强烈愿望。"杉湖十子"作为一个文学群体，结构组织是松散的，唱和诗篇在他们的作品总量中也不是主流，但是他们却以自己的诗笔在乱世中奏响了时代的最强音。

下面对"杉湖十子"的主要成员朱琦、龙启瑞、彭昱尧、李宗瀛，以及实际参与杉湖唱和并发挥重要作用的王拯诸人的创作分别论述之。

二　"桂林诗坛首"朱琦

朱琦（1803—1861），字伯韩，号廉甫，广西临桂人。政治上每慷慨言事，切论时务，"时咸推其抗直，称为名御史"①，文学创作以诗文闻名于世，名列"粤西五大古文家"、"杉湖十子"两大文学群体，在广西文学史上有着举足轻重的地位。钱仲联先生《论近代诗四十家》对朱琦的评价是："桂林天下奇，怡志诗坛首。取径昌黎翁，火逼杜陵叟。抗夷有史诗，龙壁斯其偶。"

（一）朱琦的生平

朱琦曾有诗说："我家榕城西，畛壤接柳州"（《咏古十首》之六）。其父朱凤森，字蕴山，嘉庆六年（1801）进士，任河南府通判。幼时的朱琦生活十分艰苦，据其《述训》一诗说："荒田余十亩，昕夕缺粥……冬夜寒无裤，生事日迫蹙……"但他仍勤奋好学，"无日不及诗"，而且随侍父亲读书，从小受到严格的教育。"呼儿踉庭前，敝出陈一簏。贻谋无多言，两字耕与读"（《述训》）。道光十一年（1831）朱琦参加乡试，以第一名的成绩中举。道光十五年（1835）进京赶考，

---

① 《清史稿·列传一百六十五》卷三百七十八，中华书局1979年版。

中进士。初官翰林院编修，后升给事中，官至监察御史。"性刚毅，有风裁。在谏垣建言时，事多见施行"①。而且每慷慨言事，切论时务，"时咸推其抗直，称为名御史"，与陈庆镛、苏廷魁有"谏垣三直"之称。② 也正因此，朱琦与当权者不合，"数上皆天下大计"，却被冷落一旁，咸丰元年（1851），他遂愤而亟请告归。在《钱冬士破车图歌》中他写道："回忆我友陈与苏，不辞万死诛奸谀。刚则易折危莫抉，可惜忠爱徒区区。长安木落秋气孤，我亦拂袖归田庐。"回乡之后，他"锐志乡学"，慕其乡故大学士陈宏谋之为人，潜心著书立说，"思以学术励当世"。

太平天国运动兴起，朱琦与在籍乡绅龙启瑞等积极组织团练，维持秩序。咸丰二年（1852），太平天国进攻广西省城桂林。朱琦因守城有功，而"擢道员，留浙江候补"。咸丰六年，他因候选道员入京，与朋友多有酬唱之作，写了许多著名的诗、词、古文。咸丰八年（1858），朱琦先"随钦差大臣桂良等至江苏，卒无所遇"，后随布政使王有龄赴浙江，以道员身份守杭州，总理杭州团练局。咸丰十一年（1861），杭州清波门被太平军攻破，朱琦死于混战之中。廖鼎声《拙学斋论诗绝句考略》："盛名三直并陈苏，节义文章世亦无。怡志新编初脱稿，忠魂零落即西湖。"表现了无限的惋惜之情。后朝廷"卹赠太常寺卿云骑尉世职，入祀昭忠祠"③。

（二）朱琦的思想

关于朱琦，《新世说》中有这样一段记载："朱伯韩，尝从倭艮峰、曾涤生游，与闻宋儒绪论；其经术考据，则与何子贞、张石洲相切劘；至于诗古文，精深雅洁，则与梅伯言、邵位西、刘椒云、冯鲁川及其乡人龙翰臣、王少鹤同时各成一家，盖道光朝魁伟振奇人也。"对于这样一位"奇人"的思想风貌，我们需要从政治和学术两方面去了解认识。

首先在政治上，朱琦是一位具有远大理想抱负和强烈爱国主义精神

---

① 苏宗经：《广西通志辑要》卷二，光绪十五年刻本。

② 请参见张维《晚清诗人朱琦的诗歌创作》，《中国韵文学刊》2000 年第 2 期。

③ 黄沁等修：《临桂县志》卷二十九，光绪三十年刊本。

的封建官员。

朱琦为官正值道光末年，此时清王朝已从乾嘉盛世走向衰落，封建社会内部矛盾日益尖锐，西方列强也通过输入鸦片等卑劣手段加紧对华侵略的步伐。一批爱国官员纷纷上书要禁毁鸦片，"自来处士横议，不独战国为然。道光十五六年后，陈石士（用光）、程春海（恩泽）、姚伯昂（元之）三侍郎，谏垣中则徐廉峰（宝善）、黄树斋（爵滋）、朱伯韩（琦）、苏庚堂（廷魁）、陈颂南（庆镛）……"常在陶然亭集会，针对鸦片走私猖獗、国计民生受害的危象，发议论、赋诗词、写文章，痛加揭露和批评，倡导禁烟。"一时文章议论，掉鞅京恪，宰执亦畏其锋"①，形成京师一股禁烟的有力舆论。

朱琦不仅对外患有着深刻的认识，对清政府内部的腐朽统治的揭露同样是一针见血。道光十四年，他在赴京试途中作《溧安河》一诗，尖锐地揭露了"朝贵人"在乡间作威作福、挥霍民膏的行径，他们出行"执戟为前导，辎重载后车。中有朝贵人，蜂拥而云趋"，"使者一日费，闾阎十户租"。② 为官之后，不满于官场贪污腐化的现象，写下了《河决行》等痛斥贪官污吏的诗篇。作为谏官，他敢于直言，不畏权贵，也不依附权贵，"侯门无事不轻过"（《方小东金台游草》），"古人贵直谅，面朋乃可耻"（《酬曾涤生学士》）。《水窗春呓》中记载："先是，道光中叶，夷衅方启，有陈颂南、苏庚堂、朱伯韩者，参劾穆相、琦侯、奕氏兄弟，直声震天下，都中有三御史之目。"

朱琦呼吁改革现状，积极寻找匡国救世的良方。他主张重用贤才："人才若元气，培养乃渐复。得贤邦必腴，造化挽当轴"（《病叟吟赠潘少白丈》）；整顿国防："边防须整顿，所急惟材贤"（《寄魏默深刺吏》）；体恤民情，减轻人民负担："所冀恤民瘼，节费减差役"，"首在能亲民"，"亲民乃政本"（《官诚十六首》）。

在面临民族矛盾时，朱琦坚决维护国家尊严，提出治国强兵的政策，重视人民的力量，这是受同时代魏源、龚自珍等启蒙思想家的影响，充分体现了他爱国、爱民的进步思想；然而，其自身的阶级局限性

---

① 金安清：《水窗春呓》，中华书局1984年版。

② 请参见张维《晚清诗人朱琦的诗歌创作》，《中国韵文学刊》2000年第2期。

决定了他只有改良思想而无革命意识，只看到封建统治的黑暗腐朽，而不可能觉悟到造成这一切的根源就是封建制度本身。所以他极力维护封建统治，有浓厚的忠君思想："御侮乃臣职，敢云铭旗常"。面对声势浩大的太平天国运动，他政治思想上落后、保守的一面暴露无遗，严重阻碍了历史的进程。就维护封建制度而言，不失为"忠臣"、"宿儒"。

另外在学术上，朱琦"学宗程朱"，主张尊宋而兼采汉，寻求经世致用的救世良方。正如钱穆先生所指出："道咸以下，则汉宋兼采之说渐盛，抑且多尊宋贬汉，对乾嘉为平反者。"[①] 在朱琦的诗文中，认为乾嘉汉学是"曲言乱正学，虫鸟繁笺注"（《酬曾涤生学士》），明确表明自己治学宗主程、朱，并高度评价朱子之学："朱子则不然，其为格物之说，曰今日格一物，明日格一物，日日而格之，毋惮其琐也。其为读书之法，曰今日析一解，明日集一义，未究其精则不敢遗其粗，未得其前则不敢涉其后，孜孜焉，铢积而寸累，毋惮其难也。是故为朱之学者，其弊则寡矣"，"是故欲观圣人之道，断自程朱始"（《辩学下》）。

道光二十年（1840），唐鉴再官京师，在他周围聚集了一批在晚清堪称一流的理学家，如倭仁、曾国藩等。据《清稗类钞》记载："临桂朱伯韩观察琦，尝从倭文瑞、唐确慎、李文清诸公游，与闻道学之统。"朱琦自己也说过："余获侍先生久，粗有闻。"（《跋倭艮峰为学大指卷后》）在崇尚理学，主张汉宋调和，寻求济世良方的社会思潮之下，朱琦顺应潮流，主张尊宋而兼采汉。其特点是"内期立身，为期辅世""以经术为治术""通经致用"，最后归结为有用于世。这种经世之学，讲求功利、实用，是要求儒学通过内部调整以适应维护封建末世的需要。

（三）"火逼杜陵叟"的诗史

朱琦诗作甚多，生前曾结集为《怡志堂诗初编》，即咸丰七年（1857）刻本，这也是最早刻本。据杨传第所作诗集序称，咸丰七年夏，朱琦居京师，为他人整理遗诗。杨传第建议他把自己的诗也一块雕版刻印，朱琦采纳了这个建议，而且"知传第蛰居京师，于识别无所枉，且多暇日，因属校定"。此后的《杉湖十子诗钞》中录有《伯韩诗

---

① 钱穆：《中国近三百年学术史》，商务印书馆 1997 年版。

钞五卷》［同治七年（1868）］，和《岭西五家诗文集》［民国二十四年
（1935）桂林典雅排印本］，均以此为底本。

朱琦的诗歌创作比较全面地反映了他的思想，表现出"取径昌黎
翁，火逼杜陵叟"的社会责任感，以一位封建士大夫改良思想的视角，
再现了那个内忧外患、激烈动荡的时代风貌，堪称诗史。

1. 反映鸦片战争的史诗

"道、咸诗坛，鸦片战争前后时期之诗坛"，"出现于此一时期之诗
歌，有关鸦片战争者为其主流"（钱仲联语）。朱琦的诗作《感事》直
面现实，痛揭鸦片的毒害："鸦片入中国，尔来百余载。粤人竟啖吸，
流毒被远迩。通参轸民害，谠言进封瓯"，并号召人们销毁鸦片："宣
言我大邦，此物永禁止。献者给茶币，万椟付烈毁。"最后诗人向朝廷
发出了悲愤的请求和呐喊："我朝况全盛，幅员二万里。岛夷至么腐，
沧海眇稊米。庙堂肯用兵，终当扫糠秕。微臣愤所切，陈义愧青史。苍
茫望岭峤，抚剑独流涕。"鸦片战争中的许多战役，在朱琦的诗歌里都
得到了真实生动的反映。这些诗作，取摄时事，"表扬义烈，规切时
弊，足资史册考证"① 奏出了当时诗坛爱国主义的强音。其中有对爱国
将领的歌颂，如《关将军挽歌》生动地再现了水师提督关天培指挥若
定，抗击英军的英勇场面，歌颂了他义无反顾的精神："总戎关天培，
只身捍贼死"；《老兵叹》反映英军攻陷厦门的战争，歌颂了把总林志
殊死抗敌的壮烈行为："独有把总人姓林……当关一呼百鬼暗。可惜众
寡太不敌，一矢洞胸肠穿出。"以致朱琦发出"安得防边将帅尽如此，
与尔同生复同死"的感慨；《王刚节公家传书后》反映定海之战，赞颂
了王锡朋、葛云飞、郑国鸿三位总兵力战殉国的英雄气概。"（王刚节）
公死尤惨烈，寸磔无完尸。亲军数十骑，鏖战同灰烬"，"郑帅断右臂，
裹剑强撑楂。张目犹呼公，阳阳如平时"，"葛陷贼阵间，血肉膏涂
泥"；《吴淞老将歌》反映吴淞炮台失陷之事，称颂了江南提督陈化成
孤军奋战的忠肝义胆："吴淞江口环列屯，吴淞老将勇绝伦。连日鏖战
几大捷，沙背忽走水上军"。朱琦诗作中还有对人民反帝斗争的深情赞
叹，如《纪闻八首》其五，诗人面对一群"巨盗"主动请战发出颇耐

_____

① 宗鉴（鑑）成：《怡志堂诗集书后》。

寻味的感叹："昔日盗弄兵，今日往击贼。铁缆沉巨舟，鬼方黯无色。"朱琦把目光投向社会最底层，难能可贵地从被称为"乞儿""偷儿""强盗"的身上看到爱国主义精神的闪光。长诗《感事》有云："昨览檄夷书，疾声恣丑诋，忠义乃在民，苟禄亦可耻。"并直接提出组织人民打败侵略者的方法："古人重召募，乡团良足倚。剿抚协机宜，猖狂胡至此？"这是对三元里人民伟大反帝斗争的直接歌颂。①

2. 对黑暗官场和政治弊端的揭露

作为爱国主义诗人，朱琦不仅在反帝斗争中表现出民族存亡的忧思，他还敏锐地意识到清政府的内部腐朽黑暗，写下了不少揭露时弊、要求改革现状、匡国救时的诗篇。《答蒋元峰比部兼怀彭君子穆》，朱琦揭露了修河官员贪污公款，导致河道失修，发生水灾的严重后果："千家万家泣呜呜，男奔妇逐牵其孥。……死者横陈委路衢，问谁致此民何辜？颇闻河臣计锱铢，岁额裁减昧远图"。在《秋感》其七中，他对"峨冠乘朱轮"的王侯贵族横行霸道、仗势欺人予以强烈的谴责。《神驹一首寄彭子穆孝廉》通过对千里马的咏叹，对封建社会埋没人才、摧残人才进行了批判："金台为谁筑，支遁何时遇。用以驾盐车，踡躅失故步。莒稆不得饱，忍饥就长路。"《病叟吟》通篇更是以象征手法，大呼"世俗久浸淫，诊戾气潜伏"，表现了诗人对时局的焦虑，"病叟"正是象征诗人的自我形象，"病叟"之言则是诗人呼吁改革现状以拯救时局的内心写照。②

3. 对民生疾苦的理解和同情

朱琦关注民生，同情劳苦人民的态度是始终如一的，这类诗作也是诗人对杜甫、白居易诗歌现实主义传统的自觉继承和发扬。早年诗人经过石门，真实记录下了烈日炎炎下辛苦劳作的农民和农村萧条破败的景象："溪流清浅土瘠硗，居民三四编衡茅。炎风烧夏天为焦，十日不雨枯禾苗。仆夫挥汗如水浇，挟辀欲上喘且嚣"（《石门道中》）。在其为官二十多年后，又有《过延津》其二云："豆粥糁黄米，盐姜啖白芽。

---

① 请参见莫恒全《试论爱国诗人朱琦及其诗》，《学术论坛》1989 年第 2 期；张维《晚清诗人朱琦的诗歌创作》，《中国韵文学刊》2000 年第 2 期。

② 同上。

老农犹望雪，残炮耿生花。"诗人在诗中塑造了一个心忧黎民的自我形象，他一直在努力探寻其间的原因和解决方案。如《河决行》不仅描写了河南开封遭受洪灾的惨象，而且探究了造成如此惨剧的原因正是官吏贪污渎职所致。又如《途中杂感八首》在描写了途中所见凄凉景象之后，道出其中原因是："频年兵火困遗黎"。正是官吏腐败，战争不断，使广大劳动人民生活在水深火热当中。①

　　朱琦用诗笔真实呈现了个人的政治思想和气格操守，在广西文学史乃至中国近代文学史都留下了浓重的一笔，无愧于"桂林天下奇，怡志诗坛首"的赞誉。

三　学政之诗龙启瑞

　　龙启瑞名列"粤西五大古文家""杉湖十子"两大文学群体，以深厚学识和儒雅风范备受赞誉。王拯曾作挽诗赞扬曰："紫陌看花及少年，平登方岳未华勋。交游我岂当师鲁，温饱谁能拟孝先？戎马险崎偏世远，文章淹雅亦时贤。玉楼遗憾真如海，泪尽洪山又鲍仙。"②在桂北作家群中，龙启瑞表现活跃，诗文俱佳，且以学政身份传道授业，对广西一代文风有着较深影响，在广西文学史上有着举足轻重的地位。

（一）龙启瑞的生平

　　龙启瑞（1814—1858），字翰臣，又字辑五，出生于广西临桂县的一个书香世家，他曾作诗自述说："余家本儒素，少小亲林丘。里门慨跧伏，励志耽旁搜。结茅桂山顶，俯瞰清江流。"（《述怀兼寄诸同好》）。其祖父龙济涛，"始以文学起家"（《先大夫事略》），乾隆甲寅科（1794）举人，曾历任广西武宣儒学训导，柳州府儒学教授。其父龙先甸，字见田，嘉庆乙卯（1819）科举人，曾历任武陵知县和乍浦、台州同知等职，"所至断滞狱，修文教，摘奸发伏，以廉干称。"③龙启瑞从小就在"儒素"的家庭环境中养成淳厚朴实的性格，勤奋好学的

---

① 请参见张维《晚清诗人朱琦的诗歌创作》，《中国韵文学刊》2000 年第 2 期。
② 王拯：《龙壁山房诗集》，黄蓟辑桂林典雅堂《岭西五大家诗文集》本，1935 年。
③ 蔡冠洛：《清代七百名人传》，中国书店 1984 年版。

习惯，11 岁便中了秀才。道光十四年（1834），他在本省乡试中举；同年五月，赴京师参加礼部会试，却因路途受阻，耽误了考期，未能参加考试，只能返乡。道光二十一年（1841），龙启瑞再次参加礼部会试，中进士；随后在殿试独占鳌头，被皇帝钦点为状元，授为翰林院修撰，并下诏见其父。道光二十三年（1843），龙启瑞被派往广东，任顺天府乡试同考官。翌年（1844），又被派往广东，担任全省乡试的副考官，负责校对和阅卷工作。道光二十七年（1847），龙启瑞大考翰詹二等七名，以侍讲升用；同年七月，任湖北学政。道光三十年（1850）初，龙启瑞运父亲遗体回桂林，丁忧在家。咸丰元年（1851），太平天国运动兴起。同年六月，"广西巡抚邹鸣鹤奏办广西团练，以启瑞总其事。"① 咸丰二年（1852），太平军围攻广西省城桂林；七月省城解围，因为他守城有功，"得旨以侍讲学士升用，并赏戴花翎"。② 咸丰六年（1856）四月，咸丰帝下旨升龙启瑞为通政司副史；同年十一月，提督江西学政。咸丰七年（1857）三月，迁江西布政使。当时"江浙寇氛方炽，军书劳午，悉心赞书，勤于职司"。③ 加上天旱和蝗灾，龙启瑞终因忧患成疾，于咸丰八年（1858）九月，在南昌任上病故。

（二）龙启瑞的思想

龙启瑞的一生，仕途顺利，儒家"兼济天下""仁政""民本""忠信"等思想在他的作品中大量存在。"敢言儒官能报国，要将民病其菁藜"（《六月初四蒙恩补授通政副史感述二首和寿阳师相南斋奉母补官日纪恩原韵》）；"生平赋性愚慤，唯正直二字自谓可以矢诸神明"（《致曾涤笙侍郎书》）；"某惟有益加谨慎，务为公正廉明，始不负朝廷使任之意，以贻宗族乡党羞"（《致家中亲友书》）。正如千万中国传统知识分子一样，"儒道两家文化对中华民族的价值观念、心理结构、思维方式、行为模式、生活习俗的影响是具有决定意义的"。④ 龙启瑞的思想中也夹杂着道家思想，他认为道家"守雌"思想与儒家进取精神

① 《清史稿·列传二百六十九·儒林三》。
② 《清代七百名人传》。
③ 《临桂县志》，光绪四年刻本。
④ 赵吉惠：《国学沉思》，浙江人民出版社 1998 年版。

既互斥又互补，对世人进德修业具有一定的指导意义，所以他提出"功名未及建，儒冠尚雌伏"（《四月三日叶润臣阁长、孔绣山舍召集诸同人于慈仁寺展禊赋诗，仆以有事不至，赋呈一首》），又有"卓哉老氏言，退让守其雌"（《古诗》）。龙启瑞这种儒道互补、以儒为主的思想，具有相当的典型性，反映在政治主张上，积极干预民生，在乱世中高扬爱国主义的旗帜；反映在学术思想上，强调经世致用，以实学之风振兴文教，整饬学风，留下了音韵学、目录学等方面的著作，在生员中起到了良好的教育示范作用。

龙启瑞身处内忧外患的乱世，面对岌岌可危的封建王朝，他在诗作《答朱伯韩前辈去岁见赠诗一首》中表明心迹："群言天下事，担荷在吾属。康济正需刀，同心愿相勖。"他在《致蒋霞舫侍御书》中提出加强治安防卫的措施，在《致各府绅士书》中提出兴办团练的方案，在《致官秀峰将军》中直陈滥制劣钱的害处，他主张重用贤才和人尽其才："为今计者，科目既不可废，则莫若严其选以存其真，使天下之人怵然于仕之不可幸，而稍稍为之破除成格，以待奇杰之士"（《论取人》），"苟处之得其位，用之尽其材，则今之人能为伊吕周召者矣"（《论用人》）。与朱琦同时期的龙启瑞，作为封建官宦，二人思想有相同之处，都只有改良思想而无革命意识，二人忠心耿耿，竭尽心力维护封建统治，因为共同镇压太平军有功而受到擢升，这些思想和做法带着鲜明的时代特点和烙印。

龙启瑞曾两任学政之职，对这一负责文教工作的官职，他提出了三个要点："一曰防弊，二曰励实学，三曰正人心风俗"。[①] 他认为"学政之职，大之于正人心，厚风俗；即次之，亦当以振兴文教，讲明经术，使承学之士知所向方"（《复翁惠农年伯书》）。龙启瑞一生留下了大量著作，内容涉及音韵学、文字学和历史、地理等多方面，计有《古韵通说》、《尔雅经注集证》、《经籍举要》、《经德堂文集》、《浣月山房诗集》、《汉南春柳词》、《是君是臣录》、《班书识小录》、《小学高注补正》、《通鉴识小录》、《诸子精言》、《庄子学诂》、《字学举隅》、《字学举隅续篇》、《经德堂文集跋》、《经德堂书目》、《广西近代经籍志》等

---

① 《清史稿·儒林传》。

数十种。他正是努力通过言传身教，以个人的学识、职位、道德影响力去教化和纠正当时的学风。如其在任湖北学政期间所著的《经籍举要》，针对湖北文风卑靡，鲜有务根柢之学者，"启瑞专以根柢之学振之，著《经籍举要》一书，以示学者。"① "其为目，多而不简，简而不漏，由此扩而充之，可进于协通淹雅之域。"（《经籍举要后序》）成为指导青年人读书治学入门的参考书。

（三）重教化的学政之诗

龙启瑞一生诗作甚多，生前却未能结集，同治七年（1868）张凯嵩辑《杉湖十子诗钞》收入其部分诗作，一直到光绪四年（1878），由其子龙继栋收集编排刻成《浣月山房诗集》，共收诗 572 首。龙启瑞自幼生长在"儒素"之家，少年成名，仕途顺畅，其诗风整体表现出儒雅温和的风范，特别是其曾高中状元，也多次担任地方乡试考官，还曾两度担任学政，肩负地方文教工作重任，在生员中广有名望，其诗作从题材到风格都带着浓厚的重教化的特点。

1. 劝学诗篇

道光二十四年（1844），龙启瑞担任广东省乡试的副考官，负责校对和阅卷工作，作为一名从科举入仕的过来人，他对赶考儒生的心情十分了解，在《闱中即事八首》中写道："校阅殷勤匝目期，西风香满桂林枝。空山献璞何嫌早，浊水求珠岂厌迟。五色漫迷开卷后，一灯犹忆读书时。十年辛苦分明在，敢道今朝便不知。"对寒窗苦读的儒生表达了深切的关爱与同情。

龙启瑞的《买书》诗，在励己兼诲人的言传身教中，对年轻人谆谆教导，堪称其劝学诗的代表作品。

> 千金买好花，春尽花自落。万钱沽美酒，饮罢兴亦索。
> 千金买侍儿，色衰恩爱薄。不如买好书，相对无今作。
> 日与古之人，来往相酬酢。我兴日在东，书味散帘幕。
> 我睡月在西，书灯光灼灼。有时良友去，风雨增寂寞。
> 开函召之来，相对颇不恶。有时黄金尽，兀坐少欢谑。

---

① 《清代七百名人传》。

　　展卷读其间，忘彼藜与藿。是为持健方，亦号医俗药。

　　人生贵适意，静躁有所托。敢向道途者，傲我闲居乐。

　　差胜游侠儿，绕床呼六博。

　　诗作使用反衬法，用买好花、买美酒和买侍儿的乐趣有限来反衬买好书、读好书的乐趣无穷，只要好书在手，日夜相伴，不仅可以忘忧、解闷、净化灵魂，而且可以避免沉溺酒色，伤害身体，不失为"持健"的妙方，"医俗"的良药。

　　2. 颂扬节妇烈女品德的诗篇

　　龙启瑞诗集中有数量众多描写节妇烈女的作品，这些作品往往略去女子的容貌以及内心情感的描写，而着重对其德行义举进行热情的讴歌和颂扬。如《读平湖刘烈女遗事作》描写了一位年轻的女子在外国侵略者入侵之时，为保名节，宁为玉碎，不为瓦全，舍身投井自杀的事迹。

　　城头巨炮声震天，鬼奴傍海飞腥涎。东家西家走且颠，遇之於途或奸虏。女闻而起心慨然，辗转走匿行复旋。依依执手慈母怜，楼下古井泉涓涓。俯身下就方且咽，阻之不得心则坚。女身可捐节可全，海氛骚动胡蔓延。虫沙猿鹤均焚煎，何山冰雪埋芳鲜。贞魂一缕随飞烟，乘风上诉苍者天。帝命列缺挥神鞭，迅扫丑虏清瀛壖。安能更化精卫填，投沙委石无穷年。

诗篇中的刘烈女缘何投井，甚至她的名字，我们都无从知晓，这些也都不是诗篇的重点，吸引和感动龙启瑞的是故事中对鬼奴丑虏的恨和对刘烈女毁灭自己坚守个人贞洁壮举的赞颂。应该说，诗人对刘烈女的态度明确地表达出自己舍生取义的道德取向，诗篇中的刘烈女成为了诗人的代言人。

　　对于女子的妇节，龙启瑞曾说过："今世间少他奇行，惟妇节为最多。自余所见闻荐绅先生之家，下及闾巷细民，其可称述者，比比也。尝谓妇人之节，较臣子之忠孝为尤难。如宁武子之于卫成，尽心竭力，备历艰险，虽圣人以为不可及。乃余观世之节妇，往往类是者。或名湮没不彰，岂世无夫子，遂不能表而传之欤？抑节义贵于男子而薄于妇人欤？抑亦一国之事大而一家之事细欤？"① 可见，节妇烈女在当时是一种普遍现象，有着广泛的思想和社会基础，而龙启瑞所表现出"岂世无夫子，遂不能表而传之欤？"的自觉彰显意识，则与他个人强烈的道德操守和追求有着直接的关系。如诗作《苏三娘行》：

> 城头鼓角声琅琅，牙卒林立旌旗张。东家西家走且僵，路人争看苏三娘。灵山女儿好身手，十载贼中称健妇。猩红当众受官绯，缟素为夫断仇首。两臂曾经百战馀，一枪不落千人后。名闻军府尽招邀，驰马呼曹意气豪。五百健儿听驱遣，万千狐鼠纷藏逃。归来洗刀忽漫骂，愧彼尸位高官高。君不见荀崧之女刘遐妻，救父援夫名与齐。又不见谯国夫人平阳主，阃外军中开幕府。汝今身世胡纷纷，尽日乃与豺虎群。不然倘作秦外吹篪婢，尚有哀怨留羌人。徵侧徵贰交趾之女子，送与麖铄成奇勋。汝今落拓乃如此，肝胆依人竟谁是。草间捕捉何时休，功狗功人无一似。记曾牙纛起边营，专闻声名让老兵。书生颜面已巾帼，况令此辈夸峥嵘。汝今何怪笑折齿，疆事向少男儿撑。道旁回车远相避，吾傥见汝颜应赪。

苏三娘，太平天国女将，本姓冯，名玉娘，嫁给灵山县商人苏三为妻。婚后不久，苏三被同行杀害，苏三娘带着一群年轻的搬运工人到天地会请求帮助。天地会拨了五百会众交由她指挥，不几天便杀了仇家，替夫雪恨，她也成了官府通缉的"女匪"。苏三娘从此拉起一支队伍，劫富济贫，活动在横县、钦州、灵山一带，后投奔太平天国起义军，成为义军中的著名女将。令龙启瑞感到"吾傥见汝颜应赪"，显然不是因为她太平天国将领的身份，也不是她巾帼不让须眉的高超武艺和胆识，而是苏三娘忠于丈夫、为夫报仇雪恨的义举，在这里，龙启瑞的道德立场要远优先于他对太平天国"逆贼"的政治立场。这些歌颂烈女节妇的诗篇成为龙启瑞表达个人道德操守取向、高扬教

---

① 《书孔母徐孺人守节事》，《经德堂文集》内集卷三，黄蓟辑桂林典雅堂《岭西五大家诗文集》本，1935年。

化思想的重要途径。

3. 温柔敦厚的《赠内》诗

龙启瑞禀性淳朴，自律甚严，受宋明理学思想影响极深，他的诗集中绝没有涉及婚外恋情的"艳情诗"，除了前文所提到的节妇烈女诗篇，他还留下了一系列写给妻子的《赠内》诗，这些诗作比较真实地反映出龙启瑞儒雅的性格及温柔敦厚的感情观念。值得注意的是，《赠内》诗的对象不是他的原配妻子刘氏，而是他四十一岁迎娶的有"才女"之称的续弦妻子何慧生。

　　千秋名艳玉台诗，占断春风属扫眉。昔日心仪今眼见，人间端合免情痴。

　　机头锦字烂如云，续史评诗并不群。谁料纱厨来讲《易》，吾家今日有宣文。

　　连房风雨事多磨，赖有仙缘却外魔。从此身如连理树，一生长住小鸥波。

　　廿年花里闭门居，绣阁馀闲但读书。我乏牙签三万轴，添妆惭愧女相如。

　　金锁银匙秘独窥，自饶神解不关师。书生岂有封侯相，愧煞妆台却扇时。

　　风尘溟洞敢为家，每恨端居负岁华。功业未成羞绮语，愿君珍护笔头花。

（《赠内六首》）

对于原配夫人刘氏，龙启瑞在她去世后撰写了《祭先室刘恭人文》和二十余首小令，悼念这位"德丰命蹇"的妻子，而没有在她生前赋诗相赠。而对于续弦夫人何慧生，二人夫唱妇随，情投意合，惺惺相惜，写下了《赠内》、《赠外》诗，如何慧生《赠外》之一写道："几载人称咏絮才，自曾怜惜自疑猜。芳心久似葳蕤锁，得遇春风恨始开。"如果说龙启瑞的道德操守使他感谢结发妻子"戚姑在堂"，尽心孝道，在"德"上高度赞扬刘氏，那么同样也是他的道德操守在诗作中勾勒出了他理想中的感情生活，温柔敦厚、志同道合。而咸丰四年龙启瑞去世后，夫人何慧生闻讯痛不欲生，不久也自缢殉夫，最终以自己的生命成就了二人的理想爱情。

龙启瑞曾表达个人的诗学观点说："所贵乎诗人者，非取其排比字句，刻画景物而已，必薪合于风人之旨而立言有补于世，此不可于诗求之也。"①《浣月山房诗集》正是龙启瑞追求"合于风人之旨而立言有补于世"的结果。

四　"杰出冠时"的彭昱尧

彭昱尧与吕璜、朱琦、龙启瑞、王拯并称"岭西五大家"，同时也是"杉湖十子"之一，是桂北作家群的重要成员之一，其文学成就主要在桐城派古文创作方面。但其诗歌作品，亦颇具特色。

彭昱尧（1811—1851）字子穆，初字兰畹，自号阆石山人。广西平南人。世代业儒。昱尧自幼聪颖好学，十八岁时补县学生。曾入广西学使池生春幕府，在桂林拜古文大家吕璜为师，又受广西巡抚梁章钜之聘校定《三管英灵集》。但中举后屡试不第，终生不得志。

彭昱尧今存诗集《致翼堂诗集》四卷，共 648 首。彭昱尧去世比较早，其诗集由朱琦、龙启瑞编校。据唐岳说，道光十五年（1835）彭昱尧随池生春来桂林学习后，因为经常和朱琦、龙启瑞、王拯等酬唱诗作，道光十七年（1837）后的作品，创作水平有了显著的提高，彭昱尧尽弃此前之作。因此，在整理其诗集时，1837 年的诗作只保留了自 1835 年起的一部分。

（一）杉湖酬唱时期的创作

彭昱尧在同辈中早就显现出很高的诗歌天赋，杉湖酬唱时期，其七言长古"皆能空诸依傍，自成壁垒，杰出冠时"，人称"十子"中"诗才赋手，端推昱尧为独步焉"。如《重阳后三日偕唐子实刘莲丞登独秀

---

① 《谌云帆诗序》，《经德堂文集》内集卷二。

峰》、《叠彩山题壁》、《正月十九同莲丞游栖霞洞》等，都是这一类的代表作。且录其《重阳后三日偕唐子实刘莲丞登独秀峰》于下：

> 越山锋铓钻地出，南天一柱尤突屹。天公欲扫蛮陬烟，掷下参天一枝笔。挺拔矗立直且孤，触之不动鞭不趋。峻嶒弗屑寄篱下，遗蛇依附何其愚。我生卓荦空依傍，登峰尤觉形神俱。呼吸或可通帝座，飘渺疑有神仙居。白云逢逢落接篱，天风口口吹裳衣。前身疑是蓬莱子，拍手便欲凌风飞。浮邱洪崖不得见，千岩万壑奔相围。登高应招真宰语，磨崖休勒游山诗。吁嗟乎！人欲藉山传不朽，鸟迹虫书篆蝌蚪。试看藓壁题名碑，谁复扪萝辨某某。我与诸君今日游，那管千秋赏识否。喜有青山著两屐，且取黄花补重九。惜不携尊酌翠微，醉看白衣变苍狗。但收山色入奚囊，挹彼江波作斗酒。

这首诗正体现了他早年作品"纵恣横逸，光色万变"的特点。

彭昱尧屡试不第，则恣情放纵于山水之间，两湖、淮南、苏杭等地的故城废垒，旧苑荒台，都是他诗歌凭吊的对象。如《汴梁怀古》：

> 铁锥溅血换旌旗，河北长驱十万师。运策岂难援赵胜，窃符应悔托如姬。四年废病伐醇酒，六国纵横斗败棋。守冢涧残陵阙孓，夷门无恙草离离。几见铜驼卧洛阳，汴州涂炭倏沧桑。奉书甘团儿皇帝，传玺终归婿石郎。跋扈将军新节度，痴顽老子旧平章。可怜十万横磨剑，不拭中原打谷场。雕青天子费经营，点检黄袍入汴濂。册立同为诸将拥，焚香早祝圣人生。袖中禅诏何时辨，驿上貔貅一夕惊。漫把兴亡吊柴氏，汉家孤寡亦零丁。

同类作品尚有《楚中怀古》、《朱仙镇谒岳忠武祠》、《登北固山凌云亭望大江》、《大别山》、《岳阳楼》、《黄鹤楼》、《兵书峡》等，这类怀古之作悲壮苍凉，感情淋漓跌宕。

（二）游幕广东时期的创作

1846 年，彭昱尧游幕广东，诗风为之一变。正如龙启瑞所说："君之诗，初学唐人，游广州后，始得力于苏，语尤奇肆。"如《肇庆阅江楼》：

> 端江之水来夜郎，豚温并汇牂牁长。东趋广郁达苍梧，清漓折注源于湘。滇黔楚蜀汇各派，此为巨浸涵茫洋。巨灵恐其直走海，手劈狋峡为堤防。长波鼓汤不能去，盘旋洄洑崧台旁。飞楼跨空作锁钥，云霞绚塔撑光芒。昨浮郁水下封川，劲口脱谷绸弓张。桃花竹箭互激宕，绿波弥漫春未央。拟趋仙城饮美酒，北风骤劲波腾骧。回飙倒卷潮汐日，怒浪直打穹崖苍。须臾飙定苹未袅，沙鸥江鹭嬉当羊。我行宾日窥口桑，红棉十丈明东方。西瓯奔注几千里，蜿蜒赴峡势徒强。神山贝阙渺何许，鞭石不走愁蛙梁。瓠尊十石泛江海，倦矣风水听雷硍。山城二月气早热，拓窗喜泼山翠凉。大兴诗人有奇句，读去来未竟神先扬。昔年度岭出清远，曾浮章赣沿浈洭。魁杓森插七星耿，及此饱挹烟岚光。斜阳黯黯下鸟背，高楼独立哦苍茫。

这一时期的诗歌曾得到其座师黄石琴精确、独到的评点。对这首诗，黄石琴评曰："写景不失格力。"可谓得苏诗奔放灵动、逸态横生之妙。同样风格特色之作，还可举《清远峡》、《峡山寺》、《光孝寺铁塔歌》等。

五　诗风多变李宗瀛

李宗瀛既是"杉湖十子"作家群成员，也是桂林李氏家族作家群（父李秉礼、兄弟辈宗瀚、宗涛、宗潮、宗沅）中的突出代表人物，其诗作在当时已引起了本地诗坛的注意，徐世昌评云："藻丽瑰玮，横绝一时。"[1] 另据袁行云《清人诗集叙录》载，梁章钜任广西巡抚时，曾请李宗瀛为其书画题诗收藏，[2] 可见时人对他的推崇。此外，他在诗论方面，也有独到见解。

---

[1] 徐世昌：《晚晴簃诗汇》卷一百四十。
[2] 袁行云：《清人诗集叙录》卷七十一，文化艺术出版社1994年版。

　　李宗瀛（1809—1860），字季容，号小韦，晚年又号心牧子。祖籍江西省临川县，世居广西桂林。出生于书香门第之显贵家族，其父即李秉礼。家风所及，李宗瀛自幼苦读，深受儒家文化影响，热衷仕途。但随后家道中落，李宗瀛看破红尘，从此杜门谢客，转而寄托于佛禅。咸丰九年（1860）前后，广西兵匪纵横，战乱频仍，太平天国翼王石达开回师广西，围攻桂林城。李宗瀛在围城中贫病交加，随后与世长辞，享年 52 岁。①

　　他的作品主要收录于《小庐诗存》中，现存两个版本。一为丛书本，收在同治六年（1867）云贵总督张凯嵩刊行的《杉湖十子诗钞》合集中。二为家刻本，为其侄孙李翊煌于光绪三十二年（1906）出资所刻。《小庐诗存》收入诗歌三百余首，以诗记事，反映作者生平交往，抒写悲欢离合的人生百态，其中不少诗吟咏时事，真实地记录了鸦片战争前后发生在广西的一段历史，表现清朝由盛转衰，中国由封建社会向半殖民地半封建社会过渡的艰苦历程，对于今人研究广西近代史有着一定的历史价值。②

　　一方面来自其父家学影响，一方面跟其人生经历有关，李宗瀛思想上是儒佛道兼容，这点在"杉湖十子"作家群中较为特殊。他早期接受传统教育，热衷功名，以儒家思想占据主导地位。随后，在科举之路上遭受挫折后，开始信奉道家的无为清静思想。随后，面对国弱家贫，生于繁华终而沦落的李宗瀛，开始看破红尘，皈依佛门，以期求得精神上的寄托与超脱，并成为其人生中主要的思想内核。其自云："余以身世多艰，聊习禅。诵于觉义，初无所得也，澹仙辱问以宗乘大旨，愧无以答其意"（《杉湖十子诗钞》卷十八《小庐诗存》卷四《余以身世多艰》）。又云："汪剑峰孝廉潜于丹经，复耽释典，仆若有志未逮也"（《杉湖十子诗钞》卷十九《小庐诗存》卷五《汪剑峰孝廉溶于丹经》）。倪鸿《除夕怀鬼诗》评其云："不是长斋思佞佛，木鱼留得伴吟身。"徐世昌说他"以诗谈禅"③，这些都是对李宗瀛信佛的直接表述。

---

① 刘晖：《〈小庐诗存〉校注》，硕士学位论文，广西大学，2005 年。

② 同上。

③ 徐世昌：《晚晴簃诗汇》。

　　李宗瀛的诗论也颇具特点。

　　首先，认同"学问为诗"的创作理念。他认为，"读书不求解，脱略观大义……集思乃广益，自用终寡闻"（《纵言二首》），只有多读书才能作出好诗。在《少嵩枉同韵见答次前韵复之》中，诗人云"桠桠险韵如委土，此诀似向坡仙参。夫君生作羽陵蠹，异书饱读五六担"，表现了作者一味求工，以才学为诗的诗歌创作倾向。在诗歌创作实践上，李宗瀛刻苦读书，博闻强记，努力向这方面发展。《小庐诗存》的不少诗歌，尤其《铜鼓歌》、《恼公次李长吉》、《大雷雨作歌》、《雪中招茗甫》等诗，多运用生僻的典故与古奥的文字，字句生拗倔佶，诗风艰涩深峭。这不仅充分展示了作者的渊博学问，还表现了作者的非凡见识。故袁行云评云："而诗多叙事议论，旁蒐远绍，非多读书不能致也。"①

　　其次，推崇袁枚的性灵说。李宗瀛在《检阅近稿感一律》中说："羌无故实但缘情，论少卑之气渐平。"指出缘情是诗歌的根本。在《自订旧稿十一首》之三中论及自己的创作历程时提到："微茫一寸心，持与万象博。覃思极幽琼，元气共回薄。邃古性情海，心源此中涸。"再次重申了诗歌表现性情的基调。袁枚非常重视灵感在诗歌创作中的作用，李宗瀛也说："感通潜入诗人怀，直以文章师大块。"（《芰诗》）认识到灵感在诗歌创作中所起的关键作用。在诗歌创作实践上，李宗瀛的大多数作品都能缘情而发，或直抒胸臆，大快朵颐，或曲折流露，婉转含蓄，颇见性灵。②

　　其三，强调诗歌贵在独创。李宗瀛强调诗歌应该具有独创性。其《自订旧稿十一首》之二有云："语必由己出，境偶与古会。无须画葫芦，亦弗贩稊稗。"故张凯嵩对其诗赞赏有加："松甫之子小韦能读父书，为诗乃不相袭"。③

　　李宗瀛的一生颇为坎坷，他从一个富贵之家，到最后贫困交加，曲折的人生道路为其诗歌提供了丰富的创作题材，风格上前后不同。前期过的是富贵生活，题材多是写景状物和交游唱和之作居多，境界相对狭

---

① 徐世昌：《晚晴簃诗汇》。
② 请参见刘晖《〈小庐诗存〉校注》，硕士学位论文，广西大学，2005年。
③ 徐世昌：《晚晴簃诗汇》卷一百四十。

小，情感多欢愉，至多不过些富贵闲愁。试看其《秋夜听晏筠塘先生弹琴》：

> 河汉过疏雨，碧梧生夜凉。五弦一调拨，四坐即潇湘。
> 斑竹虞祠古，幽兰楚畹芳。几丝园客茧，寄恨纱何长。

诗人听琴时，思绪蹁跹，联想到娥皇、园客茧等神话仙家传说，表达的不过是自己的一份闲想逸致，缺乏深层次的实质性内容。类似的还有《长画》、《秋晓意行》等。

即使有些诗歌写到一些愁绪，也不过是抒发作为一个富家公子的闲愁，缺乏大气象。试看其《孟丽堂梧柳吟蝉小景为从弟晴湖题》：

> 徐熙没骨称能手，如此丹青谢未能。渴笔写生真貌得，萧斋听雨记吾曾？蝉吟高柳尔何诉，叶落孤桐秋不胜。好与阿连同领取，纸窗分占读书灯。

虽然，始终写到"蝉吟高柳尔何诉，叶落孤桐秋不胜"，努力营造出一个孤寂冷清的氛围，但其中的情感依然显得浮浅，明显见出富贵公子的自我寻愁之迹。再看他的《惜别曲》：

> 纤乌西飞月如水，楼阁参差雁声里。湘帘串地悄无言，中有离人三叹起。昭华玉琯土花紫，吹出多情《河满子》。一声泪落红琼瑰，翠羽心酸抱香死。菖蒲花谢菰叶烂，河鼓晖晖隔银汉。梦魂一缕阳关西，夜夜天风吹欲断。

用词较为秾丽，讲究精工细琢，写的是一段富贵闲愁。其他如《次韵答王少鹤户部见怀之作》、《同人镪伯湖楼小集》等酬答之作，文学艺术上的价值已是颇为稀薄。

其中，值得注意的倒是他的一些山水诗歌。对桂林而言，生于斯长于斯的李宗瀛有着深厚的感情，他拿起诗笔，写下了大量桂林山水诗。如《榕溪阁登眺》：

系船不见清风客，老树婆娑七百年。全约湖光归屐底，平分榕影到樽前。岚霏片片将成雨，水气漾漾欲化烟。遥指西庄云树里，春风亭榭几啼鹃。

榕溪阁乃黄庭坚当年系舟处，诗人将古人、古迹和现有美景联系起来，写得颇有意趣。其他代表作有《登独秀峰》、《游七星岩》、《中隐山》等。

到了后期，李宗瀛家道中落，经历了诸多人生的变故和苦难，思想开始出现转变，加上对贫苦民众的生活有了更多的体悟和了解，诗歌变得醇厚丰富起来，前期的富贵闲愁也逐渐消散。试看《秋城写望》：

秋色横空来，苍然满城郭。一鹏俊盘云，沉砀青天廓。
千林失蔚荟，万嶂露崖崿。凭高一南望，攘欻蛮氛恶。
岂无草泽贤，决起应鸷搏。时悭事多迕，会至执须作。
哀哉陆梁地，人鬼画相错。战深气悽怆，兵后色寂寞。
悯彼民力艰，欣此生理获。西风动植稑，村村庤钱镈。
欲知艾获丰，但听乌声乐。

本诗作于清道光三十年（1850），时值太平天国起义前夕，广西地区兵匪不断，民生多艰。作者登高远望，看到的是一幅凄厉景象："岂无草泽贤，决起应鸷搏。时悭事多迕，会至执须作。哀哉陆梁地，人鬼画相错。战深气悽怆，兵后色寂寞。"面对哀鸿遍地，人鬼相错，作者不由对民众生活表示担忧和同情，"悯彼民力艰"。诗歌如实反映了鸦片战争后民生凋敝的景象，使得诗歌获得了更为广泛的社会意义，其意蕴也更为丰厚深沉。再看他的一首《流民叹》：

客行大溶江，满眼纷流离。老翁弃杖走，咬颈儿啼饥。
茕茕我妇子，生幸承平时。眼不见兵革，耳不习鼓鼙。
朝糜暮餐粥，鸡狗亦得携。山贼揭竿起，窜乱如惊麋。
一夫发其难，万室生蒿藜。请看大泽中，沴气蒸积尸。

间有草间活，一二锋镝遗。我曹幸逃死，敢怨琐尾为？
惫喘虽苟延，终作沟中泥。况闻楚北涝，抱负来灾黎。
岂知我里灾，犹甚彼处危。青山黯无言，流水闻悲嘶。
安得豺虎息，乐汝室家宜。

写的是战乱之际，老百姓流离失所的境况，其悲惨之状，读之令人触目惊心。与此类似的还有《西延谣·点留行》：

朝闻官点兵，暮见吏捉人。爷娘妻子留不得，哭声惨惨天无色。东邻有老翁，一男府帖金中丁。西家有少妇，新婚三日君远行。行行挥手誓不顾，结束弓刀从此去。

这些诗歌明显见出杜甫"三吏三别"的影子。写的是战乱中官兵抓壮丁充军役，造成百姓妻离子散，"爷娘妻子留不得，哭声惨惨天无色"，其悲惨之状令人动容。类似的作品还有不少，比如《负薪窆效香山》、《小除日寒甚》、《西延谣十八首》、《放生池谣》等。这些作品自觉负担起了"诗史"的任务，是《小庐诗存》中的精华所在，具有较高的社会价值与艺术价值。

六 "一朝诗史"王拯

作为嘉庆道光年间"岭西五大家"的王拯，在桂北作家群中颇为活跃，是一个重要的成员。其文学成就主要在桐城派古文方面，词则自有格调，其诗歌创作亦颇可观。

（一）生平及诗歌创作情况

王拯（1815—1876），原名王锡振，字定甫，一字少和，号少鹤，又自称忏庵、龙壁山人、茂陵秋雨词人。原籍山阴，寄籍广西马平（今柳州柳江县）。一岁父丧，七岁母亦丧，托其姊抚养成人。道光十七年（1837），王拯举乡试，道光二十一年（1841）进士，时26岁，后任户部主事。太平天国运动爆发后，王拯为维护封建王朝的统治，上

《团练条议十则》，"上谕颁行各直省"①。在咸丰、同治间历任大理寺卿、太常寺卿、通政使。后因言获罪，离京返乡，主讲孝廉书院。②

王拯的诗作主要收于《龙壁山房诗集》，存诗近 800 首诗。诗集由作者自订，分为《己未集》十卷和《庚申集》七卷。所载诗作从庚寅（道光十年，1830）到癸酉年（同治十二年，1873），基本囊括了王拯各个时期的作品，可视为作家个人的作品编年史。

（二）诗歌的思想内容

王拯的诗歌类型丰富，其中较为突出者当属他的时事讽刺诗、怀古诗和题画、写景诗。

1. 时事讽刺诗

王拯自小孤贫，饱尝人间冷暖，世态炎凉；随后身处官场，见惯了官场的魑魅魍魉和各种手段；加上内忧外患乱世之中，对国家兴亡与百姓苦乐有着切身体会。因此，他的作品以直书现实为主，不愧有"诗史"之称。其中长篇纪事长诗《书愤》，"感怀家国，最足以代表其著作之精神"③，常被人提起，今引全诗如下：

> 吾皇承金瓯，圣智神清明。百工思亮弼，四海观升平。
> 如何峤西县，黄巾起微民？元年辛亥春，我从丞相行。
> 六月朔四日，桂州入元旌。是日贼返走，中平还紫荆。
> 震威千里外，追逐可成擒。况我有前覆，象州曾驻兵。
> 何为金鸡战，偏师匿州城。大令敢辄挠，诸军乱旗枪。
> 是时向与乌，威声将埒勋。两军相先后，及贼青山坪。
> 一战贼负嵎，恃险螳臂撑。双髻矗后户，宣圩厂前庭。
> 十日猪崽夺，蜑弧夜先登。将军落天上，卷甲势岂停。
> 悖哉都护谁，不鼓从而钲。夜雷走群凶，风门奋空霆。
> 宣圩贼为巢，四围踞溪塍。围师岂不周，向后乌前营。

①　苏宗经：《广西通志辑要》卷五，光绪十五年（1889）刻本。
②　见陈柱编，高湛祥、陈湘校评《〈粤西十四家诗钞〉校评》，广西人民出版社 1997 年版，第 334—335 页。
③　陈柱：《〈粤西十四家诗钞〉编辑提要》。

半月又蹉跎，孔村惜虚声。自兹乌向隙，贼逸由双鹏。
乌南又三匝，北师气徒增。官村怒焚舟，一蹶愤且婴。
贼得徜徉去，蒙州踏堑坑。南师逡巡及，涂晋闻岂仵。
桂林时已震，先出魁与茎。蠢兹弹丸邑，贼备原可乘。
其如南北师，弃甲如执冰。从容贼沟垒，弥月经营成。
王怒始赫然，帅旗肃亲征。师行百里驻，都荔息抢攘。
十月日将晡，军门来渥赪。病余走伛偻，一旅请南荆。
中枢夜集议，诘旦军为惊。果然孟明将，指挥藐鲵鲸。
一战龙潭复，再接横岭清。飞腾十三捷，万众欢雷鸣。
奈彼负固力，岂能徒搏胜。中军愤且前，见贼贼愈轻。
况令南北师，转益水火争。群旅又募充，如蜩螗沸羹。
待彼窜而系，斯言岂无征。矧当积月雨，贼已空瓶罂。
攻坚讵弗力，铤险殊未惩。二月始生魄，龙寮夜开扃。
三伏计已虚，追击犹当能。古束尾而及，贼尸戮如京。
前徒虽出险，荒缴失仓陵。我复两翼前，张墨若张罾。
谁令雾雨中，山蹊鼓而升。兵家有死地，大覆蛮山陉。
坐看斧中鱼，又成跋尾鲸。一朝殁四镇，残卒归伶俜。
回忆夏洞泉，惨伤流血声。三日仅收合，恍然如醉醒。
时危众说进，决策将谁凭？扶荔幸先著，孤城据危倾。
吾师甫成列，贼至前绥迎。荔火一交戈，贼徒西北并。
榕城谁备御？仓猝儿倒绷。咄哉将军宠，问道穷郊坰。
崎岖龙西路，雨夜杂徒乘。免胄及国门，群呼闻国崩。
须臾贼麋至，斗啸万目瞪。至今桂之人，援师疑神灵。
守攻一月余，癸水流臊腥。亦有江郎师，水东来结堋。
贼谋始大绌，宵遁复牵绳。城中卧王羃，久矣病莫兴。
谁令追师弱，戏若驱群蝇。五月湘源哭，孤城惨零丁。
小坚大之破，讵尔沟壑经。乃我万师及，城中火荧荧。
蓑衣渡头船，蹶若忘穴罷。东方天马空，鲛鲸又沧溟。
此贼最狼狈，饥扬折翅鹰。潇江阻夏涨，有庳乃虚承。
经岁说边防，楚山空峻嶒。粤师虽踵及，疲敝亦可矜。
三月营道师，围攻如缺薨。秋来健隼翩，肉胾重赛腾。

郴桂路千余，寸尺多锋硎。指挥傥如意，火炎畀螟螣。
跋前而疐后，手足胡凌兢。八月围星沙，分军贼渠狞。
妙高一峰据，群咻聚呐喧。熊湘十万家，比屋明宵灯。
谁知完玉璧，犹藉将也荣。岳麓对江出，客来画图经。
围师又一阙，贼走众目瞠。自此势成逆，高原逸奔狌。
可怜师楚粤，千万费水衡。两月忆城中，日夕雷霆轰。
归来性命得，忍复思凶凌。江汉几波涛，霍庐悉荆榛。
长江千里翻，石城百雉倾。吴头楚尾地，三载废犁耕。
渡河万豺豹，间关乃邢洺。妖氛数翕訇，鬼发尽鬅鬙。
祸难斯云极，青天谁可擎。去年秋风利，戈船闻结缯。
巴丘始微蹶，郢鄂旋峥嵘。直下收蕲黄，居然高屋瓴。
莽仓列城复，飞扬残箨零。快哉师墨经，此举何觥觥。
溢浦及春早，江波渐洄渟。况当沪渎还，黔地亦波澄。
急羽海中到，威势传左庭。河北又迭捷，连镳剪枭翎。
林李两贼颅，西街正天刑。擒渠扫其穴，功劢稳侯京。
又彼挟江壁，戈矛戛砰砰。余皇鼓鼙振，坐拔三山青。
北路既荡平，南师跃伦伧。瓜扬兴版牖，徽黟整垣闳。
忆从军事来，喜气兹芽萌。人家买香醪，田老蓄肥牲。
朝庭悬上赏，五色备纮绂。乐部习歌曲，八音并韶韺。
南风忽不竞，一蹶溢瓶甃。建业天下雄，师中谁实丁。
我知眼中白，翘彼粪上英。未见赵括败，几能马谡争。
连城走奔电，万众愁飞萤。坐使江州甲。孤拳徒努晴。
横空长妖焰，瓦缶复砰訇。楼橹既不前，豺狼计环生。
东窥黄石壁，南泛鄱阳泙。可怜全功失，徘徊星渚舲。
巍巍楚材雄，数月羞湖汀。古来重枢机，一失百殆形。
彼狡计漫出，烬余得炎热。鸱张又楚粤，蠕蠢及鄘鄼。
烈士拟上章，屏功当击抨。道涂切齿言，豁身宜决瘿。
幸叨圣人鉴，裭夺快群憎。颇闻临淮师，壁垒气若蒸。
鼓行下襄河。眼空蒇狸狂。鞠关又连胜，两载虎穴凭。
湖内重结束。横戈酹宫亭。乾坤大斡旋，拭目数豪英。
余子下自郐，因人本硁硁。鲰生更无聊，弢匣惭青萍。

傥其燕然勒，犹得横吹赓。何时奋突管，洒墨十丈珉。
论功罪亦诛，若能逃刺虥。

这是一篇多达 1 700 余字的长篇叙事诗，记载了亲自参与的镇压太平天国运动的一段史实，若抛开诗人的政治立场，这无疑是一首颇具历史价值和认识价值的"诗史"。对该诗推崇者众多，包括王拯的老师祁隽藻亦称赞此诗："文章出入杜韩间，壮岁忧时未解颜。孤愤一篇诗史在，北征终合胜南山。"① 杨钟羲评云："定甫乙卯《书愤》诗，拟杜（甫）《北征》，于兵事颇为翔实。"② 钱仲联也认为："王定甫拯亦桂中诗人之铮铮者，可以抗颜伯韩（朱琦），犹黔中之有郑（珍）、莫（友芝）也。龙壁山房诗中《书愤》一篇，感红羊之事而作，最有名。……于太平天国军虽多污蔑之词，然叙具体事可备参。"③ 徐世昌则认为："《书愤》与《自题溧阳日乘卷后百韵》、《拟古十二首》，皆不愧一朝诗史。"④ 这已经是非常高的评价了。

从各家对王拯诗歌的认可看，王拯"诗史"达到了相当不错的水准。再如《子偲孝廉和诗触批我怀，适寿阳师亦示叠韵见酬之作，因复次和，时闻桂林警报城守危甚》：

乡园秋满一篱花，胜日清游似永嘉。万里归寻牙纛侧，廿年虚负角巾斜。辽空望断孤鸿影，扑地惊迷短蜮沙。淮浦烽尘绝涡浍，辰山癸水又滨涯。

虽然用的是虚笔写桂林战乱，但从"淮浦烽尘绝涡浍，辰山癸水又滨涯"句，可以看出诗人对战乱蔓延的担忧。又如他的《登郡城楼书感，用唐刺史柳文惠侯诗韵》：

① 祁隽藻：《题王定甫〈龙壁山房诗稿〉》。
② 杨钟羲：《雪桥诗话续集》。
③ 钱仲联：《梦苕庵诗话》。
④ 徐世昌：《晚晴簃诗汇》。

　　　　城春草棘尚荒荒，井邑传闻事渺茫。山色旧看还绕郭，柳条新
　　插未遮墙。裸歌有梦长吞恨，漂墓无人只断肠。寂寞罗池寒夜月，
　　不堪重问郑公乡。

写出了经过战乱之后，柳州城的颓败萧条，"裸歌有梦长吞恨，漂墓无
人只断肠"，诗歌基调沉郁悲凉，直指现实。再看他的《拟古》其六：

　　　　老夫亡其妻，穷嫠又失子。时常系心骨，宛转相弃委。
　　弱者遗草间，强斯逐鞑饵。饥肠肝人肉，变作虎狼子。
　　……可怜州家军，瘦老日转徙。经年缺粮糈，骨立久销髓。
　　残驱不能战，剽掠又轻驶。

这里以一个老人的视角，讲述战乱之年妻离子散家破人亡的惨状，控诉
了官家无尽的劳役盘剥，令自己是生不如死。这种直逼现实的描述，令
人不禁想起前人杜甫笔下的战乱诗，读来触目惊心。杨钟羲评其诗
"有举目河山之概"①，所指的正是王拯诗歌面对现实的不回避不虚美，
如实反映时事的"诗史"态度。

　　2. 怀古诗
　　凭着深厚学养和对古今世事的深刻体悟，王拯的怀古诗也写得颇见
章法，可圈可点。试看他的《欧斋夜读欧诗有作》：

　　　　一诵《明妃曲》，古音世所希。纷纷颠倒耳目事，何用万里夷狄
　　为？再读《平戎操》，我心更凄恻！当时有事独无用，有策胡为匿不
　　出？滁山高高，滁水汤汤，琅琊尺幅悬中堂。翁时年仅四十强。一
　　麾乃在山水乡，巍峨节概雄文章。我今年亦逾强仕，位业萧然愧当
　　世。多生文字只情溺，二顷桑麻问谁置？忆昔单车谕蜀行，相如作
　　檄悔论兵。秋风灞岸重回马，壮士有怀空请缨。门前花叶宫湖满，
　　日夕香风清露浣。五年金马日栖迟，抱叶寒蝉意萧散。秋声夜起湖
　　阴曲，一柱炉香还夜读。何当归买訾洲田，鹧鸪声中闲叱犊。

_____

　　①　杨钟羲：《雪桥诗话续集》。

欧阳修的《明妃曲和王介甫作》、《再和明妃曲》咏的是王昭君，《听平戎操》则事涉霍去病。从"纷纷颠倒耳目事"看，王拯基本赞同欧阳修对两人史事的评价——正是奸臣舞弊和君主昏聩，才导致了忠臣干将的悲剧和国家的不幸。又如《耒阳舟中感作》：

潦尽寒滩不可浑，溯江来吊杜陵魂。崎岖阅世依严武，寂寞归真傍屈原。岁晏江湖还落魄，燹余鸡犬又成村。行过为问空灵岸，合向荒祠荐芷蘩。

在凭吊古迹之时，诗人与前贤神交，并融入个人经历，以古写今，抒发个人心志。

3. 题画、写景诗

王拯在书画方面，具有较为深厚的修养，艺术鉴赏能力很强，其对书画作品自有一番独到的见解感受。试看他的《蓝瑛松石》：

咄哉，何处深山岁寒独立之孤松！怪哉，太古以来蜗皇一未链之拳石！萧条数粒森鳞鬣，宛尔乘龙出波瞥。苍茫风雨思溟泽，洞天云气苍苔活。翠色嶙岣割天碧，应是星精托灵魂。江山抗越真天国，画手何人生面辟。昆陵毕亭气萧瑟，耳食纷纷可足惜。万岁千秋此松石，胡不来观挂东壁。

这里用的是古体诗体式，将典故与画作主题紧密结合，作出了自己的艺术评析。王拯的写景诗，意境悠远，气度不凡，颇有唐诗风韵。再看他的《二樵山人黎简山水小帧歌》：

西樵山水天下稀，我游未遂空闻之。东樵昔游曾五日，万千岩壑争清奇。二樵山人独来往，一步不出青山蹊。当时丘壑写胸臆，金碧烂漫珊瑚枝。即今流落偶吾手，潦倒尺幅神尤危。孤亭突兀罕人迹，层峦叠巘森厓域。寒松百尺凌倒景，绝壑疑有生蛟螭。萧然斫拂屏濡渍，惨淡却已幽冥追。荆关遗法惜秦莽，看君径欲并黄倪。香山诗句一峰画，矧有斜墨书新诗。吁嗟乎！神仙中人不易得，百年清晏能几时？旧游越女犹在眼，但见横褛落日天。南陲云烟落恐俱尽，挂壁通灵焉得知？

诗人通过自己的想象，以文字为画笔，生动逼真地给读者描绘了一幅水墨山水人物画，读之如临其境，颇有意趣。

至于写景诗，是中国诗歌的传统题材，王拯这方面的作品亦有可观之处。试看他的观日两首：

> 天门荡荡切层空，汉武秦皇意未穷。身到岂期霄汉立，书投直欲帝旁通。五更海日明窗几，万壑云山俯混蒙。手接杓衡斟玉女，朝来触石起元功。
>
> （《岱顶宿日观作》）

> 黄金铸秋橘，大海带春烟。异彩方摇镜，长虹已控弦。
> 人心谁象此，吾意欲飞仙。却念龙衔处，扶桑一树鲜。
>
> （《海舟观日》）

写出了登高望远、海上观日的一番独特气象，壮观磅礴，气势非凡。再看一首《卧佛寺》：

> 天光发山渌，翠涌海日暾。澹收朝霞色，烂夺夕照痕。
> 幽人先鸟兴，策马度山村。高寻窣堵波，净悦桫椤根。
> 谁欤倦津梁，被衲长曲肱。不知几人代，颠倒亡精魂。
> 想彼倦游意，瞑目为昏昏。朽木质已废，坚金道何存？
> 峭石立后壁，清溪导前源。烟岚一回薄，妍润被楠荪。
> 蜩语弄秋丝，筱风动晨幡。归鞍辞佛卧，我梦犹尘樊。
> 廿载住京华，山灵笑庭垣。暂游必回驾，长愧鹤与猿。

跟观日所见的磅礴气势不同，《卧佛寺》写的是佛家庙宇景观，故诗人更多从禅意角度入手，将佛家圣地的清净、祥和的特殊环境氛围作了精到细致的呈现。再看他的一首《江晴》：

> 一日春将尽，江天不肯晴。水田深吠蛤，山木暗藏莺。
> 诸日穿云断，林花夹岸明。我行殊未已，陇亩又新耕。

在战乱之际，作者暂且偷得半日闲，游春赏景。远离了混乱官场和残酷政治的纷扰，这天地间的怡人春景，透出的是一片恬静和安适。

（三）诗歌的艺术特点

居家时，王拯有贫孤的身世之悲；在朝为官时，又逢乱世，国力凋敝。这一特殊的身世和外部环境，使王拯的创作更加关注现实，同时作品也染上了较为浓重的感伤情调。故徐世昌评云："王拯诗伤时感事，跌宕苍凉。"[①] 林昌彝也认为："（《龙壁山房诗集》）多抚时感事之作，音节凄怆，如哀筬晓角。"[②] 可以说，沉郁感伤成为王拯诗歌最为突出的艺术特色。试看他的《抵都》：

> 练影楼中罢洗妆，永平高馆亦斜阳。宫中从古娥眉妒，海上于
> 今战骨荒。耽病相如仍寂寞，登楼王粲总悲凉。樽前欲奏南飞曲，
> 口口声声已断肠。

登临古都，在诗人心头涌起的不是兴奋，而是深深的感慨。乱世之中，"海上于今战骨荒"，带给整个古都的是颓败压抑的气氛，令人神伤。而末句"口口声声已断肠"则将这种感伤的情绪推到了顶峰。类似还有《拟古》十三首，今引其七：

> 左藏草亏竭，诵撤到关榷。国中又四郊，持算尽握觎。
> 江湖久干旱，灾祲又螟蟊。去年履亩余，箕敛又今作。

写的是大旱之年，官府加重征收苛捐杂税，天灾更兼人祸之下，百姓处

---

① 徐世昌：《晚晴移诗汇》。
② 林昌彝：《海天琴思录》。

于水深火热之中，却又无可奈何。面对百姓疾苦，王拯产生了深深的有心无力之感，让其倍感压抑和焦虑，于是有了《夜闻子规》：

> 倚枕正无寐，空斋夜色迷。不知何事苦，只是尽情啼。
> 词客魂先断，孤臣泪暗携。哀蛩胡太切，春半已棲棲。

诗人的满腹才华无处施展，一片忠心也无处寄托，只能是"孤臣泪暗携"。浓重的感伤之情，读之令人动容。再如《月夜杏花下作》：

> 黄昏晚饭深檐坐，新月林梢一痕破。栖鸟林间时有声，花枝蒙蒙月微堕。

> 连畿到处愁蝻子，吴楚东南兵未已。削榆为粥冰作糜，重说流亡起淮汜。

在国难面前，即使是面对着春花皓月，诗人也无心赏玩，责任感和使命感让诗人自然而然地想到战事吃紧和民众的流离失所，"连畿到处愁蝻子，吴楚东南兵未已。削榆为粥冰作糜，重说流亡起淮汜"，从而让美丽的月夜涂上了一层感伤色彩。明媚的春天尚且如此，那么秋雨萧瑟之季，更是触景生情，愁上添愁：

> 秋风欺病骨，秋雨通窗昏。计日成孤死，阗胸惜万言。
> 邻鸦胡语乱，庭树晚香烦。犹有愁中句，谁当身后论。
> （《秋来病甚倚枕杂书》）

> 如何烦病耳，一雨又凄其。夜久荒鸡断，秋探战骨悲。
> 飘零愁大树，迢递失轻雷。犹有高楼妇，经年蟋蟀帷。
> （《雨后》）

以秋风、秋雨、病骨（战骨）、邻鸦等意象，突出了个人志不能伸、贫病交加的愁苦体验，令人不忍卒读。

甚至，只要涉及怀旧情结，王拯的这种感伤情绪都会自然而然地渗透出来。试看他的《重谒柳侯祠，诣罗池书院，留别同学诸子》：

> 昔年荷衣拜，频年膏火焚。功名惭壮岁，哀乐感斯文。
> 桑枯心徒恋，云山手重分。几人尚游钓，徒倚对斜曛。

在这里，王拯将记忆与现实对接，得出的体会是"功名惭壮岁，哀乐感斯文。桑枯心徒恋，云山手重分"，浓重的感伤情调弥漫其间。《续修四库全书提要》说："拯诗戛戛独造，意深而词粹，兼有苏、黄二家之长。"若就王拯那些具有"诗史"特质，充满着深沉感伤情调的诗作而言，"意深而词粹"的评价，无疑是恰如其分的。

第八节　竹枝词名家潘乃光

潘乃光（1844—1901），原名志学，字晟初，广西荔浦人。其父潘元澜为郡府庠生。潘乃光自幼聪明，"左目有重瞳之异，资性过人，得父郡庠生元澜庭训，十岁能文，时人谓为神童"。[①] 二十岁中举，此后历经十余次会试而终不遇，遂投笔从戎，为人作幕达三十年。他曾先后入过直隶总督刘长佑幕、河南巡抚李鹤年幕、陕西提督金运昌幕等。在与这些幕主的交往中，其时间长不过两三年，短不过一年。同治末年，潘乃光进入旧友王之春幕。王之春为湖南清泉人，字灼棠，一字爵棠，光绪间历任广东按察使、湖北布政使、四川布政使，累官至山西、广西巡抚。潘乃光与王之春的交往时间最长，在其幕中所参与的历史事件，成为潘乃光人生及其诗歌的主要亮点。光绪十一年（1885），中法战争结束，中越重新会勘边界。清政府派出邓承修为钦差，两广总督张之洞派道员王之春、李兴锐协同出关勘界。潘乃光作为王之春的重要幕宾，直接参与了勘界的全过程。尤其在与法使的谈判中，潘乃光与他的幕主敢于坚持原则，寸土必争。正是由于王之春在勘界中的杰出表现，勘界

---

　　① 顾英明：《荔浦县志》卷四，民国十三年刻本。

结束后即升任广东按察使，署理布政使职务。后张之洞调湖广总督，王亦随之任湖北布政使，潘乃光皆一直随幕赴任。光绪二十三年（1897），王之春调任四川布政使，镇压余栋臣起义。潘乃光为其幕僚，亲率官军，直捣义军巢穴，获得清政府赏给的"敏勇巴图鲁"名号。光绪二十五年（1899）王之春升任山西巡抚。次年，义和团乱起，八国联军进犯北京，慈禧太后等西逃入晋。潘乃光作为王的幕僚，在这些历史事件的处理中担当着独当一面的角色。史载："联军之役，德人进逼山西、长城岭等处。秦晋两省震动，居民迁避。锡良抚山西，官绅束手。值公到晋，锡抚知公有大略，奏派公督办固关洋务兼马步各防军营务处。两次星夜驰往德营与德将蒙日拉等议和，订盟照旧分界，保全祖国山河。事竣回晋，沿途居民香花欢迎颂公之功，各竖碑志之。"① 光绪二十七年（1901），潘乃光积功以举人成为候补道。然不幸的是，"惜乎缺出，公病，终于公寓"，② 享年五十八岁。其著作今传《榕阴草堂诗草》、《使俄载笔》、《海外竹枝词》三种。③

　　光绪二十年（1894）冬，王之春奉命出使俄国，潘乃光作为参赞随行。王之春《使俄草》载："光绪二十年十月十五日，军机处交片，奉旨着派头品顶戴湖北布政使王之春前往俄国唁贺，钦此；相应咨行贵大臣可也。易貔貅为鹣鲽，以玉帛化干戈，简书虽劳敢惮行哉？"④ 又《荔浦县志》载："光绪二十一年，王京卿之春奉使俄唁慰之命，奏充参赞。"⑤ 潘乃光《海外竹枝词》和《使俄载笔》的创作，即缘于光绪年俄皇逝世，清廷派王之春为唁慰使，他作为幕僚随行参赞，对此行见闻的感发记录。其中，《海外竹枝词》为潘乃光赢得了在竹枝词坛上的崇高地位。⑥

---

①　顾英明：《荔浦县志》卷四，民国十三年刻本。

②　同上。

③　杨经华：《〈榕阴草堂诗草〉校注》，硕士学位论文，广西大学，2005 年。

④　王之春：《使俄草》，台湾：文海出版社 1998 年影印本。

⑤　顾英明：《荔浦县志》卷四，民国十三年刻本。

⑥　本节所引竹枝词作品，除另有说明外，均引自王利器等辑《历代竹枝词》，陕西人民出版社 2003 年版。

一　潘乃光的竹枝词创作

竹枝词原为巴渝民歌，自唐代刘禹锡于贞元中在沅湘一带加以仿作并创新词以后，在文人中也颇流行，其形式为七言绝句。唐人所作多写旅人离思愁绪，或儿女柔情，后人所作多歌咏风土人情，具有浓厚的地域性色彩。到了清代，这种特色更为鲜明。清代著名诗人王士禛曾指出"竹枝泛咏风土"。①清代竹枝词中反映风土人情的作品非常丰富，堪称浩如烟海。其内容广泛涉及山川形胜、人物古迹、土特物产、气象物候、生活习俗、百业民情、方言俗语、衣食起居、婚嫁丧葬、宗教信仰、岁时节令，等等，包罗万象，不胜枚举。钟敬文先生认为："民俗，即民间风俗，指一个国家或民族中广大民众所创造、享用和传承的生活文化。民俗起源于人类社会群体生活的需要，在特定的民族、时代和地域中不断形成、扩布和演变，为民众的日常生活服务。民俗一旦形成，就成为规范人们的行为、语言和心理的一种基本力量，同时也是民众习得、传承和积累文化创造成果的一种重要方式。"②清代竹枝词中所勾勒出的一幅幅时代、地域和民族的风情画卷，给后人留下了丰富的民俗学史料，具有极大的认识意义和研究价值。③

潘乃光《海外竹枝词》，计有《西贡》12首、《星架坡》10首、《有所见》4首、《锡兰》10首、《苏尼士河》7首、《亚士撒德》8首、《马寨》10首、《巴黎》15首、《柏林》9首、《俄都比得堡》16首、《英都伦敦》10首、《巴黎杂诗补录》10首、《失题》2首、《五日出地中海》2首、《初八辰刻抵亚理三德，同人登岸访旧城石柱，询悉二千二百年前所建，望古遥集感慨系之，复游埃及王花园，得此二律》2首、《科伦布即事》2首、《在科伦布口轮修机器将逾旬日，幸维舟处架一长堤，每日巨浪轰击释意，钱塘观潮庐山观瀑无此大观，诗以纪之》4首，全集多达132首。所写内容均为对此游行踪及见闻的记录。

---

① ［清］王士禛著，戴鸿森校点：《带经堂诗话（下册）》，人民文学出版社1998年版，第829页。

② 钟敬文主编：《民俗学概论》，上海文艺出版社1998年版，第2—3页。

③ 梁颖珠：《特殊风土人情的多方展示——论清代竹枝词的民俗学价值（之一）》，《传播与版权》2013年第6期。

各组试举一例，如《西贡》：

> 长衫短袖嚼槟榔，齿黑唇朱阔口娘。远近看来都一律，蛮荒风景入斜阳。

《星架坡》：

> 岂但暹罗产燕窝，往来销售此间多。噶哆吧与椰槟屿，承办都从息叻过。

《锡兰》：

> 天女维摩解散花，袒肩披出红袈装。有光可鉴都如漆，变相观音是夜叉。

《苏尼士河》：

> 有心精卫计何迂，无恙龙门凿得无。缩地能通下百里，移山莫笑乃公愚。

《马寨》：

> 满街报纸卖新闻，重译无人解与君。木塔空明灯四照，看他错笔写洋文。

《巴黎》：

> 劫灰飞尽了无痕，英武空怀拿破仑。贻误皆因王好战，山河如故愧伦敦。

《柏林》：

　　天地为炉百炼钢，忍将利器使人伤。攻坚保险无长策，欲显神通便擅长。

《伦敦》：

　　每日阴霾不放晴，一冬常在雾中行。更兼远处浓烟起，电气无光蚕气争。

以上所写的沿途各地见闻，既有地域特色风光，又有历史人文习俗，都能选择典型事例，表现其特征。《彼得堡》可多选两首：

　　涅瓦江边白似银，电灯映雪尽生春。二三更后飞车去，为访清歌妙舞人。

　　大海街前纵辔来，仰观金碧起楼台。千门万户分明甚，一任人看了不猜。

　　登场一曲演鸿湖，惝恍离奇事有无。痴绝不如德太子，合尖何日见浮图。

前两首分别写出俄国首都圣彼得堡涅瓦江滨大道灯火通明、夜半飞车和临海的街市建筑物鳞次栉比、金碧辉煌的风光；第三首写各大剧院争演芭蕾舞《天鹅湖》盛况。芭蕾舞源自意大利，兴盛于法国，圣彼得堡于十九世纪初成为芭蕾舞中心，柴科夫斯基的名作《天鹅湖》风靡一时。

　　在清代诸多竹枝词集中，潘乃光《海外竹枝词》的价值与特点可论列如下。

（一）清代广西唯一写海外题材的竹枝词集

　　清代广西竹枝词的创作及文献存佚情况，迄今未见有专门的统计。从多种广西古代文学作品集和广西古代文学史，包括被认为论及广西古代诗人诗作最多的《广西古代诗词史》来看，所论及的广西竹枝词作家和选录的广西竹枝词作品，均未超出 10 家、10 集的范围。而据本书作者近年来的访求辑录，已收集到清代广西竹枝词集 43 家计 56 种。其中广西本土诗人 29 家 40 种：临桂况澄《桂林竹枝词》、《京都元夕外城灯词》、《汴城竹枝词》，临桂倪鸿《广州竹枝词》，临桂朱依真《珠江竹枝词》，临桂罗辰《珠江柳枝词》，临桂周必超《吴门竹枝词》，临桂朱凤森《横州柳枝词》，全州蒋椅龄《桂林竹枝词》，全州赵炳麟《春明竹枝词》，全州蒋实英《蒲门竹枝词》，资源莫武纲《西延竹枝词》，灌阳莫潜《贵阳竹枝词》，荔浦潘乃光《海外竹枝词》、富川谭日为《富川竹枝词》，苍梧萧虞钦《戎圩竹枝词》，藤县苏时学《藤江端午词》、《鸳江竹枝词》、《和平竹枝词》、《陈村看灯词》、《都门竹枝词》、《汾江竹枝词》、《荷花生日词》，藤县陈儞《东兰州竹枝词》，容县王维新《容邑田家月词》，桂平谭熙龄《浔江竹枝词》，桂平温葆和《桂平竹枝词》，贵县梁廉夫《贵邑竹枝词》、《城厢竹枝词》，贵县林文度《贵阳竹枝词》，贵县陈芝浩《贵阳竹枝词》，贵县陈璓《郁江棹歌》，平南袁珏《白沙江竹枝词》，平南甘羲《武林蚤水词》，博白朱庆萱《晋宁竹枝词》，钦州冯敏昌《姑苏竹枝词》，武鸣韦丰华《廖江竹枝词》，崇左谢兰《桂林竹枝词》、《太平竹枝词》、《丽江竹枝词》等；旅桂诗人 14 家 16 种：江苏无锡孙尔準《桂林竹枝词》，浙江海宁查慎行《桂江舟行口号》，浙江山阴唐声振《龚阳竹枝词》，上海青浦邵淮《桂林竹枝词》，河南汉阳许之豫《荔浦竹枝词》，安徽桐城马鼎梅《邕管竹枝词》，江西赵有成《猺獞竹枝词》，福建侯官谢天枢《龙水竹枝词》，湖北麻城李中素《廉州竹枝词》，湖南湘乡曾广钧《梧州柳枝词》，广东南海岑澄《贺州竹枝词》，广东南海李长荣《廉州竹枝词》，广东连平李连城《西延竹枝词》，云南蒙自万端友《百色竹枝词》、《奉议县竹枝词》、《隆安县竹枝词》等。此外，尚有桂平黄体正《邕江竹枝词》、《横州竹枝词》，武宣韦敬端《武宣南乡竹枝词》，忻城莫震《忻城竹枝词》，罗城林国乔《天河竹枝词》，凤山黄现琼《凤山竹枝词》，武鸣黄君钜《滇垣竹枝词》，宁明黄焕中《龙州竹枝词》、《丽江竹枝词》、《海渊竹枝词》，宁明黎申产《丽江竹枝词》，直隶乐亭史梦兰《粤西竹枝》，江苏江宁邓延桢《桂棹谣》，俞功撤《合浦竹枝词》

等 11 家计 14 种，因正在核查待定之中，未计入以上统计数内。

从上述广西竹枝词来看，绝大部分是泛咏本地风土，少量为泛咏国内的他处风土，唯独潘乃光《海外竹枝词》是写海外题材的集子。

（二）国内海外竹枝词中涉及国家和地区最多者

竹枝词经过从唐至明历代的发展，到清代而登峰造极。题材范围不仅包括新疆、西藏、台湾等国内边远地区，还将笔触伸向了人们所不熟悉的海外，亚、欧、拉美等各大洲尽皆布之。但是一般人所写海外题材的竹枝词，大都仅限于某国某地，例如局中门外汉《伦敦竹枝词》、潘飞声《柏林竹枝词》、志锐《张家口至乌里雅苏台竹枝词一百首》、忏广《湾城竹枝词》、王芝《缅甸竹枝词》、丏香《越南竹枝词》、徐振《朝鲜竹枝词》、柏葰《朝鲜竹枝词上下平三十首》、黄遵宪《日本杂事诗》、四明浮槎客《东洋神户日本竹枝词》、陈道华《日京竹枝词百首》、单士厘《日本竹枝词》、姚鹏图《扶桑百八吟》、郁华《东京杂事诗》、濯足扶桑客《增注东洋诗史》、郭啸麓《江户竹枝词》、郁华《东京杂事诗》、林麟焝《琉球竹枝词》、徐葆光《球阳竹枝词》，等等。[①] 而潘乃光的《海外竹枝词》，遍写西贡、新加坡、锡兰、苏伊士运河、马赛、巴黎、柏林、彼得堡、伦敦、科伦布等，涉及的国家和地区已逾十个，为各家所不及。

（三）涉及国家较多的竹枝词集中唯一根据亲历见闻写作者

根据目前掌握的文献资料显示，清代写及国家和地区多达十个的竹枝词集只有三种，即尤侗《外国竹枝词》、福庆《异域竹枝词》和潘乃光《海外竹枝词》。

尤侗创作《外国竹枝词》，涉及的国家有朝鲜、日本、琉球、柬埔寨、安南、缅甸、天竺、苏门答腊、爪哇、于阗等。然而尤侗创作《外国竹枝词》，并不是他亲自前往各国采风的结果，而是根据笔记野史记载，再借助《明史·外国传》、《明史·西域传》、《皇明象胥录》、《星槎胜览》、《瀛涯胜览》等史志写成。因为采用二手资料、多方传闻，难免有诸多失实甚至荒谬之处，但其首开竹枝词写海外题材风气之

先河，功不可没。

福庆的《异域竹枝词》，除 64 首写国内的新疆外，另有 21 首和 15 首分别咏写外藩和绝域诸国。作者在自序中也提到了这点，"部曹椿园所撰《异域琐谈》分新疆、外藩及绝域诸国列传，山川、风物、土俗、民情，历历在目。余读而喜之，作《竹枝词》百首以志异"。作者本人没有到过域外，只是采自别人的野史小说、耳食传闻，难免有夸张、褊狭的成分，甚至明显属荒谬不经者。例如：

> 蜂目豺声满颊毛，天生枭獍性贪饕。岂缘鸣镝成浇俗，子壮先教父试刀。

自注："阿萨尔城、哈拉多拜城、巴拉城、哈喇他克城，同一部落也。……男女满面皆毛，头缠光明锦布，子壮则杀父。"其笔下的部落简直同禽兽没有丝毫的区别了。

> 国中成女不成男，神木胚胎化育含。解道空桑传异事，盘瓠帝女只常谈。

自注："西海之中，有女国焉，其人皆女。有神木一章，抱之则感而孕。有狗国焉，生男皆狗，生女皆人。"这样的描述，与上古时期神人感孕的传说如出一辙。大约是从《西游记》中女子国故事以及关于盘瓠的传说中生发出来的，纯属无稽之谈。当然，其中内容也并非全然荒诞，亦有若干可资参考的文献价值。①

因此，像潘乃光这样真正出国实地游历，所写均系亲身见闻，个人写到的国别最多，所写作品又多达 132 首的竹枝词作者，是仅此一家、别无分店的。对广西而言，更堪称放眼海外笔写各国的第一人。

然而，对于这样一位竹枝词名家，国内竹枝词研究界对潘乃光的认识却有若干空白点和谬误之处。丘良任《论海外竹枝词》云："《海外竹枝词》，作者署名为寄所讬斋，生平未详。……其自序署名晟初，光

---

① 梁颖珠：《论清代竹枝词的创新与价值》，硕士学位论文，广西师范学院，2008 年。

绪廿一年三月作于巴黎使馆。"① 似乎并不知晓作者是潘乃光，"晟初"乃为其字。其姓氏字号、生平行迹均详载于《荔浦县志》。② 何建木、郭海成《帝国风化与世界秩序——清代海外竹枝词所见中国人的世界观》称："晚清时代的广西荔浦人潘乃光，多年经商、奔波于东南亚一带，足迹远及欧洲。在光绪二十一年（1895）写作了组诗《海外竹枝词》百首。"③ 竟想当然地断定"潘乃光多年经商、奔波于东南亚一带"，且粗略地称其《海外竹枝词》仅有"百首"。其实潘氏其人终生做他人幕僚，一天也没有经过商；其词也不止百首，而是逾百二十首。这两点，一查史志，一数词集，便可知晓。

以潘乃光《海外竹枝词》为代表的清代海外竹枝词的大量刊行于世，不仅开阔了当时人们的眼界，满足了人们的"崇洋"心理，更新了人们的"洋务"观念，而且还与其他类似题材的文学作品一道，共同拉近了大清国与亚、欧各国之间的文化距离，加深了双方之间的了解与认识。而所有这一切，对于提升当时人们的文明程度，激发更多的有识之士走出国门去求学或者经商等，更是具有不可低估的影响与作用的。因此，从某种意义上说，以潘乃光《海外竹枝词》为代表的清代海外竹枝词已自觉或不自觉地承担起并完成了反映中外文化交流的历史性文化使命。

二　潘乃光的诗歌创作

潘乃光终其一生为人幕僚，在膻腥四起、家国危急的时代，却始终未能走入历史的前台，而只能潜居幕府，为人筹划，功成而不能居，事危而不能救。强烈的生命冲动被那个"万马齐喑"的时代所无情地扼杀，这种空有一腔热血但却报国无门的尴尬，使他写下大量的时政诗和感遇诗，并形成了悲愤激昂的诗风。

（一）时政诗

光绪十一年（1886），中法战争的尘埃已经散尽。据《中法会订越

---

① 丘良任：《论海外竹枝词》，《长沙水电师院学报》1992 年第 3 期。

② 顾英明：《荔浦县志》卷四，民国十三年刻本。

③ 何建木、郭海成：《帝国风化与世界秩序——清代海外竹枝词所见中国人的世界观》，《安徽史学》2005 年第 2 期。

南条约》，中国与越南重新会勘边界。潘乃光随王之春参与了这一重要历史事件，至广西出关勘界。站在镇南关前，既愤国事之沉沦，亦自感身世之蹉跎，请缨无处，报国无门，遂不由感慨万端，写下《南关感事同黄子清作》：

> 久游燕赵气沉雄，太息关门有犬戎。我亦铜琶兼铁板，与君同唱大江东。管失北门亦可哀，有人窃笑辗然哈。普天王土原无外，尺寸何曾计较来。谅山南北今如此，枉说当年破阵回。应有逸民能纪事，吟成题石扫苍苔。补牢何策尊中夏，定界无端到日南。国小如滕需保护，事齐事楚尔何堪。

在此役中，刘永福、冯子材率部痛击来犯的法军，取得镇南关大捷、临洪大捷，收复凉山，重创敌军。然正在此时以李鸿章为首的投降派力主议和，下令撤军。诗中回顾了中法战争的过程，尤其控诉了清政府的腐败无能，葬送了前线将士用生命换来的战果，饱含着对时局的锥心之痛。面对主和派的软弱，国土的丢失，诗人虽然满腔怒火，但却报国无门。

光绪二十年（1894），中日甲午战争爆发，大清国遭到惨败。次年，中日《马关条约》签订，日军割占台湾。消息传来，举国震惊，爱国者无不痛哭流涕。潘乃光在随行赴俄途中闻讯，写下《感事四律》：

> 和议初开战事停，几人鼾睡未曾醒。军无斗志戈先倒，险失关防户不扃。翻手为云今世界，忍心孤露小朝廷。气含忠愤身闲散，况复年来鬓发星。

> 交联夷夏许随肩，事小何尝是乐天。行到馁时谁作气，机从转处竟全权。尺寸让人犹珍惜，夺我膏腴肯弃捐。击楫中流无此辈，江河日下顺风船。

> 共说多年练水师，海军一溃竟难支。骑牛老子应长往，化鹤丁

公不自悲。堂上有人吟蟋蟀，辽东无豕走狐狸。奈何台岛称行省，转瞬甘为敌国资。

毫厘千里误如何，不侯金牌已改柯。长恨偷填精卫石，快心妄想鲁阳戈。风高北地雄安在，日出东方耀自他。人事穷时天意悔，九龄未老借筹多。

意犹未平，又奋笔写下《台湾割让时局可知谁实为之愤而成此》：

忍负中原重外交，廿年当路祸心包。食来难弃如鸡肋，居不能安等鹊巢。坏我萧墙成憾事，让人卧榻笁谦交。桑田沧海仍无定，周处乘几而斩蛟。

二诗愤怒斥责签订丧权辱国的和议、出卖国家核心利益的李鸿章等当朝权贵，对台湾被日寇侵占表示强烈的悲愤。

（二）感遇诗

潘乃光在外奔波行役中，曾写下《寓九江数日矣，寓中题壁四七绝，知为厌苦风尘与余殆道异趋一者，依韵和之》：

马牛风异共扬尘，大半浮名绊此生。十载光阴家万里，年年归计误行人。

征衫单薄晓寒侵，转眼浔阳秋意深。月色江声人不寐，他乡风味故乡心。

知君落拓走江湖，唱和无人兴太孤。且把深情记豪素，马周何必不穷途。

天涯游子感怀多，等是风尘备折磨。白发双亲应怅望，门闾远隔意如何。

诗中充满那种因生命漂泊、人生破碎、旅途劳苦而产生的浓重乡愁与幻灭感。

又如《夜起书感》：

潘翼如丝已渐凋，浮踪逐水尚萍飘。一腔热血心头涌，每到残更辄上潮。

少小何知行路难，金门射策上长安。频年不得文章力，怕被旁人冷眼看。

利锁名缰秋复春，敢云知己尽无人。如何憔悴成苏李，十八年来误此身。

进步无因且退居，嚣嚣自得意何如？岭西不少佳山水，况复先人有敝庐！

此诗作于 1881 年，是诗人对 18 年来艰难世事的回顾，亦可看作对其游幕生涯的心态总结。篇中描述了自己科举的一再失败，半生蹉跎，到处为人幕客的辛酸，沉痛中隐含着无限的忏悔，绝望中更蕴涵着深深的无奈。

潘乃光的诗歌创作，不仅揭示了晚清幕府士人的生存尴尬与困境，而且透过其独特的视角，反映了时代的黑暗、民族的危机和百姓的疾痛，见证了近代中国的多方苦难与沧桑巨变，为近代诗坛增添了一抹悲壮的色彩。

第九节　桂剧先驱唐景崧

一　唐景崧其人其事

唐景崧（1841—1903），字维卿（一作薇卿），广西灌阳县人。景崧幼年与弟景崇、景對随父就读，三兄弟先后由秀才、举人、进士而翰林，故灌阳旧有"一县八进士，同胞三翰林"之称。唐景崧于同治四年（1865）中进士，初为翰林院庶吉士，后授吏部候补主事。因法国殖民者派遣侵略军侵占越南，唐景崧于光绪八年（1882）上书光绪帝，以"绥藩固圉说"请缨出关，赴越南招刘永福黑旗军。次年，抵越南保胜，劝刘永福内附，以功赏四品卿衔。光绪十年（1884）中法战争爆发，张之洞令其募勇入关，编立四营，号"景字军"，入越参加抗法斗争。次年中法战争结束，率军回国，以功晋升二品官员，加赏花翎，赐号"霍伽春巴鲁图"。同年八月被命为福建台湾道台，光绪十七年升为台湾布政使，三年后升为台湾巡抚。中日甲午战争爆发，清朝割弃台湾，他与邱逢甲等人建立"台湾民主国"，并任总统，希图以此抵制日寇侵占。当日军登陆台北，唐便携款内逃厦门。他被追究抗旨罪责，免掉了公职，又受到国人舆论谴责，遂由厦门悻悻地回到灌阳县江口村老家。后来得到张之洞资助，于桂林榕湖南面修建了五美堂别墅，就此闲居桂林，不再出仕。

唐景崧在五美堂别墅内建有看棋亭，亭旁建有戏台，组织"桂林春班"戏班，他还亲自修改、编写桂北旧剧剧本，并在表演、唱腔、化妆等方面进行创新尝试，将之改造为一种新的剧种——桂剧。唐景崧是桂剧发展史上的第一个剧作家，是桂剧改革第一人。

1903 年，唐景崧破产生病，由弟子小崔子和鸭旦背到郊外请医治疗，死于中途，享年 62 岁。

唐景崧的著述，主要有《请缨日记》、《诗畸》、《迷拾》、《寄困吟馆诗存》、《看棋亭杂剧》等。

二　唐景崧对桂北戏进行改造创新，并定名"桂剧"

唐景崧晚年闲居桂林，在仕途无望、百无聊赖之际，便把兴趣寄托于戏剧。他早年对戏剧就有癖嗜，精通音律。在北京任职的二十年间，正是花部兴起，昆、弋、徽、梆、簧在北京争胜之时，他经常出入各种戏园，深受戏剧的熏陶，所以对南北戏剧十分谙熟。而唐景崧的老家灌阳县又与湖南交界，那里的地方戏与湖南南部的祁剧比较相似，且相互间早有交流渗透，他从小就熟悉这些戏剧。便仿照在京城看京戏的样式，建戏台，搭戏棚，还招募湖南及家乡附近的艺人乐师，办起名为

"桂林春班"的戏班。该班培养了大批桂剧演员，如须生马老二、宝福、宝善，小生明才、周梅国，旦角一枝花、小崔子、灵花、怀春、林秀甫，老旦玉根，净旦宝龙、月朗，丑角蒋老五等。

在唐景崧之前，桂北地方戏的演出剧目，或沿用高腔、昆腔旧本，或借用秦腔、汉剧、徽剧、湘剧等兄弟剧种的剧本，只根据桂北方言和音乐唱腔的要求稍加变化。由于没有固定的剧本，演员在舞台上的对话、唱词多是随心所欲、信口开河，故事情节也一改再改，因而影响了戏曲的主题表达和演出效果。唐景崧便亲自将部分旧剧本删改润色、改编，并根据传奇小说编撰新戏。所写剧本，都由"桂林春班"排练演出，自己也粉墨登场吹拉弹唱，又常与伶人推敲斟酌，反复修改。故所写剧本，故事简洁、集中，主题鲜明。不仅注重文词的修饰、音韵的铿锵，而且从情节结构、场面安排、人物调度、唱词道白，以及唱段设置等方面，也不同于其他文人剧作仅供案头阅读，而更适合于舞台搬演。唐景崧还把桂北的地方戏和皮黄腔系相融合，定曲牌，谱乐曲；为使家乡人喜闻乐见，还特地把过去用湖南及其他方言演唱改为用桂林话演唱。他将经过自己改造创新的这种立足桂北、广纳各地优长，融南北戏剧特点为一炉的新剧种称为"桂剧"。广西的桂剧，就这样诞生了！

三　唐景崧《看棋亭杂剧十六种》的成就与不足

唐景崧回桂林至此后的六七年间，经他润色改编和创作的桂剧剧本总共有四十个，总名为《看棋亭杂剧》。但流传至今的剧本目前只有《看棋亭杂剧十六种》。① 这十六个剧本中有十个是根据前人作品改编，六个是根据古代经传记载、野史传闻中有影响的故事改编，分别为：《晴雯补裘》、《芙蓉诔》、《绛珠归天》、《中乡魁》、《一缕发》、《马嵬驿》、《九华惊梦》、《游园惊梦》、《杜十娘》、《独占花魁》、《燕子楼》、《救命香》、《虬髯传》、《高坐寺》、《曹娥投江》、《桃花庵》。内容所涉及的范围相当广泛，时间上自西汉，下至清代；人物从帝皇显贵、名流侠客到丫环奴仆、贫民妓女；内容则义举奇闻、风流韵事，乃至下层人民（特别是妇女）的不平遭遇，都有所描写和表现。

---

① 唐景崧：《看棋亭杂剧十六种》，广西戏剧研究室编印 1982 年。

　　唐景崧从事桂剧改革与创作期间，恰是我国封建主义意识形态与新兴的资产阶级民主思潮激烈冲突的历史时期。随着政治上的改良主义运动的开展，文学上也掀起了一股改良主义的浪潮。从黄遵宪等人提出反对复古、反封建主义旧文学的主张，到谭嗣同、夏曾佑等人提出"诗界革命"的口号。其后，"小说界革命"也倡导起来了，改良京剧、改良粤剧等戏剧领域的改良运动便也渐次酝酿、发生。唐景崧在从事桂剧创作活动的同时，便从政治上、文艺上都卷进了改良主义的浪涛中。光绪二十二年到二十三年（1896—1897），变法维新派的代表人物康有为第二次到广西来讲学，唐景崧与他便有很多的接触，还相当积极地参与了康氏发起的一些政治活动。光绪二十三年，他与康有为、岑春煊等人创办了以宣传变法维新为宗旨的"圣学会"和《广仁报》；两年后，又在桂林建立了广西最早的新派学堂"体用学堂"，借以贯彻、宣传改良主义的主张。政治上、思想上的重要变化，自然会反映到戏剧创作上来。从现存的十六个剧本当中，便流露出他在戏剧创作上的改良主义倾向。这种倾向，使他的剧作在客观上超出了自我排遣和自我抒发的初衷，而包含着某些积极的社会意义。

　　唐景崧桂剧作品中表现了一种朦胧的民主主义思想。《看棋亭杂剧十六种》塑造了许多鲜明的女性形象，如杜十娘、杜丽娘、杨玉环、晴雯、林黛玉、莘瑶琴、桂三娘、红拂女、关盼盼、曹娥、王六娘、陈淑媛等。她们中有的坚贞守节，有的抱恨终身，有的代人受过，有的委曲求全，有的多情遭嫉，有的逆来顺受。作者同情她们，为她们鸣不平，体现出朦胧的民主主义思想。例如，在关于杨玉环的三出戏中，作者充分表现了她遭妒失宠的不幸和代人受过的哀怨，并寄予极大的同情。《一缕发》中，杨玉环以美色取悦唐玄宗，玄宗宠爱她时便海誓山盟、呵护有加，但盛怒之下又绝情地将她赶出宫门。为了揭露和讽刺唐玄宗的昏庸，作者借高力士之口说：

　　　　你看堂堂天子，被人献了一缕头发，便打动了心肠。要是被妇人一哭，岂不心更软了？可见英雄好汉，都打不过女色一关，真真奇怪！但是我高力士也是天下第一个拉马扯皮条的了！（笑，下）

如此辛辣的冷嘲热讽式的台词，大大加深了作品的表现力度。

在《马嵬驿》中，杨玉环又是作为换取唐玄宗地位与生命的牺牲品被推下绝境的。当马嵬兵变，玄宗无力保护自己的爱妃，除了痛哭流涕外，最终还是以牺牲贵妃来保全自身。《九华惊梦》写杨通幽探问阎罗王"杨贵妃的魂魄可在阴曹间"，阎罗王答道：

> 杨贵妃生前无甚罪过，或者她死后成仙，在那海上仙山，逍遥自在。我阴曹管不着她，所以她不在此。你到仙山去寻她罢！

作者通过阎罗王断言"杨贵妃生前无甚罪过"，死后应该成仙，反证她生前遭妒受难的冤曲不幸，这是对唐玄宗的虚伪、懦弱与昏庸的揭露和批判。剧情的结尾一反《长生殿》原著中唐玄宗和杨贵妃在天孙、织女帮助下得以以"真人""仙子"的身份在天宫团圆的结局，让玄宗、贵妃两人天上地下永不相见，这种大胆的处理方式加深了悲剧性的力度，在思想上超越了原作。

《晴雯补裘》和《芙蓉诔》极力塑造了晴雯的形象。《芙蓉诔》中的晴雯更是感人至深，作者在剧中大声疾呼，为晴雯表白、控诉，特别是晴雯绝命前的唱词在当时脍炙人口，几乎桂剧艺人都会唱，就是文人学子也多背诵得出。光绪二十三年（1897），康有为第二次到桂林讲学，由两广总督岑春煊在官邸邀饮观剧，唐景崧作陪客，同座的还有广西按察使蔡希邠，演出新排的《芙蓉诔》，由名旦一枝花扮演晴雯，周梅圃扮演宝玉。一枝花声容俱佳，康有为深深赞赏，即席赋诗：

> 九华灯色照朱缨，千里莺花入桂城。万玉哀鸣闻宝瑟，一枝秋艳识花卿。芙蓉城远神仙梦，芍药春深词客情。新曲应知记顽艳，从来侧帽感三生。

康诗与唐剧一时传遍桂林，一枝花及《芙蓉诔》亦因之声名大震。①

---

① 朱江勇：《论〈看棋亭杂剧十六种〉的思想倾向与艺术成就》，《河池学院学报》2011 年第 3 期。

　　另一方面，唐景崧桂剧作品中又还存留着比较浓厚的封建意识。这体现在他从封建伦理与道德规范出发而塑造的不少女性形象中。例如，《桃花庵》中集吃苦耐劳、敬老食贫等传统美德于一身的陈淑媛，在决心以死雪洗耻辱之前，还要用卖身赚的钱为丈夫购置一个填房，似乎女性的生存意义必须通过男性认可才能实现。在《救命香》中，被朱元璋看过后的桂三娘变成了皇室专有之物，可以随意当作玩物赏赐他人：

　　　　桂三娘：想小妇人曾经伺候过驸马，今日又得瞻仰龙颜，若是交官媒发卖，似乎不可。

　　　　朱元璋：你的话却也有道理。比如一样物件，经朕看过，却也不可亵渎，何况你曾伺候过驸马，也不可嫁与别人，就把你赏与驸马为妾便了。

　　在《高坐寺》中，方密之花重金购买美貌的王六娘，又把她推出来任人玩赏，最后当礼物送给山东奇士傅以渐。作者高度赞赏王六娘温顺随和、任人摆布、唯男人意志是从的禀性。在《晴雯补裘》中，作者一方面为晴雯的不幸命运大鸣不平，一方面又把她塑造成逆来顺受的小丫头、死而无怨的愚奴才。这反映了唐景崧对妇女的看法仍旧摆脱不了封建礼教观念。

　　另外，唐景崧还通过剧中一些人物、情节，表达他对过去功名的留恋和面对现实的无奈。唐景崧在甲午战争中成了腐败清政府的替罪羊，遭到国人的谴责。《一缕发》借杨玉环之口说：

　　　　君恩似水付东流，得宠翻添失宠愁。莫向樽前奏花落，凉风只在殿西头。

感叹"禁中明月，已无照影之期；苑外落花，已绝回春之望"。作者期冀能像杨玉环有高力士代达天命那样，有朝一日重新得到君王的恩宠。剧中高力士向唐玄宗转奏杨贵妃对君王的眷恋之情说："娘娘说她有罪，此生此世，不能重见龙颜，谨献此发，以表依恋之心！"这其实正是唐景崧对本朝君王"依恋之心"的抒写。

唐景崧的《看棋亭杂剧十六种》作为桂剧的第一批作品，是桂剧发展史上一份极为宝贵的遗产。当然，唐景崧的桂剧创作与实践，还大体停留在自我抒发和自我陶醉的层面。因而所写剧本，只抒胸臆，不重情节，使大多数作品显得平直简单，过场戏多，细节贫乏，只有情节的交代而无感人的魅力；在人物塑造上，也多是借人物躯体表达某种观念或某种情绪，缺乏鲜明的个性。① 其剧本仅在少数人的圈子中流传和鉴赏，他的桂林春班也从未迈出过灌阳唐家大院和桂林五美堂别墅的大门，因而总体上对桂剧的影响是有限的。真正自觉地认识桂剧的社会功能，对桂剧进行比较彻底的改革者，是唐景崧的学生马君武和戏剧家欧阳予倩。

①　顾乐真：《唐景崧和他的〈看棋亭杂剧〉》，《戏曲艺术》1989 年第 2 期。

第 二 章

桂东诗人群体研究

第一节　桂东诗人群体概述

　　黄华表《广西文献概述》在谈到"梧州诗派"时，曾经指出："梧州诗派，以邓建英、陈俪、钟琳、王维新、苏时学、施彰文、李其昌、许懿林为代表。"① 他所罗列的梧州诗派，实际上就是桂东诗人群体中的一个部分。

　　根据《广西历代文人著述目录》，桂东作家群的创作极为丰富复杂，从文化学的角度来分类，文学之外，还有经学的作品，如玉林苏懿谐《孝经刊误合本》、北流金熙坊《周易汇类》、藤县苏时学《墨子刊误》；有音乐曲律的著作，如容县王维新《乐律辨证》；有地理学著作，如王维新《都峤洞天志》；有天文学的著作，如王维新《天学钩沉》；有理学的著作，如容县封昌熊《宦游家训》、苏懿谐《为人录》；等等。从文体学的角度上说，除诗歌、散文外，尚有赋、词、曲，如容县王维新《古近体赋钞》、《海棠桥词》、《红豆曲》；有楹联类的，如苏时学《宝墨楼楹联》、陆川吕一夔《吕清夷先生诗联钞存》；有游记的，如容县封祝祁《漠北纪游》等；有骈文的，如贺县张培仁《金粟山房骈文》；等等。

　　但同样从《广西历代文人著述目录》来看，桂东作家群的创作主要在诗歌上。以诗集的名称来说，也异彩纷呈，有"诗草""诗集""诗存""吟草""诗稿""小草""吟稿""诗钞""存稿""百咏"等等之别。此外，还有词和散曲，亦属诗歌大类。这些五花八门的诗歌专

---

　　① 黄华表：《广西文献概述》，《建设研究》1931 年第四卷第五期。

集之和，就占了桂东历代文人著述总数的九成强。这些诗人群体，主要分布在梧州、苍梧、藤县和容县四地。

第二节　梧州诗人群体

一　"粤西奇士"邓建英

（一）邓建英的生平及作品

邓建英（1766—1821），字方辂，又字望卿（一说望乡），自号白鹤山人，苍梧人，乾隆五十四年已酉科举人，曾任山西榆社（今山西武乡县）知县。时榆社岁饥，不忍催科，一年而罢。后任山西绛州通判，政清简，日唯吟咏为事。所为诗多言民间疾苦，偶尔托词讽时政得失，为上级所恶，此后十年不补官。

道光元年（1821），他迁移山西夏县，携家眷往山西解州，途中忽遇地震，他秉烛而坐，恍惚间听到空中有人对他说话，即往后庭隙地躲避。果然，外庭全部塌陷，全家人终于避过了灾难。由于受湿导致风寒，邓建英虽然躲过了地震，但却躲不过疾病，数月后便匆匆地离开了人世，享年55岁。《苍梧县志·列传》有传。

邓建英自小聪慧，有所述作，被前辈们称为"都之奇士"。嘉庆十五年（1810，即庚午年），邓建英在榆社官署整理其诗作，除水、蚁伤残和散失外，得诗近千首，编为一集，以所居书堂名为《玉照堂诗钞》。邓建英在《存余初稿·自序一》中称："既补弟子员，乃稍自致力于古，而穷居荒僻，就正无人，未及脱稿，敝庐遂为大水淹没，又与先世藏书，半逐洪流而去。自兹以后，贫日以甚，累日以多，笔墨几废，然或兴至情来，若难遏抑，侵寻十载，稿复盈千。正定太守邱东河先生谬加奖借，属自编定，当为作序代刊。会奔母丧，又匆匆不能待，北归次湘江，风急舟覆，救存可录者十之七。后复馆于县南关氏，蟫蠹伤残者又七之三。……颇有凋零，境地迁移，更非畴昔，则此稿虽仅存十之三四。"从上述"存至千余首""所存仅十之三耳""蟫蠹伤残者又七之三"等语来看，可知邓建英的诗在结集刊刻之前，已经散佚不少。但值得庆幸的是，由于其后人和友人左桂舟为之传刻，以及其乡后学之重抄、重订，尚有部分作品存世。邓建英的《玉照堂诗钞》，广西桂林图书馆所藏共有四个本子：

玉照堂诗钞三卷 　（清）邓建英著一册　1931 年抄本。

玉照堂诗钞六卷 　（清）邓建英著二册　家藏抄本。

玉照堂诗钞三卷 　（清）邓建英著三册　红色方格抄本。

玉照堂诗钞六卷 　（清）邓建英著三册　1812 年刻本。

上述四个本子，我们可以把其归入两个系统来看待：一是"家藏抄本"，简称"家抄本"；二是"左桂舟刻本"，简称"左刻本"。

罗渭川在家藏抄本《玉照堂诗钞·序》中所称：

> 《玉照堂诗集》当日经已梓就行世，原稿犹藏余家。及今蠹残几烂，余恐先生毕世著作久或湮灭，因什袭存之。忆余髫年，曾过马田村，见先生故居已入荒烟蔓草中矣。噫！曾几何时，而流风馀业竟至湮泯如斯哉！抚卷兴怀，可胜浩叹！是以特将此集编检，错简重加装订，庶时得流览以为陶情一助，且不致竟至遗失焉。并识数言于首。咸丰庚申暮春上澣罗渭川氏书于墨庄。

据此，我们知道家藏抄本为邓建英家乡的后学罗渭川据原藏其家的邓建英诗集原稿《存馀初稿》于咸丰十年（1860，即庚申年）所抄。后为陈远华 1931 年据 1812 年的左桂舟刻本所抄。[①]

据邓建英《玉照堂诗钞·自序》中所称：

> 适故人左桂舟自粤来署，属再录为净本藏之箧中，夫以天下之大人才之多，岂终无其人乎。姑以俟之而已。嘉庆十五年庚午菊月邓建英自序于榆社官署。

又据阳湖盛惇崇《玉照堂诗钞·序》中所称：

---

① 以上请参见曾赛男《邓建英〈玉照堂诗钞〉校注》，硕士学位论文，广西大学，2002年。

　　爱书所见，志诸简端，余老矣，簿书鞅掌，不能镂心刻骨，以继方轫后尘，然老马识途，不无所见，方轫既属校定其集，或亦取其鄙论也欤！是为序。嘉庆十七年壬申重九后二日，阳湖盛惇崇孟严氏序。

据此，我们知道左刻本为邓建英友人左桂舟于嘉庆十七年（1812，即壬申年）刊刻，时代较早，又是刻印本，因此，具有较高文献价值。家藏抄本比左刻本晚约五十年，而且与左刻本存在着较大的差异。但家藏抄本录诗至横州诗止，颇能反映出作者的整体风格和原风貌，而左刻本，又缺横州、桂林诸诗，故两个本子可相互对校。同时，两个本子都缺《晋中吟》。①

　　（二）邓建英的思想②

　　邓建英从小接受父训，遍读儒家经典，积极入世之思想早已潜滋暗长。同时，他也喜徜徉于自然山水、田园风光之中，曾言及"家贫合受烟云养，性癖偏耽木石居"（《白鹤山斋落成，苏宠厚秀才以诗见寄次韵答之二首》）。阳湖盛惇崇《晋中吟·原序》也提到邓建英爱好山水、田园之事："迨后往来京华，与一时贤俊游，足迹所至，好穷山水奇胜，故其为诗益复宏肆，洋洋洒洒，存至千余首"（清同治十三年刻本《苍梧县志》）。

　　入晋之前，邓建英的思想已形成两种互相矛盾的倾向：一种倾向是想干一番事业，这显然是儒家思想的影响；另一种倾向是清高自守，这显然是道家思想的影响。儒、道思想一直纠缠不清，此消彼长。当诗人在家乡苍梧读书交游，直到中举这一段时期，儒家建功立业的思想十分明确，连单纯的山水景物都被感染了诗人蓬勃向上的青春朝气，诗人也从酒、菊、田园山水中寻求过精神寄托。邓建英虽然一生都贫病交加，但他并没有过多的自怜消沉，相反在纵情山水之间，"从来不作皱眉汉，今日宁如失马翁"（《出都将寻过夏之地茅南湖，瑞乔梓、高孝廉

---

　　① 以上请参见曾赛男《邓建英〈玉照堂诗钞〉校注》，硕士学位论文，广西大学，2002年。

　　② 同上。

明理、王孝廉宗槐皆有诗宠行，病中未能遍答，率赋一首留别》），更多地反映出他旷达和乐观的精神追求。

诗人年老以后依然壮心未泯，因年长无所施展，仍不忘劝戒后辈男儿志在四方，如《梦携幼子鸿北上觉后寄示》：

> 旅馆少安寝，闻鸡当路旁。置儿在膝前，不知有风霜。
> 儿能承我意，我似儿身强。青帘映杏花，欣然数举觞。
> 好梦忽惊觉，山水空相望。愿儿早努力，丈夫多四方。
> 左右得口养，万里亦故乡。

因道家独善其身的影响，诗人积极求取功名富贵之外，同样嗜情山水，向往消闲、古雅的生活，如《李生佩芳送盆菊感答一首》：

> 白水青山对草堂，东篱寂寞度重阳。延年既负平生志，爱我偏分晚节香。疏影参差原入画，生机蓬勃始经霜。无因得继陶潜兴，一朵开时一举觞。

然而诗人经历一系列的天灾人祸，经受三次进京会考失利的严重打击，加上他一直体弱多病，道家消沉避世的思想一度占了上风，向往隐居，希望寄情于山水寻求精神解脱。伤感、怅惘、幻灭成了他此时诗歌的主旋律，如《题阳朔驿楼》：

> 欲闻当年张志和，浮家泛宅意如何。若怜山水清佳甚，苕雪宁如此地多。

诗人在驿站住过，听说了张志和的故事，因而有感而发，此诗更体现了邓建英的归隐情结。

但是作为一个积极入世的诗人，即使身处逆境仍然热爱生活，即使极端失意也能忘怀苦闷，处之坦然。正如诗人在《胡绍元秀才秋日过访留酌小园》诗中所述：

细蕊催篱菊，残茎飐渚莲。时光流转急，相对且陶然。

时光如梭、如流水，诗人不禁感慨万分，但是，老朋友来访，自然留酌，陶然而乐，这是多惬意的生活啊！纵观邓建英的一生，显然受到老庄思想的影响，其鄙弃世俗、傲视权贵的行为，颇有陶渊明之风；其高雅飘洒、简静闲淡的人品格调，以及其思想中始终充溢着强烈的人生无常的悲剧意识，这都与老庄有关。

但尽管邓建英功名屡次不第，儒家的独善其身的思想仍然是其坚持理想、坚持独立人格的重要精神支柱。受儒家积极入世思想的影响，邓建英希望建功立业，有所成就，如《予与藤州苏元圃幼同笔砚，称莫逆交，今年梧郡选拔二人，予忝与元圃同焉，既而赴试桂林，元圃以诗见赠，次韵答之》：

几载监车困，今朝铁网开。匡时原共志，并驾独非才。
名较贤书重，臣从草泽来。及锋沫一试，伫尔报张雷。

（三）邓建英的诗学观[①]

从中国诗歌发展史的角度来看，最能代表清诗特征之处的，是在诗歌中普遍出现了追求诗人个性化和形式自由化的倾向。

邓建英早年曾受到格调派的影响但又与之有所区别。他在《玉照堂诗钞·自序二》开篇即提到：

古今之能诗名家者有三焉：其天资必十倍于常人，其学力又浩博而无所不尽，又有师友之渊源宗匠之指摘。然后本其性情，心志之所至；仰观俯察，极天地万物之情状；风雨晦明，鬼神之变怪而莫不可以达之。诗岂易言哉，予不幸三者无有。由是每自疑，疑己之诗不以为诗人矣，但窃自思天资不可以强求，学问不可以骤积，而宗匠之指摘庶可以人力求之。始稍稍录余所作或数十首或一二百首，质于当世之能诗者，乃但获纸覆书，其爱我之甚者，或赠序一

---

① 请参见曾赛男《邓建英〈玉照堂诗钞〉校注》，硕士学位论文，广西大学，2002 年。

篇，皆侈为誉扬赞美而已矣，求示以风雅之正轨定一，定之推敲无
有也。

在邓建英的心目中，天资和学问（即才）最重要，然"天资不可
以强求，学问不可以骤积"，换一句话来说，天资和学问乃天性，非人
力所能及。从这一点来考虑，学诗者通常可走的道路，毕竟除了在趣、
法、气、格、学这些人力所能及的范围内进行努力外，别无他途。而
"趣"与"气"亦多有赖于天赋，所以，靠人力可获得的只有"法"
"格"和"学"。所以在这一点上，邓建英的"能诗名家者有三焉"的
思想和沈德潜格调说有点相通之处。只不过邓建英在诗歌具体创作中，
则企图沿格调派而与神韵派合流。滁州张葆珙在《玉照堂诗钞·跋语》
中曾对邓建英的诗歌有过如下评价：

> 乃叹先生之取精多而言之博通也。尝谓诗本性情，当其理感兴
> 生天机，不能自己，古人于我何有哉？然非于古人，观其会通，尽
> 其变化，而未能从心不踰。今先生上自骚雅，下逮唐宋，靡不有所
> 得力，以故合同而化，不名一家。其有迹相者，如五色成章、八音
> 成乐；无迹相者，如盐之着水、香之在风。玩其气味、格律、兴
> 趣、神韵，盖集众妙而自成，先生之诗有如此者。每见论诗者举一
> 废百，如拣金者不知有玉，采玉者不知有珠，又安见萃之为饰者之
> 相鲜而辉映也哉！读先生诗，乃喜平生持论之非谬，惟既见西施自
> 憎其丑，珙之稿几欲急焚之矣。

邓建英的诗歌创作，虽然与王士禛的神韵诗作和袁枚的性灵诗作风
格有所不同，但他们诗学主张的基本点颇为接近，这主要表现在以下三
个方面：
第一，在内容的选择方面。邓建英所处诗坛乃"神韵以告退，性
灵方望尘"① 的时代，且格调说也逐渐淡出文坛，所以诗人一变格调而
专主性灵。因而邓建英诗歌颇重视抒心灵、发感情这一美学特征。诗以

---

① 陈琰：《艺苑丛话》，引居梅生《题而樵集》。

道情志是明清诗人一以贯之的诗歌观念，表现人的性情、真情是明清诗创作的主潮。用清代蜀中诗人张问陶的话来说，"天籁自鸣天足趣，好诗不过近人情"。尽管邓建英在伦理道德方面"最菲薄随园"，但其诗学观点却与袁枚的性灵说精神不谋而合。如《偶题张竹轩刺史绍德斋承款留剧饮既归，书院倾倒而出，醒后赋诗二首》：

　　　　琴罢初闻燕寝香，十口口雨送新凉。花边读画人重到，床上摊书日正长。讲学喜逢韩吏部，怜才惭及孟襄阳。醇醪屡饮心先醉，更拟中庭看月光。

　　　　横斜玉尘羽觞飞，井辖深投自落晖。礼法肯从吾辈没，风流真与俗情违。共呫量怯三蕉叶，自笑痕留老衲衣。惟有一般夸众口，今宵未污锦茵归。

　　"讲学喜逢韩吏部，怜才惭及孟襄阳"，邓建英推崇韩愈、孟浩然，故有此两句。他标举真与新，真指真性情，故云"礼法肯从吾辈设，风流真与俗情违"。这与袁枚崇尚真性情而批评王士禛"主修饰，不主性情"而见其"喜怒哀乐之不真"同出一辙。新指创新，邓建英自称"何时真到个中来，新诗题遍孙宏阁"（《纪梦》），这与袁枚有关性灵说的观点并无二致，正如他在《赠霍兰畹秀才二首》中所说的那样：

　　　　不到藤州十五年，几回回首几凄然。凋零老凤兼雏凤，缥缈苏仙更谪仙。七尺皮囊怜我在，一门衣钵赖君贤。小池昨夜清残暑，灯火何由共简编。

　　　　却于何处豁双眸，风雅寻源最上头。直到性灵书卷化，自教笔落鬼神愁。澄潭花鸟都留影，名士心情半似秋。珍重文章千古事，浣花溪水蜀江流。

　　"风雅寻源最上头"说的是要在《诗经》上寻找根源，"直到性灵书卷化，自教笔落鬼神愁"二句，尽管说"性灵"是"书卷化"，但毕竟提到了"性灵","珍重文章千古事",邓建英的诗歌创作,正是在上述诗歌美学观点指导下的实践结果。

第二,在诗歌的语言结构方面。从王士禛到袁枚都主张要化繁为简,趋向通俗易懂,反对在诗中卖弄学问,故作高深难解之语。袁枚的不少诗作,看似脱口而山,不加修饰,细品却颇有新意妙趣。从当时的诗坛情况看,这不仅是袁枚个人的主张,而且通过性灵派诗人们的创作实践,已形成了一种普遍的风气。清中叶诗歌创作所形成的特点,代表着诗歌发展的新趋势,是对古典诗歌的一种解放。这种新诗风,对清末的"诗界革命"乃至新体白话诗的产生,都起过良好的作用。

性灵说虽然强凋要有真性情,要写得明白易懂,但并不否认写诗需要学问知识,写好诗需要博采众长,提高修养。然而最关键的地方,就是努力创造出自己的个性风格,传递出真实性情。具体的途径就是多采用平淡的语言和通顺的结构,在平淡中显真性情,在平淡中传妙旨趣。达到众人领悟,雅俗共赏。同样,邓建英实际上也是以大量的创作来实践这一文艺观的,如《家园梅花四首》:

南枝欲谢北枝忙,小树亭亭亦共芳。移植几时根干瘦,忽开数朵屋檐香。霜欺洁白终难保,我爱孤高莫自伤。独鹤归来天正晚,依依相伴竹篱旁。

共说神仙萼绿华,托身多在野人家。偷回春意几朝雪,招出吟魂无数花。晴日一蜂枝转静,夜窗片月影初斜。襄阳若肯同樽酒,不典貂裘亦可赊。

今日谁为宋广平,心肠铁石转多情。曾调淡墨原难画,偶赋新词已写生。护惜自将香茗灌,幽寻时绕曲阑行。几回和雪频频咽,半月怜余梦亦清。

雅淡天然总化工,笑谁剪彩斗凡红。能摹瘦影惟清沼,最得高情是晓风。桃李芳菲终晚出,松篁节操正时同。和羹他日何须问,已具空山霜雪中。

　　诗歌所吟咏的虽是家中花园的梅花，但也提到吟诗作画之事，"曾调淡墨原难画，偶赋新词已写生"，也提到孟浩然，特别是"雅淡天然总化工，笑谁剪彩斗凡红"二句，与袁枚的"精深"和"平淡"竟是如出一辙！看来，邓建英对此深有体会。[①]

　　第三，在对待诗歌传统的态度方面。既师古但又不泥古。袁枚在这方面比王士禛更进一步，明确提出"诗有工拙，而无古今"的观点。他认为从《诗经》开始，每个朝代的诗歌都既有精华，也有糟粕。因此，后代诗人不必迷信古人，而应该创造出自己独特的诗歌。其关键是善于活学，巧出自己的真性情。《随园诗话》卷二中说：

　　　　后之人未有不学古人而能为诗者也，然而，善学者，得鱼忘筌；不善学者，刻舟求剑。

　　袁枚如此说诗，也如此写诗。从袁枚的诗作中，显示出充分的自由个性和活泼气息，从中可以看出一种时代的新精神。受性灵派影响的邓建英当然也不反对学习古人，所谓"却于何处豁双眸，风雅寻源最上头"（《赠霍兰畹秀才二首》），钱楷《玉照堂诗钞·序》曾评价他的诗歌：

　　　　统观之，真所谓汉魏唐宋无格不备，无美不收矣。其次者亦撷元人之精华而洗其卑靡，予之欣慰为何如哉！回忆庚申秋，方辀以桂林山石歌暨到省诸近作示余，并呈谢蕴山中丞，相与激赏再三，中丞因叹：今天下作诗者多，而真能作诗者少，不意岭外乃有此人也。惜此集蕴山中丞不及见尔。

　　张葆珧《玉照堂诗钞·跋语》也提到：

---

　　① 以上请参见曾赛男《邓建英〈玉照堂诗钞〉校注》，硕士学位论文，广西大学，2002年。

今先生上自骚雅，下逮唐宋，靡不有所得力。以故合同而化，不名一家。其有迹相者如五色成章、八音成乐；无迹相者如盐之着水、香之在风。玩其气味、格律、兴趣、神韵，盖集众妙而自成，先生之诗有如此者。

邓建英在诗歌艺术美及创作规律的追求和探索上，实际上通融唐宋，跳出了复古的藩篱。他常提及陶渊明、杜甫、韩愈、孟浩然、苏轼，可见他对陶、杜、韩、孟、苏是膺服而且以为学习楷模。在诗歌创作上，他既继承了陶渊明的自然雅淡，"无因得继陶潜兴，一朵开时一举觞"，以陶渊明之志为己志。陶渊明是历代文评家们公认的"自然"诗人，思想上崇尚自然，诗歌中体现出自然美；邓建英也吸收了韩愈的苦吟力避陈俗的精神。邓在写诗过程中也讲究苦心经营，周系英《玉照堂诗钞·题词》赞誉他：

叫嚣学李杜，鄙俗拟乐天。古人真意不得出，眼底纷纷殊可怜。作诗有如麴酿酒，读诗还似酒入口。酒中精液苟无存，啜醨哺醋亦何有。邓君风雅静者流，耽吟字字穷雕锼。袖携一编出相示，使我豁达开双眸。知君作诗窥诗旨，明丽深醇孰与比。佳句风翻瑶圃花，清才练净澄江水。迩来贫病苦相贯，世人那识诗人心。一官匏系亦偶尔，千篇在箧复长吟。殷勤索序相推奉，纸上长言意飞动。君诗自足吐光芒，我序何能为轻重。下笔如君信有神，别裁伪体辟迷津。名山石室定千古，肯向天涯索解人。

"邓君风雅静者流，耽吟字字穷雕锼""知君作诗窥诗旨，明丽深醇孰与比。佳句风翻瑶圃花，清才练净澄江水"等句，显然是对邓建英苦吟力学的赞誉。

邓建英向苏轼学习平淡中生新，描写穷形尽相的特点，在《宿张孝廉静修藏书阁，读东坡诗集，赋此一篇，邀孝廉同作》诗中极力推崇苏轼：

公才固雄鸷，神妙出取譬。触手炫光怪，拂素波涛起。

有如夏云奇，变幻倏千里。又如韩信兵，愈险愈可恃。

邓建英晚年的诗歌又充满了杜甫那种深厚忧愤、悲天悯人的情感。在此基础上，诗人运用自己的才情、气质和功力进行了艰苦的开拓，终于创造出自己独特的风格，因此，吉水欧阳新于《幼学斋诗文稿序》中赞叹邓建英曰：

> 最后得邓子望卿，亭亭玉立，下笔千言，验其所学，真不汩没于流俗者，而年有最少，不胜惊异。既复以诗、古文词受知于学士春甫，王公夸为岭南奇才。……若夫望卿之诗文得力于唐宋大家，而仍自有其性情面目，则见者当自赏之，无俟吾言矣。①

钱楷在《存余初稿序》中称道邓建英之诗歌：

> 今春梧州试竣，孝廉邓君方轫袖诗一卷示余，大率根柢韩苏，无饾饤习气。……嗟呼！自俗学之流失，故纸败簏，钻研半生，谓制艺为出身之阶，视声律不足重，甚或谓声律足妨制艺，鄙夷而不屑为。其高明者，稍肆力于甲赋律诗以弋取科名。语以汉魏六朝唐宋之流派，有低首矫舌已耳。况岭西僻处边徼，家鲜藏书，吴怪操觚十年，犹不识"天子圣哲"之对也。君有志勤学，今方计谐京师，上金门步玉堂，读蓬莱东观之藏，日增其雄伟郁律之气，且与辇下之宗工学士观摩角逐，求为传世，抑又何难。余故于君之行也，志数语于卷首归之，是为序。②

诗人的文艺思想虽有杂糅的情况，但在乾嘉诗坛流派之争的格局之中，邓建英倾向性灵派袁枚一端是显而易见的。正因为他既推崇古人，讲究经世致用，又重视创作主体的性灵和情趣，这就使他形成一种因中

---

① 录自左桂舟刻本《玉照堂诗钞》。
② 同上。

有革、同中有异的艺术风格。[①]

因此，黄华表对邓建英诗歌的评价，大抵还是对的：

> 方轫诗，盖由专主格调，初变而主性灵，第亦异乎随园之粗鄙淫靡，为得诗派之正。当是时，李少鹤方以张贾诗号召于桂柳间，韦庐、小岑，从而和之，方轫虽未亲见少鹤，窃自喜其说之相同。[②]

（四）　邓建英诗歌的内容[③]

邓建英坎坷的人生遭际，"身行万里半天下"的丰富经历，使他在广西同时代同地域的诗歌创作中取得了比较大的成就。邓诗现存七百多首，它既是诗人雅淡人格的写真，也是乾嘉时期广西社会面貌的一面镜子。诗人以始终不衰的真诚和热情，从各个角度艺术地再现了他生活的变故和感情的变化。按其题材和内容，大致可分为山水田园诗、民生疾苦诗、赠友怀人诗、咏物怀古诗、题书论画诗、地方风俗诗等。其中最重要的是前三类，下面将分别论述。

1. 山水田园诗

身处乾嘉之际的邓建英，在其饱经忧患、覃思深虑的一生中，对大自然倾注了无限炽情。每有闲暇，辄登临佳胜，饱览风光，兴会神到，率尔成篇。他走南闯北，阅历丰富，因得江山相助的优势，其山水田园诗自然更多。他一生足迹遍及桂林、广东、湖南、湖北、江西、安徽、河南、河北、山西、京城等地。因此所写对象不少是名山胜景，诗人曾望桂林奇山、登西岳华山、攀岳阳楼、游陶然亭……于是神思飞越，驰骋笔墨，生动传神地描绘出不同名山胜水各自的鲜明特征。如《君山歌》就是一首代表作：

---

① 以上请参见曾赛男《邓建英〈玉照堂诗钞〉校注》，硕士学位论文，广西大学，2002年。

② 黄华表：《广西文献概述》，《建设研究》1931年第四卷第五期。

③ 请参见曾赛男《邓建英〈玉照堂诗钞〉校注》，硕士学位论文，广西大学，2002年。

　　君山自是天下奇，屹立数百万顷明琉璃。蔚然乔木发深秀，飞尘不到天风吹。上有轩辕之高台，下有凌虚之别殿。十二峰头暮雨寒，风裳雾佩空中见。钧天广乐在何处，洪涛澎湃音来去。江豚不动蚌珠浮，一碧湘纹秋欲曙。安得登层兮寄余家，田可耕兮水足鱼虾。琢方竹以为杖兮，摘云母之春芽。湖光潋滟兮，对洞庭之夜月。日色曈曨兮，餐岳阳之晓霞。朗吟飞过，吕仙来兮驾云车。酌山中之香酒兮，终吾生而何涯。

君山，即湘山，在洞庭湖。此诗作于邓建英第一次北上会试时，正值诗人风华正茂之际，诗人给君山涂抹上神奇的色彩，灌注以飘逸的气势，反映了诗人追慕美好和自由的性灵，饱含着浓厚的浪漫色彩。

　　邓建英的山水诗，不仅表现为写名山胜景，而且也表现无名山水，僻地小景，且多为小诗。这类诗在邓建英山水诗中占有大半。诗人家居闲游时、异乡旅途中，极力搜寻前辈先贤所未留意、未及吟咏的景点，显示其新意和才华。如《南乡晓发》：

　　　　残梦忽惊叫，一径入溪晓。何处远钟声，穿林响未了。
　　　　宿云满山腹，红日射烟蓧。新苗绿无际，拍拍飞白鸟。

横州（今横县）南乡是一个非常热闹的村镇，在清代，此地是一个商贾来往之地，也是横州往南宁舟船必经之地。诗人清晨被远处的钟声惊醒了残梦，暗示了清晨的幽静，以及淡淡的寂寞，但借"红日""新苗""白鸟"这些色彩鲜明的景物反衬，就点出了山水以及农村田园的活力，流露出乡野情趣，刻画了一幅优美的南国晨图。

　　诗人往返横县和苍梧时，途中的所见所闻触发了他的灵感，于是借助小诗传达了富有地域特征的风景与内心独特的审美感受。如《江郊》：

　　　　云放远山晴，江郊踏晓行。穿篱花自斗，见水鸭如争。
　　　　诱客青帘远，寻诗蜡屐轻。最怜牛背笛，断续两三声。

邓建英山水诗主体意识很强，他的名山胜景多以想象丰富、生机勃勃取胜，而表现无名山水则善于用白描手法，表现出自然意象的风趣可人。

邓建英前期生活在"乾隆盛世"，没有出仕，也没有经历过重大的社会变故和卷入过激烈的政治斗争，故对社会缺乏深广的认识。因此其山水田园诗所表现的往往是村居生活的闲情逸致和游赏山水时的情志襟怀。如他较著名的田园诗《刘公渡》：

> 卧闻鸡犬声，停帆试流目。轻烟散红日，忽见数茅屋。
> 奇峰插清江，喷空出飞瀑。巉岩无寸土，倒挂千岁木。
> 其东环层峦，险怪斗百族。平生负胜情，异景纷相触。
> 无端风吹云，弥漫满山谷。老弱出篱巷，临流坐濯足。
> 笭箵挂船头，抛丝入深绿。得鱼长啸去，余香绕林麓。

邓建英山水诗的题材大多是青山白云、鸣禽芳草、惠风流水，人物也多是幽人隐士、野老牧童、樵夫浣女之类闲散、淳朴的人，因此，其诗中往往表现出一种回归自然、向往闲适退隐的思想。在《许州道中题杜氏屋壁次元圃明经韵》中，诗人就自称是王维：

> 马首冲尘出晓烟，积阴未散养花天。连空鸭绿风抽麦，夹道鹅黄柳拂鞭。几处酒旗红杏里，谁家阑槛碧溪边。前身我是王摩诘，试醮霜毫写辋川。

2. 民生疾苦诗

邓建英身处清朝由盛转衰的历史时期，又接近社会底层穷苦百姓，洞悉统治阶级的腐败，因此诗集中不乏盛世哀音，以抒发他的情怀，记载他的思想。他虽身在乡野，并未脱离现实，即使在山水景物诗中亦流露出忧国忧民的情怀，如《野菊》：

> 乾坤生物原有衬，今年盛夏方知春。郁之既久发益疾，奇葩野卉争鲜新。小朵移栽近书阁，卷帘一见欣然乐。忆昨农田播种时，

云霓望切徒焦思。旱魃为灾已半载,高苗枯草何由滋。一朝圣德回
天意,十日甘霖滂沛至。嘉禾美种勃然兴,众植闲花亦姿媚。数枝
宁足移我情,中有康衢击壤声。何必东篱绝真品,但期四野同敷
荣。近闻行潦溢沟浍,良苗渐为鱼虾得。旱既关心雨亦忧,对此能
无三叹息。

诗人并未因菊香宜人而陶醉,却联想到气候反常,为"旱魃为灾已半
载"而忧,又为"近闻行潦溢沟浍,良苗渐为鱼虾得"而叹息,诗人
咏物之间有更深刻的忧患意识。

　　邓建英诗歌除了以山水诗见长外,也间有咏叹自己的贫寒身世,
同情劳动人民苦难的诗歌。他出身贫寒,天灾人祸不断,即使是所谓
"乾嘉盛世",也存在封建痼疾,隐患甚重。诗人以敏锐的感受力,
从耳闻目睹的现实中明白了自己的可悲命运,亲验了广大人民的苦难
生活,把触目皆是的内容形诸歌咏,犀利地反映出当时社会的某些重
要方面。在《道中病起示仆》中,作者道出了他贫病的苦涩与生存
的艰辛:

　　　　病魔无远近,万里亦随人。骨肉谁曾是,形骸独汝亲。
　　　　含愁知至性,强食见天真。欲答非他物,浮踪各有身。

悲凉中透露出诗人鲜明的个性,不与世俗同流合污的精神品质。《李秀
才送折枝牡丹多而且艳戏谢》表现远离尘嚣的宁静心情,对浮名功利
等均不屑一顾,宁愿永葆自己人格的清白和精神的自由。

　　　　一病负春光,花枝梦里香。有情怜李白,何处得姚黄。
　　　　蜂蝶犹相逐,宾朋几许忙。俨然成富贵,不似旧书床。

　　此外,诗人即使处在逆境中,也透露出自己的达观,如《山都将
寻过夏之地,茆南湖乔梓、高孝廉明理、王孝廉宗槐皆有诗送行,病中
未能遍答,率赋一首留别》:

从来不作皱眉汉，今日宁如失马翁。但使有情还感叹，那堪同病各西东。骊歌冷咽卢沟月，鞭影愁摇雪浪风。莫更关心频问讯，秋来何处不飞蓬。

邓建英的一生基本上与广大劳动人民保持着联系，与他们很接近，因此劳动者的痛苦与艰辛特别能唤起诗人的关注与同情，他把这种悲天悯人的情感写入诗歌之中，也反映了劳动人民的悲惨命运。在《郡城南楼观涨》中，诗人描绘了这样一幅图画：

一望茫茫动客愁，江城三面入洪流。亭台卷浪鱼龙戏，风雨漫空岭峤浮。几处桂珠喧蔀屋，千家鹅鸭闹渔舟。今朝独忆徐阳守，河上曾黄百尺楼。

如果说以上诗篇还是截取一幅幅小景来侧面展现劳动者的艰辛悲惨来反映当时社会现实的话，那么《大水》则是直接描述面朝黄土背朝天的农民在大水之年的哭诉，房屋淹没，流离失所，妇女孩子，只能呼天喊地发出绝望的哭号：

雨声忽带波涛来，苍皇平地生风雷。墙推栋折鱼龙入，琴书鸡犬安在哉？携儿负母登山去，淋漓大雨倾盆注。回首千村巨浸中，洪涛灭没无全树。燎衣且就荒庵宿，自斫生柴煎麦粥。到处孤儿寡妇声，两目瞪瞪不敢哭。水退乡邻争赴县，饿殍形容那忍见。可怜若辈果天穷，又值华堂正开宴。

"可怜若辈果天穷，又值华堂正开宴"就是"朱门酒肉臭，路有冻死骨"的翻版。邓建英是敢于揭露封建社会阴暗面的现实主义诗人，是体恤人民疾苦、抨击清王朝黑暗统治的人民歌手。特别是入晋后，作家现实主义的创作倾向有了进一步发展，从早年的诗歌中只有一个小小的插笔，一个淡淡的侧影，到晚年转体九十度，以侧为正，矫捷地深入下层百姓受苦受难题材的腹地，而且不仅仅是悲天悯人的注视，而是更多的感同身受，为民呐喊奔走，揭露谴责官府对人民穷凶极恶的搜刮，并且以自己锋利的笔锋去反抗斗争。倘若把他前期的诗歌比作春花流水中的百鸟齐唱，那么这个时期的诗歌，就好像漠漠旷野上的鹰隼凄鸣。

当邓建英把关切的目光投向黑暗统治下的老百姓之后，带来了一项重大的艺术突破，不仅题材扩大了，而且创作出一批较为深刻的社会悲剧诗歌。他早年的诗歌也有悲哀，但这种悲哀是狭窄的、柔弱的，往往消融在纵情于山水的安慰中；而在《晋中吟草》的悲哀则是浩大的、深沉的，悲中有愤，令人感到一种已经达到自燃点的社会阶级矛盾的热度。这是作家题材扩展后艺术观深刻变化的结果。如《偶题》：

> 敢以微官拂上官，檄文严重雪霜寒。排云无计号闾阎，深夜挑灯忍泪看。村村榆柳尽无皮，日日穷黎盼拯饥。莫向长官重泣诉，长官癙痻亦深知。

邓建英为江西榆社县令，当时县中偏偏遭遇饥荒之灾。身为父母官的邓建英亲见灾荒中百姓的苦难，忧心如焚，因此多次上书详细备述人民的疾苦。善良的诗人想用自己满腔热泪来感动长官体恤灾情，请求官府借粜以拯救水深火热的百姓，但遭到上级长官屡次驳斥和拒绝，反而逼迫邓建英催促百姓立刻交租提粮。这对于老百姓来说无异于雪上加霜。诗人于无可奈何之下，只能在诗中对上级官吏不顾人民死活、横征暴敛的行为表示了极大的愤慨。

邓建英一向关心人民，为群众的苦难呼号，希望能引起当局的重视。诗人的社会责任感十分强烈，他为百姓的疾苦而苦心焦虑，长夜难眠，联想到自己不能为百姓出力，空有满腹经纶，徒然奏上许多要则，一腔热血无处可诉，只能提笔写下凄切的诗章。

受人们瞩目的是他的《穷黎叹》和《盘仓谣》，是邓建英诗集民生疾苦诗的压卷之作。他的古体诗《穷黎叹》形象地描绘：

> 尔家仅四口，尔苦如一牛。荷锄耕瘠土，日期麦有秋。麦秋亦已至，麦穗亦已死。何物充尔肠？树皮杂糠秕。树皮糠秕今又无，向人终日空号呼！归来眼泪对妻孥，欲言不言立庭除。忽袖长绳悬屋角，生饥不若死饥乐。吁嗟乎！生饥不若死饥乐。尔妻孥欲谁

托？唯有使君自惭作。

这是一首痛悼农民受饥自杀的哀诗。诗人在诗前曾写有几句短序，简略地说明了原委："邑有宁姓者，以岁歉不得食至于投环，乡里报验，惨然伤之！"事情发生在诗人的家乡苍梧县夏郢乡。诗歌写得很清楚，这个姓宁的农民是因为秋旱的歉收，无粮充饥只好吃树皮、糠秕，到了树皮、糠秕都吃光后而无物充饥时才悬梁自尽。在天灾人祸的封建旧社会，因生活无着而饿死、自杀的农民并不是个别的。在如此残酷的现实面前，有多少骚人墨客能正视现实而不感动于心？更有多少诗人文士能不挥毫直书放声咏叹？"粤西奇士"，虽然是邓建英年轻时费振勋对其才华横溢的美言。但在我们今人看来，在所谓太平盛世的乾、嘉朝代，不少人恭维赞颂唯恐不及，又有多少人能够对民瘼耿耿于怀而赋之痛悯呢？唯有邓建英这样的诗人，才有这样的胆识和卓见。这便是我们今天对"粤西奇士"雅称所赋予的新内涵。再读他的《盘仓谣》：

> 常平仓，法最古。农民两无伤，丰歉皆有补。榆社虽小邑，列仓亦十五。尔家八九年，典守若无主。仓仓任倾颓，处处经风雨。再为揭民力，簸扬亦旁午。相看泪尽流，强者色且怒。可怜丰年谷、饥年民，俱化作山头仓下土。

这一首诗作于官山西榆社县令时。邓建英一本关心群众疾苦的初衷，对当时山西省榆社县（今武乡县）常平仓管理人员严重失职，以至于盘仓所造成的严重恶果进行了深刻的揭露，诗歌读来情文俱胜，扣人心弦。常平仓是汉宣帝时，耿寿昌倡议于边郡所筑的粮仓，谷贱时增价而籴，贵时减价而粜，是一项"农民两无伤，丰歉皆有补"的好事，以后历代均有仿效。但因"典守若无主"，以致造成巨大损失，使"丰年谷，饥年民，俱化作山头仓下土"。诗人的笔力是刚健的，开掘的主题是深刻的。

邓建英对贪官污吏的无比愤怒、无情揭露，来源于他对人民的无比热爱。这正是他民本思想的体现。他把自己从休闲感伤转向现实主义，把关心人民苦难和揭露社会黑暗作为他发展现实主义创作的丰富的生活

矿藏。邓建英在晋中生活的十年间，正如《苍梧县志》所记载"公余
耽吟所咏皆闾阎疾苦"那样，是以描写人民的痛苦生活和揭露贪官污
吏的罪恶为主的。创作方法的转变，是时代对作家的考验，并且转变是
在自觉的状态中实现的。邓建英歌以这种转变，换来了生机，换来了成
熟。非常遗憾，诗人在晋中的诗歌集《晋中吟草》，今诗不复见存，只
能从其他的选本中略辑出数十首。相信以诗人的阅历和洞察力，应该还
有更多这样现实主义的作品。①

　　3. 赠友怀人诗

　　邓建英交游甚广，常以诗会友，结识了不少文人学士，故作品中有
相当数量的酬和诗、送行诗、寄赠诗、怀念诗、哀悼诗。这些诗写得最
富有人情味，表现出自然真挚的友情。诗人对所写的每位送别的友人都
很了解，彼此深深相知，温馨的友情，难忘的往事，能抓住关键之处，
突出各人的特点，把惜别之情写得淋漓尽致。如《仆以七古一赠王云
眠，答诗有"问君何处风光好"之句，因再次前韵送之》，写送别挚友
王云眠时，对友人的耿直与奇才，分别时的痛切，写得声情并茂，读罢
令人潸然泪下，诗歌荡气回肠，感人至深。

　　邓建英赠别诗，有些还同时融进诗人真诚的祝福和殷切的期望。
《同钱秋浦至南雄始别再次前韵送之》：

　　　　问君何事去匆匆，马首明朝便欲东。遍把山川归篋里，尽将歌
　　笑入樽中。关当庾岭知交远，路近匡庐眼界空。从此豪情应不浅，
　　平山堂畔醉春风。萧萧寒气满河梁，惜别依依夜话长。感慨漫吟黄
　　叶句，縶维空赋白驹章。即看膝上横文若，好向樽前对孟光。莫更
　　侯门弹剑铗，江南原是稻鱼乡。

　　诗人与友人推心置腹，抚今追昔，感叹分合无常；同时向友人表白
心迹，人生易老情难老。《午日寄南海左桂舟》：

───────────

　　① 以上请参见曾赛男《邓建英〈玉照堂诗钞〉校注》，硕士学位论文，广西大学，2002
年。

去年菖蒲香，君放横槎渡。今年菖蒲香，君向羊城住。人生离合总难知，万事徒留去复思。惟有白莲千万柄，依然笑面向龙池。今年花较去年好，今年人比去年老。人老何因更少年，千里襟怀须共保。

朋友亡故了，诗人不胜哀悼，回忆亡友昔日的风采，面对孤坟上的青草，记忆的闸门一下开了，往事如烟，幕幕重现。《江上怀元圃孝廉》：

昔与苏元圃，频年此往来。相亲同骨肉，投契放形骸。
流水长如此，斯人安在哉。生憎江上笛，思旧有馀哀。

诗人行色匆匆又漂泊无定。倦游之感，思乡怀亲之情常常倾注于诗中。如《和张亥白南雄舟中杂感次韵》：

落日微风卷白波，青山无数奈君何。怕看毒雾鸢沉水，喜遇危滩马下坡。子寿北归梅树少，昌黎南去鹧鸪多。不堪旅思兼怀古，慷慨聊为击楫歌。

鸡骨朝来强自支，篷窗坐对卸帆时。溪边钓客临流静，雨里炊烟出树迟。行迹未应桃梗笑，心情惟有塞鸿知。白云千古南山色，惭愧当年感遇诗。

萧萧江树染新霜，曲曲江流系闷长。十尺蒲帆寒雨暗，数声渔笛暮葭苍。愁多鲁酒斟难满，家远吴棉冷未装。记取今宵游子意，题诗付与竹枝娘。

诗人从广东返回家乡的途中，遥想旅程艰难，感伤自己疾病缠身，慨叹一生漂泊碌碌无为，一种极端失意时深入骨髓的怀乡之情油然而生，满篇满纸都浸润着诗人的哀愁和荒凉。

邓建英的自况诗写得很凄苦，在凄苦之余更多地在诗中集中、突出表现了对家中爱妻稚子无限思念的真挚感情，以解自己的思乡之苦。他非常疼爱自己的孩子，也经常循循教导他们，作为一个慈父的形象溢于言表。《月下独坐有怀幼女》：

> 弱岁学烧香，清宵逐母旁。遥知逢月好，应自问他乡。
> 忆我书先熟，怜伊夜转长。萧条双膝下，何日倚雏凰。

对于妻子，他一往情深。诗人辞家远游，妻子则挑起家庭重担，抚育儿女。在邓建英的笔下我们可以看到她吃苦耐劳、温柔贤惠的身影。《寄内》：

> 别时汝病未全瘳，对面相看尚百忧。今日孤帆欲千里，有情那忍不回头。痴儿稚女总堪怜，爱惜还应课简篇。记否浮筠堂畔月，倚阑曾共话缠绵。

从诗中，我们不仅感到邓妻的贤淑善良、聪敏体贴，也能感到诗人对妻子的挂念和柔肠百结。诗人对于妻子这种平等、尊重的态度在封建社会也是极为难得的。

除了对友人的关注和亲人的思念，诗人在自己遭遇水灾的同时，还对邻人的不幸表示同情关切，"比邻犹露处，相对忍含杯"（《山斋为大水漂没，今年始于废址勉营一堂》）。当然，在诗人笔下，邻人善良淳朴，他们对久别回乡的诗人十分热情关切。《至山村》：

> 万竹林中一径斜，紫薇开遍隔墙花。门惊乍入奴先喜，邻为初归酒易赊。捡架蠹鱼迎壁虎，据床野马度窗纱。主人却笑终如一，各诉离情对月华。

这些邻居在自己生活都十分艰难的情况下，还带着薄酒来慰问诗人，这种深厚的情谊使诗人更加感激。

总之，邓建英这些表现朋友、夫妻、父女等人间真情的诗，充分揭示了他内心极为丰富的思想感情，使我们感受到他作为一个有血有肉的普通人的内心世界。①

4. 咏怀、咏史、咏物诗

邓建英的诗歌除了上述三个方面的主要内容之外，还有一些咏怀、咏史、题画、咏物之类的作品。在他手中，无论什么事都可成为入诗的题材。邓建英敬仰前贤先哲，常在诗中赞颂他们。如《过岐岭谒韩文公祠》：

> 日月鸿文在，风霜古道长。人思驱毒鳄，天遣到穷荒。
> 鞭影停金勒，榕阴覆画廊。徘徊无限意，山色自苍苍。

公元819年，韩愈被贬潮洲刺史。到任后问民间疾苦，听说有鳄鱼为患，命属官以一羊一猪投到鳄鱼出没的恶溪水中以驱鳄鱼，并作了《祭鳄鱼文》。邓建英钦佩韩愈的才华，为其关怀民情的精神所感动，故飘游至岐岭时，作了这样一首咏史诗，赞扬韩愈的才气、功绩："日月鸿文在""人思驱毒鳄"。诗末，诗人感怀无限，暗喻如今已没有像韩愈那样积极入世、才华横溢的人才了。诗人吊古伤今，把咏史和咏怀水乳交融地结合起来。

邓建英的一些表面上看起来是山水诗，其实却是咏怀诗，作品里表现了他内心的矛盾苦闷。如《予偶赋〈江上月夜〉清字韵一律，诸诗客属而和者稠叠不已，感答一首，仍次前韵》：

> 曾骑瘦马凤凰城，濯笔虚夸雪碗清。霜雁叫回新旧梦，云笺寄遍长短情。事随灯灭同无影，兴似秋来各有声。都道文章憎命达，枉抛心力欲何成。

这里所表现的孤独、悲凉心境，显然与阮籍《咏怀》相接近。封建时代，士大夫都以出仕为建功立业的唯一途径。隐居，除了一些人把它当作做官的捷径外，多数人显然是出于不得已。隐居以后，他们常常会引

① 以上请参见曾赛男《邓建英〈玉照堂诗钞〉校注》，硕士学位论文，广西大学，2002年。

起一种人生价值的失落感，并同时会激起一种强烈的生命悲剧意识，邓建英正是这样，常慨叹人生易老，壮志难酬，如"惭愧好风留我住，当年空负济时才"（《晚登白鹤观题壁》），情调是极其悲怆的。读邓建英的山水诗，我们会觉得他内心平静，很达观；一读他的咏怀诗，才知道达观与平静只是一种表面的或暂时的现象，悲怆才是他的真实内心。诚然，邓建英的咏史、咏怀诗中也有豪情万丈的作品，如《登独秀峰二首》其二：

> 我闻颜光禄，本非尘埃人。胡为读书岩，乃在山之垠。
> 何如此披卷，坐卧当层云。北临孔明台，东瞻虞舜坟。
> 慨然多古意，岂仅怀五君。诗成问青天，天近天应闻。

其实，邓建英的性格本来就有刚直豪放的一面，他并不是一位消极避世的诗人。《奉寄崔云客师时参征苗幕府》歌颂朝廷军威，体现了关注神州、拯救国难的高贵情操。全诗意境雄阔，豪气昂扬。

> 大将旌旗耀百蛮，天教司马共登坛。胸中兵马军声壮，纸上雷霆贼胆寒。定有羽书通六诏，可曾金帛赐楼兰。他时大笔烦从事，《清庙》、《生民》好并刊。寰海恩深二百年，笑他螳臂逆车前。由来干羽原能格，岂有豺狼亦可怜。玉帐月明闻雅乐，红河烟敛戾飞鸢。从军正切生平志，千里何缘一执鞭。

邓建英的题诗颇多，有为图画而题、为诗集而题、为亭台而题、为寓室而题……大多是自题。这类诗歌灵巧活泼，工秀清新，别具一格。如题画诗《客扇上画梅，因题一绝》：

> 肯向人间作画家，偶然濡墨写梅花。凭君此意须参看，雪里能香止是他。

诗与画密切配合，诗情画意，浑然一体，给人留下深刻的印象。仿佛墨香扑鼻可闻，梅香渗入肺腑，意境清雅，情调温馨。

邓建英品性高洁，常作诗以象征自己的操行。因而咏物之作颇多，水仙、秋菊、苍松、翠竹等都是他爱慕吟咏的对象。如《家园梅花四首》其一：

南枝欲谢北枝忙，小树亭亭亦共芳。移植几时根干瘦，忽开数朵屋檐香。霜欺洁白终难保，我爱孤向莫自伤。独鹤归来天正晚，依依相伴竹篱傍。

诗人以梅花自喻，通过梅花的形象寄托自己的品格、抱负，抒写不苟流俗的孤傲性格。

可以说，邓建英诗歌的题材洪纤不漏、细大不捐。总观其诗歌内容是积极向上的。当然，他作为一个封建文人，也写过少量对皇帝歌功颂德以及投赠权贵的应酬无聊之作，如《中秋志异为陈昆山明府赋》、《愁霖行》等；还有他受正宗封建思想教育，宣扬"忠""贤""烈""孝"，旨在"播兰芷""照彤史"，如"事君勿贰臣之纪，致身二姓准不耻"（《欧阳节母诗为王岷轩明经作》），在一定程度上体现了一个封建知识分子其诗歌内容上的局限性。①

二 为官清廉的陈侗

陈侗，字胜万，号筼圖，藤县人，乾隆三十年举人，官东兰州学正、元氏县知县，有《黎山诗稿》。《黎山诗稿》、《广西历代文人著述目录》有存；《广西诗见录》收其诗37首，《峤西诗钞》收其诗7首，《三管英灵集》收其诗4首。

东兰，是广西河池地区的一个壮族人居住的偏僻之地，陈侗在东兰为官，自有与当地人学习民歌之便，在余暇中，便仿唐刘禹锡的《竹枝词》，创作两首富有民歌情调的《东兰州竹枝词》，并流露其关心民生疾苦之悯情：

---

① 以上请参见曾赛男《邓建英〈玉照堂诗钞〉校注》，硕士学位论文，广西大学，2002年。

其　一

东兰州前九曲河，河流曲走霸陵阿。霸陵岩洞穿山背，石乳结成玉巨罗。

其　二

会道山中产首乌，年年差遣採山隅。不知更向州民看，姑已白头蒙白须。①

芜城，位于江苏中南部，地处运河之要道，曾繁华一时，淮南之盐多会集于此。陈倜到北方的元氏县做官，曾经此地，其对如画的江南青山秀水，不禁写下《过维扬》：

芜城形势压东吴，楼阁垂杨入画图。诗赋烟花题不尽，更无人问董江都。

古称扬州为维扬，是因为《尚书·禹贡》有"淮海唯扬州"之语的缘故。陈倜路经扬州，看到的是芜城地理位置的重要性，更看到的是这一带的美丽风光，在大饱眼福之余，竟没有人过问起历史上赫赫有名的经学家董仲舒（按：董仲舒曾任江都相），这里面多少也透露出一些道家讯息和怀古伤今之感伤。

陈倜的诗作，风格亦多变，其《田妇行》，明显是仿乐府诗而作。

皎皎出云月，莹莹出水珠。冉冉田间妇，肃肃路中趋。
衣无绮罗色，颜无脂粉污。言念夫婿耕，远在前山隅。
山隅缘以曲，行间多露濡。不辞多露濡，同君返庭除。
君今日已病，斗酒良已储。耕夫为妇言，耕织各有需。
耕事戒卤莽，机杼今何如？妇前再致辞，君言洵不诬。
妾织始下机，一匹颇有余。为君制寒衣，其余续妾裙。
君暖妾心安，君寒妾心愈。君是江中水，妾是水中鱼。

---

①　诗人自注："蛮语谓我为'姑'，尔为'蒙'"。

　　　　江水有西流，江鱼不陆居。

诗中有借鉴《古诗十九首》的痕迹，如"机杼"一词，使人联想起
《迢迢牵牛星》的用语。"古诗十九首"通过思妇怨别、游子怀乡的描
写，流露出对人生易逝、节序如流的感伤，带有极浓的个人感受，钟嵘
的《诗品》有"一字千金"之惊叹。陈俨的诗，却看不到思妇、游子
的忧伤，看到的仅是夫妇间的相互关心的叮咛，以及忠贞不贰的恩爱。

　　文献上说陈俨与苍梧邓建英唱和之事，[①] 但今查邓建英的《玉照堂
诗钞》，有《既与陈南村苏元圃两秀才别于江上，却寄长律四十四韵并
呈陈筠圃广文》等二首诗提到陈俨外，均不见其与陈俨的唱和诗。其
中从《哭元氏陈明府筠圃，时送其枢出郊即寄孝廉苏元圃》一诗中，
我们得知邓建英与陈俨交往颇深。同时，此诗中有"市罢民情见，乡
遥宪德深"二句，邓建英自注曰："邱太守为厚赙，始得归里。"可知，
陈俨为官清廉，死后连办丧事的钱都没有，没有邱太守的帮助，其灵枢
也回不到藤县。现录邓建英《哭元氏陈明府筠圃，时送其枢出郊即寄
孝廉苏元圃》诗如下：

　　　　事业平生志，艰难凤昔心。廿年思报效，一枕绝呻吟。
　　　　市罢民情见，乡遥宪德深。唯余游子泪，无处觅知音。

　　　　渺渺襄阳路，遥遥桂水船。亲朋同一哭，离别遂千年。
　　　　有子家能克，遗书世欲传，定应苏玉局，抚卷一潸然。

　　第一首是说陈俨的生平抱负及政绩，最后二句说明诗人与陈俨的交
情；第二首是说诗人及亲朋对陈俨的去世的伤痛及怀念，并提及陈俨的
遗作，心情很复杂。《既与陈南村苏元圃两秀才别于江上，却寄长律四
十四韵并呈陈筠圃广文》一诗提到的欧九即欧阳修、长卿即刘长卿、
北海即李邕、冬郎即韩偓、文通即江淹、子美即杜甫，多是唐人。这反

---

　　① 黄华表：《广西文献概述》，《建设研究》1931 年第四卷第五期，第 70 页中有"逮与
方钧唱和"之语。

映出邓建英的喜好以及诗学思想。

《三管英灵集》收有陈俔的一首唱和诗《次吴紫庭使君游水月阁元韵》，姑录于下：

> 名蓝积翠郁璁珑，探胜云林访远公。高阁遥分千嶂月，迥廊斜受半江风。何年法界开初地，此日禅床借四空。政有余闲秋又好，山光潭影入诗中。

三　"咀道敲诗"的钟琳

钟琳，字四雅，苍梧长行乡人，祖籍广东南海县，身历乾隆、嘉庆、道光三朝，嘉庆十二年举人，工书，以小学教乡里，乐善好施，后署马平教谕。道光辛巳举孝廉方正加六品，衔官直隶，行唐令服，为官清苦，清廉刚正。及知唐县、昌平，皆有政声。其诗简澹清新，有自己的特色。著有《咀道斋诗集》、《字学便览》。《峤西诗钞》录其诗11首，《三管英灵集》录其诗30首。

（一）钟琳之生平

嘉庆十二年（1807），钟琳考中举人，为丁卯科第37名。后任马平（今柳州）教谕，后也于灵川担任文教之官职。道光辛巳（1821）举孝廉方正，晋六品官衔，任直隶行唐（今河北行唐县）知县，为官清苦，有政声。后调任昌平（今北京昌平区）知县，卒于官。钟峻典为其叔父钟琳题跋中言："由乡荐出宰北燕，应制科孝廉方正之选，十上礼闱不第。"侄孙钟懿蓉则言："窃闻公六赴礼闱，两遭额满。"而钟琳在其诗中也隐约提到"生平徒自负英雄，六上金台一梦空"（《偶感》），"我亦昂然一丈夫，金台七上仍酸儒"（《答覃晴川秀才》）。从中可以推知，钟琳至少是七上礼闱不第，仅为举人，而与进士无缘。钟琳夙抱非凡，以修治为己任，无奈未能大舒抱负。

钟琳为人夙敦孝友，与长兄钟璠、二哥钟璵甚为和睦，对族人、乡人都极为友善。但凡利人之事，见无不为，为无不勇，颇具侠义之情。而自己却不屑与人系量长短，宽容为怀，"吃亏两字犹须记，涉世真应是宝箴"（《题乡约公所壁上》）。

钟琳一生乐善好施，慷慨重侯赢之义，在其诗《自题小照》中也说"性慷慨，耻稻谋"。平时修桥施药，常行善事。苍梧邑之学宫、考棚皆其倡请修葺，经营尽善。他还是个疾恶如仇的人，"见恶类疾如仇，人笑尔为狂汉"（《自题小照》）。当时广平墟盗贼甚为猖狂，为害百姓，给乡里造成很大的危害。钟琳请设武官，对盗贼加以严厉打击，随后盗贼之风得以平息。由于一生夙敦孝友，雅重道义，乐善好施，疾恶如仇，匡济为怀，为乡里做了不少的好事、善事，为官能清正廉洁，颇有政声，得到乡人的尊敬。光绪辛卯年（1891）冬，为表彰钟琳行合古谊，其县人梁廷栋等呈请入祀乡贤祠。①

（二）钟琳之交游

由于钟琳在清中期广西诗坛上的地位并不显赫，因此对其交游的主要人物考证一下，从中可以窥见钟琳的思想、性情、诗风之一斑。因受到生活圈子及地域的影响，他在有生之年所结交的人大致可分为两类：一是爱好诗词创作的士子；二是地方官吏。

爱好诗歌创作的士子中与钟琳交往较多的，一是他的同乡覃晴川。两人同乡，共同爱好诗歌，且都是刻苦治学之人，故交往颇多。覃晴川，名覃朝选，广西苍梧长行乡人，廪生，家境贫困却坚持治学。诗笔清新，不事雕琢，其诗被选入《三管英灵集》及《峤西诗钞》。有诗集《绿荫堂诗集》。钟琳还曾为他的诗集题过一首诗《题晴川绿荫堂诗集后》："不朽鸿篇许我评，左司淡荡右丞清。饱毫醉墨来风雨，知水仁山有性情。夜静松涛调鹤韵，秋凉槐院听琴声。自然妙句无边景，绿荫堂前万籁鸣。"

二是赵廷桢，号松涛，永宁（今桂林永福县）人。敦行孝友，常得亲观，而于兄弟尤笃友爱。积学未售。性严正，出入起居不失准绳，而教子孙尤严。凡星象堪舆诸学，靡不通晓，尤精歧黄，著有《至善斋》，待刊。凡遇病者，家贫无力延请，则自至其家医之，又代出药资。咸丰年间，永宁屡遭兵燹，野多枯骨，率子庆祥亲至野外，雇人掩骼埋骨。生平唯以济物利人放生为事。喜吟咏，家有藏稿。

与钟琳交游的地方官吏，较为有名的有：

（1）李笏庭，即李元度（1821—1887），字次青，号笏庭，别号天

---

① 以上请参见肖菊《钟琳〈咀道斋诗集〉校注》，硕士学位论文，广西大学，2007 年。

岳山樵、超园老人。湖南平江县人。道光二十三年（1843）举人。投笔从戎，入曾国藩幕府，为湘军将领，与太平军作战。官贵州布政使。著有《国朝先正事略》、《平江县志》、《天岳山馆诗存》等。

（2）余小霞，即余应松，字小霞，排行第七，清广西人。嘉庆进士，曾任广西三防塘主簿，大滩司巡检，桂州通判。梁章钜说他"以诗人沉滞粤西末僚，亦工作联语"。

（3）张埙春，字友堂，江西萍乡人，举人。嘉庆二十三年（1818）博白知县。道光间，曾任梧州知府。勤教士，恤民隐，严行保甲，盗贼敛迹。倡文昌阁于城南，再迁廉州府知府。

（4）梁葆庆，初名旦，字省吾，崇善（今崇左市）人。家贫好学，道光癸未科（1823）进士，官礼部主事。性质灵敏，学问渊博，于京都当选家，选有《墨选观止》、《墨选精锐》、《墨选纯宝三书》，批评中肯，为各省士人所钦佩。

（5）张鹏展（1760—1840），字南崧，上林县留仙村人。乾隆五十四年（1789）中进士。初入翰林院为英武殿纂修，历任云南副考官，福建道监察御史，后擢升为光禄寺少卿，太常寺少卿，随又转为太仆寺卿和太常寺卿，中间曾先后外调奉天（今辽宁）府丞兼学正、山东正考官提督学正，最后提拔为通政使司通政使。嘉庆二十五年（1820），他托病辞官回乡。在辞官的 20 年间，继续贡献余热，为家乡培养人才。先后在桂林秀峰书院、上林澄江书院和宾阳书院受聘为山长，主张内外结合，崇尚务精，言行一致，教育出不少人才，是推动广西文化教育等建设设施向前发展的进步人士。张鹏展为官忠耿刚直，不受贿赂，不惧权贵，而且清正仁惠，十分关心民瘼。他在京城治理大水时，曾救济了三万受灾群众。他的著作有《女范》、《读鉴绎义》、《离骚经注》、《宾州志》、《谷贻堂稿》、《艺音山房诗存》、《山左诗续钞》、《峤西诗钞》等。其中《峤西诗钞》是经过十年苦功，搜集整理广西文人的诗歌，加以汇编刊行的，诗集起于明而迄于清嘉庆末，诗歌作者二百数十家，诗二千多首，是广西诗歌的第一本总集。①

---

① 以上请参见肖菊《钟琳〈咀道斋诗集〉校注》，硕士学位论文，广西大学，2007 年。

（三）钟琳的诗学观

钟琳为诗甚为刻苦，其尝言"推敲真是累人事，苦磨老杜瘦沈郎"（《答岳灵见讯》）。对于古诗的各种体裁、风格都进行刻苦的学习和研究。阮籍咏怀之篇，谢灵运游山之作，太冲咏史之制，王粲从军之词，都有所探求。对于各种体裁，钟琳无不认真咀嚼，反复琢磨，希望能找到作诗之"道"，能不拘泥于古人之作，故把自己的诗集命名为《咀道斋诗集》，可见其作诗之认真与执着。①

前人对钟琳的诗学多有评价。曾担任过礼部仪制司主事的梁葆庆在其《咀道斋诗·序》中写道：

> 先生胸罗万卷，足迹几遍天下，所历山川名胜、人情世故，感于心而发为诗，缤缤纷纷蔚成巨观矣。……今春鸣雍学博，以其遗集寄属为序。余披阅再三，一则曰：古人不胜数，我言恐犯古；再则曰：前年弄句新开疆，我用我法悔嚣张；又曰：推敲真是累人事，苦摹老杜瘦沈郎。乃知先生之诗，其刻苦命意若此也。

道光二十四年，郑仁谦（郑家黼之弟，与钟琳为同僚，曾在云南为官，生平不详。）也为钟琳的《咀道斋诗》作《序》，其中对钟琳的品行这样评价："余观其墨守沉静，举止安详定许""乐善好施，不屑与人系量长短。而于天下军国利病，民生休戚，及古今政治得失，留心采访，存之为感德，措之为大业。历任钜邑皆有声，循是而进，前程盖未可量，惜未觅""然迥忆在京时，四雅日以吏事为重"。其对钟琳的诗学评价：

> 余读四雅之诗，想见四雅之为人，亦不禁感叹欷歔。夫四雅何尝以诗名载处不道？偶尔长怀写实，中藏所曰何在？遗性而陶性，而凡生平之阅历，学力之毋若与光。世态炎凉，人情真伪，则于自题小照，尺情中一，了曲为传，出四雅青箱，未尝出而示人。

---

① 以上请参见肖菊《钟琳〈咀道斋诗集〉校注》，硕士学位论文，广西大学，2007 年。

光绪十八年，二品顶戴遇缺提奏道知梧州府事善化向万镕（向万镕，生平不详），也为钟琳的《咀道斋诗》作《序》，其《序》对钟琳的诗学这样评价：

> 一以植德利物为心，故其为诗悱恻缠绵，简澹清远。不规规音，古人面见，而纵笔所至，时出入香山韦孟间。

以上评价，从诗学方面来说，引起我们注意的是这样的几句话："感于心而发为诗""乃知先生之诗，其刻苦命意若此也""为诗悱恻缠绵，简澹清远。不规规音，古人面见，而纵笔所至，时出入香山韦孟间"。现我们试以这些评论来分析钟琳的《咀道斋诗集》，并且，在欣赏钟琳诗歌的同时，也"使读先生之诗者，感奋兴起，企慕乎先生之为人""读四雅之诗，想见四雅之为人""既读其诗，知其为人""至叔父学力之甘苦，器量之宏深，是在读诗者想见其为人焉耳""至其俯仰古今，豪情磊落之流露于诗者，固可想见其人矣"。

《咀道斋诗集》几百首诗，按其内容可大致分为山水田园诗、思亲怀友诗、酬唱题图诗、感怀诗和忧民诗。当然，许多诗的内容不是单一的，涉及各个方面，如许多风景之作常包含着作者丰富而复杂的情感，酬唱之作既有山水风景的描写，又有心胸情怀的抒发，因此在其间会出现一些交叉。这样分类只是为了叙述和研究的方便，下面就按此分类进行分别论述。

（四）钟琳诗歌的内容

1. 山水田园诗①

山水田园是中国古代诗人永不枯竭的精神源泉，是他们安身立命的心灵家园。在钟琳的诗集中，这类题材的诗歌约占四成，比重是很大的。但相对而言，山水诗又远多于田园诗。这大概与钟琳的人生经历和爱好有关。钟琳一生南北奔驰，足迹半天下，且有山水探幽之好，"或剔藓以寻碑，或磨崖而洒墨"，足迹所至，无不登山临水，发为咏歌。这就造成了他的山水诗和田园诗数量上的不平衡。

---

① 请参见肖菊《钟琳〈咀道斋诗集〉校注》，硕士学位论文，广西大学，2007 年。

钟琳的田园诗主题较为单一，一般以描写田园风光之美与风情之淳朴为主，借以寄托其清逸、淡泊情怀。如《村居杂咏·其二》："一路听莺踏曲隈，鹧鸪飞去鹤飞来。庞然野叟崖边过，云是桃源洞里回。"诗中的风光恬淡静谧，充满诗情画意。反映农事的如《水碓》："三秋香稻熟，野碓闹前津。俯仰忙何事，勤劳肯代人。伸腰春夜月，低首拜江神。只恼惊酣梦，停桡莫结邻。"《村居杂咏·其三》："摘罢蒙山顶上茶，归来带雨去锄瓜。桃花片片随流水，簇入低田衬菜花。"反映淳朴风情的，如《兴安道中》"秋色不肥香稻熟，打禾人去唱氓谣"。

钟琳的山水诗数量多。主题较为驳杂，归纳起来，略有如下数端：

首先，赞美大自然的美。钟琳性耽山水，并有尚奇探幽心理，以充满想象的笔墨范山模水，礼赞山川形胜之奇。且看《系龙洲》："三江合派一江流，何处飞来砷兀洲。云里劈开孤岛屿，波心撑住小罗浮。千年砥峙东西界，万象风涛左右收。昨夜潮生龙见角，不知何事肯勾留。"一个"劈"字，一个"撑"字，就让洪水怒涛汹涌，系龙洲中流砥峙砷兀江中之势跃然纸上。尾联又充满了想象，神龙不知缘何事，被这"系龙洲"所"系"，肯在此停留。用"不知何事"亦颇有想象的韵味。在钟琳的笔下不仅有雄奇的山川水势，也有清新之景。如《舟中》：

> 大江风色利，眼底过千峰。水抱山具活，烟消树不浓。
> 渡头三尺雪，云外一声钟。春信来何处，梅花忽漫逢。

钟琳或泛舟临水，或着屐登山，喜游名川大山、探访各地佳境，且"触景皆诗料"，写下了不少的山水诗，寄托了自己热爱祖国大好河山的感情。

其次，以自然山水结合人文景观，抒发历史感喟和人生感慨。钟琳笔下的自然山水往往结合名胜古迹、寒寺古冢等人文景观。如《子陵台》："天地茫茫阔，悠然坐钓台。烟波饷清福，谁曰钓名来。"子陵台，为东汉严子陵隐居钓鱼处。其曾与汉光武帝刘秀同游学，刘秀即位后，被召至京师洛阳，授谏议大夫，不受而退隐于富春山。钟琳在诗中寄托了对古人的追慕，对名利的淡泊，对隐居的向往。

历史上的先贤圣哲、才智英杰之寓所、陵墓、游览之处，亦是钟琳登临仪瞻之处。如《岳忠武墓》："艰难百战策奇勋，欲为山河雪耻羞。红帜远飞敌寒胆，金牌叠到士无谋。冤成三字风云暗，势已中分草木愁。瞻仰栖霞桥外冢，凄凉山色亦千秋。"表达了对英雄功业的赞美，更多的是对岳飞遭遇的同情与愤慨。钟琳一生求索，都没能考中进士，当他游览古代进士读书之处，自是不免一番感慨："藏修亭外谷嵚嵌，嘉瑞休征远俗凡。泉响淙淙春梦醒，凤鸣哕哕御书衔。江山一代思前辈，风月千秋认旧岩。峭壁至今留碣石，苔纹隐约露雕函。"（《书岩灵川县明代唐进士读书处，时有凤集》）在对先贤景仰的背后，隐约地透出诗人的幽幽无奈。

再次，借山水之美蕴涵仙禅生活之思。仕途的失意感和远离亲友的孤独感，让诗人常探胜迹访仙源以寄托欲隐之思和道机禅趣。中国古人的神仙观念由来已久，羽化登仙更是他们梦寐以求的愿望，穆天子西上昆仑、秦始皇东寻三山即为访仙求丹。汉后道教兴起，神仙观念更是深入人心，同时，寻仙的重心也由天边渺茫之地逐渐内移，三十六洞天、七十二福地乃应运而生。钟琳在诗中也表现对仙禅生活的向往，寄寓了遗世独立的超逸情怀。如《游灵山》：

> 万籁空山静，登临第几回。竹从何日植，梅是去年开。
> 飞鸟争前后，孤云自往来。偶遇杖锡客，邀我踏瑶台。

饱受尘世的纷争喧嚣与亲历宦途的复杂龌龊之后，诗人暂时离开这些场合，到人迹罕至之处让烦忧之情绪片刻休息，在探幽访仙中得到人生幸福的补偿。因此，在这些诗中所体现的诗人的心境是平和淡然的，完全于自然中获得心灵的解脱。如《碧云山》：

> 四山云合欲无天，缥缈人家住碧巅。写入襄阳图画里，捉侬同去访神仙。

2. 思亲怀友诗①

钟琳反映时政的诗较少，但是涉及私人感情领域，他的内容就表现丰富了。他是一个重情义且慷慨之人，喜欢交友共勉。他又极为看重父母恩情、手足深情，作为一个写真性情的诗人，这些内容便在他的诗集中得到相当多地表现。

父母对子女的恩情，是为人子者所永世不能忘怀的。钟琳在诗中就表现了对父母长辈养育之恩的感激和铭记。"良辰倍起高堂念，又恐高堂重念余。"（《途中端午》）常道"每逢佳节倍思亲"，诗人途中恰逢端午，不禁倍加地思念父母双亲。且想父母对于出门在外而信息难通的游子又该是如何的想念与担心。"铅椠劳人枕不眠，相如药碗悄谁怜。老亲时问加餐否，强说今年胜去年。"（《病后》）此诗虽是病后所作，有种岁月流逝、年渐老衰的哀伤之感。但我们从中亦可以感受到一种母慈子孝、关爱和睦的家庭氛围。

钟琳亦如前人，其亲情诗还很好地展示了对亲人的关爱。在他的诗中有好几首与堂弟鸣雍送别之辞。虽不乏"临歧话话上车迟"（《家鸣雍释馆话别》）的难舍之情，但更多的是对其弟的鞭策和鼓励，只要努力进取，定会得到"青眼"赏识。

故乡因为亲人的守候，才会让人常常牵挂。异乡漂泊且宦途艰难的诗人，对于故乡的思想日益强烈，慨叹当初何苦万里觅封侯，"猛雪打扉心欲碎，寒云起处思故乡。故乡无翼飞难到，故乡人依门闾望。此情此景一想起，万里封侯直寻常。"（《答岳灵见讯》）听到鹧鸪阵阵啼悲声，看到紫燕翩翩寻旧垒，想到惜无"彩凤双飞翼"，更是让人愁肠寸断！

当踏上归乡的路程，那种轻松喜悦的心情自是溢于言表。"归兴方浓客心灭，家山渐近梦先回。薰风可是多情物，今日江头来不来。"（《归兴》）看到的景色也是怡人风光，一扫前面的"猛雪"与"寒云"，尽享这多情的熏风，洒墨咏豪情！"柳外旗招酒价高，茶汤饱饮当醇醪。纵毫不减吟情壮，赚得风声入座豪。"（《归途》）归家的脚步近了，心中百端万绪，"流目归巢阵阵鸦，撩人秋绪乱于麻。乡音入耳

---

① 请参见肖菊《钟琳〈咀道斋诗集〉校注》，硕士学位论文，广西大学，2007 年。

知家近，身未还家心到家。"（同上）。

在钟琳《出门》这首诗中，集中表现了其亲情诗的内容。

> 人生至苦事，欲归无归期。人生至难事，出门将出时。
> 弱女强牵袂，似亦知别离。娇小已可念，何况慈母慈。
> 呼妻更拜兄，母老须扶持。戒严具行李，相对无言辞。
> 夫岂无言辞，欲语心转悲。母曰儿来前，客里亦三思。
> 君子慎交游，游子慎渴饥。名利伏忧患，车马多险巇。
> 心志要坚定，勿为通塞移。儿行无我念，筋力非衰颓。
> 儿行还我念，鱼雁休差池。倚闾再郑重，得归归勿迟。
> 出门始垂泪，簌簌如缠绵。

慈母的叮咛与担忧，妻儿的留恋与不舍，漂泊的艰难与思念，都在纸上笔端，让人读之亦感愁肠。

由于钟琳胸怀坦荡、对人宽厚、乐于助人，所以交友颇多。他的友情诗一般写的都是送别之情和赠答之谊。钟琳与朋友都是聚少离多，"有聚偏多散，秋光照别离"（《与杨小梧同年太史话别》），所以在他的诗中，极少看到写相聚的热闹场面，看到的尽是离别的感伤，对朋友的怀念和不能谋面的遗憾。这样的诗作还有《与明敬甫话别》、《致李可斋》、《致谭晴江》等。在一片感伤的送别之声中，唯有一首略显轻松和俏皮，即《抵清江浦为友人戏咏》："历尽山程又水程，车尘摆脱一身轻。隋堤柳絮痴情甚，绊惹征衣未放行。"

在送别诗中，钟琳除了表达依依不舍之情，还有着对为官朋友现任成绩的赞扬，为朋友感到高兴，也以此自勉。如《送张友堂靖琀郡伯》：

> 张堪为政最风流，一郡山川洗旧愁。醉我名言倾北海，劳公特礼款南州。恩深颂德翻嫌赘，官好临歧易感秋。借寇无缘行惘惘，一声鸿雁倚云楼。

《送谢芝田郡尊赴滇南观察任》、《与李仁山》、《朱西岩外翰截取大尹北行》、《贻向康甫》等都是这一类型的诗歌。

3. 酬唱题图诗①

有些诗人，像钟琳这样处于社会中下层地位的，他们受生活圈子所囿，没有机会参与重大的社会活动，于是常和一群志同道合的朋友，诗酒光景、题图赏画、互相竞摩、以酬唱为乐事，也因此写下了不少的作品。这样，酬唱诗在诗人的作品中所占的比重也是相当大的。

钟琳不但诗艺较精，对书画也有一定的造诣，因此，为人题画、作序作跋的诗作也不少。钟琳的题画诗能根据画面内容而呈现出迥异的风格。有的写得幽致萧飒，如《题邵石鲸松壑吟秋图》：

> 山深一片秋，幽淡有异致。落落洒洒客，从容写秋思。放眼奇岩大壑间，老松欲化虬龙去。掉头摆鬣鳞甲张，秋风谡谡有生气。天空四面众山苍，怪藤异卉为谁媚。诗人结庐倚云岩，别有天地趣外趣。不羡辋川居，不恋盘谷住。个中物理供啸吟，萧然松壑特其寄。

有的写得豪气纵横，如《题彭晴川明府靖海图》：

> 谁道海疆易效职，元明而后妖气炽。谁道海氛不可理，襄毅一出烽燧息。先生无乃是后身，随宦入粤忧粤民。望洋三叹无人识，大吏物色出风尘。此时澳门啸群丑，香山四面动掣肘。或云近洋击之宜，或云远洋遏之走。或云清野待其来，或云据险用自守。百夫千夫计未工，一人画策乘长风。海涛淼淼侦出没，大洋之南五岛东。舳舻衔尾爆声彻，屹立指挥奋雄杰。军中一韩贼胆寒，军中一范贼胆裂。克日歼灭奏平康，黔首歌舞携壶浆。天子闻之动颜色，墨绶铜章恩礼特。莹然一幅万里图，照见商艘通绝域。

有的写得清新淡雅，如《题团扇仙桂》：

---

① 请参见肖菊《钟琳〈咀道斋诗集〉校注》，硕士学位论文，广西大学，2007 年。

团圆纨素聚秋风，缭绕天香一握中。有客折枝凌绝顶，仙娥微
笑认英雄。

在序跋诗中，也大多能紧扣其人其作，作出较为公允的评述。如
《题余小霞参军浣香诗卷后》：

众香国里唱阳春，谱出天花种种新。爱世深情流简外，好官多
半是诗人。

钟琳是个细心周到的人，遇到朋友的喜事，定写诗以贺之，像
《庞云崖七十寿》、《冯筠轩重逢花烛》、《蒋筍岩邑侯中秋口寿辰》、
《贺竹庄嘉礼周甲》等。碰上朋友亲人的离世，钟琳也把自己的悲痛化
入诗中，像《挽润亭族兄》、《李凤岗太守葆光丙舍寿藏题句》、《挽潘
午山》等。在挽诗中，诗人不仅抒发自己的哀思，还追述死者生前的
经历或功绩，如《挽族叔母李孺人》等。

钟琳所结交的友人中，有许多是为民父母的地方官吏，在与他们的
赠答诗中，他以一介书生的耿直秉性，殷切盼望地方官们能为官一任，
造福一方。如《李霁堂同年之官闽中，诗来作答》："春风烂漫赋行车，
吾道逢时尚德舆。无物赠君还欲赠，荀庭丹凤范庭鱼。河阳花早出迎
车，潘令从容御板舆。移孝作忠君并得，何堪无术乞冰鱼。"赠答是古
代文人常见的情感交流方式，钟琳还借此表达了对他人的鼓励，如
《答家奇峰原韵其二》："莫起离乡感，劬书苦亦安。春风随处好，夜雨
入灯寒。弟子白眉异，先生青眼看。有人吟且忆，日日倚阑干。"

　4. 伤时忧民之作①

钟琳出生与乾隆后期，清朝大兴文字狱，使得很多文人都钻进故纸
堆，多不谈时政。因此，在钟琳的诗集中几乎没有明显谈时政的诗篇。
仅有一篇谈到当时广东沿海的海盗情况，还是以题图的形式出现，即
《题彭晴川明府靖海图》，前文已引有此诗。

乾嘉时期已是清王朝走下坡路的时期，经济衰退，若再遇上自然

---

① 请参见肖菊《钟琳〈咀道斋诗集〉校注》，硕士学位论文，广西大学，2007 年。

灾害，百姓的生活真是苦不堪言。作为社会中下层的士人，再加上做过一方知县，让钟琳有机会接近底层的人民大众，了解他们的生活、生产状况和内心世界，了解他们的悲欢疾苦，并反映在他的诗歌当中。如《查灾感咏》组诗，诗人通过自己查灾时的所见，写出了遭遇水灾，百姓食不果腹、鹄面鸠形、难以活命的悲惨情景。钟琳对民苦表现了极大的同情，"眼底民饥即我饥""我亦多情悯困穷"。作为地方官吏，钟琳尽自己最大的努力为百姓解决困难，赈灾救济，"灾恤何须太认真，又妨滥冒日频频"，早出晚归，了解各村的情况，"家僮说我频劳苦，试看穷黎苦若何"。还乞盼上天，不要再有灾情出现，"沧浪知否人间苦，嘱尔回头莫再来"，让百姓不再挨饿受苦！又如《舟抵富阳》：

> 一望茫茫白，人如海上行。山低波喷面，雨歇水吞声。
> 鸡犬无酣梦，鱼龙乱入城。饥鸟啼欲咽，孰听尔悲鸣。

在此诗中没有明写百姓的疾苦，而是通过"饥鸟啼欲咽"来写水灾后百姓生活的艰难，而无人关怀安抚的同情。

再看其《戏题典铺壁上》："囊钱争说可通神，怪底陶朱抗俗尘。对客漫夸生计稳，眼前常悯典衣人。"名虽为"戏题"，却饱含了对苦于生计典衣人的悲悯与同情。

5. 感怀诗

诗言志，所有的诗可以说都会包含有作者的情怀与愿望，因此都可以称为感怀之作。像以上所列的亲情之作、友朋赠答之作都可以归入这类。但我们这里所说的感怀诗主要是指以感怀为主要内容的诗篇。这类诗很多，它们所表现出的钟琳的思想情怀极为庞杂，涉及各个方面。或感叹时光飞逝，人生易老；或追忆往事，抒发人生感慨；或欲建功立业，以图不朽；或缅怀古人，讥评世俗；或怀贞烈女子；或记生活情趣。可以说，人生百端万绪均可在这些诗中看到。

在钟琳的感怀诗中有着他对于人生和处世的见解。《题乡约公所壁上》："臧否何劳讯六壬，一生受用在平心。吃亏两字犹须记，涉世真应是宝箴。"这些话道出了钟琳为人之道，"吃亏"又何妨呢。钟琳还常从生活小事中悟出人生的道理。如《舟行欲图捷径，误入小河，适中途水涸，蓄水度之》：

> 不掉洪湖掉小河，鹧鸪隔岸唤哥哥。篙师未悟钩辀语，双橹横眠一线波。商量蓄水引舟过，孤负江头好孟婆。境到难艰休懊恼，人生得意事无多。欲进无由退更难，千篙无用起长叹。从知贪巧翻成拙，却被沙鸥带笑看。

此诗写的是欲走捷径，反而耽误行程的小事，从而感悟到"贪巧翻成拙""境到难艰休懊恼，人生得意事无多"的生活真谛。

钟琳还常常记下生活中的诸多情趣。有的是逢年过节的热闹，如《清明》："朝迎新火试新泉，漫与人争白打钱。树外鸟窥炊柏饭，陇头云乱煮锡烟。南歌北哭三义路，绿饱红酣二月天。廿四番风谁领略，斗鸡道上赛秋千。"《端午寓扬州》："蒲人结佩又相逢，多少舟飞水面龙。箫鼓沿江声不断，二分月挂最高峰。"清明节既有对故人的哀思，也有很多节日的活动，迎新火、试新泉、白打钱、赛秋千，还有端午的粽子、赛龙舟，都充满了过节的热闹气氛。[1]

更多的是平日闲暇生活中的乐趣。钟琳喜欢写字作画，在与友人的切磋共赏中散发出生活的点点乐趣，如《画山》、《画菊》、《画竹》、《答友索书》等。还有着对闲适生活的享受，如《秋夜感怀》："碧阑干底煮茶铛，百感如泉去又生。蔡伯听桐殊苦志，元卿爱竹太牵情。秋风已负寻山例，奇梦何妨就客评。酒槵棋枰都可置，残书几卷枕边横。"《夜作》："不管输赢把子敲，棋声呼月上船艄。局残误听邻舟笛，拚起秋怀自咏嘲。"煮茶、饮酒、下棋、读书，这些都是闲适而令人向往的生活。

诗集中还表达了诗人人生遭遇之感。有诗未成名的无奈，如《遣怀》："书因贪读频拖债，诗未名家悔苦吟。"《偶感》："篝灯夜夜短长吟，太瘦谁怜呕寸心。"有遭遇疾病的感叹，如《旅怀》："薰炉药鼎苦因陈，善病缠绵不问春。"有抒发孤独感受，如《雨过》："雨过风犹

---

① 以上请参见肖菊《钟琳〈咀道斋诗集〉校注》，硕士学位论文，广西大学，2007 年。

然，天飞叶满舟。飘零惊客思，吟冷一江秋。"《夜坐》："十年湖海剩寒灯，伴我深更煮钓藤。薄醉醺醺眠未得，欺人帘外一轮冰。"有感慨人生失意，如《漫兴》："些无媚骨难谐俗，谅博微官亦负余。身事细推何日了，得行乐处莫踌躇。"《李笏庭以岁暮杂感六首索和依韵奉答·其二》："镜中颜色侵尘老，意外功名看雨过。"功名不获，颜色已老；一股沧桑失意之感刹那而至。

"然诗者，志之所之也，情动于中而行于言，岂专意于咏物哉?"[1]这里道出了咏物诗的特质，即通过咏物，表达自己的主观态度和思想感情。钟琳的诗集中也有一些托物以咏怀之作，我们这里一起把它归入感怀诗来讨论。如《梅花》："流水空山破积阴，无烦健鹤守高林。萧疏灵种疑天滴，掩映寒塘耐客吟。毫不媚人非傲世，料应对我许知音。寄言桃李休相妒，庾岭年来雨露深。"钟琳诗集中写梅花的诗特别多，梅花那种不媚俗的傲世情怀正是诗人一生都在追求的志向和品格，所以每次看到或想到梅花，总会引起诗人的诗兴。

钟琳还通过咏史，不仅表明自己对历史的看法，还表露自己的心迹、观点和思想感情。如《读史》道出了对一些历史事件的感慨。《拟姜太公归周与渭阳渔父话别》、《诸葛武侯》、《读陈长孙博士传》，寄托了对古人文治武功的崇敬和自己的理想抱负。《冯氏贞烈诗》是对贞烈女子的赞赏，这里多少带有些封建思想，但由于时代的局限性，对诗人也不必苛求了。[2]

第三节　苍梧诗人群体

一　关氏二杰及其他

清代苍梧县（县治在今梧州市）作家群当首推"关氏二杰"，即同室兄弟关为寅和关为宁。

关为寅，字钦山，苍梧人，康熙二十九年举人，生平不详，其著述

---

① 张戒：《岁寒堂诗话》。
② 请参见肖菊《钟琳〈咀道斋诗集〉校注》，硕士学位论文，广西大学，2007年。

有《笔籁集》，上文的《广西历代文人著述目录》"关为宁"下有《钦山笔籁》，显然误记。但此书已失传，现搜得三题，共四首，当是此书的遗墨。

生活在道光年间的藤县诗人苏时学，在他 46 岁（戊午年，1858）时，偶然翻阅到两粤前辈诗集时，顿生无限感慨，写下了《暇日偶翻两粤前辈诗集有所得戏作论诗绝句十五首》，其中即有一首七绝提到关氏兄弟，弥补了关氏兄弟在文献上的一些遗憾。

　　　　二关棣萼喜联吟，浅语偏能悟道深。应与江门传一脉，月明如水彻禅心。

苏时学在此诗后自注："苍梧关钦山孝廉为寅、弟静叔孝廉为宁。二关兄弟并喜谈禅，诗派与白沙子近，故云。"从苏时学此诗来看，关氏兄弟原本是有著述留存于世的，不然，苏诗怎么有"偶翻""前辈诗集"之语？

关为寅的《昭山阻风》是首长诗，写作者飘泊到昭山时遇北风有感而作：

　　　　昔泊昭山天欲雪，兀兀维舟六七日。裳飚刮地卷长空，彤云密布乾坤黑。初得鱼目点帆樯，渐次敷盐成浅白。最后吹绵散作花，六出玲珑堆几尺。长江冻尽似银带，流渐涌作山鳞叠。令日昭山遇大风，浪头高立欲排空。舟师艤岸束双桨，难与风伯争雌雄。江心腾响奔万马，寒雨助虐飞濛濛。推蓬空羡北来驶，蒲帆半引疾于龙。拥炉促膝甘坐守，潜心默祷难为功。天高听卑遥谓我，大块文章休错过。文章最忌是平衍，有雪有风饶顿挫。风为气魄雪精神，万丈寒威惊煞人。当日坡公得此意，嬉笑怒骂皆清新。嗟我收雪复收风，两般光怪罗襟胸。一气纵横驱笔墨，诗成叉手问天公。天公领我能处穷，还我五色云朦胧，明朝扶日出海东。

诗歌开头点出了当时的恶劣环境"天欲雪""维舟六七日"，紧接二句写出了风之大和云之黑："裳飚刮地卷长空，彤云密布乾坤黑"，这风云变化无常，开初是"鱼目点帆樯"，不久是"敷盐成浅白"，最后竟然飘起雪花来："最后吹绵散作花，六出玲珑堆几尺"！这里，诗人对景物的描写，有点似唐边塞诗人岑参的《白雪歌送武判官归京》的"北风卷地白草折，胡天八月即飞雪。忽如一夜春风来，千树万树梨花开"。接下来的四句是对长江环境的描写："长江冻尽似银带"、"流澌涌作山鳞叠"、"浪头高立欲排空"，正是这疾风恶浪，船工只好停桨靠岸，诗人也无可奈何，倾听着有如万马奔腾的江水声，看着漫天的濛濛寒雨，"拥炉促膝甘坐守，潜心默祷难为功"。诗写到这里，突然笔锋一转，转到与天公的对话上，转到写文章的感叹上："文章最忌是平衍，有雪有风饶顿挫"，并与苏东坡联系起来："当日坡公得此意，嬉笑怒骂皆清新"，还是有一些新意。更值得我们注意的是诗歌的最后，诗人不仅领会了苏东坡的"清新"——"风为气魄雪精神，万丈寒威惊煞人"，"嗟我收雪复收风，两般光怪罗襟胸"，而且也理解了苏东坡的"气"——"一气纵横驱笔墨"。最后，竟斗胆质问起天公来："诗成叉手问天公"，"叉手问天公"一语，何等豪气！"天公颔我能处穷"，这里的"穷"，我们可以作三个层面的理解：一当然是指当时受大风阻隔的"穷"，结果是"还我五色云朦胧，明朝扶日出海东"；二是创作诗歌的"穷"，诗人通过对"风""雪"的理解，也"收雪"和"收风"，似乎也有所得；三是仕途上的"穷"，既然天公已经认为我能处穷，至于还有没有"明朝扶日出海东"的前景，那只好再次问天公了。总之，关为寅的《昭山阻风》，正如上面王士禛所说的："尚存古风耳"，却看不出苏时学所说的"禅心"。

关为寅的另一首诗《画山》：

谁将揩大如椽笔，染却青山成五色？夜泊轻桡近画边，下瞰澄潭深百尺。此时山月初欲上，朦胧微放东山碧。正如暗室未张灯，见暗难辨黑与白。半夜长空天风寒，疏星朗朗月团团。关家米家都不似，一幅混沌成大观。山月谓我无相讶，我与君兮都是画。画中著我复著君，颊上三毫更传神。

据《中国地名大辞典》所载，在广东合浦县东（现已划归广西管辖）。

《舆地纪胜》说"其山百卉明艳，四时新鲜，其状如画"。正是这"其状如画"，故诗人一开头就惊讶大自然的鬼斧神工："谁将措大如椽笔，染却青山成五色？"接着点明欣赏画山的时间是在晚上，并强调诗人看到的只有"疏星"和"团月"，这也是顺理成章之事。"关家米家"中的"关家"指的是后梁的关仝，或明朝的关思，这些关姓人家都是以善画名扬海内；"米家"指的是宋朝大名鼎鼎的米芾父子，也以善画著称。但在诗人看来，这些大画家的画，都比不上这大自然的画山，正因为有了这种对比，加上当时的环境是"见暗难辨黑与白""朦胧""一幅混沌"，故诗人才发出"我与君兮都是画，画中著我复著君"的感慨！

其《村居杂咏》二首有模仿陶渊明诗痕迹，主要是抒发老庄淡泊名利和儒家安贫乐道的思想，姑录于下：

其　一

久卧真成懒，闲游变似仙。拨云开野径，扫叶煮寒泉。
对奕高松下，鸣琴古涧边。居然谢轩冕，于此淡尘缘。

其　二

门外无车马，经旬一启扉。粗疏忘礼让，笋蕨作甘肥。
儿喜摊吟卷，妻从补破衣。渔樵本兄弟，未觉寸心违。

诗人住在偏僻的山村里："拨云开野径，扫叶煮寒泉"，过着下棋、弹琴的悠闲自得的隐居生活："对奕高松下，鸣琴古涧边"，没有朋友和应酬，柴门十天才开一次："门外无车马，经旬一启扉"，这种闲适的生活竟然使得诗人："粗疏忘礼让"，以至于"久卧真成懒，闲游变似仙"，果真是这样吗？这里的"真成懒""变似仙"，应是诗人的正话反说，其中饱含着诗人多少辛酸的泪水。诗的结尾处"居然谢轩冕，于此淡尘缘"和"渔樵本兄弟，未觉寸心违"正是有着诗人对生活的深刻体验和思考。

关为寅的兄弟关为宁，字淡园，据上面提到的藤县诗人苏时学的诗所说，又字静叔，苍梧人，康熙四十四年举人，生平不详，著述有

《寄兴集》。兹录其五言唱和诗《复初书室落成荡庵叔以诗见寄次韵奉答》：

> 我生大段懒，节目更疏阔。况兹土木工，堂构计尤拙。
> 既不解经营，亦不能点缀。独爱北窗凉，当此五六月。
> 时为梦蝶周，或作御风列。行看竹笋抽，坐阅莲房结。
> 池鱼纵潜跃，同此活泼泼。人生贵适意，何物不摆脱。
> 朝来得瑶篇，乍读心眼豁。乃知书室成，雅称文事列。
> 插架几千卷，牙签示区别。石移松更苍，花开鸟自悦。
> 琴书既有托，将与世情绝。臣叔殊不痴，等身勤著述。
> 惜无粲花论，惭与阿戎说。

关为宁修建了一间书室，其叔叔寄诗表示祝贺，关为宁为了对其叔的这种关爱有所表示，写下了这首唱和诗。诗歌开头描写了诗人平时疏懒的生活习气，无甚爱好，"既不解经营，亦不能点缀"，唯独"独爱北窗凉，当此五六月"，这二句实是为下二句蓄势，目的是引出下二句："时为梦蝶周，或作御风列"。此二句的典故均出自《庄子》，一是《齐物论》的庄周梦蝶之故事，二是《逍遥游》的列子御风之故事，诗歌欣赏到这里，也与其兄关为寅一样，仍然看不出关为宁的"禅心"。下二句："行看竹笋抽，坐阅莲房结"的"莲房结"的的确确是"禅语"，是"禅心"了。诗人看到池塘里的鱼活泼自由，不禁有所感受，"人生贵适意，何物不摆脱"，有了这种感受，心情就轻松愉快得多了，果然，"朝来得瑶篇，乍读心眼豁"。"瑶篇"，指珍贵的书籍，也作"瑶函"，典出唐代李峤《昭觉寺释迦牟尼佛金铜瑞像碑》，也算是"禅语"吧。既然琴和书都有了寄托，那我将与世情断绝关系吧。

诗的最后仍然与书室有关：看来我的叔叔并不傻，勤奋著述，著作等身，只可惜"惜无粲花论，惭与阿戎说"罢了。前句典出五代后周王仁裕《开元天宝遗事》之《粲花之论》："（李白）每与人谈论，皆成句读，如春葩丽藻，粲与齿牙之下，时人号曰李白粲花之论。"后句典出《南齐书·王思远传》，晋宋间人，多谓从弟为"阿戎"，以后皆然。至此，我们终于弄明白了苏时学所说的关氏二杰的"禅心"，即是关氏二杰诗歌中亦"道"亦"禅"的思想。

其他的苍梧诗人，由于所见资料甚少，故只好简述如下：

黎暚，字仁山，苍梧人，乾隆二十七年举人，生平不详。今所见诗有二，虽有儒家的节操，但更多的是老庄的道家风范。如《题渔隐图赠友》：

> 白沙浅水寄闲游，红蓼堤边一叶舟。棹破寒烟迷古岸，钓残明月下沧州。雨来荷芰阴前歇，风便鸳鸯水上浮。识得富春台上事，汉家高节在中流。

《金鸡洞山居》①：

> 三间茅屋傍溪前，别具蓬莱一洞天。啼鸟狎人山径里，白云笼树石桥边。藤萝入夜筛明月，岩岫经秋锁暮烟。自是太平耕凿处，何须多费买山钱。

罗绅，字带溪，苍梧人，乾隆间拔贡生，官湖南沣州知州，生平不详。今所见罗氏诗共五首，其中三首是唱和诗，仅录《东华庵次孝廉黄卓云韵》② 一首，以见一斑：

> 寂寂珠宫迥自开，依稀仙路半尘灰。谁云鹤有重归日，无复花从去后栽。金阙影浮青霭动，玉箫声断紫云哀。未经更论长生事，白日空庭看去来。

罗绅有一首山水诗《雨后登玉柱山亭》，还有些意境：

> 槛外云犹湿，山从雨后青。松声余鹤泪，水气带龙腥。
> 玉井渁清汲，瑶冈开翠屏。登台闲眺望，牧唱隔郊坰。

---

① 诗原有夹注曰："洞在渡江东岸大顶岭之旁，离梧城二十里"。
② 诗原夹注曰："在桃源洞左"。

施惠宪，字达超，苍梧人，乾隆间布衣，生平不详，著述有《兰园诗草》。今所见其诗共四首，也当是《兰园诗草》之遗墨，虽然也有唱和诗，但为不掩其沙金，也录于下，其中《秋草追和邓方翙先生韵》二首亦可与邓建英之诗歌作比较研究：

其　一

　郊原极目总荒凉，客路魂销一夜霜。几处牛羊归别墅，数家门巷掩残阳。心苏雨后犹争绿，力尽风前更着黄。莫恨而今憔悴甚，承恩曾沐露瀼瀼。

其　二

　踏遍霜啼马力闲，谁家猎后烧痕斑。笛吹牛背西风里，霜染枫林落照间。几缕炊烟萦极浦，一鞭秋色指寒山。虫声如雨催行客，十里平原月一湾。

施惠宪的《无题》诗，虽然也是模仿唐代诗人李商隐的"无题诗"。对于李商隐的"无题诗"，学界多有评说，其主旨有艳情、悼亡、自伤、咏物、政治影射等诸说，但无论何种说法，都无法掩盖李商隐诗歌的两个重要特点：一是在内容上，李诗都不大着重记述具体的人和事；二是诗歌在表达时，注重抒发强烈的主观感受，表达对人生经历的内心深层体验，故形成了李诗朦胧幽深的意境，令人反复咀嚼，回味无穷。而施氏的《无题》显然学不到家，如第一首，就明确指向了"六朝"，诗意太直：

　白马青衫过小桥，蓬山人去路迢迢。频歌杨柳风中曲，莫问秦淮雨后潮。嗷嗷猿啼肠欲断，斑斑竹染泪难消。石城旧是分携处，芳草萋萋锁六朝。

冯志超，字班甫，苍梧人，嘉庆二十四年顺天举人，生平不详，《广西历代文人著述目录》录其有著作《苍梧野人诗》。今录冯氏一首告别诗《己丑腊八日与朱我斋桂林话别》：

> 岁暮班荆处，寒飙满桂林。三年同恨别，千里各归心。
> 空负看花约，相期对酒吟。毋为岐路泣，犹未鬓霜侵。

梁垣，字紫涵，苍梧人，嘉庆间拔贡生，官甘肃州判，其所作的一首七绝《河南道中读禁采柳告示》，关心民生疾苦，以今天的眼光来看，颇具人民性。

> 频年魃虐岁凶荒，人似春蚕柳似桑。莫怪饥民轻剪伐，只缘天地树甘棠。

钮维良，字直臣，苍梧人，嘉庆间县丞职衔，生平不详，著述有《榕荫馆诗草》。我所见钮氏14首诗，当是其遗墨，但这14首诗，却有五首是唱和诗，可见选家对其唱和诗之重视。现姑且录《登准提阁次覃朝年韵》一首于下，以见其一斑：

> 阁迥画常荫，山幽不在深。月池闲掬水，风槛爽披襟。
> 禅境少尘迹，高人生隐心。何时卜茅屋，结社拟东林。

此诗佛、道、儒相杂，但老庄之意更浓，倒也印证了中国士大夫"儒道互补"之心态。其二首赠别诗，旨意基本一样，反映了封建时代知识分子复杂的心情，现录其中《赠别沈子全》：

> 握手难为别，知心独有君。近来同落魄，何日细论文。
> 晏坐听春雨，耽吟向暮云。此行隔山水，两地怅离群。

钮氏还有三首咏物诗，其中《赏石歌》似有所寄托，此诗对所鉴赏的奇石作细致描写，并叙述此石出于乱草污泥之中，后得主人赏识。开首说作者并不认识到此石有"四美"，"子言此石不入赏，毋乃嫫母目婵娟"，并引出了苏东坡、米颠（芾），联想奇特。因此诗太长，这里不引录，其《秋柳》、《烛泪》二诗，似亦有所寄托，且录其后一首。如下：

　　谁分别恨上银台，永夜无言泪作堆，我意欲将红豆比，那知心绪已如灰。

谢琳，字鹤亭，苍梧人，嘉庆间布衣，生平不详，今所见一诗《题暂止图为喻轩作》：

　　和风劝客驻行尘，鸿爪分明记凤因。解辔渐停飞骏足，囊琴如待赏音人。坐临流水寻清契，小憩垂杨爱好春。几见浮生无俗累，羡君身外有闲身。

陆世经，字东绩，苍梧人，嘉庆间贡生，官灵川县训导，所见诗有二首，兹录于下：

闲　情

　　鸟语花香次第催，水晶帘外重徘徊。短长越纲千丝结，红紫蛮笺十样裁。闻道吹箫归碧落，记曾走马过章台。最怜金谷埋香处，十斛明珠买不来。

菊　影

　　肯劳形役向人间，三径归来梦亦闲。垂老莫临秋水照，霜华易感鬓边斑。

茹英猷，字宗球，苍梧人，嘉庆间贡生，生平不详，其所见诗《送春》一首。如下：

　　东君归去太匆匆，三叠阳关唱未终。卷幔远看芳草绿，倚栏愁对落花红。催行云黯长亭外，惜别莺啼小院中。转瞬早梅葩几点，春光消息又相通。

茹英明是茹英献兄弟，字宗懋，嘉庆间诸生，其出身虽不如兄，但诗才却略胜其兄，所见诗共五首，均五言。其中《夏暮冒雨过挹翠山房小酌二首》：

> 日影忽然失，行行绕薜萝。山随云去没，树杂雨声多。
> 把袂襟怀畅，联床笑语和。厌厌今夕饮，莫问夜如何。
>
> 阴晴原不定，蛙鼓闹江干。芳草有愁色，空阶生暮寒。
> 苦吟诗骨瘦，渴饮酒肠宽。取次闻鸡舞，贫交露胆肝。

孔毓荣，字汝芳，嘉庆间贡生；黄智明，字玉堂；邓濬，字联英，均是嘉庆间诸生。此三人均是苍梧人，由于其名不显，今存诗仅各一首，姑且不录其诗。

罗大钧，字子乐，苍梧人，乾隆三十三年举人，官陕西商州直隶州州同，著述有《松崖诗稿》。

生长在南国边陲的罗大钧，只身到陕西做官，沿途所见，自然对北方的名山大川有着新鲜的感受。如《居庸道中》：

> 脂车又何处，取道出居庸。列戍千山外，诸胡一线通。
> 闻笳思故国，骑骆识边风。更渡桑乾水，劳生叹转蓬。

居庸关，在北京昌平县西北，自汉以降，一直是汉、蒙、满、回等族混杂居住的地方，也是作者从北京取道陕西的第一站，作者初来乍到，便感受到了浓浓的边疆风味，"闻笳思故国，骑骆识边风"二句是分说两种情况，但"闻笳""骑骆"都是异国风情。众所周知，一个人到了陌生的地方，自然会想起其熟悉的环境，因此，思念故乡是作者诗作中经常弹奏的旋律。如《题画》：

> 云壑知谁主，萧然展画图。烟萝茅舍吟，风月钓船孤。
> 野水淡将夕，遥山浅欲无。故乡如在目，归梦落苍梧。

北方的山水，与南方的青山秀水是截然不同的，这种不同，只有亲身经历两地的风貌才会感受的到，就我所见罗大钧诗作，十有六七是抒写这种感受。同时，罗大钧在抒写这种感受的时候，"身为异乡为异客"的孤独感仍挥之不去，即使是其少量的唱和诗也是这样。《元雷山登高和许上舍》：

又是题糕候，亭中足胜游。酒杯酬令节，雅兴属吟俦。
落日乡关远，孤城烟树秋。临风还自笑，踪迹一浮鸥。

从以上几首诗来看，罗氏之诗，有宗唐之迹，其雄浑之气，有唐边塞诗之遗风。其《丽江杂诗用杜少陵秦州诗韵二十首》可相互印证，仅录二首：

其　一
地僻惊秋早，才贫得句难。猿声清夜振，鹤唳碧空干。
绕郭千山淡，沿江万树寒。少陵兴犹在，何处更登坛？

其　二
经年青鬓失，羞报故人知。老父时硃易，秋灯夜课儿。
栖身烟瘴地，结想凤凰池。落拓还相对，梧桐月一枝。

上面所述苍梧作家群的诗人，都有其共同之处：一是官名或文名都不彰著；二是其作品流传不广或没有流传。故史志等文献资料很少提及，广西人也知之甚少。而那些所谓的"名人"，情况与上正好相反，文献资料等多录其事迹及诗作，既然如此，我们不妨把这些人作为个案来研究，亦能有益于读者哉！

苍梧诗派与桂东其他诗派相较而言，一是人数较多，二是成员的构成较复杂，除进士、举人、贡人、诸生之外，还有布衣、女性作家等，如布衣作家谢琳（见上），女性作家梁慧姑。

关于女性作家，广西自有传统，远的有晋朝博白人绿珠（梁姓女），美而艳，能吟咏，善吹笛，为石崇妾；孙秀索之不得，矫旨收崇，绿珠堕楼殉。隋朝贺州的钟蒋氏，能书，精笔札，嫁颍川钟骞，生子士雄。近的如清朝北流的朱玉仙，史书上说她诗古文词皆娴习，尤工诗，著作有《画诗楼稿》。玉林的文祚闲，有《静怡山房诗存》，《三管英灵集》还专门设一"专栏"，收广西籍闺秀诗人20人，诗202首，其中，苍梧就占了二人。

梁慧姑，苍梧人，诸生梁埈女，监生罗文珍妻，有著作《绦窗吟草》。其中有二首五绝，诗意不俗，似有警示，兹录于下：

裁蕉作扇

一片绿云影，裁成扇合欢。秋风犹未至，拂处已生寒。

黄　鹂

如梭穿叶底，人羡尔忘机。莫弄如簧舌，春风有是非。

二　"苍梧二钟"与李瑛

（一）"苍梧二钟"

苍梧钟儒刚与其子钟瑞金，皆能诗，号称"苍梧二钟"。

钟儒刚，字卓经，苍梧人，生平不详，其《抚署铜鼓歌》、《题萧鸣皋先生旧游山水图》、《邵大石鲸移居招饮》都是鸿篇巨制而兴味稍淡，不忍卒录。倒是一些小诗，仍有可圈可点之处，尤其是《读晋史》一诗，作者感慨良多，但皆发于叙述史实之中，有"不着一字，自得风流"之旨。

牝鸡晨唱坏金瓯，潘陆才华一世羞。三语清谈成底事，八王兵甲自相仇。两宫北狩龙为鼠，江左中兴马易牛。莫怪楚囚频对泣，河山满目不胜愁。

其《山园看梅》咏物诗，流露出一丝禅意，也值得一读：

> 铁骨生来异，幽香不易亲。山园一枝雪，天地此时春。
> 流水云如梦，孤舟月不贫。今朝相赏处，索笑悟前因。

钟瑞金，生平不详，存诗极少。姑录其《冬日寄梁氏》于下：

> 初日照青松，西山余积雪。楼上卷帘看，心切两清洁。
> 拂面受和风，好音知鸟悦。忽念同心人，悠悠经岁别。
> 咫尺路阻修，离情时蕴结。癖性耽歌诗，谁人评优劣。
> 岂无女伴过，畴是闺人杰。膏沐懒为容，对景相思切。
> 橹枝响中流，帆叶半明灭。白云满空江，何处寻芳辙。

诗中的"梁氏"，当是青少年或结婚后认识的好友，相思之情情真意切。

所谓的"苍梧钟家诗"，也是一种家族群体诗人所创作的诗歌，其成员包括上述的钟琳一家以及钟琳的姻侄李璲。但钟琳的一家除钟琳有诗集存世外，其余皆不见有诗集问世，倒是李璲的作品和资料都不少。

（二）李璲

李璲（1830—1899），字庸庵，广西苍梧县人，生活在清道、咸、同、光年间。李璲自小读书能过目成诵，在童生考试中，县试、府试和院试都名列冠军。他高中咸丰六年（1856）丙辰科解元，同治二年（1863）癸亥科进士。后出任刑部主事，接着升任刑部郎中，奉派秋审，用法公平宽厚。光绪七年（1881），放陕西道监察御史，督理五城街道御史，洞察事理，敢于直言。后历任福建道监察御史、京畿道御史、江南道监察御史，稽查户部、工部事务。光绪九年（1883）获京察一等，次年简放高州府知府，署廉州府。光绪十三年（1887）调惠州府知府。光绪十六年（1890）再调广州府知府。在富庶的广州府，李璲廉洁奉公，这是非常难能可贵的，因此吏部考核时，给他"卓异"的评语，提升为道员的级别，有缺即补。两广总督李瀚章向朝廷推荐他，朝廷传旨嘉奖，赏他二品顶戴。李璲不贪恋权位，于光绪十九年（1893）称病辞官回梧。离任之日，广州士民手拉着轿杠挽留他，并献上刻着"民怀善政"的匾额。

李璲晚年好佛，经常杜门谢客，潜心研究佛经，著有《白鹤山房诗钞》七卷、《易诗经解》一卷和《金刚经义》一卷。①

李璲的诗歌创作，内容丰富，体裁广泛。诗人自己的生活经历、思想感情，以及当时的社会现实、自然风光等，在其诗中均有所描述和反映。内容如此丰富，这与晚清社会的动荡局势以及李璲坎坷的生活经历、对民众疾苦的同情、复杂的儒道佛互补思想有很大关系。从题材内容来看，李璲诗歌大体可分为如下几类。

1. 山水诗

山水诗作在李璲诗钞中占了相当的分量。李璲游历甚广，经行几及大半个中国，如广西、广东、湖南、河南、山西、河北、天津、山东、江苏、江西、广东、湖北、贵州等地都曾留下李璲的足迹，他游览了当地的山水名胜、古迹，写下了大量诗篇，寄托着诗人的种种感慨和思辨。如《庐山》：

> 庐山真面在江湄，云锦参差九叠奇。欣赏何如到心腹，芒鞋踏破未全知。

长江之南的庐山，为天下名山。其名之盛，诗人早应闻之。至今一到，方见庐山之风光。在遐想纷现、领略山景无穷趣味的时候，发出"芒鞋踏破未全知"的感叹。而庐山之峻、秀、奇尽在意会之中。

李璲一生游历了诸多之地，无论是南国风光，还是北国风情，他都径情直遂地倾泄了其离家思乡的宦游惆怅之情、隐逸之趣和迫于时势而难以安居生活的漂泊之叹。这些诗作不仅体现着诗人的人生历程、精神境界，同时也反映了晚清的时代风云及其在一代文人心中的折影。如《舟中》：

> 危樯深夜泊河干，耿耿疏星露气残。沙渚月明渔火暗，江村烟起戍楼寒。愁听战鼓连城震，醉把兵书隐几看。岭海风尘劳圣虑，丈夫涕泗未能干。

---

① 以上请参见黄飞《〈白鹤山房诗钞〉校注》，硕士学位论文，广西大学，2006 年。

此时太平天国农民起义风势正猛，而此诗正是诗人宦游返乡途中写成的，它道出涌起了戍边卫国的壮烈情怀。忧国忧民之思，尽显笔端。

此外，《道光辛丑冬，侍家大人由梧登舟，赴贵州都匀府任》、《独秀峰》、《伏波岩》、《月牙山》、《泰山》、《望衡岳》、《大姑山》、《望大云山》、《大登高》、《海光楼》、《南园》、《全州》、《马峡》、《渡齐河》等等诗作，都属于山水诗之列。①

2. 田园诗

李璲多年在家乡度过，时有劳作，接触村民，又偶访家居园林的朋友，对农家生活有许多见闻与感受，这为他写作田园诗提供了坚实的基础。如《野老》：

> 野老无余事，茅檐八口栖。橘园儿养蚁，桑树妇驱鸡。
> 曝背饶冬日，浇蔬惯夏畦。承平康乐事，一一向人提。

此诗是诗人居家之作，它描绘了一幅静美的田家闲居图景，村民在一派安逸中诉说着对平和清静生活的向往。通篇上下，无一不透露出闲适率真的生活图景。又如《村落》：

> 忽转峰腰路，深村一径藏。行人穿橘柚，飞鸟入赏笃。
> 霜落催收稻，农忙为筑场。几时买狼尾，来此结山庄。

山路蜿蜒曲折，在路之前方忽现一村落映入诗人眼帘。橘柚之下，行人往来，竹林之中，鸟儿翩飞。辛勤的村民，正趁着时令不辞劳作。缘于幽美之景致和古朴淳厚之风，最后，诗人表达了"来此结山庄"之愿望和决心。

此外，又如《拟王右丞桃源行》、《偶成》、《村行》、《秋日村居三首》、《田家杂兴三首》、《闲居三首效白香山体》、《拟陶》等等诗歌，

---

① 以上请参见黄飞《〈白鹤山房诗钞〉校注》，硕士学位论文，广西大学，2006 年。

都属于田园诗之列。①

3. 咏物诗

李璲咏物诗作的数量不可谓少，其是通过咏物突显闲适之情，所咏之物有花、月、雨、蝶、蝉、树木、名园、石矶等。如《白菊》：

> 霜女栽花露洒尘，飞来秋雪认难真。东篱风起影摇动，疑是王宏送酒人。

诗一开头，就借助神话传说来导入，说是此菊为青女所栽，清露洒湿花尘，冰肌玉骨的绰约仙姿与霜雪难以辨认。风起东篱，而菊影摇曳生姿，诗人还以为是穿着白衣来送酒的王宏呢。又如《寒菜》：

> 寒菜一畦荣，搴来瓦釜烹。赋题潘骑省，诗学谢宣城。
> 辞宠心常足，耽闲气自平。相交惟野老，墟落有逢迎。

诗人家园旁有菜畦，寒菜葱荣，诗人搴来烹食。素日则与村民迎来送往，相得甚欢。心平闲余、意足情欢之际，诗人则趁兴学诗题赋，以抒园圃之趣。

此外，又如《橘》、《桂》、《枇杷》、《芍药》、《白桃花》、《梅花五首》、《月》、《芭蕉》、《秋柳二首》、《梧桐》、《丹桂》、《白莲花》、《蛱蝶》、《小楼》等等诗歌，都属于咏物诗之类。②

4. 民瘼诗

面对晚清动荡局势，李璲有感而发。李璲一方面表现出对时局、对国家的前途和命运的关注；另一方面，他对民情极为关心，对民众生活各方面表现出了莫大的忧虑和关怀，表现出对生活的热爱。如《有警》：

> 烽火连天赋采薇，风声鹤唳是耶非。诸军未解黄龙戍，上将难

---

① 以上请参见黄飞《〈白鹤山房诗钞〉校注》，硕士学位论文，广西大学，2006年。
② 同上。

宽白马围。城小讵蒙狂寇恫，兵多未展昊穹威。凭阑一望高楼北，十里疏林隐落晖。

咸丰元年（1851 年）九月，太平军攻克永安州。诗人听到此消息后，写下了这首诗。清军虽力战太平军，但仍未能解救边地之危。消息传来，更加深了诗人忧国怀民之衷情。又如《登台山书院阁东，同游诸友》：

崎岖云路试攀登，十二阑干取次凭。关塞地开千里目，楼台人上最高层。风尘濒洞悲戎马，宵旰殷勤访智能。投笔谁如班定远，边氛扫尽即飞腾。

诗中写出了诗人登台山书院阁东时的所见所感。当登上阁顶时，放眼望去，关塞广远；而此时，国内风尘浩大，朝廷上下忙于奔命。又有谁能如投笔从戎、发愤立功的班超？可见，诗人对国家前途的一片忧虑。

李璲在同情和关心劳苦大众的同时，也表达了对为官者的不满和残酷现实的批判，体现了为政谨慎、廉洁奉公的操守。如《长洲》：

四面皆环水，居民近万家。山人多竹木，江路近风沙。
古县戎城废，寒空宝塔斜。何堪兵燹后，满目少桑麻。

此诗写长洲今昔盛衰之变，流露出诗人对时局、民生的关心和忧思。古城长洲四面环水，居民万家，民安勤作；如今，兵燹过后，城废塔斜，农事荒废，满目萧条，凄凉景象更触其伤神。

此外，如《桂林有警》、《闻警》、《桂林解围》、《高阁》、《野望》、《所愤》、《闻河北贼氛肃清，喜赋三首》、《端州江上》、《清远》、《越王台》、《咏史》、《自到》等等诗作，皆属于时政诗之列。[①]

5. 赠别诗

李璲在其近三十年的宦游生涯中，足迹遍及广西、广东、湖南、湖

———————

① 以上请参见黄飞《〈白鹤山房诗钞〉校注》，硕士学位论文，广西大学，2006 年。

北、河南、河北、山西、山东、江西、安徽、天津等诸多之地，以诗、酒、茶会送亲人朋友，留下了不少赠别之作，抒发了诗人和他们的深厚情谊。如《别天津》：

> 两度丁沽作鲤庭，花边台榭柳边亭。云山万里应回首，董相帷中读五经。

诗中写了诗人作别天津时的所见所感。诗人虽再度重访，作别之际，依然回首。同时，也表达了其专心学问、无暇他顾之决心。再如《送友之平乐》：

> 春水一帆去，晴天上蔚蓝。云山通荔浦，风雨过昭潭。
> 险道亲朋念，孤灯客子谙。舣舟须得所，慎勿路程贪。

春日的天空，一片蔚蓝。朋友去平乐，诗人往送别。诗中写到了友人所经之地的外境和诗人殷勤的嘱托之情和牵念之意。

此外，如《醉歌行赠金仁圃》、《襄阳曲戏赠向子仲》、《巴陵赠严少韩明府》、《赠封少霞中翰》、《钓波属和后叠前韵》、《赠族孙元齐》、《呈王定甫先生》、《呈高州白幼迂太守》、《哭彭棣楼夫子》、《送白子恒》、《舟至肇庆，送别杏农侄归苍梧》、《折桂行，送绪卿侄赴桂林乡试》、《送梁少坡大令赴陕》、《贺捷》等等诗作，均属于赠别诗之列。①

6. 思亲怀友诗

李璲长年在外，作为身在异乡的游子，他也如常人一般受着乡愁的煎熬。继而发而为诗，这些诗作抒发了诗人对亲人、好友及故乡山水的无限思念，并写得情真意切，真挚感人。如《晚泊》：

> 渔舍渚边寮，鹭堠林间驿。日落江愈明，云沉山欲夕。
> 潭水鸭头青，石峰鹅颈白。何事忆乡园，全家都作客。

---

① 以上请参见黄飞《〈白鹤山房诗钞〉校注》，硕士学位论文，广西大学，2006 年。

诗中的前三联描绘了诗人晚泊时的情景：日暮时分，全家暂歇。此时，潭水碧青，石峰乳白；日落江明，云沉山夕。面对四周景物，念及举家为客他乡之状，诗人思乡怀友之情奔涌而出。再如《沙河县遇黎逮甫》：

> 下马逢征客，相邀问故乡。几年辞井里，一刻话斜阳。
> 落叶孤城小，浮云别路长。明朝回首处，清泪湿衣裳。

千里他乡遇故知，诚为人间美事。漂泊异乡，长路漫漫。两人聊起故乡之人事，甚欢之际，不觉时薄日暮。尾联写次日道别，两人泪湿衣裳，依依惜别之情跃然纸上。

此外，如《到苍梧》、《中秋夜桂林对月感怀》、《遣悲怀二首》、《秋早访友郊外》、《有感》、《偶成寄友》、《忆家》、《腊日舟中》、《感怀》、《除夕卫辉旅次，偕同行诸公守岁二首》、《忆昔》等等诸多诗作，皆属思亲怀友诗之列。

7. 僧寺道观诗

天下名山僧占多。其实，道门也多在仙居名山养生布道。延续至今，祖国的名山多有寺庙道观的胜迹存在。李璇无论是居家还是外出游览，都很喜欢造访道观与寺庙，并对之表现出兴趣、热情与仰慕。如《古寺》：

> 踏破苍苔色，山门入翠微。庭前双蝶舞，花外一僧归。
> 扫叶供茶灶，熏香上佛衣。远公堪论道，余兴对斜晖。

从这首诗可见古寺的大致情况：那是在青峰的半山腰上，苍苔青青，布满通往寺庙的路上；庙庭花中，双蝶飞舞；微扫树叶，摆上茶灶，两人在斜晖中论道遣兴。这真是一个与尘世隔绝、清静无比的佛家圣地。又如《虞帝庙》：

> 万古南巡迹，空留庙几楹。群灵环剑佩，遗老荐牺牲。
> 云树朱栏拥，烟江白鸟横。焚香遥肃拜，恍惚下霓旌。

诗的前两句指出了此庙宇是虞帝南巡之遗物。中间四句则写到了虞帝庙的四周景状：群灵剑佩，遗老祭拜；树木参天，朱栏围绕；江上烟白，众鸟翔集。最后，诗人肃拜登程。

此外，如《谒罗池神庙歌》、《真仙岩》、《飞云岩》、《真定大佛歌》、《由石门寺至华林寺》、《夜题金莲庵壁》、《山寺》、《光孝寺》、《栖霞寺》、《天竺寺》、《宿鼓岩堂二首》等等诗作，皆属于僧寺道观诗之列。①

8. 咏史怀古诗

元杨载在《诗法家数》云："登临之诗，不过感今怀古，写景叹时，思国怀乡，潇洒游适，或讥刺归美，有一定之法律也。"李璲登临游览，足迹遍布南北形胜之地。他将描写山水之胜与抒发思古幽情结合在一起，表露自己的心迹、情感和观点。如《南汉宫词》（其三）：

> 水晶宫殿广寒居，金屋娇姿贮媚猪。休笑波斯多俗态，汉王偏喜住羊车。

此诗描写了南汉刘银荒淫侈靡，致使政事渐疏，南汉日颓。李璲吟咏此史，既是客观记述，又是对晚清现实的一种委婉讽劝。

咏史必有所怀古，而怀古又会激发咏史感今之情。因而，咏史与怀古相联而用。如《金陵》：

> 谁言虎踞与龙蟠，辛苦开基守业难。北极星辰临建业，南方都会似长安。春风宫阙涂金粉，夕照楼台倚玉阑。二水三山挂帆过，久将成败史中看。

六朝古都金陵，地势险要，有王都气象。然而故时的繁华已不复存在，只残存涂粉的宫阙楼台而已。回溯历史，感悟人生，其中的成败得失尽在不言中。

此外，如《广陵怀古》、《咏史》、《咏怀》、《闲咏》、《店壁有咏南

---

① 以上请参见黄飞《〈白鹤山房诗钞〉校注》，硕士学位论文，广西大学，2006 年。

阳怀古者，词不雅炼，为作一律》、《车中杂咏》、《苍梧杂咏》、《鹦鹉洲》、《田家杂兴三首》、《谒韩襄毅公祠》、《樊城》、《浔州》、《井陉》等等诗作，均属于咏史怀古诗之列。[①]

三　"清逸又雄伟"的许懿林

（一）许懿林的生平及著述

许懿林（1812—1881），字粤樵，家住苍梧县（县治在今梧州市）三角嘴文澜桥畔，清代广西著名诗人。祖父辈务农。小时家境贫寒，无钱入学读书，或在家耕田种地，或随父亲外出谋生。曾贩卖水果，来往于城中，塾师梁绛芸在观音堂设私塾讲学，许懿林每次经过，不禁驻足聆听，专心致志，忘乎所以。梁绛芸感到诧异，询问缘故，他如实道明原委，随口咏诵梁绛芸所授章句，且讲解准确无误。梁绛芸爱其聪颖，嘉其勤奋，让他免费入塾读书。许懿林极其珍惜读书的机遇，自强自励，经过七年寒窗，学业大进。道光二十四年（1844），许懿林考中乡试，即获"登贤书"。道光二十七年（1847）充任景山官学教习。咸丰三年（1853），被选取为大挑二等，以教职用，担当桂林府教授、灌阳县学训导，官至宣化县教谕。

许懿林性格恬淡，不慕荣华，不乐仕进。按清末时俗，荣获科第者，必悬匾额于门以资夸耀。每次为许懿林悬匾，他全都摒退。安福县县官蒋益澧，敬仰其才华，欲以厚礼招至幕府中，他坚决推辞，不肯就任，而安于清苦闲散的教职。兵燹后，许懿林房舍被烧毁殆尽，寄寓苍梧城中。时武略将军卢蔚解职居于苍梧，将教育经费捐赠许懿林，并打算以宅相赠，许懿林清廉狷介，拒不接受。"清富极品原天始，瘦到难言与俗违"这两句诗是他高洁品格的自我表白。他的长子寿姓，同治甲戌（1874）科进士，官内阁中书。次子庆乔，岁贡生。三子庆慈，同治癸酉（1873）科举人，亦以教职用，历任永福县、北流县教谕，西隆县、西林县训导。

许懿林学识渊博，多才多艺。诗作俊逸，七绝、七律尤工。书法学米南宫，得其神髓，为世珍贵。其所作水墨兰石画，风韵清绝，旁及章

---

① 以上请参见黄飞《〈白鹤山房诗钞〉校注》，硕士学位论文，广西大学，2006 年。

印，亦极为精妙。著有《风雨怀人馆诗草》、《松石书屋集》等。《粤西十四家诗钞》收录《松石书屋集》诗歌 93 题 149 首。

（二）许懿林诗的思想内容

清嘉庆十七年至光绪七年，是许懿林的生活时期。这个时期正是帝国主义和中国封建主义互相勾结，把中国变为殖民地半殖民的时期。中国人民不屈服于帝国主义及其走狗，表现了极为英勇顽强的反抗精神。在阶级矛盾、民族矛盾进一步尖锐化和表面化的形势下，服务于反帝、反封建的文学应运而生。爱国文人以其作品揭露清王朝及其官僚士大夫的昏庸腐朽，歌颂广大人民和英雄人物对外国侵略者的英勇抵抗。许懿林虽是儒学学官，但"艰危身历试"，故其诗歌反映了新的现实内容，表明了自己的爱国主义立场。如《湘江舟夜次周药楼韵》：

> 楚国同为客，相依腊欲残。江云吹不断，山月影俱闲。
> 世虑挑灯尽，交情扣剑看。中宵频倚枕，草草梦长安。

这首次韵诗首先抒写与知交周药楼"楚国同为客""江云吹不断"的深挚情谊，然后通过"挑灯尽""扣剑看"两个细节以及"中宵倚枕""梦长安"情景的描写，表现了为国难而无比忧虑的主题。第三联化用辛弃疾名句"醉里挑灯看剑"，展示出抗击外国侵略者的宏大理想和豪迈情怀。

诗人忧国忧民，渴望国泰民安、国富民丰。《交河途次口占》就表达了这种强烈的愿望。

> 临河欲济水漫漫，勒马风前去住难。别日恰看梅萼绽，到时恐及杏花残。望中帝阙烟尘靖，梦里亲闱寝食安。偏被路人相怪问，天南战乱可曾干？

战乱期间，苍梧城曾被敌寇围困日久，而援军毫无踪影，城之攻破，旦夕之间，诗人心焦如焚，愤怒至极，其《围城将百日寄南乡团局并赋》直斥南乡团局用兵布阵之失误。

　　十旬桴鼓几曾休，盼望援师报覆舟。孰使空仓逃雀鼠，不先隘路守貔貅。包胥已死疑闻哭，曹刿多才肯与谋。倘许牧皋同草檄，弯弧先为射旄头。

城终被攻陷，诗人逃避南山中，目睹生灵涂炭惨状，怒不可遏，挥毫于破寺壁上书《城陷走南山中书破寺壁》云：

　　满窗风雨鬼啾啾，寺破僧亡佛亦愁。见虎迹时初觅路，绝人烟处一登楼。风前叶已无家别，露里花还有泪流。昨夜江城千万炬，水江红照血骷髅。

敌寇残杀同胞的滔天罪行令人发指。诗人心如刀剜，十分痛苦，无比愤怒！

　　战乱过后，人民辗转迁徙，饥渴顿踣，回到家乡，然故居荒凉、冷落，无以为生，诗人"九转愁肠结"，为之哀叹。如《濮州道中》：

　　袯被琴书共一奉，暮云低掠马头斜。轻冰贴水薄于纸，远树缀霜疑着花。乱后荒域初有市，人归破屋半无家。相看各抱飘零恨，孤客天涯涕泗加。

诗中所描绘的濮州荒域，是当时中国农村现实的缩影：自然经济凋敝，市镇萧条，人民困厄。诗歌以小见大，主题极其深刻。

　　许懿林一生任学官，职位不高。在他看来，"路不终穷关际遇"。如有好的际遇，"得水能飞我亦鱼"，就可以"直挂云帆济沧海"，干出一番事业，然时运不济，功名难求。见《荥泽晓发》：

　　疲马踏残月，出门风雪骄。河流拦不住，云气冻南消。
　　时命真磨蝎，功名此敝貂。天南一搔首，岁暮鬓飘萧。

　　诗人羁旅途中，路途艰险，心力交瘁。路途艰险好比仕途险恶，命运多挫折。诗人头脑清醒，直面现实，视功名利禄如同敝貂，不屑追求，毅然摒弃。但为了生计，诗人不得不跻身于官场之中，内心矛盾、苦痛，怅惘不已，《出邕南》即写此种心情：

> 客去仍呼酒，凉宵月恋舟。不眠闻旅雁，虚坐望牵牛。
> 官罢归原得，年荒醉亦愁。此行非我意，姑作稻粱谋。

官场中尔虞我诈，钩心斗角，黑暗险恶，诗人憎恶、厌倦之极。在《自遣》中，他渴望有朝一日能飞出官场的樊笼。

> 广文归去贫如昨，午食从客一启扉。近市酒如租吏酷，寒天花似故人稀。何妨客止蜗庐笑，到底官疑蚁穴非。但恐口馋思转计，无盐州处蟹初肥。

"广文"是诗人自谓。清代儒学教官处境与唐代广文馆的博士相似，清苦而闲散，不受重视，故诗人自称为"广文"。

许懿林的诗歌中，题诗颇多。这些诗，为图画而题，为画册而题，为诗集而题，为文稿而题，为帐额而题，为寓室而题……大多是自题，少数是嘱题、奉题。这类诗歌灵矫活泼，工秀清新，别具一格。如《题松阴默坐图》：

其　一

> 镇日清闲少客语，旧游仅与话天台。白头厌听人间事，早向松风洗耳来。

其　二

> 四年伴我松庵住，住处今犹有鹤飞。何惜凉风分一半，坐中画我水田衣。

在这两首题画诗中诗人自云"代静云上人作"。画中的静云上人，身着农衣，松庵独居，松荫默坐，清闲少客，白鹤为伴，情趣幽雅，心志高洁。诗人热情赞赏这位白头老者愤世嫉俗的可贵品格，借此抒发了自己对黑暗现实不满的情绪。

许懿林与藤县著名诗人苏时学（爻山）交情甚笃，为其著作所题之诗，有《题苏琴舫先生〈宝墨楼诗集〉》、《苏琴舫孝廉以其尊甫咏折封翁所绘之渔樵耕读图属题，率成四首》、《爻山子〈龚浔游记〉题词》、《苏爻山先生〈羊城游记〉题词》。苏时学去世，许懿林为之写挽诗《挽苏琴舫先生六首》。

许懿林不仅与苏时学友情深厚，且与苏时学的儿女也有交往。许懿林《题苏因之〈雌伏吟遗稿〉》，即是为苏时学哲嗣苏因之所题；《〈绿窗吟草〉题词》即为其爱女念坤遗作题词。诗人于诗题后注曰："《绿窗吟草》系爻山之女遗作也，承爻山命作此。"自注说明了题词缘由。苏爻山之四女念坤"弱小投怀日，聪明上学初""念经邀母教，搦管索爷书"，秀外慧中，聪颖好学，惹人怜爱，不幸染病，倩女忽离魂，与亲长诀别。诗人由衷赞叹念坤诗作俊逸，惋惜她的夭折，为其痛哭流泪。哀伤痛悼之情渗透于字里行间，而他的《梁波学博以画梅帐额属题别后却寄》则写得墨香扑鼻可闻，梅香渗人腑肺，意境清雅，情调温馨。

> 不辨香痕与墨痕，春风帐底有余温。分明一觉罗浮梦，醒对梅花更断魂。

> 三绝风流老广文，摊书高拥一床云。别来不解相思苦，怕说梅花瘦似君。

画梅帐额，芳香浓郁，一觉美梦，令人销魂。然广文老丈，教职繁忙，"摊书高拥一床云"，无暇思亲，面对梅花，想象家中伊人，为君憔悴，瘦似梅花。诗人以此反衬自己的相思之苦。

（三）许懿林诗的艺术特色

许懿林没有专门论诗的篇什，但通过其他的一些题咏诗，我们还是约略窥探出他的一些诗学思想。如《〈绿窗吟草〉题词》中有"长吟我为诗人哭，更为诗人哭女嫛"句，表明许氏有向楚辞学习之意。《黎荫

堂招同人集准提阁作荷花生日，予不果至承示新诗赋此奉酬》中有
"未必美人无寿相，非关名上好诔词"句，表明许氏反对"诔词"，爱
好"苦吟"。《苏爻山先生〈羊城游记〉题词》中有"预报迂倪与仙
李，东坡来为访君来"句，表明许氏服膺李白和苏轼。陈柱先生对许
懿林的诗歌有过如下评价：

> 　　句多清逸，肖其书法。然七律如《由衡州至洞庭》云："直从
> 上下天光里，想见东南地缺时。"《登岳阳楼》云："我来吊古频搔
> 首，闻有飞仙在上头。"又甚雄伟。

清新、俊逸、生动、自然，是许懿林诗歌的一大特色。如五绝《过伍
纫秋先生宿花影处》：

> 　　花时门不关，蜂蝶任来去。榻上有残棋，主人醉何处？

门庭不关，客如蜂蝶，任意来去，无所拘束；主客欢聚，下棋酌酒，醉
卧花影，潇洒自如。语言质朴无华、风趣自然，与诗的意境表里和谐。
全诗信手拈来，清逸俊秀，毫无刻意经营之痕迹。再如《舟夜》：

> 　　天风吹行云，搴我船窗入。月落天未明，星光蓬背湿。

起二句写舟夜之风。"吹"、"搴"二字措置十分精当。"吹"字不但画
出了天风吹散行云之情状，还画出了舟船乘风驶进之壮景；"搴"字不
但写出了天风撩起船帘、吹入船窗的舒适惬意，还写出了天风荡涤胸中
郁闷的痛快淋漓。后两句写舟夜之景，进一步揭示"舟夜"题意，语
言明白如故而又十分传神，见锤炼之功，无斧凿之痕。
　　许懿林自诩"诗敢恃长城"，豪气昂扬，雄健有力，是他的诗歌的
另一大特色。如为缅怀杜甫而作的《登岳阳楼》：

> 　　少陵题后诗萧索，百尺峥嵘见此楼。秋水鱼龙凭栏入，春风兰
> 芷贴天浮。我来吊古频搔首，闻有飞仙在上头。忧乐满怀谁与共？

最高层处望神州。

唐代宗大历三年（768），杜甫自夔州出峡离川，漂泊于江湘一带。是年冬，来到湖南岳州，登上此峥嵘高楼，曾写下了著名的五律《登岳阳楼》。诗描写了洞庭湖的雄壮阔大，抒写了自己的身世漂泊之慨和国家的戎马关山之忧。诗人登楼缅怀杜甫，抒写情怀。诗的首联表达对杜甫文章、风采的极为崇敬的心情。颔联描绘岳阳楼的壮丽风光。颈联点明登楼主旨——吊古伤今，诗人见景思人，情不能禁。尾联由极度崇敬而自然发出"忧乐满怀谁与共"的叹惋，体现了关注神州、拯救国难的高贵情操。全诗意境雄阔，气魄雄伟。

诗人涉足衡州（今湖南衡阳市），宴饮于酒肆披云楼，写下五绝《披云楼》以抒发逸兴豪情：

> 拳石起楼阁，楼高披白云。我来楼上坐，一酌云中君。
> 俯仰海天碧，啸呼鸾鹤群。平生舒卷意，与尔只氤氲。

诗人笔下的这座闻名酒楼，拳石筑成，高耸凌空，可披白云。诗人乘兴登楼，目骋心驰，步入仙境，喜逢云中君，欢言共相酌。诗人可以无拘无束，俯仰蓝天碧海之间；可以啸呼鸾鸟白鹤飞来。此时此刻氤氲如云，轻盈柔美，诗人与高楼共有此良辰美景，顿感"平生舒卷意"，好不畅快开怀！诗歌写得神采飞扬，格调高昂。

《由衡州至洞庭连日顺风舟中望黄陵庙有作》写诗人舟过洞庭湖，遥望千古黄陵庙（在今湖南湘阳县北），感慨万千，系之以诗：

> 已失衡州九面奇，凌风来赋洞庭诗。直从上下天光里，想见东南地缺时。烟暝帆樯随雁没，江空箫管有龙知。虞廷既禅无南狩，千古英皇庙可疑。

"直从上下天光里，想见东南地缺时"两句写诗人面对洞庭湖上下天光、横无际涯、碧波万顷的雄伟景象，想象远古"东南地缺时"，洪水横流而形成广阔的洞庭湖，惊天动地，轰轰烈烈而又艰难险阻之景。暮

色入湖，雁群影没，烟氲弥漫，湖面旷远，箫管呜呜，潜蛟聆听，湖面
风光充满神奇色彩和浪漫主义气氛。此时，诗人于舟中远瞩黄陵庙，
"虞廷既禅无南狩"，朝廷王位已经禅让，边关防守无人，犀牛虎兕乘
虚而入，人民百姓惨遭践踏。诗人痛心疾首，义愤填膺，发出了"千
古英皇庙可疑"的呐喊。诗人借古讽今，对千古英皇庙的大胆否定，
就是对清政府屈膝求和、将大好河山拱手相让外夷的卖国行径的强烈谴
责。诗歌扣人心弦，动人心魄。

第四节　容县诗人群体

从严格意义上说，容县诗人中算得是"群"的，应是王维新、封
豫、覃武保三人了。他们曾结社于容县都峤山，因被誉为"都峤三
子"。

都峤山，在容县南二十里，高三百余丈，上有八峰，其中的中峰有
崖曰"中宫"，八叠峰为诸峰中最高。这里号称中国道教著名的"二十
洞天"，寺观林立、岩宇繁多，古木阴森，多有传说中道教飘逸出尘的
灵踪仙迹，历代名宦文魁如元结、苏轼、李纲、高登、徐霞客等，都曾
登临题咏。"都峤三子"经常聚会于此，吟诗作对，率性自乐。其中成
就最高者是王维新。

一　散曲大家王维新

王维新（1785—1848），字景文，号竹一，别号都峤山人，广西容
县人。嘉庆十五年（1810）举人，道光六年（1826）以乡贡进士就挑
二等出任武宣县教谕，后升平乐府教授，咨调泗城府教授兼理凌云县学
事，执掌教职凡二十余年。著有《蒙猗园初草》、《峤音诗》、《丛溪
集》、《十省游草》、《宦草》、《海棠桥词》、《红豆曲》、《古近体赋
钞》、《乐律辨正》、《天学钩沉》、《都峤洞天志》等，内容涉及诗词、
曲赋、乐律、天文、地理诸多学科。其中诗、词、散曲都不乏佳作，尤

以散曲最为著名。张炯等主编的十卷本《中华文学通史》①，于"第四卷古代文学编"第十八章"嘉庆、道光时期的诗歌与散文"第六节"赵庆熺、王景文的散曲"，对王维新散曲予以高度评价，是该书论述清代散曲时仅论及的两家之一。因此，王维新堪称清代有名的散曲大家。②

（一）王维新的散曲

王维新的《红豆曲》收有小令38首、套曲31套。从清中叶至清末，散曲文学日趋式微。据《全清散曲》的收录，在这220年间，有散曲存世的作者不过百余人，作品总数仅为1 800余首（套），存作20首（套）以上者不到20人。王维新的散曲不但作品数量多，而且在思想内容和艺术形式上都有自己的贡献。其散曲的题材内容，可分为五个方面。

1. 言情曲

清代雍乾年间，随着经学、文学上复古之风日盛，经黄图珌反对道学、提倡写情之后，一度备受冷落的爱情题材在一些曲家创作中稍有复苏，王维新便是其中突出的一位。他在【商调·集贤宾】《舟中对妓》中宣称"说风流吾不谙，说道学吾不省，胸中别自有心情"。清代科考以程朱理学对儒家经典的解释为正宗，"不省"道学焉能中举？又安可作教授？身为举人兼教授的王维新故称"不省"道学，实为对道学的极度厌恶和公然蔑视！他在【仙吕·八声甘州】《斋中听丽人弹唱》中更直言"诸公往日都言性，老子今朝始讲情"，他要针对"性理"而大写"讲情"之作。王维新【南吕·一枝花】《游都峤山仙桥》有"谑浪忘形迹"句，适可移指其言情散曲的特色。

例如【仙吕·一半儿】《春闺》二首之二：

垂杨几绺出雕栏，搭在蔷薇碧树间。佳人晓起着轻纨，小盘桓，一半儿风情一半儿懒。

① 张炯等主编：《中华文学通史》，华艺出版社1997年版。
② 请参见梁颖峰《清代桂西壮族地区汉文化传播的实录——王维新散曲的传播学解读》，《阅读与写作》2011年第10期。

垂杨出栏搭拂蔷薇碧树撩人心扉，佳人早起穿着轻薄尽显魅力，若即若离的"小盘桓"透出闺思，轻盈而出不须卖弄风情自见，略显慵懒更是真性情自然流露。寥寥几笔，写尽了佳人春闺缱绻的情态。

【双调·醉扶归】《途遇》套曲写路遇一女子，二人一见钟情：

软东风，不剪垂杨线。小书生，空怀种玉田。无端凑着影婵娟，是谁家有意的巡花县？我想芒萝人去几经年。

【园林好】论平日非结相思，处今日原无留意。叹春风不世，偏遇着这庞儿，偏遇着这庞儿。

【江儿水】原来这人呵，早岁常知礼，青年已习仪。看花不过园中地，寻春不听街头骑，烧香不入湖边寺。今日未知何事，想为周亲，探访适然当此。

【玉交枝】纤腰旖旎，似堤畔初垂柳枝。湘裙小幅当春试，悄春风、摇曳偏宜。新描出青山淡眉，轻侵上乌云浓髻。转秋波将窥怕窥，动金莲非迟故迟。

【川拨棹】冰肌闪盼，身边一侍儿。启朱唇，却又防伊，类半吐桃花暗移。尔无言，我已知。我无言，尔未知。

【侥侥令】未逢怎不避，相即竟何离。我拟回身重偷视，还恐旁人笑且讥。

【尾声】笑声渐远犹传耳，使檀奴牵肠不已。难道尔恐我无情，故惑之。

"我"平日谨守礼教，"看花不过园中地"，却路遇美女，怦然动心。而该女似亦有意，欲启朱唇又恐侍儿知，"类半吐桃花暗移"，更令"我"倾情迷恋，想入非非："尔无言，我已知。我无言，尔未知。""我"对美女"未逢怎不避"的意外惊喜，"相即竟何离"的惋惜遗憾，"拟回身重偷视，还恐旁人笑且讥"的强烈欲望和顾虑克制，这一系列心理活动都刻画得颇为生动、细腻、真实、深刻。

在晚明新人文思潮波及到文学领域所掀起的言情浪潮，延至清中叶早已盛极而衰，散曲中的爱情题材更是一片苍白的背景下，王维新的言情之作却能别开生面，往往将自己置身其间，把真情实感坦诚剖示，文采绚丽，刻画入微，香艳而不腻浊，宣泄却无亵渎，最终能以真爱深情感动读者，因有新意而独具光彩。①

2. 写景曲

王维新早年在都峤山下读书、任教，陶冶了喜爱山水、亲近自然的禀性。后来数度到省垣桂林参加乡试，三次北上京师会试，执掌教职后又长年在桂西、桂北各处奔波，有许多机会接触名岳大川奇境，遍览山水田园风光。他"每遇一风景、一物事，辄流连反复，寝食欲忘"②，留下了许多写景之作。例如【南吕·懒画眉】《永州江次》：

> 棹歌欸乃接时闻，岸柳汀蒲漾绿云，数峰如洗立江滨。一会儿便与浯溪近，尔看雁背孤帆出暮曛。
>
> 鸡声喔喔柳疏疏，短屋低篱画不如，隔园山色被云铺。居人钓罢斜阳暮，手内携来一尺鱼。

写舟行永州江上，一路山光水色如画轴次第展开：远望，"岸柳汀蒲漾绿云，数峰如洗立江滨"，岸柳汀蒲大片相连犹如绿色云彩，清秀如洗的山峰伫立江滨迎候来宾；近看，"鸡声喔喔柳疏疏，短屋低篱画不如"，鸡声喧闹，疏柳依依，江村人家，美景胜画，有声有色，醉人心魄。

又如【南吕·懒画眉】《维扬里河》：

> 畦田几稜菜花开，双桨如凫下浅淮。推篷忽见好山来，斜晖映出青天外，这一幅暖翠浮岚妙可偎。

此曲写扬州城内小河风光，别具一格：前面的"几稜菜花""双桨如凫"，刻画细致精美，以此为铺垫，推出极具力度的一句："推篷忽见好山来"。此句纯用白描，以寻常口语写出飞动意象，平中见奇，堪称

---

① 请参见梁扬《论王维新对清代散曲题材的新变与开拓》，《广西大学学报》2008 年第 5 期。

② 王维新：《菉猗园初草·自序》。

秀句。后面的"斜晖映青天""暖翠浮岚",写出变幻多彩的大背景。全曲写景多姿多彩而又富有层次感。

王维新的写景之作,大多如是运用寻常口语或浅近雅洁书面语,不用或少用典故。但有时也会因材而异,例如【南吕·一枝花】《游都峤山仙桥》:

> 横当碧涧寒,界断青山翠。半轮分璧月,一笏卧虹霓。怪绝桥西,留下神仙迹,量来大十围。问何年孤鹤归飞,笑今日双凫戾止。

> 【梁州第七】拉白社门生共步,唤乌衣子弟相随。则见那轩渠谑浪忘形迹,枕流不碍,漱石奚辞。问胡麻洞里霏霏,拾仙桃树上累累。放一根太乙枯藜,吹一曲桓伊短笛,谈一枰王质残棋,好奇无已。扣苍崖激烈歌声起,石叶动,野云驶,两岸风猿更不啼,泉落花飞。

> 【尾声】溪边宓汩闻流水,林杪苍茫挂夕晖。欲回呵犹向峰椒憩。天风满衣,松涛滚耳,更谁夸,山简挥鞭习池醉。

这组套曲写作者偕友人游览中国道教著名的"二十洞天"都峤山的"仙桥",自然会用到有关仙道或历史人物的典故。"笑今日双凫戾止"句:《后汉书·王乔传》载,乔有神术,明帝时为尚书郎,后出为叶县令。每月朔望,常自县诣台朝帝。帝怪其来速而不见车骑,乃令太史伺望之。太史言其临至,辄有双凫从东南来。于是候凫至,举网捕之,但得一舄,原来是王乔为尚书郎时皇帝赐给他的一只鞋子。"拉白社门生共步"句:《抱朴子·杂应》载,"洛阳有道士董威辇常止白社中,了不食,陈子叙共守事之,从学道"。后人称隐士所居为白社。"唤乌衣子弟相随"句:晋时王谢两望族门第称乌衣门第,其子弟多卓尔不凡而喜服乌衣。"则见那轩渠谑浪忘形迹"句:《后汉书·方术传下·蓟子训》载,"儿识父母,轩渠笑悦,欲往就之"。"枕流不碍,漱石奚辞"句:《世说新语·排调》载,"孙子荆年少时,欲隐。语王武子'当枕石漱流',误曰'漱石枕流'。王曰:'流可枕,石可漱乎?'孙曰:'所以枕流,欲洗其耳;所以漱石,欲砺其齿。'""放一根太乙枯藜"句：太乙，天神名，持枯藜手杖。"吹一曲桓伊短笛"句：《晋书·桓伊传》载，桓伊为江州刺史，善吹笛，独擅江左。谢安位显功盛，为人所谗，孝武帝疑之。会帝召伊饮宴，安侍坐。帝命伊吹笛，吹一弄后，伊请弹筝，而歌《怨诗》曰："为君既不易，为臣良独难，忠信事不显，乃有见疑患。"声节慷慨。安泣下沾衿，乃越席捋其须曰："使君于此不凡！"帝甚有愧色。"谈一枰王质残棋"句：《述异记》载，晋王质入山伐木，见童子数人弈棋而歌，因置斧听之。童子与一物如枣核，含之不饥。不久，童子催归，质起视斧柯已烂尽。既归，去家已数十年，亲故殆尽。"山简挥鞭习池醉"句：《晋书·山简传》载，"简镇襄阳，诸习氏荆土豪族，有佳园池，简每出游嬉，多之池上，置酒辄醉，名之曰高阳池。"

《太和正音谱》在阐释道情时指出："道家所唱者，飞驭天表，游览太虚，俯视八纮，志在冲漠之上，寄傲宇宙之间，慨古感今，有乐道徜徉之情，故曰道情。""仙桥"是传说中道教名胜都峤山飘逸出尘的灵踪仙迹行经处，王维新在这组套曲中的"道情"，把现实的景物描绘与历史的仙道传说、名人佚事结合起来，由今溯古，人仙杂叙，天上地下，亦真亦幻，虚实相生，乐道徜徉，写出了"这一个"景区的特征和亮点。他在曲作中活用了诸多典故，信手拈来，便得风流，也足可证明光绪版《容县志》称其"淹贯百家，渔猎群籍，衔华佩实，著作衷然"，决非虚誉。①

3. 抒怀曲

王维新早年胸怀大志，"观载籍，见古有运筹传檄而事业炳如者"，心向往之，亦盼能干一番"奋然于天地民物之事"（《宦草·序》）。后来三次北上，屡试不第，又自比为"张仪入秦，相如出蜀""尔时为伤弓之鸟，弥切于安"（《丛溪集·春行》）。最后仅为训诲生员的府学教谕、教授，此后二十余年不见升迁，亦难免时生屈居下僚、壮志难伸的苦闷。这种种思想状况，在他的咏怀之作中都有所表现。例如【双调·折桂令】《登望有感》：

---

① 以上请参见梁扬《王维新【南吕·一枝花】游都峤山仙桥》，载赵义山主编《明清散曲鉴赏辞典》，商务印书馆 2014 年版。

我高登百尺层楼，手掬沧溟，目瞰神州。一任尔赋似班张，诗如李杜，文如韩欧。倘不得朱衣相就，究何殊白璧空投？好酌轻瓯，静对群鸥。一带沙洲，几只渔舟。

又如【仙吕·一封书】《书怀》：

图书府校雠，有班张与柳欧。兜鍪队运谋，有孙吴与祖刘。衔杯落拓花前醉，抱剑从容物外游。任沉浮，随去留，欧鹭翩翩是我俦。

作者以历史上的英雄豪杰自许，文比班固、张衡、李白、杜甫、韩愈、柳宗元、欧阳修，武追孙武、吴起、祖逖、刘琨，但却不为统治者所重用，长期屈居闲职下僚。才高位卑，壮志难酬，只能发出"白璧空投"的愤懑慨叹和"从容物外游"的自我安慰。

王维新的咏怀之作，不时透露出一种落魄感、郁闷感，例如【双调·乔木查】《落梅》：

望南垞北垞，翻变了滚雪飞琼处，兀的惊人没自主。见妖娆绝世姿，竟葬蘼芜。

【庆宣和】莫把先天论易数，历乱难数。半逐东风学旋舞，知他是蝶乎蜂乎？

【落梅风】心遥寄，天地初，玉龙奏出凌霜趣。怕今宵月色孤，更哀乞晓风收护。

【收江南】天将气骨付吾徒，奈何叹息若啼乌。只因纸帐深山里，把神魂与俱。梅呵，记将前生嫁我无。

凌霜的梅花如今飘零如"滚雪飞琼"，以"妖娆绝世姿"而"竟葬蘼芜"，"天将气骨付吾徒，奈何叹息若啼乌"！这零落成尘、"历乱难数"的"落梅"，正是作者自喻。又如【商调·醋葫芦】《极望》："登楼自省，觉英雄热血变成冰。"【南昌·红衲袄】《述隐》："幽栖寂寞无人问，只闲鸥对我眠。"【仙吕·元和令】《柳》："无端当午欲含烟，神魂为黯然。"都是诗人因壮志难伸而发出的不平之鸣。

这种"不遇"的感伤，有时也以婉约蕴藉的方式表现出来，例如【南吕·懒画眉】《书所见》：

> 小桃花落欲伤春，起傍回廊卷水纹，晚凉庭院不胜鞾。兰心玉貌能相准，合取高情寄白云。

又如【南吕·懒画眉】《晚泊》：

> 市门临水柳依稀，向晚人声渐欲微，阿谁沽酒认青旗。小桥断却浑难至，一树红棉伴钓矶。

前曲的"兰心玉貌"，或是一种高洁理想的寄托，通过描写对一"兰心玉貌"的美女的追求向往，可视为借风情以自抒怀抱。后曲的"小桥断却浑难至"，亦可理解为人生前途阻塞，无路可达理想目标的象征，而"一树红棉伴钓矶"，则暗示出到处"碰壁"之后，以退隐为最后的精神归宿。

这类咏怀之作，或直抒胸臆，或寓情于景，或托物言志，从不同角度反映了当时社会大环境下一般士人的遭际，揭露了封建统治者对人才的压抑和社会的黑暗不公，具有一定的审美价值和认识价值。①

4. 办学曲

王维新任教之地，由平乐、武宣至泗城府（治在凌云县），即从桂北、桂中到桂西，这正是先进的中原汉文化向广西逐渐传播的途径走向。泗城地处云贵高原延伸带，因有四条河流纵横交错汇聚于城中而得名。境内人口以壮族占多数，此外还有汉、瑶、苗、侗、仫佬等民族。泗城自唐宋起即为羁縻州，明时为土州，清顺治间土官岑继禄投引清军

---

① 请参见梁扬《论王维新对清代散曲题材的新变与开拓》，《广西大学学报》2008 年第 5 期。

追击打败明末残余的永历帝朱由榔①，叙功晋泗城土州为泗城土府，雍正间改土归流为泗城府，隶右江道。这一带历来被视为"省尾"的边远、民族地区，经济、文化十分落后。康雍间，桂西的镇安府（治天保县，即今德保县）、泗城府相继设立府学。起初招生名额极少，雍正十一年（1733），清廷批复广西巡抚金鉷请示，准予镇安府学扩招至文武童生各 12 名；泗城府学招生旧无定额，准照镇安府名额招取。这些官学的设立，为桂西文化的发展点燃了星星之火。王维新长期担任泗城府学教授兼理凌云县学事，他以"讲学变夷俗"（《睡起》）的决心和"丈夫欲报国，唯在寸心丹……种成桃李树，自胜河阳潘"（《自遣》）的宏愿，执着敬业，教书育才，并最终逝于任上，为在桂西民族地区传播汉文化作出了自己的贡献。

文化传播，即文化信息的传递。著名的美国传播学者威尔伯·施拉姆认为，一个传播活动至少包括三个要素：信源、信息和信宿，信息的传递总是在信源和信宿之间进行的。② 从传播学的视角来看，王维新在桂西民族地区传播汉文化的过程中，信源就是作为府学教授兼县学理事的他本人，信息就是他在课内外所传授的汉文化知识，信宿就是府、县学文武童生以及他的影响所及的其他人群。从王维新散曲所反映的府、县学授课情况来看，所传授的汉文化知识是十分丰富的，既有文史哲百科综合知识，又有专科如农业耕作和桑蚕纺绩等生产信息。

王维新散曲中反映传授中华文史哲百科知识的，例如【中吕·粉蝶儿】《示学童》：

> 兔走乌旋，叹光阴本来似箭。任英雄莫驻青年。去童心，除稚气，及时宜勉。夕阳朝乾，古神灵寸阴犹恋。
> 【醉春风】孝绪遍通经，黄中能及第。昔人幼岁已翩翩，都来

---

① 公元 1646 年，隆武帝朱聿键在福建汀州被清军俘虏，旋被害，而当时明神宗的男性后裔只剩下桂王朱由榔一人，于是在广西巡抚瞿式耜等人的拥立下，即位为永历帝。永历政权被清军由广东肇庆、广西梧州、平乐、桂林等一路追击，最后败退入云南、缅甸。永历十七年（1662 年，清康熙元年），永历帝在昆明被绞死，明残余势力灭亡。

② ［美］威尔伯·施拉姆等：《传播学概论》（第二版），何道宽译，中国人民大学出版社 2010 年版。

一劝。劝朝览经书，昼翻史册，夕谈文卷。

【普天乐】那经书非粗浅，彝伦悉寓，法道俱全。将实字儿先，把虚字儿研。注疏抄来低徊看，平心比较，慎勿徒然。若果能当我话言，随时实践，便得根源。

【石榴花】群经道理属空言，传证来先。茫茫上下四千年，兴亡在我，治乱非天。贤奸初以几希判，如能切已重翻。将来事业应能办，志行可无愆。

【满庭芳】纵横合散，阴阳错杂，名法腾骞，儒家道墨兵农辨。丙库喧阗。说意境，殊多奥衍。斗机锋，不厌奇偏。前人选，一斑窥见，似月印前川。

【哨遍】过去的风流文献，舍舰舰大集何由见。念沧桑世界等云烟，尚能将雪爪流传。期细展，天人妙旨，经济宏文，及一切词华绚。不但汉唐最显，就即是六朝南北，两宋金元，迄夫胜国所遗留，到手皆称有因缘。夕秀朝华，同工异曲，宜深简练。

【耍孩儿】为文总要呈真面，知题目，理法当然。更何求议论与波澜，意充时，自致便便。清真不枉填经籍，雅正仍能代圣贤，非空衍。畅好是机圆局紧，气足神完。

【二煞】诗家各体随时变，若应制尤须细练。对工韵稳始堪言，记留心起结中联。清新俊逸争先尚，衰飒轻佻急欲捐。精心撰，既不废唐人试帖，更当看馆阁名篇。

【一煞】钞文字欲佳，临池意欲专。右军格法原堪羡，徒耽赵董防成俗，独爱颜欧亦是偏。解临摹，终称善。但勿至减增有误，舛错相沿。

【净瓶儿煞】责备原无尽，修能非易言。第肯将功程几件，遵循不倦，足远胜剧棋投子日游衍。

前两支曲【粉蝶儿】和【醉春风】，先要求学子端正学习态度，"去童心，除稚气"，珍惜年少时光，日夜抓紧攻读。【普天乐】【石榴花】两曲，提出从儒家经典著作入手攻读，因为群经富有哲理，法道齐全，又有历代注疏、传证详加解说帮助理解。作者指出，上下四千年史实证明，"兴亡在我，治乱非天"，贤者与奸人往往只因极小的差别而区分，要想使自己的志向和操行没有缺陷，就要努力学习。【满庭芳】和【哨遍】两曲，进一步要求扩大阅读面，以丰富的百科知识充实自我。【满庭芳】曲从横的方面，引导学童博览群书，将纵横、阴阳、名、法、儒、道、墨、兵、农、杂等诸子百家学说兼收并蓄。此外，奥衍的意境，奇偏的机锋，等等，从前人各种选本中，可窥一斑而见全豹。【哨遍】曲则从纵的方面，要求把从先秦、汉唐、六朝、宋元以至本朝的各种"风流文献""觥觥大集"细加展阅。在博览群书的基础上，又精选各代名著进行深研，以理解其中的"天人妙旨""经济宏文"，欣赏那"同工异曲"的"夕秀朝华"。【耍孩儿】【二煞】【一煞】三曲，分别谈为文、写诗、学书法等专题。【耍孩儿】说写文章首先要选好题，讲究议论、波澜和立意，风格不论清真、雅正，都切忌空洞敷衍。还要讲究结构、气势、神采，追求"机圆局紧，气足神完"。【二煞】说写诗先要辨明和选定体裁。作者强调，不论学何种诗体，都要讲究对工韵稳、起结中联，提倡清新俊逸之风，力戒衰飒轻佻之作，注意借鉴唐宋名篇的经验。【一煞】说抄书写字求工整，要用心练书法。作者提醒，临摹名家书法，应遍学王羲之、赵孟頫、董其昌、颜真卿、欧阳询诸大家，注意转益多师，防止专偏成俗。但抄书作为文化传承的一环，最根本的要求是准确传抄不走样，切忌单求字好而致"减增有误，舛错相沿"。尾曲【净瓶儿煞】说知识海洋无边无涯，治学方法林林总总，不是课堂上能讲得完的。但只要能抓住关键的"功程几件，遵循不倦"，课内勤学，课外多练，就远比那些贪玩怠学的人有出息了。

这组套曲出于列举教学内容，提示治学门径，标榜国学精要，树立学习典范之需，曲中用了不少熟语成句、专有名词、人物典故。此外，套曲多用工整的对仗，句式整齐中又有错综变化，十支曲子一韵到底，声韵和谐，朗朗上口，极便学童记诵。

王维新还有一首【般涉调·耍孩儿】《里塾》，如下：

> 柳依依别有村，水弯弯独绕门。东西插架图书满，黄莺尽日如求友，白鹭随时似乐群。笑诸生，知勤紧。惟涂抹之乎者也，但吟哦子曰诗云。

生动形象地描绘出村学里塾"柳依依""水弯弯""黄莺求友""白鹭乐群"的校园环境，一派清静优美、辽阔开放的景象。在东西插满架的丰富图书旁，生童们专心"涂抹之乎者也""吟哦子曰诗云"，自觉地抓紧用功，读书习作，乐此不疲。塾师亦因诸生"知勤紧"而深感欣慰，尽心从教。

厉鹗也有一首同类题材的【北正宫·醉太平】《题村学堂图》，如下：

> 村夫子面孔，渴睡汉形容。周遭三五劣儿童，正抛书兴浓。探雏趁蝶受朋侪哄，参军苍鹘把先生弄，甘罗项橐笑古人聪。不乐如菜佣。

虽然地处文化先进的中原地区，但这个偏僻乡村的小小学堂，塾师一副"村夫子面孔，渴睡汉形容"，庸碌无为，意志消沉，学童们顽劣贪玩，无心向学，还百般调皮地作弄老师，其教学效果就可想而知了。

两相比较，文化落后的桂西壮族地区的村学里塾，在王维新笔下却展现出一派书声琅琅、人人"勤紧"、天天向上的良好学风。从中依稀可见王维新作为教授登坛授课的忙碌身影，及其履行学官职责在教育教学管理上取得的斐然政绩。

王维新散曲中反映专科传授农业耕作和桑蚕纺绩生产信息的，如【黄钟·瑞云浓】《耕织》：

> 【引子】天家打算，政治农桑为本。是故明君制民产，男耕女织，举作息皆蒙方寸。谁见，耕与织皆图便殿。
>
> 【绛都春序】东风略暖，适连番雨来，陂塘欲满。种浸筠笼，早报催耕枝上唤。耙来碌碡纵横转，播百谷高低咸遍。秋针渐苗，复加淤荫，始能葱蒨。
>
> 【前腔换头】春半，浴蚕溪畔，遇一再三眠，枕衾难暖。点烛中宵，不计睡觉孩儿唤，盈箱大起桑宜嫩，剪细叶和蘩成片。仓皇捉绩，敢炊朝饭。

【啄木儿】才立夏，水满原，移植新秧过别田。每防稂莠害嘉禾，再三耘犹爱无倦，炎蒸逼自然难免。旱时戽斗抽无已，渴后壶浆饮欲连。

【前腔】墙边树，绿影繁，蚕老充饥采挕先。茧抽新上簇争看，室防寒下簇方欢。筐间择茧因材辨，村头窖茧携锄便，但比农功已略完。

【降黄龙】我稼如云，个个腰镰刈向郊原。登场已高，持穗方殷，杵臼声喧。舂完，更兼筛簸，把租税先输州县。各归家祈神祭祖，大家方便。

【前腔换头】炉边，煮茧停烟，举手探汤取丝细练。蛾儿莫闹，送尔向水际蹁跹。天天，牵经络纬，织成后染色求鲜。嗟泼妓征歌遇赏，曾念艰难！

【喜无穷煞】用豳诗，谐弦管，义古声和听易倦。为写新词，付与梨园。

我国古代以农桑为本，然而从元代到清中叶，耕织题材从未受到过散曲家们应有的重视。偶有涉及，也大都仅仅作为描写田园风光的点缀，抒发归隐闲情的背景。第一次以专题形式全面地铺叙农业耕作和桑蚕纺绩生产内容的，就是王维新的这套【黄钟·瑞云浓】《耕织》。

序曲【引子】从"天家"即帝王治理天下以"农桑为本"的政治高度说起，贤明君主密切关心农业生产，在正殿以外供休息消闲的别殿画上耕织图，对男耕女织不违农时劳作生息时刻萦怀。以下就按农时为序，以"耕""织"为两条线索交替展开平行铺叙。

【绛都春序】【啄木儿】【降黄龙】三曲写"耕"。【绛都春序】叙春暖雨足，以筊笼浸种开场。深耕细耙播下谷种，高低农田一一撒遍。秧针长出后施肥促苗，遍地青葱欣欣向荣。【啄木儿】记立夏水满，移插新秧过别田。防稂除莠，再三耘田护禾不倦。旱时戽水灌秧，禾壮浆满。【降黄龙】写百谷皆熟，郊原上抢收繁忙。持穗脱粒，扬杵舂谷，筛簸弃扬。先向州县输租税，然后各归家祈神祭祖。

【前腔换头】【前腔】【前腔换头】三曲写"织"。【前腔换头】说仲春溪畔，忙浴蚕料理其三眠。蚕虫盈箱大起，连夜细剪嫩桑喂养。忙于捉绩，日夜废寝忘餐。【前腔】叙初夏蚕老先采捋，茧抽新丝看上簇，室内防寒护蚕下簇。蚕筐间择茧分类，窖茧村头事功略完。【前腔换头】写炉边煮茧，停火后探汤捞丝细炼；天天牵经络纬，织成后染色求鲜。可叹的是那些歌妓动则获赏，可知所奖织物来得如此艰难！

尾曲【喜无穷煞】，作者深感耕织男女的艰辛不易，声称要"用豳诗，谐弦管"以颂扬之。豳诗，指《国风·豳风·七月》，是《诗经·国风》中最长的一首诗，举凡春耕、秋收、冬藏、采桑、染绩、缝衣、狩猎、建房、酿酒、劳役、宴飨，无所不写，无体不备，有美必臻。采用赋体，"敷陈其事""随物赋形"，反映了生产和生活的真实，是古代现实主义的名篇。但作者又担心豳诗"义古声和听易倦"，因此特地写这组"新词""付与梨园"。

作者不仅在曲中详细铺陈耕、织两套生产流程的各环节全过程，以客观写实的手法尽显耕夫织妇的勤劳智慧和艰辛劳苦，而且对这些"艰难"大众抱着同情、尊重甚至感恩的态度。就其精神与手法均上承《诗经》的现实主义优良传统这点而言，这组套曲堪称散曲版的《豳风·七月》。

这组套曲的结构精妙而清晰，错综又谨严。首、尾两支曲，是序曲和尾声；中间六支曲，单数的三支写"耕"，双数的三支写"织"。试对照《四库全书·授时通考》录存的乾隆本《御制耕织图》说明之。该本中的耕图、织图各23幅，其中耕图可分成三组：第一组为浸种、耕、耙耨、耖、碌碡、布秧、初秧、淤荫，大体对应于【绛都春序】；第二组为拔秧、插秧、一耘、二耘、三耘、灌溉，大体对应于【啄木儿】；第三组为收刈、登场、持穗、舂碓、籭、簸扬、砻、入仓、祭神，大体对应于【降黄龙】。织图也可分三组：第一组为浴蚕、二眠、三眠、大起、捉绩，大体对应于【前腔换头】；第二组为分箔、采桑、上簇、炙箔、下簇、择茧、窖茧，大体对应于【前腔】；第三组为练丝、蚕蛾、祀谢、纬、织、络丝、经、染色、攀花、剪帛、成衣，大体对应于【前腔换头】。可见，这组套曲中记载的许多耕织知识和实训步骤，翔实具体，符合当时耕织生产实际，可操作性强。因此，又可视为散曲版的耕织生产技术科普读物。

综上所述，从王维新散曲所反映的府、县学授课情况来看，所传授的汉文化知识是十分丰富的。在桂西民族地区传播汉文化的过程中，王维新既是传播信源和行政管理者，又在自己的曲作中反映了这一过程。因此，王维新的这一部分散曲作品，堪称清代桂西壮族地区汉文化传播的实录，具有重要的地方历史文化文献价值。①

（二）王维新的诗

王维新的诗集有《菉猗园初草》、《峤音诗》、《丛溪集》、《十省游草》、《宦草》等五种，共约 720 首。

他的诗歌以描绘人文胜地、山水田园、景物风光一类数量最多。如《望峤》：

> 都峤西偏吾所止，中间隔着丛溪水。分龙岂但百余程，距胜不逾二三里。松萝色向村边来，鸡犬声从云外起。有时弹琴坐修竹，青山隐隐若侧耳。有时泼酒向苍苔，青山隐隐如侧觜。此身不幸落偏隅，惟有斯山是知己。夕阳紫翠何可状，一雨青蓝难尽指。即居环堵会相逢，便掩柴门亦能视。绿玉杖丹云履合，登上峰头攀葛蘦。吾更胡为在泥滓，计因出处困自由，遂致常投尘垢里。是宜于世无扬滪，不负斯山而已矣。

王维新早年读书于都峤山中，青年时亦在此做塾师，这里的山水草木、峰头丹云，自然为他所熟悉热爱，引斯山为知己，深情地反复吟咏。王维新的一生，可以说有着千丝万缕的都峤"情结"。

又如《昭江晓发》：

> 马峡高如许，终难锁急流。梧帆方北上，桂棹几南浮。
> 断树衔孤塔，寒烟出戍楼。江空猿自啸，白日改清幽。

这首诗写诗人乘船从梧州经昭平北上看到的桂江晨景。在高峡急流、断树孤塔、寒烟戍楼、空江猿啸、船帆往来的背景下，光亮白炽的朝阳喷

---

① 请参见梁颖峰《清代桂西壮族地区汉文化传播的实录——王维新散曲的传播学解读》，《阅读与写作》2011 年第 10 期。

薄而出，桂江一带景色顿显清幽静谧、澄澈淡远。

《生平所历有不可忘者述为二十九首》这一组诗，各子题为：《都峤读书》、《勾漏寻仙》、《湘山礼佛》、《党籍观崖》、《严关度雪》、《潇湘听雨》、《洞庭玩月》、《鄂渚扬帆》、《邺下思才》、《滹沱饮马》、《丰台赏花》、《都亭畅饮》、《山堂览胜》、《中泠品泉》、《虎邱凭眺》、《西湖载酒》、《吴山骋目》、《富春看钓》、《秦淮泛棹》、《谢墩清兴》、《雨花登台》、《钟阜振衣》、《风台感遇》、《彭蠡观涛》、《鹿洞携朋》、《襄阳旅望》、《庾岭寻梅》、《峡山听泉》、《镇海大观》。仅从诗题上看，也大略可知他在都峤山"读万卷书"之后，经由勾漏洞而"行万里路"，漫步雄山大川，遍访风流胜迹的壮游情景。

其他如描写读书生活的《书斋雨晓》：

> 晓起窗间坐，萧疏细雨声。仰观天尽白，近吸气皆清。
> 庭意归末想，秋光不可名。案头书帙在，向寂对孤檠。

述志咏怀的《采菊》：

> 近社有丛菊，倾枝俟彭泽。品异标孤秀，幽芬落空隙。
> 我往掇其英，携壶坐白石。疏篱垂古藤，小径穿松柏。
> 晚节信能持，严霜几相迫。惜当荒僻地，无人共寻索。

直抒怀抱的《自遣》：

> 昨梦见天帝，赐我青琅玕。我意赤珊瑚，诸臣意皆难。
> 乃知名与位，不可越分干。丈夫欲报国，唯在寸心丹。
> 尊卑复何言？小大同一观。莫言斋署小，廓然天地宽。
> 不用听啼饥，曷事理号寒。种成桃李树，自胜河阳潘。
> 职分虽易为，犹恐讥素餐。苟非能建绩，何必稀高官。

也都生动形象，立意高远，清新可读。

王维新的词将在第七章"广西词人群体研究"中论述。

二　"都峤三子"中的另外两家

"都峤三子"中的另外两家是覃武保和封豫。

覃武保，字爱吾，又字心海，容县辛里人，嘉庆丙子解元，大挑一等，著作有《夕阳楼草》、《半帆集》、《驴背集》、《四书性理录》等多种。

封豫，字望仙，容县人，贡生，著作有《翠园山房诗集》、《后生缘草》、《封望仙赋稿》等。

可惜的是，此二人均人微官轻，不为文坛所重，加上他们的诗文流传不广，故其名不彰。王维新的著作中提到与此二人的交往或存其作品者有四：

一是《海棠桥词》卷首王维新的《自序》：

> 予少苦无指授，自交封望仙、覃心海，始相与学为慢令。①

二是《峤音诗》卷首"夕阳楼人"的《序》：

> 都峤山，第二十洞天也。风月云霞、泉石花鸟，四时备焉。王子景文，家山之西三里。常栖息于此山，风月云霞、泉石花鸟，一网打尽，收拾锦囊中，不复遗一二以与外人。于是峤天外录成焉。有覃子爱吾者，景文友也，家山之北三十里，亦常来往于此山，日与王子争风月云霞、泉石花鸟，三年不决，同梦而质于都峤山之灵。山灵曰："风月云霞、泉石花鸟，吾设之以待天下之才子。使而二子皆有才，则风月云霞、泉石花鸟平分而居，可也；使而二子皆无才，则风月云霞、泉石花鸟又归之他人也；使而二子一有才、一无才，则风月云霞、泉石花鸟有才者自得奄而有之，无才者不得也。故皆不必争也。"则蘧然大觉，二子相视而笑，后遂不复言。阏逢困敦之岁月在壮，夕阳楼人漫述。②

---

① 见清抄本王维新《海棠桥词·自序》。
② 见清刻本王维新《峤音诗·序》。

三是《隶猗园初草》卷首，署为"同里覃武保爱吾撰"的《序》：

　　情者，先天地而生，不后天地而灭。分而著之，固无时不有，无地不有，无人不有者也。何也？烟沉草色，雨暗梨花，春之情也；蕉心卷雨，葵蕾倾阳，夏之情也；蛩声吟砌，雁字书空，秋之情也；松骨倚天，梅腮破雪，冬之情也；鹦鹉传言，海棠入梦，闺阁之情也；泪里乡收，望中云树，逆旅之情也；旌旆日暖，宫殿风微，廊庙之情也；岭上白云，杯中明月，山林之情也；故国江山，风尘涕泪，忠臣之情也；寸草春晖，履霜哀操，孝子之情也；金石可开，汤火不避，志士之情也；泽畔行吟，幽篁长啸，骚人之情也；非直此也。而且花草有其情，鸟兽有其情，虫鱼有其情，木石有其情，凡大地间有形而有声者皆有，其情可以旁达也；古今之远，此情可以流通也；人我之异形，此情可以相贯也；人物之异类，此情可以相感也。人而无情，不特非人，而亦非花草，而亦非禽兽，而亦非虫鱼，而亦非木石，而亦非天地间有形之物。有声之物、无声有形之物、无形有声之物，是故人以无情为道学先生。吾以为无情必无人而后可，必无物而后可，必无古今而后可，必无天地而后可也。虽然情无分于天地间之人之物，又何以别于天地间之才子，而独称为情人乎？曰无物不有者，物生于情也；才子为情人者，情生于人也；物生于情者，情以体物，而因其物，则其情如是足也。情生于人者，人本有情，而因是人，则其情愈以生也。

　　王氏景文，情人也；予与景文，情友也。景文之《隶猗园初草》，以情人发为情言，所谓情至而文生也。然则景文之诗固可以情尽之矣。时而雍和春之情也，时而蒸发夏之情也，时而萧疏秋之情也，时而惨淡冬之情也；且时而妩媚闺阁之情也，而寥寂逆旅之情也；且时而刚直忠臣之情也，时而绵挚孝子之情也，时而悲愤骚人之情也，时而侠烈志士之情也。虽然，景文之诗可以情尽之，而予与景文之结交亦可以情尽之也。

　　予与景文少年则为好古情、游艺情，予与景文既壮则为学道情、用世情，予与景文或遇则为报国情、建绩情，予与景文不遇则为泉石情、著述情。今夕何夕？柳暗花明，春风无恙，羽觞自倾，为即高歌淇澳之章，以复景文。盖葓猗园一编，景文之志古矣，景文之情远矣。

四是王维新为封豫的词集《后生缘草》所作题辞，见于《丛溪集·题望仙〈后生缘草〉》：

> 夜雨梧桐独黯然，残灯静对后生缘。得来骨相皆相似，照证须从五百年。

从王维新的创作来看，其与覃武保的交往最深。王、覃两家相隔不远，故他们经常结伴同游。如《偕覃爱吾游天峡回至涧岩值人留饮》：

> 翠霭逐空尽，清风随我归。何人当洞道，取酒款岩扉。
> 促膝兰言冷，衔杯野色围。山林长若此，行乐可无违。

又如《采桑子（偕覃爱吾游都峤）》：

> 平生坐窟唯都峤，别后常怀。久后仍回，洞口桃花只管开。
> 刘晨阮肇情无异，为道香腮。莫讶凡才，勾引何人到此来。

《浣溪沙（同心海泛舟迎恩河）》：

> 欲借瓜皮载妓游，环城沟水绿如油，水边红袖正当楼。　路到穷时还窈窕，山逢尽处更清幽，翩然携手入林邱。

偶尔因大雨阻隔，王氏还住在覃家，见于《鹤冲天（雨宿覃爱吾）》。

> 风乍紧，雨还生，扑地楝花明。无端作势向三更，不遣梦儿成。　灯何处，人何处？四壁蛩声尔汝。故交明发定能知，两鬓欲

成丝。

后因各人的仕途不同，只能相互送别、怀念了。如《答覃爱吾远别离并序》：

> 覃住城北松崖，予住城南竹港，相去三十里，而会面常疏。覃作远别离寄予，义兼赋比。予爱其情至，为答之，以广其意。
>
> 肝胆异楚越，乾坤同屋庐。聚者岂为亲，离者岂为疏。昨绎君家离别意，使人感叹情难遂。松方与竹订同心，竹竟与松成两地。丈夫意气九霄鹏，任是山川阻未能。春云作态分千帐，秋月悬辉共一灯。斗大孤城判南北，情来情去无终极。乘兴能从刬曲游，得闲便向商颜陟。悠悠天际列飞鸿，音信春秋尽可通。相期各励岁寒志，桃李如今当好风。

又如《郡城怀封望仙覃心海》：

> 隔岸残阳醉晚枫，怀人身在小楼中。冥鸿天际空成字，猛虎山间自啸风。总府衣冠连日聚，诸江舟楫即时通。行踪得至应旋至，日断西南数尺篷。

三　"容县四封"

（一）"四封"概况

封祝唐（1857—1898），字眉君，一字寿君，容县石岭人。光绪三年（1877），封祝唐考中进士，曾任陕西神木、城固知县。光绪十八年（1892），老父病逝，去官返故里，主讲绣江书院。六年后，即1898年，病逝于赴京途中的河北通县，享年四十一岁。黄辉清《广西诗见录》收有封祝唐诗225首，陈柱《粤西十四家诗钞》收录《味腴轩诗稿》诗204首，《粤西词载》收有封祝唐词《白萍香》一首。

封祝唐的父亲封尉初（1830—1891），字少霞，十五岁中秀才。道光二十九年（1849）乙酉科以第六名拔贡中第十六名举人。咸丰三年癸丑殿试二甲登第二十二名进士。点内阁中书协办伴读加一级，同治十年亥庚午科湖北乡试同考官，光绪十四年戊子科充湖北乡试内收掌官，光绪十五年（1889）十一月诰授通奉大夫（阶从二品），著有《还续斋古文》2卷，主修《蕲州志》30卷，于光绪十七年在武昌病故。

封祝唐的弟弟封祝祁，字鹤君（1876—1959）。于光绪二十六年（1900）庚子科举人，任过湖北荆门州师范学堂的文史教员。宣统年间，以试用知县分发湖北，任藩署民事科员，兼存古学堂文牍。1914年任湖北通志局协修。1915年为蒙古都护副使秘书长。两年后，升为蒙古都护副使。次年，改任为库伦都护使秘书长。在蒙古任职期间，他主张"汉蒙一家亲，民族大团结"，表现了进步思想。1922年出任湖北宣城县知事。1930年秋出任广西大学秘书长。为了支援抗日战争，他响应李济深、郭沫若等人的倡议，积极参与向桂林的富商巨贾的募捐活动，表现了可贵的爱国热情。1946年兼署文献委员会副主任。解放后，受聘为省文教厅文物馆筹备委员，直到在任上逝世。有《樊棠庵诗存》一书传世。[①]另外，梁古垆、韦燕章编有《鹤君诗文集》，《广西历代文人著述目录》录有其《鹤君诗存》、《鹤君文存》、《漠北纪游》等。封祝祁博学精勤，对古诗文造诣很深，诗歌尤喜李、杜、陶、苏诸家。

封祝唐还有一个弟弟叫封祝椿（1879—1961），字濯吾。[②]光绪二十八年（1902）考取秀才。1904年东渡日本期间，与马君武、黄兴是好友，同鲁迅、周钟岳是同学。1905年由马君武、黄兴介绍加入同盟会。弘文学院毕业后回国，时适值废除科举制兴办新学，他在容县倡导创办一所学务工所即县立中学，被推荐为所长。办学成绩突出，新学气氛活跃。他曾任广西法政学堂提调，后任两广优级师范监学斋务长，1923年马君武任广西省长，封祝椿任秘书长，后到梧州任税务局长。同时筹办梧州红十字会，任副会长。封祝椿稍有积蓄便带头向"红十字会"捐献。他还先后在广西任过修志局、通志馆编纂。他的书法独具特色，被推认为广西书法家之一。社会上稍有地位的名流常向其索求

---

①　或无"棠"字，待考。另：《广西历代文人著述馆藏联合目录》有《封祝祁诗集》，亦待考。

②　"椿"字《味腴轩诗稿·后叙》作"清"，待考。

墨宝，1948 年告老还乡，踵门求书者尤众。中华人民共和国成立后，封祝椿任广西文史馆馆员，1961 年病逝。

封祝唐的丈人王望卿，是明代容县名诗人王贵德七世孙，也是有名的诗人。因此"容县四封"（或曰"石岭封"）就成了广西有名的文学世家。①

但遗憾的是，目前仅找到封祝唐的诗作，封尉礽的作品待查。而封祝祁、封祝椿主要生活于民国时期，不论。

（二）封祝唐

1. 封祝唐的思想

儒家思想对封祝唐的一生产生了重要的影响。儒家要求人们匡时救世，施行仁政，尚贤使能，可以说，这些思想贯穿着封祝唐的一生。儒家的"达则兼济天下"的匡时救世思想在封祝唐不同时期有着不同的表现。

儒家把"仁"的思想扩大到政治上，"仁"即德治，通过德治达到"上以忠于世主，下以化于齐民"。施行仁政或"王道之治"是儒家的政治纲领。封祝唐为官之时积极实行仁政，据《鹤君诗文集·族谱》载，神木县（今属陕西榆林市）"地枕蒙疆，民风鄙塞，封祝唐导以诗书，课其耕织，令行化俗，民以太和"。移知城固县（今属陕西汉中市）时，封祝唐对杀人越货的江洋大盗、为富不仁的乡绅采取打击和压制的政策，而对老百姓则采取仁政。

封祝唐主要生活于清代咸丰、同治、光绪年间，此时清王朝从盛世走向衰落。同时民族危机进一步加深，1894 年（甲午）中日战争失败后，彻底暴露了清王朝的腐败无能，清政府不得不割地、赔款、求和，对此，封祝唐长歌当哭：

> 沧海廿年劳斧画，岛夷一战叹灰飞。（《无题十首》之四）
> 藩封缅甸沦殊俗，海国冲绳县易名。（《无题十首》之五）
> 一炬光连梦尾遥，仓皇输币订盟条。（《无题十首》之七）
> 吴会名山愁画地，汉家长策重和藩。（《无题十首》之六）。

---

① 以上请参见苏铁生《〈味腴轩诗稿〉校注》，硕士学位论文，广西大学，2003 年。

　　封祝唐有时在诗中直接提到"儒",他的骨子里一直是一颗建功立业的"儒心"。如《西行道中追念蕲春徐畅生诸丈,效颜光禄作五君咏寄之》:

> 古人思致君,读书兼读律。末世无申韩,竖儒任何术。
> 公才胜府选,乃为网丝屈。十丈红渠开,辉映灵椿室。
>
> 元龙湖海姿,儒官偶栖托。流风缅坟典,余论穷邱索。
> 蕲阳苦文衰,大雅庶几作。执铎非本怀,相期奏韶镬。

　　道教作为中国的土生土长的宗教,它的信仰内容蓄积了汉民族历史形成的感情、信仰和思辨的传统成果。它要求把治国和养生结合起来。它和儒家传统的积极入世精神一样深深地植根于中国民族文化之中,成为中华民族的一种特有的心理特性。封祝唐的诗歌中充满了道教神话典故,以及同道教思维模式相联系的浪漫主义的风格和激情。如《柴关岭放歌》一诗,诗人在诗尾突发奇想,举起手来召唤,似有群仙来相迎:"安得群仙相迎,使我挟策朝玉京"。封祝唐的游仙,在很大程度上是他蔑视权贵、渴望自由的表现。他既无力改变现状,不如去名山访道。正如诗中所说"平生拟探五岳奇"(《舟中望金山》)"渺渺元真子,高踪不可攀"(《晚泊道士湫》)借助道教思想、神仙思想的支撑,洁身自好,不做权奸贵人的帮凶。又如《春日漫成》:

> 春气融虚槛,池冰渐作澌。柳低双燕鹣,花暖一蜂知。
> 埽石安棋局,开轩纵酒卮。阶前有红豆,小摘最相思。

　　封祝唐的这首诗感情淡泊、自然、真挚,这种清幽的意境是隐居修道者所追求的。求仙访道的人,在与自然风光的朝夕相处中,澄心净虑,自觉与自然相融无间,于是人便返璞归真,领悟到"素心""真趣"。
　　"幽人品格超尘外,秋士心情怕热中"。封祝唐品格高洁,并不热衷功名富贵,他这种思想,必然导致归隐山林。因此他为自己设置了一条"功成身退"的道路。他的这种思想在诗中时有流露。如:《紫柏山谒留侯祠》一诗,诗人感慨"功成不善退,岂曰见机作",诗中的留侯是功成身退的典范,他对统治阶级对待贤才的态度有较为清醒的认识,如"功成不善退"的话,只能落得个"彭韩皆鼎镬"的下场。这正是封祝唐所极力推崇的。"献策惭余劣""空抱匡时略",封祝唐仕途失意,加深了他的出世思想。①

封祝唐具有积极的入世思想,然"献策惭余劣"的现实使他心灰意冷,于是他想到了归隐。"何时归去来,远企陶公迹"(《晚抵杏林饭罢郊外小憩》)"赤松仙躅杳,浪迹愧飘蓬"(《留坝厅》);"明发秋风里,扁舟起棹歌"(《郢中北上同人送别江干怅然有作》);"何当谢尘鞅,同结故山庐"(《送何少辅水部南还》)。虽然他在诗中经常提到要归隐,但"崔殷高蹈非忘世,潘岳闲居只奉亲"(《春日宴集复园因呈主人康次衡中翰》)。他的骨子里还是儒家的入世思想占主导地位。他的归隐情结和他的道家思想紧密联系。隐士文化这一特殊的中国文化现象主要是与封建社会相始终。他以隐逸遁世的生活模式,归返自然的生命意识,随运委化的人生哲学,无为自适的价值观念,清简玄远的审美标准为主要内涵。封祝唐认同"小隐隐林薮,大隐隐朝市",他"六载困朝衫",仕途不得志,于是经常与同僚、诗友游乐酬唱,分韵赋诗。对于躬耕渔樵、居穴栖岩的小隐生活,封祝唐也津津乐道。陶渊明"采菊东篱下,悠然见南山"的悠闲他羡慕,范蠡浮游五湖的潇洒他向往,他希望有朝一日,也能"何当谢尘鞅,同结故山庐"(《送何少辅水部南还》)。

封祝唐仕途失意想要归隐,但观其一生经历,他并没有做一个货真价实的隐士。就连他的死也是死于赴京途中,怎样调和这种内心的痛苦呢?一些与佛教有关的形象,如寺院、僧徒、梵钟等不时出现在他的诗中。在封祝唐诗歌所出现的佛教事物中,"钟磬"出现的次数最多。喜用"钟磬"这一意象,大概源于封祝唐是个以"静想"为尚的诗人。诗人的爱静需要表现,最佳手段是以"动"衬托"静",这种艺术效果在王籍的名句"蝉噪林逾静,鸟鸣山更幽"(《入若耶溪》)中有很好

---

① 以上请参见苏铁生《〈味腴轩诗稿〉校注》,硕士学位论文,广西大学,2003年。

的表现。这种以声音烘托寂静的艺术手法是中国写景的古诗文获得高妙境界的重要手法。

朱光潜先生在《中西诗在情趣上的比较》一文中曾对受佛教影响较深的谢灵运、王维和苏轼三人有过一段评论:

> 虽有意"参禅",却无心"证佛",要在佛理中求消遣,并不要信奉佛教求彻底了悟。

这虽然是说中国文学的宗教色彩甚为淡薄,与西方文学长期受宗教支配不同,但我们拿朱光潜先生的这段话去评论封祝唐,还是适合的。我们可以试读他的这些诗,感觉颇具禅意,但封祝唐充其量只能算个"僧"的同路人,他的这些与佛教有关的诗作都是在路过、游览寺庙时有感而作。

总的说来,封祝唐的思想发展经历了"儒—道—佛"的过程。儒家思想对他的影响最大。他从小就受到儒家传统文化的熏陶,资质聪颖,深受师长器重。少年得志,科举亦非常顺利,积极入世的思想一直占据主流。由于仕途不顺,道家的"功成身退""归隐"也对他产生了重要影响,陶渊明、范蠡、张良等人物成为他心中的楷模。无可奈何之际,他只有向佛教寻求解脱。"佛寺""枯僧""钟磬"这些清冷、孤寂的意象在他的诗中经常出现,这是他享受"冷官"生活经历的反映。总之,封祝唐是一个积极仕进、忧悯其民,恻隐怀国,富于文采,头脑中又带有归隐情结的封建时代的文人。他的思想虽有消极避世等局限性,但儒家的积极入世仍然是封祝唐思想的主流。①

2. 封祝唐诗的内容

(1) 反映社会现实,关怀民生疾苦之作

"老我光阴蚁旋磨,困人仕宦上竿鲇",诗人在官场中处境困难,"愁比乱山多",但却对人民怜悯恻隐,关怀备至。某次行役,路过陕西延长县时,目睹劫后景象,作《延长道中》,慨叹不息:

---

① 以上请参见苏铁生《〈味腴轩诗稿〉校注》,硕士学位论文,广西大学,2003年。

　　　霜风渐渐染征衣，满目萧条气象非。古驿寒蛩悲自咽，荒村饥
　　雁冷还飞。廿年浩劫遗民在，九月凉秋过客稀。独有临溪数株柳，
　　兴亡阅遍尚依依。

二十年浩劫，古驿荒村，寒蛩悲咽，饥雁冷飞，过客稀少，遗民垂泪，
满目萧条，气象全非，盛衰存亡，依依杨柳为证，写出了"山田乱后
无人间，往往十耕九不获"的凋敝景况。诗人通过选取典型事物，创
造典型场景抒情言志，表达了对苦难人民的同情。

　　当年神木县久旱不雨，诗人不辞劳苦，亲自前往该县北方的滴水岩
为农民祷雨，并以"旱"为题，写下了《五律》二首：

其　一

　　一雨三旬斳，耕氓辍来嗟。只虞鸿集泽，遑恤鼠无家。
　　朱鸟森相向，阳乌渴倍加。中宵望云气，愁象满荒衙。

其　二

　　驱驰告群望，憔悴挈蒸黎。敢谓诚能格，聊希听或卑。
　　民劳应可止，官职本多亏。目极焦原外，呼天一涕洟。

诗人这种挚爱蒸黎之心感人至深。诗人忧悯其民的可贵感情在《栈中
见流亡载道，询之皆汉南之民也，感成四律》诗中表现得更为强烈、
突出。而《赋得栈里居民苦》更是反映社会现实，忧国忧民的优秀诗
篇，此六首诗如一幅风俗图，从居住环境、生态、衣食住行、疾病、风
俗、社会环境、苛政等方面把栈里居民的"苦"形象地描叙出来，渗
透着诗人对民生疾苦的终极关怀。[①]
　　（2）表现报国理想，呼吁匡时救国的诗篇
　　封祝唐是一个爱国诗人，在诗歌里表现了对祖国的无限热爱，对畏
敌误国、屈辱偷安的清朝统治者进行了无情的讽刺。如《无题十首》
中的两首：

---

　　①　以上请参见苏铁生《〈味腴轩诗稿〉校注》，硕士学位论文，广西大学，2003 年。

之　五

六师才整越裳平，定界劳臣首息争。樊雉来庭虚想象，鲲鲵制浪任纵横。藩封缅甸沦殊俗，海国冲绳县易名，一样荆驼悲玉改，不堪保护望神京。

之　七

一炬光连楚尾遥，仓皇输币订盟条。金缯那恤民脂竭，玉几翻贻圣虑焦。将略徒令思李牧，鬼魁到处尽徐瑶。中原净土知何地，烽裖冥冥总未销。

清朝统治者屈辱偷安，不战就"仓皇输币订盟条"，可耻之极。"鲲鲵制浪任纵横"，日本侵略者暴虐跋扈，为所欲为，肆无忌惮，琉球沦陷，中原无净土，人民蒙难，神州蒙羞，作者对"烽裖冥冥总未销"的现状表达了无比的愤怒和痛惜。

封祝唐早年就有"好将书剑策华年"的报国愿望，他的这种精神在《津门秋感四首》之一中有更好的体现：

扶桑秋色雨中来，横海骚然正筑台。谁识王商为汉相，可怜娄敬是边才。河山几许新亭感，风月频闻绿野开，叹息武威方裂眦，澎湖百战陈云哀。

面对国家积贫积弱，政治腐败，封祝唐主张重用经世之才，"谁识王商为汉相，可怜娄敬是边才"，古代匡时救国的英才是封祝唐推崇的对象。封祝唐的这些诗歌紧密结合时事，忧国伤时，主题深刻，有强烈的社会现实意义。①

（3）反映行役的艰辛和壮志难酬的悲愤

"宦海萍蓬无住著，天涯风雨若平生""北风吹雁苍梧秋，披图惝恍生羁愁"。诗人"几年旅食怜浮梗""浪迹匆匆九年事"，长期宦游，

---

① 以上请参见苏铁生《〈味腴轩诗稿〉校注》，硕士学位论文，广西大学，2003年。

既似萍蓬，又如浮梗，漂泊不定，饱尝羁旅之苦。如《沂州途次大风》，开篇描写大风决然陡起，接着写出当时在车中的真实情景和深切感受："闭置帷车内，欲语噤不说。惟闻马啼声，皑皑步残雪。布衾已多年，著手冷似铁。坐令皮肉皴，冻极痛更彻。"诗人关闭于车中，口噤不能语，布衾多年冷似铁，"坐令皮肉皴"，冷冻疼痛至极，苦不堪言。《夜至吕堰驿》也是写羁旅之苦楚：

> 客怀怯初征，驱车日将夕。行行烟树里，知是吕堰驿。
> 土室如鸡栖，解鞍亦云适。荒村晚市散，下箸甘冷炙。
> 凉风何飘飘，吹月过墙隙。悄然中不怡，劳劳感行役。

诗人于初征途上，策马驱车，日夕之时抵达吕堰驿。人疲马倦，歇息住宿。所居土室，简陋狭窄，如鸡栖之窝；下箸之物，粝饭冷炙，似猪狗之食。这就是诗人"怯"初征的缘由。为此，不怡之情悄然而来，行役之感陡然而生。

封祝唐宦游足迹遍及湖南、湖北、河南、河北、江西、江苏、陕西、山东、北京等地，故有思亲与离别之诗，如《汉上与仲弟话别》，写出了对弟弟的无限牵挂惦记：

> 孤舟风雨一灯斜，目尽秦云感鬓华。今夜对床同惜别，断肠分手各天涯。

另外还有《同人饯别於蕲春官舍之藤花舫醉酬长句一首》、《送何少辅水部南还》、《送林内兄南归》，则写出了与友人离别的悠思深情。《写家书二首》言其祖父、父亲一生亦宦海浮沉：祖父古稀之年，官退归田；父亲任官蕲阳，位卑俸微，"薄禄仍饥驱"，自己奔走干谒，落拓失意，"而我复落拓，索米长安居""举头忽垂泪，三处离怀俱"。封祝唐三代仕宦，但官位低下，俸禄微薄，有职无权，清闲冷落，故自称"冷官"。本欲"好将书剑策华年"，却被投闲置散，这种痛苦常常流露于诗中。如《春晚》：

> 春色竟如此，吾生信有涯。冻云偎病树，疏雨落轻花。
> 官拙鲜人事，身闲负物华。耽吟几搔首，默数晚归鸦。

封祝唐在官场中落拓、失意，自谓"拓客"，诗中往往抒发不得志的思想感情。在苦闷失意中，诗人只好故作旷达，力求得到思想上的解脱。如《有感四首》其四：

> 惭愧人前百不能，年光一例付薨腾。愁多易溅伤春泪，官冷真如退院僧。呼马呼牛聊自应，学仙学佛亦何曾。近来颇悟楞严理，解脱拈花是上乘。

薄宦无所作为，穷边虚度年华，诗人恨不能立即脱去"尘冕"，罢掉官职，回家和亲人团聚，过"制荩荷为裳"的清贫生活。诗人宦海半生，困顿不顺，难骋壮志，他为自己的不幸际遇鸣不平，叹"蓬山路远吾何恨，曾耻随人赋帝京"（《秋日感怀五首》其一），为自己曾奔走干谒而感到内疚，于是希冀"闭门即有山林意，嗜枕无聊送夕阳"（《秋日感怀五首》其二），渴望归隐山林。①

（4）吊古伤今，感时伤怀之作

封祝唐宦游，足迹踏遍大半个中国，诸多名胜，无不流连尽致。遇到故城废垒，旧宛荒台，吊古伤今，淋漓跌宕，不遗余墨，写了不少旅游览胜，怀古咏志的诗。正如他在自序中所言："其间偶然有得，皆于役时，模山范水，自写幽忧。"如《汤阴谒岳庙》，对精忠报国的岳飞父子寄寓了无限的敬意和同情："如云铁骑响珊戈，父老欢迎遍两河""伤心冤狱报罗成，父子精忠同日死"；而对卖国的秦桧夫妇则表现了无比的憎恨："东窗夫妇秘阴谋，南渡君臣忘国耻""阶前长跪尔何人，蓬首垢面黯不呻"。名为吊古，实则伤今。封祝唐为官正值清王朝从盛世走向衰落，甲午战争失败，清政府"汉家长策重和蕃""仓皇输币订盟条"与南宋的"庙堂鼎沸竟宣和"的不抵抗政策相同，表现了他对当时朝廷的处境十分担心。又如《谒汉萧酂侯墓》，萧何辅佐沛公起

---

① 以上请参见苏铁生《〈味腴轩诗稿〉校注》，硕士学位论文，广西大学，2003 年。

兵，于"稠人之中识国士，举为大将三军惊"，使"亭长居然作天子，一时故旧皆公卿"，但那已是历史，今天已是粪土当年万户侯了，"登高睇遗址，碑版沦荒苔。灌木罗庭阴，噪唤群鸦来"，意喻自己空有匡国救世之志，却无人赏识，只好"三复良弓叹，避蹄甘蒿莱。所以披裘翁，垂钓去不回"。封祝唐所处的时代，正值封建社会末世，国弱民贫，内忧外患。他看不到封建社会的病根，既无改革的意愿，也无救世的良方，政治抱负是无法实现的。

封祝唐诗集中这类诗作很多，这些诗吊古伤今，感时伤怀，都写得雄浑幽瑟，悲壮苍凉，别有风味。①

（5）写景诗、题画诗和咏物诗

封祝唐写了大量气势不凡的山水之作，几乎每到一处，都要描写当地的风景胜状。从这些诗中可以看出他对祖国对生活的无比热爱，也可以看出他在山水境界中寄托的胸襟怀抱和情感气魄。如《山行叠前韵》：

> 入山已三日，山行回幽绝。萦纡兽迹交，屈曲羊肠折。
> 凌晨动征驿，石径霜气冽。踟蹰短辕中，欲卧肘更制。
> 车夫怜我瘁，执辔意殊切。危坡百级下，势若争一蹩。
> 回望层崖颠，松栝森森列。白云断复续，清泉冻仍咽。
> 怪石如于菟，作势欲相啮。腰无大羽箭，没镞从何说。
> 颇闻东蒙峰，上有太古雪。浪迹苦未跻，空碎轮蹄铁。
> 晨飞乌哑哑，向晚声更彻。唤醒征人梦，如欢关山别。
> 关山别良苦，南望离情结。

"于菟"，楚地方言，即是老虎，"怪石如于菟，作势欲相啮"是说山势险峻。这首诗开始用"山行回幽绝""萦纡兽迹交"，描绘了大山的幽、深。接着又用"危坡百级下，势若争一蹩"极言其险；"颇闻东蒙峰，上有太古雪"极说其高。全诗感情奔放，而又跌宕起伏，写得豪气纵横，神采飞扬。

---

① 以上请参见苏铁生《〈味腴轩诗稿〉校注》，硕士学位论文，广西大学，2003 年。

封祝唐诗歌中有一些题画诗,如《题黄鹂翠柳图》、《题张楚樵听春馆画帧》、《题桑子芳刺史画蝶帐楣》、《题江海帆醛使宦蹼图》、《榆阳张寿聊孝廉出其先人总戎公停云志喜图因题长句一首》、《题画》、《题周防仕女图十二首》。封祝唐的题画诗中,最具特色的要算《题画蝶》了,如下:

> 仙衣五色态生妍,栩栩真从笔底传。一幅轻绡春欲活,落花如梦草如烟。

这首诗用白描的手法,勾勒出五彩斑斓栩栩如生的蝴蝶,将画家那可以假乱真的高明画艺表现出来,真正达到了"诗中有画"的艺术境界。

封祝唐的咏物诗也写得很好,诗人在宦游中看到大自然中一切生物,都带着特殊感情去观察它们。在诗人笔下,一鸟、一石、一花、一树都显得饶有生气,甚至富有人情味。诗人的这种泛爱思想同他在陕西时的"爱民仁政"思想是相一致的。如《咏菊》:

> 菊花天气又西风,倦倚芳尊挹露丝。晚节不嫌韩圃淡,落英闲咏楚辞工。幽人品格超尘外,秋士心情怕热中。独对黄昏成素侣,疏烟微雨卷廉枕。

诗中的菊花被拟人化了,它不仅有晚节,而且能咏诗,它超尘的品格与热衷的秋士心情形成鲜明的对比,诗中在表现对菊花喜爱的同时,也流露出诗人归隐之志。

但我们也应该看到,封祝唐的不少诗在对黑暗现实表示不满的同时,也流露出人生如梦、及时行乐、消极避世的思想。封祝唐"年少盛期许",然现实无情,官职卑微,郁郁不得志。诗人信奉"吾生也有涯"本应在有限年华施展才华,却因官拙身闲而辜负物华。这种痛苦往往在诗中流露出来。如《留塌厅》:

> 暝色低留坝,沈沈返照中。乱山趋马道,古堞枕乌枕。
> 人语三巴杂,霸愁一醉空。赤松仙躅杳,浪迹愧飘蓬。

诸如此类的还有《秋日感怀五首》之二、《偕李少舟大令同游城南小雁塔》、《晚至石嘴驿不寐书怀》。诗人本想为国效力，却被投闲置散。"赤松仙躅杳，浪迹愧飘蓬""闭门即有山林意，搘枕无聊送夕阳""薄宦离心纷暮节，闲僧偶语感浮生""何时脱尘冕，返我芰荷制""何时归去来，远企陶公迹"等诗句杂陈诗中，流露出人生如梦，消极避世的思想，这反映了他作为一个封建知识分子人生观的局限。①

第五节　藤县诗人群体

藤县苏时学、苏秉正和苏时学的儿子苏念礼、女儿苏念淑皆有诗名，并称为"藤县四苏"或"镡津四苏"。

一　"有子瞻气度"的苏时学

苏时学（1814—1873），字敩元，又字琴舫，号爻山，晚年号猛陵山人，藤县镇人。苏氏出生于书香世家，三代为官：曾祖苏炯，雍正时拔贡生；祖父苏秉星，嘉庆时贡生；父亲苏文钰，邑庠生，曾官布政司理问。苏时学七岁即能吟咏，嗜书好学，青壮年时便潜心著述，有《游瑶日记》、《龚浔游记》、《羊城游录》；中晚年刻苦似少壮有加，有《爻山笔记》、《镡津忠义录》、《镡津考古录》、《楹联》等。其《墨子刊误》一书，人推为"正墨子第一人"。道光二十六年（1846）丙午科举人，曾主藤州书院，候选内阁中书。《藤县志》有传。

苏时学今存诗集《宝墨楼诗册》，收录其810题，1 238首诗。其版本有两个：一是由苏时学亲自编刻的十三卷本，咸丰十一年（1862）刊行；二是其弟苏时习于苏时学去世的第二年所补刻的十五卷本。另外，吕集义《广西诗微丙编》收其36题，55首；陈柱《粤西十四家诗钞》收其395题，678首，并盛赞其诗"有子瞻气度"

---

① 以上请参见苏铁生《〈味腴轩诗稿〉校注》，硕士学位论文，广西大学，2003年。

"又近昌黎"。

（一）苏时学的诗学观

苏时学于戊午年（1858），其 46 岁时作《暇日偶翻两粤前辈诗集有所得戏作论诗绝句十五首》，颇能说明其诗学观。

粤中风雅迭登场，远接西江一瓣香。黎（二樵）吕（石帆）张（药房）冯（鱼山）皆宋派，唐音吾独爱陈（元孝）梁（药亭）。

迹删健笔瘦峥嵘，万古南宗属慧能。并世尚疑同调少，豪雄何止冠诸僧。（迹删上人。成鹫、迹删，与国初三家同时，其才实足相抗。顾向来论粤诗者，从未齿及，殊不可解，唯沈文悫公选《国朝别裁》许为"僧诗之冠"，可谓迹删知己。然其诗佳者尚多，文悫所录未为尽也。）

二樵当日老居士，五百四峰名草堂。一卷新诗写冰雪，十分忙着为苏黄。（黎二樵）

峤西雅集流传少，唐宋遗音久已沦。一个高僧两名士，二千年内见三人。（宋元以前，粤西人有诗集流传者，唯唐之祠部曹尧宾及宋明教禅师之《镡津集》而已。）

辒轩从古略南荒，谁识人间醉白堂。更有奇文雄一代，中原旗鼓埶相当。（全州谢石臒，别驾良琦。石臒文可方同时候魏而天才横逸。殆将过之二百年，来世无知者，非粤西一憾事耶！）

二关棣萼喜联吟，浅语偏能悟道深。应与江门传一脉，月明如水彻禅心。（苍梧关钦山孝廉为寅，弟静叔孝廉为宁。二关兄弟并喜谈禅，诗派与白沙子近，故云。）

少日才名压辈行，年年书剑客殊方。老来始作风流宰，三晋云山入锦囊。（苍梧邓方舟大令建英。）

醴庭仙骨本珊珊，五岭归来主坫坛。可惜奇才偏偃蹇，一官博得腐儒餐。（平南袁体庭教授。）

落花吟罢赋闲居，曾是文清赏识余。三十三峰能继起，一家词赋乐何如。（桂平潘丙崖大令鱼亘、紫虚学博。兆萱、丙崖出刘文清公门下，尝以《落花诗》得名，又有《闲居三十咏》。紫虚为丙崖从子，有《三十三峰草堂诗集》。）

云湄书记剧翩翩，妙处还从制义传。刊出家规能见道，探来好句忽如仙。（桂平黄云湄教授体正。）

闲与陶韦结古欢，南天老鹤共盘桓。松风入梦有谁听，夜静一声山月寒。（桂林李松圃郎中秉礼。松圃与李少鹤酬唱最多，故次语及之。）

山人爱山山有主，自唱山歌出山坞。隔山谣应丁丁斧，惊起山云作山雨。（藤县陈黎山大令僴。以《樵夫歌》一首为最，末句即用其语。）

谷岭北来盘大燕，郁江东下抱迴龙。雪翁旧句分明在，写入楼台烟雨中。（先伯祖雪渔翁，雪翁讳秉正，由孝廉官至国子典籍。谷岭二句乃其《半是楼观雨诗》也。谷岭、大燕，藤二山也；迴龙，州名，在剑江中，剑江即郁江也。）

子晋吹笙已得仙，啸台鸾凤独攸然。春风殢酒不归去，满面落花犹醉眠。（王介臣）

豪情真欲吸西江，湖海元龙气未降。万古江楼傍江浒，即论大

节已无双。（施香海）①

　　"唐音吾独爱陈梁"一句，"陈"是指陈恭尹，"梁"是指梁佩兰。陈恭尹，字元孝，广东顺德人。其父陈邦彦在明代末永明王时，起兵攻广州，兵败殉难，时陈恭尹才十余岁；及长，遂隐居不仕，自号"罗浮布衣"；诗歌清俊拔俗，与屈大均、梁佩兰称"岭南三家"（今人称为"岭南诗派"），而为之冠；兼精书法，有《独漉堂集》。梁佩兰，南海人，字芝五，号药亭；童时日记数千言，通经史百家；年二十六，领顺治乡举第一，诗名已播海内；康熙时进士，选庶吉士，假归，因游名山；王士禛、朱彝尊皆推重之，有《六莹堂诗文集》。屈大均（1630—1696），初名绍隆，字翁山，又字介子。广东番禺茇塘人。幼从陈邦彦受学。顺治七年（1650），清兵陷广州。次年，投身抗清斗争中。失败后，在番禺海云寺削发为僧，法名今种，字一灵。仍力图恢复。三十二岁还俗，北游关中、山西各地，联络同志，与顾炎武、李因笃等交往。康熙十二年（1673），三藩事起，大均参加吴三桂反清军事行动，监军于广西桂林。不久，失望而归，隐居读书，著《广东新语》。诗名远播江南。著《翁山诗外》、《道援堂集》、《翁山诗略》三种。

　　值得注意的是，苏时学敢于公开说"唐音吾独爱陈梁"，即是说"唐音吾独爱岭南诗派"，这就需要一些政治上的胆略了，因为岭南诗派都是不仕清的。当然，岭南诗派的诗歌有一种特质，是岭南诗派后的诗人所少有的，这当然获得苏时学的"情有独钟"。刘世南《清诗流派史》指出：

　　　　岭南地区在明末清初时，正是南明政权和清廷作斗争的纵深地带，不像北中国和江南地区已被清廷强力统治，因而在诗歌创作上不是一味追求"采藻新丽"，虽然和江左三家同样"追琢唐音"，却是"体尚苍凉，情多感慨"。②

---

① 文中括号内为原注。
② 刘世南：《清诗流派史》，人民文学出版社 2004 年版，第 17 页。

苏时学除了这"论诗绝句"外，还在一些诗中提到其诗学观，如与上《论诗绝句》同一年写的《自题〈爻山笔话〉七首》，以及己未年（1859）写的《自编诗集书后用十四愿全韵》，诗中提到"曰兴观群怨""无邪三百篇"，指的是孔子的诗教；"离骚志忠愤，乐府情遣绻"，指的是《离骚》和《乐府》；"李杜""陈韩""韦王孟柳""郊岛""张王""温李"，指的都是唐诗人；金元明未提一人，说明苏时学对"唐音的独爱"，但最后的"念不忘君父，义必关徽劝。庶几垂令名，还当监成宪"四句，说明苏时学最终还是落实在孔子的诗教上。

同年，苏时学还写了一首给儿子的诗——《说诗三十韵示儿念礼限二十七感》，详谈他创作诗歌的心得体会。诗中"少小学为诗，禀性慕恬淡""闲随鸥鹭群，萧然乐葭荬""渐佳人啖蔗，回甘乍尝榄""仰窥古人作，变色每惊喊"等句，也都能说明苏时学的诗学观。

（二）苏时学诗的内容

怀人赠友诗。这些怀人赠友诗，总的说来，表达了苏时学对友人情深意切的感情。戊戌年（1838），苏时学26岁，结交了一个朋友，叫陆夏峰，名奇云，广东肇庆人。由于种种原因，诗人与之告别，于是，写下《与陆夏峰话别》：

> 偶说分离亦黯然，凉风吹散暮江烟。欲知此后相逢日，只在黄花小雪天。

"暮江烟"一语出唐崔颢的《黄鹤楼》"日暮乡关何处是，烟波江上使人愁"，说明想念之深。果然，苏时学于同年又写了一首《寄怀陆夏峰》的诗。第二年，两人再次相逢，苏时学写下了《初秋与陆夏峰江楼小饮口占题壁二首》，诗中言"世事棋难着"，既是励友，又有生命无常之意。

正是这生命无常，诗人与陆夏峰一别就是三年，壬寅年，即1842年，诗人已经30岁了，又一次与好友相逢，也再次写下《与陆夏峰话别》。

> 旧雨情深酒满缸，何时剪烛话西窗。为言别后桃花涨，红鲤殷

勤寄一双。

前两句化用李商隐《夜雨寄北》一诗。第三句化用了李白《赠汪伦》，
这是送别。第四句化用了李商隐《寄令狐郎中》："嵩云秦树久离居，
双鲤迢迢一纸书"，这是怀念。如此看来，苏时学这次与陆夏峰之别，
感情就复杂得多了，不仅有送别，也有怀念，更有仕途的思考，也有思
家的心情，总之，五味杂陈，感情激越。

苏时学与其他朋友、师长的交往，也情深意切。丙寅年（1866），
时苏时学54岁，写下了《许粤樵刺史属题〈风雨怀人图〉》：

> 风紧雨凄凄，关河咫尺迷。停云千里梦，落月一声鸡。
> 念此魂应断，何人手并携。与君同不寐，吟倚画阑西。

许懿林，字粤樵，一作月樵，苍梧人（详见上面梧州作家群）。
《广西历代文人著述目录》录有其《松石书屋诗钞》、《风雨怀人馆
诗》，但误"许"作"梁"。丁卯年（1867），时苏时学55岁，有给许
懿林的《荷花生日词》：

> 陂塘昨夜雨潇潇，欲采荷花荡画桡。忽听隔花传笑语，六郎生
> 日是今朝。

> 红妆临水倍轻盈，记得杯曾白玉擎。满注碧筒将进酒，荷花与
> 妾共长生。

> 水西亭子月昏黄，阵阵香风送晚凉。一样芙蓉城作主，黑甜乡
> 胜白云乡。

> 但作鸳鸯不羡仙，荷花荡里日高眠。爱郎貌似荷花好，并蒂莲
> 兼百子莲。

许懿林则和以《同作》：

招凉可惜不如期，得读荷花诞日诗。未必美人无寿相，非关名士有诔词。

几生修到嫌梅淡，一样平安报竹知。想是陀罗欢喜地，花花都现佛慈悲。

甲子年（1864），时苏时学 52 岁，诗人北上，与朋友告别并写下了《甲子冬月重与计偕北上赋诗言怀兼示同志》，许懿林亦作《附和诗》一首。戊辰年（1868），时苏时学 56 岁，诗人写下了《题许月樵刺史〈焦木山房诗集〉》和《再题许月樵〈焦木山房诗集〉》。

施彰文，字香海，苍梧人。岁贡生，工诗，筑挹苏楼，日与诸诗人唱和其中。咸丰间，梧州被围，率团助守；城陷，与妻妾自沉以殉，有《挹苏楼诗文集》。苏时学早年与施彰文交往密切，庚子年（1840），时苏时学 28 岁，为施彰文作《题施香海彰文〈挹苏楼诗集〉二首》：

今世愚山老，论诗自一家。奇情纷磊落，淡语亦风华。
云润石生骨，炉熔金炼沙。苍茫风雨夜，字字跃龙华。

貌朴心尤古，神寒骨更高。孤吟舒朗月，万象洞秋毫。
画鬼见奇笔，屠龙藏善刀。生平风义重，羞唱郁轮袍。

丙午年（1846），时苏时学 34 岁，施彰文与别人合刻一书，苏时学作《王施合刻题词二首》。王、施指王介臣、施香海。甲子年（1864），时苏时学 52 岁，与友人在广州相会，看到施彰文的遗札，又有一番感慨，作《羊城晤何省兰世文话旧并示亡友施香海遗札感而赋此》：

萧萧华发气横秋，回首天南忆旧游。狁鸟獐花无恙在，新诗唱遍古田州。

跨鹤归来定几年，挹苏楼下水如天。尺书无限人琴感，忍泪逢君益泫然。

"新诗唱遍古田州"句下自注"君寓田三载,有诗纪游"。丁卯年(1867),时苏时学55岁,诗人回到家乡,施彰文殉难已十年,友人为其作衣冠冢。苏时学亦有感而发,作《题施香海先生墓》。

倪鸿,字延年,也字云癯。清广西临桂人。少以诗鸣岭峤,兼工书画。官粤二十余年,一署昌山,两摄江村,皆有劳绩,后游闽、浙、吴、楚、皖、豫、齐、鲁,一时豪俊共推重,有《曼陀罗庵诗集》。苏时学与倪鸿也过从甚密,甲子年(1864),苏时学作有《羊城旅馆读倪云癯少尹鸿所著〈桐阴清话〉奉题一律即依其见赠原韵》、《甲子清和月喜琴舫先生自粤西枉过草堂赋此奉赠(倪鸿)》、《为云癯少尹题《珠海夜游图》、《读倪云癯〈曼陀庵诗集〉奉题三律罗》、《寄怀倪云少尹》等。

苏时学与朋友、师长的交往,情深意真,其对儿女的感情,更令人动容。庚子年(1840),时苏时学28岁,得一女念淑,诗人不禁大喜,写下《八月举长女念淑》:

> 一笑如鸡肋,门间喜气添。片云初堕地,新月已窥奁。
> 兰蕙此时苗,熊罴何日占?传家书卷在,福慧倘能兼。

戊辰年(1868),时苏时学56岁,诗人晚年嫁女,不禁有点心酸,写下《十一月十九日次女念佩出嫁》:

> 已痛仓舒夜不眠,更辞弄玉益凄然。关心儿女空偿债,洗眼云山枉结缘。路远音书终觉少,情深魂梦屡相牵。个中消息凭谁问,死别生离总一年。

辛酉年(1861)十月廿四日,诗人中年痛失一女念坤,作《悼四女念坤六首》。戊辰年(1868),时苏时学56岁,又痛失一儿念禧,更伤痛欲绝,作《悼次男念禧》。按诗人自注:"儿生时有异相,能反手从背后自提其耳;又能吐舌舔其鼻;如文与可无妄语者,诧为奇云。"

诗人对此儿寄托很大，"生来仙骨本珊珊""不屑鸡窗励志勤，天然风水自成文。怜渠毛躁登场日，橐笔犹能冠六军"，但白发人送黑发人，总是违反自然规律，故诗人有点怀疑和埋怨，"臣朔夸有异形，麻衣空讲相人经。虎头燕颔成何事，唐许而今竟不灵。"

大儿子去世后，友人写诗慰问，又勾起了诗人的伤感，作《长男殁后刘少韩以诗见慰次韵答之》：

> 乱离经几载，相见倍销魂。剥啄乍迎客，幽忧深闭门。
> 哀多难觅句，愁极懒开樽。欲羡题糕者，渠家有令孙。

"幽忧深闭门"，诗人闭门不出，壬申年（1872），时苏时学60岁，在家整理儿女们的遗诗，诗人睹物思人，又有一番感慨，作《捡兰女遗诗付梓，书以志感》。

苏时学也有一些值得注意的诗歌，如己未年（1859），时诗人47岁写下的《阿芙蓉七十韵》，诗歌对鸦片的产地、名称、形状、吸鸦片时的情景都作了描叙，更对鸦片对人的危害深刻揭露："始但供宵谈，久乃减常膳""斗室聚淫朋，深闺泣良媛。斥卖尽园田，典易至钗钏""精锐岁销磨，筋骸日疲倦"等。诗人知道鸦片的毒害，"癯惊石上猿，弱讶风中燕。精锐岁销磨，筋骸日疲倦""凡兹受害端，莫能穷笔砚"，但却提不出什么良策，"守身庶为宝，充耳莫如瑱"。

（三）风格绮丽的苏时学竹枝词

苏时学于己亥年（1839）作《藤江端午词》五首，壬戌年（1862）作《鸳江竹枝词》四首，甲子年（1864）作《和平竹枝词》二首，乙丑年（1865）作《陈村看灯词》四首，丙寅年（1866）作《都门竹枝词》四首，丁卯年（1867）作《汾江竹枝词》四首、《荷花生日词》四首，共7集计27首。均见于其诗集《宝墨楼诗册》。其中，《藤江端午词》"正编"中为四首，"集后补录旧诗"中有同题同时诗一首，故并入作其中第五首。若以集数论，苏时学是广西诗人中写竹枝词集数最多的一位。

苏时学的竹枝词主要是歌咏其家乡藤县及相邻广东佛山等地山水风光、民俗风习。如《藤江端午词》前三首：

小扇轻衫汗漫游，淡烟微雨木兰舟。争夸石壁凉如水，消受藤江五月秋。

水嬉连日趁佳辰，雾縠水纨乍试新。一笑红儿梳洗罢，搴帘先喜送花人。

人家贺节竞传喧，谁为湘累酹一樽？三楚不知亡国恨，年年箫鼓乐忠魂。

"藤江"为浔江流经藤县境内段的名称。作品写出了这一带江流特点、居民的水上生活和端午节热闹的节庆场面。再如《鸳江竹枝词》前二首：

迢迢二水合潇湘，清浊交流各断肠。一夜送人何处去，生憎小字唤鸳鸯。

梧云梧雨日悠悠，水色山光抱一楼。怪底鸳鸯惊不散，锁龙桥对系龙州。

"鸳江"是鸳鸯江的简称，由桂江与浔江汇流而成。碧绿的桂江与混黄的浔江交汇成黄绿分明的大江，故名"鸳鸯江"。诗中写出两江异色合流的奇观和锁龙桥一带胜景。又如《和平竹枝词》二首：

才入蒙江水便清，逢三六九趁和平。当垆不少红妆女，犊鼻何人似马卿。

鸡笼崖去是龚州，山自青青水自流。猛醒墟期催起早，豆花棚下看梳头。

"和平"是藤县乡镇名。作者自注："和平，墟名，距蒙江口三十里。"诗中写出和平镇是当地民众每月逢三、六、九日汇聚而来赶趁墟市的中心地带，以及当地妇女当垆、花棚梳头的风习。又如《陈村看灯词》四首：

　　　　迢迢灯市艳元宵，露湿弓鞋不厌遥。有约隔邻呼女伴，月明扶上百花桥。

　　　　百花桥上万灯红，丝竹声喧彻夜中。观我观人观仔细，画栏照影莫匆匆。

　　　　匆匆佳节去如梭，往事凄凉咽梦婆。十载烟尘风鹤警，几家儿女隔天河。

　　　　天河今日洗刀兵，消尽狼烟见太平。依旧繁华春似海，提壶处处啭新莺。

"陈村"为藤县天平镇下辖的村名。诗作描绘出当地村民正月十五观花灯的热闹情景。各首之间运用顶针修饰法，音韵和谐，意蕴连绵，形象鲜明，更活现了佳节盛况。

　　苏时学的竹枝词，以两粤地方特色的风土和习俗为题材，展示了色彩斑斓的粤地风光和淳朴的乡民情致，给竹枝词这枝奇葩增添了不少南国亮色，表现出绮丽的风格色彩。如《藤江端午词》后二首：

　　　　溪流曲曲远闻歌，夏木清于十里荷。容我瓜皮新艇子，受风多处背花多。

　　　　阵阵衣香水影中，柳阴凉处受薰风。谁家十五雏鬟女，浅插榴花一朵红。

诗中所写的清清夏木、十里荷花、瓜皮小艇、水影衣香、柳阴薰风、戴花少女，特别是鲜艳醒目的"榴花一朵红"，都具有当地绮丽的色彩。

又如《鸳江竹枝词》后二首：

> 一别萧郎信息稀，扁舟闲傍钓鱼矶。儿家生长鸳鸯水，怕见鸳鸯水面飞。

> 腐乳风味笑何堪，清晓携来满竹篮。白虎青龙俱不是，别传仙品出淮南。

"腐乳风味笑何堪"句下自注："梧郡人以鸳江水制徽豆腐，风味绝佳，他处所无也。""白虎青龙俱不是"句下自注："豆腐煮青菜名青龙白虎汤。"鸳鸯江二水异色合流的奇观，加上广味特色的美食，也都具有绮丽的特征，令人神往。

再如《汾江竹枝词》四首：

> 汾水年年有雁飞，与君同作一行归。短衣窄袖婷婷甚，鹰嘴沙飞看打围。

> 路经盘古庙前坊，桑柘青青荫几行。忽听鹂黄声百啭，几家擅板教师娘。

> 憔悴空嗟陌上尘，红颜漂泊怨青春。文姬老去曹瞒死，散尽黄金误美人。

> 锦袍玉带岸乌沙，红袖弹筝有几家。从古大堤多好女，恼人春色属梨花。

"汾江"，是流经广东佛山的河流，水清景妍，被誉为佛山的母亲河。粤剧在光绪前称广府戏、广腔，据说发源于佛山。粤剧行会组织"琼花会馆"即在汾江之滨，并有演剧红船湾泊的专用码头"琼花水埗"。诗中"几家擅板教师娘"句下有自注："土人唤盲女为师娘。""从古大堤多好女，恼人春色属梨花"句下自注："以幼女扮梨园故事谓之春色大基,尾有数家以此为业。"这与作者在《南村即事(在番禺)》"消受万枝银烛照,前身曾是海棠花"句下自注:"时方赛会,各坊以幼女扮台阁故事,宵间万烛齐明,亦奇景也。"可以互见。诗中描绘的"短衣窄袖娉婷女""鹂声百啭"的盲女歌者、"红袖弹筝"的女演员、扮演"梨园故事"的幼女,以及鹰嘴沙滩的打围活动、古庙前坊桑柘青荫等环境氛围的描写,都活现了两粤地方风物的特色,增添了鲜明的南方风土色彩,点染出独具特色的绮丽俊秀的活泼画面。

在苏时学的竹枝词作品中,又屡见岭南特色的花鸟蔬果、地方美食、江桥舟具、别样人物等等出现,如石榴花、梨花、并蒂莲、海棠花、莲藕、木棉、桑柘、黄鹂鸟、鹦鹉、提壶鸟、腐乳、青龙白虎汤、黴豆腐、荷叶制成的碧筒杯、白玉杯、豆花棚、鸳鸯江、藤江、汾江、百花桥、锁龙桥、水西亭、乌沙岸、鹰嘴滩、瓜皮艇、木兰舟、画桡、弓鞋、娉婷女、红妆女、雏鬟女、师娘等等在词中咏及。这些竹枝词作品所呈现的众多风光物色,或情意绵绵、极饶绮思,或新奇独造、自具风貌,成为独特的艺术意象,含蓄而巧妙地表达了本地区富有特色的民众心理和习俗。

二　"藤县四苏"中的另外三家

苏时学的儿子苏念礼,有诗集《雌伏吟》;女儿苏念淑,有诗集《绿窗吟草》,均刊行于世。(此两书《广西历代文人著述目录》均有录),倍受长辈、同人好评,与苏秉正、苏时学并称为"四苏"——或称"藤县四苏"或"镡津四苏"。

苏秉正,字乾亮,藤县人,乾隆四十八年举人,官国子监典籍,有《卧云楼诗草》。《三管英灵集》收苏秉正诗四首,其中三首均是山水诗,《游水月禅阁》诗意平平,无甚深意。倒是另外二首,各呈风姿,尤其是七绝一首,有唐人之遗响。现分录于下:

秋晚游金山亭

晴空何皎然,天光净云影。秋气入山亭,渐迫衣带冷。
极目穷高远,暮色萃野境。树动争归鸦,山明街落景。
长烟连断峰,微月上高岭。峭壁插寒潭,水淡岚影静。

　　　　大江去滔滔，夜水散渔艇。清风从西来，爽气兴之骋。
　　　　徐徐到襟袖，悠悠得善领。旋听崖顶钟，澄心发深省。

瓜步晓渡大江

　　宿云开处见焦山，荡漾轻风持半帆。一叶扁舟人尚卧，载将残梦过江南。

　　苏秉正另一首《怨春曲》似有所寄托，诗中摹拟一女子的口吻，羡慕蝴蝶的自由来往，反衬自己的不自由，徒有在落日的斜晖中暗自悲伤：

　　　　花事阑珊春无语，东家蝴蝶西家去。花开捲帘望君归，花落犹自立斜晖。

　　苏秉正是苏时学的伯祖，号“雪渔翁”。苏时学在《暇日偶翻两粤前辈诗集有所得戏作论诗绝句十五首》中提到苏秉正：

　　　　谷岭北来盘大燕，郁江东下抱迴龙。雪翁旧句分明在，写入楼台烟雨中。

　　在诗后，苏时学注曰：“先伯祖雪渔翁。雪翁讳秉正，由孝廉官至国子典籍。谷岭二句乃其《半是楼观雨诗》也。谷岭、大燕，藤二山也；迴龙，州名，在剑江中，剑江即郁江也。”
　　苏念礼，字宗周，自号敬庵，咸丰时诸生，当时颇有诗名，民国时，黄耀宗的《广西诗见录》录其诗93首。①
　　苏念礼的诗歌题材很广泛，怀旧，仿古、抒情、写景和题赠唱酬都有所涉猎。他的《仿元遗山论诗绝句》32首，说古论今，旁征博引，显示了他丰富的文学知识和独特的诗歌见解。同时，也透露出他的诗学观，他在“总论”诗中说：

　　————————

　　① “耀宗”或作“辉清”，待考。

主客图成各有朋，十年面壁愧吾曾。分明认得庐山貌，未敢随人作爱憎。

"十年面壁愧吾曾"一句是说写诗要付出，"未敢随人作爱憎"一句是说要有主见，不能人云亦云。根据这个观点，所以他对所评论的诗人都有他自己的看法，而不拾人牙慧，因之颇能切中评论对象的要领。如他咏郑小谷的三首诗云：

其　一

灵芝无种酝无源，谁辟洪荒品独专？拔地一峰雄岭外，遥遥万里跨中原。

其　二

排比铺张力有余，诗成一字一珍珠。问渠那得才如许，寄语王恭好读书。

其　三

一波生后一度随，百变何曾有尽时？许到积薪原不错，国朝诗胜宋朝诗。

这里说郑献甫的诗"一字一珍珠"，说郑献甫"好读书"，说"国朝诗胜宋朝诗"，自有其道理。尤其是说清代的诗胜于宋代，虽然不够全面，但从诗人辈出，诗风追古仿唐和风格多样化等角度来看，确比说理过多的宋诗要胜一筹。至于说郑献甫"拔地一峰雄岭外，遥遥万里跨中原"二句，也是实话实说。

诗风活脱，诗情徜徉，以及意境高逸，是苏念礼诗歌的一大特色。如《咏雪》：

弹指琼楼忽斩新，倚栏凭眺亦精神。却疑皓月夜无色，恰喜寒梅今有邻。酒渴更添胸磊落，诗成倍觉句清真。几回搔首苍茫立，一任风花落醉巾。

此诗写的是赏雪，其实是自赏，诗由雪景到皓月，由寒梅到吟诗，这些都是明显的意象，诗人确有所寄托。从这里可以看出，诗人的精神面貌是何等的潇洒自如！"诗成倍觉句清真"，已经是新俊自赏，"一任风花落醉巾"，更是洗尽块垒，悠然自得！

他有一首《偶占》，尤其表现出他的达观态度和讽喻的手法。

一盂白粥一青氈，困守蓬门亦适然。休说囊空恐羞涩，满池荷叶叠青钱。

"一盂白粥一青氈"一句是说诗人生活困顿，虽说是"适然"，但有愤愤不平之意，姑且以荷叶聊充青钱，以慰"空囊"之羞，这种解嘲的手法，鄙世傲物的情态，又是何等的风趣！

诗人还有一种诗在表现技巧上相当奇崛而娴熟，文笔淡雅而率真。如《冶春词》二十五首中的两首：

其 一

漫道春忙我亦忙，逢花处处费评量。所惭艳笔输徐庚，枉作风流梦一场。

其 二

花花绿绿重重兄，白白朱朱色色新。景在眼前诗在口，一声声袅入青云。

平易、流丽、通俗中包含着深意，真是"最从平淡见精神"。那些双声叠韵的运用，看似游戏之笔，实是才情之献。读到这里，仿佛在回味着李清照的《声声慢》。苏念礼的诗才可以同他的父亲相提并论，而其机敏清绝之处，在当时青年诗人中是拔尖的。

苏念淑，字兰仙，是苏时学的女儿，徐小川的妻室。自幼受到父兄的影响，长期沉浸在书香环境之中，吟咏之风，唱酬之习，使她逐步成为一个有才华的女诗人。著有《绿窗吟草》闻世。

苏念淑的诗善于借景抒怀，托物言情，清赡的笔触，抒发着炽热的胸臆，娓娓道来，颇为动人。如七绝《柳》：

> 作态垂垂拂碧津，和烟和雨送行人。一声羌笛离情上，传到天涯万里春。

这里有离情，也有寄托，但主要的媒介物却是柳。柳，本是普通的植物，但经过作者的点化便变成了送别的信物，变成展望的象征。诗人对柳的描写，看来是颇有功力。她的另一首诗《题李子安赠外子折柳送行图》也提到柳：

> 一叶扁舟送客旌，江天回首不胜情。淡淡杨柳枝枝嫩，赠与行人折又生。

诗歌有仿唐边塞诗之迹，但缺乏边塞诗的雄浑气象，这也许是女诗人的亲身经历使然，亦不乏女性细腻的感情。这里同样有离情别绪，同样是写以柳送别，但是末句的"赠与行人折又生"，却烘托出崇高的意境，使人在离情别绪之后，油然产生新的憧憬。诗人的诗歌虽短，而包含的意味则是深长的。

从苏念淑现有的诗歌来看，其诗没有有关军政大作，仅是抒情之作。诗人对丈夫的感情是很深厚的，从她的《答外子徐小川见寄韵》可以看得出来。

> 锦旋何日羡荣华，须念乡关望眼赊。倘遇秋风一行雁，好将书札寄还家。

借秋风以送信，托行雁以传情，苏念淑的艺术手法是相当高明的。不羡荣华而望还家，则其情更笃，其意更深。作者写得比较好的抒怀言情诗则是《初秋苦雨》：

　　破屋苦经雨，藤床夕屡移。先教残暑退，还兴早秋宜。

　　瘦剩一篱菊，贫余半卷诗。万间怀广厦，何日惬襟期？

　　这首五律也很工丽，不仅格律严谨，属对工整，而且思想性很强，主题很深刻。首联的"破屋""藤床"，一开始就把诗人贫寒的家居生活刻画出来了。在颈联，"瘦剩一篱菊，贫余半卷诗"，"瘦菊"与"贫诗"的对比，真是何等的真切而巧妙，深心而入扣。一个人瘦到只剩一篱菊，贫到只余半卷诗，可谓形容到了极限，而清高的意境却又拓展到了无限。贫儒瘦女的处境如此凄清穷苦；即使铁石人到此，也应有所感动！尾联"万间怀广厦，何日惬襟期"，显然是借杜甫《茅屋为秋风所破歌》作为寄托，所谓"安得广厦千万间，大庇天下寒士俱欢颜"，真是意境深远，情操高洁。女诗人的才情归为"四苏"之列是无愧的。

第六节　"省外颇负盛名"的倪鸿

　　倪鸿（1828—?），字延年，号云癯、耘劬，广西临桂人。自幼天资聪慧，大约自十岁起，就离别桂林，随父"侍客广州"。清代的广东是诗学昌盛、诗人辈出之地，倪鸿在这种浓厚的文艺氛围中优游，并得以成为当时诗坛名宿张南山、黄香石的入室弟子，这是他诗文创作道路上的一大关捩。但他科举屡试不遇，乃为贫而仕，历署昌山、江村、马宁等地巡检。当时闽抚岑葆芝知其异才，咨调倪鸿入闽，并在戊寅年（1878）春派他赴台襄办军务。光绪己卯年（1879）春夏之际，倪鸿经福建北上遍游闽、越、吴、齐、鲁、皖、豫、楚等地，所到之处，谒名流，览名山，涉大川，旷岁登临，吟赏烟霞，放浪形骸，一时豪俊皆推重。光绪甲申年（1884），倪鸿五十六岁，此后其事及卒年皆不详。

　　倪鸿是咸同以降的诗坛上声名较盛的人物，但因其长年游宦广东、福建、吴越等地，仕途偃蹇，潦倒以终，致"耘劬（倪鸿号）诗省外颇负盛名，省内知者盖寡。"① 倪鸿师承诗坛名宿，与广东近代文人名流多有交往唱和，后去粤之闽，又北上游历，所到之处，文人学者交口称赞。其诗宗仲则、樊榭，参以渔洋、梅村，并能融铸唐宋风韵。生平著述甚丰，其诗集初名《曼陀罗庵集》，又名《小清秘阁集》，其后汇刊曰《退遂斋诗钞》。其诗早年还有《野水闲鸥馆诗文集》，晚年又成《退遂斋诗钞续集》。除诗以外，还有词集《花阴写梦词》、《咏物词选》；笔记体文《桐阴清话》等。②

倪鸿的诗题材广泛，内容丰富驳杂，大体可分以下几类。

一　山川田园诗

倪鸿的田园诗主题较为单一，一般以描写田园风光之美与风情之淳朴为主，借以寄托其清逸、淡泊情怀。如《村中书所见》：

不知天已晓，但闻田水响。小雨昨夜过，满地莓苔长。
修篁洗娟净，长松露偃强。村外逢牧童，骑牛问何往。

炊烟起林端，日落渡旁渡。三两翡翠禽，溪边自来去。
寻径得柴门，藤蔓将篱护。一树佛桑花，随风落无数。

诗中的田园风光恬淡静谧，充满诗情画意。反映淳朴风情的诗篇如《村店题壁》："蜡屐闲经野老家，殷勤留啜雨前茶。鸡栖豚栅牛宫外，开尽山桃一树花。"反映农事与风情的诗篇如《春尽日偕许青皋茂才李小川少尹饮绿杉野屋》："郭北山都好，村西日未斜。从容抛笠屐，辛苦话桑麻。白袷寻诗客，黄垆卖酒家。今年春事了，开尽刺桐花。"另外，如《重阳后二日偕陈鹿苹孝廉樊昆吾明经饮田家》则充满了对田园生活的喜爱之情。

倪鸿的山水诗不但数量多，且主题较为驳杂，归纳起来，略有如下数端：

---

① 黄华表题《退遂斋诗钞》扉页。
② 请参见王先岳《〈退遂斋诗钞〉校注》，硕士学位论文，广西大学，2004 年。

　　首先，赞美山川形胜之奇，并借以抒发心中的逸情与豪情。倪鸿性耽山水，并有尚奇心理，喜以激情喷发的笔调范山模水，礼赞自然。如《栖霞洞》、《自阳朔至桂林舟中看山放歌》、《游委羽山》等作品，诗人皆以纵横崛荡的笔法描绘了大自然鬼斧神工的奇观。倪鸿这类题材的作品常用歌行体，因歌行体笔法变化多端，有利于展开丰富的想象，描写自然山水的雄奇，抒发心中的遗世独立之想。《登摩星岭》是倪鸿早年的作品，诗歌既描写了摩星岭"山峦青翠生云烟，峰峰壁立撑青天"的雄奇高峻，还飞腾想象，以跌宕起伏的笔法，极写摩星岭变幻莫测、惊心动魄的奇观。

　　　　光芒天外遥驱风雨至，怒卷松涛助狂吹。一峰摇动众峰迷，云海茫茫讶无地。

　　　　忽然雨霁天改容，列岫倒洗青芙蓉。白云顷刻不知处，但见千岩万壑流水鸣淙淙。

如果说《登摩星岭》描绘了自然山水荡人心魂的美，那么《登武夷山放歌》则更于雄奇的山水中寄寓了诗人"逍遥碧落辞红尘"的逸情。中国古人的神仙观念由来已久，羽化登仙更是他们梦寐以求的愿望，穆天子西上昆仑、秦始皇东寻三山即为访仙求丹，汉后道教兴起，神仙观念更是深入人心，同时，寻仙的重心也由天边渺茫之地逐渐内移，三十六洞天、七十二福地乃应运而生。倪鸿据此心游万仞，精骛八极，以奇幻纷呈的笔墨描绘了一个令人心摇神荡的尘外天界。其他如《游雁荡山歌》、《登天台山放歌寄陈六笙观察璘》、《游天童山》、《大雪邀同侯东洲明府绍瀛泛舟山塘遍游虎丘诸名胜时腊月十二日也》等，都写得气势磅礴，情感沛然，都是诗人以奇观寄慨的作品。倪鸿的山水之好乃其疏放旷逸性情的外现，他的这种山水人生参化儒道佛隐世避世出世之想，以清静无为为旨趣，故其为诗，饶有超逸美。如果说，上述作品是写山之作，寄寓了诗人遗世独立的超逸情愫，那么《渡海》则是写水之作，抒发了诗人建功立业的豪情壮志。《渡海》作于诗人去粤之闽以后转战台湾的途中，当诗人置身于烟波浩淼的大海，他惊叹于海天混茫的奇观，处身戎马倥偬的军旅之中，诗人"横海当建功名来"的豪情壮志终于压倒了他的遗世独立之想。

其次，以自然山水结合人文景观，抒发人生感喟和思古幽情。咏史怀古向来是古代诗人笔底的常见题材，这与中国古代以诗载史的传统有关。倪鸿笔底的自然山水往往结合名胜古迹、荒园废墟、寒寺古冢等人文景观，抒发历史与人生感慨。荒寺古冢乃生命流逝、人生空幻、历史一去不复返的见证，它常常酝酿着诗人独立苍茫、怅触无边的生命诗情。倪鸿的心灵深处似乎恒有一种生命空幻的悲剧情结，当他于惬意乐极之余，看夕阳残照、荒园废墟、寒寺古冢，抚风雨残碑，听晨钟暮鼓，沉入时间之流和历史的隧道，直面生命存在的本体，一种人生的浮泛与生命的虚幻之感便充溢心头，他似乎窥见了自己的身外之身，梦中之梦。他的咏史怀古之作，正是这种生命的咏叹调。如《过故居》：

> 兴废何须问比邻，故居重过剧酸辛。旧时巢燕都飞尽，不独楼台易主人。

便表现了一种物去人非的悲剧意识。《过废园》：

> 莺花无主户常扃，步屧何人此地经。前日燕泥留坏壁，零星蛛网罩疏棂。烧残绿蜡犹存泪，折尽红楼只见钉。多少名场旧宾客，新诗题满水西亭。

诗笼罩着一种沉郁、凄怆的人生感喟。再如《过听松园作（园为张南山师别业）》、《苏小小墓》、《栖禅寺》、《访朝云墓》、《素馨斜》等皆是寄寓生命意识的篇什。

第三，以山水寄寓乡关之思、漂泊之感、隐逸之愿。在去粤之闽期间，舟车劳顿的体验、沿途所见山川景物以及自己的特殊经历，为倪鸿诗歌创作提供了较为丰富的素材。倪鸿以这些题材创作出特有的羁旅行役诗。去家怀乡可以说是人类的普遍情感，而羁旅行役诗的出现即是这一普遍情感发抒的需要。羁旅行役诗的渊源可追溯到春秋或春秋以前的历史时期，乔亿《剑溪诗说又编》说："《旄丘》、《陟岵》，羁旅行役之祖也。"倪鸿羁旅行役之作继承传统题材，真实地展现了天涯游子的愁苦情怀。背井离乡的痛苦时常勾起倪鸿的乡关之思。生命飘零之感迫切需要一方灵魂的止泊之所，于是，自然山水一方面成为诗人慰藉心灵的"良药"，使诗人得以在逆境中自放于山巅水涯，岩壑云泉，使其人生的诸般凄苦得到解脱；另一方面，大自然中的景观又无时不引起诗人的乡关之思。这种矛盾状态产生的情感苦痛，只有借诗歌来释放，于是诗成了诗人安顿生命的形式。如《登招宝山望海》，诗人的乡关之思借奇幻多姿的山水发抒，情景交融，强化了乡愁的内涵。另外如《零丁洋》、《晚泊澎湖》、《秦岭》等，都是诗人借山水抒发乡关之思、寄寓飘零之感的作品。

倪鸿的前期有一段相对安稳的生活，后因遭人构陷，占其家园，迫使倪鸿远离生活了二十余年的广州，漂泊天涯，心中之愤懑与悲苦可想而知。《岐岭旅舍次壁间韵》：

> 旅夜悲歌鬼亦愁，恩仇到死或能休。破家我已如张俭，入店人应识马周。仕宦频年强弩末，乡关何日大刀头。步兵别有伤心事，不为途穷泪始流。

即是他内心情感的真实记录。倪鸿在飘零途中遥想家人遭受的连累和苦难，心中悲苦之情时常溢于言表，"无家随处暂勾留，馁岁今宵涕泪流。冻馁遥怜儿女苦，悲歌暗使鬼神愁"（《除夕旅次感怀》）。倪鸿对仇人充满了刻骨铭心之恨，期盼报仇雪恨的诗句不断在诗歌中出现，"防身剩得龙泉在，欲斩仇头作酒卮"（《独酌口号》）；"旅夜悲歌鬼亦愁，恩仇到死或能休"（《岐岭旅舍次壁间韵》）；"形影残灯吊，恩仇古剑知"（《中秋黄冈寓楼对月》）；"强斟醽醁聊排闷，拟买锟铻待复仇"（《除夕旅次感怀》）；"曷不斫仇头，琢作酒卮玩"（《五十初度述怀一百韵》）；"惟未报恩仇，安忍一官撺"（《五十初度述怀一百韵》）；"雌雄拟借延津剑，飞斩仇家血髑髅"（《登延平挂剑阁口占题壁》）；"恩仇四载吾难报，拜倒灵胥愧不才"（《伍子胥庙题壁》），这种仇恨的情绪成为倪鸿诗歌的一个显著特色。

倪鸿的羁旅行役诗还表达了对功名前途的心灰意冷和隐逸的心愿。

倪鸿在去粤之闽以后，有一段军旅经历，此时他虽期望将此作为一种人生的转机，以建功立业，但更多的却是理想跌落尘埃的无奈与心灰意冷。"热血顿随潮汐起，奇怀暂向海天开"（《由汕头乘轮船至福州海上感赋》），诗人在之闽途中热血沸腾，激情澎湃，但这毕竟只是一时的狂吟。诗人时依闽抚葆芝岑，"未几，葆公入觐君，郁郁不得志……"（亢树滋序），于是诗人吟咏出"高歌作客空弹铗，豪饮输人快举杯"（《晚泊澎湖》）的诗句，以抒发心中怀才不遇的苦闷。此时的倪鸿心灰意冷，早已将人生的功名利禄看淡，其中《途中感怀》、《寓南山寺》、《浪游》等诗表达了无家可归的凄凉哀痛，"名心黯淡宦情阑"和"万缘早淡"的感慨以及退隐江湖的强烈愿望。"岫云舒卷当为雨，海水飞腾任起澜"一句写尽心怀，丰富的蕴涵让人联想无穷。

倪鸿的羁旅行役诗还抒发了自己长年奉檄奔走，为生计劳形的凄苦。如《度径口关》："天堑雄关旧著名，葵阳恃此作长城。女墙日落寒鸦噪，官道尘飞瘦马行。前代断碑留小篆，多年破垒卧残兵。匆匆捧檄吾初过，亭长无劳为送迎。"《奉檄于役温陵途中感赋》："寸心未死鬓先皤，历碌风尘慷慨歌。一斗酒沽田舍贱，十联诗疥驿亭多。梦魂村店荒鸡蹴，皮骨关山瘦马驮。卅六清源好岩洞，有人捧檄此中过"。[1]

二　交游酬答诗

倪鸿的交游酬答诗在诗集中占有很大比例，其内容多写流连光景、吟风弄月的闲适生活。部分诗作写得声情并茂，但也不乏无聊之作。具体说来，可分为以下几个方面：

第一，宴饮诗。倪鸿喜饮，这在诗中得到了充分体现。倪鸿有名士情结，每年倪云林生日，他必召集朋旧，啸咏宴饮，故诗集中几乎每年都有一首这样的诗，即使在烽烟未靖的战乱年代，也很少间断。"一杯清醴酹高士，五百年来人未死"（《正月十七日招同邓荫泉中翰李岱阳孝廉志尧林香溪学博昌彝李子黼光禄潘鸿轩茂才刘艻琴守戎世安汪芙生上舍觉海上人集红棉寺祝云林先生生日同赋》），这或许就是倪鸿名士情结的最好说明。公务之暇，倪鸿常呼侣命俦，欢饮狂歌；也应朋友之

---

[1]　以上请参见王先岳《〈退遂斋诗钞〉校注》，硕士学位论文，广西大学，2004年。

请而饮，饮得清妙狂放。"一时觞政自风流"（《三水县斋小集呈周菊轩明府为桢》）、"一年行乐今宵多，明朝更举金叵罗"（《十月晦日沈小珊参军招集寿石山房赏梅》）可谓道出了他宴饮诗的旨趣。倪鸿的宴饮诗也有表现某种生活哲理的，如《春夜许宾衢观察祥光招同张南山师陈棠溪仪部其锟金醴香员外菁茅熊荻江学博景星李研卿孝廉应田集袖海楼》中，"人无哀乐头难白，坐有婵娟眼易青"一句，缠绵悱恻，非生活阅历深者难以道出。当然，此类诗歌也不乏无聊之作，有无病呻吟之弊。

　　第二，泛游诗。泛游是倪鸿早年生活的重要方面，故这一内容的诗歌也不少。如《开岁五日偕陶蓉生茂才士华游花埭》、《春日过杏林庄同汪芙生璟俞溥臣崇福作》、《春游》等诗中充满诗情画意，一派适意人生的图景。但并非所有泛游诗都如此软风呢喃，莺歌燕舞，万紫千红，如《珠江集诗》："海珠寺外晚停桡，终古潮痕积未消。明月二分风五两，一灯红出漱珠桥。"（之一）"酒绿灯红水畔楼，远山如黛月如钩。销魂莫语南朝事，怕见花田土一抔。"（之六）"弹丝吹竹剪银灯，哀乐无端酒后增。我本唐衢工恸哭，此中应有泪三升。"（之十）作者有意将明月、红灯、绿酒、江水、远山、丝竹等交融成一幅繁华中透出凄冷、清丽中微露哀伤的珠江夜月图，凄迷哀婉，启人幽思。

　　第三，送别、赠答诗。倪鸿诗名颇盛，名流多与其有交，建立了较为深厚的友谊。如《题苏琴舫孝廉宝墨楼诗集并送其归里》：

> 披君一品集，动我百回吟。河岳英灵气，乾坤正始音。
> 才推桑梓重，业付枣梨深。苏笔传家健，渊源玉局寻。
> 是我还乡路，君先鼓棹寻。江湖千里梦，风雨两人心。
> 藏拙无诗赠，临行有酒斟。红鳞三十六，好寄短长吟。

诗人与桂东藤县被誉为"有子瞻气度"的苏时学交情尤深，不仅盛赞其《宝墨楼诗集》有"河岳英灵气，乾坤正始音"，而且用"江湖千里梦，风雨两人心"的诗句写照彼此的深厚情谊。

　　又如《送叶兰台孝廉衔兰入都兼简李研卿太史》，诗中有对友人高洁人品的赞美，有深厚友谊的表白，有对往日共同载酒花田、画舫畅游的回忆，有对友人的鼓励，有离别的惆怅，诗写得情感浓郁，跌宕起伏，感人肺腑。倪鸿时或得到友人的来信，他更是情不能自抑，充满对往昔的深情回忆，如《得李小韦上舍桂林书却寄》，诗中记述了诗人回桂林时与友人聚首的情景，他们"酒琖兼诗筒，往来日稠密"，却恨旋即只身回归广州，"诵君送行诗，低回泪沾臆"。后得知友人贫病交加，却还礼佛著述，诗人"听之心怅然，缩地苦无术"。他们相知颇深，"生平数相知，一指君首屈"，因此，诗人也欲学友人退隐，"拟赋《归去来》，买屋近君宅"，以"朝夕常过从，彼此订胶漆"。这首赠答诗，语言朴实无华，表达了与友人的深情厚谊，感人至深。后李小伟病逝，倪鸿还作《除夕怀鬼诗》、《汪剑峰孝廉陈心香教授李小韦上舍相继徂谢怆然有赋》纪念。另外，倪鸿还有较多官场上的唱和、奉报之作，较之这些情真意切的篇什，显得情感苍白，内容空虚无聊，如《十月一日张翰生总戎玉堂枉过草堂余适他出赋此奉报》、《赠郑树伯司马亮晖》、《王定甫通政拯以诗见赠赋此奉报》、《八月十九日日本藤顺叔宾使宏光枉过草堂赋此奉报》等，都是此类作品。

第四，题画和序跋诗。倪鸿不但诗艺较精，于书画也有一定造诣，因此，为人题画、作序作跋的诗作也不少。倪鸿的题画诗能根据画面内容而呈现出迥异的风格，有的写得豪气纵横。如《题舒锦庭参军锟杀贼图》：

> 古眉峡口阵云愁，杀贼横冲丈八矛。毕竟男儿好身手，马头挂出血骷髅。
>
> 请缨自古说终童，又见书生立战功。我有雄心未消尽，也思磨盾学从戎。

有的写得风流蕴藉，如《题潘鸿轩茂才百花卷》："廿四番风百种春，春痕如萝雨如尘。画中留取婵娟影，一朵名花一美人。""灯影曾歌水调腔，晴窗读画又心降。何妨更试生花笔，补写春驹五十双。"有的写得异彩纷呈，如《题吴仲英司马恒罗浮访道图》："四百芙蓉朵朵开，有神仙处有楼台。山中蝴蝶车轮大，好约群真倒跨来。""名山梦想廿年余，览胜何时命笋舆。一笑真灵输慧业，让君去访葛洪居。"倪鸿的序跋诗大多能紧扣其人其作，作出较为公允评述。如《题孙逸农司马福田消寒馆词》：

> 人间重见柳屯田，滴粉搓酥不计年。绝妙珍珠数行字，等闲题
> 遍竹波笺。青衫湿透何人觉，红豆抛残到处多。倘向梅边修笛谱，
> 不妨亲教雪儿歌。

但也有一些吹捧过分之作，如《葆芝芩方伯以诗集嘱校率书其
后》、《果杏岑都护以诗集嘱校率题其后》、《题温笋堂少尹汝绅梨花吟
馆诗集》等。

第五，联句诗。倪鸿的诗集中还有一些联句诗。所谓联句，就是多
位文人以句联诗，每人一句，蝉联成篇；或联缀古人诗句，饾饤文辞。
所以严格说来，这并非倪鸿个人的作品。这类诗多为咏物之作，其实不
过是文人的一种无聊的文字游戏，如《皮蛋联句》、《盘香聊句》、《时
辰表联句》、《槟榔联句》、《正月十七日招同陈兰甫学录李紫黼广文易
芸士司马焕书唐春卿太史景崇金仲和茂才保基李耀堂少尹集野水闲鸥馆
祝云林高士生日集唐人句成诗》等，因意义不大，故不赘述。①

三 风土人情诗

倪鸿的诗集里描写风土人情的作品以《广州竹枝词》、《台湾杂咏
六十四韵》、《沙田杂咏》等为代表。

竹枝词发展到清代，诗人所作多注重歌咏风土人情。倪鸿在广州生
活了很长时间，又性喜交游，广与当地民间接触，于是创作了这一组歌
咏广州民情风俗的竹枝词。如第一首写广州的民间体育活动：

> 彩旗迎得好春回，喜入新年日举杯。踢毽群儿身手捷，五仙观
> 里广场开。

第三至六首写民间信仰，祭祀活动与岁时节日民俗：

---

① 请参见王先岳《〈退遂斋诗钞〉校注》，硕士学位论文，广西大学，2004 年。

　　香尘如梦夜如年，蘹菜塘边月子圆。几队惊鸿人影过，元宵即是采青天。

　　神祠高耸玉山阿，招引烧香士女过。闻说观间开库日，白莲台下美人多。

　　刺桐开遍越王台，鸡黍粉榆社又开。霹雳数声花爆响，万家争赛福神来。

　　扶胥江口画船排，一路香尘点绣鞋。试向波罗神庙看，人敲铜鼓拔金钗。

第八、二十九首写饮食民俗：

　　白雨初晴赤日光，潮生檀几汗生墙。人家都印栾樨饼，胜啖沙门浴佛汤。

　　雪花从不洒仙城，冬至阳回日日晴。萝葡正佳篱菊放，晶盘五色进鱼生。

都能比较真实客观地记录了近代广州的民情风俗，且诗中之注，可借以理解民俗内涵。因此，具有一定的史料价值。

　　《台湾杂咏六十四韵》写台湾的人情风俗，可谓奇气扑面，异彩纷呈，作者从台湾的地理位置、历史沿革、民间传说、人事变迁、文化遗存、自然景观、气候状况一路写来，最后才写民情风俗，笔法游荡，所涉甚广，囊括种植、居住、宗教、食物、婚俗、穿戴、生育、商贸、物产、葬礼、地质、物候、珍禽异兽、花果虫鱼等各个方面，应有尽有，不一而足，将当地民族部落的风土人情表现得奇情浓郁、淋漓尽致，充满了新奇之感。而且，此诗也夹注，故不乏史料价值。

　　《沙田杂咏》是倪鸿咏沙田风物的一组诗，写尽沙田之蛮荒可怖，如第二首："车马稀疏客罕经，往来魑魅具奇形。村无鸡犬邻皆徙，港有鱼虾水尽腥。磷火穿林团作绿，窑烟近树逼成青。柴门夜恐鲛人叩，未到黄昏户早扃。"

另外，值得一提的是，倪鸿还有一首《照相篇》反映近代史上西洋文化的传入，"近西洋人以镜取影，顷刻立成，令人不可思议，倪耘劬作歌纪其事"（李家瑞《停云阁诗话》），也有一定史料价值。反映民间杂艺的《观影戏作》、《绳伎行》等皆写得声情并茂，具有较高的艺术价值。①

四　抒怀述志诗

倪鸿的抒怀述志诗以《五十初度述怀一百韵》、《背时诗三十首》等为代表。《五十初度述怀一百韵》记述自己半生经历，叙述与抒情并用，语言朴实，写尽心怀。这个鸿篇巨制，是研究倪鸿生平的重要文献。因在叙述倪鸿生平时，对此诗内容已多有涉及，不再赘述。《背时诗三十首》乃诗人去粤之闽以后的述怀之作，写自己对于人生、社会的种种看法，充满愤世嫉俗的感情。他自作序曰：

> 薄宦榕城，支离待尽。叩门无乞食之地，催租有败兴之人。热血填胸，牢愁满腹，拉杂成诗三十首，聊以消遣日月。忆厉樊榭有背时诗，待素心论句用其意，曰《背时诗》，知我罪我，皆不暇计也。

从中可以见出作者心情之愤激。如第一、二首：

> 天既产虎豹，胡又产凤麟。地既植芝兰，胡又植棘荆。
> 始知天地大，美恶同滋生。是以有君子，亦复有小人。
>
> 国家设科场，冀把名材录。严疑治军旅，慎若鞠大狱。
> 万间矮屋中，不少俗士俗。口里诵圣贤，胸中慕爵禄。

---

① 以上请参见王先岳《〈退遂斋诗钞〉校注》，硕士学位论文，广西大学，2004 年。

诗人对君子小人予以理性分析与批判，并毫不留情地揭露表面清高但心慕爵禄的读书人的虚伪嘴脸。倪鸿生平不得志，对科举制度的弊端颇多感触，深恶痛绝，因诗曰："安石创八股，实愚天下民。谁不欲富贵，须由此出身。咀嚼烂时文，古书无暇亲。所以科第中，难得逢通人。"倪鸿饱尝人情冷暖，世态炎凉，因而对所谓"金兰"之好也颇多不满："约人为昆季，碌碌笑余子。古有金兰簿，权舆或由此。丹鸡与白犬，盟誓结生死。舍却真友朋，变为假兄弟。"倪鸿对官吏的黑暗、腐朽予以尖锐批判："洪水与猛兽，为患仅一时。部胥与门阍，作弊无穷期。斥驳弄机械，把持吸膏脂。若辈非多能，太阿自倒持。"倪鸿还认为人应韬光养晦，以免招来横祸："花艳人必摘，鸟美人必捕。才华倘自炫，定招世俗妒。怀沙捉月人，总被才名误。百盗伺于门，珍宝戒勿露。"人生价值可能也是古代文人思考得较多的问题，倪鸿则以"立言"作为人生价值的体现，诗曰："彩云容易散，璧月难常圆。人生非金石，安能永其年。欲求不死法，努力着简篇。纵使形骸化，留得精神传。"总之，这些诗歌在一定程度上反映了倪鸿的人生观、价值观、世界观，也是研究倪鸿生平思想的珍贵资料。

　　倪鸿生当鸦片战争时期，封建社会向半殖民地半封建社会的过渡，使倪鸿耳闻目睹了近代史上民族的苦难，他忧国伤世的情怀时常在他的诗歌中流露出来。他的这部分诗歌继承了现实主义传统，在一定程度上描绘出那个时代的真实状况，具有较为鲜明的时代色彩和政治倾向。如作于1858年的《携家》，真实地再现了第二次鸦片战争英法联军于1857年冬攻陷广州以后的凄惨景象，充满强烈的黍离之悲。再如《平乐道中》、《苍梧旅次》，两首诗都作于1859年倪鸿转战桂林与湖南永州一带的途中，诗人怀着沉痛的心情写出了动乱年代民生凋敝的凄凉景况。再如作于同年的《七月晦日贼围桂林有感四首》，不但真实地反映了第二次鸦片战争与太平天国运动时期桂林满目疮痍的状况，而且诗人还回忆了1857年冬英法联军攻陷广州的事，忧时伤世之情溢于言表。作于晚年的作品如《闻晋豫两省大饥感赋》等，也真实地展现了诗人悲天悯人的心灵。①

――――――――――

① 以上请参见王先岳《〈退遂斋诗钞〉校注》，硕士学位论文，广西大学，2004年。

五　家庭生活诗

倪鸿的家庭生活诗以朴实的语言记录了生活的真实状况，从中可以看出诗人的喜怒哀乐和人生的酸甜苦辣。如反映贫困潦倒的《冬夜偶成》、《除夕》等，描写了封建社会里知识分子的悲剧命运，令人感喟良多。一部分诗作反映诗人与妻子的感情生活，写得一往情深，感人肺腑。如《内子生日口占二绝赠之》：

> 怜卿误作女儿身，嫁得黔娄惯食贫。二十五年愁里过，不曾真个做生辰。

> 封侯无分笑檀郎，忍死双栖荔子乡。欲典嫁衣邀我醉，翻开黄竹是空箱。

诗人对于妻子在如此贫困状态下尚能守贫如一，内心感到深深地愧疚，从中不难看出诗人对妻子的至爱之情。倪鸿官职低微，有时难免在外奉檄奔走，忍受与妻子的分离之苦。这样的时刻，倪鸿常以诗歌诉说对妻子的深深思念，如《秋夜不寐作》、《七夕》、《七夕寄内》等，诗歌语言朴实，情真意切。倪鸿共有八个子女，但先后有两个女儿、一个儿子夭折，其诗《哭亡儿成基》、《三月二十七日为亡儿成基周年哭之以诗》写得字字血泪，哀彻心肺。而每当儿女出生，又给倪鸿带来莫大的安慰，如《八月八日四女生》、《二月十九日妾举一子》等。总之，这些诗歌既是倪鸿家庭生活的真实记录，又是倪鸿情感世界的生动演绎。①

---

① 以上请参见王先岳《〈退遂斋诗钞〉校注》，硕士学位论文，广西大学，2004 年。

第 三 章

桂中诗人群体研究

第一节　桂中诗人群体概述

清代桂中地区，大体即今柳州、来宾两市及所属各县地域。也是作家诗人辈出，令人瞩目的一方热土。

马平县（今属柳州市）人杨廷理（1747—1813）是一位名宦诗人。于乾隆四十二年（1777）拔贡，先后任福建归化、宁化、侯官知县。其后历任台湾府同知、知府，期间被诬革职，流放伊犁。戍满返任台湾知府，病卒于台湾任上。杨廷理对治理台湾特别是开发噶玛兰（今宜兰）贡献巨大，至今宜兰有"杨公祠"，当地百姓长年虔拜，香火不断。有诗集《知还书屋诗钞》、《东瀛纪事》、《议开噶玛兰节略》等传世。

王拯是马平县另一位名家。道光二十一年（1841）中进士后，先授户部主事，后来官至左副御史、通政使。以直言见忌，遂告老还乡，主讲于桂林多家书院。王拯的诗、词、古文均有甚高造诣，有《龙壁山房诗集》、《茂陵秋雨词》和《龙壁山房文集》、《归方评点史记合笔》等传世。因王拯参与桂林杉湖诗会活动密切，故其诗放在桂林"杉湖十子"一节论析；其文、词则分别在广西桐城派、岭西五词家内解说。

桂中地区诗人群体的另一个突出亮点，就是壮族作家群的崛起。

桂中壮族作家中，年辈较早者当属滕氏父子与陆小姑。滕问海（约1752—1822后）为乾隆间贡生，后授宾州（今广西宾阳县）训导。著有《湄溪山人诗稿》六卷、文稿一卷、《杂言》四卷。滕问海之子滕槭，嘉庆间府学诸生，在诗歌创作上颇得其父真传，也是以古体长篇诗见著于世。可惜天不假其寿，年方二十而卒。陆小姑名媛，字小姑，以字行。生于书香之家，自幼"性慧工吟咏"，后所嫁非人，被休回娘家。滕问海任宾州训导期间，收其为徒，前后长达六年。陆小姑有诗集《紫蝴蝶花馆吟草》。三位诗人关系密切，互有唱和酬答，审美趣味基本一致，形成了一个作家小群体。他们的生活经历比较单纯，诗歌内容多表现壮乡风物，诗风或恬淡古朴，或细腻奔放，或幽怨温婉，但往往都透溢出一股特有的壮乡风味。

有"两粤宗师"之誉的壮族大家郑献甫（1801—1872），生于象州乡村。原名存纻，别号小谷，自号识字耕田夫。道光十五年（1835）进士，授刑部主事。后辞官，在桂林、柳江、顺德、广州等地多家书院任讲席或主管，病逝于桂林孝廉书院。郑献甫一生著作丰硕，经学方面有《四书翼注论文》、《愚一录》、《补学轩文集》、《续刻补学轩文集》等。诗集有《鸦吟集》、《鹤唳集》、《鸡尾集》、《鸥闲集》及《幽女集》等。另纂有《象州志》。

继郑献甫之后，象州一带出现了另一位壮族诗人韦陟云（约1845—约1896），字郇五。同治举人。光绪年间任京官户部主事。著有《红杏山房诗稿》二卷，收诗六百余首。其诗作中最有价值的是时事感怀诗，反映了中日甲午战争前后风云变幻的时局，表达了爱国主义的情感，堪称这一时期的"诗史"。

另一位壮族诗人韦绣孟（1856—1929），字峄芝，号茹芝山人，中渡（今广西鹿寨县）人。曾任山东金乡县代理知县，还乡后，常奔走于中渡、桂林之间，以议论国事、交游吟咏为务。著有诗集《茹芝山房吟草》，存诗五百余首。他的诗歌，也大多是抒发关切政治时局、忧国忧民的爱国情怀。他对国家和民族的爱之愈深，忧之愈切，终其一生不曾衰减，是一位可敬的政治诗人。

道光至光绪年间，迁江县（今来宾市）出现了著名的凌氏三兄弟：凌应梧、凌应枬和凌应柏。他们都是当地"土目"的后裔，较早接受了汉文化教育，诗文都取得了较高成就，是当地著名的壮族文学家族。凌应梧，字凤阁，清赠荣禄大夫，廪生，屡试不第，投笔从戎，功授云南景东厅，后晋三品花翎。前后居官四十余年，清风两袖，口碑载道，有《劳薪集》。其堂弟凌应枬，字汝才，家贫力学，博览经史，同治举人，官浔州府学教授。为官清正勤勉，卒于任上，有诗集《拿云山馆》。应梧胞弟凌应柏，同治拔贡，早卒。能诗，有《狎鸥集》。

第二节 两任台湾知府的杨廷理

杨廷理（1747—1813）字清和，号双梧，马平县（今属柳州市）人。出生于广西左江镇署（在今南宁市），十岁后，举家迁回祖籍柳州。杨家是武将世家，名望甚高，祖父杨标原系江西南昌人，从军迁至广西柳州，卒于军中，得赠"武信骑尉"名衔。父杨刚，在清廷平定黔、湘、桂"苗乱"等地的战役中屡建战功，升任广西左江镇总兵，曾撰《平苗纪略》。清乾隆《马平县志》、清嘉庆《广西通志》均有传。杨廷理于乾隆四十二年（1777）拔贡，先后任福建归化、宁化、侯官知县。五十一年（1786）八月，出任台湾府同知，开始了他"仕闽三十年，始终不离台湾"[①]的生涯。天地会林爽文反清事起，杨廷理以坚守府城有功，升任台湾知府。之后，又以政绩显著升任台湾道兼提督学政，加按察使衔。乾隆六十年（1795），因清查库款案被诬控而革职。嘉庆元年（1796），流放伊犁。戍满返回之后，于嘉庆十一年（1806）九月，重任台湾知府，赴任前向嘉庆面奏"噶玛兰当开"。在办理开兰事务期间，杨廷理先后五次深入噶玛兰，勘察丈量土地，调查民番疾苦，设计开办章程。十七年九月，摄任噶玛兰通判，十二月，卸任。十八年（1813）九月二十九日，病卒于台湾。时人称杨廷理"议开噶玛兰厅，资其粟足食数郡，其泽尤可百世也"。噶玛兰（今宜兰）百姓称之为"开兰名宦"，念念不忘杨太守的人格与功绩，并立"杨公祠"纪念。杨廷理长生禄位至今供奉在宜兰头城镇吴沙祠，木像奉祀于宜兰市昭应宫，使其永享馨香之祝。

清道光十六年（1836），杨廷理辞世二十三年后，其子杨立亮着手

---

① （清）孙衣言：《台湾知府、前台澎兵备道马平杨君墓志铭》，载柳州地方志编纂委员会办公室编《杨廷理研究文献集》，香港：京华出版社 2006 年版，第 432 页。

整理父亲的诗作。因杨廷理生前钟爱柳州故宅书斋"知还书屋",故冠名《知还书屋诗钞》,收录诗歌 750 题、共 1 043 首。《诗钞》编列十卷,一至九卷辑录杨廷理各个时期的诗稿,分别是:《西来草》(三卷)《西来剩草》、《东归草》、《南还草》、《北上草》、《东游草》、《拾遗草》,第十卷辑录其自传《劳生节略》。① 为近人徐世昌收藏,著录于《书髓楼藏书目》,现藏中国科学院图书馆。另有《东瀛纪事》、《议开噶玛兰节略》等。

题材多样、思想内容丰富是杨廷理诗歌最显著的一个特点。从题材方面看,可以分为羁旅诗、纪行诗、纪事诗、酬唱诗等四大系统。从思想内容方面看,诗歌主要表现了诗人的宦情、亲情和友情。

一　羁旅诗

古往今来,天涯羁客是最多情、情最切的一群人。杨廷理谪居西域六载,仕宦台湾二十年,创作了大量的羁旅抒怀诗。谢金銮在《西来草序》中说:"而观其辞,则悔往艾衍,思难惩咎,感恩逾切,望泽弥深,悼老怜髻,忆家怀旧,旅魂乡梦,龟兆灯花。"② 点出了杨廷理羁旅诗的思想内容。

(一)抒发功名焦虑之感、人生荒寞之恨

如《解嘲》:

> 平生爱马走退荒,六载章京理牧场。沙苑双峰摇海月,天山万骑掠边霜。空群伯乐怀真鉴,啮雪苏卿许继尝。踯躅频年无限恨,斜阳衰草下牛羊。

在当时新疆的遣犯中,杨廷理这一类谪人被称作"废员"。"废",意思是仕绩功名被彻底剥夺,在远离政治中心的荒边大漠,从事种种卑微的体力劳动。杨廷理在伊犁"效力赎罪"的工作是"派驼马处章京行

---

① 赵笃:《杨廷理诗歌的传记特点》,《阅读与写作》2010 年第 12 期。
② 谢金銮:《西来草序》,载柳州地方志编纂委员会办公室编《杨廷理研究文献集》,香港:京华出版社 2006 年版,第 459 页。

走"。这对天生以仕宦腾达作为人生价值和目的的杨廷理来说，大材小用，甚至大才无用的功名焦虑感就尤为突出。这一首"解嘲"，不是诗人潇洒地自我调侃，而是倾泄对戍地生活满腔的愤懑。从匹马突围的英雄到打理牧场的"废员"，其心理落差可想而知。颈联中两个象征意象，"伯乐相马"和"苏武尝雪"，就是他对自己怀才不遇、潦倒境遇的影射。诗人把自己比作千里马，把自己的遭遇比同苏子卿，可见其内心的愤懑。尾联两句属情境营造：黄昏斜阳，牛羊衰草，怏怏执鞭，充分抒发了诗人功名焦虑之感，人生荒寞之恨。

（二）抒发客愁归思之情、怀亲念友之意

如《秋怀》：

> 萧瑟秋为气，凄凉怅异乡。一庭黄叶雨，满镜白头霜。
> 拥被风敧枕，怀人月到床。家山魂梦里，辗转夜偏长。

秋天在四季中给人感触最多，尤其是边塞的秋天，更显清冷萧瑟，最易引起游子触景伤怀。《秋怀》写得凄清悱恻，不流浮浅。颔联以庭院落叶的冷寂，衬托诗人暮年之孤独。颈联意境最佳：拥被风敧枕，怀人月到床。"怀人"与月是"思念"意象组构的关系，诗人在思念亲人的时候，月光恰好照到床头，深刻地表现了挥之不去的客愁归思。

（三）抒发空怀抱负、壮志未酬之情

如《新庄岁除》：

> 正须酒杯与浇愁，能使松醪一至不。入座清芬新佛手，附身轻暖旧狐裘。寒生仄境难携屐，春转沧瀛好放舟。满眼榛荆无计剪，说来空抱杞人忧。

杨廷理晚年复任台湾知府，仕途多舛。虽然大力推动对噶玛兰的官治，却屡屡受挫。因此，这时的诗作大多抒发空怀抱负、壮志未酬的嗟叹。"寒生仄境难携屐"道出了诗人处境的艰难，"春转沧瀛好放舟"则表达了诗人英雄无用武之地，不如乘风归去的念头。然而，诗人却始终割舍不下对台湾的眷恋、对事业的追求，尾联"满眼榛荆无计剪，说来空抱杞人忧"便是诗人空怀抱负、壮志未酬的心理写照,正是"知我者谓我心忧,不知我者谓我何求"!①

二　纪行诗

纪行诗是以联章组诗的形式将一次行旅经过完整记录,强调行程的连续性与完整性,作品中显示出较清晰的行走路线②,为唐代杜甫首创。到了清代,这种联章诗体的形式依然受到诗人们的青睐,杨廷理的两组纪行诗就格外引人注目。

(一)"东归"纪行组诗

第一组纪行绝诗,是杨廷理嘉庆八年(1803)从伊犁获释赴京的作品,行程的起点是伊犁绥定,终点为北京,历时三个月,作诗共 150 首,编成《东归草》一卷。

行程首篇是《四月三日自绥定城起程》,诗人沿天山北麓走出新疆,向甘肃行进。沿途写有:《头台山行,偶忆乐天"浅草才能没马蹄"句,因成三绝》、《将抵松树头口占》、《果子沟道中》、《出果子沟》、《松树头阻雪》、《三台雪海冻尚未开,率吟一律》、《颓山雪》、《生日五台道中马上口占》、《大河沿途次购得大白马喜成》、《托克多旅夜》、《布尔哈吉》、《奎屯》、《双泉子》、《宿安济海》、《入靖远关》、《呼图壁遇雨》、《昌吉县》、《出乌鲁木齐城,过红山嘴,登彩云观》、《阜康县》、《滋泥泉旅舍对博克达山正面,率成二绝》、《三台晓行》、《奇台县道上》、《东城口看野牡丹》、《木垒河》、《一碗泉怀友人》、《沙泉遇雨,仍用前韵寄云岩州刺史》、《从小南路行漫兴》、《芨芨沟旅店昼眠》、《瞭墩大风,次早始息》、《一提泉》、《从小南路望巴里坤南山口等处》、《三堡道中是日食王瓜》、《桑葚等物》、《四月十五夜度苦水戈壁感怀》、《格子烟墩》、《红山子》、《戈壁夜行》、《星星峡》、《马莲井两站山中均有捷径,马行颇便》等诗。

再由甘肃经陕西、山西、河南、直隶,抵达北京,一路均以地名为诗。如在甘肃境内写有《安西大泉小泉》、《红柳园》、《将抵安西》、《抵

---

① 赵笃:《杨廷理诗歌的传记特点》,《阅读与写作》2010 年第 12 期。

② 参见李德辉《唐代交通与文学》,湖南人民出版社 2003 年版,第 263 页。

安西州口号》、《进嘉峪关》、《肃州道上》、《过酒泉》、《花墙驿晚雨》、《午日高台县周净溪明府留饮，席间口占》、《沙井驿大风》、《过张掖县河》、《过山丹县宿新河堡》、《永昌午后大雨》、《过凉州》、《过古浪县》、《黑松驿旅店》、《镇羌道上》、《过乌岭》、《宿渔家湾》、《甘省东门外义院哭梅坞五内弟》、《雨后下六盘山》、《过平凉宿白水》等诗。

在陕西境内写有《过邠州》、《邱彩来得各亲友书》、《西安阆雨》，《晚行即事》、《由赤水过华州华阴县，憩华阴庙，晚回旅寓作》、《登华阴庙万寿阁看华山》、《过黄河》。

在河南境内写有《晓发王屋》、《天气甚凉，知黄门旗等处昨夜得雨也，为作是诗》。

在山西境内写有《过芹泉山半涌泉极清，入河即成浊流》等诗；由直隶入京时写有《将抵都门道中口占》、《七月初十日抵京，住前门外旅店》等诗。

"东归"纪行组诗，不仅是诗人从伊犁到北京一路行程的完整记录，也是诗人获释后如释重负、向往新生活的心路历程的记录。这时候，戈壁草原、关山河谷的西北风光在诗人的眼里是那样的美好。例如，过新疆果子沟时诗人写道："震开三界聤，惊起九天雷。曲涧飞流沫，霜蹄践落梅"；过三台时又写道："日出深林绿衬红，画家着色那能工。铜钲挂眼光初透，青霭参天望不穷"；到六盘山时还写道："青畦黄陇真如绣，羡煞山头野老家"。因多年囚禁生涯的结束，诗人对自由的喜悦、对新生活的向往也溢于言表："到处呢喃闻好语，果然乐事是春还""孤云倦鸟君知否，但得闲飞乐自我""过去功名如梦幻、晚来书史助精神""主人知我东归意，为祝风云起壮图"。

（二）"南还"纪行组诗

再看第二组纪行组诗。杨廷理在北京"叩谢天恩"后，八月自天津乘船南返故里，行程的起点为北京，终点为柳州，历时五个月，作诗共117首，编成《南还草》一卷。

行程的首篇为《八月十三日出京至张家湾，放舟南还》，诗人行船经大运河、长江、赣江等水线动脉南下，自天津到山东，写有《天津阻风》、《重阳后三日于梁山泊野店篱边见菊》、《济宁道中》、《南旺放舟，夜泊通济桥》。

自山东到江苏，写有《天井闸舟次》、《桥头集等处莲堤》、《南阳即事》、《十字河遇顺风》、《由杨庄出口渡黄河晓望》、《过扬州》、《仪征候风》、《守风南港》、《顺风过江将抵江西门》、《夜泊江西门》、《石城桥》、《北河口晚风》。

自江苏到安徽，写有《采石矶》、《芜湖县》、《三山峡晓行》、《夜泊繁昌旧县》、《泊铜陵县对岸，野步》。

自安徽到江西，写有《小姑山》、《过湖口县》、《过鄱阳湖望庐山》、《南康道中》、《湖口即事》、《夜宿庐山下》、《过吴城镇》、《吴城放船》、《过三湾》、《泊江西省城外》、《樟树镇道中》、《峡江县晚眺》、《吉水道中》、《过文山祠》、《过万安县》、《过惶恐滩》、《白涧道中》、《十一月十三日过赣郡》、《南安晓发》、《保昌坡叠韵》、《南雄登舟》。

自江西到广东，写有：《英德县》、《过观音岩》、《樟木汛遇顺风沙口候潮》、《抵广州》、《石湾即目》、《过三水县》、《过封川县仍用前韵》。

自广州到柳州，写有：《夜泊梧州关》、《梧关晴望》、《梧州换船，次日复雨》、《石良塘》、《过白马驿》、《过平南县》、《西山》、《过弩滩》、《出峡过武宣县》、《象州道中》、《石龙苦风书怀》、《夜泊麻子滩石壁下》、《抵鸡夹鸟》、《初抵东园书怀，并寄慰儿辈》。

同样是行程的完整记录，但与"东归"纪行组诗相比，"南还"纪行组诗别具特色。首先是所写景观不同，东归一路是戈壁草原、关山河谷的西北风光，南还一行则是两岸青山、水天一色的东南图画。例如："潮涌东山红树外，船横南港碧芦边""霞蒸碧落看云锦，月浸清波数兔毫""长川雾净拖新练，隔岸山多抹夕烟"；其次是所流露的思想感情不同。诗人离家愈近，思乡愈切："三径花开归棹晚，一江风送客帆迟""放眼家山何处是，空舟愁煞路三千""只因乡近思偏苦，敢谓神灵听不聪"。然而，"近乡情怯"又使他思绪难平。本应"衣锦还乡"的他，而今却风尘仆仆，两袖空空，难怪诗人要发出"鸡肋功名徒一笑，蝇头事业枉多年。到来何处成安宅，堪叹浮生百计悬"的感叹了。

恰如韦佩金所说："西为万里非无谓，天淬词锋赚纪游。"① 杨廷理

---

① 韦佩金：《酬杨双梧观察廷理叠韵枉赠》，载柳州地方志编纂委员会办公室编《杨廷理研究文献集》，香港：京华出版社 2006 年版，第 493 页。

的"东归""南还"两组纪行诗，就像两篇奇丽的游记，读者如身临其境，在与诗人一起过戈壁、登绝顶、穿山峡、经栈道、渡急流的同时，深切地感受到诗人丰富的内心世界。

三 纪事诗

"以诗纪事"可以说是杨廷理诗歌创作的目的，纪事诗在他的作品中有很大比重。按不同内容，可以分为"家事""政事""役事"三种。

（一）家事诗

杨廷理的家事诗大致分为两类，一类主要表现伤老舐犊之情，譬如《纪梦九月十九日》所述："人生动离别，倏忽千万里。情意苦缠绵，恻恻悲怀起。繄予磨蝎来，端自读书始。老大赋从军，远戍伊江涘，回首望高堂，低头怜稚子。"又如《闻立元、立允、立冠三儿同案入泮》所说："清白家声旧，官逋亦孔多。老亲惊卧病，犹子累差科。拙宦原无计，贫交可奈何。信来疑喜半，泪眼自摩挲。"另一类则主要体现了兄弟手足之情。如《甘省东门外义院哭梅坞五内弟》：

> 携来拙作待加删，骑鹤遥天去不还。一代风流君有分，八年潦倒我无颜。伤哉属纩诗成绵，允矣传家竹染斑。义院凄凉人落寞，旅魂何处数青山。

欧阳梅坞是诗人的妻弟，二人情同手足。诗人在谪居伊犁期间，梅坞任职于甘肃合水县。诗人获释后途经甘肃，欲与之相聚，不料梅坞已逝，诗人痛心疾首，失声恸哭。

（二）政事诗

杨廷理一生为官，在他所有的纪事诗中，政事诗数量最多，而这些政事诗大多描述的是台湾噶玛兰设治的经过与结果。例如：《上三貂岭》、《十一月四日得撤回内地信》、《孟夏六日重上三貂山顶口占》、《相度筑城建署地基有作》、《六月廿五日发申〈噶玛兰创始章程〉，禀内有"殚一己之心思，耐三月之劳力，奉十八则之宪令，成亿万载之良规，使善良者知有官之可乐，奸猾者知有法之可畏"等语》、《兰城仰山书院新成志喜》、《重定噶玛兰全图偶成》等。下面以《重定噶玛兰全图偶成》一诗为例进行分析。

> 尺幅图成噶玛兰，旁观慎勿薄弹丸。一关横锁炊烟壮，两港平铺海若宽。金面翠开云吐纳，玉山朗映雪迷漫①。筹边久已承天语②，贾傅频烦策治安③。三农力稽趁春晴，雨霁烟消极望平。形拟半规深且邃，溪飘双带浊兼清。培元布化思良吏，划界分疆顺兆民。他日浓阴怀旧泽，听人谈说九芎城④。

全诗可以分三层来理解。第一层，诗人开篇即指出，噶玛兰并非毫无价值的弹丸之地。接着描绘噶玛兰平原的壮阔与丰腴，"一关横锁炊烟壮，两港平铺海若宽""金面翠开云吐纳，玉山朗映雪迷漫"，生动而形象地说明了噶玛兰的地理优势。

第二层，诗人认为，噶玛兰物华天宝，却长久脱离国家的管治范围，因而引来巨寇强盗的觊觎，严重影响社会治安，所以指出"筹边久已承天语，贾傅频烦策治安"，以此来强调致力于开发噶玛兰的原因。第三层诗人以"形拟半规深且邃，溪飘双带浊兼清""培元布化思良吏，划界分疆顺兆民"来阐述规划的过程，用"他日浓阴怀旧泽，听人谈说九芎城"一句展望噶玛兰美好的未来。

全诗层次分明、说理有据、描写精善、感情饱满。可以说是杨廷理政事诗的代表作。⑤

（三）役事诗

杨廷理的役事诗主要反映迁谪新疆时的戍客生活。有的是记录谪戍时期从事"驮马章京行走"的情况，如在《赴贸易亭》里写道："译听夷人语，防严塞马羁"，在《日午促往西郊贸易，口占一律》提到："促驾短辕郊外去，此行未解为谁忙"；有的记录与其他戍客

---

① 句后有注：金面山在北，玉山在西南。
② 句后有注：十一年夏即奉旨查办。
③ 句后有注：谓汪制府稼门、张廉访石兰两先生。
④ 句后有注：兰境九芎木与北方杨柳同性，现环城植之。
⑤ 赵筠：《杨廷理诗歌的传记特点》，《阅读与写作》2010 年第 12 期。

的交往，如诗人与戍友赏菊下棋，写有《小雪后，同人集斋中赏菊，值梦庐止酒，有诗见赠，次韵答之》、《与友人对弈》等诗，与戍友行宴小酌，写有《绥园宴集口占》、《和梦庐腊日食冰鲤见赠元韵》等诗；有的还记录了屯垦戍边的情景，如《野望》中的"转粟镰连集，巡边逐队过"。纵观杨廷理这些役事诗，大多表达了诗人戍客生活的无聊或无奈。

四 酬唱诗

杨廷理的诗歌酬唱多发生在伊犁期间，唱酬对象大多为戍友。"同是天涯沦落人，相逢何必曾相识"，人生境遇的相同，让杨廷理与戍客们走到了一起。送别、唱和、步韵、题赠，是杨廷理诗歌酬唱的主要形式。

（一）送别与唱和

在杨廷理的酬唱诗里，以送别诗为佳，代表作有《送洪稚存亮吉编修回南》、《赠别陈静涵懿本侍其尊人望之中丞东归》等。举《送洪稚存亮吉编修回南》为例：

> 万里相逢日，三春未暮时。清谈春气味，愚恼古心期。
> 甘与风霜老，偏邀雨露施。临歧莫惆怅，善保岁寒姿。

嘉庆四年，翰林院编修洪亮吉被贬至伊犁。洪亮吉在新疆期间，与许多废员友好往来，杨廷理就是其中一个。这首送别诗，语气舒缓却饱含真情。诗人回忆二人初遇时的情景：万里相逢日，三春未暮时，以及彼此清谈时心灵的感悟：清谈春气味，愚恼古心期。诗歌颈联的"风霜""雨露"是一对相反的语象，前者暗喻人生的失落，后者暗喻皇帝的恩宠。尾联"临歧莫惆怅，善保岁寒姿"则是与洪亮吉的互相勉励，人生不如意，世事亦难料，让我们保持着松柏般高洁的人格与灵魂吧！

杨廷理的唱和诗作较少，但却写得凄婉动人。如唱诗《致周渔湖》："贫病交攻好自宽，穷边谁共话辛酸？半窗红日酣春梦，一盏青灯耐夜阑。负米佳儿难万里，分金义友阻重峦。炎凉异态今犹古，握手无言泪暗弹"，抒发诗人流落尘寰、遭遇炎凉的忧伤，表达与友人患难相扶的真挚情感。再如和诗《追和王阮亭先生〈秋柳〉四首》（之一）："猎猎霜风动旅魂，柔条空自羡青门。宫眉宛转怜初样，舞袖轻盈忆旧痕。一抹夕阳疏映水，三分夜月淡笼村。东亭夕日思人树，五百年来孰解论"，诗歌以柳喻人，抒发了诗人漂泊他乡、思恋故土的情怀。

（二）步韵与题赠诗

杨廷理的步韵诗数量很多。一般人认为，步韵诗是清代流放文人消磨时光、"逞才使气"的诗歌，难出佳作。然而笔者认为，步韵诗的价值讨论尽管莫衷一是，但其是否只是一种文字游戏，则有待商榷。仅就清代西域诗人来说，步韵诗能把这些南北诗人紧密地联系到一起，在诗文韵律的钻研和交锋中，不断地提高诗人自身的诗学修养。同时，步韵诗对减轻他们的孤愤情绪，寻找新的心理支持也起到很大的作用。杨廷理的《次梦庐长至韵》就是同类作品中的佼佼者，"瓜期已似长沙傅，放逐常为泽畔吟""马嘶边草绿犹浅，雁滞南天影尚沉"，诗人以贾谊和屈原自喻，表达了自己的铮铮傲骨。又以"马嘶边草"和"雁滞南天"两个意象组合，营造羁留天涯的晦暗意境，深切地表达了诗人内心的痛苦。

诗人常为友人们题画、题扇，在伊犁时，他还曾为百年药店"万全老堂"题字。因此题赠也是他在诗歌交往活动中的重要内容。《题李菌田墨写瓶梅》是其中比较有代表性的作品。

> 数茎枝叶为谁新？淡墨幽姿气味真。洙泗琴言归大雅，潇湘芳草托佳人。盈瓶活水清传影，卷石微苔静绘神。一洗铅华出九畹，风光照眼不须绚。

诗写得极为雅致传神，表现了诗人观察、描摹、表达的极佳能力。读者虽不能亲眼看到李氏绘制的瓶梅，却能在诗人的诗句中，充分获得视觉与嗅觉的享受和体验。

第三节　壮族诗人滕氏父子

一　"赡雅古朴"滕问海

滕问海（约 1752—1822 后）①，字巨源，一字廉斋，号湄溪山人。乾隆间贡生，后授宾州（今广西宾阳县）训导。著有《湄溪山人诗稿》六卷，文稿一卷，《杂言》四卷（由张鹏展作序付刊），均已散佚。张鹏展所编之《峤西诗钞》存诗五十五首。

滕问海诗作中最具特色者当属古体诗，古雅清新，章法富于变化，颇见诗家功力，张鹏展《峤西诗钞》以"赡雅"二字评之，可谓切中肯綮。滕氏应该是一位富于雅趣的文人，因为从诗歌中经常可见他对古玩奇珍爱不释手，乐享其中。试看《泽远兄以旧石山见惠，长句谢之》：

> 石兮不逾尺，雄秀真无成。巉岩兼瘦漏，无愧山之名。
> 余年方弱冠，相爱呼以兄。支筇日搜求，远近披榛荆。
> 山灵悯劳苦，惠此小峥嵘，喜极展礼拜，移取来轩楹。
> 树之以松竹，兰蕙同芳馨。时或甘露降，陡觉烟云生。
> 不贪珠照乘，宁羡玉连城。忽为大力者，负之而疾行。
> 追之不能复，别绪空相萦。或以旦夕梦，秀影时一呈。
> 失落廿载余，再得知无凭。如何屡易主，乃入子云亭。
> 问奇偶过从，谈笑心相倾。旧物俨然在，当窗势峻增。
> 抚摩浑难释，欢感相交并。吾兄古狷者，玩物亦何曾。
> 笑谓"君家物，于予无所争"。呼僮举相赠，赐我如百朋。
> 从此蒋诩径，缺陷依然平。

---

① 张鹏展《峤西诗钞》载："（滕问海）今年逾七旬，犹手不释卷。"另，《峤西诗钞》中收滕诗《生日志哀》有"历年七十余"句。而《峤西诗钞·序》落款时间为"道光二年壬午"（1822），故笔者据此推算滕问海大致生卒年。

一块异石，竟然让诗人如此痴迷，以致浮想联翩，呼石为兄，其喜极之心情难以言表。此处采用古体，不受韵部的限制，正好可以自由表达诗人此时狂喜之情绪，诗意古朴，又充满了灵动色彩。这类古体诗体，不仅被滕问海用于叙事抒情，还用于描绘刻画，且颇见独到之处。且看《伏波铜鼓歌》：

> 炎荒烽火问神京，伏波振旅安南行。铸成铜鼓蛮服惊，伫看天末收长枪。功成上复天子命，战鼓不将随后乘。或沉水底或山岩，神威呵护常坚定。灵物偶尔出人间，珍重恐为孟敏甑。我昔曾一睹形模，雕镂工缎今则无。环以鼍蛙相乘负，绿沉精古色泽殊。卯金久矣销炎炙，大贝天球安在哉。铜人清泪如铅水，铜驼转瞬埋蒿莱。鼓兮鼓兮乘万虆，丹青何必登云台。

据《宾州志》载，滕问海曾于道光元年（1821）购得一铜鼓，[①] 不知是否就是这首诗中所提到的这面。但无论如何，古稀之龄仍雅趣不改，至少说明作者对古玩的一往情深。这首诗歌用的是七言古体，不拘泥于押韵规则，具有散文化倾向，正适合用于对铜鼓展开浓墨重彩的描绘，兼而论及铜鼓的掌故来历，将知识性和趣味性进行了较好的结合。

滕问海不仅擅长古体诗，在律诗创作上也颇见功力。其诗作语言自然淡雅，风格古朴。且看《村中书事》：

> 信步出柴门，无复计所之。行行度溪桥，微雨飞如丝。
> 遥闻豆棚下，笑语齐嘻嘻。扣关求憩息，休讶非相知。
> 主人出迎客，喜态看双眉。妇子无回避，邻曲交相窥。
> 呼儿扫宾榻，小姑奉盘匜。顷焉陈酒桨，杂沓菽与葵。
> 酌独难成醉，呼翁同倾卮。农桑劳且苦，絮絮多言词。
> 为述神农教，为诵豳风诗。翁乎若有慕，叹息增嗟咨。
> 叹息增嗟咨，不生淳闷时。

---

① 《宾州志》（耿省修修，杨椿增修，光绪十二年刻本）载，"道光元年，宾州农人耕山得小铜鼓一，下微缺，为邑学博滕问海购去"。

一次偶然的做客农家，却让诗人有了意外的收获。这里以温缓恬淡的笔墨，为读者呈现了山村农人的淳朴厚道和热情好客，叙写了他们艰苦而又不乏陶然自乐的简单生活。"农桑劳且苦，絮絮多言词。为述神农教，为诵豳风诗"四句最为生动鲜活，老农絮絮叨叨地拉家常，但不离农耕桑蚕，唱的是村歌俚曲，但这又何尝不是诗三百的现代版呢？

二　"敏感细腻"的滕槭

滕槭，字敬济（一作"敷济"），滕问海之子，嘉庆间府学诸生。年二十卒。在诗歌创作上，颇得其父真传，也是以古体长篇诗见著于世；其缺点也类似于父，多写学斋生活或个人情感体验，境界相对狭小。但在风格上，滕槭的诗作表现出年轻人特有的敏感细腻，想象丰富，自由奔放。且看他的《暴雨行》：

> 风如万马奔平原，大木细木尽摧残。雷声辖然起云际，巨灵赑屃倒重山。魂惊魄悸何穷已，正襟冥坐改常颜。倾盆大雨须臾作，敲窗洒竹肆酷虐。已疑屋上无完瓦，四隅注泻声联络。寒衾纸帐俱淋漓，呼奴旋将短檠灼。壁间名画与法书，如倩雨师为沐濯。一室泛滥作洿池，芒鞋蜡屐皆飘泊。呼嗟乎，吾室虽漏犹能保，西邻茅屋已倾倒。儿女号哭何堪闻，堪怜人似复巢鸟。

狂风呼啸，雨如倾盆，雷声惊天撼地，大自然以不可抵挡之势肆虐世间，人类须臾间变得如此渺小和无助。在这里，诗人放开自己所有的感知视角来表现外界的狂野，以突出大自然力量的强大，这些又最终指向内心的惊悸无助。而情感的进一步升华则在诗歌的后半部分，面对邻人的屋倒人哭，作者以其善良的普世情怀，让人看到了人间的温暖。总之，本诗中，作者以迅疾的笔法、细腻的感触，叙写了一次暴雨中的个人体验，情感真挚，富于层次感，无论立意还是章法，都可圈可点。

除了颇见功力的长篇巨制，在小诗创作上滕槭也有一些俊秀可爱之作。且看《自村中归》：

相送出柴门，念情各自去。篱落一枝春，无语独延伫。

两个人的依依惜别，一个人的独自守望，最后落下的是少年淡淡的情愁。总之，在诗人敏感细腻的笔下，这个小小的送别场景被赋予了无限韵致。诗歌语言质朴自然，情感明净单纯，颇显才华。诗人过早离世，的确让人倍感惋惜。

第四节　壮族女诗人陆小姑

　　陆小姑生于宾州，受学于滕问海，创作深得滕氏指点，双方之文学交往甚为密切，故归入滕氏作家群。

　　小姑名媛，字小姑，以字行。其生卒年今人有（1796—1824）和（1806—1834）两说。又，清代丁绍仪《听秋声馆词话》卷十一云"（陆）年二十八以瘵亡"，后人多依此说。但据陆氏《秋草四首·之一》自云"别馆离宫三十六"，可知其享年至少在三十六岁以上。另据笔者最近看到的王衍梅（1776—1830）《陆小姑紫蝴蝶花馆诗题词并序》云："（陆）被放归，越十二年而卒"。王跟陆为同时代人，且熟悉广西文坛，所言当确。据此，推知陆卒年不会晚于1830年，生年不会晚于1795年。可知今人的两说皆不确。

　　综合《宾阳县志》①、王衍梅序及陆氏的一些自叙诗，可知小姑生于书香之家，自幼"性慧工吟咏"，后嫁同里覃六，六嫌其体弱多病不能干活，犯了"七出"，遂将之休回娘家，"键户下帷与弟读。招社中总角数小童，呕雅其间"。滕问海任宾州训导期间，曾以"紫蝴蝶"为题课士，小姑寄呈一绝，滕大为称许，并答应收其为徒，认真教导，前后长达六年。此后，两人唱和交往之诗甚多，如陆小姑的《寄怀滕廉斋师》、《送滕廉斋师归里》等，字里行间充溢着陆氏对其师的尊崇和"问字六年如骨肉，往来闺阁不胜情"（《滕师招饮即席赋诗呈廉斋师》）的深厚情谊。而滕问海对陆小姑的诗歌成绩也是颇为赞赏，不仅

---

① 胡学林等编撰：《宾阳县志》，民国三十五年铅印本。以下简称"胡版"。

常常赠诗鼓励，"冬岭乔松原自秀，不随桃李斗春妍"（《赠陆小姑》），还向人推荐其诗集《紫蝴蝶花馆吟草》，交由思郡太守汪孟棠刻印出版。因此，陆小姑能成为粤西颇有名气的女诗人，不无滕氏的携扶之劳。

小姑一生创作颇多，但多已佚失，据称《紫蝴蝶花馆吟草》共收诗歌 89 首①，但笔者仅见《三管英灵集》收其诗 30 首，《宾阳县志》（胡版）另增录《老梅将开诗以促之》一首。

封建时代，屈辱的弃妇经历无疑是一副沉重的精神枷锁，看似无形却魔力强大，成为陆小姑一生都无法摆脱的噩梦，"一家偏我为休妇……垂泪伤心不忍言"（《与嫂氏夜话》）。其心中郁结的一股幽怨之情，百转千回，缠绵难解。每至节庆之日，更是感时伤情，勾起无数幽思，只能在孤灯只影间"藉吟咏以自遣"②。试看她的《七夕》：

> 碧落三秋迥，银河一线横。有人当此夕，无处问前生。
> 白首甘抛弃，红闺忆誓盟。溯从谐凤卜，长愿戒鸡鸣。
> 展庙容初敛，宜家句载赓。灯前闻促织，雨里听催耕。
> 砧冷衣频捣，葵香手自烹。暮挑蔬半亩，晨汲水双罂。
> 质悴繁忧集，劳多痼疾成。霜欺兼雪虐，絮弱更尘轻。
> 中道郎恩断，罡风妾梦惊。不教栖紫燕，真个打黄莺。
> 转石余奢望，呼天竭至诚。眼枯空涕泪，心捧未分明。
> 人去惭归璧，于飞记佩琼。已难收覆水，只为怒翻羹。
> 娣姒凄凉色，亲朋笑谑声。逐臣千古恨，思妇廿年情。
> 薄命聊终老，微躯以罪行。仳离何所怼，遗误是诗名。

这是一首自述性质的诗歌，诗人以沉痛的笔调，将自己悲辛的人生际遇作了描述。虽然离开夫家独居多年，但对过去那段失败的情感遭遇，诗人却始终无法释怀，因为"亲朋笑谑声"还不时回荡在耳畔，情感的

---

① 蒙成干：《清代女诗人陆小姑》，宾阳文史资料编辑委员会编《宾阳文史资料》第四辑，1988 年。

② 徐珂编撰：《清类稗钞》（第 29 册），商务印书馆民国六年印本。

旧疤还会在心中隐隐作痛。特别是在"七夕"这一有情人相聚的时日，自己孤孑一人，形影相吊，此情此景，又怎能不激起诗人满腔的幽怼之情呢？但逐臣已成事实，千古遗恨又何益，无奈之下，干脆以"薄命聊终老"之感叹来自遣罢。

　　这就是典型的陆小姑的诗歌。"休妇"的身份，使其内心郁结了一股化不开的幽怨悲愤，时时有喷薄而出的冲动，外物稍有触动便撩拨起诗人敏感细腻的诗性情绪，外化成让人读之心颤的诗句。而诗人这种主体情感抒发的强烈诉求，似乎盖过了对吟咏对象的苛刻选择——在诗人笔下，哪怕是一些细小平凡的事物，同样可以"托物言志"，获得淋漓尽致的发挥。例如，晚秋衰草这类不大为人所注意的景物，也多次成为诗人投注情感的吟咏对象。

　　　　岁岁荣枯感不禁，别来南浦总伤心。夷陵山上秦灰冷，云梦陂前楚雨深。何处蘼芜垂缱绻，旧时兰芷半销沉。愁看短短如余发，历乱飞蓬直到今。

（《秋草四首·之二》）

　　　　鹈鴂声残扫地空，柳娇花鲜两无穷。池塘梦绕疏灯外，城阙秋生画角中。葶苈几曾经眼绿，卷施犹自捧心红。可怜一段葳蕤态，虚负东皇雨露功。

（《秋草四首·之四》）

从"岁岁荣枯"句，让人联系到白乐天的《赋得古原草送别》，但白诗富于哲理意味的开篇，使得整首诗歌的离情别绪带有几许豪迈和别后重逢的期待；而陆诗则是以秋草为媒介，通过抒写秋草晚景之凄凉，借寓诗人身世飘零之苦状，并在对旧情的眷恋缠绵中，寄托自己的满腔幽怨之情。第二首则运用对比手法，以秋草喻美人迟暮、青春虚度，透出诗人郁结于心的感伤之情。

　　诗人这种幽怨感伤的情感，还常常通过其他一些标志性景物得以抒发。看到秋菊，诗人生发的不是陶隐士"悠然见南山"的闲情逸致，而是"枯柳寒蝉总寥落，孤芳篱下足徘徊"（《秋菊》）的寂寥孤独，甚至还会联想到自身际遇，"终风安且暴，阴雨飒然至。朝如红颜宠，夕若白头弃，不如夭天年，未开早惟悴"（《残菊》），残菊飘零，朝盛而夕败，这无疑是诗人悲剧一生的写照。仰望月空，诗人的内心也不是一片虚静平和，而是联想到"亭亭倩影空相对，皎皎冰心永不磨。料想蟾宫无匹侣，乘风欲去伴嫦娥"（《望月》），遐思渺渺，倒是跟独居月宫的嫦娥同病相怜起来了。

那么面对古人，诗人心中又会生发怎样的感慨呢？"英雄易老风尘里，愁恨难销旅食间。无限牢骚凭几曲，不堪回首泪痕斑"（《伍大夫乞食吹箫图》），正所谓"英雄末路，美人迟暮"，伍子胥的落魄孤独，与诗人的遭遇亦不无相通之处。因此，若说诗人追思古人，倒不如说是在追寻精神的同道者。当然，诗人也希望能忘怀过去，做个渔樵隐士，"回头自适鸢鱼趣，付与忘机海上翁"，看似极为洒脱，但诗人始终无法摆脱"谈鬼忽惊灯惨绿，呕血何害血殷红"的悲伤情调，隐藏在洒脱背后的是更为深沉的幽怨缠绻。因而，具有诗人敏感心性的陆小姑，并不像后人所臆测的那样，能对过去那段充满挫败感的情感经历"处之怡然"①，轻易释怀。

从创作艺术上看，陆小姑比较注意措辞的精当雅致，无论叙事、描物还是抒情，都强调诗意的充盈，并在意境营造上避免鄙俗，追求清雅。诗风温婉低回，情感细腻饱满，隐约可见藤问海的影响。不妨再看看她的《瓶笙》：

> 云冷烟疏月满庭，笙簧微度煮茶瓶。高低火候均商羽，清浊松涛辨渭泾。雀舌苦吟金落索，龙团香进雨淋铃。悲丝急管由中发，未许筝琶俗耳听。

此诗以煮茶时茶壶发出的声响为题，写得细腻温婉、清雅脱俗，并隐隐融入了诗人的主体情感，见出主人公淡雅闲适的生活志趣，在创作技巧上已是相当的精熟。除了以上提到的诗作外，另如《葛仙洞》、《仙女石》等，都能见出诗人在诗歌创作上的精纯功夫。当然，有些作品仍不脱其师的影子，但陆氏的天禀诗才和坎坷丰富的情感经历，再加上女

---

① 金武祥：《粟香随笔》，引自胡版《宾阳县志》。

诗人所特有的细腻敏感，使得她的诗作既继承传统又独具一格，大有青出于蓝而胜于蓝之势。故后人将陆氏称为粤西第一女诗人亦是理所当然①。

第五节 "两粤宗师"郑献甫

郑献甫（1801—1872），出生在广西象州寺村乡。原名存绰，别号小谷，自号识字耕田夫。清嘉庆二十年（1815），应童试，中秀才。道光五年（1825），中拔贡举人。道光十五年（1835），中进士，授刑部主事。次年丁父母忧不复出，辞官。同治六年五月（1867）曾赏五品卿衔。其大半生皆从事教育，先后在广西德胜书院、庆江书院、榕湖书院、秀峰书院、象台书院、柳江书院，广东顺德的凤山书院，广州越华书院等书院任讲席或主管。同治十一年（1872），病逝于桂林孝廉书院，有"两粤宗师"之誉。

郑献甫一生著作颇丰，经学方面有《四书翼注论文》、《愚一录》、《补学轩文集》、《续刻补学轩文集》等。诗集有《鸦吟集》、《鹤唳集》、《鸡尾集》、《鸥闲集》及《幽女集》等。另纂有《象州志》。

一 郑献甫诗歌的思想内容

郑献甫诗歌目前存世有约 2 800 首。从其思想内容看，主要可以归纳为以下几个类型。

（一） 爱国忧民思想

郑献甫在世之时，正是国家的多事之秋，面对西方列强的入侵和耽耽虎视，作者心中充满了忧虑，并且用诗歌记录下了自己的亲身经历和所见所闻。试看他的《三月就顺德之聘，重泛珠江，至羊城感作》：

---

① 韦丰华《今是山房吟余琐记》（民国十五年抄本）评陆小姑云："吾郡僻处边陲，希有官族。人家生女虽富厚者，皆责以织纴，督以耕作。故儿女能读书知吟咏者，恒不多见。自来有以诗名称于世者，唯宾阳陆小姑一人而已。"

标识蛮书到处挥，弯环番舶竟成围。云山烟水无中外，城郭人民有是非。白日行天游鬼物，黑风动地送神机。可怜几个骑羊客，驾鹤骖鸾各自飞。

这首诗写的是英法联军侵占广州后，在当地横行霸道、肆无惮忌的图景："标识蛮书到处挥""白日行天游鬼物"。当地有钱人家则逃之夭夭，"驾鹤骖鸾各自飞"，留下了一城任人宰割的平民百姓。同样是写广州战事，《丁巳十月十四日夷人入城，十六日携家出城纪事一首》之感情则更为激越。

霹雳雄雷轰不止，楼被老翁惊数起。晓角初停晓日明，红毛鬼子登城矣！旗兵踏户呼将军，将军无语惟云云。城人联名叩相国，相国有谋殊默默。城主不拒岛夷船，岛夷遂夺城主权。凭高扼要据其腹，互市未必如当年！城中之人望城外，负者负矣戴者戴。四门尽闭一门开，排挤死人踏其背。游客相看不敢言，居人苦劝姑自宽："城中商贾十万户，部下文武数百官；议和议守或议战，海若不久当安澜。"我听其言谢其意，俯仰随人恐濡滞。神州远去鬼国来，那有桃花源可避？老夫况是一流民，非官非吏非土人。授粲设馆纵有地，此处岂可藏吾身？西路逃生趋东路，寒暑初经几朝暮。前来避寇今避夷，离绪仍悬故乡村。佛山回望海气重，仙城宛在蛟雾中。炮声渐远鸟声乐，船头日拜西南风。

这首诗，一方面写了英法联军入侵给民众带来的伤害；另一方面，着重描写了守城军官的投降主义，不顾民众弃城而走。"神州远去鬼国来，那有桃花源可避？老夫况是一流民，非官非吏非土人。授粲设馆纵有地，此处岂可藏吾身？西路逃生趋东路，寒暑初经几朝暮"，字里行间充满了愤慨之情，表现出民众无路可走的无奈和悲哀。同样是诗作，还有《感事》（四首之二）：

鱼贾益商强自豢，狼奔豕突此同牢。炮来江上千樯直，火照城中四壁高。相府私开小黄阁，将台已据大红毛。可怜百万生灵尽，一半羁留一半逃。

这是英法联军炮击广州城时的凄惨景象。但面对敌人的残杀，守城长官叶名琛却私自弃城逃跑，百姓只能四散奔亡，求得生路。"可怜百万生灵尽，一半羁留一半逃"，充满了对百姓的深刻同情、对入侵者的义愤以及对投降官员的控诉。

（二）反映对隐居生活的乐享

对于大半世不出仕，以教书为生的郑献甫而言，过的几乎就是归隐于市的生活。他的诸多作品，都是描写自己的这种生活状态，从中表现个人志向。试看他的《感兴》（二首之一）：

范蠡老作陶朱公，张良老作辟谷翁。与其早退学隐豹，何不高卧称潜龙？

作者借范蠡、张良等古代高士之典，表明自己对隐居的看法。当然，其中也包含着不愿与世俗同流合污的志向。与此相关的是，他写有不少山水田园诗。试看他的《龙江以上滩声石色迥异常畦，率成数韵纪之》：

四山擂堕替，一水绕飞练。林莽时疏密，天光递隐现。
青烟压篷背，白日冷壁面。风雨忽然作，水石怒相战。
夹岸百虫噤，中流一槎颤。饥鹰下崩崖，碌碌掠吾绛。
对酒挹浮岚，清极不解啸。

诗人以欣赏的眼光，对眼前的景物作了精细描绘，江水、树木、云烟、鸟虫等景物，在作者眼里都是大自然的神圣馈赠。作者把酒临风，完全融入其中，享受这天赐的美景，乐享这份怡然的心情。再看他的《首夏出西城田间得句》三首：

纵横村径少尘埃，辛苦农家辟草莱。水柳水松交荫处，城中能有几人来？

土膏新滑最宜禾，水色初凉又覆荷。一路鸣蛙鸣不已，为官声
少为私多。

踝间泥没远求桑，背上盐生俯插秧。金碧楼台珠翠女，卷帘方
说午风凉。

都是随手记下的小景诗，但语句清新，常有给人惊喜之处。从中可见作者对此非常的专注，已经跟这样的场景融为一体，不愿为仕途等事徒增烦恼。字里行间的思想悠闲怡然，可窥见作者的淡泊心态。

二　郑献甫的诗论

在壮族作家中，郑献甫的一大特点是，除了诗歌创作外，还发表了大量关于诗歌创作的看法。当然，他的诗论总体上不离时风的范畴，但对这种时代风尚鼓与吹，将之传播到广西文坛，这也算是其一大贡献。当然，从中也可看出作者对诗歌创作的态度。

（一）反对复古模仿，强调推陈出新

科举制度、文化集中制等多种因素影响之下，清代诗歌的复古之风在诗坛中一度风行，占据相当的地位。但郑献甫则极力反对复古模仿，强调推陈出新，新时代要有符合时代特点的诗歌。

学古能变古，据地狮子吼。学古但攀古，琴墙蜗牛走。
光景人同观，兴象吾自取。独往独来间，安知肖某某？
桓温似刘砚，薄憾不如厚。天禀既自然，人为亦何有！
纵使酷似之，已落古人后；何况不似之，徒益东家丑。

（《杂诗六首》之三）

郑献甫认为，诗歌创作上只懂得僵化地复古模仿，是没有出路的，"纵使酷似之，已落古人后；何况不似之，徒益东家丑"，这句话已经说得非常明白，劝诫后人不要东施效颦，徒增笑柄。他认为，"李何才罢李王又，巨子登坛各主张。绝艺有兰为后劲，才名无两拜中郎"（《书徐文长青藤馆诗集后》），意即每个人都应该有自己的创作主张，强调独

立思考的价值，才可能在诗歌中占有一席之地。特别是对那些动辄模仿杜甫等人的"诗史"者的作品，作者更是不愿恭维，"志以诗言，事以史记，奈何诗王，谬称诗史？人各有心，文各有体，以史为诗，翻其反矣"（《诗旨》四首之二），从中可见，作者对诗歌创作中独立思考、推陈出新的重要意义，有着相当深入的认识。特别对那些仅仅套用古人的诗句和形式的"伪体诗"，郑献甫更是批判有加。他曾在《论诗述意示学子》诗中写道：

> 古诗皆可歌，其音有宫羽。后人失初调，所学止言语。
> 均之号徒诗，何必标乐府？执题摭旧文，未免彼为主。
> 借题写新事，何妨我作古？低头唱妃豨，传讹等鱼鲁。
> 呀呀学语人，尺寸一何苦？缠绵妇人酒，恍惚神灵雨。
> 重累百不厌，处处刑天舞。妄云写性情，何曾由肺腑？
> 旧题憎李白，新诗壮杜甫；元白及张王，拓清亦云武。
> 高吟望古人，片月洗秋宇。

诗人认为，"呀呀学语人，尺寸一何苦？"既然是"借题写新事，何妨我作古？"意即当代人有当代人的诗歌内容和表现形式，盲目地模仿古人，"妄云写性情，何曾由肺腑？"必将是内容空洞，僵化古板，写诗仅仅是一场文字游戏而已。郑献甫甚至认为"凡酷似之处，必是最劣处"（《杂感之四》），为此，他积极鼓励诗人们勇敢打破前人的窠臼，不妨大胆多做一些"破格事"。

> 奈何后世论，必裹前代式？束缚卓荦才，压服轮囷气。
> 坐令学语人，都如奉法吏！江河束堤防，已有将决势。
> 首唱袁氏枚，掉尾舒氏位，孙洪蒋赵等，瞥然窥此意。
> 熔铸铜铁钢，驰骤骅骝骥，虽非太古音，要是不凡器
> ……苟无旷代才，敢做破格事！

（《暇日阅诸家诗戏作》）

可见，诗人对破除前人窠臼、强调诗歌创作要有新意的态度非常明确。

这点在当时可谓是有的放矢，坚持这样的创作观无疑符合诗歌创作的基本规律，如此识见的确难能可贵。

（二）诗歌当写个人性情，显出真趣

"真"是郑献甫诗论的关键词，在他的相关话语中经常出现。例如"读万卷书，不染一尘；行万里路，不谒一人；独来独往，吾自有真"（《诗旨四言四首为汪芙生书素笺》之三）、"聊借昔人题，一写今生真"（《咏怀》八首之一）等等。再如，他的《书嵋山诗稿后》写道，"我诗于古苦无似，君诗于古皆有真。伐毛洗髓换凡骨，袁蒋以外多奇人；船山继起霸蜀国，未免下笔争标新"，这其实已经将写"真"和"标新"二者统一起来了。如他的《杂述》之八，也表达了类似的观点。

> 天地有生气，文字忌死句。摭拾与模仿，总无自得趣。
> 风云胜星晨，舒卷百态生；江河胜山岳，浩荡万里行。
> 一活而一呆，如出两般手；此骑天马飞，彼跨土牛走。

郑献甫认为，"摭拾与模仿，总无自得趣"，因此只有面对现实事物，认真观察感受，注入主体的思想情感，这样的作品才有生命力，才能真正体现真趣。

同时，与之相对应的是"失真"问题，郑献甫《论诗十六绝句》（第十）也有相关的观点。

> 格调虽高或失真，功夫极熟转陈因。尤杨范陆成家数，太近今人远古人。

郑献甫通过对比，赞扬了杨万里、范成大、陆游等人的作品的真趣，以此批判"失真"之作，表明自己的立场和态度。

三　郑献甫诗歌的艺术特点

作为壮族诗人，郑献甫接受的是汉文化教育，其诗歌特点大致不离清代汉诗的特点。主要特点在以下几个方面。

首先，诗歌具有较浓的学问味。郑献甫在《答友人论诗书》中写道：

> 夫诗不特有才情，当有学问，并当有阅历。有才情而无学问，是李陵之张空拳也，可独战而不可众战；有学问而无才情，是王邑之拥大众也，可惧敌而不可胜敌；有才学而无阅历，是子房之坐谈兵也，可参军而不可行军。

在这里，郑献甫强调了学问修养与人生阅历在创作中的作用，正所谓"清空与淹贯，俱非徒手将，若不破万卷，安能凌八荒"（《杂诗》）。并且，他将之应用到实际诗歌创作中，成为他诗歌的一大特点。试看他的《杂感》（五首之二）：

> 晋入挥谈麈，其言比金玉。宋人辑语录，其理如菽粟。
> 我为刘氏祖，可雅不可俗。如何三百年，更增一重狱！
> 初犹辩儒佛，继乃攻朱陆。一入误郳书，万口和巴曲。
> 吠影与吠声，殆似天魔哭。金玉虽无用，徽徽或溢目。
> 菽粟虽有用，陈陈难入腹。

这是一首讨论时下学风、文风问题的诗。作者旁征博引，调动自己的知识储备，借古人之事，表明自己对当下文坛风气的一些看法。以学问作诗，乃清代诗歌创作的一大特点，郑献甫也未能完全摆脱时风的影响。这首诗，作者已经有意减少使用生僻典故，但若无一定的文史知识积累，完全理解这首诗并不容易。其他相类似的作品还有《岭南感事》、《夜过赤壁》等。

其次，诗歌清越苍峭，圆润自然。林肇元评郑献甫诗云："其韵清越，其格老苍，皆要出于自然，不事规仿，故能卓然成家，如人之潇洒出尘，不可以世网羁也"（《续刊补学轩文集序》），林言总体上还是符合郑献甫诗歌的特点的。试看他的《洛江舟中即目》（四首之一）：

> 榆钱飞处柳条垂，正是游人得意时。江畔一帆风送客，桥边双

　　屐雨催诗。闲居楚粤之间地，要摺隋唐以上碑。想见读书岩好在，
　　桂花榕叶说相思。

诗歌写辞别之时的一段场景。其中，第二、三联最为精彩。"江畔一帆
风送客，桥边双屐雨催诗"写出了雨中相送，临别赠答的场景。"闲居
楚粤之间地，要摺隋唐以上碑"则谈自己的读书之理想即将实现的欣
喜。整首诗歌，既有离别的一些伤感，也有对开始新生活的向往。诗风
清雅，感情真挚，颇有特点。再看他的《夜坐书所见》：

　　　　天门一星大如李，风力四围吹不止。闪闪如人目微瞬，迢迢距
　　月手堪指。红灯明处红烟晃，倒浸一池空翠水。欲落不落星忽徒，
　　将眠即眠人亦起。莲漏丁冬四更矣。

诗歌写的是桂林榕湖秋天夜晚的一段景。诗人将月亮、秋风、红灯、翠
水等意象组成一幅动人的夜景。整首诗动静结合，风格清越自然，引人
遐想。

第六节　壮族名家韦陟云

　　继郑献甫之后，象州一带出现了另一位壮族诗人韦陟云，创作了大
量诗歌，成为桂中作家群中一位富有个性的诗人。
　　韦陟云（约 1845—约 1896），字郇五，象州人。同治十二年
（1873）举人。光绪年间，曾任京官户部主事，因他人而被"候审"多
年。光绪二十年（1894）事情澄清，奉命赴京待任。著有《红杏山房
诗稿》二卷，收诗六百余首。韦陟云是继郑献甫之后，象州一带有名
的壮族诗人。
　　韦陟云诗作中，最值得注意的是他的时事感怀诗。特别是中日甲午
战争前后，时局风云变幻，形势紧张，身处其间的诗人深有感触，写下
了大量反映时局、表达爱国主义情感的作品。试看他的《连城行赠苏
大帅》：

　　四面青山如碧玉，中有苏家之玉局。自从丧乱幼从军，转战秦楚亲戎纛。三苏名姓久飞腾，三军勇冠谁与朋。敌忾万人皆辟易，飞扬欺彼秋天鹰。昔年法虏乱交趾，荐食公然肆蛇豕。纷纷统驭尚无人，诘尔戎兵旗辄靡。诏谓将军前视师，止齐步伐貔虎罴。粤西出奇旋制胜，迫奔逐北如风驰。驻军镇守南关道，修筑炮台置城堡。边民彻夜尨不惊，互市朝来日杲杲。连城山势何瑰琦，云阁玉洞相逶迤。石径萦纡路坦坦，竹木荫映罗花枝。秋来何尔来相访，别后乘闲一赋之。

据作者自注，此诗作于甲午九月三日，此时正值甲午战争风云变幻之际。当时，作者在驻守龙州的苏元春处盘桓了二十日，深切感受了当地驻军状况，归途中信笔所至，写下了这首诗歌。诗人首先写了苏元春不平凡的成长史及其赫赫战功。特别提到了中法战争中，苏元春军队励精图治，勇猛无敌，"纷纷统驭尚无人，诘尔戎兵旗辄靡。诏谓将军前视师，止齐步伐貔虎罴。粤西出奇旋制胜，迫奔逐北如风驰"，并且能保一方平安，让百姓安居乐业，"驻军镇守南关道，修筑炮台置城堡。边民彻夜尨不惊，互市朝来日杲杲"。诗人在赞扬苏元春的同时，其实也是表达了对忠于职守、保家卫国军官的尊敬，充满了爱国主义的情感。类似的作品还有不少，如《南关行赠马副帅》等。

　　同年，因罪案受牵连之事澄清，韦陟云奉命赴京待任。赴京途中，正值甲午战时吃紧，作者以"诗史"之笔，记下了自己一路的见闻感受。

　　云山缥缈路微茫，破闷来乘万里航。高浪打窗天惝恍，黑风吹水日昏黄。涉波不独凭忠信，测海无劳问越裳。前路燕台应咫尺，之罘山色月苍苍。

　　　　　　　　　　　　　　　　　　　　　　　（《烟台》）

　　船行诘屈水生波，曲曲川原几度过。水上源头通马颊，岸旁篱眼露蜂窝。荒原白草津亭接，古戍黄花驿路多。太息近来民力尽，不知征伐竟如何？

（《大沽口》）

海风清，海月明，海水定还动，海山纵复横。
儒生逢世患，返旆欲东征！何日随光弼，干戈定两京！

（《渤海即事》）

《烟台》看似写景诗，但其中黑风、高浪等意象组成了一副沉闷凶险的图景，暗喻着时局的风云变幻之势。《大沽口》则着重写民生，作者眼前是一片荒原白草，联想到战争给百姓带来的苦难不断，不知何时能结束，于是不禁发问"太息近来民力尽，不知征伐竟如何？"表现出作者盼望战事早日结束的心愿。《渤海即事》中又是另一番情感，对外敌入侵，作者充满了愤慨，虽为一介儒生，但也不禁怒发冲冠，"儒生逢世患，返旆欲东征！"直指东国日本。篇末"何日随光弼，干戈定两京！"则是以唐代李光弼平定战事之旧典表达个人心志。

随着战势发展越来越不利，时局变得沉闷，作者感时伤怀的作品也逐渐增多。

闻道辽阳戍，于今未解归，关山频冷落，乌鹊目惊飞。
几见参筹策，何当一指挥！将军方射虎，饮羽独神威。

（《对月有怀》其二）

夏五闰月廿八日，夜半众星何历历。是时大雨正新晴，天上残云渍犹湿。熠耀流萤自在飞，含水白榆光欲滴。火既未流，月亦未出，露亦未结，惟有蟋蟀促织鸣东壁。丈夫五十尚无闻，羞将翰墨比渊云。闻道边风犹紧急，芜城为拟鲍参军！

（《廿八夜》）

《对月有怀》写的是战争中，有才之人不得重用，结果庸才指挥失当，导致战事失利，步步败退。诗人篇末用李广之典，表达对朝政昏暗无能的愤慨之情。《廿八夜》写于战事之后，丧权辱国的《马关条约》已成，作者感伤地抒写了这首诗歌。开篇描绘了一幅湿热凝滞的夏季之夜，以此暗喻时局的沉闷。在"闻道边风犹紧急"之时，想到了做《芜城赋》的鲍照，在古今之事的比拟中，抒发对国家主权丧失、社会危难的强烈忧患之情。类似的作品还有《夏至东郑明府镜之》、《元戎》等。

韦陟云还写了不少怀古诗，抒写个人对历史或现实的看法和态度，其中不少写得颇具新意。试看他的《伏波山怀古》：

> 貳侧反交趾，百姓伤乱离。胡为女子流？滋蔓乃若斯？
> 岂伊苛法苦？岂伊迫寒饥？岂疾官吏贪，惩羹而吹齑？
> 伏波事征讨，十载令人思。下潦上雾中，当虏未平时。
> 仰视飞鸢跕，回忆固其宜。铜柱今已立，蕙苡谤何为？

对民众造反之事，不少人多站在统治阶级角度，对之大加批判。但诗人在此却对其原因作了深入思考。诗人连用了几个问句，在发问中隐含着对贪官污吏的批判，增添了诗歌的社会意义。另如他的《孔明台怀古》：

> 孔明台上昔曾游，人去台空水自流。旧物运偏迟一统，宗臣名自冠千秋。三分功业谁能比，六出勤劳志未酬。抚景苍茫多少思，岩边芜莱正盈眸。

诗中，作者赞扬孔明的三分天下之功，但也对其志未酬表示了遗憾。然而，无论成功还是失败，终将在历史长河中湮灭，仅见"人去台空水自流"。类似的伤古之作，还有《独秀峰》等。

韦陟云的农事诗和田园写景诗也有不少，其中一些活泼野趣之作相当精彩。例如他的《打渔》：

> 怀罗渔子纷纷聚，设网提纲水中立。药石倒载毒银鳞，截断上流泉溱溱。须臾浊浪沸如汤，大鱼跳跋小鱼急。或施罾笱或持叉，

或挂艇于或荷笠。喧闹嘈杂一溪间，竞向困鱼争掩执。更有后来局外者，亦携长竿贸然入。横被戽水且扬灰，耳目沾濡遍体湿。此时旁观袖手人，远瞩高瞻长波及。岂知大雨复滂沱，白浪连天鱼跃波。围围洋洋终一逝，渔兮渔兮奈若何？

诗人描写的是村人围渔的场景。村人截断溪流，使河水变浅，然后大家一拥而上，使用各种各样的打渔工具，争相捕鱼。诗人不仅写打渔者，还对旁观者的表现也作了生动的描绘。然而，突然形势一转，天降瓢泼大雨，面对这"围围洋洋终一逝"，村人们只能望鱼兴叹，"渔兮渔兮奈若何？"全诗善于抓住典型性场景进行描绘，语言生动活泼，场面充满了野趣。再看他的《幽居》：

　　　一鸟啄寒木，数家临翠微。闲云自来往，不向日边飞。

这是一首写景小诗，但却蕴含了深厚的意义，以闲云不向日边飞借喻淡泊自适的心志。孙家鼐曾在《红杏山房诗稿》序中评韦陟云诗作云："抒写情怀，流连光景，皆中正和平，无剑拔弩张之态。"从以上分析看，无论思想内容还是艺术风格，韦陟云的诗作大体不出孙氏所言。

第七节　政治诗人韦绣孟

　　韦绣孟（1856—1929），字峄芝，号茹芝山人，中渡（今广西鹿寨县）人，壮族诗人。早年中秀才，光绪十二年（1886）入京应选拔贡，未遂，经入国子监补习，得以在镶黄旗官学任教习。光绪十九年赴山东候补知县，曾短期补任金乡县代理知县，但更多时日是依人幕下，或任杂差。宣统元年因父亲病故，奔丧还家，不再出仕。常奔走于中渡、桂林之间，以议论国事、交游吟咏为务。著有诗集《茹芝山房吟草》，存诗500余首。

　　《茹芝山房吟草》系韦绣孟按年编排手订，起自光绪三年（1877），终于民国七年（1918）。这个时间段正处于中国近代八十年的后半期。这是中国积弱积贫，内外交困，危机最为深重的历史时期。韦绣孟的诗歌，大多是抒发他对时局、对政治的关切。

这种关注国事、忧国忧民的情怀，在他早期的《甲申感事》诗中就有突出的表现。

> 越嶲不闻再入关，狼封豕突又连山。中朝将帅辜恩久，异族旌旗列阵殷。王翦备兵能死敌，班超投笔竟生还。伏波铜柱今安在，已界烟蛮雾瘴间。

> 变宁为攻战复和，风云扰攘日生波。尘氛交广飞鹰疾，秋入滇黔怒马多。五月渡泸怀诸葛，十年按剑有廉颇。戎机一误南疆挫，大笑先生魏绛讹。

这两首七律反映的是中法战争的一段史实。光绪九年（1883），法国以武力强将越南纳为自己的"保护国"，并在年底向清军发起进攻，被刘永福黑旗军等部顽强抵抗而溃退。次年春，法军再次大举进犯，清军黄桂兰部败退。李鸿章力主妥协，于同年夏与法国代表在天津签订屈辱的《中法会议简明条款》。年底法军又进犯攻陷谅山，广西巡抚潘鼎新逃至镇南关。诗人愤怒地谴责了帝国主义的骄横、讥讽清军上下的腐败无能、痛批李鸿章之流的妥协投降。作者在篇末用魏绛的典故，魏绛本是春秋时主张与山戎求和的晋大夫，这里用来指代贻误戎机、妥协误国的李鸿章。

韦绣孟在山东任代理县令任上，曾写下长篇五古《之罘观海书感得三十韵》，集中表达了他这一时期的政治主张。其中有对紧急危殆的国内外时局的深刻分析，以及把个人前途与国家命运紧密联系在一起的胸襟抱负。

> 比来东亚憀，英法兵屡加。日俄口张虎，德奥目瞠虾。
> 港澳面面失，越台着着差。匈奴苟未灭，吾何以为家？

也有对朝廷当局妥协投降政策的严重警告，对爱国将士、商学等各界民众齐心协力共御国侮的呼吁：

> 和戎非善策，汉宋吾前车。安得岳家军，直捣黄龙衔。
> 商学备战具，天险莫蔽遮。衔石矢精卫，补天师女娲。

在诗中，他还以高度的政治热情为朝廷献计进言：抓住帝国主义各国混战之机，发动全国上下打一场反侵略战争，发扬精卫填海、女娲补天的精神，把敌人统统赶出国境，还我大清帝国完整疆域，并进而实现"宇宙大同"、世界和平。如能这样实施，结局定将是"方域庆砥平，弥望晨光椒"，中国就富强独立、光明崛起了！

韦绣孟对政治、时局的关注，是一贯的、自觉的。当中法战争爆发时，他愤书《甲申感事》；中日甲午之战，他写下《畿辅四时词》；八国联军攻打北京，他挥就《感事六首》；慈禧、光绪结束逃亡回到北京，他记有《回銮恭纪得四十四韵》；辛亥革命、民国成立、袁世凯篡权、《俄蒙协约》签订，他记下《民国成立纪念日书感十二首》；袁世凯称帝、护国运动爆发，他书就《丙辰感事八首用杜工部秋兴八首原韵》；南北议和、戊戌变法、护法运动、废除科举、开经济特科等历史事件，在他的笔下都有直接或间接的反映。他的这一部分诗歌，堪称中国晚清近代的一部"诗史"。

直到晚年，他还写下《敬步于新天先生〈六十自述〉率成六首》，表达对局势的深沉忧虑，并为之老泪纵横。如第二首：

> 皓首遣归绿野堂，印排诗草灿成章。名家辈出争名世，国手交攻痛国殇。漫说蛊驱先海鳄，转因鱼食忆河魴。黄尧大地供商割，独揾征袍泪满行。

"转因鱼食忆河魴"句后有作者自注："山左自欧战发生后，日夺青岛，权势日涨，思之慨然。"

可以说，贯串于韦绣孟诗歌作品之始终的那根红线，是他那强烈的爱国情怀和忧患意识。不管是在职为官还是隐居故乡，也不论青年时代还是垂暮晚景，他对国家和民族的爱之愈深，忧之愈切，丝毫也不曾衰减。壮族诗人韦绣孟，堪称一位可敬的政治诗人。

第八节　凌氏三兄弟

道光至光绪年间，迁江县（今来宾市）出现了著名的凌氏三兄弟：凌应梧、凌应枬和凌应柏。他们都是当地"土目"的后裔，较早接受了汉文化教育，诗文都取得了较高成就，是当地著名的文学家族。

一　凌应梧

凌应梧，字凤阁，清赠荣禄大夫，廪生，屡试不第，投笔从戎，功授云南景东厅，连续三任，俱得民心，该地绅民有鸣琴三治之赠。历升澂江、楚雄、大理、东川等职，均能勤政爱民，俭朴自安，后晋三品花翎，以道用封荣禄大夫，褒秩三代。妻莫氏，诰封一品夫人。前后居官四十余年，清风两袖，致仕之日，民众攀辕扣马，口碑载道。其代表作为《劳薪集》，擅作五古长体。试看他的《轮船泛海遇飓风歌》：

平生杯视江与河，一笔频犯万顷波。南归驾舟泛沧海，重洋将奈黑水何！得勿文士缕肝肾，涤笔天汉倾滂沱。余沉入海逞雄怪，时翻墨浪昏羲娥。我生欣逢圣人时，海若效顺平不颇。呼僮掬流添砚水，快纪胜事宣诸倭。澄开一镜鸭头绿，倒影可证百东坡。渐近尘界渐浑浊，相期晨醉红颊涡。沪城帆顺一日耳，天地忽变飞廉苛。巨舶矗立几寻丈，出没骇浪如鹜鹅。窗排琉璃光涴漾，轮击刀剑鸣相磨。高卧一架苦屈蟆，起步两足交旋螺。初疑琼宫倚帝座，体栗更听风鸣珂。又疑蓬瀛遇仙侣，云翔未稳鹤腾梭。前舻后舳纷呜咽，张口流沫污茵罗。方今王道甚坦荡，胡为捷径偏由他！孔子乘槎偶托耳，阳襄结侣终不多。燕王使越肆妄诞，后世相率讹传讹。爰及徐福苦秦暴，别开生境交鼋鼍。祖龙洲上不死草，几人曾到安期窝？天风浩浩海水立，满船无语聊高歌。吁嗟乎，岛夷航海入吾国，势将倒持欺太阿。男儿击楫重慷慨，鬼蜮退避神护呵。谁收鲸鲵覆蛟窟，愿与指水扬天戈。帝京回首数千里，梦魂摇曳云嵯峨。力挽狂澜副所愿，来朝风日还晴和。

这是诗人取海道自北京返回广西途中，书写乘船海上的一段见闻感受。诗歌大致可分成两部分：前一部分以写雄奇瑰丽的海景为主，诗人面对海上奇景，敞开胸怀，旁征博引，融入各种神话传说，引人遐想，充满了浪漫主义的气息。后半部分，看到西方列强侵略我领海主权，作者充满了愤慨之情，"势将倒持欺太阿"，并且抒发个人心志，"男儿击楫重慷慨""愿与指水扬天戈"，一腔慷慨豪情令人感动。整首诗，既有瑰丽的想象和浪漫主义色彩，颂扬我大好河山胜景，又结合现实，看到西方列强入侵，掳掠横肆，令人愤慨，充满了爱国主义情怀。

二　凌应枬

凌应枬，字汝才。凌应梧的堂弟。家贫力学，博览经史。咸丰辛酉（1861）选拔贡，朝考二等第一名。同治庚午（1870）中举。官浔州府学教授。为官清正勤勉，卒于任上。著有诗集《拿云山馆》，毁于兵火。今存抄本《衔芦吟草》、《依蒲吟草》各一卷，收诗一百余首。《迁江县志》评其诗云："沉浸浓郁，典赡绵密，绝无村野之气。"又云其诗"多沉郁忧幽之思"，故官终未远。其作品中较好的是写景抒怀诗歌。试看他的《龙城立鱼峰》：

象台西角龙城口，屹然一峰插南斗。立鱼遗蜕几千年，惊涛时动寒溪吼。忆昔龙门烧尾来，排山倒海破空走。怪雨盲风郁不飞，甘霖遍洒九州九。一朝鳞甲化石鲸，腾身岂肯安培蝼！顶天立地势嶙峋，要与乾坤争不朽。其扬尔馨举我手，山间栖迟宁可久，烟云好护此山首。

诗中所抒写对象是柳州鱼峰山。作者先从神话传说写起，经过千年蜕化，鱼峰成形，一副顶天立地之气派，似乎要与朗朗乾坤争一高低。其间，隐约可见诗人积极进取、志在功名之心愿。另如"嘉禾时遂生，幽林暑不溽。风云志未遂，丘壑情本笃"（《祷雨》），借祈祷雨露方式，表明自己偏居边疆志不得伸的郁闷心境，这与《龙城立鱼峰》有共通之处。当然，凌应枬也有一些写得比较清新恬淡的诗句。如《过桂花滩》：

> 滩高如上树，浪滚竞飞花。挥尽篙工汗，风清又日斜。

诗人抓住船过险滩的一个小片段，用白描手法表现了傍晚之际，水急浪高，船工挥汗撑船的场景，清新而生动，颇见韵致。

三　凌应柏

凌应柏，凌应梧胞弟。同治癸酉（1873）科拔贡，早卒。能诗，著作有《狎鸥集》等，已经遗失。《迁江县志》评其诗云："声调响亮，有倜傥之概，其联床唱和诸作，尤见性情"。代表作是《榜山歌》：

> 有山坐镇邕江口，雄奇冠绝众山首。山花横作榜花开，榜山之名由此来。有时山石偶颓坠，非为雷击即兽蹂。邑人竟指为实征，榜山群听秋闱后。我于此事颇疑怪，不知此言始谁某。人杰固由山水灵，功名宁听山水牖！爰摇我头，爰运我肘，登山四望心眇眇。清浊两江绕山足，波涛日夜东流走。山穷水尽时，忽遇红颜叟。乃知开榜言，实为形象诱。君不见同治之初岁乙丑，山石崩如巨灵剖。兵灾疠疫与饥馑，不为休征翻为咎。劝君休听开榜言，榜花书院山之右。共读我书坚我守，储三壬，罗二酉，山即不开亦何负！况闻山之深处索多材，杞梓梗楠无不有，大木未遇工师求，大材肯入樵人手！山间更多肤寸云，交现阴阳幻昏晓，触石倘起为霖雨，沛泽直偏九州九。我来见此竟忘倦，衣裳坐袭天香久，仰天长啸山动摇，黄牛滩下黄牛吼。大猴小猴小如拳，印山当前亦培塿。回头试向山灵叩，小子狂言君信否？吁嗟乎，小子狂言君信否？下视井邑小如斗。

诗人以当地一景点榜山为对象，借此抒写个人心志。诗歌先描写山之宏大气势，接着介绍榜山的来历——只要榜山有石崩裂坠落，乡人就认为必有人考中科举，因此得名榜山。但诗人对此并不相信，"劝君休听开榜言"，要想取得功名，还是"共读我书坚我守"。接着以比喻的方式讲明人才任用的一些道理，"况闻山之深处索多材，杞梓梗楠无不有，大木未遇工师求，大材肯入樵人手！山间更多肤寸云，交现阴阳幻昏黝，触石倘起为霖雨，沛泽直偏九州九"。其间，包含着作者怀才不遇的郁闷之情和对社会黑暗的抨击。全诗语言质朴简洁，比喻形象生动，显然吸收了民歌的表现因子。结尾接连诘问，使全诗的感情基调得以提升，激越慷慨中见出年轻人不屈的情性。这首古体诗无论思想性还是艺术性都可圈可点，在凌氏三兄弟的诗作中可列上乘。

第 四 章

桂西作家群研究

第一节　桂西作家群概述

　　清代广西西部的镇安府、泗城府、庆远府、太平府等是省域境内开发最晚的地区。桂西与越南交界，地处边陲，地理位置十分重要，历朝政府必须依赖地方势力维护国家边界的完整。在清代，桂西仍长期保留着土司制度或是土官与流官并治的状态。这项制度对桂西经济与文化的发展产生了深刻的影响。

　　历史上，中央朝廷对广西的统治采取了不同于中原地区的统治政策。在汉代，汉武帝平定南越王国后，就开始对岭南的少数民族采取了"以其故俗治"的统治措施。唐、宋时期，封建王朝沿袭汉王朝的羁縻政策，在广西两江"溪峒"地方置羁縻州县，推其雄长者为首领，籍其民为壮丁，规定土官的世袭地位。从元朝起设立的土司制度是羁縻制度的延续。土司制度下，中央王朝对内属的各民族或部落酋长封以官爵，宠以名号，让其世袭统治原有的各族人民。同时，又规定各民族首领必须承认他们是中央王朝委派的官吏，其统治区域是中央王朝统治下的一部分，并承担一部分政治、经济、军事等方面的义务。明代，广西的土司（土官）制度发展到全盛时期，不仅土司（土官）数目多，而且势力强大，雄称左右江一带的广大地区。其中，右江岑氏土司，雄踞思恩、泗城、镇安三府，势力十分强大。随着中央王朝势力对边疆统治的加强，在土司地区改流官统治的政策逐渐推行，在清雍正年间达到了高潮。

　　土司制度曾在一定程度上维护了地方的稳定，巩固了祖国的统一，并促进了南方各民族社会经济的发展，沟通了边疆与内地的联系，尤其在保卫国家领土完整的斗争中发挥了重要的作用。在封建王朝的势力未能到达边远地区时，土司无疑是抗击外敌侵略、稳定边疆秩序的重要力量。但广西土司制度森严，官民如主仆，阶级分明，沿袭已久，世代不变，以致这种统治关系直如"天性"使然，严重地制约了社会的发展。土官规定更为严格，凡农民、家奴、理发匠、轿夫等人及其子弟，不准参加科考。一般土民也受限制，唯恐考上有了官职而脱去土籍，偶有学塾，只授予《三字经》、《百家姓》、《五言诗》之类。在学塾中出现有较聪明的子弟，土官即强征为童仆，或令其父为公差，使其为法令约束而无法出头。倘读书有所精进，土官更为害怕嫉妒，心怀叵测，导致生命之忧。土司制度下土民以读书为畏途，甘心永世当奴。

桂西长期在土司制度的统治下，文化十分萧条。桂西改土归流后的几百年里，虽然废除了不准"土人"读书的规例，但实际上因民族压迫和贫困等原因，当地少数民族群众一直没有得到正常的教育机会。在科举上获取功名的人数远远低于广西其他地区。

清代，为鼓励官员在桂西任职，这些地方的流官职位被列为烟瘴、苗疆（苗为当时对少数民族的统称）要缺。清政府对在桂西任职的官员实行优惠的晋升措施，如改"五年俸满即升"为"三年俸满即升"。这些烟瘴、苗疆的官员大多为外省籍，去桂西任职成为他们升职的一条捷径。

清代改土归流之后，来广西烟瘴之地的官员，开始大都是从饮食起居大体相似之广东、福建、湖南、云南、贵州等省人员内拣选官员调补，后江、浙、山东籍的官员增多。外省籍官员、文人进入桂西，给当地带来崇文尚学的良好风气，对一些开明的土司产生了良好的影响。嘉庆年间，田州仍为土司治理，土知州岑宜栋改义学为化成书院，修校舍，置学田。官学的设立，已为桂西文学与文化的发展点燃了星星之火。在官学、书院或是经馆执教讲学的往往是本地的名儒或是外地入桂的文人、官吏。他们为桂西文化的发展起到了十分积极的推动作用。

最早进入桂西的外籍著名文人如宋代的江西人黄庭坚、成都华阳人范寥、直隶人姚本瀛、江西临川人汤乐吾等，他们流寓桂西，喜文词，乐与桂西士子商谈文艺，为桂西最先带入了中原诗风。明代王守仁对桂

西的开发及治理贡献很大，他十分重视文治，注重对少数民族进行文化
上的熏染。桂西多处地方留下他的行迹。在平田州之乱后，他途经归德
土州（今属广西平果县境内）右江畔的归德峡，在绝壁上刻下"王文
成平田州摩崖颂词"，彰显中原文化的魅力与清王朝的威力。他到靖
西，览胜之余豪兴大发，题写下斗大般的泉名——"鹅泉"。王守仁平
定边畴的功绩以及渊博的学识令后继者十分敬佩，清代赴任桂西的官员
受他的影响颇大。不少人在诗中记述并称赞王守仁的功绩，并且身体力
行，以官员身份在书院、官学等地方发挥影响，为清代桂西文坛的形成
作了相应的铺垫。

清代桂西文化的发展，与许多外籍官员的推动密切相关。他们大都
身兼诗人的身份，在桂西任职期间，他们用诗笔记述自己的行踪，或是
给地方学子传授诗学。清代进入桂西的著名文人有赵翼、许朝、商盘、
汪为霖、李宪乔、刘大观、羊复礼等，他们重视文教，观风俗，施礼
教，在创作的同时，致力于在桂西推广中原文化。他们是清代桂西诗坛
的主要人物。在外地文人的带动下，清代本地文人迭出。桂西本地出现
了以理学闻名全国的学者型诗人余心孺，追随高密诗派李宪乔的靖西袁
思明及二童兄弟（童毓灵、童葆元），以岑毓英为首的西林岑氏家族诗
人群体，以许朝为首的天保云山诗派，等等。清代桂西本地文风渐起，
文人的数量及作品均不同程度地增多，桂西文坛出现一个前所未有的以
外地诗人为主导、本地诗人随之涌现的可喜景象。

桂西的文风最先以庆远府地区为盛。历代庆远府籍文人所出的作品
有：宋代广西第一个科考状元冯京所撰《潜山文集》；明代有李文凤著
《越峤书》（20卷）、《越峤方域志》（2卷）、《月山丛谈》（4卷）；张
烜《吉山集》（4卷）；高应旸《青鸟山人集》；陈愚《孟潇诗文稿》，
张直之《南都吟》等。至清代，庆远府籍人的作品以璩之润《醉真
集》、余心孺《詅痴梦草》、高熊徵《孟晋斋诗集》等最著名。

清代桂西庆远府所出的文学人物如：

黎之佶，河池人，能文词，工书翰。乾隆丁酉年由拔贡中乡试选永
宁州学正。以文艺受知于抚军谢启昆，延入署。课诸孙读文章，才学盛
名传于一时。

张汝贤，临桂人，博学能文，康熙初游学于天河县，诸生争执贽受

业，遂寄籍天河入庠。联登科甲，官迁安知县。

沈乙震，粤东人。工文词书翰。雍正间随族人贸易至东兰州，寄籍入学。雍正十三年，广西乡试第一，登乾隆元年进士，官翰林编修。

袁缙，字绘章，号松轩。湖南新化县庠生，博雅工时艺。嘉庆二年游学庆远，以文章受知于知府张曾敔，士子争执贽及业馆舍，至不能容其课徒。每年将四经循环讲授，旁及诸经，作八股以理和法为宗。兼取书卷，不尚墨调。设教二十余年，各属举贡多出其门下，而宜山理苗、东兰尤众。庆郡文风渐振，缙与有功焉。

陈启焯，号卓人，湖南武陵县廪生，博涉群书曲文词书翰。道光元年访赵笛楼抚军到粤，庆远太守承汝霖、李春潭、英铁山相继延至庆江书院主讲。每月三课，集诸生童讲究书理文法，复添三课，兼讲习诗词歌赋。积数年，诸生童渐娴文律声调。又性喜吟咏，游历所至，沿途留诗。

余心孺，字允孜，宜山人，康熙朝举人。著《詅痴梦草》。

清代桂西文风渐起，在外籍文人尤其是江浙诗人群体与山东高密诗人群体等文人的推动下，桂西文坛呈现出崭新的一面。除了庆远府外，镇安府、泗城府等地的本地诗人亦开始崛起，他们相互唱和，形成了独特的作家群体。镇安府归顺州（今靖西县）出现家族诗人群体童毓灵、童葆元兄弟，二童为壮族，曾与同州文人袁思明从李宪乔游学。两人以风格迥异、题材独特著称。童毓灵著有《岳庐集》、《秋思集》和《宾山集》，童葆元著有《皆玉集》，可惜均已散佚，其诗作散见于张鹏展辑《峤西诗钞》中。泗城府的岑毓英，身为武将，位居高职，亦是一位风格独特的诗人，诗作散见未成集，然西林县形成以岑毓英为首的家族诗人群体，是清代之末在偏僻的桂西的一个独特的景观。

桂西地方诗人有名可查的还有归德土州的黄昌、新宁州（今属扶绥县）的王星烛、隆安县的马延承、永康州（解放前的同正县今属扶绥县）的熊方受、田州的岑宜栋、东兰州的罗翾鹏，以及镇安府的刘凤逸等人。

黄昌，乾隆年间归德土州（治今平果县）的一位壮族诗人，性喜吟咏，《三管英灵集》中收录他的一首《江州城怀古》。

王星烛，字远届，一字莲洲，乾隆二十二年（1757）进士，出任甘泉县（江苏江都县）知县。擅长五律，诗作如《畅岩》、《绿水潭》等。

马延承，字锡亭，乾隆四十六年进士，曾任山东费·县知县。著《一见斋诗钞》。以五古见长，有较强的思想性，《三管英灵集》收有《捕蝗》、《祇雨》、《晒书画》、《捕虎》和《阳明洞忆古》等作品。

熊方受，字介兹。乾隆五十六年（1791）进士。由词垣改仪部，入值军机，出巡齐鲁。著有《偶园小草》。熊方受与梁章钜交好，梁章钜的《三管英灵集》中收了熊方受的许多诗作。

岑宜栋，乾隆年间田州土知州，也是一位诗人。诗作留传不多，其中《晚宿白司乔利圩》生活气息浓郁，很有地方特色。

罗翱鹏，嘉庆年间诸生，喜吟咏，诗作较多，著有《绿云诗草》。他的诗以描写竹木花草著名，常借物寄意，托景言情，蕴藉幽深。

刘凤逸，字止梧，镇安府天保县（今德保县）人。律诗尤佳，意境素雅，颇堪玩味。流传下来的诗作有《夕阳》、《寄贺黄友人书斋新成》、《客中除夕》等。

在交通困难的桂西地区，清代首次涌现出为数不少的本土诗人（包括少数民族诗人），并能形成群体。在外籍文人的推动下，在本地文人的成长参与下，清代的桂西文坛已逐渐形成并露出生机。

第二节　赵翼在桂西首掀性灵诗风

赵翼（1727—1814）字耘菘，或作耘松、云松，号瓯北（初曾作"鸥北"）。晚年因目半明半昧、耳半聪半聋、喉音半响半哑，自号"三半老人"。阳湖（今江苏常州）人，乾隆二十六年（1761）恩科会试榜眼。他的诗与袁枚、蒋士铨齐名，并称"江右三大家"。诗歌主要收在《瓯北集》内。他在诗歌理论方面也卓有建树，《瓯北诗话》为清人诗话名著。同时，赵翼还是一名杰出的史学家，青年时，他曾在京师纂修官史与《通鉴辑览》。45岁隐退之后陆续写成《陔余丛考》及《檐曝杂记》、《廿二史札记》等著作。

乾隆二十年（1755），赵翼补授内阁中书。后入值军机处。乾隆二十六年辛巳（1761），赵翼中探花。后辞出军机处，进入翰林院，授编修。乾隆三十一年（1766），赵翼出知广西镇安府。

三十三年（1768），滇有征缅之役，赵翼奉旨赴滇参军事。三十四年赵翼归本任。三十五年（1770）三月得旨调守广东广州府。三十六年四月，赵翼升贵州分巡贵西兵备道，官正四品。不到一年，又以广州谳狱旧案受到拐摭，部议降一级调用，奉旨送部引见，时当乾隆三十七年（1772）。赵翼四十六岁，正值盛壮有为之时，但他有感于"仕宦几家收局好"的险恶风波①，加上母亲年事已高，遂决计辞官归养，为其仕宦生涯画上了句号。赵翼于次年二月二十日回故里。从此里居四十几年，不再仕出。嘉庆十九年（1814）病卒，享年88岁。

赵翼所任职的桂西镇安府地处广西西南部，西与云南接壤，南与越南连界，所属有一县、二州、一通判、四土司，广袤八百余里，层峦叠嶂，摩天插云。然土瘠、民贫、地险，又多瘴疬。这里树林如海，四季常青，奇花满目，异兽屡见，真应了赵翼出发前所说的"景物豁吟眸"。

赵翼不仅以文笔见长，而且还是一名精明强干的循吏。抵任之初即巡视境内，体察民间疾苦。凡与越南连界处，深山穷谷，无不亲历，怕有奸匪窜伏。看到奇景及特殊的风俗人情，也无不写成诗文。赵翼胸襟、眼界宽大，与他广博的见闻密切相关。赵翼为人正直，做官清廉，清除镇安虎患，巡边勘察，制止官吏勾结作弊、坑害百姓的事件，惩治恶吏，深受百姓爱戴。以至赵翼离开镇安多年，镇安士民仍为赵翼立生祠。光绪十六年（1890），又在府城的阳明书院为他立报功祠，对他可谓极大的尊敬与爱戴。光绪年间，仍有人这样评价："昔赵瓯北以硕学鸿儒，来守斯郡，政声洋溢。"② 个中原因，正如赵翼的总结所言："自知无绩可流传，只有硁硁不爱钱。""不爱钱"才能做一个好官，这确是千古颠扑不破的至理名言。

在镇安为官的经历，虽实际仅仅两年时间，却是赵翼漫长人生中最令其难忘的一段经历。他对镇安产生了浓厚的感情，甚至想常守其地，

① 赵翼：《途次先寄京师诸故人》之四，《瓯北集》卷二十七。
② 光绪十八年抚粤使者张联桂序光绪重修《镇安府志》之语。

终身不迁。赵翼的宦海生涯中，曾经历过京师的繁华与荣贵，担任过广州这种膏腴之地的知府，又升至秩正四品的贵州兵备道台，然对镇安的宦游经历，他总是念念不忘。"每数平日宦途，辄念镇安不置也"①。赵翼有多篇诗文涉及桂西镇安，这些镇安府诗文在赵翼作品中占有相当的分量。②

一　赵翼镇安府诗文的思想内容

赵翼与镇安府相关之诗作主要见于《瓯北集》卷十三、十四、十六，这些诗均为赵翼在镇安府任上所作。共收诗歌 66 题，96 首。赵翼关于镇安府的杂记文章主要收在《檐曝杂记》卷三、卷四中，与镇安府相关者 24 则。其镇安府文多为根据在镇安府任上即兴所写的诗作进行的更为具体的解释、说明及补充。诗与文两者在内容上有着十分紧密的对照关系。这些作品全面而深刻地反映了以镇安府为中心的清代桂西壮族地区的社会情状、民族生活、民俗风情等，以及汉文化在当地传播的情况，生动地再现波澜壮阔、丰富多彩的历史画面。赵翼以大家手笔抒写在桂西少数民族地区的多方见闻和独特感受，对中国文学传统题材是一次全新的拓展与超越，给读者以别开生面的美的享受，堪称史诗式的独家报道。

赵翼镇安府诗文的思想内容主要有五个方面。

（一）歌颂雄奇险怪的边地风光

镇安府下辖天保县（今德保县）、归顺州（今靖西县）、小镇安厅（今那坡县）以及今天等、大新县的一部分。这一带地处广西西南边陲，西与云南接壤，南相接于越南，地域广袤，高山延绵，层峦叠翠，树木蓊郁。赵翼在《檐曝杂记》和许多诗作中，就描写了镇安雄丽奇特的山水风光。

《镇安水土》一文写到瘴疠的成因和鉴隘塘、地下河的奇观壮景：

---

① 《瓯北先生年谱》乾隆三十五年庚寅。

② 以上请参见黄海云《赵翼镇安府诗文考论》，硕士学位论文，广西大学，2003 年；梁扬、黄海云《古道壮风——赵翼镇安府诗文考论》，中国社会科学出版社 2005 年版。

　　镇安故多瘴疠。钮玉樵《粤述》谓暑中有肉毯、肉脚，时出现，而瘴毒尤甚，入其境者，遂无复生还之望。及余至郡，未见有所谓肉毯、肉脚者，瘴亦不甚觉。问之父老，谓"昔时城外满山皆树，故浓阴雾，凝聚不散。今人烟日多，伐薪已至三十里外，是以瘴气尽散"云。惟水最清削，极垢衣荡漾一、二次，则腻尽去，不烦手捆也。是以不论贫富皆食猪脂以润肠胃。余尝探其水源，在城西三十里，地名鉴隘塘。水从山腹中出，有长石横拦之，长三十余丈，水从石上跌而下作瀑布，极雄壮。城中望之，不啻数百匹白练也。

又另有诗作《鉴隘塘瀑布》：

　　银河落，天绅垂。昔疑古人多夸词，今乃见之天南陲。峨峨鉴隘塘，山半一穴泉暗滋。不知其源自何所，闻从滇徼诸土司。乃知群山总空腹，中通流水无断时，如人血贯骨肉皮。兹焉伏流出，喷作千顷池。前有长石横拦之，拦不住，水倒飞，建瓴直下五丈旗。抽刀欲斩不可断，空山白战蛟龙螭。惜哉远落蛮徼内，未与天台庐阜名争驰。我为作歌张其奇，只恐青山界破又令人笑徐凝诗。

全篇以比喻、夸张、用典等手法，写出鉴隘塘瀑布的特点和气势。
　　写山的《莲花九嶷》诗：

　　九层石栈入青云，名字遥从岳藕分。赤立太穷山露骨，倒悬不死树盘筋。天迟开凿留淳气，路入阴森锁瘴氛。只拟此中非世界，谁知鸡犬亦相闻。

描绘出南国极边之地穷山险峰的原生奇态，极为生动传神。
　　《照阳关》写的则是绝壁奇洞：

　　危崖如销铁，横列截前路。间道无可寻，陡壁孰能赴？地绝天为通，神仙在云雾。初时贸贸行，心疑仆夫误。黑箐丛篁间，线道屡盘互。攀跻过木杪，始见洞穴露。其深三四丈，其广十余步。恰从崭绝处，横穿一罅度。圆若城阙门，两头俯烟树。地迥去天近，日出光早煦。关名曰照阳，应补郦生注。针孔绾众歧，人马所毕聚。外达交趾国，内连邕管戍。虽似人瓮行，不比由窦污。设无此虚豁，万古瘴岚锢。缅维洪荒来，兹地尽盘瓠。张骞迹未经，安有凿空务。又无粪金牛，足起五丁慕。谁驱穿山甲，埶泼烧石醋。想是山川气，到此渐窬蠹。剥蚀蛀虫眼，窍出一寸嗉。翻成方便门，转便往来屡。咄哉造化奇，何由叩其故。伊余按部过，小憩偶延驻。百尺镜台悬，半空月轮吐。罡风时卷入，郁作土囊怒。旷览良自佳，登高愧难赋。绝徼瑶僮中，有此厄塞具。一夫可语难，一丸可封固。时清消警备，不藉储胥护。重闭念勇夫，诗成仍却顾。

照阳关位于归顺州与小镇安厅交界处，据光绪年《广西通志辑要》记载："州界群峰联络，唯此突然高耸，无路可上，中透石穴，虚敞清幽，可坐百人。穴外一径直达小镇安峒界。朝旭东升，正照洞内，由洞而西即小镇安地，天然界限，故名照阳关，山亦以是名焉。"此诗在纪实的基础上作了许多夸张的描写，并联系郦道元注《水经》、古帝王高辛氏之犬盘瓠灭戎吴将军、张骞出使西域、秦惠王伐蜀计开五牛道等历史典故和神话传说，极写照阳关的奇绝险要。

（二）赞美丰饶奇特的地方物产

赵翼对镇安府富饶独特的物产也有生动的记载。最让他叹为观止的是那浩瀚无边的原始森林，《树海》一文写道："镇安延边与安南接壤处，皆崇山密箐，斧斫所不到，老藤古树，有洪荒所生，至今尚葱郁者。其地冬不落叶，每风来，万叶皆飐，如山之鳞甲，全身皆动，真奇观也。"

又有长诗《树海歌》：

洪荒距今几万载，人间尚有草昧在。我行远到交趾边，放眼忽惊看树海。山深谷邃无田畴，人烟断绝林木稠。禹刊益焚所不到，剩作丛箐森遐陬。托根石罅瘠且钝，十年犹难长一寸。径皆盈丈高百寻，此功岂可岁月论。始知生自盘古初，汉柏秦松犹觉嫩。支离夭娇非一形，尔雅笺疏无其名。肩排枝不得旁出，株株挤作长身撑。大都瘦硬干如铁，斧劈不入其声铿。苍鬐猬磔烈霜杀，老鳞虬蜕雄雷轰。五层之楼七层塔，但得半截堪为楹。惜哉路险运难出，仅与社栎同全生。亦有年深自枯死，白骨僵立将成精。文梓为牛枫变叟，空山白昼百怪惊。绿荫连天密无缝，那辨乔峰与深洞。但见高低千百层，并作一片碧云冻。有时风撼万叶翻，恍惚诸山爪甲动。冥蒙一气茫无边，森沉终古不见天。赤日当空烈于火，下乃窈黑霏寒烟。积阴所生靡不有，猛兽牙角虺蛇涎。呼群猿鹤叫凄厉，啸俦魑魅行翩跹。虫禽渊薮闾两窟，胎孙卵子不记年。我行万里半天下，中原尺土皆耕稼。到此奇观得未曾，榆塞邓林讵足亚。邓尉香雪黄山云，犹以海名巧相借。况兹荟蘙径千里，何啻澎湃重溟泻。怒欸吼作崩涛鸣，浓翠涌成碧浪驾。忽移渤澥到山巅，此事直教髡衍诧。乘篮便抵泛舟行，支笻略比刺篙射。归田他日得雄夸，说与吴侬望洋怕。

这里的森林始自盘古开天地时之久远，有瘦干如铁斧劈不入之刚硬，有半截堪为七层塔楹之高标，有行万里半天下所未见之奇异。

写"森林之王"的有《镇安多虎》篇所记"肉翅虎"：

镇安多虎患。其近城者，常有三虎，中一虎已黑色，兼有肉翅。月明之夕，居人常于栏房上见之，盖千年神物也。余募能杀虎者，一虎许偿五十千。居人设阱获及地弩之类，无不备，终莫能得。槛羊豕以诱之，弗顾也，人之为所食者，夜方甘寝，忽腹痛欲出便，其俗屋后皆菜园，甫出门至园，而虎已衔去矣。相传腹痛即虎伥所为云。人家禾仓多在门外，以多虎故无窃者。余尝有句云："俗有鬼神蚕放盅，夜无盗贼虎巡街"，盖实事也。余在镇两年，唯购得一虎、五豹。豹皆土人擒来，虎乃向武州人钩获者。其法以木作架，悬铁钩，钩肉以饵之。虎来博肉，必触机，机动而虎已被钩悬于空中矣。

《独秀山黑猿》中所记"通臂猿"也颇为奇异：

　　天保县令送一黑猿来，系于楹。有门子嬲之，相距尚七八尺，忽其右臂引而长，遂捉门子之衣，几为所裂，而猿之左肩则已无臂，乃知左臂并入右臂矣，即所谓通臂猿也。此猿竟不为人所狎，终日默坐。与之食不顾，数日遂饿死。

另一首长诗《镇安土风》中如数家珍地罗列镇安的地方特产：

　　靛采蓝盈掬，禾收穗满篝。箬包盐有卤，菹窨菜成油。
　　犬肉多于豕，檀薪贱似楢。鹧鸪羹味荐，蛤蚧药材收。
　　獾胆从蹄剔，猪豪激矢抽。山羊因血捕，水獭为皮搜。
　　石斛花论价，桄榔面可溲。竹根人面活，藤杖女腰柔。

并发出"物产真惊见，民情易给求"的赞叹。除了此诗中列举的蓝靛、禾穗、盐卤、窨菜、犬豕、紫檀、鹧鸪、蛤蚧、狸獾、野猪、野山羊、水獭、石斛花、桄榔面、人面竹、藤杖等16种之外，其他篇章还记载有白猿、阴杪、镯银、水精、椰树、肉桂、三七、鸡血藤等野生动植矿物，可见镇安地方物产的奇特丰饶。

　　《缅甸安南出银》一文记载镇安与安南之间的特产与边贸，也颇有史料价值。

　　宋星厂距余所守镇安郡，仅六日程。镇安土民最懦钝无用矣，然一肩挑针线鞋布诸物往，辄倍获而归。其所得银，皆制镯贯于手，以便携带，故镇安多镯银，而其大伙多由太平府之龙州出口。

而《肉桂》篇不仅记载地方特产，还披露了边贸中以次充好、造假欺骗的行径。

　　肉桂以安南出者为上，安南又以清化镇出者为上。粤西浔州之桂，皆民间所种，非山中自生者，故不及也。然清化桂今已不可得。闻其国有禁，欲入山采桂者，必先纳银五百两，然后给票听入。既入，唯恐不得偿所费，遇桂虽如指大者，亦砍伐不遗，故无复遗种矣。安南入贡之年，内地人多向买。安南人先向浔州买归，炙而曲之，使做交桂状，不知者辄为所愚。其实浔桂亦自可用，但须年久而大合抱者，视其附皮之肉松若有沙便佳。然必新砍者乃润而有油，枯则无用也。

（三）实录淳朴原始的民族习俗

在当地人民的生活习俗方面，《镇安土风》诗中也有记载：

> 点唇槟汁染，约臂钏纹镂。跳月墟争趁，婴春俗善讴。俪皮齐赘易，握算贾胡留。村妇无弓足，山农总帕头。性愚供使鹿，见小重多牛。

壮民有嚼槟榔以抗湿热、避瘴气的习俗，女子喜欢在手臂上戴着雕刻花纹的镯子，青年男女争相跳月、赶趁歌墟，以歌舞定情，粤东商人多有在此娶妇立家者，当地妇女全无缠足的陋习，山农一年四季无论男女都戴头巾，牛除了供耕田还常作有财富的标志。诗中提到粤商来镇安地界经商并落户的事，这是清乾隆时期粤东人口向粤西迁移的一个历史侧记。《黔粤人民》文中有记载客民与土著的关系：

> 然客民多黠，在其地贸易，稍以子母钱质其产蚕食之，久之，膏腴地皆为所占。苗、猓渐移入深山，而凡附城郭、通驿路之处，变为客民世业，今皆成土著。

《镇安土风》诗还记录了镇安土民的建筑与居住环境，"篱壁穿多穴，栏房隔作楼"。镇安土民普遍使用这种楼式干栏建筑，是因为当时镇安其地潮湿多瘴气，又多虎患，住干栏上既可隔离潮湿瘴气，又能防范猛兽毒蛇袭击。

《西南土音相通》篇记载了当地少数民族语言：

> 广东言语虽不可了了，但音异耳。至粤西边地，与安南相接之

镇安、太平等府，如"吃饭"曰"紧考"、"吃酒"曰"紧老"、"吃茶"曰"紧伽"，不特音异，其言语本异也。然自粤西至滇之西南徼外，大略相通。余在滇南各土司地，令随行之镇安人以乡语与僰人问答，相通者竟十之六七。

"僰人"原系我国西南少数民族名，此为泛称。从文中所举的语例看即为镇安、太平等府当地壮语，与壮语相通者当为西南少数民族中的与壮同属汉藏语系壮侗语族的傣族。

赵翼还有《土歌》一诗专记壮乡歌墟男女对歌的风俗：

春三二月墟场好，蛮女红妆趁墟嬲。长裙阔袖结束新，不睹弓鞋三寸小。谁家年少来唱歌，不必与侬是中表。但看郎面似桃花，郎唱侬酬歌不了。一声声带柔情流，轻如游丝向空袅。有时被风忽吹断，曳过前山又嫋嫋。可怜歌阕脸波横，与郎相约月华皎。曲调多言红豆思，风光罕赋青梅摽。世间真有无碍禅，似入华胥梦缥缈。始知礼法本后起，怀葛之民固未晓。君不见双双粉蝶作对飞，也无媒妁订萝茑。

诗中对赶趁歌墟的壮族姑娘那"长裙阔袖"的民族服装和她们"不睹弓鞋"的健康美，对"郎唱侬酬"的对歌场面和"轻如游丝"的悠扬歌声，以及青年男女"相约月华"的自由恋爱情景，都作了生动的描述。赵翼对古代歌墟的描写，为我们提供了现代壮族歌墟的重要参照。从中我们可以发现，二百多年前的壮族歌墟与当代壮族歌墟是如此相像。赵翼诗中歌墟的时间为"春三二月"，与当代壮族歌墟以"春墟"为盛也相一致。古今歌墟内容丰富多彩，形式多样。赵翼在诗中点出的"情歌择偶"，则是歌墟的最原始的目的。

同时，赵翼又看到与歌墟相关的，还有壮族歌墟中"拜同年"（即结"老同"、交"情侬"）和结婚后"不落夫家"习俗。他在《边郡风俗》一文中指出：

凡男女私相结谓之拜同年，又谓之做后生。多在未嫁娶以前，谓嫁娶生子则须作苦成家，不复可为此游戏。是以其俗成婚虽早，然初婚时夫妻例不同宿。婚夕其女即拜一邻姬为干娘，与之同寝，三日内为翁姑挑水数担，即归母家。其后虽亦时至夫家，仍不同寝，恐生子则不能做后生也。大抵二十四五岁以前皆系做后生之时，女既出拜男同年，男亦出拜女同年。至二十四五岁以后，则嬉游之性已退，愿成家室，于是夫妻始同处。以故恩意多不笃，偶因反目辄至离异，皆由于年少不即成婚之故也。

他认为新娘婚后不住夫家是出于"嬉游之性"，这固然可以聊备一说。实际上不落夫家是为了表示新娘的稳重高贵，并利用这期间对夫家作进一步了解，它在本质上乃是一种母系社会的遗迹。新娘不落夫家，夫妻分赴歌墟，各自私结"情侬"，其后果小则引起夫妻不和，大则导致族与族、村与村之间的械斗，酿成世仇。那种"夫妻同在墟场，夫见其妻为人所调笑，不嗔而反喜者，谓妻美能使人悦也"的情况倒是不多见的。有鉴于此，赵翼"在镇安欲革此俗"，要求"凡婚者不许异寝"。郡民虽然"闻之皆笑，以为此事非太守所当与闻也"，但仍"颇有遵者"。

赵翼能以历史的眼光看待、理解甚至欣赏这些淳朴而原始的民俗，以客观真实、浓墨重彩的笔触，把这些民俗风情画面淋漓尽致、形神皆备地记录下来，而不妄加菲薄。这些记载，对于民俗学的研究具有珍贵的参考价值。

（四）揭露狭隘自私的土官专制

赵翼来守时，镇安尚有一半行政区未改流，地方土司余势仍大。《镇安民俗》云：

镇安府在粤西之极西，与云南土富州接壤，其南则处处皆安南界也。崇山密箐，颇有瘴。然民最淳，讼狱稀简。县各有头目，其次有甲目，如内地保长之类，小民视之已如官府。有事先诉甲目，皆跪而质讯。甲目不能决，始控头目。头目再不能决，始控于官，则已为健讼者矣。

镇安土司制度森严，官民如主仆，阶级分明，沿袭已久，由地方官族担任的头目、甲目，在民众眼中就如小官府，有讼狱，先讼于甲目，后至头目，最后不能决才找官府。

在狭隘自私的土官专制下，土民百般受虐，苦不堪言。《黔中偶俗》称：

> 凡土官之于土民，其主仆之分最严，盖自祖宗千百年以来，官常为主，民常为仆，故其视土官，休戚相关，直如发乎天性而无可解免者。粤西田州土官岑宜栋，即岑猛之后，其虐使土民非常法所有。土民虽读书，不许应试，恐其出仕而脱籍也。田州与镇安之奉议州一江相对，每奉议州试日，田民闻炮声但遥望太息而已。生女有姿色，本官辄唤入，不听嫁，不敢字人也。有事控于本官，本官或判不公，负冤者唯私向老土官墓上痛哭，虽有流官辖土司，不敢上诉也。

土官虽允许土民读书，却不准其应试，从而杜绝土民通过仕途改变世代为土官之仆的命运。其他如霸占妇女、贪赃枉法、迫害百姓等，不胜枚举。

（五）批判巧取豪夺的流官"德政"

已改土归流的地方，废除了土司的世袭统治，取消了封建领主制的剥削，是一大进步。但只是以流官代替了土官，土民仍然不能摆脱阶级压迫和剥削，流官的统治也是十分黑暗的。《镇安仓谷、田照二事》一文称：

> 余在镇安，别无惠民处，唯去其病民者一、二事而已。常平仓谷，每岁例当春借秋还。其谷连穗，故不斗量而权以称出。借时盛以竹筐，每秤连筐五十斤，筐重五斤，则民得谷仅四十五斤耳。及还仓，则五十斤之外加筐五斤，息谷五斤，又折耗五斤，共六十五斤为一秤，民已加十五斤。然相沿日久，亦视为固然，不敢怨。余赴滇从军之岁，粤西购马万匹济滇军，有司不无所累，遂于收谷时，别制大筐可盛百二十斤者收之，民无可诉也。及明年，余自滇

归，已无购马费，则仍循旧例六十五斤可矣，而墨吏意殊不足，然未敢开仓也。余府仓亦有社谷当收，即令于称之六十斤处凿一孔，贯锤绳于其中，不可动移，听民自权。于是民之以两筐来者，剩一筐去，城内外酒肆几不能容。余适以事赴南宁，而归顺州牧欲以购马岁所收为额，州民陈恂等赴宁来控。余立遣役缚其监仓奴及书吏、荷校于仓外，而各属之收谷，皆不敢逾检矣。又天保县令某，先与署府某商谋，谓民间田土无所凭，故易讼，宜按田给照以息争端，实则欲以给照敛钱也。而时未秋，民无所得钱，先使甲目造册，将于秋收后举行，而不虞余之自滇归也。夏六月，余忽回郡，廉知之，以此令向日尚非甚墨，因语以此事固所以息争，而胥役等反藉以需索，则民怨且集于官，不如自以己意出示罢之，尚全其颜面也。然计其所失，已不下万余金。

文中详载流官以每秤 45 斤穗谷借出，按每秤 60 斤收回，后来又找借口以 120 斤收回，以此加码翻番盘剥郡民；又企图通过颁发田照搜刮民财。

《土例》一文，是对流官因贪财好名而导致地方纷争的虚伪行为的揭露。

有流官不肖者，既征数年，将满任，辄与土民约：某例缴钱若干，吾为汝去之。谓之"卖例"。土民欣然敛财馈官，官为之勒碑示后。后官至，复欲征之，土民不服，故往往滋事。

赵翼以其出守镇安的亲历见闻，对当地山水风光、自然物产、文化习俗、社会状况等所作的诗文报道，许多是历来的文学作品中从未涉及的。尚镕《三家诗话》称："云松宦游南北数千里之外，所表现固皆不虚，而极险之境地，极怪之人物，皆收入诗料，遂觉少陵、放翁之入蜀，昌黎、东坡之浮海，犹逊其所得所发之奇，可谓极诗中之伟观也。"指出赵翼镇安府诗作在题材、风格上的开拓之功，业已超越杜甫、韩愈、苏轼、陆游诸大家的同类作品。梁章钜《三管诗话》论赵翼的《镇安土风》时指出："此诗前半胪列详悉，后幅抒写和平。乃今之守镇安者，辄怨恨牢愁，傫然不可终日。固由今昔情形不同，亦其人之度量相越远矣！"赵翼正是以其循吏的开阔"度量"、史家的别具只眼和诗人的敏感激情，对以镇安府为中心的清代桂西壮族社会的世态民情作出别开生面的独家报道的。①

出知镇安府，不仅使赵翼的诗材、诗境、诗风都得到拓展与新变，而且在学术思想和经世方略上也收获甚丰。例如他的人口论，便始于出知镇安府时的所见所思，"我行万里半天下，中原尺土尽耕稼"②；来到"地当中国尽，官改土司流"的镇安③，"只拟此中非世界，谁知鸡犬亦相闻"④。随着人口剧增，到处开发，"昔时城外满山皆树，今人烟日多，伐薪已至三十里外，"⑤"三两茅棚嵌碧螺，坡边荞麦水边禾。万山深处都耕遍，始觉承平日已多。"⑥ 此时的赵翼已经意识到土地紧缺是由承平日久人口骤增引起的。"遥山最深处，想必无人居。一缕炊烟起，乃亦有室庐。始知生齿繁，到处垦辟勀。虎豹所窟宅，夺之为耕畲。尚有佣丐者，无地可把锄。民生方愈多，地力已无余。不知千岁后，谋生更何如？"⑦ 随着原始森林日渐萎缩，虎群不时入城觅食，赵翼曾亲自组织打虎安民，同时开始认识到人口激增带来的弊端，以及这一问题的严重性和"天心也愁"的解决难度，"五风十雨惠民深，物产犹难给釜鬵。到此天心纵仁爱，也愁力薄不从心。"⑧ 此后，他的思考逐步深入，形成了解决人口问题的基本框架："太平生齿日蕃昌，不死兵戈死岁荒，天为疏通人满患，可知国运正灵长"⑨，通过天灾人祸达到减员；"勾践当年急生聚，令民早嫁早成婚。如今直欲禁婚嫁，始减

---

① 以上请参见梁颖峰《别开生面的世态民情独家报道——赵翼笔下的清代桂西壮族社会》，《传播与版权》2013 年第 6 期。

② 《树海歌》。

③ 《镇安土风》。

④ 《莲花九巃诗》。

⑤ 《镇安水土》。

⑥ 《十月朔日，抵贵阳，闻官军自滇入蜀，路经威宁，余未及受代即赴宁料理过兵，途次杂咏》（其四）。

⑦ 《山行杂咏》（其四）。

⑧ 《四野》。

⑨ 《米贵》。

年年孕育蕃"①，通过晚婚、晚育控制人口增长；"更从何处辟遐陬，只有中郎解发邱。或仿秦开阡陌例，尽犁坟墓作田畴"②，推平坟墓以增加耕地；"海角山头已遍耕，别无余地可资生。只应钩盾田犹旷，可惜高空种不成"③，斗胆提出将皇家园林翻为耕地，并想到了如何向高空发展这个几百年后的热点问题。以往，洪亮吉的《治平篇》被视为我国乃至世界上最早的人口专论，但事实上赵翼的人口论比他早 22 年，更比英国的马尔萨斯早 27 年。④

二　赵翼镇安府诗文的艺术特色

（一）赵翼的性灵诗论

赵翼诗论的主旨与袁枚性灵说是一致的，即倡导"性灵"。其《书怀》论诗明确揭露此旨，"力欲争上游，性灵乃其要"。可见抒写性灵是赵翼所倡导的诗学要义。

赵翼是乾嘉诗坛"性灵"营垒中的一员大将，他对诗有自己的精辟见解，这在他的《瓯北诗话》与《瓯北集》中都有充分的反映。《瓯北诗话》将元稹、白居易诗的"坦易"与韩愈、孟郊诗的"奇警"作比较时说："试平心论之，诗本性情，当以性情为主。奇警者，犹第在词句间争难斗险，使人荡心骇目，不敢逼视，而意味或少焉。坦易者多触景生情，因事起意，眼前景，口头语，自能沁人心脾，耐人咀嚼。"指出了性情与意味的依存关系。可以这样说，多一份性情，就多一份意味，也就多一份魅力。离开性情而专注奇警之类，就会侧重于追求外观上的争奇斗艳，意蕴就会不足。因此，"性灵"诗人是十分重视"意味"的。赵翼认为"性情"是诗人创作的主观条件，他与袁枚一样亦标举性情，但他更多的是推崇诗人之"才气"，所谓"诗之工拙，全在

---

① 《米贵》。

② 同上。

③ 同上。

④ 以上请参见梁扬《广西地方古籍整理的历史、成就和价值——〈广西地方古籍整理研究丛书〉总序》，《广西大学学报》2010 年第 5 期；余瑾、梁扬主编《广西地方古籍整理研究丛书》，巴蜀书社 2012 年版。

才气、心思、功夫上见"①。

赵翼《天籁》诗云："鸟语花香孰主张，春来无物不含芳。荒鸡不自知天籁，每到应啼也引吭。"即便是"荒鸡"引吭也很动听，因为它是"天籁"，是天性的流露。"性灵"说挣脱了诗歌创作上的清规戒律和沉重枷锁，因而在当时和后世很受欢迎，影响很大。因此可以说，"性灵"派理论的主要功绩在于将诗歌从神圣的殿堂引入普遍的平民阶层，使之更自由、更活泼、更通俗，更让人喜闻乐见，其历史功绩自不可泯。

赵翼并不推崇空灵玄妙的"兴会"，而是提倡有血有肉的实在，颇有为大多数人一看就懂的平民意识。当然作为形象思维的诗歌，赵翼的观点不无过激和偏颇，因为写意与工笔画同样有美学价值，不可以偏概全。但"作诗必此诗，乃是真诗人"命题的提出，毕竟令人耳目一新。

赵翼指出创新是抒写性情的需要，"诗文随世运，无日不趋新"。创新，不仅是时代发展的需要，而且是抒情写意的必然。作为史学家，赵翼具有颇强的历史发展观念，以此看诗歌创作，则认为创造发展是诗歌创作的客观规律。诗作的创新包括新意与新词，亦即思想内容与艺术形式的创新。他的目的，旨在倡导诗人"自成一家"②。而赵翼本人亦确实是孜孜以求地随"世运"变化而开拓新意新词的，他尝自述云："少时所得意，老去觉夯陋。奋笔欲删之，谓今学始就。焉知今得意，不又他日疢？诗文无尽境，新者辄成旧。漫勒铁函藏，行复酱瓿覆"③，充分显示了赵氏厌弃旧意、锐意创新的进取精神。

创新还意味着反对机械模仿前人作品。他在《题李静庵印谱诗》："我思文艺中，优孟最可忌。"对当时宗唐宗宋的无谓纷争也深感厌恶。他在著名的论诗绝句中讲："李杜诗篇万口传，至今已觉不新鲜。江山代有才人出，各领风骚数百年。"④ 这正如"浣纱女亡出环燕，拔山人去生关张"⑤。他的诗歌创作不仅注视着现在，还展望到未来，要"预

---

① 《瓯北诗话》卷十。

② 《瓯北诗话小引》。

③ 《删改旧诗作》。

④ 《论诗》之二，《瓯北集》卷二十八。

⑤ 《连日翻阅前人诗戏作效子才体》卷十。

支五百年新意"①，不断推陈出新。"创新"说可看作是对清代诗坛延续近百年的唐宋派之争的廓清。

赵翼崇尚创新和抒写性情，是以重视诗歌的思想内容为前提的。作为一位历史学家及诗人，他深刻认识到诗人的生活环境与生活阅历对于诗歌创作的重要性，洞悉无病呻吟的弊病。对缺乏生活依据的"假啼""强笑"进行辛辣的嘲讽。②

（二）赵翼镇安府诗文艺术特色

赵翼的镇安府诗创作艺术特色与赵翼的诗论观点相一致，突出了清朝学者为诗的强烈议论化倾向。赵翼诗抒写性灵最具特色之处是以议论的手法抒写其独特的思想、独具的识见，从而显示出"识高""胸中有识"的个性特征，抒写仕途多舛之感以及对时政的不满、向往归隐著述的情怀，亦皆是自己真实的体验与感受。

清人用议论化方法写诗，可以有较大的抒写自由，使得诗歌格调流畅，较少受到诗歌格律的束缚，这是吸取了宋诗的长处。清人作诗并不单纯逞耀才学，堆砌典故，从整体上看，清诗没有博奥雕饰、矫奇立异的毛病。

学者兼诗人的诗歌创作潮流，对当时的诗坛产生了深远的影响。雍正、乾隆时期的翁方纲为当时诗坛"肌理派"的首领，他又是金石学家，著有《两汉金石记》、《汉石经残字考》和《焦山鼎铭考》等。同一时期的赵翼与当时诗坛"性灵派"领袖袁枚齐名，他的学术著作《廿二史札记》和《陔余丛考》在学术界也评价甚高，至今仍列为史学的重要著作。

在学者为诗的背景下，赵翼镇安府诗体现出四个鲜明的艺术特点。

1. 议论为诗，精深警辟

赵翼诗多议论，多理趣。在赵诗中，几乎各种体裁、题材的诗他都能或明或暗寓入警辟议论，每能启人心智，豁人眼目，而不落陈腐俗套，使人憎厌。其中有不少是以小见大的哲理诗，通亮剔透，闪烁着

---

① 《论诗》之一，卷二十八。

② 以上请参见黄海云《赵翼镇安府诗文考论》，硕士学位论文，广西大学，2003 年；梁扬、黄海云《古道壮风：赵翼镇安府诗文考论》，中国社会科学出版社 2005 年版。

学、识、才三者智慧的光芒。即使在叙事、写景诗中，赵翼往往不是为了抒情，而是为了言志、说理。许多诗人评之"以诗说理，博辩无碍，亦一奇也"①，这当是受苏轼的影响，更主要是由其个性所决定的，并有其自己的特点。

观赵翼的镇安府诗作，亦体现出赵诗的一贯风格，即喜以议论的方法来表达其对历史与现实的思考。镇安府诗中诸多诗作具说理的色彩，颇多议论句式。其惯常手法之一，即喜在写景抒情后发议论，以卒章显志，表达其独特的感悟。

其手法之二即纯以议论为诗，以尽抒胸臆。赵翼在镇安为民革除弊端，如取消田照，抑制猾吏剥削土民，这些措施虽受到当地群众的拥戴，但也让这些猾吏对他恨之入骨。赵翼在镇安府诗中有《署斋偶得》五言排律三首，在诗中他以引典、比喻的手法对这些小人进行了尖锐的讽刺，并表明自己高洁的志向。在诗中，他把这些喜好逢迎的奸诈小吏比喻为见客即笑嬉、工于心机、"目睫谋徒工"的娼妓。即使从吏役提为地方要员，仍难改变往日趋炎附势、龌龊卑劣的面目，真是"由来出身异，意趣自各歧"。一旦发财美梦破灭，他们便滋生事端，恶意攻击。当然赵翼对这类小人的猖猖狂吠，根本不屑一顾，"君子务其大，意气高如虹"，赵翼以君子自况，保持自己清徽的德行。②

2. 浅显通俗，诙谐生趣

赵翼善于在浅显中见性灵，不仅以此为美学尺度来评诗，也以此作为自己艺术追求的方向。其《瓯北诗话》正以"尚坦易，务言人所共欲言"论定元、白较胜于韩、孟。并说："世徒以轻浮訾之，此不知诗者也。"

赵翼镇安府诗中不乏白描之作，用字浅显通俗，而情趣盎然。这多见于山水题材诗，如《阳朔山观群猴下饮》、《平江道中》等，都很少用典，属白描之章。诗句如"为贪顺水去行舟，其奈连朝遇石尤"（《舟行》）、"山牛多似虱，沙鹭立如人"（《平江道中》）、"溪流顿比

---

① 朱克敬：《瞑庵杂识》。

② 以上请参见黄海云《赵翼镇安府诗文考论》，硕士学位论文，广西大学，2003 年；梁扬、黄海云《古道壮风：赵翼镇安府诗文考论》，中国社会科学出版社 2005 年版。

昨宵满，野草不知何种香"（《山行》），赵翼诗语言清新浅俗，有如探喉而出，淋漓痛快，而无矫饰之心。

赵翼性格乐观开朗，诗作也充满生趣，被人视为"滑稽之雄，使人失笑"①。在《署后独秀山一穴甚深，相传中有黑猿出则不利于太守，颇有验，今春猿忽出穴，良久乃入，诗以志异》中，赵翼骂猿之语，令人忍俊不禁。当地传闻黑猿显身则对太守不利，赵翼不信邪，骂猿曰："按以妖惑众，于法本当族。磔加盗肉鼠，张汤未为酷"，赵翼竟然要治黑猿灭族之罪，并要仿西汉酷吏张汤以磔刑治盗肉鼠那样把磔刑加于猿身。

赵氏诗有时也因过于追求浅俗而失之率意。也许是赵氏作诗太多，无物不可入诗，无时不有诗情，而诗意遂起，立就成章，未及仔细推敲斟酌，如"此正文人狡狯处，被我说破不值钱"，前人曾评"成何说话"②。"缆在高山上，船在深峡底。相去百丈余，奋呼不到耳。挽船逆流上，雪雪争尺咫。满船十数命，一线悬生死。中途倘一断，粉碎劖石齿。呜呼我何为，轻生乃过此。"此诗过于浅白，如同说话。③

3. 博洽精赅，数典斗靡

这是赵翼性灵诗之另一面。袁枚性灵说反对"误把抄书当作诗"（《仿元遗山论诗》），因为堆砌典故势必淹没性灵。但性灵派并不排斥诗中用典，只是一要不用僻典，二要如盐著水，不见痕迹，所以袁枚诗亦不乏典故。同在性灵营垒，较之袁枚，赵翼诗用典之作要多，赵翼学问精深，记忆力惊人，因此腹笥便便，使事用典，层出不穷。但亦有"数典而斗靡"（袁枚《瓯北诗序》）的一面。咏史怀古诗固难避免，抒怀言志之作亦时有"逞博"（《三家诗话》）的表现。一旦数典斗靡，则已难称独抒性灵矣。

赵翼镇安府诗中咏史怀古之作用典颇多，最为突出的如七古《元祐党碑在桂林者今尚存沈鲁堂太守揭一本见视援笔作歌》，此诗化用了

---

① 梁章钜：《退庵随笔》。

② 尚镕：《三家诗话》。

③ 以上请参见黄海云《赵翼镇安府诗文考论》，硕士学位论文，广西大学，2003 年；梁扬、黄海云《古道壮风：赵翼镇安府诗文考论》，中国社会科学出版社 2005 年版。

《钱氏私志》、《家世旧闻》、《悦生随抄》、《虚谷闲抄》、《燕闲常谈》、《太清楼侍宴记》、《曲洧旧闻》、《挥尘录》、《老学庵笔记》等许多宋人笔记杂录中的佚闻佚事。李保泰序《瓯北诗钞》评此诗云："用书不下数十种，毫无补缀痕迹，是其心思笔力熔铸之妙。"然而此诗读来繁杂晦涩，也正是赵氏逞博之弊的突出表现。

瓯北诗数量最多的是七律，用工最勤、用典较多的也是七律。尚镕给予很高评价："云松七律格虽不高，而语无不曲，事无不切，意无不达，对无不工，兼放翁、初白之胜，非袁、蒋所能及也。"赵翼七律用典，使事切，俯拾皆是，在《瓯北集》中不胜枚举。在镇安府诗中也有突出体现。对此，尚镕在对比蒋心余与赵翼诗时，评价十分中肯："云松才学宏富，亦好考据以见长，然吊诡搜奇，俱觉冗蔓可厌。近日此风盛行，而诗遂同胥抄矣。读苕生（即蒋心余）长篇，人多叹其典赡。然苕生本色极高，且精光贯注，使人不敢逼视，云松则近于掉书袋矣。盖苕生失在矜才，云松失在逞博也。"[1] 由于腹笥繁富，有时不能割爱，赵翼也露出炫才矜博，近于掉书袋、獭祭鱼的弊病，这是不足为训的。[2]

4. 情异境新，雄奇豪健

与同为"性灵"大家的袁枚相比，袁枚的诗重情韵，多柔语巧语，赵翼更重才气，多硬语奇境，风格偏于豪放。蒋士铨《瓯北集序》谓赵翼诗"得江山戎马之助，以发抒其奇。当夫乘轺问俗，停鞭览古，兴酣落笔，百怪奔集，故雄丽奇恣，不可逼视"，洵非虚誉。尤其是赵翼入西南任官（包括两粤、滇、黔）时所写的诗，纵横捭阖，气势不凡，如《树海》、《照阳关》、《鉴隘塘瀑布》、《龙尾关》[3]《高黎贡山歌》[4]《边外诸土司地每清晨必起黑雾咫尺不可辨辰刻方散》[5] 等都是其例。

为官镇安的经历，让赵翼开阔了眼界，使他在诗的题材方面能别开

① 尚镕：《三家诗话》。

② 以上请参见黄海云《赵翼镇安府诗文考论》，硕士学位论文，广西大学，2003年；梁扬、黄海云《古道壮风：赵翼镇安府诗文考论》，中国社会科学出版社2005年版。

③ 《瓯北集》卷十四。

④ 同上。

⑤ 《瓯北集》卷十五。

生面，增添了其同时代诗人难以企及的雄放之气。这是由赵氏的主观条件与客观阅历所决定的。赵翼曾自称："吾自为赵诗，乌论唐宋？"① 可见其卓然自立。当然，并不能排斥唐宋大家甚至同为性灵派之首的袁枚对他的影响，但那是潜移默化的，与有意模仿有质的区分。

赵翼镇安府的山水景物诗可谓奇思壮采，独辟新境。在他的诗笔下，镇安山美、水异、树奇。其景奇，其气健，全以劲笔硬语出之，属于袁枚所谓"硬语能佳"者，这些诗作的总体特征是"新"和"奇"，题材新奇，感受新奇，意境新奇。在他的笔下，他以大胆的想象、夸张的笔法、新奇的比喻，把他对奇山异水之美的感受酣畅淋漓地表现出来，这是赵翼性情豪放的一面。清代镇安的奇山、异水、怪树、民俗、气候、特产等，这些题材大都进入了赵翼的诗作里，这些与奇俗相关的诗作具有很高的美学价值与历史价值。使其诗作在题材方面已胜过一些同时代的大家，而相应的诗作风格则增添了难得的雄奇豪健之气。

历史上不少论者将赵翼诗与陆游诗相提并论，从两人的年寿、经历、诗风来看，真有酷肖之处。徐彰诗云："四海遍传《瓯北集》，千秋重睹剑南诗。"赵翼也常以陆游自比："务观醉醒文字里，尧夫生死太平年。"赵翼瓣香陆游可为定论。赵翼又将其诗集名为《瓯北集》，与陆游诗集名"剑南"恰成巧对，似亦非偶然。

赵翼是清乾嘉时代（1736—1820）的著名诗人与史学家，他以其诗歌理论与实践标举性灵诗风，在诗歌方面的卓越建树奠定了他仅次于袁枚的性灵派副将的地位。他弘扬性灵诗风，扫荡当时的拟古诗及考据诗，为乾嘉诗独具清诗的面貌作出了重要贡献。同时代之人，慕风诵诗者遍于大江南北。他在世时诗集就曾多次出版。

从赵翼的人生旨趣而言，治史是其正务，而作诗，只是性情的陶冶、抒怀记事的手段。赵翼一生诗作将近五千首，是中国的多产诗人之一。交往的诗友颇多，且皆为著名诗人，如袁枚、蒋士铨、赵文哲、翁方纲、王昶、李调元、王文治等，相互酬唱应和，颇为热闹。作为一位立身有素养的史学家，他所交往的人物，不少是有品位的公卿，如江由

---

① 汤大奎：《炙砚琐谈》。

敦、傅恒、阿桂、刘纶、刘统勋等，他以实干与才气赢得他们的尊重与信赖。

赵翼出身贫苦，故有平易近人之风。他以探花郎的才学在镇安府任上深得百姓爱戴，并以府衙为中心与地方乡贤吟诗交友。更为难得的是，文史大家赵翼在偏僻的桂西地区，以其性灵诗笔，一扫鸿蒙未开之气，为广西桂西诗坛带进了清新空气。他以平常心与实干，促进了桂西教育与文化的发展。虽然由于客观的原因，当时的桂西诗坛还很冷清，应者寥寥，但赵翼的努力毕竟给桂西地方文化带来了新气象。①

第三节　高密派核心人物李宪乔

一　李宪乔及其诗歌创作

赵翼之后，清代桂西诗坛真正热闹起来是在李宪乔任归顺州（今靖西县）知州之后出现的。李宪乔（1754—1796），字子乔，号少鹤，山东高密人。乾隆三十年拔贡生。四十一年举人，授广西岑溪知县，乾隆四十九年（1784）任归顺州知州，五十八年任柳州知县，六十年（1795）复任归顺州知州，卒于官。所撰《少鹤诗钞》十三卷，其中内集十卷，计有《秋岳初集》、《石溪集》、《焦尾集》、《萧寺集》、《过江集》、《过岭集》、《县居集》、《澄江集》、《返棹集》、《凝寒阁续吟》集各一卷。附《鹤再南飞集》、《龙城集》、《宾山续集》各一卷。今存其集写本二种：一为《少鹤内集》不分卷，旧抄本；一为《少鹤诗钞》二卷，稿本。单铭序其诗，谓其"规模较阔，虽巉削不伤其气"。

李宪乔少年时受诗于其兄怀民，意境阔大，文亦简劲有法度。他长期在桂西任官，是清代桂西诗坛上的一位重要人物。他在归顺知州任上的诗作，题材多样，内容丰富。有关心民瘼、抨击时弊的，如《猛虎行》、《修埭谣》、《廉吏咏》；有写景抒怀、表达乡愁的，如《秋暮旅

①　以上请参见黄海云《赵翼镇安府诗文考论》，硕士学位论文，广西大学，2003 年；梁扬、黄海云《古道壮风：赵翼镇安府诗文考论》，中国社会科学出版社 2005 年版。

怀》、《大桂山》、《大雨雹行》；有与诗友、诸生相唱和的，如《秋水篇为汪太守作》、《镇安离席听童曾二生歌诗凄切因复留赠》、《示归顺诸生》等。

李宪乔在桂西当地传授诗学，弟子甚众，且他与清代本土及入桂多位诗人多有交往，如刘大观、李秉礼、汪为霖、袁枚等，他们相互唱和，推动了清代桂西诗坛的形成与发展。关于李宪乔与多位诗友的交往和收徒传授诗艺的情况，另见于本章后面各节，此处不赘。

二 李宪乔与高密诗派

高密诗派的核心代表人物是"高密三李"：李怀民、李宪暠、李宪乔三兄弟。"三李"在当时诗坛上举足轻重。李氏三兄弟是山东高密人，李宪乔是高密诗派的扛鼎人物。高密派诗人大都为乾隆"盛世"中的贫寒之士。如李怀民，乾隆间诸生，一生布衣；李宪暠，诸生；单楷甚至贫困到食树叶充饥的程度。李宪乔中举后虽步入仕途，但心境仍不脱贫寒之气。因此，他们对"盛世"表象之下严重的社会危机有着较为清醒的认识，对于自清初钱谦益、王士禛诗风百年以来流弊不绝，举世阿谀庸音、肤浅饤饾的诗坛现状极为不满。因而精研中晚唐人格律，欲救以寒瘦清真，一洗藻绘甜熟之习。如李宪乔《读贾长江诗》：

> 险僻时皆诧，孤清帝遣哦。全身生肉少，一卷说僧多。
> 壁隙风潜入，衣棱冻可呵。每欣当此际，持用砭沉疴。

诗中召唤"郊寒岛瘦"的苦吟诗风，以独造为本领，以真挚见情景，以融合见苦辛，要旨在戒熟戒俗，不作平庸语。他要用这样的"冷""苦"之"药"来治诗的"沉疴"，实即从治心之病入手，企图革除诗坛的积弊。

为了宣传本派的诗歌创作主张，李宪乔与其兄怀民效法唐张为《诗人主客图》编定《重订中晚唐诗主客图》，取唐元和以后诸家五律，辨其体格，奉张籍、贾岛为主，朱庆余、李洞以下为客，发起了一场声势不小的中晚唐诗歌运动。这种影响在当时诗坛翁方纲、袁枚等人的言论中多有反映。翁方纲批评道："近人有仿张为《主客图》，取张司业贾长江以下五律盛集者，赋此正之……此作《主客图》者，正坐一'窘'字。"（《初复斋集》）袁枚则称赞宪乔诗"高淡可喜"，是"今之苏子瞻也"（《随园诗话》）。高密诗派由李怀民开创，李宪乔扩大影响，蒙同邑单书田、单绍伯等人奖掖提携，有胶州王薪亭、王颖叔，高密王蜀子、王希江、王子和（人称"王氏五子"）响应，此外还有福山鹿松林、邱县刘大观等，数十年蔚为极盛。

近人汪辟疆在谈到高密诗派的影响时说："胡森亦以江西人，与少鹤往来，自是江西诗人多有传其《中晚唐诗主客图》者，于是，江西有高密诗派。孙顾崖以吴人官粤西，而最服膺石桐少鹤诗说，……于是东吴有高密诗派。"此外，通过李梅庵又将诗派传至金陵（南京）。这样，高密诗派从山东崛起，以广西为发展根据地，逐渐辐射到江西、江苏等地。由此可见宪乔兄弟的诗派对当时诗坛的影响。①

第四节　刘大观的创作及交游

刘大观是高密诗派中仕途较为通达的人物，对高密诗派的流传起到重要作用。汪辟疆说："松岚官位较达，且躬任为二李校刊遗书者也，高密诗派流播之广，松岚与有力焉。"②

一　刘大观的生平与宦迹

（一）刘大观的生平

刘大观（1753—1834），字正孚，号松岚、行十（刘十），别号斥邱居士。清直隶邱县人（即今河北省邱县邱城）。刘大观自幼丧父，五岁丧母，刻苦读书，与同里黄景仁、孙星衍友善，并得袁枚、蒋士铨的赏识。乾隆四十二年（1777）拔贡，初仕广西永福县令。乾隆四十六年（1781）至乾隆五十六年（1791）任镇安天保知县（镇安府治）。后

---

① 赵黎明、朱晓梅：《李宪乔（少鹤）诗歌的意象分析》，《广西大学学报》2002 年第 6 期。

② 转引自刘世南《清诗流派史》，人民文学出版社 2004 年版，第 385 页。

又官奉天宁州知州，山西河东道属布政使。历官有政声。擅诗文与书法，著有《玉磬山房文集》与《玉磬山房诗集》。

大观和刘墉（刘罗锅）（1719—1804）同根同祖。是续《红楼梦》作者程伟元的好友，也曾给曹雪芹的好友敦诚的《四松堂集》写过跋，还曾为盛京将军晋昌《且住草堂诗稿》作过跋或序，为尚镕《持雅堂诗集》作过序，他跟翁方纲、王文治（梦楼）、洪亮吉、王昶、江藩、吴锡麒、钱大昕、钱杜（钱叔美）、潘焕龙、乐钧、法式善、吴嵩梁、名诗人张问陶、杨芳灿、章玉森、吴玉松、符葆森、吴云等大家名宦交往甚密。

大观游历半天下、交友满九州，敢于为民请命直谏。他长期居官位，却依然能保持文人的风骨。青年时，风流倜傥；暮年时，超凡脱俗。政治上清高、隐逸，思想与人民接近，他曾写下"故拙丰年补，禾茂霖雨勤。念兹盂中粟，难得父老耘"的诗句。刘大观对当时官吏们争权夺势、贪得无厌的社会现实嗤之以鼻。从政之余，性情豪放的他以读书、饮酒、赋诗、游山玩水消遣岁月。尽管如此，在当时来说，他还是一位被黎民百姓所爱戴的好官吏。

（二）刘大观的宦迹

乾隆四十二年（1777），大观以拔贡朝考一等，得广西永福县令，署理象州、马平、贺县。永福今属桂林，当时管辖范围很广，包括今柳州市、桂林市、贺州市的部分范围。时方25岁。虽属极边，年轻的刘大观春风得意，志气满怀。他的《玉磬山房诗集》首卷《岭外集》收诗33首，是大观为官桂西所写下的诗句。首篇《永福县斋书怀》，表达了他对边地山水的热爱以及勤政爱民的决心：

> 人言永福恶，我道永福美。上峙凤巢山，下泻漓江水。
> 山川饶奇胜，烟云满窗几。县斋静如村，诗成时自喜。
> 况复去年秋，谷贱如糠秕。今岁春雨足，中田已耕耜。
> 民无饥馑忧，吏免催科捶。民吏两相忘，守拙何如此！

永福县属桂林府辖，大观因得地利之便尽情游览桂林山水，他写下了《桂林即事》、《湛恩亭》、《伏波亭》、《相思江》、《题矶上》、《谒柳侯祠》等数首诗，从诗人的笔端可见，大观出守广西的心情十分轻松愉快。他想效仿古代入桂名人如汉代伏波将军马援、唐代的柳宗元、宋代的狄青等人在广西做出一番成绩。

乾隆四十八年（1783），以天保县令杨懋学丁母彭氏忧，经广西巡抚朱椿奏请，调大观补天保县知县，时大观31岁。即将赴"到此中原尽""瘴雾迷荒戍"的西南边陲，对年轻的大观而言又是一种新考验。

赴任之前，乾隆四十九年（1784）五月，治内柳江洪水暴涨，柳江上通黔江，山狭势逼，易有冲决之患。形势危急。大观立水中三昼夜，督民卫护。随着水势愈猛，人心愈恐慌。大观情急之下，矫奉提军乌将军的命令，传六营将备集兵三千多人奋勇抢救，水势始平，城池得保。功大于过，最终没有被提军责罪。大观作诗《甲辰夏五纪事》详细记述了抗洪一事的始末：

> 岁在甲辰夏之五，蛮烟瘴雾酿淫雨。江回石逼蹴浪翻，沛然一泻飞千弩。始犹盘旋撼岸树，继则凭陵犯楼橹。大鱼挟势欲吞人，人无人色面如土。我似沙鸥立水中，以命与水争雌雄。土囊草荐并棉絮，指挥胥役摧其锋。水强人弱窘无策，怒发如竿冠上冲。坐见城垣委澎湃，生灵十万一扫空。城存与亡责难谢，事到危时胆自大。奋臂招呼众将出，谁知忠信权行诈？狂澜十丈固堪忧，水犀三千亦可怕。士能作气鲸鲵走，兵势峥嵘水势下。江平浪息龙亦驯，用得机权始语人。守土未能脱民难，寒龟缩项民应嗔。一城老弱互相庆，各子其子亲相亲。农荷锄犁卒归伍，槌牛击鼓迎江神。

"守土未能脱民难，寒龟缩项民应嗔"，此诗充分体现了大观济世救民的胸怀以及敢作敢为的精神。

在出任天保县时，大观并未因地处偏隅而心情郁结，而是在边地的雅山秀水中寻找乐趣，去体验人生的禅意。镇安府治天保县城东面是一座土山，名为芳山，该山踞鉴水左侧，与县城所倚独秀峰相对，两相媲美。芳山原为一座荒山，后以幽草芳春得名，成为县域内的胜景。这其中，也有大观的一份功劳。乾隆五十一年（1786），刘大观带领镇安民众在山上种植竹木和花卉，以供游人登眺，并作《与郡人芳山种花》一诗记其雅乐：

> 劚云植嘉卉，聊复助天工。此土非吾有，分春与众同。
> 暮烟生远水，樵唱散遥空。自得山中趣，横琴坐晚风。

刘大观外出巡游，经过甘棠渡口，暮春之时，细雨潆潆中，渔舟无人，横系溪边，杜鹃啼唱，残红飘落，轻敲柴门，一个牧童正在晃悠悠的老牛背上打盹。一静兼一动，有声兼无声，眼前是一幅绝好的晚春景致，诗人不禁沉醉其中。《甘棠渡》云："渡头溪水系渔船，细雨潆潆叫杜鹃。花片打门春已暮，牧童犹枕老牛眠。"正是因为对边陲的喜爱，对生活的热忱，才让大观有如此敏锐的诗眼与细腻的审美感受。

出巡镇安下属的向武土州，眼前群峰环绕，忽见前面垅头有一位插秧老者，知县大人亦学着用当地的方言笑着与老者打招呼。可见大观与民众亲近的一面。"叠嶂重峦亘我前，蛇趋蚁进出层巅。垅头忽遇插秧叟，笑回春畴几腿田（腿田，方言也）？"

冬季正是猎物肥美之季。政暇之余，大观出猎参加合围。只见众马奔驰，乱箭齐飞，众人兴致很高，一直到夜晚霖落，方才兴尽而归。"肃肃寒风劲，深山合一围。落高弓力满，追旷马蹄飞。驰骤无空阔，纵横在指挥。兴酣霜已落，鸣角夜深归。"（《与王都尉出猎西郊》）

大观性格豪放，磊落坦荡，他所敬佩的古人如汉代的蔺相如，有胆有识，有勇有谋，识大体，顾大局。"我爱相如胆，倚柱叱王王震撼。六国诸侯尽小儿，禽息鸟视无一敢。我爱相如识，不急私仇先家国。恶言琐细倾吐足争，当途只合引车匿。呜呼！盟坛进缻却威秦，相如岂畏廉将军？"（《书蔺相如传后》）

乾隆时期的广西，仍然是地广人稀。为官广西，政务清闲，再加上远离亲人，思乡情切，自然会感到寂寞，大观时而抚琴释怀。不过，这种清冷寂寞的感受在大观的桂西作品里还是少见的，从大观的诗文里，我们感受更多的是一股豪气。如他《陪苍都督自平孟隘登魁来卡观岑田州行军交趾》，雄关上俯看边外小国，自信与自豪感陡生，"将军有胜算，关上但论诗"，都督与诗人谈笑风生，吟诗作赋，胜算在握。在南宁参观古战场遗址昆仑关，怀想宋代狄青与侬智高之战，诗人似乎仍能感受到战鼓轰鸣、战旗猎猎的肃杀气氛。过横州起敬滩，滩险水急，诗人没有想到自身安危，而是想起汉代马援南征交趾率军过此险滩的情形，"纵横乱石翻涛浪，想见先生立脚难"（《过起敬滩感怀》）。大观的吊古情怀在他的诗作中常见，他常欲效仿古人做出一番功业。

乾隆五十四年（1789），大观丁祖母忧，经大学士，管理吏部、户部、理藩院事务的和珅奏请，大观所遗专难烟瘴要缺——广西天保县知县，准以恭城县知县陈景洙调补，所遗恭城县简缺，准以委用知县杨长柏署理。时37岁。乾隆五十六年（1791），大观丁父忧。时39岁。丁忧期间，大观游江南扬州名园、西湖诸名胜，天台、雁荡之间，挥素擘笺无虚日。归来时，顺路过朱敬亭家，游鲍氏园，赠之以画。江南美景，让自小在北方生活的大观眼界大开，他感慨万千地总结："杭州以湖山胜，苏州以市肆胜，扬州以园亭胜"，此话至今仍被传颂。

乾隆五十九年（1794），大观服阕，分发湖北，以道员试用。后委治承德，旋补开原县（在今辽宁省铁岭市北部）知县。嘉庆元年（1796），任宁远州（治今辽宁兴城市）知州。时43岁。嘉庆六年（1801），遵工赈例，捐陞道员。八年（1803），离任候选。

嘉庆十年（1805）十二月，大观升任山西河东兵备道，兼管山、陕、河南三省盐务。嘉庆十一年（1806），署山西布政使。嘉庆十五年（1810），大观劾奏前山西巡抚彭龄："任性乖张，不学无术。"彭龄降职，大观亦因疏中一二款风闻未确，部议革职，赏给通判衔，是年大观58岁。刘大观一生为官刚直清正，不畏当权，最终以上书抗论罢官收场。

二　刘大观在桂西的交游

（一）刘大观与李宪乔

刘大观于乾隆四十九年（1784）至乾隆五十四年（1789）任桂西镇安府府治所在天保县知县。李宪乔任镇安府治下归顺州知州的时间是乾隆四十九年（1784）至乾隆五十八年（1793），以及乾隆六十年

（1795）至乾隆六十二年（1797），汪为霖于乾隆五十三年（1788）出任广西思恩府（治今武鸣县）知府，任镇安府知府的时间是乾隆五十六年（1791）夏至嘉庆元年（1796）夏。刘大观在桂西任职期间，恰好与李宪乔任职时间有重合，与汪为霖的任职时间则紧挨，一先一后。刘大观与李宪乔、汪为霖的友情也于此时起。三人的交游与创作活动成就了清代桂西诗坛上的一段佳话（大观与为霖的交往见"联结性灵、沟通高密的汪为霖"一节）。

大观在桂西，一大收获是边地的经历增加了他诗歌题材的范围；另一大收获则是结识了李宪乔（子乔），在诗法上得到砥砺与提高。大观与子乔的友情十分深厚。子乔年长刘大观八岁，在刘大观的眼里，子乔是一位"师友加兄弟"式的人物。

说子乔是大观的"师友"，因为他是大观诗歌的切磋与砥砺者；说他是大观的"兄弟"，因他与大观性情相近，志趣相投。大观在《玉磬山房诗集》中，多处作诗提及子乔，记录了他与子乔的友情，诸如《待子乔不至》、《与李子乔李敬之施晋之游栖霞寺》、《得子乔镇安书》、《湘口寄子乔》、《清江怀子乔》、《怀李子乔》、《得李子乔书》、《得子乔桂林消息》、《哭李子乔》、《闻子乔死状，慨然作诗，寄李松圃》、《怀亡友子乔》，等等。

刘大观字正孚，"正孚"是子乔所起。正孚为"中正而有信用"之意。据《岭外集》所收诗歌《子乔字我曰正孚，复为字说以明其意。古谊可感，为报以诗》云："字我兼箴我，今人如古人。训辞非表德，雅意请书绅。言行如忠信，舟车任楚秦。视伊势交者，浮若路边尘。"大观把子乔所取的"字"作为赠送自己的箴言：言行忠信，不阿谀附势。

子乔对刘大观知之颇深、希冀甚重。"正孚"由子乔口出，令大观十分感动。虽然《子乔字我曰正孚，复为字说以明其意。古谊可感，为报以诗》全诗只有短短四阕，但字字珠玑，鞭辟入里，耐人寻味，表达了大观对子乔知遇之恩的感念。

乾隆五十九年（1794），大观即将离桂赴任他省，当时子乔因回乡探亲，正在回广西途中，两人约好在桂林相见，然子乔因故未能如期而至，令大观焦急万分，"胡为久淹滞，让我多疑猜"（《待子乔不至》）。

待见子乔，两人约上好友李敬一、施晋之等人同游栖霞寺。挚友相伴，共同感受佛教圣地的空明寂静，雅意尽在其中。《得子乔镇安书》一诗，则明言子乔是大观诗歌的砥砺者，一位难得的师友，"明年君更远，谁为考诗严?"

乾隆六十年（1795），子乔死于归顺知州任上，时年方 43 岁。子乔英年早逝，大观得知消息，肝肠寸断，他写下《哭李子乔》（卷三）一诗，以寄哀思:

> 阅人二十年，结交半天下。呜呼朋侪中，罕有斯人者。
> 阔腹贮经术，奇文抗骚雅。识者以为龙，不识呼为马。
> 先生坦受之，古心自陶冶。一官投岭峤，守口如喑哑。
> 璠璵沉大渊，不及豪门瓦。时招漫叟魂，酹以漫吏斝。①
> 岂因时不逢，侧身入苟且。去岁干戈动，贼巢驰汗赭。
> 先生轫远役，心血尽倾泻。今有南音来，控鹤寻屈贾。
> 胸中治安策，郁郁埋荒野。天教羽翼生，胡不风云假。
> 淋浪故人旧，遥向漓江洒。

诗中大观表达了对子乔胸怀经术、文追骚雅的奇才的钦佩，又表达了对子乔时运不济，征役劳累过度，最终客死南乡的不幸遭遇的同情与不平。

子乔逝去三年后，大观正置身塞外为官。一天，听到天上鹤鸣声声，疑是子乔魂系其中，"三年不复梦魂通，阔绝漓江解缆风，塞外秋高闻鹤过，只疑夫子在其中"（卷三之《怀亡友子乔》）。

大观作诗得益于子乔。他的诗以 30 岁为界。30 岁以前，大观受唐人《才调集》影响甚多。诗以秾丽蕴藉为主，以追求情韵格调和突显词采才华为旨趣，题材狭隘。《才调集》由五代后蜀韦縠编选。自初唐沈佺期至唐末五代的罗隐等，广涉僧人、妇女及无名氏。韦縠自序其选取标准说:"韵高而桂魄争光，词丽而春色斗美。"即所谓"才调"。所

---

① 诗中原注:"先生在日最服元次山。《冰井》诗云:'漫叟之后有漫吏，追公不及涕满膺。'"

选诗人，盛唐突出李白，中唐推崇白居易、元稹，晚唐尤以温庭筠、韦庄、杜牧、李商隐四家诗最多，以闺情诗居多。

30 岁以后，刘大观的诗风受子乔影响很大，诗歌风格一改旧习，而以清瘦峻峭为主。据著名学者袁行云评论："（刘大观）撰《玉磬山房文集》，刊于嘉庆十六年（1811）。《诗集》刊于嘉庆二十年（1815），收乾隆五十四年（1789）至嘉庆十九年（1814）诗 855 首。……又道光元年（1821）鲍桂星序，当系补刻。大观未跻显科，而学造匪浅。大观初在岭外，学诗于高密李宪乔。宪乔谓其为《才调集》所误，三十后从新作起，一以清瘦峻峭为宗。后广交海内名士，诗益雄健。"①

（二）刘大观与李秉礼等人的交往

大观在广西的交游甚广，除子乔之外，桂林的退隐诗人李秉礼是大观另一位深交的诗友。李秉礼（1748—1830），江西临川人，字敬之，一字松甫（圃），号韦庐，又号七松老人。曾官刑部江苏司郎中，30 岁即辞官不做，寓居桂林，结庐养亲。寄情山水之间，专事诗歌创作。秉礼与子乔友谊亦笃，他写有关子乔的诗作达六十余首。袁枚评其诗"各体具佳，尤陶、谢、王、孟、韦、柳诸家。性之所近，又能独出心裁，不袭陈迹，选声必脆，下字必工"。朱依真称其诗"格清而味腴，天骨独高，造语不求新而自新，冲和平易"。秉礼著《韦庐诗集》九卷，有古近体诗 1100 多首传世。《峤西诗钞》收其诗 118 首，《三管英灵集》收其诗 59 首。

大观与秉礼两人均师从子乔，三人建立了深厚的诗友关系。大观路过桂林时常去李秉礼家拜访。两人唱和频频，如大观诗作《得李松圃书却寄》，收到秉礼来信时，大观喜形于色，"嗟离春有梦，得信喜如颠"，并为李秉礼的诗作题跋《书韦庐集后》怀旧十二首，其中《李郎中松圃》一诗中声称在桂西所交的诗朋为二李：李子乔与李松圃，"岭南二李是诗朋（子乔、松圃），鹤入青霄唤不应。遥指白云怀比部，寄书无个桂林僧"。他盛赞李秉礼的诗歌风格清新脱俗，格调高旷，能写出桂林山水及田园生活的逸致：

---

① 袁行云：《清人诗集叙录》卷 50，文化艺术出版社 1994 年版。

湘云桂雨梦天涯，两卷新诗万里赊。未染人间烟火气，嚼来清味似梅花。

岂似浮云有变更，此生怀抱自分明。多年不饮漓江水，却羡吴生与叶生。①

枕流招隐泉边去，听月栖霞洞口还。有子已能鹦鹉赋，阿翁只爱桂林山。

城枕黄龙对雪时，骊珠万颗洒千卮。非性好句难抛舍，四十余年成故知。②

子乔在任上病死，其状甚惨，李松圃慨然出钱出力帮助子乔的后人把棺材运回老家，大观对李秉礼的义举称赞不已："弱儿归运椟，古谊见韦庐"（《闻子乔死状慨然作诗寄李松圃》）。

除"二李"诗友外，大观还结识了许多诗友，一些为当地的贫寒之士，相互唱和。如大观为家贫好学的李五星的诗卷题诗："性与时人导，平生唯苦吟。耳中无世事，身在少名心。夜雪空斋寂，寒烟古巷深。谁当惜袁子，强起共登临。"

与大观交往的还有一些边地的贫寒文人，一贫士家中时常断炊，却依然读书不辍，"书向邻家借，诗多夜雪成。断绳横短榻，折足卧空铛。"（《贫士咏》）情形令大观感动。

大观在桂西为官，曾向入桂游览的诗坛领袖人物袁枚求教。《随园诗话补遗》中记载："辛亥（1791 年，乾隆五十六年）端阳后二日，广西刘明府大观袖诗来见。方知官桂林十余年，与比部李松圃、岑溪令李少鹤诸诗人，皆至好也。席间谈及广西官况清苦，独宰天保三年，为极乐世界。其地离桂林二千余里，乾隆四年（1739），改土归流，方设府、县。岁有三秋，狱无一犯。每月收公牒一二纸，胥吏辰来听役，午

---

① 诗中原注："谓豫村与巢南也。"
② 诗中原注："今开原即旧日之黄龙府，城北五里有黄龙冈。"

即归耕。县中无乞丐、倡优、盗贼，亦不知有莼蒲、海菜、绸缎等物。养廉八百金，而每岁薪、米、鸡、豚，皆父老儿童背负以供。月下秧歌四起，方知桃源风景，尚在人间。"从大观与袁枚的交谈中可知，桂西虽然政务清闲，但大观能自得其乐，尽享桃源雅趣。

三 刘大观的诗文

（一）刘大观的诗

刘大观工诗善书，卓然自立。他是清代乾隆年间桂西最著名的诗人之一。"三李"的重要著述如《主客图》、《二客吟》等，皆由他校刊传布。大观为传播高密诗风可谓功劳卓著。

刘大观的诗文主要收集在《玉磬山房诗文集》，《诗集》计古今体诗 1 396 首，残缺数首。包括《岭外集》33 首，《漓江归棹集》148 首，《留都集》179 首，《邗上集》135 首，《回帆集》43 首，《嶅城集》149 首，《行脚集》55 首，《怀州集》148 首，《怀州二集》131 首，《怀州三集》77 首，《娱老集卷一》93 首，《娱老集卷二》147 首，《娱老集卷三》58 首；《玉磬山房文集》共 4 卷，133 篇，其中，卷一 31 篇，卷二 33 篇，卷三 37 篇，卷四 32 篇。

《岭外集》由清书法家、文学家、金石学家翁方纲先生作序；《留都集》由吴云作序；《邗上集》由阮元作序；《嶅城集》由陈希曾作序；《行脚集》由杨芳灿作序；《怀州集》由鲍桂星作序；《娱老集》由冯继照作跋。整部《玉磬山房诗文集》末由章玉森作跋。

大观虽以儒者自命，其性情及行迹却似出家之人。他罢官之后，笠屐远迈，遥践胜地，听雨于禅院，访僧于名峰。《行脚集》原名《行箧集》，"行箧"被好友杨芳灿作序时误作"行脚"，杨芳灿认为大观有僧者的脱俗之气。他在序中说，"松岚先生风骨高奇，音情顿挫，甫离竿牍，便惬山心；偶脱簪缨，即寻野服，芒屦行箧，瓢堂打包，以禅语名集，纪雅游也"。大观促芳灿修改序文题目，芳灿却辩解道："吁用子之砭砭度我之恢恢耶？士为名累，如鱼中钩。鱼尔尔不知怒，僧尔尔则以为怪耶？夫僧之异于儒者，脱刺促而就逍遥也。子之游逍遥矣！子之诗亦逍遥矣。逍遥尔故僧矣，刺促尔乃儒尔。尔安于刺促不安于逍遥，吾将改吾之序矣。"芳灿认为大观的诗显僧之逍遥，故不愿修改。大观无言以对，只好听之。

清人洪亮吉在《北江诗话》评刘大观诗具有清寒之色："刘刺史大观诗如极边春色，仍带荒寒"。法式善《梧门诗话》："刘松岚大观，诗工五言，袁子才（枚）谓：'思清笔老，风格在韦（应物）、柳（宗元）之间。'"

潘焕龙《卧园诗话》："先生寄予《玉磬山房娱老集》并答书云：'……弟蹇劣无状，少不读书，筮仕桂林，年方二十有五。所得诗文小技皆在抗尘走俗之时。仕自仕，学自学，两不相妨，且可相济。闻足下治洧川，琴阁垂帘，案无留牍。更以其暇，宅心于翰墨，将来事业与文章并进，所至岂有涯量。《都门留别》诗潇洒自然，真是大苏。惜乎觉叟未及见也。弟拙刻刷订数百部，都被交游索去，只剩《娱老集》一册奉质大雅。'"

符葆森《国朝正雅集》引《石溪舫诗话》："松岚初官广西，与李少鹤州牧、松圃郎中最善。五言诗以张水部、贾长江为宗，清能彻底，瘦可通神，高格自持，名句有味。"他虽然认为刘大观诗学李少鹤，但是又引《山左诗汇钞》："松岚先生诗，于峻峭之中露雄直之气，虽服膺李氏少鹤，而实能自开生面，独树一帜。"晚清彭兆荪《刘松岚观察大观见示诗稿，率题其后》诗："独餐海岳秀，不尚悦鞶辞。冷抱有孤寄，热官无此诗。钆花宵烬后，谏果味回诗。欲结参寥契，心香问导师。"①

翁方纲对刘大观的评价则是："然其所自为诗，天机清妙，寄托深远，初不泥李氏兄弟之说。即于申辕故里，亦不专主沧溟之格调；抑且不专执渔洋之三昧也。"大观之诗，学李氏兄弟高密派诗法，却并不拘泥其中，学格调，学神韵，亦不专执一派，而是活学多家，自成诗风。

吴云的评判是："松岚之诗，初切劘于李子乔。迨与中、朝魁人杰士交，意境益深阔。《留都》一集，清雄磅礴，不主故常，得江山之助为多。"最绝妙的是章玉森在《跋》开篇指出的那样："斥邱刘松岚先生，以诗雄海内，上自王侯钜卿，下逮缁流羽客、闺阁名媛，罔不耳其

---

① 彭兆荪：《晚晴簃诗汇》卷110。

名而齿其秀句。"

（二）刘大观的散体文

刘大观的《玉磬山房文集》共有 3 卷。《玉磬山房文集》上卷于嘉庆二十年（1815）由新建章玉森作跋，收有《重修河内许氏族谱序》、《约围记》、《刘叟传》、《郡斋宵谈记》、《拜韩魏公祠记》等共 32 篇。

大观以诗名海内，诗作流传甚广，"上自王侯巨卿，下逮锱流羽客、闺阁名媛，罔不耳其名而齿其秀句，今所传《玉磬山房诗集》是也"（章玉森跋）。散体文名甚传，主要原因是大观的散体文字早年多散佚，至大观晚年才开始收拾残篇。晚年的大观长身鹤立，银发飘然，神观清越，恰似神仙中人。友朋与他交谈，有"抖擞尘俗，觉胸中宿物都尽之感"（《嘉庆乙亥日新建章玉森谨跋》）。

大观在桂西做官时开始学散体文。当时同僚中有人好写散体文，常组织笔会，然而散体文法漫无法则，又少巨手指授，大观只能依性发挥。"岭外山川草木多奇诡，瑶僮苗蛮穴食巢栖，其殊情怪状，多畴昔所未闻。不揆蹇陋，发于泓颖，得捻圆一百四五十枚。过岭后，浮家吴门，不珍惜失去。从此不复为矣"（《玉磬山房文集》下卷，卷之首自序）。从大观的自述得知他在桂西曾写下多篇散体文，这些记述桂西的散体的珍贵文字不幸遗失，实是一大损失。

后大观在辽东为官十年，邗上两年，河东五年，其散体文又积得数十篇，文中记其交游或民生利病等内容，皆囊括在内。大观认为散体文亦如"鸟之于春、虫之于秋，抉乎其性灵，感乎气候，非有所矫饰而然也"。他的散体文遵循柳宗元"文以行为本，在先诚其中"的做法，又学欧阳修文以载道之法，"大抵道胜者，文不难而自至观，行能无取信；道不笃，平生所读书无牛身之一毛，沧海之一掬，厚其颜滥竽文士，不诚悖哉？"大观所作的散体文，是用"半生着足之地，过手之吏务，涵濡激发之"，他自谦其散体文为"日记"，其实那些文字是他丰富多彩人生的实录，现性灵，体道法，发真情于笔端，内容厚实。

第五节　联结性灵、沟通高密的汪为霖

　　汪为霖所处的时代是诗派纷呈的乾嘉时期，活跃于诗坛的有性灵派、高密派、常州派、肌理派、格调派、浙派等。这些诗派中，高密派、常熟派均与性灵派交好，三派诗论诗风亲近。袁枚在《随园诗话》中，对李宪乔、李秉礼、刘大观、洪亮吉、孙星衍等人的评价甚高。汪为霖与性灵派、高密派、常州派等关系密切。

　　清代桂西文坛，受高密派与性灵派诗风影响尤甚，这同性灵派大家赵翼与高密派大家李宪乔任职桂西密切相关。而一些在桂西任职的诗人，如汪为霖、刘大观、许朝、商盘、言朝标、羊复礼等等，他们与诗派关系错综复杂，诗人之间的相互影响较为明显。他们在桂西的活动对桂西当地乃至广西的文坛产生了一定的影响。如汪为霖既受性灵派诗人袁枚、赵翼的影响，后来又受高密派的李宪乔、李秉礼的影响，形成风骨清健的诗风。因任职地缘关系，他与李宪乔、刘大观均在广西任职的时间有重合，三人的诗友关系尤为密切。晚期汪为霖与洪亮吉、孙星衍等人相互影响，理学气息较浓。

一　汪为霖的生平

　　汪为霖（1763—1822），字傅三，号春田，江苏如皋县丰利场（今江苏南通市如东县丰利镇）人。是清代中期杰出的诗人、书画家、园林艺术家。诗著有《小山泉阁诗存》八卷，书法作品有《汪春田先生简翰》（一册）存世。如东县丰利镇仍保存有汪氏家族所筑的文园与绿净园两处园林遗迹。

　　汪为霖出身于江苏一个典型的儒商家庭，汪氏家族数代经营，至汪为霖祖、父辈时，家族已积累了相当的财富。汪为霖祖父汪起澜（1685—1747）扩建了后世著名的汪氏文园。汪为霖之父汪之珩则在如皋水绘园建水明楼。"（汪之珩璞庄）顾性喜友朋，凡名流之游于皋者，必召致文园。文园者，宅旁所构以待四方之贤士者也。嘉葩美木，凉台燠馆，甲于皋邑，贮书万卷，其中弹棋闲设，丝竹并奏，人以比辟疆水

绘园，璞庄与客唱酬觞咏无虚日"。①

　　文园出自江南名工巧匠之手，园内亭台楼阁，曲径回廊，假山湖石等布局合理，园内有课子读书堂、一枝庵、浴月楼、读梅花屋等二十余处佳景建筑。文园设文昌君位，寄托了汪氏祖辈期望子孙好学上进以求功名的旨归。

　　汪氏家族以乐善好施、儒雅谦逊而声名远播。汪氏文园成为文人聚会交流的一个重要场所，海内名流常做客文园，如郑板桥、李復堂、王竹楼、黄瘦石等人。以汪氏文园为中心，当地形成了一个儒商文化圈。来往文园的文人，一类是汪氏族人及姻亲，如汪为霖的舅舅黄振（1724—1798），著有《黄瘦石稿》、《斜阳馆诗文集》等。汪氏文园文化圈的另一类成员则为当时的名流，如扬州八怪的郑燮、黄慎、罗聘等，性灵派大家袁枚、赵翼，史学家刘名芳、李御、冒念祖等，乾嘉学派的大家王鸣盛、钱大昕、王昶等人亦来过文园，或稍驻参观，或寄诗文相和。这些与文园相联系的诗人学者中，以性灵诗派的袁枚、赵翼等人对汪为霖的影响较大。袁枚（1716—1797）身为性灵派一代宗师，影响了整个清中晚期诗坛，并且他是与文园相交甚深且能活到汪氏成人的著名诗人。赵翼（1727—1814）是性灵派副将，赵翼与汪为霖先后任广西镇安府知府，两人有着相似的仕宦经历。

　　建设家宅园林文化，广交文朋诗友的祖风给汪为霖的人生以深刻的影响。他挂冠之后的人生基本效仿祖辈的生活，继承了汪氏文园儒商文化风范。

　　汪氏少孤，早慧，七岁时在私塾中食菱，塾师命赋诗，汪为霖应声咏道："不爱莲子香，不说菱根浊。一出泥淖中，居然见头角。" 17岁奉母命进京，以贡生身份参加会试、殿试，中武进士，授厦门参将。后任刑部湖广司郎中，正五品。然好景不长，汪氏卷入清朝两大文字狱案中。乾隆四十三年（1778），江苏东台县已故举人徐述夔被告发诗集《一柱楼诗集》中有大逆不道之辞。同年，江苏兴化县已故贡生王仲儒的《西斋》被定为反书。因汪为霖之父汪之衍曾资助刊刻诗集并作

———————————

　　① 秦大士：《汪璞庄小传》，载汪之珩辑《东皋诗存》，乾隆三十一年如皋汪氏文园刻本。

序，汪家受到牵连。幸运的是汪为霖并未受波及。更为幸运的是，乾隆五十二年（1787），汪为霖随从乾隆于承德打猎，其高超的技艺受到乾隆皇帝的赏识。这些事在《续修如皋县志》和《镇安府志》均有记载。袁枚于《随园诗话》中也有记述："如皋汪楚白之子为霖，字春田，家故富饶，而性爱风雅。作部郎时，曾随驾射箭，得中二枝，上喜，赐以花翎。"乾隆赏识的结果，是委派汪为霖到广西思恩府任知府。当时汪为霖年方25岁。

乾隆五十三年（1788）汪为霖出任广西思恩府（治今武鸣县）知府，一任三年（1788—1791），以"廉静"著称。乾隆五十六年（1791）夏至嘉庆元年（1796）夏，汪为霖调任广西镇安府（治今德保县）知府。据光绪《镇安府志·循良传》记载，汪为霖捐资百金扩建秀阳书院，并亲自任教。此外他关心农事，尊重当地民俗，修葺寺庙，并主持祈雨："郡西马鞍山龙神庙，仅编茅截竹，不足以绥神灵。霖葺三楹祀之，每朔望，必亲诣拈香，会大旱，禾苗几槁。乃诣庙祈祷，甫下山，雨即大需，岁事丰稔，人以为太守诚意所感云"。汪氏关心民瘼之情由此可见。①

嘉庆元年年末，汪为霖升苍梧道员（治今梧州），未及上任，嘉庆二年（1797），贵州南笼（今贵州安龙）王囊仙、韦朝元领导的苗民起义爆发，波及贵州大部、广西、云南等地，汪为霖因在广西为官多时，熟悉民情，被清军统帅留下协同处理军务。是年起义被镇压后，汪为霖因思恩任上失察一事受弹劾，部议降级调用。嘉庆七年（1803）末，汪氏奉命护送越南王阮福映的使者入京。据《续修如皋县志》载："（汪为霖）以前任思恩失察事议降，旋奉委护送安南使者阮藩进京引见，奏封称旨，赏缎二匹。返粤，病于湖南道中，获请回籍。"② 据历史记载，阮福映的使者于嘉庆七年十二月入京，嘉庆八年六月即封阮福映为越南国王。由此可推汪氏约在嘉庆八年回粤途中患病回乡的。从乾隆五十三年至嘉庆八年，汪为霖在广西的时间近15年。

---

① 以上请参见戎霞《汪为霖〈小山泉阁诗存〉校注》，硕士学位论文，广西大学，2006年。

② （道光）《如皋县续志》卷七。

汪为霖回乡时年仅 40 岁，然已无意仕途，而转向一种归隐生活。他开始补葺故居，修建家宅文园与绿静园。从此，汪氏以两园为基地，招朋引友，诗酒相会，过着闲适的市隐生活。常交往者有孙渊如、吴榖人、洪稚存、钱献之等人，唐陶山与汪为霖交情甚厚。名人雅士来如皋，无不流连文园，与汪为霖酬唱应和。汪为霖回乡后曾出任山东兖州知府，一年不到，便以母病陈情乞归，从此不再复出。嗣子汪承镛记："岁乙巳（注：嘉庆十四年，1809 年），先大夫自山左乞养旋里，泊壬午捐馆舍，徜徉林下者十有四年。"① 汪氏 1822 年去世，汪氏从山东离任后的归隐生活约有 28 年。

二　汪为霖在桂西的交游

（一）汪为霖与性灵诗派的交游

性灵诗派在清中期产生，以袁枚为核心的性灵诗派在当时形成了一个巨大的辐射圈。既包括秉承性灵派理论创作实践的性灵派弟子，也包括虽倡导性灵主旨，具体创作中有分歧的诗人，如郑燮、蒋士铨、李调元等人。一类是与性灵派诗风亲近的诗派，如高密派、常州派等。

1. 汪为霖与袁枚

汪为霖与性灵诗派结缘早在他任职桂西之前。袁枚（1716—1797）为浙江钱塘人，字子才，号简斋，晚号随园老人，他与赵翼、蒋士铨同为乾隆时期性灵派三大家，著有《小仓山房诗文集》、《随园诗话》等文学作品传世。

汪氏家族以扬州府海门县为基地经营盐业，财力雄厚，富甲一方。袁枚与汪氏家族关系密切，他的堂妹袁棠、四女琴姑均嫁入汪氏家族。袁枚与汪氏家族交往始自汪为霖的父亲汪之珩，袁枚为汪之珩编刻的《东皋诗存》作序，盛赞汪之珩为保存地方文化所作的功绩。袁枚亦为汪为霖的《小山泉阁诗存》作序：

　　读小山泉阁诗或唐皇大作或小碎篇章，无不标写性灵，自抱风骨，其出守镇安看山得句，临水歌风，弓衣绣宛陵之诗，蛮女唱香

---

① （清）汪承镛：《文园绿净两园合刻》，《汪氏两园图咏合刻》同治十二年刻本。

山之曲，大为典郡者生色。想古来太守无不能诗，或苍苍者念韦白欧苏而外继者寥寥，故有意将此一事付吾春田耶？春田论及风雅津津然有味乎，其言非好学深思心知其意者不能道其只字。

袁枚肯定了汪为霖诗中透露的性灵与风骨，称为霖的桂西宦游经历使诗笔生辉，既具风雅又显苍茫厚重，可为韦、白、欧、苏诗风之继。

汪为霖对袁枚诗十分推崇，平日喜读袁诗，他的创作亦深受袁枚影响。乾隆四十九年（1784），69 岁的袁枚游历广西，做客桂林李秉礼家，在广西掀起一次影响广泛的盛大诗会。时在北京为官的汪为霖心慕雅会，写下《友人有谓随园主人诗似香山而余诗复似先生，为吟一律示友并质之先生》，诗中写出自己的诗歌理念：

先生宗白我推袁，万古心香共此源。为写性情须淡荡，难云工稳更澜翻。那能韩杜摇山力，融尽烟云落笔痕。醉里狂吟忙里赋，欲求老妪与重论。

汪为霖认为自己的诗与白居易、袁枚的诗实为一脉相承。讲究通俗、平易自然，以淡荡之心抒写性情，在工整平实中见波澜起伏。虽不比韩杜笔力雄健，但是诗融烟云，落笔有痕。

汪为霖与袁枚见面机会不多，但是他们二人经常作诗互答，保持联系。乾隆五十五年（1790），袁枚"腹疾久而不愈，作歌自挽，邀好我者同作焉，不拘体，不限韵"，时已 75 岁高龄的袁枚心意萧然。在广西任职的汪为霖收到信后即写《和袁简斋先生自挽诗》四首相寄，既颂袁枚的诗歌成就，又追忆袁枚与汪家的情缘，并表示企盼能再度受教的心情。"只恐因缘文字债，未能撒手放公行"，"寄语清凉山下月，留光俟我北归时"，汪氏委婉地表达对袁枚的安慰。

第二年除夕，76 岁的袁枚戏作"告存"绝句，时在镇安任知府的汪为霖又赋诗四首《和随园太史告存诗》，祝贺袁枚长寿体健，"梅花依旧放随园，海内争传庆告存"，又表达自己远在边陲，期望能早日相见，一睹灵光，"八载栖迟住瘴乡，盼归得早睹灵光"。

汪为霖以袁枚为师友，但并非亦步亦趋，在具体的创作实践中，两人各具个性与风采。袁枚作为性灵派的核心人物，年轻时即主动从官场抽身引退，经营随园，以诗名海内。他的诗凸显性灵，但因袁枚恃才放旷，天性风流，生活无所拘束，因此带上了性灵诗歌的明显瑕疵。他的诗歌不避情色之好，善作艳诗，时见狎佻之词。同为描写情爱，汪诗则显委婉含蓄，寓意寄托。

在作诗方面，两人均强调气在笔先，袁枚强调"理气"，即以旺盛的精神状态作为创作的前提；汪为霖强调"意气"，即作诗前，既要有饱满的精神状态，亦要有对整体布局的理性思考。

"性灵诗派兴起于乾隆十四年（1749），至二十年（1755）初成派，三十年产生影响，五十年代至嘉庆二年（1797）袁枚逝世前为鼎盛期，嘉庆三年（1798）至嘉庆十九年（1814）为逐渐衰落期"。[①] 袁枚去世时汪为霖仅35岁，当时，他在广西为官已十余年，与高密派李宪乔、李秉礼以及刘大观等人的交游唱和使其诗风逐渐演变为清丽峻峭的风格。晚年与孙星衍、洪亮吉、吴锡麟等大家的交游亦使其诗风发生了一些变化，从早期的直抒性灵擅觅佳句而改为更重视诗歌的篇章结构。这显示出诗人随年岁增长对自己诗歌理论的自信。

袁枚对汪为霖的影响不仅在诗歌创作方面，还在人生方式方面。汪为霖的后半生亦效仿袁枚选择了一种市隐生活，与袁氏的享乐型生活不同，汪氏始终未能放下自己的济世情怀。[②]

2. 汪为霖与赵翼

汪为霖除与性灵派核心人物袁枚交往外，还与性灵派副将赵翼有联系。赵翼（1727—1814）是江苏阳湖人，年长汪为霖三十余岁，曾为当年文园座上宾，乾隆文坛领袖人物之一。两人均为江苏同乡，又先后任职桂西镇安府知府。虽在桂西两人没有直接晤面，但是汪氏仰慕赵氏已久，在为文与从政方面，汪氏声称以赵氏为师，把赵氏作为前贤长辈效仿。两人常保持着书信联系。

汪为霖与赵翼有着十分相似的仕途生涯。两人均年轻得志，曾在清

---

① 王英志：《性灵派研究》，辽宁大学出版社1998年版，第387页。

② 以上请参见戎霞《汪为霖〈小山泉阁诗存〉校注》，硕士学位论文，广西大学，2006年；梁扬、戎霞《汪为霖与袁枚》，《阅读与写作》2005年第1期。

廷中央重要的机构任职，因才华横溢而受到宰辅赏识。在京师为官数年后宦迹广西，任边陲镇安府知府。其间都经历过短暂的戎马生涯，最高时均官升正四品，中有降级、复官等波折，最后均于壮岁归隐。

汪为霖与赵翼二人虽为江苏同乡，宦迹基本相似，两人虽神交已久，真正会面却是在历经坎坷回归故里之后。汪为霖与赵翼都作诗记录了这次晤面：

> 宦迹南交已久忘，因君重忆旧岩疆。揭来兜率崖千级，追话华胥梦一场。岂有袴襦留叔度，空传尸祝到庚桑。只应先后同官遇，便拟停鞭话故乡。
>
> （赵翼《偕孙渊如汪春田两观察游牛首山春田后余二十年作镇安守述余旧事甚悉故末章及之》）

> 载酒元亭愿屡空，先生先驻短辕车。寻山恰好将团月，见面真同未读书。屈指青云前辈少，伤心黄叶故交疏。扶苏先后华胥梦，今日重醒握手初。
>
> （汪为霖《喜晤赵云松先生即承招游牛首》）

汪、赵这次会面时，赵翼离开镇安已近三十年。汪为霖说起，赵翼当年在镇安的惠政至今仍为当地人民怀念，令其感慨不已。追忆往事，宦游数千里外的南疆，直如华胥一梦。汪为霖屡想与赵翼谋面，至今才得以一偿夙愿，赵翼的诗名与才识海内远播，让汪为霖仰羡不已，到与赵翼相见时，果真名不虚传，"见面真同未读书"这是汪为霖的自谦，也是对赵翼的盛赞。

赵翼与汪为霖在镇安均有宦迹，二人均以清廉耿介而出名，后世方志均有记载。赵翼在任上缉逃犯、除虎患，革吏弊，为百姓办了许多好事，赢得镇安人民的爱戴。民众特为他立生祠，四时祈祝感恩。汪为霖在镇安时，清讼狱、建书院，并亲自任教，培育边地人才。他在《暇日集诸生课于宦禅轩诗以勖之》一诗中写道：

> 课吏多纠纷，课士得闲意。山城四月天，郡斋欣无事。

尊酒招诸生，曷各言尔志。圣世无贵贤，廊庙皆罗致。
青云路不遥，当奋凌霄翅。勿以处边隅，怱怱甘捐弃。
学者贵立身，不贵矜名利。读书志社稷，不为窃高位。
儒乃官之基，官乃儒之器。二者本相需，实同名则异。
勿徒事记诵，诩诩夸书肆。所宝在真诚，尤须戒虚伪。
他时登明堂，教令归简易。志之慎勿忘，退归当再思。
今日座上人，他日皇朝瑞。诗成夜未阑，洗盏期重醉。

诗中可看出，汪氏以课士为乐，经常与边地人才相聚，鼓励他们读书崇儒，灌输儒家立身齐家治国平天下的人生价值观。对于僻在边陲的学子，是一种极大的鼓励。

汪、赵二人宦游镇安，均留下了千古美名。他们在桂西的经历，对二人的诗歌创作亦产生了较大的影响。边境的奇异山水与风情丰富了他们诗歌创作的题材，增添了诗人的豪气。描写桂林山水，赵翼写"苍根拔地起突兀，削铁孤撑绝旁缘"（《阳朔山》），汪为霖写"拔地超天起一峰，当空高插碧芙蓉"；描写左江险塞归德峡，赵翼称"危矶石透骷髅窍，绝壁苔皴翡翠斑"（《归德峡》），汪为霖称"石壁撼来愁欲裂，篷窗开处讶频高"（《归德峡阻水》）。同样的风物，在两位诗人的笔端各具特色。

除了挥洒诗笔描写边地山水之外，两人还注意观察记录当地的民风民情，体现出封建官吏"观风俗，归教化"的旨归。赵翼从诗人及史学家的角度出发，他诗中的风俗民情，较为细致与严谨。如流传后世著名的《镇安土风诗》、《树海歌》、《土歌》等，体现了他一贯的"诗史"风格。

汪为霖诗笔下的民风民情，则带有更多诗人的浪漫情怀。如他笔下的《果下马》：

质小骨难全，驯调画阁前。雪翻蹄印碎，花蹴勒丝运。
逐鹿愁难辨，寻山意转怜。人间无伯乐，枥下笑徒然。

果下马是桂西出产的一种世界著名的矮马品种，体形矮小，体高一般不超过 1.2 米，耐负重，是山区重要的运输方式。诗中不在意于果下马的奇特外形的描写，而表露了世无伯乐赏识果下马的怜惜之情。

又如汪为霖的《镇郡旧有演习梨园者，本为歌舞太平，兼可使边野土愚知廉耻忠孝之意，历任因之，殆余调守兹郡，其当日之子弟已成父老矣》：

> 欢笑年年减冶容，主人贫后更难逢。闻来玉笛心犹壮，舞罢春衫力渐慵。匣里缠头颜色改，人间酒味至今浓。自嗟老去知音少，商妇琵琶怨万重。

边陲旧时梨园弟子，本为歌舞升平以示礼教，今已老贫，境况凄然。技艺后继乏人，令人扼腕慨叹。汪诗注重抒情，情感十分丰富。

在诗论方面，两人有着类似的主张，均反对厚古薄今，反对华丽词藻。"吟诗不必远追从，笔底须知有折冲"（汪为霖《论诗》）这是汪氏诗歌创作的总旨。他作诗善学多家，中唐如白居易，同时代如袁枚、李宪乔等人，但难以归之于哪一派别，均因汪诗的"折冲"之法。"满眼生机转化钩，天工人巧日争新"（赵翼《论诗》），赵氏强调的则是后人作诗须具识见与"争新"。赵翼曾评价汪为霖的诗歌具有中和静穆之气，诗风近白居易：

> 春田观察诗中和静穆，雅近香山，同辈中唯梦楼与之颉颃，视渊如、稚存诸子有过之无不及也。

赵翼把汪为霖与同时代的王文治、孙星衍、洪亮吉进行比较，认为汪诗更胜一筹。

汪为霖的镇安诗中有较多的诗友唱和之作，这类诗在赵翼的镇安诗中少见。赵翼入知镇安府时镇安"改土归流"才 38 年，汉官入驻的时间较短，汉文化在桂西的影响尚弱。汪为霖为官镇安时，当地已改土归流 62 年，经过历届汉官的经营以及科举教育的开展，汉文化的影响日深。桂西诗坛在赵翼时仍颇为寂寥，而在汪为霖时已逐渐变得热闹起来。在汪为霖之前的刘大观（任镇安下属天保县知县）时，镇安士庶已有不少能解诗文的人，到汪为霖时，汉人入桂频繁，因地域的原因，以及其父祖辈及文园的关系，汪为霖拥有较广的人际关系，与他往来的多为入桂的才学之士。如桂林知府查淳、桂林退隐诗人李秉礼、天保知县刘大观、归顺知州李宪乔等人，此外汪为霖与本地的诗歌爱好者唱和频频，桂西已形成了一个以外籍诗人为主体的诗人群落。这是清代乾隆时期桂西政治、经济、文化发展的结果。在这些外籍文人的影响下，清代桂西出现了袁思名、唐昌龄、童毓灵、童葆元等后世留名的壮族诗人。这是桂西文坛的可喜现象。

（二）汪为霖与高密诗派的交游

汪为霖与高密诗派的交往，主要在宦游广西的十几年期间。

清代高密诗派在广西产生了较大的影响，首功当推李宪乔，他在宦游广西时广泛传授诗法，从学者众多。然而高密诗风的盛行，汪为霖亦功不可没。因为诗旨相同，且同宦游镇安的缘故（一个是镇安知府，一个是镇边知县），汪为霖与李宪乔在人格与诗旨上相互影响。汪为霖也像李宪乔一样开办学堂，传诗授教，汪为霖对推动桂西诗风的发展发挥了重要的作用。他与李宪乔、李秉礼、刘大观等人及从学者组成了乾嘉时期桂西地区的诗人群体，推动了桂西诗风的形成与发展。

1. 汪为霖与李宪乔

李宪乔（1746—1797），字子乔，一字义堂，号少鹤。高密诗派的代表人物。少鹤因仕宦之故与广西结缘，与清代桂西文坛渊源尤深。他先后任梧州府下属岑溪知县、镇安府下属归顺州知州、柳州府下属柳城知县等职。在广西为官 17 年，其中在桂西就有 11 年。

李宪乔于乾隆四十九年（1784）由广西岑溪知县调任广西镇安府下属归顺州（治今广西靖西县）知州，五十八年改任柳城（治今柳州市）知县，六十年（1795）复任归顺州知州。嘉庆二年（1797）卒于官。他与赵翼、汪为霖、刘大观等人均被后人颂为镇安地方的循吏。且他注重文教，于政暇时教州人吟诗作赋，州人粗知韵语皆李宪乔之功。

乾隆五十六年（1791）夏至乾隆嘉庆元年（1796）夏，汪为霖调任广西镇安府（治今德保县）知府。李宪乔与汪为霖同为旅桂著名文人，且在广西同一处地方任上时间有重合，交往唱和的机会较多。两人均有济世雄心，禀赋相近。在共同的边疆政治生活中喜结诗缘是自然而然的事。宪乔年长为霖 18 岁，诗名远扬，汪为霖十分仰慕，认为他是世间难得的奇才，"《随园诗话》分明在，麟凤山东得几人"（《浔江舟中寄柳城李少鹤明府》之一），"邺侯家世谪仙才，抱鹤携琴去复来"（《喜李少鹤刺史重莅归顺》之一）。他在《秋夜读李少鹤明府诗即题四绝》盛赞李乔宪的诗歌：

> 剪灯把卷夜窗深，秋雨萧萧隔古岑。读罢君诗还悄立，蓦然耸起百年心。

> 一字不曾轻易下，千言会向笔端来。应知惜墨如金者，原是人间倚马才。

> 自与寻常色相殊，夜光曾欺世应无。神龙截断黄金锁，吐出红珠与白珠。

> 海上移情万籁空，何须洗耳听松风。涪翁老去东坡逝，此事从今只属公。

汪为霖把李少鹤誉为黄庭坚（涪翁）、苏东坡之后的伟大诗人，才思敏捷，用笔如神，笔端苍茫有古意。

李宪乔与汪为霖两人有着共同的诗歌主张，颇有惺惺相惜之感。他给汪为霖的诗歌以很高的评价，并且十分自谦，"鄙吟敢望公，山水如阳山。不知州城里，谁当比玉川。"（《汪太守以陈洪绶画韩文公访卢仝卷见赠赋谢并示归顺诸生》）他的《秋水篇为汪太守作》一诗详细品评了汪为霖的诗作，其中有：

> 畴昔爱公诗，湛然若秋水。却视众所骛，一握抟泥滓。
> 问何所从学，谁与相究揆？公笑云无之，吾学不在是。
> 别来三载余，相距二千里。忽传流民图，不属郑侠士。
> 又传圣德诗，不数徂徕子。近得汪使君，其言尤光伟。
> 謇謇忧国心，切切散吏计。刿肝更沥血，淋漓书在纸。

　　不辞犯众怒，上之今大师。岂恤身险夷，实关治臧否。
　　我闻始惊叹，因悟作诗理。韩言昌其诗，苏言昌其气。
　　气仍不足凭，要须昌其志。志气能卓然，清风乃独矢。
　　试上溯水骚，澌然必有以。试上溯之雅，穆如有緜致。
　　试上溯之虞，诗歌所肇始。亦惟曰言志，依永以次起。
　　未有志不正，而协风雅旨。未有气不清，而通比兴义。
　　后学欲为诗，诗必昉乎此。遂成秋水篇，庶为知者麑。

　　李宪乔认为汪诗的特点在于气、志充盈，故能卓然独立。汪为霖的诗歌透露出忧国忧民之心，"刳肝更沥血，淋漓书在纸"，他的诗品是人品的体现。只有志正，才能"协风雅"，通比兴，这是作诗之理。

　　汪、李二人均是苦吟诗人，在任上时常论诗吟咏，旨趣相投，在诗的意境上追求清新隽永的禅的意境。两人在桂林独秀峰下论诗，汪为霖作《同少鹤秋夜坐独秀峰下论诗》，写下"海雁寒声远，霜篱夜色深"；李宪乔作《和汪使君〈秋夜与鹤道人坐独秀峰下论诗〉》，则有"一峰边得月，双影外无人"，同为写景神来之笔。

　　两人的人生观体现了儒、释、道的完美结合。虽然他们均把禅韵道风作为审美追求，但是现实中，两人均不愿意空谈，他们的诗歌里充满了儒家的济世情感。两人虽处蛮荒之地，落寞之心在所难免，但以勤政相勉。"知足当知畏，身为守土臣""自居边徼地，不是应酬官。自信无他物，中藏一片丹"（汪为霖《自勉》）。

　　汪为霖与李宪乔的友谊始于广西。在广西时，汪为霖的五言佳作甚多，诗风奔放，色彩较强。尤其是山水诗呈现出萧逸苍俊之姿，整体上表现为清健峭丽之风，这与李宪乔的影响是分不开的。①

　　2. 汪为霖与刘大观

　　汪为霖与刘大观均为李宪乔亲密的诗友，两人均不同程度地受到高密诗派的影响。两人在桂西为官的时间刚好错开，大观刚离任，为霖即来桂。汪为霖通过刘大观的诗始对镇安有所了解。刘大观的经历与感受

---

　　①　以上请参见戎霞《汪为霖〈小山泉阁诗存〉校注》，硕士学位论文，广西大学，2006年。

给汪为霖入仕边陲镇安府作了很好的心理铺垫。

刘大观天性乐观豁达，他笔下的桂西镇安府治天保县充满了山情野趣，他的诗笔展现了镇安的风土人情，社会情况。从他诗中介绍的情况可知，当时的镇安虽僻在边陲，但是在改流数十年后，当地的汉文教育与传播已产生了较大的影响。刘大观诗中的积极情绪给了汪为霖很好的影响，这在汪诗中时有体现。

汪为霖在《辛亥六月，自桂林登舟之镇安调任，篆仙郡伯因公他出，未能面别，殊深怅结；时郡伯亦膺卓荐，将次入都，余由扶苏至省几二千里，必不能折柳饯留，此志别怀，吟罢不禁黯然消魂耳》中写出自己出任镇安的感受。

之　一

载得图书去守边，十年宦迹泛虚船。衔恩敢惮蛮荒远，奉母终愁气候偏。疏雨榕楼词客散，薰风桂海一帆悬。未能挥别增惆怅，为写相思累素笺。

之　二

听说山城绝俗嚣，结茅种石乐唐尧。桑麻久洗文身习，童叟能歌去思谣。柔远新恩殊异代，趋朝旧虏赐金貂。圣人泽被春如海，铜柱何劳著意标。

之　三

平生山水有深缘，此去还须住五年。压屋一峰怀独秀，绕成干壑泻平川。得来随意成仙隐，悟到无为即宦禅。浊酒满杯书满几，讼庭人散对花眠。

之　四

匆匆行李各分驰，一去炎荒一凤池。三载追随叨末座，一人型范奉严师。萍逢他日应将老，柳折何时或恐迟。欲慰离怀太无计，临歧珍重数行诗。

以上四首是汪为霖写给刘大观的诗。从江南富庶之地到遥远陌生的南疆边陲驻守，诗人难免顾虑重重，蛮烟瘴雨不知能否适应？老母不能随时奉养，远别妻子，相思之情难断，种种考虑，让诗人平添伤感，更有"衔恩敢惮就荒远"的无奈。在第二首诗里提到，刘大观曾对他讲述镇安，汪为霖对镇安社会已有了初步的认识，远离尘嚣，如唐尧盛世，无公牍以劳形，有兰交可通韵语，诗人心情已呈豁然之态。第三首诗里，诗人对自己未来的"守边"生活已上升到更高的"宦禅"的认识，"得来随意成仙隐，悟到无为即宦禅"，不妨把未来清闲的仕宦生活看作"仙隐"，对花斟酒，临几诵阅，别有一番滋味。第四首则是专门写给刘大观的赠别诗，两人虽为往日挚友，本来在同一地方任职可共叙友情，然而即将会面之时却不得不各分东西，不知将来萍聚何日，临歧赋别，惆怅满怀。

从上面的诗中可看出汪为霖对镇安的认识是积极乐观的。他对为仕镇安能上升到"宦禅"的境界也与刘大观的铺垫有关。

汪为霖与刘大观的友情甚笃，汪为霖赴任镇安知府不久，刘大观即改官辽阳，汪为霖赋诗《登九如亭寄怀刘松岚明府》以寄思念：

> 簿书琴鹤两何妨，选吏还如选佛场。辽海风云新恺泽，扶苏烟树旧甘棠。一亭虚拥西山翠，万里晴烘塞草黄。倘忆炎荒诸父老，为云连岁获丰康。

汪为霖与刘大观保持了长期的联系。大约在嘉庆九年（1804），刘大观在丁艰之时，作江南之游。遍览扬州名园、江外诸山，以及浒墅、西湖胜迹，足迹曾至天台、雁荡山等地。当时已告退闲居如皋故里的汪为霖得知故友到来，特意赶到扬州与刘大观叙旧。两人吟诗唱和，重叙旧交，《和刘松岚观察韵》：

> 去年我亦住扬州，旧雨欣逢慰旅愁。绕坐花枝同贳酒，隔江山色远争楼。饱经风雪容高卧，修到神仙许浪游。自笑论交在十载，岁寒剩有一狐裘。

又《再叠前韵赠松岚》：

> 繁弦急管古扬州，销得黄金铸得愁。留取当时二分月，依然来

照十三楼。炎凉鹤背骑方觉，检为腰缠俭莫游。集腋久知非易事，不求人只木棉裘。

刘大观的诗歌清峻瘦削，袁枚称其诗"诗情笔老，风格在韦柳之间"，洪亮吉《北江诗话》言其"诗如极边春色，仍带荒凉"①。

刘大观的诗歌旨趣在他的《与人论诗四绝句》之二、之三中有明确的表述：

> 有识有才须有骨，不然竟是像生花。齐梁汉魏同归冶，别有真金铸莫邪。

> 劳人思妇寻常话，采入辀轩成《国风》。独有斯文力难取，王侯输于布衣雄。

第一首诗强调诗人要识、才、骨气同俱，力倡汉魏风骨，有"骨气"方有好诗、"真诗"。第二首诗则强调诗歌来源于生活，语言应通俗平易，而非诗人凭空造作，无病呻吟，可见大观力推《诗经》所体现的现实主义诗风。

这些诗歌主张与汪为霖十分契合，如汪为霖主张"心定血气和，何须愁瘰瘤"（《宦禅轩偶成示诸生》），"大都言志词求达，底用呕肝句炫长"（《梅谷以唐人遗音为韵题拙集属和》），"醉里狂吟忙里赋，欲求老妪与重论"等等，强调诗歌的血气，推重词达、言志，诗语平白易懂。

（三）汪为霖与桂林李秉礼的交游

汪为霖身处桂西时，与广西境内的其他诗人亦有联系。如他与桂林的李秉礼相交甚善。李秉礼（1748—1830），江西临川人，字敬之，一字松甫（圖），号韦庐，又号七松老人。曾官刑部江办司郎中，但30岁即辞官不做，寓居桂林，结庐养亲。

汪为霖与李秉礼同向李宪乔学诗，两人在乾嘉广西诗坛上相互唱

①　（清）洪亮吉：《北江诗话》卷一，人民文学出版社1983年版，第6页。

和，成一时佳话。

汪为霖与李秉礼相交友善，因两人出身背景相似，旨趣相类。

李秉礼之父李宜民于雍正间到广西谋生，专事临桂、全州一带的盐运，积累起万贯家财，成为桂林首屈一指的盐商家庭。李氏家族重视文化教育，且乐善好施，李氏家族子弟得到了良好的教育与熏陶，并广泛结交广西内外的文化人。李秉礼这一文化背景与汪为霖十分相似。在富庶的盐商家庭文化背景之下，两人有着类似的生活旨趣。

在经济无忧、衣食丰足的物质条件前提下，两人均向往隐士生活。两人均早早挂冠，回乡归隐。这种归隐不同于陶渊明式的清贫的躬耕生活，而是文人雅士雍容华贵的闲适生活，重视精神的需要。两人均频频组织或参加诗会，广交诗友，酬唱应和。李秉礼《幽居》："但使心无营，在城如在山"，汪为霖《寄怀周小平少府》："真将吏隐兼仙隐，方信南游胜北游"。两人均把归隐归因于性情"疏懒"，李秉礼称"平生疏懒性，只合掩柴扉"（《偶吟》），"世事尽捐容懒慢，浮生如寄漫欹欹"（《漫兴》）。汪为霖亦以"懒"作为自己归隐的理由，"今日收帆人意懒，柴扉空掩一林秋"（《乞种竹》之三），"醉与眠相续，慵与懒共兼"（《雪后又雪春寒转深次小澜韵》）。这种疏懒，可视为两人厌倦官场生活而寻找的退隐借口。

汪为霖为官广西时，李秉礼已归隐多年。汪为霖经常做客李宅，李秉礼的人生方式让汪为霖仰羡不已。汪为霖40岁也挂冠归家，过着闲适的文人生活，与李秉礼的影响不无相关。从汪诗即可看出，如《松圃郎中筑静娱馆，落成招饮，即席题赠》：

> 短篱疏竹屋三间，架上牙签户外山。考注虫鱼长日静，经纶泉石此心闲。卷帘新月刚悬玦，谢客何年独闭关。我有书巢归未得，乡心常绕碧溪湾。

又如《寄怀韦庐主人》：

> 一江明月一篷霜，惜别怀人夜正长。菊影书灯屏曲曲，芦花枫叶水茫茫。偶逢知己真如命，笑问浮云为底忙。我却输君迟一著，

未能及早得收缰。

两人最后均选择归隐，李秉礼把疏懒作为自己归隐的原因，而汪为霖则把归隐作为一种探究古今、体味自然的人生方式。"开卷心游千古上，闭门身在万山中"（《寒夜偶成索伯生和》之一），游心千古，置身万山，这种志向可谓更加深远。

汪、李交游，惺惺相惜。李秉礼评价汪为霖为孤耿、清泠、淡泊之人，其情其气如松似鹤。如他说汪为霖"孤怀澹如许"（《酬春田太守梧江道中见寄》），"松梢醒鹤梦，露下湿烟鬟"（《和春田太守〈山中读书〉》），"翛然尘虑远，唯许鹤相寻"（《和春田太守〈新开小池〉》），"身比孤松瘦，情同一鹤高"（《和春田太守〈晚来风雨骤至天气欲寒饮酒独尽寄少鹤松圃〉》），李秉礼这里用"松""鹤"，似把汪为霖与自己、李宪乔（少鹤）引为同类。

作为诗友，汪为霖与李秉礼的诗风有着类似的审美追求。如"清丽萧索"是二人诗歌的共同特征，这也是高密派诗歌的共同特点，也与两人与高密派李宪乔交好有关，李秉礼师从李宪乔，而汪为霖也受到高密派的影响。总体而言，李秉礼擅五言，而七言稍弱；汪为霖则五、七言俱佳。李秉礼用笔洗练，汪为霖则近雄健，然时有率性之作。李秉礼诗主学韦应物，诗风较近一；汪诗则学多家，出入韦白、欧苏各家之间，风格多变，但主体风格更近于白居易，"摘其佳句置《长庆集》中，几不可辨"①。在内容上，汪诗既有闲适之作，亦透关心民瘼之情，在内容上较李秉礼诗更为厚重。

三　汪为霖的诗风

汪氏家族以诗传家，汪为霖之父汪璞庄（之珩）辑《东皋诗存》，收如皋一邑自宋至清朝数百家诗。汪为霖诗亦收在内。汪为霖能传其家学，为人倜傥宏达，性喜交游。在桂西时与多位入桂名诗人相交，在江南时与名士洪稚存、孙渊如等人同游。

汪为霖为官黔粤的壮游经历助其诗笔，磨炼其性情。清代大家阮元

---

① （清）汪为霖著《小山泉阁诗存》，严保庸序，道光十八年如皋汪氏文园刻本。

在《东皋诗存》中见汪为霖的诗，即称其诗"雅健有法"。后道光十八年《小山泉阁诗存》刻成，又亲为其作序言，称其家学深厚，三世相传，故诗能淳厚笃正。

汪为霖的莫逆之交韩對称汪为霖天性过人，"笃于性情，进以学识，而后寓其中之所欲言则言，不虚立""骨清而词雅，气逸而神和""古登临友同投赠之作，亦皆和乎温厚，不徒为风云月露之词"。

汪为霖的即席诗亦显大气，钱玷曾访汪为霖于文园，同游萃景楼，汪为霖即席赋诗，"天风海涛奔腾纸上"。钱维乔评论"春田观察诗如天马行空不可羁绁"。唐仲冕曾任崇川县令，丁卯春曾与汪为霖同游北五山，汪为霖即席赋诗，唐仲冕评为"其气清，其笔超，其措词隽永，非餐风吸露者不能也"。

蒋士铨（1725—1785），江西铅山人，字心馀，苕生。清代中叶著名的文学家、戏曲家，乾隆时期三大家之一，擅诗文词曲。著有《忠雅堂文集》、《忠雅堂诗集》，蒋士铨去世时，汪为霖才23岁，两人接触不多，无甚唱和之作。但汪为霖的诗歌曾得过蒋士铨的指导，蒋士铨评价汪为霖"诗能揉之使曲，炼之使遒，淘之使洁，独抒性灵而不嫌其羌无故实，一气奔放而异于鸿文无范，往往一篇既竟，弦外尚有余音"（见《小山泉阁诗存》中的评论）。

汪为霖交游甚广，因此酬唱之作甚富。他的诗集在道光二年（1822）他满周甲之岁时开始整理，是年冬，未料汪为霖竟归道山。《小山泉阁诗集》在道光十八年（1838）刊刻。全诗分八卷，共收古近体诗784首。阮元、韩對作序，袁枚、赵翼、钱玷、蒋士铨、钱维乔、吴锡麟、唐仲冕、朱玮等人的评论均收入其内，朱玮作跋。由李尧佐镌，嗣子汪承铺校刊，朱玮参阅。

第六节　"岭南诗薮"商盘

一　商盘的生平

商盘是乾隆时期一位很有个性特点的诗人，才名与厉鹗相埒，是一位集诗人、学者、循吏于一身的人物。商盘先祖为汴人，世居嵊县继锦乡，后迁入郡城。商氏家族代多闻人。其先祖出进士、举人，郡庠生等，多人被任朝廷命官。

商盘生于康熙四十年（1701），卒于乾隆三十二年（1767）。商盘字苍雨，号宝意，浙江会稽人。盘5岁即读书于土城山之质园，旧传为勾践教西施歌舞处，亭台花竹，甲于一郡。平泉绿野，景色宜人。12岁出应试，年19，补庠生，与同学结社，著《小山丛桂集》。髫龄时的作品如《新蝉诗》、《红叶赋》、《白燕赋》等篇已为时人艳称。

雍正元年设特科，山东何世璂视学浙江，选拔两浙诸生贡于太学。何世璂看了商盘的文章，惊为异才，选为贡生。时盘方23岁，贡生中年纪最少。次年，盘入京师，因文思敏捷，才华出众，被目为国士。雍正八年（1730）盘中进士，改庶吉士，授编修。乾隆三年（1738）因禄养陈情乞外任，初授镇江府同知，历任镇江郡丞、南昌令、广西梧州府知府、新宁州牧、庆远府知府、镇安府知府、云南元江府知府等职。

乾隆十九年（1754），商盘被擢为梧州太守，时年54岁。到广西，未上任，已改官郁林牧及太平守，不久补为庆远府知府，四年后，移守镇安府，在任三年后，继母亡，离任丁忧。乾隆二十九年（1764），商盘以64岁高龄再次出山，补任云南太守，乾隆三十一年（1766），移守元江，第二年，清军进军缅甸，商盘负责督运粮草，跋涉戎行，夙夜靡逸，感触瘴疠，受病日深。六月渡清水河，霪雨如注。商盘在马家槟榔园露宿一昼夜，疾病发作，历经旬日，尽瘁而死。

商盘自幼工于诗，精通音律，性格十分豪爽幽默，善谈笑。天性真挚，礼贤爱士。曾为绍兴"西园吟社"成员。盘喜交友，与严遂成、袁枚、王又曾、万光泰、程晋芳，及戚友吴燨文等人感情最深。

商盘为宦30年，身佩13印，虽置身戎马生活，仍不废觞咏之事。正如他的好友蒋士铨所评："昔人谓位有穷通而名不可灭者，文章其著焉，经礼乐而纬国家，通古今而述美恶，非斯莫可诚性情风标神明律吕也。"商盘最终给后人留下最显著的是诗名。《清史列传》中有商盘传。商盘曾守粤西诸郡，有政声。《广西通志》收录其诗多首。商盘的一生，有大才而无贵仕，但是诗名远播，官声传扬。

商盘旅桂时间较久，前后达10年整；在桂宦迹广泛，历郁林州知州、太平府、庆远府、镇安府知府等职，其中在桂西庆远府、镇安府知府的时间前后达七年。涉桂诗作甚多，内容十分丰富。任职期间，商盘十分重视在少数民族地区发展文化教育，广招诸生，亲自授课。商盘性喜交游吟咏，任职期间，常与僚从宾客在江山清宴之间唱和应答，注重当地的文教发展。多篇诗歌记述了桂西的风物人情，为清代桂西文风的形成与发展作出了一定的贡献。

商盘诗作甚丰，有"岭南诗薮"之称。商盘凡莅任一地，在咨询政事采访民风之暇，作诗以记。所著诗几及万篇。剪蔓呈柯，名《质园诗集》（三十卷）刊行于世。除《质园诗集》外，商盘诗别存三种：一为《质园逸稿》三卷、宗圣垣辑，清沈氏鸣野山房钞本；一为《拾翠集》五卷，前有刘大申序，眠云精舍钞本，皆集句诗；一为《拾翠集》十卷，清钞本，集句诗。商盘的文未见结集，据传有三种：一为《质园私语》。商盘外任地方较多，时间较长，他到过广西、云南、湖北等南方许多地方，有闻必录，撰成《质园私语》，大概因为字迹过于难认，又不暇誊清，竟没能刻印，手稿湮没，不传于世；一为《西清琐语》一书，皆词林故事，据清人称"尤为精赅"，惜未抄存，已佚；一为《质园尺牍》二卷，道光二十二年余应松刻。

晚年商盘辑会稽一郡之诗数千首编排品陟，题为《越风》（三十卷），乾隆三十一年蒋士铨序以行世。

二　商盘在广西

乾隆十九年（1754），商盘擢梧州太守，未及就职。乾隆二十年，即1755年，改任郁林州（治所在今广西玉林）知州，继任太平府（治所在今广西崇左）、庆远府（治所在今广西宜山）、镇安府（治所在今广西德保）知府。直到乾隆二十九年（1764）离开广西镇安府。

乾隆二十年（1755）春天，商盘到达梧州（苍梧）后，因"知梧州者已易官，乃权郁林牧"（蒋士铨《宝意先生传》）。商盘沿桂江逆流而上去省城桂林重新领命。在桂林，商盘游览了靖江王府、独秀峰、刘仙岩、栖霞寺、龙隐洞、七里岩等名胜古迹，不禁惊叹"蛮乡山水奇"（卷二十六《登刘仙岩》）。然后又从桂林返回到梧州，经容县、北流，抵达郁林。时间是乾隆二十年（1755）初夏。

在郁林郡，商盘曾实地考察容州的杨妃井，登北流县天门山、游览勾漏山上的勾漏洞、大容山、挂榜山（摩天岭）等风景名胜；在郁州治所，商盘寻访万花台遗址、养奋古碑，登城西的赏心亭、景陆堂、水月楼、鼓角楼，游钓天洞、栖霞庵、太虚亭、五龙潭等，每到一处，以诗笔记录地方形胜、风俗与沿革等。粤西的奇异山水给商盘很大的震撼，他在《粤西诸山，万貌千姿，身刜鬼削，皆拔地而起，高插云霄，生平历游吴楚所未见也》（卷二十六）表达了自己的兴奋心情：

> 带水重重束，冠岩整整增。祖龙驱不尽，神禹凿何曾。
> 鸾鹤群游戏，云霞气蔚蒸。笑他吴道子，只解画嘉陵。
>
> 吴楚多清赏，兹游更壮哉。携家行万里，特为看山来。
> 壶峤仙灵秘，乾坤锁钥开。登临思作赋，愧少搅天才。

乾隆二十年（1755）仲冬，商盘离开郁林，到太平府任知府。在太平府任期间，商盘亲自阅边，视察百隘、三关（水口关、平而关、镇南关），体察民情，关心民生疾苦。观民风民俗，发展与龙州、隆安等地的边境贸易，修葺丽江书院，并延师课士。

不久，商盘又转到桂西的庆远府任知府，时间约为乾隆二十一年（1756）秋天。任职四年后离任，时间为乾隆二十五年（1760）。

去苛政、为政宽简、关心民瘼是商盘一贯的为政思想。作为一个正直的循吏，商盘为政"澹然"，其间"讼简民安"（卷二十九《承乏边疆，讼简民安，得诗五卷，志喜》），"政平久与吏民安"（卷三十一《秋日出郊省俗，即景成咏》四首，其一）。尤其是在庆远府任上，政声斐然，临别宜州到镇安赴任时，"僚友""父老""黄童白叟""攀辕"相送，"黄童白叟攀辕意，比作迎春复送春"（卷三十二《移守镇安，行有日矣，留别宜州僚友父老》四首，其四）。

在出知庆远府期间，商盘信奉"爱民犹子"的理念，"抚衷自愧"（卷三十《五课诗序》）之时，效法韩愈、柳宗元等先贤，推行教化，收揽人才，修行"经明"（卷三十《五课诗并序·课士》）。

商盘在广西的最后一站是任桂西南镇安府的知府。已近花甲之年的商盘此时对自己的前程潜意识里已经有所预测，在与"宜州僚友父老"

黯然告别后，商盘让妻子携儿回归故里，独自一人赴镇安任，这年是乾隆二十五年（1760）。

乾隆二十五年冬，商盘进入镇安门户莲花岖。商盘即兴写下《度莲花岖》（卷三十二），记下进出镇安府要道"莲花岖"的奇、秀、险、怪、雄。商盘在诗歌《岁暮阅边回署，率尔成咏》（卷三十二，四首，其一）中对镇安府的形胜作了如下描述：

> 苍重翠叠势含包，开拓退陬见乐郊。三面新城虚北郭，百年旧习化南交。莲花水净鸡鹍戏，榕树阴疏鹳鹤巢。揽景题诗行箧满，一编亲付小胥钞。

镇安府治所在地，东、西、南三面筑有城墙，北面即是府治天然屏障独秀山（独秀峰）。"莲花水净鸡鹍戏"，其"莲花水"是流经镇安府鉴水的一条支流。这里层峦叠嶂（"苍重翠叠势含包"），榕树成荫，禽鸟嬉戏巢居。

独秀峰作为镇安府衙北边的天然屏障，商盘作诗《秀峰洞》以记：

> 神居浩劫留，绝景化工造。真宰爱自然，谁设此奇奥。
> 穿地穷九幽，蔽天藏二曜。山鬼学高人，鸾音发清啸。
> 琼膏出石凝，金筒众灵招。乍阴还乍阳，呼吸安能料。
> 吾心本空明，列炬无劳照。历险忍须臾，未可思腾踔。
> 仙馆有痴屃，探珠向谁告。

此诗在写出秀峰洞的"绝景"之"奇奥"的同时，借写景标示自己"空明"的本心。告慰自己宦迹如同"历险"，须"忍须臾"，宦海凶险，不可再思"腾踔"了。稍后于商盘的赵翼来到镇安府，作有《独秀山黑猿》一文，对独秀峰与秀峰洞亦有描述，"镇安府衙东北有独秀山，高百丈。山之半一洞，深不可测"。

在镇安府任职期间，商盘游览了归顺州（镇安府下辖州，治今靖西县）大龙潭，写有《龙潭》（卷三十二）一诗。

观象得蒙泉，其源出山穴。汇作百寻潭，渟泓鉴毫发。
云是龙所居，下有贝珠阙。青红蜃气凝，舒卷鲛绡裂。
叡图深夜游，凌波弄明月。我来贪照影，天水雨澄澈。
沿塘桃李花，灿若锦屏列。休嫌蛮土荒，抚景亦殊绝。
此水溉田畴，厥功侔雨雪。流入富良江，滔滔永无竭。
笑问六一翁，何如酿泉洌。

此诗写潭水从山洞中发源，深可百寻，清澈堪比欧阳修之"酿泉"。此潭传说有龙居住其中，氤氲的雾气，则是龙呼出的气息。塘边桃树夹岸，灿若锦屏，潭水灌溉了广阔的田畴，流入富良江，滔滔不竭。

"乡梦已随云共远，宦情真与岁俱阑。依然萧散同司马，送老将为告老官。"（《岁暮阅边回署，率尔成咏》卷三十二，四首，其三），"虞氏故居原傍海，越王残迹尚留台。乡人炒豆关情甚，瑞草桥头赴约来。"（《岁暮阅边回署，率尔成咏》卷三十二，四首，其四），诗人抒发镇守边关的寂寥之情。乡梦遥远，借用"虞氏故居""越王残迹"的典故以及化用（明）张岱《陶庵梦忆·斗茶檄》中的句子："瓜子炒豆，何须瑞草桥边，橘柚查梨，出自促山圃内。"抒发了有家难归的苦闷之情，以及对在桂宦海浮沉、漂泊不定的境况的无奈。

在镇安三年，商舟丁忧离任。乾隆二十九年（1764），64岁，再补云南守。乾隆三十一年（1766），商盘移守元江。次年，王师进剿缅甸时，商盘跋涉戎行，早晚没有闲暇，不幸感触瘴疠而死。

商盘三十多年的仕宦生涯，几乎都是在外任中度过的。与清朝其他大多数文人一样，商盘是一位学者型、循吏型的诗人，具有诗人特有的多感、忧郁、孤芳自赏的个性气质。商盘一直处在思想矛盾的痛苦之中，抒发的总是壮志难酬的情绪。虽然，对坎坷的仕宦遭遇的感叹与传统文人极强的建功立业之心在商盘诗中时时浮现，但现实与理想的矛盾，给才华横溢的商盘造成了思想上的痛苦。他以64岁之龄再次出守云南边陲，最终"老入师中，尽瘁而死"的人生结局，亦是他所追求的儒家传统人生理想的选择。

商盘每到桂西任职之地，十分重视发展当地文教。在太平府任上，商盘诗歌《修葺丽江书院，延师课士，赋诗四章》描述了自己效法前哲，修葺丽江书院后，聘请讲师，推行文德教化的情形。兹录如下：

> 待聘谁携席上珍，至尊不薄读书人。七旬干羽三苗格，一代钟镛两序陈。小邑岂无忠信士，庀官曾作语言臣。公门从此多桃李，交荫连枝满院春。

> 丽江好片碧玻璃，芹藻交横入頖池。谁似文翁能化俗，人称颖士可为师。隋珠和璧都无价，鹿洞鹅湖各有规。指日嘉宾看式燕，诸生解诵德音诗。

> 典学熙朝景运开，艺林久已辟蒿莱。文衡正待宗工掌，士气曾蒙圣泽培。百粤山川呈秀丽，五溪蛮獠息喧豗。城东仿佛元亨路，合有莱芭问字来。

> 讲堂清切傍棍星，近圣人居至德馨。睍晥声中春负笈，扶疏花下午横经。香浮鹊尾重帘卷，雨洗鳌头叠嶂青。柳不鄙夸潮渐盛，千秋前哲足仪型。

"至尊不薄读书人"，商盘在诗中传递出儒家传统的"万般皆下品，唯有读书高"的精神，以中原文风化边地之俗，也是中原朝廷的统治目标。

在任庆远府守期间，商盘信奉"爱民犹子"的理念，"抚衷自愧"（卷三十《五课诗序》）之时，打算效法韩愈、柳宗元等先贤，推行教化，收揽人才，修行"经明"。卷三十《五课诗并序·课士》写道：

> 昌黎在潮阳，子厚居柳州。各将教化著，能转文风优。
> 熙朝振钟鼓，远不遗蛮陬。兹郡虽荒僻，黉序人才收。
> 所学敦本原，经明先行修。怀此稀世珍，伫待侧席求。
> 太守老腐儒，耽书亲校雠。莱芭如问字，载酒元亭游。

商盘在镇安府任上，对文教事业尤其重视，为改变边地人民"言语侏离"的文风，亲自招诸生授课。光绪《镇安府志》记载："商盘，字宝意，号苍雨，浙江会稽人，雍正八年进士。由同知分发广西，旋擢知府。乾隆二十五年（1760）莅镇安府任，稔知镇郡文风朴陋，甫下车，即进诸生课于庭□，讲指画无倦容。镇俗言语侏离，习试帖者均不谐平仄，盘训以开口合口、唇轻唇重辨音法，生儒环侍而听者，称为商夫子云。"① 镇安为壮族群众居多，方言为壮语，在吟诗作赋、应试科举方面存在着语言上的障碍。商盘从最基础的纠正读音开始，带领当地士子进入中原的教育系之内，亲力而为，为改变乾隆时期朴陋的镇安文风作出了贡献。

三　商盘与他的诗歌作品

商盘诗笔甚勤，著诗几近万篇，自订新旧诗八十卷，沈德潜帮剪蔓呈柯，把他的诗歌汇成一集，定为《质园诗集》三十二卷，存 3 039 首。《质园诗集》始刻于乾隆年间，嘉庆八年（1803）重镌，斟雉山房藏板。前有何世璂、沈德潜、李宗仁序，蒋士铨作传，又有宝意居士自识。诗按编年编排，始于雍正元年（1723），止于乾隆二十六年（1761）。

商盘为官时间达 37 年，每到一地，他以诗歌记述他的许多生平行迹，题写时事与风物人情等，这些诗歌也是研究清代历史的有价值的参考。如记与越南交往一事，商盘写下了《送安南贡使归国》二首，小序云："乾隆乙亥仲冬，安南外藩职贡臧事使臣武钦邻、陶春兰、武陈绍自京归国，时余权守太平，相送出关赋诗为赠"。又有《镇南关》、《安南三贡使和诗六章见贻，复成五律，以答殷谢》诸诗；记西藏、广西、云南省等边地时事及风物者，有《西藏贡千里马歌》、《西藏突围图》、《巡边杂咏》十首、《蛮风》六首，《蛮王古冢歌》、《蛮村唱歌篇》、《八蛮进贡图》、《郁州纪风》八首；题戏曲传奇的诗歌有《题桃花扇传奇》、《叩船杂咏》十四首、《傭中人乐府题词》二首；题画诗有

---

① 中国地方志丛书，第十四号，据（清）羊复礼修、梁年等纂，清光绪十八年刊本影印，广西省《镇安府志》（全），成文出版社印行，卷二十三"循良"，第367页。

《题陈所翁画龙》、《题徐天池画卷》、《题陈老莲虢国夫人朝天图》、《题陈老莲后羿射鸟图》、《题吴小仙瑶池醮会图》、《杂题高司寇指画》六首、《题余高妙乘槎观日图》、《王左手画虎图》、《题高且园指画虢国夫人夜游图》、《陆探微画狮子歌》；记文物古迹诗有《忠武军符歌》游焦山作《周鼎歌》。记燕都等地风情名胜诗，有《观象台歌》、《太平鼓歌》、《太平鼓词》、《登黄鹤楼》四首。

商盘性喜交游，诗中多登临应和之作。会稽地方人杰地灵，会榜之盛，无如乾隆丙辰，预馆选者六人，周应宿念山、张麟锡应荄、潘乙震筠轩、罗世芳苍山、王秉和罗山、史积琦栗斋，均与商盘交善。商盘尝作《六君咏》以记登瀛之胜，又尝有诗《送筠轩还越》云："升平朝野总君恩，局外闲将出处论。""莫叹神仙容易别，故乡处处是蓬莱。"商盘诗集中佳句甚多，如《姑苏》云："君王本是堪亡国，种蠡何能共复仇？"广陵云："博得雷塘堪一死，赚他杜牧又销魂。"《楚中》云："慷慨一言能复楚，零丁三户竟亡秦。"《将归故里寄同学》云："名心未断难远世，晚景无多怕受恩。"诗歌极具俯仰低回、神游象外之致。

商盘除擅诗外，还是一个绘画欣赏的能手，他的题画诗作较多，具有较高的鉴赏水平。在《质园诗集》末附《画声》二卷。前有李果作序，又有乾隆六年（1741）自序及彭启丰序，又乾隆十二年（1747）周长发序，皆题画诗，多数为前三十二卷中已有，再依专题补充汇编。如《沈南蘋画花鸟歌》以七古的形式记述了国画高手沈南蘋应邀到日本长崎开画院进行交流之事，"江南高手谁第一？吴兴沈生世无匹。应聘初为异域行，袖中携得通灵笔。大开画院长崎岛，海蜃天鸡写生巧。挂壁将军不厌看，展屏国主常称好。侏僮通语历三年，万镒归装万斛船。异贝纯金随手散，但存彩管挥云烟。还乡重对莺花写，貌古神清意间雅"。

商盘为诗，自谓"明知爱惜终须改，但得流传不在多"。林昌彝论其诗谓："鬓影簪花吊美人，弹丝攧竹妙神通。流传不大多诗句，长庆歌行有后身。"商盘自称他的诗受白居易影响。《射鹰楼诗话》卷十二称，商盘诗"极似太白"。

商盘近万篇诗歌中有六百多篇与广西有关。商盘在广西历任郁林州知州，太平府、庆远府、镇安府知府，这些地区均为广西最边远穷困的少数民族聚居地，所到多有政绩。

商盘旅桂诗按思想内容可分为：

风土诗（包括边地风土物产、奇特的动植物、瘴疠）。商盘对边地风物物产的描写，涉及奇特的野生动植物、土产、瘴疠等方面。动物如蚺蛇、蛤蚧、鸂鶒、山羊、熊掌、红蝙蝠、罗浮蝴蝶、义豹等；植物如榕树、靛蓝、龙髯花、玉修花、佛桑花、扁桃花、观音蕉、惧内草、独脚莲、木芙蓉等；土产有边地贸易的日常生活用品，如交州扇、灯、楄、香、绢、刀、舆、油、酒、笋、苗锦、隆安扇等。另外商盘在卷二十九《蛮中异产四咏》中所提到的仙人掌、霸王鞭、水腰子、千张纸等。

土俗（生活、生产、文化习俗等）。商盘对粤西民俗的描写，涉及生活、生产、语言、歌墟等各个方面，是我们全面了解乾隆时期广西社会生活、民族风俗的生动画卷。如他所描写的少数民族文身凿齿的风俗有如下诗句："身饰"习俗实质上是"服饰"习俗在身体部位的延伸。商盘在诗歌中写到了广西少数民族绣面、雕题、凿齿的"身饰"习俗："绣面与雕题，咸知惟正供"（卷二十九《苗锦》）；"雕题人渐远，吹管曲方终"（卷二十七《昭德台》）；"凿齿雕题俗悍强"（卷二十七《巡边杂咏并序》）；"王会丹青图凿齿"（卷二十八《蛮风》）等。再如他对歌墟民俗的描写：商盘对壮族歌墟的描写，见卷三十一《途次口占》，"蝴蝶思花鲤过河，猺人歌罢獞人歌。明年春水盈盈绿，奈此褰裳一笑何。"此诗具有民歌的艺术特色，旋律优美，曲调悠扬，真实地再现了少数民族原生态的淳朴真挚的情感生活。

咏史诗。这类诗多为商盘在桂游历时对所见之历史名胜及其相关人物的吟咏。有薄命红颜（杨妃与绿珠）、战争英雄（马援与狄青）、贤臣廉吏（养奋、陆绩与赵抃）、迁客骚人（柳宗元与黄庭坚）等。

时政诗。有政治（关注边地民瘼、反映改土归流）、经济（劝农课桑、边地贸易、南丹铜银矿）、文教（修葺书院、课士）等，内容十分丰富翔实。商盘在桂的诸多诗作，堪称别具一格的清代粤西风物志和乾隆时期广西社会诗史。

四　商盘诗歌的特点

商盘少负逸才，壮年进士及第，擅古今贴诵，而生平能事尤专注于诗。他游心典籍，树骨风骚，驰骋百家，弋猎四库。其诗笔雄健，得力于他丰富的人生经历。商盘宦迹所历，涉及多个省份。他的足迹，既涉及文人学士冠裳礼让的宴游享乐，又涉足戎马战争地区，既曾在风月嬉游之地徜徉，又曾出入于蛮乡瘴海、鬼国神皋奇诡荒怪之境，这些经历，为他的诗作提供了丰富的题材。深厚的学识与不断出新的生活是诗人灵感的源泉，故商盘的诗歌能清新无穷，垂老不竭。

商盘诗初学晚唐李商隐，后诗歌出入杜（甫）、韩（愈）、元（稹）、白（居易）、苏（轼）、陆（游）间，歌行尤其环丽纵恣跌宕。时人对商盘之诗评价甚高，兹择数例如下：

沈德潜评论他的诗："今读其质园诸集，文如虎豹之炳蔚也。声如鼓镛之考击也，利如干莫在掌而物皆割断也。迅如蛟蛇之赴壑，大如鹏翅之怒飞，人莫能捕捉而仰视也。而时花之鲜美，蛩吟狄啸之幽咽，而凄清亦间作焉。呜呼！可谓盛矣！"（见《质园诗集》序）

商盘的秀水同学李宗仁评商盘诗："余唯质园诗本诸六经诸史，庄骚以植其基，参考汉魏六朝唐宋以下诸大家，去迹研精，涵濡融贯，而一以自得出之，行其所当行，止其所不得不止。如水之经涉高山大川，细及狭沟，浅湎无所不溢，而其朝宗，必归于海，分合异同之间，天工昭而人力不骧，所由以交济而独造者微矣。"（见《质园诗集》序）

又《樗园消夏录》评："商宝意先生诗沉博绝丽，而风神骀荡，时出入温、李间。余最爱其'人生百衲琴相似，密密疏疏有断纹'二语，低回往复，味之无极。"

潘瑛、高岑《国朝诗萃初集》评："宝意先生诗清丽芊绵，情深韵远。五律老健，独造盛唐新警处，尤为难得。"

严廷中《药栏诗话乙集》评商盘七绝诗："作七绝当如雪藕冰梨，鲜脆利齿。宝意先生《送王谷原游建康》云：'此去南朝士女非，君家旧巷胜乌衣。寒花一簇斜阳冷，不见红襟燕子飞。''残宵还忆景阳钟，碧瓦鳞鳞失故踪。留与才人作凭吊，秣陵老柳孝陵松。'风格尚在渔洋之上。"[1]

言情之作是商盘诗作中的一个突出类别。他的言情诗婉转细腻，意

---

[1]　钱仲联主编：《清诗纪事》，江苏古籍出版社1989年版，第1100—1101页。

境萧瑟。他的《忆金陵》云："金屈戌中多婉转，玉阑干外即风尘""秋深庭院初衰柳，人远孤灯又暮潮"；《新绿》云："林暗昨宵疑有雨，昼长深院断无人"；《银娘至淮》云："兰饵急需调病后，簪环亲与卸灯前"；《思归》云："荒裔倍增家累重，衰年图报国恩难。""雁足应传将到信，龙须又负已凉时"。又"宦情大似云林画，楚楚烟岚总不浓"。商盘言情诗读之使人意消，其诗多为名家摘评。袁枚《随园诗话》即云："富贵诗有绝妙者，……本朝商宝意云：'帘外浓云天似墨，九华天下不知寒。''那能更记春明梦，压鬓浓香侍宴归。'……皆绝妙也。谁谓欢愉之言难工耶？"

王昶《湖海诗传·蒲褐山房诗话》亦云："宝意胸罗玉笥，笔有锦机，本以词林，乞为郡佐。久居白下，饶有闲情，幸得赵姬小怜解碧玉连环为赠，以中秋夕扁舟载之，未几玉陨兰摧，悼亡屡赋，中如'鬓影忆簪花第一，眉痕怕见月初三''旧居鹦鹉曾呼我，断带鸳鸯欲付谁？锦机未断缠绵缕，罗鞭还留细腻尘。''谁与修书添半臂，欲烦妙笔画全身。'皆令人欲唤奈何。晚得小东，又有句云：'恐是玉箫偿宿债，偶从锦瑟感华年''未可楚腰毕掌上，试将吴语教灯前'。又李调元《雨村诗话》曰："商宝意太史博学多闻，以诗主坛浙东，为风雅冠。程鱼门常录其古诗一集遗余，皆题园者，然非其至也，善对成句，随手拈来便趣，邑有岑春兆松，丙辰乡试第一，五蹬礼闱，赠岑云：'秋榜才名标第一，本朝科甲重三元。如何自听霓裳后，五度春风负杏园。'用唐寅、谢晋诗如己出。"

洪亮吉甚至认为商盘诗更胜于袁枚诗，虽二人均以新警为特色，但是袁枚诗却流于轻佻，"商太守盘诗似胜于袁大令枚，以新警而不佻也。"（洪亮吉《北江诗话》）

总体而言，商盘诗近体胜古体，七言又胜五言。

商盘的诗歌贯彻了他的诗论精神。他认为"宋唐不必多分畛"（卷二十四《长夏自楚之京，触绪成咏，共得五十二章》），在诗歌的继承问题上，商盘与神韵派王士祯的模唐不同，亦不同于浙派厉鹗的一味拟宋，更不是性灵派袁枚的无复依傍。商盘主张要熔铸唐宋，不分畛域，这就避免了宗唐或宗宋的片面性，对清初至乾隆时期的诗坛起到了补弊救偏的作用。同时，商盘主张取法"大家"，尊重"大家"风格的多样性，不要为当下所谓的"名家"所迷惑；"春兰秋菊各舒华，曲涧疏林亦可夸。巨刃摩天曾见否，大家毕竟胜名家"（卷二十二《冬夜置酒，与星垣法意两弟、吴甥芳甸谈诗》四首，其四），"杜韩两足尊，苏陆堪伯仲"（卷二十三《论诗示芳甸甥》），"韩杜还宜早入门"（卷二十四《长夏自楚之京，触绪成咏，共得五十二章》）。

虽然，清初至乾隆时期的诗坛，宗唐与宗宋似乎很是热闹，实质上，清朝的一些大家，如王士祯、朱彝尊等，都是熔铸唐宋的自觉实践者，商盘在理论上明确提出熔铸唐宋的问题，具有相当重要的指导意义。因为，熔铸唐宋，其实质即是做到"诗人之诗"与"学人之诗"的统一。正如刘世南先生所说："在中国诗歌发展史上，唐宋诗代表着两种截然不同的特色，前者以情韵胜，后者以理趣胜。如何博观约取，转益多师，而又别出新意，独铸伟辞，这是清代诗人的历史任务。因此，凡是优秀的诗人，决不会株守一家之言。"①

商盘的旅桂诗歌，喜用粤西山水意象以及龙、虎、豹、鹰等意象，具有豪放、热烈的一面，体现出商盘雄伟抱负、凸显自己坎坷的仕途遭遇。另一方面，商盘又喜欢秋、夜、月这类倾向阴柔色彩的意象，视觉色彩偏向于清冷孤寂，这与商盘豪放洒脱的外表下敏感的、自怨自艾的诗人化的心灵气质相契合。

五　商盘与《质园尺牍》、《越风》

（一）《质园尺牍》

商盘以质园诗而著名，他的文未见结集，主要有《质园私语》、《质园尺牍》，《质园私语》为手稿本，未见行世，由道光年间山阴余应松厘定刊刻。

《质园尺牍》的刊刻要从商盘的江浙老乡余应松谈起。余应松字小霞，山阴人。嘉庆进士，曾任广西三防塘主簿，大滩司巡检，桂州通判。梁章钜说他"以诗人沉滞粤西末僚，亦工联语"。余应松与梁章钜为挚友，为楹联家。余应松里居时，与商盘族孙商拜亭交好，两人同去拜访友人胡松坪家，得见商盘所著尺牍。尺牍文辞高雅典丽，因爱不释

---

① 刘世南：《清诗流派史》，人民文学出版社 2004 年版，第 211 页。

手，手录一份，带至桂林任地随阅。余应松十分仰慕商盘的文笔，虽未得面见，仍以在数十年后读到商盘的尺牍、与商盘有相似的仕宦经历（到广西为官）为幸。道光二十二年（1842）余应松任桂州通判时，在桂林厘定商盘尺牍，并付剞劂。

《质园尺牍》所收信仅限于商盘在粤西所写信函，并非是商盘尺牍的全集。然从中可看出商盘文笔典丽的特点，所谓"精金美玉胥在是矣"。如给赵宝山函："落叶报秋，寒虫逼枕，怀人耿耿，竟夕不眠。名园高会，已成陈迹矣。老姻丈锦书郑重追念，又洒旧游，使岩壑散人亦在千里回光之内。瑶章下赐，一往情深，从此榕车花田，倍多佳什。恨不获追侍行游，一领南天风景耳。"再如他给友人吴东田的信函，吴东田秋闱失利，盘写信安慰："日前接阅手书，并读佳什。以君珠玉慰我寂寥。虽数千里外何啻对床风雨时也。秋闱失利，时命所为，原不尽关文章声价，即仆现身说法，被放者三而四，岂皆文不足观耶？遇合之数，殆有天耳。"可谓情理结合，熨帖心腑。

（二）《越风》

清初浙地毛西河曾编《吴越诗选》、《越郡诗选》，搜集了浙江的主要诗人作品，但是因为大多诗作专尚浮华，殊少隽意而受识者指摘。从毛西河到商盘，时间又隔了近上百年，浙地人文辈出，史不绝书。商盘故萌生收录从清初至乾隆朝时浙地诗人作品总集，为桑梓保存文化的念头。

商盘从编修改授镇江司马时，寄书给同乡刘文蔚，欲采清朝浙人诗篇，编排品陟，诗名《越风》，叮嘱刘文蔚代为搜辑。从顺治起，迄于乾隆朝，汇集一百多年、十一郡百余家诗人，数千首诗作，总共厘定为三十卷，名曰《越风》。取名"越风"的含义，因春秋十五国有风，而越无风，因此想借此补缺。

《越风》诗集一洗陈词，流露真实，书的编选水平较毛西河所编为善。山阴乾隆癸酉举人周大枢评语："一唱三叹怀古苍凉，与西河脂粉箱歌并树旗帜。"其编次方法，以人为次，按照科甲顺序排列，无科甲的人则按行辈、闺秀、方外三类，另附二卷放于卷末。

《越风》初编卷一至十五；《越风》二编卷十六至卷三十，为初编嗣出。《越风》初编编选时，商盘与邑人刘文蔚商榷最久，《初编》既成，商盘去世，文蔚乞商盘挚友王大冶力图剞劂，复兴铅山蒋士铨商订条例,《越风》始最终完成,刻于乾隆三十二年（1767）。故书首并著大治编辑名。①

第七节 桂西本土文人群体的崛起

清代桂西的政治、经济、文化发展较慢,桂西本地文人的创作相对广西别的地区还是比较冷清的。但是桂西本土诗人中亦出现了一些全国有名的文士,其中以宜州余心孺与西林岑毓英为突出代表。余心孺以理学研究出名,各体诗均擅,可谓清代桂西的奇才。总体而言他的理学名声比他的诗名更盛。岑毓英官居高位,战功赫赫,虽文武兼备,惜武功掩盖了他的诗名,以致后人多不知其为诗人。余心孺以才学著名,慕名者甚多,在广西内外形成了一个交友群体,岑毓英周围则出现了以他及其子岑春煊为首的西林那劳岑氏家族文人群体。

另外,乾嘉年间镇安府出现的壮族诗人群体,如归顺州（治今靖西县）童毓灵、童葆元兄弟与袁思明,府治天保县（今德保县）刘凤逸等,各人的诗歌均有可取。

一 桂西名儒余心孺

清代桂西所出的本土文人不多,但其中却有一位国内有名的理学家、诗人余心孺。心孺字允孩,又字慕斋,号谂痴,又号孝庵,别号餐霞,广西宜山籍,自署龙水人。心孺幼孤,依媚母董氏。屡遭兵乱火灾,流离失所,屡濒于死。心孺性聪慧,博学强记,所作诗文不倚古人墙壁,自成一家之言。屡见赏于同时代巨公。兼通医学,工书画,写山水花鸟人物点染生动。所著有《天笑集》、《谂痴梦草》,注《河图》、《洛书》、《洪范》、《周易》,并作《参赞位育》、《身心性命》、《明心至善》、《性理管窥》、《诸图》,统名为《道学渊源》。

康熙二十一年（1682）心孺中举,后载选来京。为参加会试,心

---

① 王大治,字又新,号倍园,山阴人,监生,著有《浴凫堂稿》,事迹具详于阮元所为《两浙輶轩录》中。

孺京华滞迹三载，穷愁著书，其著作《道学渊源》36卷，《诊痴梦草》12卷，得以在京城流传。其中有《参赞位育》、《身心性命》、《明心至善》等，诸图与性理、拟骚、诗、文诸集，统名之为《诊痴梦草》，于康熙间燕台刻。由国内多位名士校正圈评，诚为善本。其中山阴吕廷云嵋瞻评阅、西陵王封溁慎庵校正、古燕李瑞徵中峰圈评、江都刘国黻参校。书前有王封溁、李瑞徵、刘国黻、高熊徵、申徽所作的序，又有康熙三十八年（1699）自序，叙其刻书缘由。

《诊痴梦草》的内容十分丰富，内有余心孺所画的理学关系原理图：参赞位育图、身心性命图、明心至善图，性理、表论、序疏、拟骚、歌骚、诗词、诸文、启牍、杂著等诸体毕备。

心孺幼孤，受业于曾为明朝司马的母舅董宁木。为诸生，得奖赐"忠孝名儒"匾额，礼遇甚隆。乡试名列第二，被选中刊刻朱卷，诸考官惊叹"天末看有此文，叹咤为奇，传为至宝"。心孺生年遭逢三藩之乱，备尝困苦，万死一生。他曾躲避山岩之内，采薇养母，燃炬攻书，人多目为学癖。心孺自认不识时务，乃自嘲为"十二痴"。"人痴余子耶？余子痴人耶？唯其能痴，乃能以学为钳锤，书为燃火，心血淬砺，浴德澡身，错节以精利器。得崇奖于参军督学使者，亦诊痴之效也。"[1] 心孺文章在京师得到贤相、名公巨卿互相推重，誉满京城，是心孺际遇奇特，还是大巧若拙、大智若愚所致？

心孺少年成名，乡试朱卷得镌，赫然成桂西名流，慕名者甚多，均欲与其结识，李瑞徵便是其中一位，并最终成为心孺的知己好友。李瑞徵，字吉占，又字中峰，康熙十五年（1676）进士，授荔浦知县。己未举博学鸿词，历官户部主事。有《簏余草》。李瑞徵从容县令调桂林荔浦县令，得见余心孺文，十分钦佩。"其山川清淋，因思慕斋人文沉郁之气，上频霄汉，实磅礴钟灵，空卓越于等伦世……因得见其参赞位育、身心性命，明新至善诸图，性学诸论深，浑融贯舒，拟骚诸赋，泽畔行吟，胸怀豪放巷沉，古奥直欲追踪屈贾。挑灯朗诵，如读导书。"（《诊痴梦草》李瑞徵序）李瑞徵见余心孺乡试文章，惊为异文，遂与余心孺面晤于荔浦县之荔云草堂，两人抵掌雄谈，如同故知。后李瑞徵

---

[1] 《诊痴梦草》刘国黻序，康熙间燕台刻。

得读余心孺的《天笑集》等著作，叹其为学海书仓，莫可窥测。

康熙年间，中原人李瑞徵初被朝廷任为容县知县时，曾情绪十分低落。在北人心目中，广西是南蛮荒僻之地，尤其让李瑞徵感到失落的是当地文化的荒凉。然而当他调补荔浦县，结识余心孺后，他的情绪已大变："再叹何地不生豪杰哉？方信天生人才不限遐裔"①，他对广西印象的改变始于与心孺的结识。

翰林院庶吉士刘国黻评余心孺的作品："诸图明贯天心，性理精穿月胁，拟骚诗文如织锦龙梭，灿然纂组，文不雕朴字，如春蚓秋蛇，无穷变化，隽钩响榻，如怒猊渴骥，伟踞龙腾，精采中有神气"。②

（一）余心孺与高熊徵的交游

高熊徵，字渭南，桂西宜山人，寄籍岑溪，自署西岑人。著作有：《孝经刊误》一卷、《安南志纪略》一卷、《郖雪斋稿》六卷；《小学分节》二卷（《四库提要》云：熊徵顺治庚子副榜，官至浙江都转盐运使，是书随章按节略为分解，使童子读之易于明晓）。

熊徵生年不详，卒于康熙四十五年（1706）。所撰《郖雪斋稿》，前集二卷，后集四卷，康熙四十五年其子高辑等刻。前集有目无序，卷上有康熙十三年所作《拟平滇三策》、《拟讨吴三桂檄》诸篇，卷下有《瞿少保（式耜）传》、《张司马（同敞）传》、《马抚军（雄镇）传》等文。康熙十九年所撰《渭南自志》云："熊徵其先山东人，近籍于岑。庚子（顺治十七年）副榜，去岁补浔州府教授。改桂林府教授。"杂文多记吴三桂事，约止于康熙二十二年。后集有康熙四十四年（1705）高辑序云："岁甲子伯兄轼纂《郖雪斋稿》而镌之，乃桂林以前所作，今之所纂乃思明以后所作也。思明属岭西极边，距交趾国仅七十里。"文多传记，皆康熙二十四年（1685）以后所作。

熊徵撰《孝经刊误》一卷、《小学分节》二卷，后书随章按节，略为分解，使童子方便诵读。《安南志纪略》一卷、《思明府志》六卷、《郖雪斋集》六卷、《文庙木主考辨》等。《安南志纪略》是熊徵在思明府任职时，公职之余，综合《广西通志》、谷应泰的《明史纪事本

---

① 《诊痴梦草》李瑞徵序。

② 《诊痴梦草》刘国黻序。

末》、侍读学士李仙根的《使事纪要》纂辑成帙，取名为《安南志纪要》。书中写安南与中国交往的历史，绘有边境舆图，通过记史事与现实的对比，帮助人们对南疆的边事有所征考，重视南边国门的守护，不要把镇守南疆视为畏途。《思明府志》则是熊徵在思明府任职期间，根据明弘历年间知府黄公道重修的《思明府志》而作。原志已受虫蠹，字迹难辨。熊徵汇集诸生至衙署，以次汇编，首沿革，终艺文。成书六卷。他认为恩明府虽僻处退陬，朴僿少文，"然盛衰兴替之故，治乱安危之机，物土之宜，因民之俗，奋武卫而揆文教"①。

高熊徵十分重视民族地区的教育。康熙二十六年（1687），他从桂林调任思明土府（治今宁明县）（雍正十一年改明江厅）教授，时思明府学衰敝，熊徵四方筹措资金，重修府学。王承露督学广西，应高熊徵之请，撰《重建思明府学记》，其中记："康熙二十六年，高子熊徵改调府庠，睹兹茂草，慨然思奋，以学校为教化之原，不有以振兴之，何以昭文治乎？……倡率捐募，不动公帑，不费民力。鸠工庀材阅五年而告竣。"康熙六十一年（1722），思明府学又重修，后人犹追忆高熊徵的开创之功，"教授高熊徵，自桂林调兹土，睹学宫茂草，请修于府。越数年，而殿堂门庑次第落成，而规模宏敞，一仿桂林学制为之，而思明之学遂巍然为边境壮观矣。"② 高熊徵将桂林府学规制，传至思明土府。重兴府学的同时，他还注重兴办学校之辅的书院。"思明土司，文教不兴，好学者少，因商于土府黄守维鼎，……创建书院，……召集生童，弦诵其中，朝夕不倦。"这就是康熙二十九年（1690）高熊徵所建之南坡书院。当时的广西学政陆祚藩曾为他作《南坡书院记》，其中诧曰："何教授寒员，乃能留心造士如此？可不谓举其职者耶！"③

高熊徵对民族教育有自己的独到见解，他认为，教化是改变少数民族社会的根本之法。因此他提倡动用社会力量，多种形式办教育，尤其是基础的义学教育，并鼓励土司办学。他的《请正风俗议》中记：

---

① 道光《庆远府志》第十八卷，艺文志。
② （嘉庆）《广西通志》卷139。
③ 同上。

《诗》、《书》之泽，宜遍被也，欲善风俗，必先正人心，欲正人心，必先兴教化。每见一乡中，愚顽杂处，间有一二诵说《诗》、《书》，敦行礼让者，则知敬而礼之。土民族类虽殊，究亦同此心理。宜令土府州县，各捐建义学延品行端方者为之师，率官族及土民中之秀者入学读书，每年将在学肄业生徒姓名造册报府，五年之后，各将颇通文理者送府考试，即以应试者之多寡，定各土司之优劣，薄示劝惩，使知鼓舞。则《诗》、《书》、《礼》、《乐》之化渐臻，而风俗人心或可少变矣。①

　　从高熊徵这些言行可见，他的见识远高于同时代许多人，是一位有远见卓识的优秀文化传播者。②

　　余心孺与清代广西著名诗人高熊徵为生平知交，他们在功名仕进方面有相似的经历，只是高熊徵要比余心孺通达。两家曾同里居住，有世交之谊，并有着相似的身世，故两人易有惺惺相惜之感。高熊徵是一位颇具远见卓识的学官。顺治间副榜。康熙十九年（1680）补授桂林府学教授。后调思明（治今宁明县）土府府学教授，后为两浙盐运使。康熙二十一年（1682），三藩之乱战事平息后，高熊徵即向巡抚郝浴请修桂林府学。

　　高熊徵在为好友心孺的《谂痴梦草》作序中提到，熊徵与心孺生于同里，且为同年，熊徵13岁丧父，心孺则12岁。心孺依靠舅家，熊徵则被迫流落岑溪，生活颠沛流离。两人的母亲皆在38岁时去世。熊徵母在异乡衣食全靠为人做针线衣补，尤为困苦。后熊徵落籍岑溪，发奋读书。熊徵、心孺均为当地童子试中的第一名，熊徵在梧州学庠攻读，心孺则在宜州已蜚声学庠。熊徵于庚子年中会试副榜，心孺则在会试中失利，穷困潦倒，抑郁不得志。两人在仕途上的际遇则有很大的差异。

　　熊徵之父与心孺的母舅为莫逆之交，宁木先生长熊徵十岁，两人以师友相视。两家曾指腹为婚。熊徵父苦节砺志，读书不同流俗。熊徵与

------

　　① （嘉庆）《广西通志》卷139。

　　② 请参见黄海云《清代广西汉文化传播研究（至1840年）》，博士学位论文，中央民族大学，2006年。

心孺生年相同，乡里居地相同，且两家世代交谊甚笃，宜州乡人传为佳话。熊徵五岁即随父宦游零都，至康熙二年（1663）始能与余心孺在桂林重聚。三藩之乱殃及广西北部，两人隐于深箐丛林中。因两人表现，熊徵得旌匾"经术忠良"，心孺得旌匾"忠孝名儒"。两人虽身隔两地，心则相通，两人的友情并不因远近离合而受影响。

心孺于辛酉乡试得镌朱卷，一时声震省会，众人钦佩其学识与操行，纷纷欲与余子缔交。熊徵在桂林任官，心孺则连上春闱失利。后仅得补延津县令。心孺在延津甫一年，即显示出他的吏治才能。心孺尤重诗教，有古仁人作风，"道路口碑，召父杜母之咏，形于诗歌"，① 熊徵不久由桂林府学教授调思明等府，仕途坦顺。两人虽晤面机会较少，但是彼此关切，时常牵挂。熊徵十分了解心孺的才华，对好友的际遇，熊徵深表同情，他寄希望于朝廷能留心吏治，重用心孺。

（二）余心孺与其作品

《詅痴梦草》收集了心孺的大部分作品，卷一至二为理学论著《性理管窥》，包括：图序，参赞位育图、身心性命图、明新至善图、图说，原极、原天（附地）、原命、原道、原身、原心、原善、原中（附和）、原性、原德、原知、原仁（附义礼智信）、原率修、原教学、原诚、原敬、原圣神功化等。卷三为表、序、疏、引，卷四为文，卷五为杂著、杂说，卷六为启，卷七卷八为尺牍，卷九至十二为韵文集《天笑集》，包括赋、歌、吟、行、引、篇、诗、排律、律诗、绝句、词、曲、铭、赞、诗余、拟吴骚、回文。心孺各体韵文均擅。

心孺的"明新至善诸图"与"性道"诸书，是程朱理学在清代的延伸，挖掘深奥，学问渊深，用功刻苦。他的理学体系是唯心主义，如他的《性理管窥小序》："人心亦天地也，宇宙统属一心，天命性道主宰流行，纯一而不息。"心儒提倡心法，把"学"分为先天之学与后天之学，先天之学起自于心，后天之学起自于理，而万物之理，皆由心中起，这与邵雍所言："自从会得环中意，闲气胸中一点无"，朱熹所论"手探月窟，足摄天根，间中今古，静裹乾坤"，有一脉相承之处。

李瑞徵评余心孺手绘之太极图说："太极图始于《濂溪通书》，阐

① 《詅痴梦草》高熊徵序。

发此图之蕴，二程推诸性命之理，其说实相表里。"心孺对"太极"的阐述如下："试问：太极何始？曰：无始。问：何形？曰：无形。曰：无始无形，太极何以名？曰：混沌鸿蒙，浑沦无气，统上下，克天地，贯古今，生物而不穷，体物而不遗，神化莫测，无可名之，而名之曰"太极"也。云尔，自河图画一，一圈之中，虚空无物，变化无方，画一类万，一切有形之物，皆露无形之理，是太极先天地元气而为，大道之原也。"① 心孺雄论多才，理学篇什探究深奥，李瑞徵评心孺为"作大文能手"。然清代是理学的末端，兼心孺仕运不济，虽满腹学问未能尽展。心孺自以为痴，又以人生如梦，故以《詅痴梦草》为作品集名。

　　心孺的韵文作品集《天笑集》曾单独印行。他在自序中说明了他的诗歌主张及诗集名字的来源。

　　　　世鲜安义命乃尔，行叹坐愁益增骚绪，衰红惨绿织作愁城，浸溺词澜猥云穷乃工诗。夫岂云尔夫？诗道性情发天粹，唯韬光抱一，统摄太虚，精神既凝，真气浑固，元音畅发，斯为佳美。非谓怨尤惨戚，抑郁无聊不平，遂谓真诗也。至若玄鹤上仙，青去佳客，或语带烟霞，或音锵金石，云笈霞签，岂仅固穷遂工耶？古今终老岩穴，颠倒尘缘，心迹背驰，提掇胸中傀儡，蜃楼海市起灭，喜悲比比皆是，然穷未必尽能诗，诗亦未必尽工也。

　　　　心孺幼孤，历乱艰险危虞，难以苌宏碧血点染箕裘，缘抗试伪周，流离倾陷，文章性命正如马迹蛛比，若断若续。扶宪郝公垂怜贞被难，偕学宪王公匾题"忠孝名儒"赐奖，勉登贤书。大类野蔓江黄，聊就花实，冷暖自知。原非古庙香炉期酬，本愿只求不负生平为大耳。终于固穷，无营梦稳，每常忧抑，念一命字，百障俱空。抱璞以全，自然存真，以还造化，闲旷以乐余生。蜗居蠖屈，蠹食仙字，期全本来面目，随遇而安，有如桃虫处桃，壤虫处壤，了无星碍。偶发心声，未尝不如春鸟秋虫，自鸣自呼不自知。其为乐为悲，浑同天籁，造化应哂痴拙也。遇穷矣，诗何以不工？苏长公曰："诗成天一笑，万汇寒窘"。天公与玉女投壶，乐脱误天为

————————
① 《詅痴梦草》之《原极论》。

之笑。生平困顿，率意挥毫，不无寒窘脱误可笑之状。巡檐索兴，梅花共笑语，桃花先已笑，春风惹得松引云开，天一笑也。每就正名宿，辄如河伯至北海望洋向叹，若见笑天大方家，因名簏余曰《天笑集》。世诚笑孺毋如孺自笑，孺自笑对天而笑，终身付之一笑云。

在以上序文中，心孺批评了"诗穷而后工"的说法，认为好诗不是非得要"怨尤惨戚，抑郁无聊不平"，真正的好诗应该发自性情，合乎自然，"诗道性情发天粹，唯韬光抱一，统摄太虚，精神既凝，真气浑固，元音畅发，斯为佳美"。序中谦语中，不免带有对自己辛苦遭逢的无奈与自我安慰之感。

心孺际遇坎坷，他的多才多思，往往形之于诗，情感十分丰富。其诗诸体毕备，然以七律尤佳。他的七言律《寒疾》："斜日盈窗映夕阳，飘飘风尘意凝霜。炎凉顷刻殊身世，坐卧无端厌枕床。鼠迹纵横来去逸，儿嬉轻纵笑啼康。蛛丝盈壁添新网，叠叠相因尘自张。"夕阳余晖映窗，诗人心境凄然，感伤世态炎凉，风尘漂泊。屋内鼠迹纵横，蛛网新结，层层相因，静寂中传来儿童不谙世事的嬉笑玩闹声，与诗人复杂的心境成鲜明对比，更添凄清。

心孺的写景诗则时而透出豪气。如他乘船经梧州府时，见西江水与漓江水合拢处，一小洲凫水而出，两江浩浩急水经此洲而水势变缓，如狂龙被系，因名系龙洲。他乘兴写下《游梧州府系龙洲》："岂信云从类缩蜗，浪传畴昔系龙砂。排山砥柱乾坤奠，驱鳄安澜鳞介家。奔悦招游高谢屐，蕴奇乘兴泛张槎。旷观飞跃觥筹错，酌满清晖醉郁华。"

二 庆远府其他文人群体

(一) 康熙间宜山乡贤陈元迪与马平众诗友的唱和

陈元迪，字沦予，宜山人，岁贡，性恬适，好读书，著述甚丰。因住家离萝江近，以萝江为号。在江侧建"我云楼""得月轩"，喜沉浸在山水掩映的美景中，每天吟哦不断，不问户外事。康熙甲申年（1704），被选授为富川训导。在田园的恬适生活与世人艳羡的仕宦生涯的对比中，陈元迪毅然选择了后者。他曾对人说，教职虽然是闲职，但是见了上司要卑躬屈膝，小心谨慎，不是"野人所宜"。于是坚辞不就。他的"我云楼""得月轩"，成了远近文人雅士聚集吟咏的场所。他的韵友唐嗣韩炎得月轩题词说："川虽富矣难为教，山自宜兮懒送行"。此对巧妙地用了"富川"与"宜山"两地名的含义，盛赞元迪辞官不就的清高之举。此联一出，引起了地方的轰动。元迪辞官不就一时传为佳话，其名声远播到了外府。柳州府马平县人韦坦作诗八首赞美元迪离俗之举，元迪步其韵作答。韦坦收到元迪诗后，把诗邮寄给地方能作诗者数十人，大家步元迪诗韵唱和，元迪亦写诗一一作答。从此，以宜山元迪为中心，四周形成了一个地方诗人的唱和群体。

元迪76岁那年，生病至垂危时，命子陈宗龙扶起执笔题诗一首："整整冠裳整整衣，送予归去华山西。蓬莱仙子来相访，拍手骖去到处飞。"诗成气绝。此绝笔诗正是元迪豁达开朗人生的写照。

(二) 乾隆间宜山汤傅彦、吴中华、李芮等人的交游

汤傅彦、吴中华、李芮是乾隆同时期人。三人均被列入道光《庆远府志》中的文学人物。他们志向相同，心系地方文化教育，闲时诗酒怡情，传为宜山佳话。

汤傅彦，字对之，号植三，宜山人。以记忆力惊人著称。能把《左传》一字不漏地背诵下来。中乾隆戊子年（1768）副榜、戊午（1738）乡魁。生平见义必为。曾向知县金毓奇请求倡捐修葺已倾圮之洛潢桥。他十分热心教育事业。乾隆甲寅年，率地方绅士捐资改修五属公馆为庆江书院。嘉庆四年，任贵县教谕，移建文庙，促进士风，亲临教席，使当地登科甲者不断。又曾任明州学正，倡建丽江书院，亲自督建。书院建讫，傅彦又调为博白教谕，因疾而辞归。

傅彦每到一处，教泽普施，载人口碑。其人学识精湛，文学见长。其子祚缉、祚纯都继承了家学。

吴中华，字粹拔，号静斋，宜山人，性聪敏，擅长写文章，文思敏捷，意到笔随。中乾隆甲午（1774）副榜。与汤傅彦一样，十分热心当地教育事业，两人一起倡建庆江书院，同受阖郡乡里人尊敬。他教育方面很有特点，重视扩充学生才具与识见，不只是记诵。邑中读书人，多半出自他的门下，在当地有较高的影响力。著作有《静斋文稿》。他的儿子体诚，孙尚宽、尚质、尚恺、尚勤都传其家学。吴中华在闾里以文才颇负声望，宜山教谕苏殿高盛赞吴中华的文学才能与对宜山教育的贡献，"雄才巨制汪汪如千顷之波，矫矫若云中之鹤，……诚求文献，都人士交口而称静斋吴先生，凡邑中掇巍科列高第者，半出先生门下。余趋谒之，则见其单据慷慨，精神矍铄，且义方式穀玉树敷荣。既驰誉乎成均，更蜚声于黉序"①。

宜山人李芮，幼时，其父嗣勋任抚州府经历，他随父任到浙江，跟随名师就读，博览群书。弱冠之龄，即以文章出名，自府县以至院考皆名列第一，被当地名士赞为"庆士无双"。然其科举之途并不顺畅，七应乡试都没有中榜。自此灰心丧气，自感仕途无望，决定按范仲淹所说"不为良相必为良医"，改研医理、地理之术。与吴中华、董扬煦、莫矜德等文人交好，诗酒怡情。其作品散佚，仅见其 70 岁时写下的自感诗一首，结句云："虚浮名利输人去，赢得闲身傲骨坚。"虽未能走入仕途以文章报国，反而成就了他闲适的生活与文人的傲骨。虽然李芮终老山林，但受到许多文人名士的推崇，与其结为莫逆之交，形成了地方一个文学群体。

（三）嘉庆间莫欺、莫云卿、蓝景章等诗人群体

嘉庆年间，汤廷诏辑忻城莫欺、莫云卿，宜山韦孜、蓝景章，思恩韦绚鸿所撰雁字五七律全韵诗，成为当地文人之一盛事。汤廷诏辑此诗集，是为了辩驳他人对庆远府僻处天末而不谙声律的偏见。汤廷诏在庆远任时，孝廉莫欺、恩拔韦子孜、莫子云、廪膳蓝景章、韦绚鸿等人，各人先后给汤送阅《雁字全韵诗》，分五七律比韵，押 30 个平声韵，各写 30 首。廷诏北归后，将这些诗歌细心复读，觉得这些诗歌语意工整，音节铿锵，即使难押之韵、难对之典，也能作得十分妥帖。一些诗歌描形绘声，极尽其态，因此廷诏把这些诗收为一卷，勒成一集，以鼓励庆远府后起之秀，作诗当工益求工。

莫欺、莫云卿等人组成了嘉庆年间庆远府的地方文人群体。莫欺，一名震，是嘉庆己卯（1819）科举人。道光六年（1826）大挑二等。著《芹陵草草诗》二卷，收诗二百余首，各体具备。诗集取名来自

---

① 广西河池市地方志办公室点校：（道光）《庆远府志》第十六卷，广西人民出版社2009 年版，第 282 页。

《诗经》"劳人草草"之意。诗歌的内容虽然和平研丽者不少，但多半是感时忧事之作，以吐其抑郁牢骚之气。莫欺另外作有《廉书》一卷、《传傅传》二卷等作品，前者录荐今所谓廉者的事迹，后者则收录魏晋以下至今所得辟佛之书以成之。

蓝景章作《地理辨》一卷。书中列举了以地理惑人的现象，因此集古今人批判地理的名论为一卷，并作五古一首讥曰：

> 古无地理书，有自郭璞始。胡不寻吉穴，富贵至无比。
> 及考璞一身，已不得其死。后来谈地者，是亦可以已。
> 山水会合处，间亦有灵气。堪笑梦中人，泥信《风土记》。
> 以父母骸骨，求子孙名利。所以堪舆家，死无葬身地。
> 太王处岐山，原非择而取。泰伯至文王，圣贤相踵武。
> 周公营洛邑，东迁无令主。看破此机关，邱陵皆乐土。

蓝景章虽为桂西边鄙之地的文士，但他对地理之术却有着十分清醒的认识，认为不过是自愚愚人的法术，周朝王室，圣贤辈出，祖居岐山亦非人故意所择，诗中还讥笑了那些迷信风水、以父母骸骨为子孙求利的行为。

(四) 庆远府思恩县方滁山、韦继新、吴少波等的文人群体

位于桂西北的思恩县（治今环江毛南族自治县），清顺治初属庆远府。道光年间，出现了方滁山与韦继新等人组成的地方文人群体。

方宪修，字滁山、增生。诗才超脱，追踪李杜，是当地著名诗豪。吟咏甚富，方滁山不仅诗名出众，且在清咸丰年间，当地匪患纵横，为保卫桑梓，捐资砌城十余处，并曾联络南丹、河池等地，率团练军收复被匪寇占据的城池，以军功保升直隶州指分贵州署古州同知。方滁山性格豪爽倜傥，素善诗，吟咏殊富，挥毫珠玉，为思恩县邑著名诗豪。惜诗作多散佚，几经后人汇辑，仅存十几首。

方滁山平时行侠仗义，豪放倜傥，其诗亦如其人，充满豪气。他交友广泛，现存诗歌中大都是与韵友酬唱应答的作品。如《奉和周熙桥明府见赠原韵》、《题蒋太史赐养堂》、《送别督黔学使黄侍读回京》、《步吴少波冉赴公车赋别原韵》等，显示方滁山颇孚众望、奖掖后进的胸襟。例如他的《送吴子明之官南海》：

　　　　丈夫尺剑走天涯，博得声名信足夸。虎帐昔曾劳借箸，羊城今
又看登车。久无继起能超众，幸有斯人可克家。十载追随一朝别，
门前风雪自飞斜。

　　　　弹丸一邑逼江城，前度人归后又行。此去可堪光故里，从来何
敢唤门生？河梁风雨他乡梦，海国波涛远宦情。卷上丝竿莫惆怅，
青山留我伴鸥盟。

　　　　少年几辈浪从军，毕竟成材只见君。一自扬帆离带水，许多翘
首望乡云。飞来凫鸟人千里，唱到骊歌酒半醺。如此丰标如此福，
纵横何处不空群？

　　　　毁家曾有孰怜贫，投笔翻教愿早伸。我是大瓠徒落日，君如小
草恰逢春。鳄鱼久息终无恨，鹰隼初生本出尘。别后知非长射鸭，
前途夹袋正收人。

　　吴子明是方滁山的弟子，追随他有十年之久，后擢至南海任职。方
滁山对这位弟子十分满意，师生临别，对他寄予了厚望，不吝称赞学生
如小草逢春，鹰隼初出，是众弟子中能继起超众者，也是少数能真正成
材的人。希望学生不要被思乡之念牵绊，以"丈夫尺剑走天涯"的气
概，在任职之地有所作为，"博得声名信足夸"。
　　方滁山现存的诗作中，有一类诗题材内容比较独特，即仿唐人作的
闺阁诗。如《春日寄外（罗广文秋河司铎平乐代其夫人陈淑媛作此寄
之)》共十首，以下录其中六首。

　　　　芳颜惆怅隔天云，难写深情寄远人。孤馆晶盘添苜蓿，故园花
径长荆榛。梦飞江北忘为梦，春到香闺不觉春。镇日凝妆楼上望，
陌头唯见柳条新。

　　一自家园作别行，停针日日数归程，望云曾恐春衫薄，览镜方知泪眼盈。有影相随难对语，无人远寄剩多情。辽西梦断缘何事，愁煞莺儿隔树鸣。

　　生憎江上几家船，载去儿夫岁复年。锦字题残多费思，灯花挑尽不成眠。满腔离恨随湘水，一点芳心托杜鹃。知否他乡游子梦，有人愁煞艳阳天。

　　双双蝴蝶舞纷纷，春色催人泪湿裙。幽阁只余儿女伴，天涯依旧凤鸾分。丹青难绘愁肠出，肥瘦谁将远信闻。故作临窗理残鬓，不堪明说望夫君。

　　君家事事委阿奴，敢自偷闲度日诸。庭户时常勤洒扫，田园应不虑荒芜。悔教夫婿图鹏奋，幸见娇儿学鲤趋。只是春愁无处着，绕梁燕子笑人孤。

　　茂陵春色正繁华，莫使文君望眼赊。浪说远游男子志，生成薄命女儿家。愁多厌听芭蕉雨，别久慵看并蒂花。路隔潇洒人不见，将书和泪寄天涯。

　　滁山的同乡人罗广文，字秋河，任职于桂林平乐县，长年在外，其妻独守家中，扶老携幼，思夫心切。此组诗是方滁山代罗广文独守空房的妻子向其在外任职的夫婿所写的诗，把该女子的孤单情状与思念之悲苦描摹得十分真切感人，"故作临窗理残鬓，不堪明说望夫君"，女子倚窗梳发，实为向窗外眺望，思念远人，而又内心含羞，故意压抑掩饰自己的心情。

　　方滁山的诗歌与人品远近闻名。此外，他十分关注少数民族的民歌，在整理民歌上用力甚多，在保存地方民歌方面作出了他的贡献。如他的《蛮歌翻译》（三十二首）：

　　今夕是何夕，萤火入帘飞。今夕是何夕，佳客款柴扉。

今夕是何夕，灯火相辉煌，今夕是何夕，蓬荜生辉光。

之子从何来，仪容如春花。可怜富贵客，飘落野人家。

之子从何来，怀抱如秋月。不照上林花，还照山中雪。

阳春二三月，无花不占春。看花同此会，谁是折花人？

今春花早发，正是赏花时。来春虽自好，不是旧花枝。

送君至何处，送至河水头。思君如河水，千里共悠悠。

送君至何处，送至杨柳桥。思君如杨柳，万缕复千条。

班马鸣啾啾，思郎不可留。一自与郎别，无日不登楼。

大树生路旁，东西交枝柯。共道堪休息，繁阴何处多。

清风吹落叶，叶落绕枝飞。佳期期不远，倚树待郎归。

人生多缺陷，仰面问青天。苍苍何所恨，不使月常圆。

明月复明月，团团不染尘。清光同一照，歌哭许多人。

思君不可见，夫岂无他人。无奈天边月，终古常如新。

作影附君身，与君同行止。愿君避暗中，常就光明里。

桃花惜颜色，看花泪沾臆。经年泪未干，衣裳为谁湿？

松柏想坚贞，攀柏泪沾襟。枝叶未尝改，谁共岁寒心？

绣凤泥同伴，双飞感妾心。低头因泪落，伴谓堕金针。

觌面终难唤，含愁自敛眉。思郎郎不觉，他人安得知？

打起长鸣鸡，莫教官里啼。啼时大向晓，之子易分离。

少时不相避，嬉戏日经过。长大知欢爱，其如离别何？

香鬓学盘鸦，春心感物华。东君如有意，暖信到梅花。

柳眼解含愁，蕉心尚带羞。飞花偏弄态，不上玉人楼。

疲态实难描，风情憾亦消。含愁眠不得，滴雨听芭蕉。

愁里不胜衣，含情对夕晖。春光随处是，蝴蝶作团飞。

长跪乞天公，乞与人间诀。何以花常开，何能月不缺？

缺月须臾收，团月终夜留。长愿天边月，如镜莫如钩。

佳节近清明，游子更传情。故乡杳行处，肠断杜鹃声。

杜鹃复杜鹃，日暮自悲啼，归去已无家，悲啼当告谁？

出门采念子①，念子盈袖衣。出门望郎君，郎君何日归。

---

① 念子，为方言译音，或译成"捻子"。唐人著《岭表录异》称"倒捻子"，又名为"逃军粮"。

六月念子苦，八月念子甘。寄将念子盒，滋味教郎尝。

上楼绣香囊，眼望郎归去。云山十二重，郎归是何处。

广西少数民族的民歌，本用少数民族方言演唱，经方滁山翻译后，妙手加工，绘声绘色，保留了民歌原来的比兴、善喻、质朴、直白等风格，如出水的芙蓉，清新明丽，雅俗共赏。诗中的"念子"是一种南方特有的植物果实，诗歌巧妙地用了谐音意义。这些民歌经方滁山的整理后，成为了汉族人亦十分喜爱与欣赏的优美民间文学作品。

当然，方滁山骨子里是封建秩序的维护者，他的一些诗体现出对封建伦理道德的颂扬。思恩县有一名黄氏贞女，自幼由父母做主婚配给刘家，到及笄出嫁之龄，没想到男方早逝，父母劝其改嫁，她不从，剪发明志，发誓愿侍奉婆婆终身。听说婆婆生病，她偷偷登门去探访。父母叫众人强行把她带回家。回家后，她绝食数日而亡。黄氏女因此受到朝廷册封。方滁山在《题黄氏贞女册后》一诗中，盛赞其节操。

义重翻怜一命轻，十年辜负结褵情。红妆洗尽坚前约，碧血啼残了凤盟。大节肯教生可夺，此心唯有死能明。颓唐一母伶仃叔，纵到重泉恨未平。

拜别姑堂洒泪时，父兮不谅尚依谁？百年遗恨青天老，一点芳心曒日知。泉下有灵怜比翼，人间无地种连枝。只今翠柏苍松外，肠断东风叫子规。

方滁山的诗作多见于诗友的唱和酬答。作为一个地方乡贤名流、思恩县的文坛领袖，他与地方众诗友如韦继新、吴子明、谢玉章等人均有诗文往来。其友谢玉章与妻反目，作诗一首，词甚决绝，方滁山步其原韵，作《史吟》六首，以卫庄姜、百里奚、凤凰楼、无盐氏、燕子楼、三国孙夫人等典故讽劝友人不要轻易休妻，最终使其友回心转意，夫妻团聚。如其中用卫庄姜的典故所作的七律：远送于归拥碧鞍，燕飞一曲已歌残。嬖而多宠情先薄，美到无恩心更酸。春暖凝脂空自润，风轻翠袖只怜单。怪他举国无诤谏，一任君王妒眼看。

又如《辛酉冬之黔赋别》，滁山因保卫乡梓立下军功，被保举为贵州署古州同知，临别时，写诗与众友人弟子作别。

> 十年腰下剩吴钩，信是无心作宦游。故里有团刚卸责，他乡借备又添筹。关河迢递云生足，杨柳依稀人上楼，多少离怀吟未尽，一天风雨满沧州。

滁山家境宽裕，虽无意仕进，十年来为保卫家乡免受匪患，组织地方团练组织，很有功劳。但因社会的需要，只好听从朝廷的安排，离家去新的地方整顿地方军备。临别时的离愁别绪，自然使这位文武兼擅的硬汉子亦难避免。方滁山的好友韦继新亦作七律二首《送方滁山调补黔省古州刺史》以送别：

> 经纶此去奋云雷，八万苗氛一扫开。勘乱先凭神武略，致平直展富文才。深恩远被双江水，妙算重登五丈台。料得黔阳诸父老，千人颔首望君来。

> 十载勤王敝忾身，今朝皂篆拥朱轮。从来艺苑风骚客，尽是天家柱石人。梓里连疆同锁钥，花衣沿路庆阳春。野夫预听佳音报，德政诗篇句句新。

方滁山在乡梓即诗名出众，且造福乡梓甚多，历史上儒家倡导文人修身齐家治国平天下的理想，在方滁山身上有很好的体现，所以韦继新感慨真正的文人雅士应积极入世，是朝廷的顶梁柱，并非是独坐书房独善其身的人，并预言方滁山必然在新的地方建立让百姓景仰的德政。

韦继新字芹塘，道光间举人，会试留京三年不第，还乡后，晚年执教环江书院。少数民族发生骚乱，韦继新犹讲学不辍，暴民冲进环江城，城陷而遇害。

韦继新也是地方学术名流，他不仅与方滁山交好，还与张月卿等人诗歌唱和往来。如他的五古《步张月卿明府军中感怀百韵诗原韵（张名凯嵩)》共 1000 字，把张凯嵩的功业行迹写得酣畅淋漓。"边筹劳独运，烽火警愁眠。大将甘尝胆，群才肯息肩。誓师同迈往，奏凯卜言旋。时雨人皆望，追风马不遭。谦恭勤下士，仁爱喜亲贤。反掌收全粤，关心及古滇。功名怀管乐，伯促见闳颠。月报来三捷，风歌起四筵。舟航通海国，梯栈达山廛……"上述文字把一位善于用兵的边关大将描绘得十分形象生动。"指示偕功狗，亲烹一小鲜"，打仗统兵与烹小鲜，一位指挥若定充满自信与睿智的大将形象跃然纸上。

方滁山亦曾写诗赠韦继新，"腰间尺剑走风尘，别有悲歌泣鬼神。客路逢迎原易料，侯门相得亦前因。何妨李固终成党，到底曾参未杀人。莫怪书生轻涉险，世间无屈不能伸。"（《赠韦芹塘孝廉》）

思恩县人吴少波与韦继新是师友关系。吴少波在云南云州任职时，死于战乱。韦继新写七律五首《挽吴少波夫子云州殉节》以寄托哀思。其一云："廿载文坛博一官，边疆鼙鼓雁声酸。昆明池外音书绝，博望峰前风景寒。忧国久传双鬓白，捐躯留得寸心丹。云州便是王羆塚，长使孤忠洒泪看。"其四写道："百年师友两心盟，出处同遭越甲鸣。团练不才甘破产，牙璋何故耻求生。盗来自有群公责，寇退依然五品荣。仕路只今工反覆，边隅笑我拙经营。"清末，清朝的统治在边疆地区日益腐败，边疆盗寇横行，"城郭万家无片土，桑麻十里剩孤村。迁乔远客偏成屋，避寇居民尚锁门"（同上），云南广西等地屡遭寇乱，人们避寇四处逃亡，景象凄凉。吴少波虽任小官，本可逃避责任，但他不愿偷生，英勇捐躯。这样的人生选择，受到韦继新的嘉许。这也是韦继新日后执教环江书院时，选择不愿避寇而逃，最终杀身成仁的人生结局的暗示。

韦继新所存的诗歌中，多为悲叹身世、感时伤怀之作。另有《步钟少峰广文盘江避寇原韵》、悼念中年离世的妻子的《悼亡》等。继新的诗，文笔纤丽，情真意切。如他写的一首与小妻及儿女受战乱相隔几年后，得以再重逢的诗歌，写得哀戚动人，"仳离几载谢铅华，蓬首相寻抱小娃。何幸黔娄犹有妇，可怜王粲已无家。飘零共作随风叶，涕泪愁看带雨花。直待龙江风浪静，鸭头双桨泛轻槎。"（《小妻携幼女至寓所》）

此外，韦继新所写的咏史诗如《歌风台》、《魏武塚》、《岳武穆庙》等几首，分别对历史人物刘邦、曹操、岳飞进行评论，表现出其独特的识见，如评刘邦为"酒徒面目新天子"，评曹操为"死后都无真魏武，生前已是假周文"，岳飞则指出"两宫仇恨一身当"是其悲剧的原因。

三　岑氏家族政治文人群体

清朝末年，在山高水远的桂西北西林县那劳村，曾经出现过近代史上"一门三总督"的官场奇观。他们分别是云贵总督岑毓英、四川代理总督岑毓宝、两广总督岑春煊。岑毓英是壮族历史上的首位总督、头品顶戴与兵部尚书，于1889年病逝于昆明。其第三子岑春煊官至两广总督、云贵总督，并授头品顶戴，亦是中国近代史上的重要人物。

此外，岑氏家族中知府知县级的官人数目更是不少。在岑氏家族的众多官员中，岑毓英和岑春煊父子均为清末民初政坛上赫赫有名的人物。以岑毓英、岑春煊父子为核心的西林那劳岑氏家族政治文人群体，是清末社会的突出现象。

西林岑氏，原籍浙江余姚，汉征南将军汝阴壮侯彭之后裔。据桂西岑氏族谱称，北宋皇祐年间，桂西侬智高起兵反宋，宋朝派狄青去征讨。岑氏先人岑仲淑"以善医"随狄青南下讨伐，因功受封为永宁都督三江兵马事，晋受怀远大将军、沿边溪洞军民安抚使，岑仲淑遂落籍广西，子孙散处，分袭世守，成为土司。岑仲淑为岑氏始迁广西之祖，元代岑怒木罕为岑氏始迁泗城府（治今凌云县）之祖，统管桂西北诸县。明代岑子成是始迁西林之祖，成为上林峒长官司的土官，世代相袭。

清康熙五年（1666），上林峒长官司改流置西林县。岑家世代相袭的官职没有了，岑氏家族开始衰落，但仍居住在西林县。自岑毓英所修族谱称，自毓英以上八世均居住于西林县那劳乡那劳寨，岑密是始迁那劳寨之祖。驮娘河畔的那劳村紧靠桂滇古驿道，是两省的交通要道及货物集散地，岑毓英的祖父岑秀歧以开马店为生并且逐渐发家。

岑毓英（1829—1889），字彦卿，号匡国，谥号"襄勤"。清末叶西林县那劳村人。先后任云南布政使、云南巡抚、福建巡抚。平定回乱，终于云贵总督，赠太子少保，予谥建祠，清史中有记载。虽太子少保衔是虚衔，却是无比荣耀，因此人们尊称他为"岑宫保"。

岑毓英虽出生于偏僻的西林县那劳寨（今田林县那劳乡那劳村那

劳屯），他能走出偏僻的壮族山寨成为功名显赫的封疆大吏，是特定社
会环境下主客观条件相互促成的。祖辈的余荫，为他日后不平凡的人生
奠定了基础。虽落籍广西已久，但汉族诗书传家的传统始终不变。毓英
自小天资聪颖。4 岁时"甫学与庭，日识数十字"①，岑毓英家族可称
得上书香门第。其父岑苍松"以文学起家，补博士……每秋试赴桂林，
必购书数篚归……晚乃教授于家，课毓英"。② 除了严格的家教之外，
岑苍松设法让毓英接受良好的教育，毓英从小跟随名师学习，曾三度赴
云南广南郡城从举人周虹舫、贡生殷仲春受学。17 岁时，赴西林县城
应试，获第一名，同年应府试，亦获第一名，同年应院试，获西林县学
附生第一名。他日后成就的不同凡响的功名，是他孜孜勤学的结果。

岑氏家族不仅重文，亦有崇武的传统。毓英之父曾"奉邑宰檄联
保甲，扼险要为预备，寇不敢侵略，乡里获安"。③ 岑毓英在读书之余
"偶习弧矢剑槊，导引行气，久之并娴其技"。④

清末局势动荡，风云乍起。道光三十年（1850）广西发生了太平
天国起义，清政府下令各地举办团练，以地方武装对付农民起义。22
岁的岑毓英即被任命为西乡团总，开始了他投笔从戎的生涯。咸丰年
间，在镇压云南回民反清起义、太平天国余部的反清队伍斗争中，岑毓
英攻城夺地，大受清廷赏识，由此官运一路亨通。由知县、知州、知
府、云南布政使、云南巡抚连连升迁，同治十三年（1874）兼署总督，
成为名副其实的封疆大吏。

督抚任上，岑毓英一统分崩离析的云南政局。和辑地方，休养生
息，招募流民回乡种田，恢复暂停了多年的科举考试。整顿工矿业，使
动乱多年的云南呈现生机。光绪五年（1879）岑被授贵州巡抚，加兵
部尚书。两年后，调任福建巡抚，办理台湾防务。时间虽短，但政绩斐
然。光绪八年（1882），岑毓英擢升云贵总督，达到其仕途的巅峰。

1884 年中法战争起，岑毓英奉命出关，与冯子材、刘永福等共同

---

① （清）赵藩：《岑襄勤公年谱》卷 1，光绪己亥（1899 年）刻本，第 4 页。
② （清）岑毓英纂修：《西林岑氏族谱》卷 4，第 29—30 页。
③ 同上书，第 30 页。
④ （清）岑春荣等：《岑襄勤公行状》，第 5 页。

抗法。中法战争结束后，与法方代表反复辩论，争回了曾沦入越南的部分土地。光绪十五年，因长期军旅劳顿，染瘴成疴。逝年61岁。

岑毓英的军事与政治才能历来被世人所称颂。清大学士翁同龢评价岑毓英的一生功绩云：

> 自公治军，历十八年，大小数百战，终始不贷洋款，不借川、楚失力，攻牢保危，卒举边方已溃之地还之朝廷。是公位烈，声雄一时，孰与高下？公债悱纠互中奋踔而出，危不弃义，用能夷巨患，获大慊迹。其所至兴革，挈纲持网，鉏锘辑耇。若在滇之复兵制，清田亩，罢捐输，厚学校，减商厘，革夫马；在黔之裁冗员，靖匪孽，辑流亡；在闽之开山抚番，筑城浚溪，并营勇，建碉卡，凡非关天下大利患者，固可勿著。①

岑毓英的文学与学问功底，也备受同时期人的赞许。晚清著名学者王闿运在《湘绮日记》光绪二年五月十四日（1876年6月5日）记事中引陆祐勤的话说："岑署督（毓英）豪杰之士，颇读书，明史事，非便李钦差不及，虽今大员鲜有及者。"②光绪皇帝的老师、大学者翁同龢在与岑毓英会晤后，在其《翁文恭公日记》光绪五年二月十六日（1879年3月8日）记道："晤岑彦卿中丞，其人渊然有学问之意，对之生愧。"③岑毓英去世后，张裕钊在《诰授光禄大夫赠太子太傅云贵总督岑襄勤公神道碑》中写道："故自军兴以来，论边地人才，九牧同声，推公为冠"。④

岑毓英本是文人出身、文武兼备的人才，在其任地方要员后，不忘振兴文教。他任云贵总督期间，裁革伏马，奏减徭役，修复大观楼等名胜古迹。昆明大观楼孙髯翁的那条180字长联，即由"西林岑毓英"

---

① （清）翁同龢《诰授光禄大夫赠太子太傅云贵总督岑襄勤公神道碑铭》，《岑毓英集》，广西民族出版社2005年版，第15页。

② 金梁辑录：《近世人物志》第198页。

③ 同上。

④ （清）岑毓英撰：《岑毓英集》，黄振南、白耀天标点，广西民族出版社2005年版，第13页。

于 1888 年 "重立" 的。虽身在他省，心系家乡，他曾捐俸禄于泗城府，重修文庙于百色厅，创建考棚于省城，共同奋斗院添修号舍，为边郡月课筹设膏火，使边疆文风渐振。

赵藩为岑毓英撰写年谱时，提到岑毓英的著作："其存者为批谕奏疏六十卷、书牍二十卷，诸子与门人复辑公诗一卷、遗文二卷。"[①] 赵氏所提到的岑毓英的奏疏、书牍、遗诗、文，除奏疏刻印出版外，余均未付梓。但在岑毓英纂修的族谱里，载有他撰写的文章若干篇。已出版的奏疏，出版时名为《岑襄勤公遗集》（因只有奏稿，故又被称为《岑襄勤公奏稿》），共 30 卷，光绪二十三年（1897）武昌督粮官署刻本。该刻本的缩小影印本被编入沈云龙主编的《近代中国史料丛刊》，2005 年广西民族出版社出版了此版本的标点本。

据岑毓英亲自撰写的《西林岑氏族谱》中称，自宋至清初，岑氏迁粤西后，各支均世官世禄，文章传家。西林一支先祖受赠 "光禄公"，始起文学。岑氏先人，明代的岑承勋公多有著述，著有《凤池制草》、《练溪文集》，明末时遭兵燹无存。另一先人鹤亭公，著有《鹤亭诗钞》，亦遭兵燹散佚。岑毓英自称 "著有奏议书牍诗文汇钞待梓，先摘文之有关谱事者十一篇附刊于后"[②]，自明代至岑毓英时，岑氏众子弟膺乡举选贡生者多人。岑敏祥、岑毓宝、岑毓琦、岑毓英等人均官居要职，文采不俗。岑毓英的春字辈子侄辈，亦多有著述，形成了以岑毓英、岑春煊父子为核心的岑氏家族政治文人群体。

岑毓英弃文从武，以一名年轻的武将初到云南即历任要职，可以说是以武功换来的仕途。起初，昆明的一些文官不太看得起他，认为他不过是一介武夫。在一次宴会上，他们试图捉弄岑毓英，让他出丑，请他即兴赋诗一首。岑毓英面对那些自恃满腹墨水的文人，即席赋诗曰：

素习干戈未习诗，诸君席上命留题。琼林宴会君先到，塞外烽烟我独知。剪发接缰牵战马，割袍抽线补征旗。貔貅百万临城下，谁问先生一首诗？

① 赵藩：《岑襄勤公年谱》卷 10，第 11 页。
② （清）岑毓英纂修：《西林岑氏族谱》卷 6，南阳堂光绪戊子刻本。

此诗既讽刺了这帮官宦墨士,只会纸上谈兵读死书,不能学以致用为社会贡献自己的才能,同时展示了岑毓英的文才,令那些龌龊之徒顿觉无地自容。

在清人留下的文字中,岑毓英的文字亦与他曾任的官职一样,有着十分重要的地位,对于研究中国近代历史和研究壮族历史都是十分重要的资料。岑毓英著有《岑襄勤公奏稿》三十卷,主编《西林岑氏族谱》十卷。他写的诗文很多,可惜见存不多。他的诗意境豁达,文采绚丽。早期诗歌清新洒脱,热情洋溢,带有少数民族特色的浓厚的生活气息和天真的浪漫情趣。如他的一首《七绝》:

闲游远眺且高歌,况是寻芳雅兴多。影乱斜阳天欲晚,一声归去唤阿哥。

诗中的情感十分真挚,体现出青春时代少年的纯朴无邪。"一声归去唤阿哥",写得天真纯美,令人动情。

步入政治生活后,岑毓英肩负着封疆大吏的重任,他的诗歌情调发生了很大的变化。字里行间体现出一股豪迈雄壮之气。他在七绝《春日京师》中写道:

新岁薇垣拥甲兵,春来试马备长征。发开寰宇妖氛净,笔画山河定太平。

在新春的大好时光里,掌握兵权的布政使司整军练武备战,力图涤荡寰宇中的邪气妖氛。而"笔画山河"以定太平,则显示出岑毓英指点江山的豪气与阔大胸襟。

岑毓英擅七律,一些感怀诗嬉笑怒骂,斐然成章。岑毓英虽是秀才出身,但他更是一位从战争中走出来的武将,他以立功德作为名贤的标准,而痛恨一些文人夸夸其谈、华而不实,只知阿谀奉承,不知节义廉耻。他写的一首《七律》云:

官场本是粟陈因，文武均为社稷臣。事事焚香成玉卞，年年俦笔结纶巾。欲扶日月归唐祚，直溯渊源到汉津。自古名贤论功德，无聊之极作文人。

岑毓英一生戎马倥偬，生活面广，阅历较深，这为他的诗歌提供了很好的积累。他虽然不是靠科举出身，事实上他是一位文武双全的儒将，既能胸藏百万甲兵，又具书生意气。他的乘兴吟咏之作也是颇有趣味的。他曾给一位贵县（治今贵港市）地方耆绅梁廉夫写过《绝句》四首，贺其老年续弦。第二首云：

伯鸾曾配孟光贤，佳话今能轶曩编。举案得谐和靖裔，梅花风格拟神仙。

此诗仅仅四句，然而容量很大，粉墨少着，但是尽得风流。可见岑毓英作诗文学功力的老到与技艺运用的高深了。岑毓英的诗有着自己独特的风格和特点，诗作虽未见结集出版，却被公认为是一位诗人。

除诗歌外，岑毓英还留下与家谱相关的11篇文章。毓英在其纂修的《西林岑氏族谱》中，收录了《壬午告家庙文》、《壬午告元配江夫人文》、《壬午告继配赖夫人文》、《西林岑氏桂林家庙碑铭》、《重修汉征南大将军舞阴壮侯岑公墓碑记》、《西祖岑公墓碑铭》等。岑毓英原配江夫人死于同治癸酉年（1873）正月，欲扶其妾赖夫人为继配，未果，又于同年遽然仙逝。毓英的告家庙文及两篇祭夫人之文，尤其写得情真意切，令人感动。如《壬午告家庙文》：

……毓英既冠之年，配妻江氏，缝纫井臼，克守女仪，孝敬慈和，凤敦妇道，琴瑟韵叶，伉俪情深。适值道光咸丰间，西林屡遭兵燹，毓英因出仕滇南，带甲满天，荆榛遍地，家室等嗷泽之雁，骨肉同吊影之鸿，隔亲舍而生悲，盼家书而每梗随。幸在滇署任宜良县事，时念毓英幼而失恃，孤露堪份，仰赖乎大母劬劳，抚乌私而未遂，乃亟命板舆迎养，借鹤俸以承欢。洎乎大母抵滇，而继母与元配皆未随侍也。祖则春秋八秩，茕茕无扶掖之人，孙则民社一身，卒卒无须臾之暇。祖孙泣下，晨夕寡欢。于时，大母命毓英亟选贤媛以助温清。乃奉命礼娶广东赖湘亭公之女赖氏。大母喜甚。及继慈偕元配抵滇，亦喜甚。而赖氏情性柔顺，礼教娴明，奉重慈既博欢心处，元配亦称静好，一庭环珮，存赵姬礼下之怀。五夜机丝无定，子专房之意，此诚族党所咸闻而毓英所深慰者也。继而修短难期，闺闱运蹇，元配江氏忽于同治癸酉年正月溘逝，其时毓英在大理军营，闻讣痛心，惨难言喻。数奉继慈传谕，以教育儿女主馈乏人，俟终期服，如初聘议，以赖氏为继配，情洽礼顺。更不期军务未□□□荒家务，迨至闰六月赖氏又复云亡，耿耿寸衷，莫伸此愿。日月易迈，转瞬十年。今赖氏所生长子春泽业已成家生子，次子春冀、次女一人亦长成，婚嫁有期，允宜围布几筵处告祖宗，用伸前愿，请即追以赖氏继江氏为正室，此后国家颁敕，同分象服之光。泉壤增辉，共受鸾章之贲，想先灵陟降，必昭鉴乎愚忱，后起蕃昌，信追崇之无忝矣。神其不远来格来歆谨告。

毓英长年忙于军政之事，家中依靠江夫人与赖夫人来维持。两位夫人均娴淑静好，然不料同治癸酉年，原配江夫人先离世，赖夫人本拟扶正，因毓英忙于军务，未及完成礼节，赖氏又于同年闰六月去世。《壬午告家庙文》写于二夫人离世十年之后，毓英祭告祖宗，为了完成当年未了的心愿，即追认赖夫人为正室，与江夫人同享朝廷颁敕之荣光。"带甲满天，荆榛遍地，家室等嗷泽之雁，骨肉同吊影之鸿，隔亲舍而生悲，盼家书而每梗随"，体现出岑毓英重情知义的一面。毓英的散文，善活用典，对偶工整，语意井然，言辞哀痛，但不失戎马倥偬之人的豪气。

毓英为位于桂林的西林岑氏家庙旁的岑氏家塾作《岑氏家塾四箴并序》，说起他着力营建家塾的缘由，回忆早年自己求学的艰辛情状，亦写得十分感人。

……方道光之季，毓英束发授书，辟咡趋庭，唯先光禄府君之教是率。既而府君乃诏以博习亲师，襆被负笈徒步至广南，就有道而问。学者历五年。当是时，家贫也。饘粥食，缯布其衣，节缩以

具胝赘。闻人有书，宛转假贷，穷日夜默诵，或怀饼以就钞，僦居
环堵之屋，冬不炉，夏不扇，风雨篝镫，刻苦淬砺，以勉获尺寸之
益。凡今弟子之所有，皆毓英昔所不敢冀倖者也。躬历诸艰，深慨
贫贱读书之难，雅不欲子弟之我读，乃亟亟图维，廓此藏修之地，
贻以诵读之资，使子弟处其逸而凭借以奋兴……

此处写下毓英少年之时，秉承父训，只身徒步到云南广南拜访名师
求学的经历。虽然家贫，毓英依然勤学不辍。这样的经历淬炼出他坚强
的性格，这也是他日后成功的基础。这里文字简练，富含感情，是毓英
深情的人生独白，是其对岑氏子弟读书的苦心规劝。

岑毓英有子五人，岑春煊（1861—1933）排第三。春煊原名云
霭，后改为春泽，27 岁再更名为春煊，晚年自号炯堂老人。春煊一
出世就在父亲的荫庇与光环之下成长。其年幼时，与诸兄弟在五华節
署中侍父，毓英令众子侄各言其志，独春煊默然。毓英问："汝既无
言，宁非不慕功名，将为田舍翁而止耶？"春煊答曰："能作田舍翁
为乡里善人，固亦不恶，唯适间大人所询，建立功名，以男意解之，
必立功当时，垂名千古，如大人今日所成就，始无愧功名二字。男虽
窃思效法，未识能否做到。"此番回答让毓英大喜，认为此子必能继
他而起。

后来果真如此，春煊年仅 18 岁就捐官主事，在工部当差。24 岁就
考取举人，奉旨以郎中在部候补。1898 年至 1907 年出任过的重要官职
有广东布政使、甘肃布政使、一品顶戴并授陕西巡抚、山西巡抚、四川
总督（第一次）、两广总督（第一次）、邮传部尚书。因与清廷元辅庆
亲王奕劻、北洋军阀袁世凯等人有冲突，于 1906 年至 1911 年间虽已任
命但未赴任的调职有云贵总督、四川总督（第二次）、两广总督（第二
次）、四川总督（第三次）。其军政事务建树主要在南方，以清直勇劲、
镇平"匪乱"著称朝野。时人将岑春煊、张之洞、袁世凯并称为"三
屠"或"三宫保"。即"士屠"张之洞、"民屠"袁世凯、"官屠"岑
春煊。张之洞得名是因为他主张废科举，断了大批"士"的仕途；袁
世凯则是因充当了镇压义和团的凶手；而岑春煊"官屠"之名，则是

他整顿吏治而得的。岑春煊因此还被英国人称为"满洲虎"。①

岑春煊一生的思想，经历了重大转折。由民国前清廷的重臣，到民国后顺应历史潮流，反对帝制拥护民主革命，成为民国护国与护法两大运动的核心人物之一。

岑春煊十分重视教育，他任官一地，必兴教一方。他在山西创办了山西大学。在两广时，他得知当时的广西大学缺少校址，便将位于桂林雁山的庄园捐献给了广西省政府，用作校址。他还参与制定了一系列兴教为学的政策，是两广创办新教的重要奠基者之一。1933 年 4 月 27日，岑春煊病死于上海，享年 72 岁。②

岑春煊的文集多为奏章、军政文牍。民国以后，岑春煊被推举为两广护国军都司令，嗣而膺选南方护国军政府军务院抚军副长旋代行抚军长，以及民国六年支持孙中山发起的护法运动，而被公推为护法军政府主席总裁。其参与的民国两役，岑春煊以个人名义发之电稿、函稿、书稿共计七百余篇，这些文牍于 1995 年由广西人民出版社出版面世，名为《岑春煊文集》。另外，岑春煊的其他文稿，散见于多种近现代史资料集中，如北京大学图书馆秘藏未刊的《岑春煊奏议》多册、清季档案以及报刊中。文学方面的作品不多，其晚年的作品，多为友人酬唱应答之作，以序、文为主，然文辞古朴老到，富有文采。如《哈同先生六旬寿序》云：

> 府两大无量，数之精华于一人，复共两大无量，数之精华于万众，此王恺、石崇之所不为。民胞物与之圣贤如孔孟者，心欲为之而力有所不能，范希文、朱考亭能之矣。犹嫌其取之宦囊，借诸天庾。其于泽也，为有限求一挟计然之术，陶朱之赀，不私为独有，以之福利人群者。……兹届七月七日为先生双寿之吉，牛女佳夕，南斗旋辉，歌眉寿之佳颂，鸣海外之新声，洵盛典也。春煊老矣，亦矍铄自豪，敬奉芜词，借当乐府寿人之曲。人以寿寿先生春煊则以慈仁义侠寿先生，亦乐道人善之意云耳。盖春煊不知以谀词媚人

---

① 参见黄佩华《话说岑家父子》，《当代广西》2008 年第 11 期。

② 同上。

者也，先生得毋掀髯一笑乎？

哈同是上海一位行侠仗义的富商。拯灾黎、兴学校、活贫寒，保护文物以避免流失。春煊晚年寓居上海，他与哈同是忘年之交。哈同也是春煊的患难之友，春煊政途失利时，哈同曾帮助春煊子辈、孙辈脱离险难。

春煊晚年，虽退隐上海，但名震海内，交友广泛，因此酬唱之作甚多。另外的酬唱作品有《李母阙太夫人七秩晋四寿序》、《杨闻川君〈黔游诗草〉序》、《调查琼崖实业报告书序》、《共和纪念书序》、《求实学社序》、《赵樾村先生回滇序》、《祭二望岗滇军将士墓文》、《程公玉堂殉国周年纪念祭文》等。春煊擅长写散体文及赋体。为人写序、弁言、寿词发、墓志铭，喜用赋体。如《林烈士格兰君遗垄题词》：

> 繄彼南溟，风潮浩瀚，有岛屹焉，障其北岸，是谓琼崖。岭峤屏翰，奇气磅礴，人文炳焕，爰有烈士，曰林文英。抱革新志，斐声同盟，镇南既蹶，羊垣复倾，乃适南土，牖我侨氓。已奠共和，不辱高位，团结民党，鼓吹正谊。坛坫雄谭，春秋笔意，见嫉当时，从容就义。斯人逝矣，遗塚穹然，冤咽潮水，魂凄杜鹃。何以慰之，勒石表阡，柳下之垄，千古并传。

林格兰即林文英（1873—1913），字如春，号格兰。海南文昌人。早年在泰国经商，后赴日本学法政，毕业后在泰国与人捐资办《华暹日报》，组织同盟会。辛亥革命返国后，先后被任命为琼州知府、琼州交通部长。1913 年，赴京进行反袁活动而被杀。

因山高路远，岑春煊一生并未回到过那劳老家，他却一直以"岑西林"自称。岑春煊十分重视教育，尤其关注家乡岑氏族人的教育。他于清光绪三十年（1904）在家乡西林县那劳村建南阳书院，不管贫富，吸纳岑氏族人及远近乡邻入学。为发展那劳村甚至西林地区的文化作出了贡献。岑氏族人因此英才辈出，其中以知识分子、官员较多，能吟诗作赋者不少，形成了地方的一个文化群体。近年来，西林县文化工作者在收集整理该县历史文化遗产时，发现一批该县那劳村岑氏家族的文字作品，这是十分珍贵的史料，也是清代桂西岑氏家族文化兴盛的一个表现。其中就收录了上述那首云贵总督岑毓英讽刺无聊文士的诗作。

清代以岑毓英为首的西林岑氏族人可以说是桂西驮娘江畔出现的一个奇迹。在遥远偏僻的山村里能出现"一门三总督"的荣耀，而且他们能以一个家族政治文人的整体面貌呈现在世人面前。不仅重视文，也重视武，重视教育，不仅功勋卓著，文名亦远播。岑氏家族政治文人群体的出现可谓清末桂西地方文化史上的奇观。

四　靖西"二童"与德保刘凤逸等

同为桂西本土诗人，与宜州余心孺、西林岑毓英等在全国也有一定名气的文士相比，镇安府出现的壮族诗人则滞后并名气小得多。但在乾嘉年间亦出现了一批壮族诗人，如归顺州（治今靖西县）童毓灵、童葆元兄弟与袁思明，府治天保县（今德保县）刘凤逸等。

前文已有所述及，陆续进入镇安地区的文人官员如孔传堂、许朝、傅堅、商盘、赵翼、汪为霖、李宪乔、刘大观、羊复礼等人，他们重视文教，观风俗，施礼教，在行政治理和文学创作的同时，致力于在桂西推广中原先进的汉文化，有的还捐俸办学，亲自授课。如镇安知府商盘"甫下车，即进诸生课于庭口，讲指画无倦容。镇俗言语侏儒，习试帖者均不谐平仄，盘训以开口合口、唇轻唇重辨音法。生儒环侍而听者，称为商夫子云"。[1] 归顺知州李宪乔"敏明刚断，礼士爱民，尤工于诗。政暇尝以教州人士。州人粗知韵语，皆宪乔所教也。贡生童毓灵、庠生童葆元皆经其陶育。一时风雅称彬彬焉"。[2] 据赵翼记载："广东言语虽不可了了，但音异耳。至粤西边地，与安南相接之镇安、太平等府，如'吃饭'曰'紧考'、'吃酒'曰'紧老'、'吃茶'曰'紧伽'，不特音异，其言语本异也。然自粤西至滇之西南徼外，大略相通。余在滇南各土司地，令随行之镇安人以乡语与僰人问答，相通者竟十之六七。"[3] 商盘、李宪乔诸大家要教"言语侏儒"，"不特音异，其言语本异也"

---

① 羊复礼修：《镇安府志》，光绪十八年刊本，台湾成文出版社 1967 年影印版。

② 《靖西县志》，民国版。

③ 赵翼：《檐曝杂记》卷三《西南土音相通》。

的本地壮族"诸生"或"州人士"学会"辨音法"并"粗知韵语"，写出"风雅彬彬"的汉文诗来，其教学的难度与敬业精神可想而知。也正因为有这样一批学者循吏对汉文化的热心传播，镇安府一带出了一些壮族诗人甚至壮族文学家族。

（一）"二童"与袁思明

李宪乔在"政暇尝以教州人士"时，或与门下弟子讲学，或同游名胜并创作，或在同品书画时互相唱和。他赋赠诸生的诗作不少，诸如《与诸生》、《示州父老子弟》、《招诸文士》、《游滨山寺》、《归顺书感》、《携黄生鹤立登西城带山，亭子坐竟日，鹤立有诗，予和之》、《与鹤立步访上甲村二黄生》、《下雷土州舍与门人童正一同宿》、《和正一早行》、《汪太守以陈洪绶画韩文公访卢仝卷见赠赋谢并示归顺诸生》、《赠黄生》、《喜雨和门人童正一》、《赠袁生子实（思明）》、《月下送子实》、《九日游太极洞读楚辞，因同其体作歌，命门弟子和之》、《九月十七夜与童正一登怀远楼》、《将去镇安前一夕留赠黄生鹤立》、《叙吟示正一》、《镇安寓舍赠农生大年，并示童正一，即以留别》、《镇安与童正一别后却寄》、《镇安离席听童、曾二生歌诗，音韵凄切，因复留赠（童名毓灵，曾名传敬）》等等。[①] 如《招诸文士》：

> 拙身谬从仕，性本耽闲冷。浩浩更南鹜，已尽炎荒境。
> 亲友怅阻绝，无由通欸馨。举举二三子，殷然时造请。
> 每惭旧学荒，且复撄簿领。幸值罢州事，衣带勿烦整。
> 远水迢郭白，秋山临边静。倘能从我游，鄙辞当为骋。

从中可见他对当地少数民族作者的悉心栽培与深厚感情。

在李宪乔诗中提及的从学诸生中，以童毓灵、童葆元兄弟和袁思明最为杰出。

1. 童毓灵的创作

"童毓灵，字九皋，贡生；童葆元，字汝光，附生。皆州城人，明敏好学，尤工于诗，一时有'二童'之目，为州官李宪乔所激赏。执

---

① 赵黎明：《〈少鹤先生诗抄〉校注》，硕士学位论文，广西大学，2002 年。

赞李门下，凡有盛会雅集，更迭唱和，两生靡不与焉"。① 童家兄弟通过跟从李宪乔游学，学业得到了很大长进，童毓灵创作有《岳庐集》、《秋思集》、《宾山集》等诗集，童葆元则有《皆玉集》。可惜这些诗集都已经散佚，仅在张鹏展辑录的《峤西诗钞》中，收有童毓灵诗三十余首，童葆元诗数首。

童毓灵的诗歌作品中，五律占多数，风格以学习中、晚唐五律诗为主，其余为古体诗，四、五、七言纷然杂陈，灵活多变，不拘一格。其题材内容则可分为三类：

（1）交游唱和。如《从少鹤先生游宾山》：

> 有鹤有鹤来海岛，蓬莱顶上拾瑶草。有时飞到天西南，灵药此间亦不少。

诗人对山左大家李少鹤因宦游莅临"天西南"而使自己有幸从学，深感荣幸。此番陪游归顺州名胜宾山，如登蓬莱顶采灵药，收获多多。再如《寄酬李约言》：

> 箧里去秋书，书来是病余。遥怜新句少，应惜故人疏。
> 海国云生处，江乡叶落初。经年方得报，怊怅意如何？

以饱含真情的笔调，写出对远方故人的深切思念。又如《送傅卫之》：

> 去棹漫夷犹，相看近白头。共怜贫到骨，还感别当秋。
> 岳顶朝日出，湖心夜月浮。从来清白吏，难免子孙愁。

送别朋友之际，不禁慨叹彼此老来犹贫。然而面对朝日、夜月，双方都自觉此生无愧，因为作为"清白吏"，历来都没有身外之物留给子孙。

（2）感事咏史。童毓灵的诗多是咏史、怀古，用事落典较多，意境多有寄托。如《代赤松子招张子房》：

---

① 《靖西县志》，民国版。

大风起兮云飞扬，大风息兮云分张。云分张兮犹在天，白日没兮夜漫漫。山中夜兮明月留，山中晓兮明月收。

《史记·留侯世家》记载张良在辅佐刘邦建立政权后，为保全自己而功成身退，对汉高祖说："愿弃人间事，欲从赤松子游耳。"赤松子是秦汉传说中的上古仙人。《太平广记》中也有记载墨子年82岁时"世事已可知，荣位非常保，将委流俗，以从赤松子游耳"之叹，诗人却反过来说赤松子要招张良避世远游，暗含对刘邦过河拆桥迫害功臣的反讽。再如《代戚夫人答汉高帝歌》：

威凤高飞，忽东忽西。巢有遗雏，谁复翼之？
谁复翼之，当奈雏何！雏鸣啾啾，安避鸮蛇。

写汉高祖的爱妃戚夫人，在高祖死后被吕太后斩去四肢做成"人彘"的悲惨遭遇。诗人借替戚夫人鸣冤之机，隐晦地批判封建社会家天下不可避免的继承之争，以及斗争的残酷无情。

这类历史题材的诗作，还有《代边卒哭飞将军》、《淮阴哀韩侯》、《易水吊荆轲》、《子云投阁》、《嘲东方生》等。

（3）写景抒怀。童毓灵的《独秀峰呈颖叔先生》，虽然在题中标注是送人之作，就其主旨仍是一首写景诗：

百粤无地无山峰，千幻万化形难穷。奇到桂林奇不去，杜老此语未足凭。吾郡去桂三千里，岂亦有烦神鬼工？龙攫虎挐纷无数，中间一岊尤岹峣。掉头山外不回顾，势欲独专南服雄。众峰那无崛强者，只若壁观莫敢攻。一时俯首尽培塿，倚天放出万丈松。我自弱岁即壮之，思排阊阖吟高空。谢朓有句未足携，安得剑笔齐崆峒！坐恐此奇竟泯灭，先生一笑来海东。

此诗所写的"独秀峰"，在镇安府治天保县城北面，山峰像一枝青笋，山腰峭壁镌"云山"二字，笔迹遒劲。此峰的慈云洞内有乾隆年间修建的观音阁，峰腰处有钟灵阁，更有天然岩洞毓秀岩、流云洞，洞中豁然，别具天地，多有历代名人题诗辞刻石。与桂林独秀峰的清秀独标不同，诗人笔下塑造的这座独秀峰像昂首天外，峥嵘挺拔，巍然称尊，坐镇群山的巨灵。诗中"龙攫虎拏纷无数，中间一峉尤峃峃"二句，以刚健灵动之笔，极写众山簇拥之下独秀峰的险峻奇丽。句中用了三个古壮字：峉，上声下形，即读若当地壮话"巴"音，意指高而尖的石山。"峃"，左形右声，即读若当地壮话"松"音，意指（山）高；两字叠用，即很高很高。壮族人写汉文诗偶尔夹用古壮字，对理解诗作并无大碍，反而使笔下景物别具异域风味，更显奇丽怪伟。童毓灵的《咏怀》：

> 生性爱萧骚，悄然生二毛。心应死冰雪，身竟老蓬蒿。
> 散步逢鹤住，孤吟看月高。却思五字外，何者与儿曹？

"二毛"指斑白的头发，常用以指老年人。"五字"指五言诗。明代王鏊《震泽长语·文章》："唐人用一生心于五字，故能巧夺天工"。诗人自述一生淡泊明志，冰雪自清，安于贫寒，除了诗作，没有什么可以留给儿辈。

　　2. 童葆元的创作

　　与童毓灵诗偏好浓重沉著的咏史怀古多用典不同，童葆元的诗作更偏向于恬淡清新，有一种自然流畅的田园诗的情趣。如童葆元的《从少鹤先生游滨山》诗：

> 山上谒吾师，山下采灵药。此境在人间，人间无此药。

诗中也把此番陪同少鹤先生游览滨山，比喻为登蓬莱顶采灵药，但不说收获多多，却强调所得的珍稀贵重，同中有异，颇见奇巧。写陪同恩师出游的还有《少鹤先生夏日登城西环极阁作》：

> 高阁无暑气，鹤衣披此间。坐来将日午，吟对始晴山。
> 只许僧堪并，尚嫌云未闲。手中藤杖在，犹忆旧松关。

在炎炎夏日中，师生同登高阁，爽气拂面，诗兴倍增，雅意正浓，不禁超然物外，流连忘返。童葆元还写有一首《田家》：

> 前山欲夕晖，有客叩荆扉。共话桑麻长，行来远径微。
> 林间樵乍返，雨后韭初肥。莫笑无兼味，呼儿看钓矶。

诗中描写田家在傍晚时分有客叩门，主人刚从林间砍柴归来，并掐回两把雨后正肥的韭菜，还让孩子去看看河边石矶放的钓钩是否钓上了鱼。来一个韭菜煮鱼，与远方来客把酒言欢共话桑麻。这是何等洒脱豁达的思想境界。

3. 袁思名的创作

袁思名字监川，又字子实，归顺州诸生。《三管英灵集》收有其诗36首。他的《述志上少鹤先生》较有名：

> 古称三不朽，立言又其次。言之能有物，乃与功德比。
> 举世不师古，此道盱将坠。谁能挽颓波？逐汰更扬沸。
>
> 擂擂空自奇，孤介耻侧媚。岂期百鸟群，忽得闻鹤唳。
> 白云翔乔松，清风洒芳蕙。相从愧奋飞，瑶华托素志。

《左传·襄公二十四年》记载："大（太）上有立德，其次有立功，其次有立言。虽久不废，此之谓不朽。"袁思名从学诗的角度切入，强调"言之能有物，乃与功德比"，并立志要挽"举世不师古"的"颓波"，"相从"名师"奋飞"以实现"素志"。运笔刚健，措辞得体，态度诚恳，意境是颇高的。又如《九日与童汝光登宾山寄少鹤先生》：

> 一啸破长空，萧萧落木风。古来重此节，尽日与君同。
> 孤鹜渺无际，骚人悲不穷。一樽白衣酒，好为待陶公。

诗人与同学童葆元同游家乡名胜宾山，抒发了登高望远、挥斥方遒的书生意气。尾联"一樽白衣酒，好为待陶公"，是对恩师遥致思念与敬意，情真意切，感人至深。

（二）刘凤逸的诗

刘凤逸，字止梧，号仪韶，为镇安府治天保县（今德保县）上沐村人，庠生。乾隆十三年（1748）修《镇安府志》时为校对员。其父夺魁，与兄经魁争家产，父卒后，凤逸宁受委屈，悉让与兄。后家道愈落，凤逸处之怡然，年四十六卒。其诗亦颇有古人遗风。

1. 咏物诗

他借物抒情往往能自出机杼，寓意深刻而独到，言人所不能言。例如《古墓》：

> 古墓空林下，深山自寂廖。碑残荒草没，香断隔年烧。
> 野鼠巢空穴，狂狐叫雾宵。子孙何处是，斜阳听归樵。

"古墓"指明代镇安土府土官岑天保及其家人的坟墓。岑氏是较为开明的土官，颇有民望，镇安府改土归流后增设附廓县时，即以其名命名为天保县。明嘉靖五年（1526），田州、归顺、向武三州土官联合三千余兵力，袭破镇安府，砸坏岑氏墓，挖出骨骸焚烧并撒入鉴水。此诗凭吊岑氏，说其墓虽已久毁，但遗泽是毁不尽的，且看那些唱着樵歌暮归的或许便是其子孙。

又如《夕阳》：

> 夕阳红寂历，山水一痕青。映树欺秋叶，凌波媚晚汀。
> 能将风景坠，偏唤渡头暝。返照繁花灿，春光又满庭。

"夕阳"常给人煞风景、不长久之感，即使"无限好"也"只是近黄昏"。而诗人却能从中看到处处是迷人的光环，时时充盈盎然生机，烘托出一种崇高的境界。

2. 写景诗

他笔下的家乡景色，或壮美，或奇秀，也显得与众不同，令人爱恋。如《秋晚登独秀观音阁》：

　　高峰直上倚晴秋，独秀峨峨震一州。壁构瑶琴临地迥，洞连画
阁遏云流。寒塘宿雾鸣鸿雁，绣户秋光宿斗牛。闻道擎天真不谬，
访山何必到瀛洲。

《狮子山李处士云岩》：

　　妙境何年辟，玲珑一洞深。檐低迎晓日，树古积浓阴。
　　碧殿蒸岚气，石床横素琴。云程从此步，结伴喜登临。

对其家乡天保县城的独秀峰、狮子山两处名山胜地，都能形神兼备地写
出其特点，令人情不自禁向往之。
　　3. 酬赠与自白诗
　　他与友人交往应答，也多有真挚的情谊和向上的节操。如《寄贺
黄友人书斋新成》二首：

其一

　　闻君筑室近江头，胜似仙居任意由。阁架溪春喧伴读，窗罗翠
岫解招游。疏慵自笑观鱼乐，闲静还来对水讴。何日过门成夜泊，
共歌高枕听涛流。

其二

　　小隐溪亭架碧流，溪回水抱胜瀛洲。前山碧树窗棂静，隔岸荷
香枕簟幽。碓外虾蟆惊客梦，床头络纬咽凉秋。闲来野客常欢笑，
好伴斜阳几度留。

此诗音韵和谐流畅，诗意十分浓郁，意境清空高洁。"共歌高枕听涛
流"表现了奋发共勉的意味，"好伴斜阳几度留"则多了几分浪漫
洒脱。
　　《书斋独宿》则是自述寂寞的内心独白：

　　初冬时节夜如年，梦觉方床复几眠。滴滴鸣檐愁苦雨，声声过
雁叫寒天。无灯向晚频敧枕，偶意吟诗不计篇。惆怅寒花香寂寞，

起听流水响门前。

诗人自言寒夜无灯欲读而不得、又独学无友的苦闷烦恼，曲折地表现出他好学上进的志趣和对友朋的渴慕之情。

4. 行役诗

这类作品写奔波在外的苦辛和对家人、故乡的怀念深情，别具一格，生动感人。

> 僻居明月夜，引望独迟眠。寒彻蓬山顶，冷侵巫峡边。
> 客中怜素态，花下惜婵娟。泪洒云鬟湿，清辉何处圆。
>
> （《客中望月》）

> 旅中谁共伴，相对独亲灯。海内悲寥落，天涯苦贱贫。
> 倚门望尽夜，对镜思来春。无言垂首坐，自恨老风尘。
>
> （《客中除夕》）

> 星灯半暗促人忙，芒屦行行踏晓霜。雾压寒声林欲啸，烟笼残烧野生光。迷离怪石曾警虎，隐约荒菁屡讶狼。月落晴开心足壮，遥瞻云树隔家乡。
>
> （《山中早行》）

第八节 许朝与云山诗派

清代在桂西诗坛上，官吏身份的文人创作是一个最明显的特点。除了上述的赵翼、商盘、刘大观等人外，曾历任镇安知府、太平知府、怀远知县的许朝，亦是官吏型文人，既勤政发展当地文教，又勤于创作，有诗集传世。他们为清代桂西诗坛增添了亮色。

一　"诗似放翁"的许朝

许朝，字光廷，号红桥，江苏常熟人。乾隆四年（1739）进士，授广西怀远知县，调太平府通判，乾隆十三年（1748）任镇安知府。乾隆二十一年（1756）充乡试同考官，以事牵连罢职。任山西端平书院山长。著有《红桥文集》一卷、《红桥诗集》三十卷，均未刻。今存写本数种：《红桥文稿》一卷，《杂说》一卷，稿本，清吴卓如等批；《红桥文稿》一卷，《杂说》一卷，钞本，陈文镜跋；《红桥文稿》一卷，清钞本；《红桥文集》一卷，光绪二十七年翁同龢补目及跋；《红桥文钞》一卷，钞本，一册；《红桥诗草》三十卷，稿本，清韩锡胙评。

袁枚《随园诗话》卷十三云：

> 同年许朝，字光庭，常熟人。诗似放翁，殁后家无继起者。录其佳句云："泉碍石流无意曲，草经霜陨不须芟。""倚床爱就胧边枕，照镜贪看背后山。""得月便佳还值望，是山都好不须名。""预思煮雪垆先办，不会裁花谱借抄。"五言如：《病骡》云："眠沙深有印，啮草懒无声。"《山村》云："峰乱向人涌，泉分界石流。"又："舟隔堤撑半露篷"，七字亦佳。

许朝出任镇安知府后，即为镇安的雄山丽水、奇峰怪石所陶醉。据清镇安府《旧志图说》载：

> 府治以云山为城，东南曰芳山，文笔峰卓然。楼橹之外鉴水响泉萦回，左右黑岩盘石，幽胜天成。东北为奉议州地，滨右江（今称左江），为郡藩篱。东南为向武都康，南为上映，俱弹丸保障。西为归顺，西北为小镇安，壤地相接，皆界连交趾。而丸泥封谷、安内攘外，实西陲障蔽。极南为湖润下雷，附郭有天保。流、土环护，俨然极边一都会也。山林沮泽，阨塞绵亘，号称天险。①

---

① 羊复礼：《镇安府志》。

镇安确是天下的一大奇观：府城为月牙形，山环水抱。城东有扶桑山，层峦叠翠，高出云表。据说登其巅可望见日出处，清代列为"天下十大名山"之一①。

镇安府治在天保县（今德保），旧有"天保十景"的名目，即"云山叠翠、独秀擎天、马鞍效灵、鉴水漾洄、文笔干霄、马凉华表、扶苏旭升、响泉流韵、盘石坐镇、西山夕照"十大胜景奇观。镇安府署坐落于"擎天"的独秀峰麓，背靠"叠翠"的云山，峰下是"漾洄"流淌的鉴水，面对"效灵"的马鞍山，其余各景点分布于东、南、西、北四方。许朝在流连激赏之余，诗兴大发，为"十景"各配"诗题"：

云山叠翠诗题

岹嶤见云山，苍翠如屏立。保障托地灵，肘腋连雄堞。

时或见樵子，攀登劳拾级。千里镇岩疆，群峰拱而揖。

云山为天保县城主峰，屏立于县城北面，山峰秀发，肩交独秀峰，肘腋莲城，明代时筑有小路蜿蜒至顶峰。山上奇石嶙峋，如云髻玉笋。山中古榕盘桓，老柏苍翠，彩禽唧啾。山左有响泉水环抱，右有灵泉紧裹，并有宛若翠屏玉带的鉴水漾洄于东南面。每逢佳节，均有人登山赏景吟诗作赋和登高祈福。

独秀擎天诗题

一柱当空擎，卓卓旁无倚。孤亭寄山腰，平畴览如绮。

秀色上参天，雄城让独峙。空岩或腾龙，飞天咫尺耳。

独秀峰为云山正面配岳，状如巨型青笋，山腰峭壁镌"云山"，下有"配岳"二字，笔力遒劲。峰半有毓秀岩、流云洞，入内豁然，别有天地，多有历代名人题刻诗辞。明镇安土府、清镇安府署即建在峰下。

① 《古今图书集成》方舆卷1450。

马鞍效灵诗题

荒郊卧天马，天马不释鞍。山灵职雷雨，滂沱万井欢。

仿佛神龙出，夭娇弥冈峦。令我心神驰，抚肘兴无端。

马鞍山在马鞍村百登屯后。山上古木苍翠，松涛如潮。相传某年镇安遇大旱，祭神求雨未果。一日，有黄某忽遇三位老翁在山上对景吟诗，便问长者何日得雨？三老异口同声答某日有雨，言毕不知去向。其后某日果降大雨，民众便在山上建亭以谢神灵。

鉴水潆洄诗题

鉴水环郡城，左右潆如带。平畴千万顷，良苗资灌溉。

滩声终夜喧，澎湃撼官廨。鉴此澄吾心，洒然空俗外。

鉴水源出都安乡三合村鉴山脚下，由地下河涌出而成。河床潆洄若带，流至城西断崖形成广西四大瀑布之一的"响水瀑布"。四处瀑滩总长四百余米，水从数丈高崖倾瀑而下，震若轰雷，烟雨氤氲，美不胜收。

文笔干霄诗题

孤峰峭不成，尖锐矗文笔。纬画破大荒，灵气乃发越。

浮云护其峰，星垣任披抹。仗尔化蛮风，光芒荡日月。

文笔山在东关乡念乐村弄宛屯，秀耸如笔，山脚有大片青草坡地。每年正月二十七日，各乡村男女青年聚此举行开春首次歌墟节。

马凉华表诗题

两山划然分，劈峙严华表。不闻令威来，野鹤时旋绕。

松桧自郁盘，径僻人迹少。霭霭马凉村，夕阳烟树渺。

在巴头乡马亮（即"马凉"）屯田垌旷野间，有两峰拔起对峙，俨然两尊巨型华表相对耸立。秋收时节晨曦初照，在满垌金黄色稻谷衬托下，两座"华表"如镀金粉直插云表。

扶苏旭升诗题

金鸟翔扶桑，光照扶苏巅。扶苏何崔巍，浮云与周旋。

瞳眬豁万象，孤峰得其先。华夷普一照，瞬息消蛮烟。

扶苏山在足荣镇扶苏屯，拾石级至山巅，顶上有平野方四五百米，长年青草如茵，繁花似锦，中央有泉水极为甘冽。清晨登顶远眺，众山若隐若现，流云瞬息万变，旭日东升后云消雾散，山下回迂的那绿江、足荣河如两条绿带飘向远方，令人心醉忘返。

响泉流韵诗题

郁葱天保山，山名志贤守。清泉万古流，德润同永久。

人杰地效灵，人地共不朽。我来瞻眺间，惭愧步尘后。

响泉山在马隘镇贤恩村，响泉之水从山脚东面流出，清澈如镜，常年不枯。泉口前有大片水滩，上多怪石若千百飞禽走兽。春夏时泉水尤似脱疆群马，争驰岩滩，撞击滩石，飞花乱溅，声如奏乐。后因土知府岑天保葬此山下，将该山改名天保山，响泉也改称天保泉。

盘石坐镇诗题

盘石如镜平，小坐足清赏。何年石星殒，位此幽僻壤。

空山人定僧，趺坐宜合掌。羡彼耕凿夫，作悬质偃仰。

盘石胜境在龙光乡平圭村头。四周青山环拱，一峰兀耸于田畴间，蔚如玉笋。山腰环筑一米厚、高三米余的石墙，有南、北两拱门纡盘至顶。山顶古榕下有一大块平如镜面、方似棋盘的巨石，其旁又有八九块各边长约二米的方石，垒叠而起，奇特壮观，相传往古夜间有仙人在此对弈。

西山夕照诗题

落日驻西山，疏烟抹平远。村落映虚明，牛羊下来晚。

暮色少人知，藤萝松径满。选胜遂荒郊，相期破苍藓。

东关乡西读村下朔屯旁的西山，相传为独秀峰之姐妹山。山体细高而四周绝壁，山顶古木藤蔓丛生，鉴水绕流过其右侧。每当夕阳返照，西山倒映在鉴水河上，如沐浴少女静美可爱。

　　许朝身处镇安奇山秀水、特异风光之中，引发遐思惊慨而吟哦铸成这组题诗华章。所题各景均能抓住特点，选准角度，概括描述，提炼出各各蕴涵的精神气质，而又合成一方地域文化整体景观，使镇安天保作为南疆边陲古邑、桂西文化名城，以自具的雄丽鲜妍面目，卓立于南疆的秀美山川之间。

　　许朝的这组题诗，确实酷似南宋陆放翁描写山水景物的律、绝诗篇，笔致清丽流转，情韵深婉隽永，描写细腻生动，语言清新优美。而其中意象的灵动、新奇，情调的风趣、诙谐，又具有清代性灵派的特征，因而成为继任者和其他诗人争相奉和、效仿的经典之作，由此而形成了一个颇具规模的云山诗派。

二　"云山诗派"其他诗人

　　这一派诗人，大体是许朝之后的镇安知府、天保知县、教授、庠生等，而且大多参与《镇安府志》的修撰、采访、校对等工作。其成员既有外来的宦游文士，又有本土的壮族诗人。诗作内容一般不离以"天保十景"为中心的山水风光、地方景物，有的诗题就直接标明是步许朝诗，诗风也大体相近。

　　比许朝还早写天保名胜风光的镇安知府是张光宗、张嘉硕。

　　张光宗为汉军镶黄旗人，监生。乾隆九年（1744）授镇安知府。时镇安改土归流未久，文化教育设施尚待设置，他于城东门创建秀阳书院，并捐俸银三百两，在独秀峰筑一览亭、大有亭。在一览亭题一联："左控横山右绝塞，为筹民物一登临"，有《大有亭》等诗作：

大有亭

　　倚山傍洞一亭开，缭白萦青入座来。试听稌歌声四起，何如仙子下蓬莱。

一览亭

孤亭幽敞半山岑，千里风烟万壑深。左控横山右绝塞，为筹民物一登临。

张嘉硕，江南吴县人，岁贡。乾隆九年（1744）由太平府通判升任镇安知府，当年由张光宗接任，十一年（1746）复任镇安知府，至十三年任满，由许朝接任。有《鉴水潆洄》等诗作：

鉴水潆洄

水清能鉴物，此水所由名。激漱摇星斗，洪涛撼雨晴。粼粼环碛岸，曲曲绕山城。三月桃花发，沿溪锦浪生。

马鞍山

南郊有灵石，乃以马鞍名。四郊望云雨，祷辄殊阴晴。天马产渥洼，何时来山城。精诚能感格，借以慰农情。

盘石

一望平田际，峨峨耸地灵。雨余环野绿，云浮露峰青。苍翠封苔藓，玲珑入画屏。幽人无个事，徒倚坐危亭。

响泉

遥睇悬崖一水迎，宛从天际玉壶倾。源长莫测飞流势，湍急仍舒淡荡情。喷雪千层花作浪，涌珠万斛日垂晶。闻来一枕临川上，识得笙镛晚更清。

沈嘉征，顺天固安籍，浙江山阴人。进士，乾隆十三年（1784）接许朝任镇安知府，《镇安府》重修时任分订。有《马凉山》等诗作。

马凉山

形如华表两山分，对峙千寻护白云。倘是仙人曾蜕迹，合教灵鹤出尘氛。石封苔藓神尤古，地产松杉草亦芬。问俗必经岩谷里，马凉村子对斜曛。

鉴水

一水涟漪绕郡城，空明好比玉壶清。星河万象归澄照，粳稻千
畦惬众情。秋澹远看孤雁影，波长遥听叱牛声。越州蓬岛吾庐在，
八百依然画里行。

响泉山

山因贤守得嘉名，地邑还随两字旌。久远不忘循吏德，登临唯
见野泉清。涓涓细流传余韵，寂寂空台动故情。天地从来三不朽，
立功千古自峥嵘。

傅堅，字成山，直隶灵寿人，进士。乾隆十七年（1752）任镇安
知府。他在前任已陆续兴建文庙、学宫、书院的基础上，组织各属捐
资创建庆祝宫、明伦堂。又见镇安府向无志乘，遂增辑旧稿，修成
《镇安府志》，共八卷。镇安水旱灾害时发，他捐资于芳山建龙神祠
供乡民祈祷。每当岁稔，民众感其恩。作有《步许朝××××》
组诗。

步许朝云山叠翠

百幅云母屏，森然背城立。无心出岫云，霏霏弥城堞。
我拟快登临，蜡屐愁拾级。翠色剧可餐，袍笏效拜揖。

步许朝文笔干霄

荒徼开群蒙，文峰矗若笔。卓立频官前，风化宣骆越。
锐颖期画日，那肯间涂抹。伫看破天荒，不须俟岁月。

步许朝题云山独秀峰

峰矗官衙侧，危亭时徒倚。摩挲题壁诗，苔藓错锦绮。
峻极安可攀，空劳云外峙。博得边方人，仰止孤高耳。

步许朝马鞍效灵

何处来神骏，昂然据银鞍。飞腾出边塞，万姓皆罗欢。
一日作霖雨，苍翠迷峰峦。蛟龙不可测，仿佛入云端。

步许朝扶苏旭升

扶苏高千仞，吾侪跻其巅。东溟现朝旭，云霞相盘旋。
阳德无私照，高则开其先。下视洞底松，郁郁生寒烟。

步许朝响泉流韵

山下循良祠，俎豆贤太守。惠爱五百年，人心相与久。
响泉余韵流，山亦借不朽。握管扬清风，风示今而后。

步许朝鉴水潆洄

澄泓一水环，宛若青罗带。高下激湍流，良田得所溉。
源发鉴山根，清响彻郡廨。恍如濠梁乐，溯洄西山外。

步许朝西山夕照

西山落照低，黛色峰峰远。暮霭凝深林，天末归鸦晚。
翘首视下村，影入疏林满。野老看山回，扶筇踏苍藓。

步许朝马凉华表

岂岌两高峰，天然作华表。山畔马凉村，密树清溪绕。
仿佛桃源中，地僻车马少。化鹤归何年，闲云自飘渺。

禽之翰，天保县人，乾隆十七年（1752）贡生，能诗赋。乾隆二十一年（1756）镇安知府傅坚辑修《镇安府志》时，以其熟于本地掌故，招其入志馆为采访，后委其于府内任事。有《马鞍山》等诗作。

马鞍山

未识天马形，今乃视其状。银鞍列青峰，珍勒被霞幛。
望泽崇山灵，苍生企神贶。夜闻风雨声，恍出龙鬐上。

吟云山

万叠峰峦秀黛环，弧城翠霭半依山。窗中隐见青螺髻，云外参差玉笋斑。鸟弄清歌弦管静，雨拖淡墨画图闲。炊烟朝夕氤氲里，疑入公超雾市间。

扶苏山

扶苏高不测，云雨及其半。濛濛在太古，乾坤犹未判。

齐州九点烟，遥天一轮旦。平生葵藿心，登临发永叹。

无题

何代生花作翠微，纤毫玉管欲停挥。临池荡漾文澜迁，蘸墨林漓雨粟飞。天畔云霞团锦绣，岭头星月吐珠玑。只今书就黄庭后，不伴山阴内史归。

张日誉，甘肃人，乾隆年间任广西分巡左江兵备道。镇安知府傅堅辑修《镇安府志》时，请其作序言。有《莲花崾上见红叶》等诗作：

莲花崾上见红叶

峻嶒峭壁径难通，斜依山边叶露红。万树萧疏惊灏气，一林渲染妙天工。光联霞绮因霜饱，色艳春花似火烘。漫道岭南多焗热，镇安道上见丹枫。

文兆奭，广西灵川县人，进士。《镇安府志》分纂。有《咏云山》等诗作：

咏云山

山环城北叠云封，山外生云云外峰。春艳野花呈五色，霜匀红叶烂三冬。晴天薄暮凝烘月，雨霁崇朝欲见龙。乘兴登临欣有路，蓬瀛应许得相从。

咏马凉华表

何年双柱矗亭亭，云护苔封一株青。雄峙炎交天界险，高齐云阙地偏灵。归来鹤影留踪迹，仙去鸾笙入杳冥。边隘雄风资保障，荒郊夜户不须扃。

文笔山

谩夸梦笔大如椽，争似锋芒上插天。星斗焕文书牍尾，云霞蒸彩曳毫巅。烟凝碧落笺成锦，水泻银河砚呈田。盛世边陲开景运，玉峰遥峙泽官前。

康世德，甘肃人，进士。乾隆十三年至十七年（1748—1752）任天保知县。《镇安府志》辑修时任分纂。有《马凉山》等诗作：

马凉山

芙蓉两朵耸岩峣，喜见高峰插碧霄。日射九天鸾鹤杳，云开千里雁鸿遥。依稀海岛三山现，仿佛神灵万壑朝。奇胜欲题惭未得，翻然更觅虎头猫。

西山夕照

闻道西山好，偶来一望中。苍岩开锦绣，碧岫斫玲珑。
鸦噪晴烟紫，人归夕阳红。幽情尚未已，石径月朦胧。

蒋赵济，兴安县人，举人。乾隆十三年至二十五年（1748—1760）任镇安府学教授，《镇安府志》辑修时任校正。有《吟云山》等诗作：

吟云山

谁移瑞霭到穷边，一望遥岑翠黛连。云汉有梯能接地，蓬莱无路亦登天。晴留夜月辉三五，雨霁朝霞象万千。出岫无心堆数叠，凭谁锁钥障蛮烟。

刘光大，天保县人，府学廪生。《镇安府志》辑修时为校对。有

《吟独秀峰》等诗作：

吟独秀峰

擎天一柱独崇隆，秀色天然造化工。意象高于南极表，精神遥与北辰通。悬崖隐隐朝霞染，瘦脊盘盘落照烘。几欲攀援登绝顶，齐州烟气俯空濛。

江绍华，天保县人，候选训导，岁贡。光绪十八年知府羊复礼重修《镇安府志》时聘为分纂。有《登独峰》等诗作：

登独峰

游山忘力疲，策杖蹑云表。登彼独秀峰，历览众山小。
回顾城东隅，颓阳红缭绕。时当春三月，天气晴更好。
枝头剩残花，谷口鸣幽鸟。纡盘路转深，钟声出树杪。
中有慈云洞，探幽空窈窕。言寻挂锡人，白云何缥缈。

游慈云洞观音阁

青山何峭拔，洞口白云飞。理策披筿径，好风吹我衣。
岩花有真趣，林鸟亦忘机。于此悟禅理，心情无是非。
憩久神愈惬，日暮犹未归。往来罕人迹，苍翠落四围。

镇安郡斋独坐

雾重钟俱哑，炉深炭未灰。怪禽警梦醒，毒瘴逼人来。
荒缴关河险，深山风雨衰。不如归去好，鹧鸪向谁催。

通灵桥晚步

散步溪桥上，泉声引晚凉。四山榕叶暗，两岸稻花香。
远水含秋色，归云漏夕阳。吟怀无处寄，独立向苍茫。

罗球，天保县人，府学生员，光绪十八年重修《镇安府志》时聘为采访员。有《游古佛洞偶题》：

游古佛洞偶题

身登胜景陟云巅，此地居然别有天。万丈岩崖凌碧汉，半空楼阁锁丹烟。骚人逸客堪为伴，异草奇花好斗妍。遥望名区鲜尘俗，谁知座上有飞仙。

黎士瑜，天保县人，庠生。《镇安府志》称其"诗笔颇清而不多作，有《莲花岭》诗为时人传诵"：

莲花岭

莲岭千寻曲径通，凿山开路欢神工。千层直上天疑近，万里登临目欲空。树隐深溪堪解热，亭开绝顶自临风。可知海宇承平久，无复豺狼当道雄。

第 五 章

桂南诗人群体研究

第一节　桂南诗人群体概述

有清一代，桂南地区主要由太平府、南宁府，另加思恩府的宾州（今宾阳）、武缘（今武鸣）、上林三县属地构成。其中，太平府主要包括崇善（今崇左北部）、左州（今崇左）、明江厅（今宁明）、养利州（今大新）、永康州（今扶绥）、龙州厅（今龙州）等地；南宁府主要包括宣化县（今邕宁）、横州（今横县）、永淳县（今横县西部）、新宁州（今扶绥）、隆安县等地。这些地区大多是壮族聚居地，土司制度根深蒂固。土司为了维护自己的统治地位，在文化上对属民施行严厉的愚民政策，"箝制之不许读书应试"①，对违逆者不惜采取各种手段以打击之，壮族文人黄体元在科场门外遭殴致死便是极端例子②。这种落后的文化政策，加上经济上的贫困和不时发生的战乱、匪乱，使得该地自秦汉以来都是"文教不兴，人才朴陋"③，甚至到了康熙年间"（岭南瑶壮）其以名宦著者，大抵武功居多；而文学之士，有所不遑"④ 的状况依旧无所改善。

清政府为了加强皇权统治，巩固边防，实行了改土归流。清廷在政治上削弱土司特权的同时，也注重加强文教方面的建设，力争改变

---

① 沌谷：《粤西琐记》，《地学杂志》宣统二年第九号。

② 苏康甲、农樾等集校《宁明耆旧诗辑》（卷五），民国二十三年刊印。

③ 陆祚蕃：《粤西偶记》，康熙刻说铃本。

④ 汪森：《粤西丛载》，文渊阁《四库全书》本。

"文教不兴，好学者少"① 的现状。其一大举措就是在当地兴建了一大批书院：康熙二十九年（1690）建南坡书院，康熙五十五年（1716）建蔚南书院，雍正九年（1731）建丽江书院，乾隆四年（1739）建暨南书院，乾隆二十一年（1756）建吉阳书院，乾隆三十六年（1771）建宾阳书院，等等。这些基础建设为推进当地文化的发展奠定了物质前提。

桂南虽属边地，偏离汉文化的中心地带，但跟汉文化的联系始终没有中断。这里是边防重镇，通往越南的必经之路镇南关即在此辖区，时有越南贡使和清朝官员就地停驻；流官制度的施行和汉人的逐渐迁入也带来了新的文化。这些都让本地属民有更多的机会接受汉文化的熏陶。康、雍、乾三朝一百多年相对稳定的社会环境，清廷薄赋轻瑶、与民生息政策的推行，也使得当地生产力得到了较大的发展，从而为读书人提供了一定的物质基础。科举制度的开放，使得读书进仕成为人们摆脱困境的一条不错的选择，因而读书人也随之日渐增多。以太平府属地计，有明一代共中举人 74 人，清代为 104 人，增长近 30%；中进士者明代仅 1 人，而清代则为 9 人②，翻了数倍。明朝历 277 年，清朝历 267 年③，时间相近，但举人和进士人数如此悬殊，至少从某个侧面反映出该地文化的发展状况。读书人增多和文化的进步，无疑为培育壮族文人的文学创作提供了土壤，壮族本土作家也由此开始兴盛一时④。

作为同民族、同地域、同习俗和相近时代背景的桂南作家群，他们或以家族血缘为纽带，或以师徒文友为感情连结的基础，在价值观念、诗文主张和审美趣味上，都具有不少共通之处，形成这个群体坚实的精神内核和风尚品格。

----

① 陈达：《思明府志》卷六，康熙二十八年刻本。

② 数据采自刘介《广西僮族文人文学史概要》，1959 年编印（内部资料），第 118、122 页。

③ 据统计，明朝共开科 92 次，清朝共开科 114 次。见林白、朱梅苏《中国科举史话》，江西人民出版社 2002 年版，第 55 页。

④ 明之前的壮族文人作家不仅数量少，而且"自明以前，诸乡先辈遗稿多不自藏，弃又无人为之甄录遂至篇什散佚，不可得见"（《宁明耆旧诗辑》苏康甲序），故按目前的文献资料看，将清代列为壮族文人作家的大盛时代，当无谬。

　　桂南作家群诗文观颇为庞杂，其诗歌的创作艺术也各具形态，但作为一个群体，由于地域条件、师承关系、生活遭遇等诸多相同、相似因素的影响，他们的诗文还是呈现出一些共同的艺术特质。

　　首先，他们崇拜"诗圣"杜甫，多方向他学习借鉴。农樾的《宁明耆旧诗辑·序》认为宁明出优秀诗人的原因是"遭遇尤足悲，其诗独隽"，故而诗"穷而后工"，并以杜甫作为一个重要的参照系。这句话从一定意义上揭示了杜甫对宁明诗人的影响。其实，杜甫不仅限于宁明，他在整个桂南壮族文人心目中都具有很高的地位，许多诗人喜欢读杜诗并模仿其创作，甚至就直接采用杜诗元韵作诗，当中又以和杜甫的《秋兴八首》为最多。个中缘由也不难理解。杜甫颠沛流离的遭遇和郁郁不得志的身世之感，与屡经战乱之苦的桂南落魄文人颇有相似之处，因此这方面最能引起桂南作家群的同情和共鸣。杜诗沉郁顿挫的风格和关注民生的视角，也随之被壮族诗人吸纳并融入到自己的诗文创作之中。

　　其次，他们崇尚"性灵"，讲求抒发个体的真性情。上林壮族诗人张鹏展认为诗歌"涵泳之兴本与情性"①，意即诗歌之源头，究其根本还是出于人的情感本性；武鸣壮族诗人韦丰华进一步阐释了抒写性情的要诀，"唯得一真字，故能悱恻动人"，只有将"一段真情融结其间，乃得超然特出"②；包括象山壮族诗人郑献甫也同样强调诗歌创作要"愁苦欢欣各性情"③，要随心而为，在"聊以写意"中"得作诗之本旨"④。宁明农樾这样归结诗人们的创作特点："今诸子者之为诗，皆无心悦世，各因所遇，而托为虫、鱼、物类、羁愁、感叹之言，各自成为穷者之诗，以鸣天籁。……唯其无心于悦世也，各从性情之感触，一托其旨于诗，故胎息厚而格律高。"⑤ 总之，壮族诗人"夫作诗者，匪求悦于世，写性情而已"⑥，这既是他们普遍认同的诗文观，也是他们最

　　① 张鹏展：《山左诗续钞·序》，嘉庆十七年刻本。

　　② 韦丰华：《今是山房吟余琐记》，民国十五年抄本。

　　③ 郑献甫：《论诗十六绝句》、《补学轩诗集·鹤唳集》，光绪五年刊印本。

　　④ 郑献甫：《黄韶九军中草诗序》，《补学轩外集·卷一》，光绪二年刊印本。

　　⑤ 《宁明耆旧诗辑》农樾序。

　　⑥ 同上。

大的艺术特点。

壮族诗人为何都不约而同地选择了"性灵"派，而放弃其他创作学派呢？这还得回到壮族文人的自身特点来考察。壮族人素以善歌而著称于世，而壮歌自然天成，朴实诚挚，强调抒发内心的真情实感，可算是诗歌中的"质朴派"，这一特点恰好与"性灵"派的主张相契合，因此，壮族文人以己之长来学习汉诗，这是非常自然的选择。若是选取翁方纲的"肌理说"，以学问为根底，强调以才学为诗，那么以壮族文人当时相对较薄的文化底蕴，恐怕作起诗来困难不小。这里有两个例子似乎可以说明这一问题。

其一，一向颇为自负的黄体元，在谈到自己为何作诗时，却说这只是个人"癖好"而已，不敢以诗求闻达，原因是"倘谓猥以琐琐雕虫，欲从海内名公，角立词坛，争旌夺鼓也，则余恶乎敢"①。这当然也可以看成是他的谦逊之语，但笔者宁愿相信这是他的真率之言，因为就诗歌的艺术技巧而言，黄诗跟当时的诗坛高手相比，的确并无优势可言。而黄体元在当时的诗人群体中，成绩是较为突出的一位，由此可以从某个侧面反映出当时壮族文人诗歌在创作技巧上的总体水平。

其二，才学深厚的黎申产，有一段时间作了不少颇见学问的诗歌，典型表现是通篇用典，大掉"书袋"，刻意求巧，成为郑献甫最为诟病的"横使才情，欲逞学问，出语大半须注"②的反面例子，其结果自然是佶牙拗口，晦涩难懂，最后连黎申产自己也不满意，感觉"肾肝雕琢真无益，郊岛穷愁那是仙"③，到底还是"出语无雕琢"④的好。黎申产尚且如此，其他诗人若学翁氏作诗，其结果可想而知。

黄体元的自白之言以及黎申产的失败，应该说给了壮族文人很好的启示：学习汉族诗歌必须结合自身实际，不能完全被动地全盘接受，而应进行有方向性的主动挑选——这点还典型地表现于对"性灵"派的

---

① 黄体元：《冷香书屋吟稿自序》，载刘介《广西僮族文人诗文选》，1959 年编印（内部资料），第 255 页。

② 郑献甫：《答友人论诗书》、《郑小谷文集·上卷》，甘崔汀抄本。

③ 《次徐石琴题拙稿诗韵·其二》。

④ 《夜坐杂书·其七》。

学习上，壮族作家本于性情的情感抒发，还是以维护正统礼教为底线，并未像袁枚那样"离经叛道"，对旧有礼教制度发起冲击。应该说，壮族文人有反抗，但并不反叛。总之，桂南作家群崇尚"性灵"，并非跟风流行或膜拜诗坛偶像那么简单，而是经过无数探索、对比甄别、实践检验、付出失败代价后的必然选择，他们走的是一条最适合自身发展的道路，这也才有了清代壮族诗歌的中兴繁荣，并能独具格局，为诗坛增添了一笔异彩。在此，我们可以分析出壮族诗歌创作的特点：风格古朴，较少含蓄雅致之作，无论沉郁悲怆还是显豁浅俗，都力求自然畅达，忠实于内心情感的表达。那么综合以上几点，我们不妨斗胆断定，壮族文人的诗歌并非是汉族诗歌的附庸，而是自具品格，保有自身的独立价值。

第二节　宁明诗人群体

在整个桂南作家群中，宁明无疑是最大的一个作家群聚集区，其作家作品主要收集在《宁明耆旧诗辑》中。该诗辑由农樾、苏康甲等宁明后人辑校，马君武封面题字，民国二十三年由广州西南印书局刊印。共收入 56 位诗人，五百二十多首作品，凡七万六千多字①。其实，这本集子收诗也不过十之一二，例如黎申产的诗歌仅收入 56 首，而他的《菜根草堂吟草》即使不算这 56 首还存诗六百多首，已经超过了《宁明耆旧诗辑》的总数，可见，宁明诗人在清代的确是兴盛一时。

宁明作家群的兴盛，与此地的文化发展有着很大的关系。在桂南，宁明应该是文化发展较早、较快且较好的地区。早在明永乐间就有了太子泉书院（解缙谪交趾就曾寓居于此），其后有著名的宁江书院、思齐书院、迁善书院等。文化政策也开放较早，以至吸引了一些周边州县的童生转籍该州参加科考②。这种相对良好的文化氛围对培养文学人才无

---

① 统计数字引自黄绍清《壮族文学古籍举要》，云南民族出版社 1990 年版，第 45 页。

② 《龙州纪略》载："康、雍时未准考试童生以前，有州人黄朝桢入宁明州籍，由廪生中康熙乙酉科副榜"。黄誉纂：《龙州纪略》，嘉庆八年刻本。

疑是极为有利的。

此外，宁明作家群从雍正年间开始，每个阶段都有几个表现突出的领军人物，他们不仅给后辈起到了很好的模范作用，而且也较好地保持了文化发展的延续性，从而形成了一个相对完整的文化生态。这也是宁明作家群之所以能保持一百多年长盛不衰，并且每代还能有所推进的重要原因。

一　宁明"三家诗"

农赓尧、郑绍曾和赵克广是宁明最早的一批诗人，是开宁明诗歌创作风气的先驱者，深受后学尊崇，影响很大。后人把他们三人的诗歌合成一个集子，转抄传习，当成学诗的教材，史称"三家诗"。但缘于各种原因，到苏康甲等人编辑《宁明耆旧诗辑》时，这三家的诗歌"所存者已不逮十之二三，间有残缺，又复讹字累累，几不可卒读"[1]。

作为草创期诗人，他们也不乏精品之作，但不少诗歌在创作上还存留着模仿的痕迹，有些诗歌还略显粗糙。总体而言，他们功在开创引领，也确实起了一个很好的头，特别是追求质朴风格，将个人情感融入当地风情等作诗手法，为后辈诗人所继承并得以光大，遂成传统，因此他们无愧为宁明诗人的先贤。

（一）农赓尧

农赓尧，号勉之。生卒年待考[2]。雍正辛亥年（1731）举拔贡，次年中举，此后屡试不中。偶然机会，诗文受高宗赏识，委任广东高要县知县，但还未到任，因母亲去世归家，随后自己也因病而逝，年42岁。农赓尧颇具文学禀赋，后人赞其为"陆机入洛擅才华，词藻蜚声帝子家"，且"尤善属文"[3]，生前诗文曾汇为书稿，可惜均已散失。后人只集得部分诗篇，纂为《农勉之先生遗稿》。《宁明耆旧诗辑》收其诗

---

① 《宁明耆旧诗辑》苏康甲序。

② 因农赓尧存世资料较少，其详细生卒年难考。《宁明耆旧诗辑》云其卒时四十二岁；又，乾隆九年（1744）作有《甲子除夕》，据此可推断其出生不会早于康熙四十二年（1703）。

③ 《宁明耆旧诗辑·题农勉之辞》。

120 首"不逮十之二三也"①；另《宁明三家诗农勉之集钞本》收《宁
明耆旧诗辑》未辑诗 11 首②。

处于草创阶段的农赓尧，初谙汉诗文，模仿的痕迹隐约可见③，但
他对多种诗歌样式和表现手法进行的勇敢尝试，则为后辈的诗歌创作做
出了可贵的探索。其中有成功，也有失败。先看比较成功的《村女赤
脚行》：

> 君不见，潘妃足下金莲好，稳步香阶尚潦倒。凌波蹴损牡丹
> 花，嫣然一笑春风早。村妇有女太娇顽，打扮天然赤脚仙。阿母有
> 绵不肯裹，却怪佳人跬步艰。自言田妇本椎鲁，由来不学西施舞。
> 薄命大抵出红颜，多抹胭脂嫁商贾。商妇不如田妇乐，跣足蓬头去
> 雕琢。绿荷包饭上山樵，樵罢池中采菱角。采菱挣采并头菡，水浊
> 水清凭洗濯。不穿绣鞋不缠丝，赠芍采兰任己之。有时蚨坐勾郎夸
> 比翼，有时从夫田畔披荆棘。亡羊宁虑路多歧，抱布贸丝能食力。
> 君不见，文君叹息《白头吟》，极目临邛泪满襟；又不见，回文织
> 就相思字，裹足深闺无限意。若使赤脚尽如斯，太行孟门跋涉从夫
> 遂其志。从此莫叹腰肢瘦，从今莫嫌污泥垢。练裙荆布有芳名，举
> 案齐眉因容陋。

清统治者入主中原后，曾经一再下令禁止女子缠足，但缠足之风却无法
遏制，到康熙七年（1668）只好罢禁④。随后愈演愈烈，人们对缠足女
子大加崇拜，而对"天足"女子则报以嘲笑和讽刺。根据这一历史背
景以及作诗的时间推断，农氏的《村女赤脚行》应该是对这一现象的
回应。在这里，诗人巧妙地选取了一个壮族女子作为表现对象，从劳
动、生活、爱情等角度，正面展现了"天足"的长处；再将之与潘妃、

---

①　《宁明耆旧诗辑》苏康甲序。

②　广西区科委僮族文学史编辑室编：《广西僮族文学资料》（内部资料），1960 年。

③　典型如《宁明三家诗农勉之集钞本》中的一些诗歌《霜叶红于二月花》、《鸠眠高柳
日方融》、《口口春风似剪刀》等，诗题直接引自前代的诗歌名句，其内容和诗歌意境也是对
前代诗歌的延展。推测这些可能是他模仿前人的习作。

④　张海英、叶军主编：《中国历史之谜》，文汇出版社 2001 年版，第 138 页。

西施、文君等历史人物作比，从反面突出"缠脚"带给女子的悲剧，从而有效地驳斥了"三寸金莲"之美的邪说，展示了"天足"的优长，引导人们健康的审美观。

从诗歌形式上看，农赓尧选取的是古体诗，体制相对自由，韵脚变化灵活，非常适合于要表现的主题内容；在表现手法和意境营造上，虽然还依稀可见模仿《诗经》和古乐府的影子，但难能可贵的是诗人很好地结合了当地壮族的民俗特色，并融入了壮歌的章法结构，语言上也不避俗字俚语，因而诗歌显得章法灵活多变，情感自由奔放，而语言又质朴自然。像这样富于特色的成功诗歌还有不少。例如《山行口号》，诗中描写壮族少女的句子"青莎复额斑烂湿，笑语咿哑过木桥"尤为灵动活泼，堪称传神妙笔；另有《柳江道中》、《归次东郊口号》等也是写得清新可人。

跟杜甫一样，农赓尧也有不少关注民生的作品。农赓尧本是"士之穷者"[1]，跟下层人民有着更多的接触，往往情动于衷，有感乃发，因此这类诗歌显得真切可感。下面是他的《秋日苦雨》：

> 栗栗遍黄茂，铚刈待郊并。何当箕毕星，而没银河影。
> 浃旬雨滂沱，嘉穆委土梗。农人各搔首，余亦中怀耿。
> 阶前生憎绿，篱菊半衰冷。鸾凤不栖梧，鼠鱼技皆逞。
> 十室九炊空，薇蕨甘于饼。哀哉桑户子，煮鹤心有永。
> 盈虚固其理，饥溺发深省。蜗庐聊抱膝，矗矗奚所骋。

面对滂沱秋雨，庄稼歉收，瑟瑟冷风中，农人除了搔首之外，无可奈何。"十室九炊空，薇蕨甘于饼"，面对家徒四壁的农人以野草树皮度日的场景，作者也不禁为之"深省"，心有"矗矗"。这首诗的成功之处在于，作者不仅对农人们的困境和愁苦之情都鲜活真实地呈现，而且融入了诗人的主体感情，跟表现对象同命运、共呼吸，是真正的感同身受，故而能起到震撼人心的艺术效果。

相比而言，农赓尧仿拟杜甫的其他一些诗作，则并不见得很成功。

---

[1] 《宁明耆旧诗辑》农樾序。

试看其《次少陵秋兴八首元韵·之一》：

> 碧山红叶酿踵林，隐几无端万籁森。羌笛乍催仙署冷，暮霞遥
> 傍石城阴。坐闻桑落饶余梦，闲嗅篱花印素心。愁忆故乡归未得，
> 半窗明月四檐砧。

农赓尧曾数次上京赶考，这首诗大概就是他赶考期间所作。诗中作
者的离情愁绪还是比较深沉和真挚的，但比之老杜《秋兴》中宏阔浑
厚的意境还是不可同日而语，其原因除了才华或有不逮之外，更重要的
是缺乏杜甫国破家亡的沉痛遭遇所带来的切肤之感。另如他的不少咏史
诗，也存在类似的缺点。且看他的《中秋月》：

> 去年中秋月，征人叹萧屑。今年中秋月，愁人愁更愁。
> 亿昔团圆日，同订百岁谋。苹蘩妇人事，显扬君所求。
> 姑老及子幼，事育慎绸缪。戒敬相夫子，此道敢包羞！
> 丈夫志四方，及壮当封侯。怀安实败业，能为守旧邱？
> 感尔眈切意，为余借前筹。以兹图进取，劳攘二十秋。
> 家园等传舍，鞍马事交游。两跻方宦意，升斗愿未酬。
> 但有张仪舌，空怜季子裘。尔能谙义命，相将慰藉愁。
> 中道倏捐弃，嗟余命何尤。镜破无留颜，钗分不上头。
> 诸孤向隅泣，孩者岁始周。痴顽亦已矣，腓字乞羊牛。
> 譬彼涉大川，欲济无方舟。又如婴鸠毒，瞑眩何时疗？
> 太上贵观化，中伤不自由。渐对清光月，徘徊独倚楼。

不可否认，作者对主人公报以深切的同情，并对忘恩负义者持以批
判的态度。但从艺术角度考量，这首诗歌还是存在一些不足。显然，这
首诗歌以弃妇为表现对象，这是一个古老的传统主题，源头可以上溯到
诗三百中的《卫风·氓》、《邶风·谷风》等。科举兴起后，"夫贵弃
妻"更是成为中国古代极为普遍的社会现象，相关的文学作品历代累
积已是汗牛充栋。因此，要想在这一主题上再出新意，实属困难。从语
言上分析，诗中的不少词藻典雅华美，而在民风长歌中使用这样的语

言，似乎并不适当，再说就当时的壮族文人而言，这无疑也是舍长取短。因此，笔者认为农赓尧的这首《中秋月》在艺术上并不尽如人意。然而话说回来，该诗虽然失败，但也堪称是一次悲壮的尝试，因为并非无收获，至少它提供了一些教训和经验，并且对训练诗人如何驾驭篇章结构的技巧也不无裨益。

另外，农赓尧也有不少唱和诗，这类诗歌的艺术价值极为有限，但却为我们提供了一些额外的信息，初期的壮族文人以诗会友、赠答酬唱也是他们文学活动的重要内容，可见，清代壮族文人们学习的不仅仅是汉诗文，在生活方式上其实也深受汉族文人的影响，使后者日趋接近并力争融入汉文化的时代语境当中。这也是壮族文人为什么能够迅速崛起，并在群雄并起的汉族诗歌中占有一席之地的推动因素之一。

(二) 郑绍曾

郑绍曾（1770—?）[1]，号榕生，7 岁时失去父母，由一老仆代为抚养，故晚年有述怀诗云"何堪七岁哭双亲，我是乾坤一鲜民"[2]。14 岁被带到桂林，入秀峰书院，后入赘盐商李某为甥婿。乾隆五十四年（1789）选拔，五十九年（1794）举于乡。随后出官广东，历任龙门、从化、仁化等县知县，皆有惠政，受人拥戴。著有《海棠斋诗稿》四卷，已佚。《宁明耆旧诗辑》存其诗四十余首。

郑绍曾将"诗本性情""有感乃发"的创作主张作了进一步推进，总体而言，比之农赓尧郑氏的作品更为成熟。郑氏自小的悲苦身世遭遇给其留下深刻印记，"鲜民"情绪成为他一生都化不开的情结，正所谓"笔端多少伤心事，都在童牙孤露中"[3]；其后又外任为官，尝尽人间的世态炎凉。由于人生的历练较丰，因而其诗歌写得浑厚恣意，情感真挚而深沉，但都带有较浓的悲戚色彩。且看他各个年龄阶段的述怀诗。下面是他的《三十述怀》：

---

① 从郑绍曾的《三十述怀》自注得知，他于乾隆甲辰年（1784）童试时受学使赏识，并被带到桂林秀峰书院求学；再从"（余）离家十六年"得知该诗作于 1800 年；由此，推断出郑绍曾应生于 1770 年，14 岁离家到桂林。具体卒年待考，当在 1822 年后。

② 《仁阳署中话旧感怀八首·其四》，载《宁明耆旧诗辑》。

③ 《宁明耆旧诗辑·题郑榕生辞》。

　　　　文宗弱冠受恩深，拾得芹香来桂林。海外珊瑚归铁网，门前桃
　　李托松阴。炎凉不解书生面，贫贱徒伤壮士心。长此趋庭陪鲤对，
　　万间广厦傍高吟。

　　这是郑绍曾而立之年的自我抒怀。在感叹身世的低吟徘徊中，末尾
尚有几分豪气。但总体而言，情感还是略显单薄，气象也不够旷阔。再
看他的《仁阳署中话旧感怀八首·其四》：

　　　　何堪七岁哭双亲，我是乾坤一鲜民。孤露有谁舟赠麦，断炊常
　　自甄生尘。结褵只作牛衣泣，窃禄空惭马齿新。骤见重窥真面目，
　　客中犹识旧星辰。

　　这首诗作于辛未年（1811），此时作者 41 岁。该诗还是一贯的悲
戚情调，但在回顾抒怀中，也写出了世态的炎凉无常。下面是他的
《仁阳书怀八首·其五》：

　　　　十年落拓岭云东，此日鸡栖合困穷。人命生死刀笔吏，世情通
　　塞马牛风。欲超苦海帆无力，若解愁肠酒易攻。剜肉医疮宁有济，
　　可怜虫是叩头虫。

　　郑绍曾于嘉庆十六年（1811）始任仁阳县知县，由"十年落拓岭
云东"句可知此诗作于 51 岁时。诗歌还是以悲戚为情感基调，但与之
前抒怀诗有所不同的是，随着阅历的增进，他对官场、人生有了更多的
体会，于是将个人的身世之悲，放到了更为广阔的社会层面上加以表
现——"剜肉医疮宁有济"，即使知道以个人微薄之力无法革除社会弊
端，但也不会屈服于世俗，做一只可怜的"叩头虫"。由此，诗歌被赋
予了更为丰厚的思想内涵，其意境也随之豁然开阔。除了《仁阳书怀
八首》之外，像这样情感深沉、内涵丰富的成功之作还有不少，如
《阻风》中的"病缘药力减，愁借酒杯宽。不历波涛险，焉知行路难"，
《舟中与朱燮堂同染乌须药，为赋十六韵》中的"对君同粉饰，尔诈我
亦虞。悠悠世上人，事事皆矫诬"等，都是缘事生情、有感而发，语

言平实，引人深省。从作诗的技巧看，已是隐而不露，模仿的痕迹渐趋淡化，可见作者在创作上已达到了相当境界。

凄苦的身世之悲、远离故土的乡愁以及对官场的失望①，凝结成郑绍曾无法排解的悲愁情绪。这种情绪甚至带入平常的写景咏物诗中，让闲适之情也为之染上了悲苦的色调。如《舟夜闻唱·其二》：

> 珠光百琲出烟波，素足珠娘踏臂歌。玉漏沉沉灯闪闪，晓风残月奈愁何！

又如《解缆》：

> 六幅蒲帆一叶飘，扬舲快趁海门潮。客愁只与江潮涨，不与江潮涨复消。

《江村》：

> 秋光狼藉欲消魂，帆影空濛破浪痕。牛背牧童吹笛去，夕阳红过蓼花村。

无论是看采珠姑娘踏歌，还是看碧波大海的潮涨潮消，抑或是听春野牧笛，郑绍曾的情感最终都会落到一个"愁"字上，而《秋怀》、《感秋》等触景伤情之作，更是透出一股浓得化不开的悲愁情绪。这绝不是一般意义上的"为赋新词强说愁"的少年行为，而是一个成熟诗人由身世引发的对炎凉人生、混沌世道的悲情看法，故而他深沉的悲愁中饱含着深广的社会内容。据此，若将郑绍曾称为"悲情诗人"应该是恰如其分的。

---

① 郑绍曾多次写到梦回故乡以及对官场的厌恶而思归隐退，如"怜我有家归未得，梦中随汝到宁明"（《送人还乡有忆弟姪》），"宦昧饱尝思隐退，家山入梦总依稀"（《仁阳署中话旧感怀八首·其七》），"浮生宦薄心如水""老我欲归归不得"（《仁阳署中话旧感怀八首·其五》），"宦海枯同入定僧"（《仁阳署中话旧感怀八首·其二》）等。

(三) 赵克广

赵克广，号伯涵，嘉庆间贡生，曾任宁江书院山长二十余年，对培养后学出力甚大，"士子多为所造也"。著有《碧萝月轩诗稿》二卷，因乱散失。目前其诗仅见录于《宁明耆旧诗辑》，共 22 首，"所收尚未及十二也"①。

赵克广与水月庵住持交好，住持为江南名士，深通佛学，在其指授之下，赵克广亦深明佛理，进而影响到他的诗歌创作。故而赵克广诗歌的最大特点是好用佛语佛理，结果造成诗歌的深涩难懂，后世知音甚少，其诗大多不传。写得较好的诗歌《云雾山》：

> 云雾一何高，高高入云雾。见时即新晴，沉时便飞树。
> 我自珠山来，极窈梦登赴。青空举佛螺，千山在四顾。

神奇缥缈的画面中，云、山、日、树与人和谐一体；语言朴质自然，境界开阔，颇富理趣。因此，这首《云雾山》是相当不错的，可惜这样的作品目前见到的并不多，而绝大部分都是些深涩的佛理诗。试看《游凭祥北帝岩·其二》：

> 慧业今生只卖文，随缘得地拂埃氛。机忘牧吹谐猿啸，物与樵歌带鹿群。采药应逢瑶笋碧，煮茶堪羡石泉芬。试看百尺岚光起，化作霞金布夕曛。

诗歌以佛事起头，以佛境收束，借物寓理，这种写法无论是农赓尧还是郑绍曾的佛事诗都未曾实验过②，亦属开风气之先。然而，在写景咏物诗中，掺入过浓的佛理，或是使景物的意象无法明晰，造成诗境的模糊，诗意也变得晦涩难解，写景诗极易变成"玄理诗"；或是学理过重，理性盖过诗意，就会显得板滞而缺乏灵性。更重要的是，这类诗歌

---

① 引文皆见《宁明耆旧诗辑》。

② 农赓尧和郑绍曾也曾创作过部分涉及佛理的诗歌，如农氏《七祖塔》、郑氏《仁阳书怀八首》等。

的创作需要深厚的学理功底，讲究雕琢功夫，强调"文章得化工"①，而在壮族文人诗歌创作尚不成熟的情况下，这类佛理诗显然不合时宜，赵克广遭受"曲高和寡"的境遇就不难理解了。现在看来，赵克广是具开创之功的，他进行了可贵的探索，为壮族诗歌的创作又提供了一种新的选择，但无法回避的事实是，这类诗歌似乎并不是很成功——至少不适合壮族诗人学习，以致后来无人继承其衣钵。而他之所以能并列于"三家诗"并受后人尊崇，按欧阳若修等先生的说法，"主要是教授后学，启迪来者"②，笔者深以为然。

二　黄体元、黄焕中父子

黄体元和黄焕中父子两人孤傲的性格和特殊的人生机遇，成就了他们诗歌中一些有别于同辈乡人的艺术特质：愤世嫉俗、激情、刚健、批判。他俩为壮族文人的百年诗坛增添了一抹难得的异彩。

（一）黄体元

黄体元（1808—1832），号梅村，其先世为思明州土官后裔。工诗赋，"丰裁秀逸，言语隽永，似魏晋间人，诗笔清峭"，土司黄某嫉其才，在参加童试时，"讽使同考童生殴辱之，内伤而死"，年仅 25 岁，临终自撰碑文。弱冠之年即著有《冷香书屋诗草》四卷，可惜多散佚。《宁明耆旧诗辑》存诗 190 多首（其中词两首），"所收仅其鳞爪耳"③。

黄体元具文学禀赋，"高才博学"④，属于年轻一辈中的佼佼者，他对自己之才也是颇为自信，自言"稚岁能文，髫令工赋，游携灵运之履，吟劈校书之笺"⑤。加上处处受人嫉妒、排挤，倍感压抑，于是愤世嫉俗之语甚多。试看他的《菊花》诗：

> 平生肯受雪霜欺，谁向东篱认故枝。三径有人夸送酒，重阳无

---

① 赵克广：《红莲》，载《宁明耆旧诗辑》。
② 欧阳若修、周作秋等：《壮族文学史》（第三编），广西人民出版社 1986 年版，第 596 页。
③ 《宁明耆旧诗辑》。
④ 李文雄、覃辉等修纂：《思乐县志》，民国三十七年石印本。
⑤ 黄体元：《黄体元先生自撰碑文》，同上书。

处不题诗。生成傲骨秋方劲，嫁得西风晚更奇。寄语群芳休侧目，何曾争汝艳阳时？

　　收束语"寄语群芳休侧目，何曾争汝艳阳时？"堪称精警，而诗人之耿介孤傲也由此可见一斑。现在看来，诗人如此之性格，又不幸遇到黄某这类妒才之人，受到打压那是自然了。但若从诗歌艺术角度考量，这首《菊花》诗巧借外物抒情，有感而发，不仅贴切合题，而且能翻出新意，实属同类中难得之佳作。像这类突破传统观念、立意高远的诗歌还有不少。例如《明妃咏》（四首选二）：

　　　琵琶声里不须愁，嫁得匈奴好自休。若使当年邀宠眷，应无青冢至今留。

　　　飞沙凛冽不成春，且罢琵琶念此身。忆到长门深锁处，画工今日是恩人！

　　传统观念认为，明妃出塞对她个人而言无疑是一种屈辱和悲剧，值得同情；但黄体元却不以为然，觉得正因此举，才"因祸得福"，成就了自己的生前身后名。因此，画工想来倒是"恩人"了——旧案全翻，出人意表，颠覆了人们历来的看法。显然，该诗题旨远承数百年前王荆公的《明妃曲》，但又有所不同，《明妃曲》矛头直指帝王，暗讽政治，因而招来"诗祸"；而《明妃咏》更多的是借他人酒杯，感慨个人的生平际遇。

　　外人的嫉妒排挤，他又自存高许，从而加倍放大了诗人对外部世界的敏感；而黄体元毕竟年轻，识见有限，只是围囿在自己狭窄的生活圈子里。这些都促成了他的自傲和孤僻。于是，身外万物，都成了他情感抒发的对象，一些偶然的事件，都能触发他内心情感的喷涌。看到一只雉鸟被困笼中，他马上联系想到的是"一若文章之士，落魄风尘，不胜无聊之状"，于是"为之感动"①，作了首长诗《困雉行》，其中的

————————

① 《困雉行·序》，载《宁明耆旧诗辑》。

"本是文明锦绣姿，几年郁郁困于斯。离群转受家禽侮，失势翻教瓦雀欺"，显然是以困雉自喻，愤慨之极。看到海棠花被路人所折，也为之感慨"行人那有怜香意，只管粗疏折数茎"①；想到空谷兰花无人知，不禁触物伤情"分滋楚畹凭谁顾，却向离骚寄此身"②，与之自我比照；见到江岸的一块孤石突起，茕茕孑立，又不禁同病相怜，赋诗"谁怜独自苍茫立，只看人家夫婿归"③，与之相吊……这些诗歌的共同之处是诗人能抓住事物的某一点而作出适当发挥，并巧妙注入主体情感，避免了空洞的牢骚；其境界或许显得狭窄，但情感之真挚细腻，技法之纯熟，皆是可观之处。

　　而诗人一旦走出自己狭窄的内心圈子，放开眼量，更是才思泉涌，写出了许多脍炙人口、情趣盎然之作。道光九年（1829），诗人听人极言左江风光幽美，甚至连"阳朔也不足多"，于是买舟一游④，写下了《舟中即事》、《舟中杂咏》等数十首诗歌记沿途风情。试看其中几首《舟中即事》：

其　一

　　谁把长江塞住？原来山曲如"之"。笑指群山作贼，探头缩脑来窥。

其　二

　　山公似妒船快，伸将沙角来遮。惹得舟人下水，学牛同去耙沙。

其　三

　　山高峰影如浸，江阔山色全浮。人在水窗闲坐，错疑撑上山头。

无论写物还是写人，都栩栩如生，充满意趣；采用古体，每句六字，不

---

①　《近斋有海棠一枝偶为路人所折》。
②　《咏兰二绝》。
③　《望夫石》。
④　《舟中即事·序》，载《宁明耆旧诗辑》。

讲谐韵，语言浅俗，干净明快，显然受了壮歌的影响。像这样受民歌影响的诗歌还有不少，试看《题门扇锁》：

> 自小生来善把家，肚中藏有几枝花。狡童每日来调戏，不是亲夫不信他。

这是一首谜语诗，机智风趣，在壮族民歌中类似的体式比比皆是（如《刘三姐》中与众秀才对歌时的唱段）；另如《灯花》、《邕江杂咏》等，都是将民歌手法与文人诗创作相结合的成功之作。

黄体元以文人笔法写景的优秀作品也有不少，例如《山村》中的起头句"断桥横绝涧，春草卧肥牛"，《春阴》中的"漫空雨气酿轻寒，画色沉沉暗远无"，以及《冬郊野望》、《咏春》系列等，都是清新雅致、富于南方地域特色的景物诗歌。

此外，壮族文人受"词为小道"的传统观念影响较深，故填词者极少。而黄体元似乎并不受此拘束，因为他创作有《清平乐·夏日》、《南浦丹·秋兴》等数阕词，多为体制简单的小令，写的也是闲情雅趣，境界不大，可算是一种尝试。

而在诗歌创作的技巧层面，黄体元也进行了不少的探索。他在《苦忆》等诗歌中多次谈到一些涉及创作的问题；他还创作了《漫兴》、《花月》、《闺怨》等回文诗或应制诗，这些诗歌当然只是游戏文字，并无多高的艺术价值，但从纯技术角度看，能作好这些诗歌无疑是需要掌握相当技巧的，一定意义上反映出作家的语言驾驭和结构布局能力。

总之，黄体元是一个天分极高，并具有诗人气质的壮族诗人。虽然早逝，但他对多种文学体式和风格都有尝试，并且都取得了相当不错的成绩。可以说，他的诗歌已经达到了一个新的高度。

（二）黄焕中

黄焕中（1832—1911 后），又名玉田，号其章，字尧文，黄梅村次子。父亲遭土官害死时，他才出生四个月，全靠母亲林氏抚养成人。"幼喜读书，优于记问，壮娴韬略"，青年时期参与地方团练，对抗太平天国起义军吴凌云部。不久，邀人筹建思齐书院，参与教授。天命之年，受刘永福邀请，"戎幕参帷幄"① 达二十余年。以古稀之龄辞归乡里，仍任教课徒近十年。80 岁著《天涯亭吟草》，共收诗歌四百余篇，可惜多已散佚。现《思乐县志》② 存其诗歌二百多首，《宁明耆旧诗辑》存三十多首。

黄焕中的一生是充满传奇色彩的一生，亲历和见证了近代中国数次重大事件。从对抗太平天国义军，到赴越抗击法军，然后驻军南澳抗击犯台日军，戎马数十年。在文学事业上，黄焕中继承了父亲的才华和激愤的性格基因，而曲折的人生阅历又给他丰厚的馈赠，成就其独具的诗歌品格，沉郁苍凉又恣意汪洋、豪迈激越，具有很强的批判性和战斗性。他的出现，就如一次凌厉的闪电，刚健而锐利，划过近代过于沉闷的诗坛。他也以其独特的艺术风格和多方面的成就，将桂南壮族群的诗歌创作推到了最高峰。

黄焕中的诗歌创作大致可分为三个时期。

第一时期是在办团练期间。此时他的诗歌创作锋芒初露，还存有模仿的痕迹。青年黄焕中意气风发，踌躇满志，以救民于水火为己任，对太平天国起义军吴凌云部的"骚乱"行为采取坚决的敌对立场，曾题诗"澄清怀祖逖，割据藐孙坚"③ 以自勉，足见他的万丈雄心。但他毕竟出身贫困，对农村的破败凋敝有着直接的认识，因而在反对农人暴动的同时，也对之报以同情，体现出他思想中的矛盾性。试看他的《苦农行》：

> 大雪满关山，北风撼茅屋。天地皆昏冷，群鸟争巢宿。一叟倚门叹，悲声断复续。问叟"叹何悲？"欲言额先蹙："不幸为村农，一生多劳碌。勤耕数亩田，衣食常不足。今年稻正华，暴风吹草木。十穗六不实，秋收大减缩。一家共八口，充肠仅蔬菽。昨日粮已尽，儿女相号哭。借贷苦无门，今日犹枵腹。田主恶如狼，利喙催租谷。未容一陈情，拉去耕田犊。再耕已无田，有田更无犊。妻

① 引文皆见《宁明耆旧诗辑》。
② 李文雄、覃辉等修纂《思乐县志》，民国三十七年石印本。
③ 《怀同仁》，载《思乐县志》。

媳嫁时裳，久当莫能赎。大儿远征军，死生未可卜。二儿斗官亲，
被禁在牢狱。三儿颇聪明，家贫无书读。小女鬻为婢，一跃葬江
腹。纵不叹贫寒，能无伤骨肉！"言已下涕泪，潸潸呜咽哭。嗟彼
大地主，坐享现成福。煌煌身上衣，累累仓中粟。巍巍阁与楼，堂
堂园与囿。非农何由来？非农何由筑？不感农人恩，反把农人辱。
胡为乎苍天，遭此不平局？吁嗟乎苍天，设心何太酷！

诗歌通过一农叟的哭诉，反映了当时民生艰难、压迫深重的社会现实。
而作者后面那段情感激愤的诘问和议论，不管其是否有意，其实都揭示
了农人反抗的社会根源，收到振聋发聩之效果——而有意思的是，作者
当时正在与农民军对垒作战呢。当然，从诗歌的布局设计以及情感的抒
发方式上，我们还是能隐约见到杜甫民生诗和白乐天新乐府的影子，但
年仅三十来岁的黄焕中能有这样的识见和勇气，已然超出同类了！

　　第二个时期是他与刘永福并肩作战的戎马生涯。此时期诗歌以豪
迈、激愤为主，基本奠定他的创作风格。黄焕中关注时局，对国家积贫
积弱的现状深感忧虑。有这样一个细节，中法战争前后，他曾描写越南
贡使朝拜途中的境况："安南万里朝天子，暂借邮亭一夕眠"①，另有
"寰海哀鸿沦浩劫，中华惭煞主人翁"② 等，反映出他对属国越南的同
情和见到国势衰弱的心酸之情。因此，当刘永福邀请其共同援越抗法
时，他马上抛开之前对起义军的成见，不顾年过半百，毫不犹豫地加入
"黑旗军"，一干就是二十多年。其间，写下了大量无论思想性还是艺
术性都颇具价值的诗文。且看《奉令巡边有感·其二》：

　　　　到处从风圣武昭，岭头猿鸟莫相撩。山分公母枝连理，沟限华
　　夷带一条。土官隐似文身豹，隘目浑如善捕猫。卡列东西森画戟，
　　背容妖魔井底跳。

这是他参加抗法巡边时所作。诗歌写出了中越两国同仇敌忾的精神风

---

① 《越南贡赋有感》。
② 《秋兴八首用杜诗原韵·其六》。

貌，赞扬了边军的智勇善战，充满了战而必胜的信心。在国家羸弱、士气低靡之际，这样的英雄豪情真是难能可贵。但清政府奉行投降政策，置万千边军、边民数年来的努力而不顾，与法军签订不平等条约，把来之不易的胜利拱手让人。对这种虽胜尤败的悲剧结局，为之付出过无数血汗的黄焕中当然是极为愤懑，以饱含血泪之笔写下了《秋兴八首用杜诗原韵》。且看其中两首：

其　三

望中楼阁对斜晖，野岫苍苍接翠微。南越已闻传檄定，北京又报羽书飞。运筹为国情甘分，怒策题桥愿竟违。一笑沧桑惊岁暮，秋江江树蟹初肥。

其　七

霜华初上古洲头，红蓼花疏不见秋。画舫那知亡国恨，金樽销尽少年愁。六朝佳丽伤风鹤，廿省繁荣问野鸥。儿女英雄都应运，一般历史在神州。

"运筹为国情甘分，怒策题桥愿竟违"，既表明自己不慕功名、甘心为国的赤诚心志，也表达了自己心中无法排解的愤懑。更让人心寒的是，面对这样的时局，朝中大吏们或是"空言徒议总无功，权利纷纷醉梦中"[1]，或是金樽销魂，歌舞升平，醉生梦死。见到如此境况，诗人干脆一笑了之，然而这沧桑一笑里又包含了多少无法言说的复杂情感！"秋江江树蟹初肥"，这正是诗人以欢写悲的沉痛之笔。总之，诗歌沉郁宏阔之意境和强烈激荡之情感，颇得老杜《秋兴八首》精髓。

中法之战结束后，黄焕中随刘永福驻军南澳。随后中日甲午海战爆发，黄焕中追随时为南澳总兵的刘永福进驻台湾，保台抗日。1895 年，清廷与日签订丧权辱国的《马关条约》弃台于不顾，但刘永福不愿撤出，领"黑旗军"死守台南，与日苦战四个月，弹尽粮绝，最终被迫内渡。经此事件后，他的思想开始有所转变，由过去的愤懑变得愈加激进，甚至身为满清官员却缅怀起反清义士来，诗歌的批判性和揭露性明

---

[1]　《秋兴八首用杜诗原韵·其六》。

显增强。如《感怀世事》其二：

> 认仇作父岂徒然，异梦同床黯黯天。家破守贫嫌寂寞，病深辞药任缠绵。娇妆媲美瘢难掩，饮鸩还期梦苟延。欲挽残棋收好局，满盘零乱费周旋。

《感时》其四：

> 廿载烽烟入望频，江淮涂炭感生民。关河争战无虚日，城廓萧条剩几人。专阃有谁堪将帅，审身何处不荆榛。世间果有桃源境，愿作渔郎去问津。

《甲午岁到军门幕中杂感》其一：

> 秦始河山百二重，而今无地觅尧封。郑洪义举斜阳冷，葛岳奇才碧水空。人事何曾哀乐尽，野花依旧寂寥红。鱼龙残夜谁能啸？至此伤心万古同。

第一首或许还略显委婉，但联系上下文就会发现，"认仇作父"者除了李鸿章、孙毓文等投降派还有谁呢？"娇妆媲美瘢难掩，饮鸩还期梦苟延"，显然是批判其粉饰太平之举无异于饮鸩止渴。第二首中的"阃"字，专指妇人居住的内室，略加推想，"专阃"者当然是慈禧了，生民涂炭，城廓萧条，国力衰竭，慈禧自然无法脱离干系。第三首，诗人呼唤的是救国奇才的出现，而这里的奇才除了诸葛亮、岳飞之外，更有郑成功、洪秀全二人，并将之抗清行为称为"义举"，如此之胆识，令人钦佩。要知道，在文字狱大兴的清朝，这要冒着多大的风险①，而且当时他的诗歌已经以手抄本的形式流传开来。其中，值得一提的是，后来的黄花岗七十二烈士之一的林时爽，就曾转抄《甲午岁到军门幕中杂

---

① 黄焕中此前不久才被人诬告入狱，几乎丧命，在牢中写下了绝命辞《甲午春寄陈黄邓谢四同志》（四首）。

感·其一》送给友人以互勉①，可见该诗的激进性、战斗性以及黄焕中诗歌的流播影响。

第三时期是诗人内渡赋闲，然后返回故乡任教的前后十多年，这是黄焕中最后的生命时光。这段时间里，诗人与刘永福一样，壮心虽在，但报国无门，满腔爱国热情郁结于心，故诗歌显得愈加沉郁孤愤，读来倍感悲壮苍凉。且看他的《书怀·其一》：

> 如此烽烟唤奈何，酒阑拔剑自高歌。建功谁是班都护，处世难当拽落河。烈士暮年强弩末，英雄髀肉逸驹过。蓬庐岂少澄清志，只争门前雀可罗！

烽烟已成往事，如今门可罗雀，酒阑拔剑最终只能自歌自叹——还有什么比壮士迟暮、英雄末路更让人感到悲壮的呢？此时，老诗人能做的恐怕只有"试向五羊城上望，将台余怒尚桓桓"②，在"忆昔威名著日南"③中回味故去的荣光了！其潦倒沉郁的境况和壮志未酬的悲愤情感，真是令人不忍卒读。这很容易让人联想到另一位孤愤终生的老诗人——陆放翁。

与情思缠绵数十年的陆放翁相似，黄焕中给人留下印象深刻的还有他竟然也有侠骨柔肠、儿女情长的另一面。例如，他创作了为数众多的《闺思》、《闺怨》、《闺情》等情诗，不少都是上佳之作，情感细腻而真挚，颇为动人。

在文方面，现可见的是《讨倭檄代刘永福作》④。该文对军民语词

---

① 林时爽（1887—1911），字广尘，号南散，后改名林文。侯官县（今福州市）人。云南巡抚、状元林鸿年之孙。曾留学日本。1911 年 4 月 27 日参加同盟会广州起义，壮烈牺牲，年仅 25 岁，为"黄花岗七十二烈士"之一。林时爽曾作《舟中寄同寓诸友三首》，其中第三首内容与黄焕中的《甲午岁到军门幕中杂感·其一》完全相同。而后人误认为该诗是林时爽的作品（如徐续编著《黄花岗》，广东人民出版社 1985 年版，第 167 页，即将该诗列于林时爽名下。其他以讹传讹者亦甚多），现从时间上看，不太可能。

② 《刘军门幕中杂感十首·其九》。

③ 《刘军门幕中杂感十首·其一》。

④ 广西区科委僮族文学史编辑室编：《广西僮族文学资料》（内部资料），1960 年，第299 页。

恳切，激发爱国保国热情，争取支持；对倭寇则义正词严，痛加驳斥其侵略行为。文章气势磅礴，充满战斗激情和鼓动性，无论思想性和艺术性都颇具价值。

黄焕中的竹枝词也是值得关注的重要内容。"词卑"观念其实一直影响着壮族文人们的创作，但也正因此，才给了词与民歌接触、融合的机会，较少受到汉诗的拘束，这反而成就了词的独立品格，也让壮族的词（主要是竹枝词）成为最具特色的文学样式之一。而黄焕中对壮族竹枝词的发展，也作出了特殊的贡献，试看其中几首。《龙州竹枝词》其五：

> 甘蔗船来洗马滩，招呼船上马头安。郎头侬尾分甘食，也得移时叙旧欢。

《丽江竹枝词》其八：

> 三年两考集生童，考试船来泊水东。贫妇争挑行李担，担竿藤络去匆匆。

《海渊竹枝词》其八：

> 海市交通百货丰，说来税局正归公。年来税入知多少，曾否弥缝国帑中？

这些竹枝词有以下特点：其一，大胆将俗字入词，突破了壮族诗人兼诗论家郑献甫所谓的"村姬絮语，野人谰语，皆不得一涉其笔"①的求雅规范，既具民歌的浅俗也不失文雅之质。其二，以表现民俗风情为主，如写壮族男女爱情、码头小景等，因而极具地域特色和生活气息；其三，大胆表示时新内容，如时髦的百货公司、税局等皆可入词，而"年来税入知多少，曾否弥缝国帑中？"这一反诘之句，将讽喻功能注

----

① 郑献甫：《答友人论诗书》，《郑小谷文集》，甘崔汀抄本。

入词中，这对扩大竹枝词的表现力无疑是一次成功的尝试。

三　"师之楷模"黎申产

黎申产（1824—1896后），字蠡庵，号篔山，又号十万山人。19岁入桂林秀峰书院，与壮族诗人覃海安、韦丰华同学。三年后（1845年）肄业返回故里。道光二十六年（1846）中举人。后任庆远府（今广西宜山县境）儒学训导。致仕后，归乡里，任宁江书院山长20年之久。黎申产喜吟爱咏，"博览群书，诗才赡逸""以诗文诱掖后进，一时文风大盛"①，培养了不少人才，其后宁明文士多出自他的门下。著有《菜根草堂读书记》四卷、《宿缘小名录》一卷、《医案》一卷，已佚；《宁明州志》两卷，存。另有《菜根草堂吟稿》② 上下两卷，收诗六百多首，约六万三千字③；《宁明耆旧诗辑》存诗56首（其中《朝云》亦见于《菜根草堂吟稿》）。

应该说，黎申产的诗歌基本上已经跟汉诗没有太大的区别。换言之，跟前代壮族诗人相比，他的诗歌无论思想内容、艺术特色还是诗歌体制等方面，都是最接近或最符合汉诗正统。其原因除了诗歌发展的必然趋势外，也跟他本人主动与汉族诗歌发展的潮流贴近直接相关，因而受汉诗影响也尤为深巨。

早在年轻时代，黎申产就已经极力追随汉诗发展的大潮。特别是对清代文学创作巨流"性灵"说，他表现出极大的兴趣——即使"性灵"派的风光当时已经大不如前——对"性灵"派大师袁才子他更是高山仰止。他的同窗挚友韦丰华后来曾回忆，"其人雅有性灵，好吟咏，于诗酷爱随园。尝仿郑板桥轶事，刻一印章云：'袁子才门下走狗黎某'。每意诗商，辄用此印。"并自题诗云："博得走狗名，笑语传南土。板桥应妒我，难独有千古。"④ 其后，他在《妆台百咏·序》里，进一步阐释他的诗文主张："风者韵之流，风高骞则韵远；情者文之本，情窅

---

① 《宁明耆旧诗辑》。
② 黎申产癸未（1883年）自编，今见转抄本，年代不详。
③ 统计数字引自黄绍清《壮族文学古籍举要》，云南民族出版社1990年版，第28页。
④ 韦丰华：《今是山房吟余琐记初编一》，民国十五年抄本。

寂则文枯"。这显然直接继承自袁枚的性情说。而他创作《妆台百咏》
的缘由则是看到"名流读史，雅爱娥眉，骚客题诗，能探骊娥"，而自
己偏偏又是"难忘儿女情长"，乃"赋红妆"① 百篇（实际是 54 篇）。
于是，选取古代各色女子五十多人，每人赋诗一首，赞咏讥讽，颇为恣
意。这样的言语举动，颇合一青年才子之风流潇洒行为，而这又何尝不
是遥追袁枚的风流足迹呢！

　　但诗人似乎并不认可自己这种年轻之时的意气所为——即使这些作
品"未必非悱恻缠绵之旨"② ——因为作者在数十年后编定的《菜根草
堂吟稿》中，《妆台百咏》54 篇绝大部分都被"沙汰"③。但作者又单
单存下《朝云》一首，这算是师法"性灵"的孑遗？还是聊当年轻时
的留念？其实都已不重要了。因为从黎氏后面的创作看，其主要的艺术
趣味和审美追求已经转向——新的历史形势和文学风潮，让他作出了新
的选择。

　　太平天国运动是其诗歌开始转向的一次重要契机。延续数年的战火
首先在广西点燃，作为正统文人的黎申产，一开始就对农民运动有着天
然的恐惧和敌对态度，其平静的生活也被屡屡打破。或许真是"国家
不幸诗家幸"这一苦难的经历，反而让他一改过去单一狭窄的创作路
子，促成了他诗歌风格的多样性。

　　首先，诗歌风格变得沉郁，更加关注现实，其境界也日渐开阔。此
前，黎申产多是描写日常琐事或外出游历的诗歌，例如闲适轻快的
《课徒杂咏》、风流蕴藉的《游仙诗》等等。太平天国运动兴起后，其
诗风转变明显。例如《庚戌年感作，用老杜〈诸将五首〉诗韵》、《大
毒行》等都能见出杜甫诗歌的影响，但在表现人们逃避战乱时的特殊

---

　　① 引文皆见《宁明耆旧诗辑》。另，序言中有"年近三旬，落拓而百城未拥"句，可见
《妆台百咏》的创作时间应该靠近 1853 年。因此笔者斗胆推测，黎氏受袁枚的直接影响应该
一直延续到 1853 年甚至更往后，而不像刘映华先生所言的"黎氏于 1851 年对旧诗加以沙汰，
已拔帜易汉，改正了年轻时代对艺术上的追求（按，指师法"性灵"说）。"见黎申产著，刘
映华注《菜根草堂吟稿·前言》，广西人民出版社 1993 年版，第 17 页。
　　② 《妆台百咏·序》，《宁明耆旧诗辑》。
　　③ 黎申产在《菜根草堂吟稿·自述》云："今年六十矣（1883 年）……爱将旧稿再加
沙汰，得此二卷。"

心理活动方面，作者又能自出新意。不仅是杜甫，白居易关注现实的诗歌，此时也引起了黎氏的兴趣。且看《二弦行，送别游任之茂才尔涝，用白博〈琵琶行〉原韵》（并序）中的片段：

> 只今盗贼忙天地，危险还过十八滩。万家掳尽人烟绝，烽火纷纷犹未歇。
>
> 民生真个不聊生，到处长吁短叹声。嗷嗷野外鸿频叫，嗷嗷林中猿乱叫。
>
> 庙堂肉食谁筹画？子女荣华兼玉帛。绝无长策答升平，万姓沉冤何日白？①

这是作者早期避乱凭祥时所作。虽然诗歌使用了一些典故，降低了评述现实的力度，但战乱给人们带来的苦难还是令人触目惊心，表现出作者对黎民百姓的同情；并且，诗歌也对"肉食者"进行了辛辣的讽刺和批判，这在黎氏前期的诗歌中是很少见的。此后数年间，表现现实的诗歌成为黎申产诗歌创作的重要内容：既有对和平的祈望，"几人储儋石头，群盗尚戈铤。何日方完劫，承欢菽水便"②；也有对时局的感慨"别有隐忧方寸内，茫茫天地遍干戈"③；更有对家乡惨遭兵燹的忧虑，"故乡亦是兵戈地，只恐归来倍怆神"④。这些表现现实之作，皆以沉郁忧患为情感基调，将个人之悲和社稷民生的苦难生活贯穿融合，因而诗歌体现出更为宏阔的视野和更为深广的现实意义。

黎申产数年颠沛流离的经历，压抑已久的忧患意识和沉郁的情绪，竟然还会催发其内心蛰伏的一股豪情，写了不少长啸狂歌之作，这对一向温柔敦厚的黎氏而言是极为鲜见的。试看《甲寅八月六日登梧州北城》（节选）：

---

① 以下引黎申产的诗歌，若不出注，皆采自传抄本《菜根草堂吟稿》。
② 《窘迫》。
③ 《茌平客感》。
④ 《偕客登南宁城楼》。

戦鼓声渊渊，兵革无时休。谁居围城中，登高仍出游。慷念古
豪健，冲阵横戈矛。我今纵少杀贼力，观阵亦足张双眸。耸身直上
最高顶，风烟郁郁凝清秋。凭陵杀气不肯降，雷声铁炮鸣当头。

这是作者被困梧州城时所作。诗歌充满英雄豪气，慷慨悲壮；使用的是
古体歌行，质朴高简，酣畅淋漓。其实，在战乱期间，黎氏不时有披挂
上阵的冲动：在面对遍地"盗贼"之时，"不觉顿生投笔想，青锋三尺
手频摩"①，心想"从军无不可，相约带吴钩"②，"请缨吾亦可，烧烛
试横戈"③。而且，他也的确实践过自己这一英雄梦想——在家乡办团
练对抗农民运动，还因功授六品顶戴。但是，或许六品顶戴的虚衔根本
无法慰藉其强烈的功名梦想④，或许发觉自己一介书生并不适合这种生
活，总之后来"无端又被浮名误，满地干戈要出山"⑤，黎氏最终赶赴
的还是科名大道。

跟大多数汉族诗人一样，黎申产一面追慕功名，积极入世，但同时
并没有妨碍他归隐田园的遐想。在太平天国战乱期间，他归隐田园的想
法尤为强烈，不少和陶诗就出自此时。试看他凭祥避难时的《贫士七
首，和陶渊明。时在凭祥龙里村·其四》：

山妻亦安贫，不悔嫁黔娄。家庭笑语余，此外绝唱酬。
几辈厌纨绮，吾家衣不周。先师昔有言，唯乐不忘忧。
抗怀千载上，欲与古人俦。修名苟得立，富贵非所求。

另如"泉石有佳趣，四顾清吾心"⑥ 等，都是在与前贤的比对、沟通中，
苦中求乐，表明自己不慕富贵的心志。更有意思的是，作者赶考功名的

---

① 《干戈》。
② 《闻流贼蹂躏义宁，有怀苏伯平尔均、海峤盛瀛两昆季，暨秦西舫镇藩三同年》。
③ 《斤江夜坐》。
④ 《癸丑仲冬，偕越南贡使西旋途中感作，用老杜〈秋兴〉八首韵题壁·其四》末两句
云："卅载头颅衔六品，可怜无分列朝班"。
⑤ 《自家中至桂林，一路杂诗·其一》。
⑥ 《贫士七首，和陶渊明。时在凭祥龙里村·其三》。

路上，途径湖南桃源县时，也是浮想联翩，"若果此中堪避世，不辞千里挈妻孥"①，甚至心中设想自己住进来的情景"对此百虑消，独酌辄酩酊。仙境即吾心，何必域外骋"②。值得注意的是，这种矛盾的心态，并非诗人不真诚，而是千百年来文人进退观念凝结而成的固有性格，极其自然，甚至到了诗人本人也不自觉的程度。诗人身处乱世，能有一隅安生自然不易，即使有避世之嫌，其情还是可以理解的。而且，诗人心里其实相当清醒，"抽身曾向桃源过，洞口云封可奈何?"③ ——这已不仅是抒写个人的悲剧，而是时代的悲剧，甚或是千年文人的共同悲剧了。

在太平天国时期，黎申产不仅诗歌风格体现出多样化，而且诗歌体类也多有尝试，除了五言、七言绝句、律诗等常见文体外，还有古体歌行、长赋等。值得一提的是，他还曾经尝试过拟民谣体式，创作文人歌谣，比较成功的是《苍梧谣》，试看其中几首。

其　一

其父大鲤鱼，其子鲤鱼崽；大鱼已死，小鱼未醢；扬鬐鼓浪翻江海。

其　七

太守曰战，大令曰和。延彼青衿，轻身渡河。渡河! 渡河! 不返由他! 由他!

这是作者被困梧州城时，以时事为题材创作的民谣。第一首反映的是红巾军当时的战况；第二首反映的是朝廷官吏在对抗红巾军问题上的内部矛盾。这些民谣，体制不拘一格，自由轻快，语言通俗质朴，不仅具有文学上的审美价值，还可补正史之不足。

太平天国后期，战场转移，广西战事渐少，人们的生活开始恢复平静。黎申产先是授课谋生，尔后步入官场，生活闲适，游历减少，诗风

---

① 《桃源县书感》。

② 《桃源舟中，独酌偶成》。

③ 《读史杂感·其一》。

开始转向。黎氏无论授课还是任儒学训导，都以学问安身，加上时风影响，故其诗歌呈现出两大特点：其一是以文为诗。例如《游金柜山歌，次韩昌黎〈石鼓歌〉诗韵》，将自己的游览经历进行了详细描述，其间或穿插议论，或生发个人感慨，都围绕其所见所闻展开，从作品前后的连贯性和结构的完整性看，俨然一篇有韵的游记散文。其二是以学问为诗，例如《感事》、《咏史》等。无可否认，这些诗歌体现出作者较为深厚的学问功底，但若从艺术角度考量，除了少数尚有可观者外，其余多为掉书袋之作，用典过滥，写得艰涩枯槁，满纸学究气。以至到了后来，连他本人也不是很满意，反思说"肾肝雕琢真无益，郊岛穷愁那是仙"①，而自己这样"苦吟垂老几人怜"② 呢？但即使自己能明白诗歌"出语无雕琢"的好处，又能怎么样呢？"愿学愧未能，得句犹推敲"③，语气间颇为伤感无奈。

　　从内容上看，可大略分为三类：一是怀古诗，二是唱和诗，三是写景咏物诗。前两类诗歌在创作上，手法纯熟老练，风格庄重雅典，讲究雕琢，自言"感夸典重似商珊"④，与同时期的汉诗相比已无明显的区别，但也因此而缺乏艺术个性。故曾自嘲曰"吟诗了不与人殊，大块茫茫一腐儒"⑤，没想到他的这句自谦之言倒是颇为中肯。倒是第三类写景咏物诗歌，有不少写得颇具特色。先看一组《咏物小诗》（十一首选其三）。

其一　扑灯蛾
本为观光来，翻因赴热死。局中不自知，局外空练尔。

其七　叩头虫
毕生只叩头，不敢一昂首。乞怜人不怜，汝亦自悔否？

---

① 《次徐石琴题拙稿诗韵·其二》。
② 同上。
③ 《夜坐杂书·其七》。
④ 《次徐石琴题拙稿诗韵·其一》。
⑤ 同上。

其八　螳螂

切莫笑螳螂，孟浪当车辙。规避术太工，何以有气节？

这里运用了拟人的手法，将平常之物赋予某种意义，借以达到讽喻效果。诗歌小巧机警，立意不俗，颇为耐人寻味。另外，黎氏的一些《丽江竹枝词》也很有特色，能巧妙地抓住壮族清明风俗、歌墟集会等某个场景片段进行描写，境界不大，但写得清新可人。但比之黄焕中，黎申产的竹枝词文人色彩稍显浓厚。

总之，黎申产在整个宁明作家群中，以学问名世，有"边缘乃有此才，道其南乎"①之褒赞；在文学创作上，师法众家，技法纯熟，体式风格多样，取得了较高的成就；同时，他还以自己的特殊身份和影响力，团结和培养了一批人才，形成了一个规模不小的文人创作群体（成员包括蒋翊灏、苏彩钊、苏士培，农魁廪、农周廪及其家族兄弟等），影响深远。因此，黎申产以其"抵今后进思遗泽"②的贡献，无愧于"师之楷模"。

四　"宁明五俊"

在黎申产、农拔廪、农嘉廪等老诗人的带领和培养下，宁明文学风气日盛，并在晚清出现了一批年轻诗人。其中，尤以农实达、王廷赞、欧显谟、陶赞勋、黎慕德五位最为杰出，成为新生代的代表人物，时称"宁明五俊"③。五人中，王、欧、陶、黎四人诗风质朴清新，情感真挚，以描写身边日常生活、咏物和游历为主，眼界相对狭小；而农实达则与之不同，境界开阔，风格老劲，体式多样，成为宁明年轻才俊中的佼佼者。

农实达（1873—1913），字秋泉，一字粗盦。14岁应童子试，为县学生员，随补廪膳生。15岁入桂林逊业堂。后又肄业于广雅书院。崇

---

①　《宁明耆旧诗辑》载："桂抚马玉山丕瑶阅边，索观所著《宁明州志》及《菜根草堂吟稿》，题其卷首有'边缘乃有此才，道其南乎'之语。"

②　《宁明耆旧诗辑·题黎申产辞》。

③　载《宁明耆旧诗辑》。

拜孙中山倡导的民主革命，任广西边防陆军教导团教官期间开始向学员灌输革命思想，不久升为学兵营管带。暗中协助孙中山、黄克强革命军占领镇南关，未果，被广西提督革职。后与广州友人刘古香同赴新加坡，会晤孙中山、黄克强，议图再举。辛亥革命后，与刘回桂运动独立，但陆荣廷已抢先自立为都督。全国讨袁运动兴起，农与刘劝说陆荣廷举兵响应，被陆杀害，年40岁。平生服膺黄梨洲、王船山学说，戎马倥偬中，不忘吟咏，惜诗稿大多散佚。《宁明耆旧诗》仅存其诗二十余首，词二首。

革命之路艰难而曲折，农实达作为革命党人，无不时刻感受到斗争的残酷和复杂。因而其诗歌的情感基调异常的低吟深沉。且看他的《阙题》其四：

> 此去居夷志已成，天涯濡滞复行行。冤衔精卫沧溟阔，义重昆仑华岳轻。已尽黄金宜割席，休论白璧可连城。剧怜大难同舟日，犹向江湖觅尾生。

由"居夷"二字可推知，此诗应于1907年诗人赴南洋时所作。"阙"即"缺"，"阙题"即"无题"，通常用来表达无法言说或不便言说之隐情。那么诗人有何隐情呢？联系此诗创作背景可知，当时革命正处于徘徊的低潮期，论争迭起，从"冤衔精卫沧溟阔""已尽黄金宜割席"等句，可隐约看出革命党人内部矛盾之激烈和形势之复杂。而诗人此时选择离开，并不是逃避，因为在这"离乱眉睫悬"的关键时刻，与其"局外空云策万全"①，不如另辟战场，干些实事；而"义重昆仑"和"抱柱尾生"之典，更是见出诗人执着坚定的革命意志。在复杂纷乱的革命形势下，农实达能保持如此清醒的头脑和长远的见识，令人敬服；其坚忍不拔的革命信念又着实让人感动。农实达对革命形势复杂性的清醒认识，还体现在他送给革命友人的劝勉诗中。且看《题画石四幅示辛》其一：

---

① 《阙题·其三》。

> 巉岩遍地不容趾，安得百千万亿恒河沙数之精卫，衔而去之投
> 畀东海里。一刹那间地平海平坦如砥。嗟嗟！石衔可尽海无底，石
> 自硁硁水自媚。水柔如舌石如齿，柔则常存刚折矣，恐不胜兮为此
> 惧。吁嗟石乎我行耳！

农实达另有《念奴娇》词两首专门写给这位"至交好友"辛。从词前
附的小序得知，辛"好任侠，视天下无不可谓之事"，常常"欲以人之
情为己之情，欲以己之情为人之情"，并且"用情太过而不自知"。可
见，辛是位义薄云天、感情单纯，而又急躁冒进，不善讲行事策略的
人。在当时复杂的斗争形势下，辛的性格当然是"致败者屡矣"①。于
是，诗人用"石衔可尽海无底"这一事实，阐明革命斗争的长期性和
复杂性，最后引出"柔则常存刚易折"的道理来劝诫好友。该诗采用
古体而不泥古，质朴高简，讲理娓娓道来，感情真挚，是思想性和艺术
性结合绝好的上佳之作。

即使知道"石衔可尽海无底"，个人随时都有可能沉淹于茫茫的
"无底深海"之中，但农实达并不消沉，他常常奋昂长啸，抒发革命情
怀，自我鞭策勉励。试看他己酉年（1909）寓居桂林时所作的《寄意》
其四：

> 阵云挥队起汀洲，白露苍葭九月秋。影带寒潮来别浦，声随飞
> 笛过高楼。枫江蓼岸新吟客，瓜圃禾场老故侯。万里风烟特开辟，
> 不应归作稻粱谋。

该诗雄豪老劲，意境宏阔，"万里风烟特开辟，不应归作稻粱谋"足见
诗人心胸之旷达坦荡；"历尽崎岖明日事，桃花滩半泊城南"②，又见出
诗人对革命事业之无限信心。诗歌中这些昂扬慷慨的激情，坚韧笃定的
意志，读之令人意气勃发，亦为之感动敬服。可见，农实达的诗歌，基
调或许深沉，但绝不消沉。

---

① 引文皆见《念奴娇·序》，《宁明耆旧诗辑》。
② 《舟次桂林桃花潭》。

第三节　龙州诗人群体

龙州是改土归流比较晚的地区（部分地区甚至到民国才改流），当地的土司管理异常严酷，尤以文化教育上的箝制为甚，比邻近的宁明要落后不少，故才发生本县士人入宁明籍参加科考的事情。明清两代，该县中举者寥寥无几，这可大致反映出当地文化落后状况的某个侧面。在龙州，赵姓是当地的大姓，从宋初开始直到晚清，赵家都是当地的实际掌权者。因此，赵姓家族倒是出了不少文人，其中以赵荣正、赵荣章兄弟尤为突出。此外，也有其他一些异姓文人（例如比较突出的嘉庆间举人农余三），但他们的诗文大多不存，以致淹没无闻而难以得窥全貌。赵荣正和赵荣章兄弟的诗歌，皆注重现实的针对性，感情真挚，内容充盈，别具一格。

一　"诗多劝谕"赵荣正

赵荣正（1830—1900），字纪常，咸丰十一年（1861）拔贡，曾保举知县。后主讲龙州暨南书院 18 年，名重乡里。苏元春督军南疆时甚为推许，与之交往较深。善作诗文，著有《霞坡书屋吟稿》一卷。

赵荣正的诗歌题材直接取自当下生活，具有很强的现实性和针对性，往往借诗歌行劝谕之实。因此，诗歌内容充实，语言朴质，朗朗上口，颇类民谣。试看他的《插秧词》：

> 君不见，稼穑之艰难，朝暮时向田间看，布谷一声将播种，阴雨又怕天尚寒。

> 待得禾秧如针起，抽出泥根向水洗，剔去稂莠只留秧，分来一一插田里。

> 春时多雨夏多晴，偏教畏日照我耕。禾秧及时须种艺，幸得田间水盈盈。

又苦泥深欲没跗，林鸟频呼脱布裤。纵有秧马可骑行，行来一步难一步。

日当正午苦莫禁，舍业暂憩绿杨阴，晌耕方喜来童妇，饭后其事仍关心。

插秧欲浅行欲直，宣使耘耨浅易发。尽日偻偻步田中，忘却山头已挂月。

但愿我秧成嘉禾，秋来稼穑如云多。纵教辛苦何足惜，鼓腹且作丰年歌。①

诗人选取农人的视角，对农耕之艰难作了详细的描画，突出了粮食之得来不易。诗歌语言非常的平实，没有过多的修饰花招，就如讲故事般娓娓道来。诗中叙写了农耕中的一些细节（例如布谷鸟的叫唤、烈日当午的酷热、家人送饭田头的喜悦，甚至还讲到插秧的一些技巧问题等等）都具体可感，使诗歌形成一种独特的现场感和真实感，令人信服。而到了诗歌收束，才发现原来这是首劝善歌，试图告诉人们"谁知盘中餐，粒粒皆辛苦"的简朴道理，诗人之用心可谓良苦——这些都多么切合一位课徒老先生的意态口气。

当时鸦片烟侵入内地甚深，对国人的身心健康造成很大危害，于是有人请赵荣正写了些劝烟诗，共十首。现选其三：

罂粟相传是此花，初从海上入中华。而今红白分云广，误尽当时富贵家。

一枪夜半傍灯吹，日上三竿睡起迟。过得瘾来寻事业，人生能有几多时。

---

① 载刘介《广西僮族文人诗文选》，1959年编印（内部资料），第194页。

　　识得洋烟误半生，有心早戒竟能成。些须疾病寻常事，烟友相邀莫顺情。①

诗人自叙作劝烟诗的来由是"客有乞戒烟诗者，欲极道其弊，且使易晓，作此箴之"。因此，为了让普罗大众能读懂听懂，并且便于记诵流传，于是作者用民谣的形式来传达规劝旨意，其平实浅俗当是情理之中。此外，赵荣正的一些风土诗，也同样平实质朴。试看《龙州风土诗歌》其四：

　　春风无地不桑麻，闲种山田四五家。竟日工夫抛不得，缫车鸣处纺棉花。②

以白描为主，不露雕琢痕迹；面上写龙州风土，实为赞扬当地人的勤劳朴实。

二　"好说时事"赵荣章

　　赵荣章（1852—1903），赵荣正之弟。光绪间以拔贡任广西提督文案，在提督苏元春幕下近二十年，曾参与抗法援越。文学创作上"秉承家学渊源，文章警炼清隽，诗词流丽端庄"③。著有《守山诗钞》。
　　赵荣章在戍边中的征战历练，磨砺了他的坚强意志，塑成了他耿直、激越、深沉的性格，并直接融入他的诗歌风格。请看他的《书感二首》其一：

　　莽莽乾坤俯仰宽，几人干济挽狂澜！盘根错节知虞诩，赌墅围棋想谢安。江左夷吾风已杳，长沙贾谊遇偏难。光阴辜负闲中过，

---

①　载刘介《广西僮族文人诗文选》，1959 年编印（内部资料），第 195 页。
②　欧震汉、叶茂荃修撰：《龙州县志》，民国二十六年版。
③　刘介：《广西僮族文人诗文选》，1959 年编印（内部资料），第 196 页。

　　五夜何堪抚剑叹！①

　　国朝与法签订屈辱条约，边境暂时安稳。但身处戍边前线的诗人知道，国家羸弱之势并未改变，谁能力挽狂澜于既倒呢？谢安已逝，贾谊遇难，追思古人，感叹光阴虚度。面对"和戎罢战征袍卸"②的现实，英雄无地用武，诗人唯有夜间抚剑低回长叹了。诗歌充满气势，感情激越浓烈，悲愤沉郁。

　　更让诗人倍感忧愤的是，此时内部权势之争又起，连诗人自己也被卷入其中，《难中口占》其一：

　　　　蚩氓何罪处穷边，未竟胸怀剧可怜。治盗求功争草草，纵兵遗患恨连年！好说时事憎多口，为惬民情过有缘。独剩此心常不死，群黎四境尚颠连。

　　此诗写于狱中。当时苏元春等人为了"治盗求功"，纵兵当地，给普通百姓也带来了很大伤害。从诗歌内容看，耿直的诗人肯定是以幕僚身份常进劝谏，为民请命，结果却因"好说时事憎多口"，遭人谗害。但诗人即使身陷囹圄也"此心常不死"，因为此时"群黎四境尚颠连"，外面的百姓仍在水深火热之中呢。

　　这样的心志，还不时显露于同时期的其他诗歌当中，例如《示儿》其四：

　　　　当道豺狼势纠桓，也知时事认真难。只因报国身先许，杀贼雄心事未完。

诗人忘己为民、热血报国的一片赤诚之心着实让人感动。当然，黎民百

---

　　①　载刘介《广西僮族文人诗文选》，1959 年编印（内部资料），第 196 页。下同，不另出注。
　　②　《书感首·其二》。

姓也不会忘记诗人，"只有乡民遗直在，上书争辩竞争先"①，最终拯救诗人的，还是这些普通乡民。总之，赵荣章的诗歌在内容上以抒发愤郁不平之声居多，风格激越深沉，境界也较为浑阔，水平超过其兄。

第四节　上林诗人群体

无论社会、经济还是文化发展，清代广西都大致呈现出"东高西低，北高南低"的格局。而上林县正好处在桂南的东北端，无论地缘经济还是地缘文化，都处于优势地位，因此，这里是桂南开化最早的地区之一，文化教育相对发达，文学传统也源远流长，唐代的《六合坚固大宅颂》和《智城碑》即是当地文学发展的一大见证。其后，宋代的韦旻，明代的方矩、石梦麟等都是当地著名的文人，为后人所推崇。到了清代，前代的文学传统得以延续和发展，并逐渐形成了小有规模的作家群体。其中，留仙村的张氏家族最具代表性，他们对后代壮族文人创作的影响也最为深远。

一　张氏前辈诗人

从清初开始，张氏家族便人才辈出，代代相传，并形成了文学创作的家族传统。

张鸿翮，号朔庵，康熙丙午（1666）中举人，授永宁州（今永福县）学正。吴三桂起兵叛乱后，退隐归顺土州（今靖西县）以课徒为业，时间长达九年。生平著作颇多，但多已散失。② 今见《峤西诗钞》存其诗16首。

张鸿翮的诗歌并不以典雅细腻或精雕细刻的艺术创作取胜，而是以畅达简浅、浑朴清新见长，这似乎也是壮族诗歌探索者们的必经之路。下面是他的《送友人回羊城》：

---

① 《难中口占·其二》。
② 生平事迹据张鹏展《峤西诗钞》。

天上碧云拥夕阳，地下黄花带晓霜；晓霜枫树颜色改，夕阳古道秋光暖。

离亭别酒不胜悲，独坐衔杯有所思；思我一生牛马走，天涯何处无知友！

朋友虽然天下多，求若我公能几何！我公为人多豪放，倜傥磊落推时望。

论交白首一如初，山高水长情有余。与公交游历三载，精神洒落瞻芝彩。

文章有价时未逢，抱膝长吟汉卧龙。暂试牛刀为幕客，修辞妙有安邦策。

一心慷慨行已志，独坐危言众所忌。自知难入俗人机，投笔匆匆仗剑归。

丈夫临行不下泪，我心郁结心如醉。一日得见薄封侯，一日不见疑三秋。

此别为日知几许？落叶纷飞满江斋。勖哉此行当自强，愿君莫负桂花香。

今年桂花与君别，明年桂花待君折。折桂何足为君奇，更有采花二月时。

二月花遍得意看，马蹄三日踏长安。半百老儿还在此，佳音早寄春风耳。①

---

① 张鹏展：《峤西诗钞》，道光二年刊印本。

显然，这是一首送别诗，但却没有落入普通送别诗的儿女情长或是哭泣哀伤的俗套，而是强调对友人出色才华的赞赏，并极力激励其早日功成名就，笔墨之间自有一股豪放气概和对友人的一份真挚之情。诗人在这里用的是古体歌行，自然、清新、畅达，意义简浅但感情浓烈，韵律多变又不失和谐，完全可以和歌而唱，隐约可见民间歌谣的影响。而直接吸取民间歌谣养分的作品，则是那些寓言体诗歌。如《有感》：

> 植花草，怕牛来，门常掩，随步开。如何双瓦雀，踏我阶上苔。

又如《大塘谣》：

> 去了休，去到大塘红蓼洲。红蓼生花不结子，绿朴生花毯见毯。①

《纸鸢》：

> 纸竹羽毛如此丰，居然天外自吟风。但闻声势人争仰，高上云霄孰许同？

> 未必晴光朝上帝，断难阴雨戏邻童。提撕全借旁人力，漫诩天门路可通！

以物言事，以事寓理，是儿歌童谣常用的表现技巧，诗人在这里不仅活用了这些手法，还采用了民谣的语体形式，古朴清逸，"寓意深远"②，耐人寻味。《有感》寓自己的平静生活，时时被人打搅，防不胜防，令人烦恼。《大塘谣》以红蓼的华而不实，对比柚子树的累累果

---

① 原注：宾（州）、（上）林间呼柚子为绿朴。
② 辛笋谷评语，见《峤西诗钞》。

实，寓人应以求实务真为本，抛弃那些虚华无用的花架子；否则，就会像《纸鸢》中的风筝一样，沦为他人的笑柄。《纸鸢》以纸糊风筝讽喻那些不学无术者，借势爬上高位，自鸣得意之时却忘了自己的命运还操控在他人手中，待形势风气转变，终究难逃惨败的运数。这些诗歌看似粗疏浅显，却暗含机巧，富于生活的哲理，既吸取了民间歌谣的表现手法，又将之与汉诗融会贯通，还去除了汉诗人作诗的匠气，因而能自成风格，也为壮族文人的汉诗创作作出了可贵的探索。

张鸿翻，字渐九，号恒夫，张鸿翮之弟，康熙壬午（1702）举人。潜心于程朱理学，为人严谨，不苟言笑，课徒一生。著有《家训》、《女训》、《蒙童训》等书，[1] 诗歌流传甚少。

张鸿翻的诗歌多是其道学言论的韵律化，光看《讲论语》、《孔颜乐处》等诗题，就可以想象得到这些诗歌是如何的古板呆气。可取之处是语言浅显，并无晦涩聱牙之辞。试看他的《卖狗行》：

> 吁嗟病狗因何起？狗病多因为家主。昼夜不眠防御劳，暴客闻声不登户。护得主人金与银，安得主人心与身。待至老来狗生病，便将卖与屠人宰。狗见卖与屠人宰，声向主人全不睬；回头又顾主人门，还有恋主心肠在。世上人情不如狗，人情不似狗情久；人见人贫便相疏，狗见人贫常相守。有酒莫饮薄情人，有饭只饲护篱狗![2]

诗歌以狗之不幸遭遇，寓世间人情淡漠；以主人的薄情寡恩，辛辣讽刺那些忘恩负义之辈。总体而言，诗歌表现的主题并不新颖，而说教的意味却颇浓厚，因而"诗"的味道被冲淡。这类诗歌，在壮族文人中，学习者其实并不多。然而有意思的是，张鸿翻在诗歌创作上对"有裨人心世道"[3] 的强调，却对后辈张鹏展的诗歌理论产生了不小的影响。

---

① 生平事迹据黄诚沅撰《上林县志》，民国二十三年铅印本。
② 采自张鹏展《峤西诗钞》。
③ 黄诚沅撰：《上林县志》，民国二十三年铅印本。

张友朱，字景阳，号麓旺，张鸿翩之子，康熙辛酉（1681）副榜，官庆元府（今宜山县）教授，以课业授徒终其一生。① 今存诗不多，他的几首写景咏物诗如《环江楼》、《咏庄后小蓬莱亭》等倒是较有特色。且看《咏庄后小蓬莱亭》：

> 村边亭子对山开，峻石奇峰拂面来。江上烟霞供卷幔，林间风雨入衔杯。幽泉滴沥当阶响，绿树茏葱附岸栽。一望嚣尘全脱尽，悠然心迹在蓬莱。②

诗人以悠然的休闲心态，细细品味着小蓬莱亭附近的山水景色。奇峰、峻石、江水、烟霞、幽泉、绿树等意象组合成一幅意境幽远的写意画，超然脱俗，清隽飘逸，体现出诗人不俗的艺术功力。也正因此，这首诗受到了孙辈张鹏展的赞赏，还专门赋诗一首《小蓬莱》以和之③。

张滋，字衍盈，号灵雨，张友朱之子，乾隆元年（1736）举人，二十五年（1760）授全州学正，三十二年（1767）辞归，此时已年近六旬。④ 今所存之诗，多以描写个人生活体验为主。且看他的《悼长男》：

> 膝下承欢逾六旬，趋庭却少引头人。呕心留得吟余草，老泪看来字不真。

这是他辞官后回家逗孙之作，内容相对狭窄，境界也不大，但这些生活片段，倒写得情真意切，富于人情味。

自张鸿翩开始，至其孙辈张滋，张氏家族的文学发展呈现出一个逐步积累的过程。其间因个人禀赋的因素，成就或有大小之分，但他们都从不同角度进行了一些有益的探索，为后代的文学发展积累了经验。更

---

① 生平事迹据张鹏展《峤西诗钞》。
② 采自《峤西诗钞》。
③ 见张鹏展《谷贻堂全集》，抄本，年代不详。
④ 生平事迹据黄诚沅撰《上林县志》，民国二十三年铅印本。

重要的是，他们能一直保持着良好的文学研习传统，成为一笔最宝贵的遗产，让后代子孙受益匪浅。若是没有这样深厚的铺垫，张鹏展的成就是难以想象的。

二　张鹏展与《峤西诗钞》

张鹏展在文学创作上是一个比较全面的作家，他不仅创作诗文作品，阐发诗文理论，还编纂诗文集和地方志书，为文化的传承和发展作出了特殊贡献，加上位高名显，因此，在整个清代壮族文人群体中，张氏都是最具影响力的人物之一。

张鹏展（约 1760—1840）①，字南崧。他的曾祖父为张鸿翮，祖父为张友朱，父亲为张滋，皆是当地名士，其书香门第之传统到张鹏展已至第四代，这在壮族地区殊为难得，张氏家学渊源之深厚也由此可见一斑。张鹏展"少承家学，刻苦淬砺"，于乾隆五十三年（1788）顺利拔贡，是秋中举，授翰林院检讨，武英殿纂修。后晋升为福建道监察御史，又升太仆、太常寺正卿，通政使司通政使等职。嘉庆十五年（1835）开始在山左（今山东省）主持学正，大量接触当地文人，继而编著《山左诗续钞》。他为人"持正不阿"，直言敢谏，因而常受人排挤。嘉庆二十五年（1820），趁回乡拜祭祖坟之机，遂"引疾不出"，隐于乡里。致仕后曾主讲于桂林秀峰书院、上林澄江书院、宾阳书院等，前后长达 20 年，为当地栽培了不少后进之士，并于此期间编定《峤西诗钞》二十一卷，修撰《宾州志》二十四卷等。② 其一生著述颇丰，有《兰音房诗草》、《离骚经注》、《读鉴释义》、《女范》等，但均已散佚。有《谷贻堂全集》六卷③，目录显示收入诗歌四百多首，另有赋、论、序、杂录等若干篇；但笔者仅见第一卷，存五言古诗 48 首，七言古诗 11 首，赋五篇，颂一篇。另，《三管英灵集》共收入张鹏展诗歌 59 首，其中与《谷贻堂全集》卷一重复 15 首，故新增 34 首。光

---

① 张鹏展在辛未年（1811）除夕曾写有一首《守岁》，从其"人生逾半百"句大致推测其生年约为 1760 年；其卒年据黄诚沅撰《上林县志》，民国二十三年铅印本。

② 黄诚沅撰：《上林县志》，民国二十三年铅印本。

③ 今见抄本，具体年代未详。

绪二年《上林县志》另存张诗二首①。因此，今见张鹏展遗诗共计95首②。此外，在诸县志中还存有张氏的疏、论等若干篇。

张鹏展出身于传统的书香门第之家，且出外任官长达三十多年，多次担任科举考试的主考官，可说是完全浸淫在汉文化的圈子之中，走的也是与本土壮族作家不尽相同的创作道路。他的诗歌创作技巧纯熟老到，风格古雅敦厚。试看他的代表作《拟古》（七首之四）：

> 桂树生南海，团团自成荫。禀气清虚府，独秀秋风林。
> 一枝递京国，逐别南山深。孤老托盘盘，兢兢远人心。
> 芙蓉各珍锦，皎镜美华襟。野性非适俗，漫畏远见侵。
> 冷露寡所谐，梦断泪中岑。③

诗人运用了比拟手法，以南国桂树自比，隐寓自己洁身自好，绝不同流合污；但也因此不时感到孤独寂寥，不禁萌生出归隐田园的念头。诗风醇厚，情感深沉，在风格和表现技巧上与魏晋六朝的五言古体诗颇为神似，的确是比较成功的"拟古"之作④。

相对其他壮族文人，张鹏展的仕途算得上颇为顺利，三十多年间并没有出现什么大的波折。就此而言，他的人生无疑是幸运的，但在文学创作上却并不见得就是好事——他的不少诗歌，无论视域还是心理体验都显得单纯或说狭窄，特别是为数不少的唱和诗、题咏诗、颂圣诗等，并不能完全显露出他的创作个性。反而是一些故土风物诗，倒闪烁着他的灵性和才华。且看《上已和乌五原韵》：

> 平生耽奇趣，山水尤所贪。况复值佳节，风光三月三。槐火石泉六度新，高斋寂寞过良辰。流觞未访兰亭友，捧剑宁知河曲神。

---

① 徐衡绅等修撰：《上林县志》，光绪二年刻本。
② 此前学界普遍认为张鹏展仅存遗诗60首。
③ 采自《三管英灵集》，桂林省城十字大街汤日新堂刻制本。
④ 廖鼎声评张鹏展云："遗绪难忘重《峤西》，半生辛苦遍搜稽。君家《感遇》曲江曲，《拟古》七篇应与齐。"载廖鼎声著，朱奇元校注《拙学斋论诗绝句》，民国二十五年刊本。

明日春城花处处，花飞欲送春归去。龙池草色已生烟，太液垂柳潜
作絮。为问春风何处多？天南天北梦中过。忆到少年风俗地，茂林
修竹近如何？①

从诗歌内容看，这首诗应该是张氏居京为官时所作。时值"三月三"
这一壮族人最为重视的节庆之日，花飞草长，处处春色，诗人也不禁勾
起了思乡的情绪——少小离家时那片"茂林修竹"近况如何呢？思绪
翩飞，平添几许惆怅。诗人这里运用古体写乡情，风格古朴淡雅，情感
细腻真挚。

隐居故里之后，有了亲临其境的切身感受，张鹏展的故土风物诗更
见精进。且看他的《留仙村杂咏》之《金斗》：

孤村横练影，清江带其肘。决渠引澄波，势回东北走。
兹坡扼厥冲，卓立如覆斗。相传实产金，是为水之母。
至今明砂畔，英气孕育久。往往如飞萤，夜光生黑黝。
远望时复燃，寻之了无取。真精溢奇彩，若遣神为守。
感斯三叹息，怀宝慎所有。②

上林留仙村是张鹏展的出生之地，致仕后他有了更多的时间去细细品味
和感受故土的风物人情，因此创作了不少风土诗，其中又以《留仙村
杂咏》六首为代表。这首《金斗》诗，不仅描写了留仙村的自然地理
形势，还结合盛产黄金之说，刻画了当地"真精溢奇彩"的奇幻景色，
倍感神秘而又令人神往，不禁联想到这里的确是物宝丰华、人杰地灵的
福地。与《金斗》这类风格庄重、雅致严整不同的是，张鹏展还有一
些轻巧灵动的写景小诗，如《镆铘关》、《猪头山》③ 等，境界虽不大，
但却清新可人，充满了生活的意趣。

当然，对于深受汉文化熏陶的张鹏展，所持的已是汉族上层士大夫

---

① 采自《三管英灵集》。
② 采自《谷贻堂全集》。
③ 徐衡绅等修撰：《上林县志》，光绪二年刻本。

的审美情趣，与扎根本土的壮族文人迥然相异，这也是张氏与其他壮族文人风物诗的最大不同。不妨看看他的《盘石溪》：

> 穿石曲蹬十数里，忽开村落两三家。幽深麝过芳草动，小巷鸡鸣塞日斜。对谈老翁憩盘石，携浣女儿簪野花。行家徘徊虬树侧，又恐重寻隔烟霞。①

这显然是一首标准的汉文诗，措辞考究，古雅精致，意境幽远，足见作者功力。诗人取的是文人士大夫的观察视角，写文人雅趣，但文味有余而野趣不足，诗人与所描写的对象之间始终有层无法消除的"隔膜"，从而缺少像本土壮族文人那样自如地将外部风物与自身体验的自然交融。因此，张鹏展虽身属壮族人，也在壮族地区生活了不短的时间，但汉文化的深层熏陶和教育，使留在他身上的壮文化痕迹并不十分明显。可以说，他走的是与本土壮族作家不尽相同的创作道路。

张鹏展在诗歌批评理论方面也颇有建树。张氏在汉文化方面的深厚修为和数十年汉文化的浸润，使他对汉文学有着深刻的理解，故而相对其他壮族作家而言，他拥有更大的发言权。张鹏展在编订《山左诗续钞》和《峤西诗钞》两部诗歌集过程中，对诗歌创作理论进行了可贵的探索。在诗歌创作上，他始终坚持的核心观点是"性情专一"，认为诗歌创作贵在自然地抒发内心的真实感受，"涵咏之兴，本于性情"②。当他读了蒲松龄的诗歌之后，更加坚定了这种认识："夫人有所不容已于中，因有所不容已于言。其所不容已于言者，不可端倪，要必有性情专一，勃郁往复之致，时时见于言外，令人反覆寻绎而得之。无论庄言之，谐言之，质言之，奥言之，其性真固不可没也。"③ 意即诗歌的生发是出于内心情感的"勃郁往复之致"，要讲究"性情专一"，无论采用何种风格、体式，诗歌的"性真"特质都不应改变，那些具有"性

---

① 采自《谷贻堂全集》卷一。
② 《山左诗续钞·序》，嘉庆十七年刻本。
③ 《聊斋诗集·张鹏展序》，引自蒲松龄著，路大荒整理《蒲松龄集》（第二册），中华书局 1962 年版，第 696 页。

情专一"的诗歌，即使缺乏"雕章棘句"①，也不失可取之处。

此外，张鹏展还是一位颇具造诣的理学家②，其理学观无疑会影响他的诗文观。他认为诗人"本于性情"的情感，并不是随心所欲的抒发，而是要注意教化人心的道德规范性。他指出"情性之移积为风俗，风俗之成关于政治"，诗歌在改良风俗方面可以发挥很大的作用，"民风之淳朴，士习之端方，往往于诗遇之"，因此，他特别提醒人们在诗歌创作中要注意协调好抒写"性情"与寓托教化之间的关系："虽运会迁流，格律递变，而比兴所托惩劝，唯昭广大廉静之意，兴观群怨之用，其致一也。宁得谓吟写性情，流连光景之作，不足以通讯谕哉！"③

在他看来，仅仅是"吟写性情，流连光景之作"，并不能算是好的作品，诗歌就应该有所教谕，要有益于世道人心。他还借用《聊斋志异》之笔法来阐明这一观点，"余初读淄川蒲柳泉先生《聊斋志异》，宏奇变幻，极众态之形容，托深心于豪素；迹其缠绵悱恻，俶诡环伟之情，皆抑郁无聊，所不能已于世道人心之故，而诗人之旨寓焉"。④因此，诗歌创作既要"本于性情"，出于内心，也讲究个性情感的抒发要有所规范，"其发舒于人伦日用之间"⑤，能发挥教化人心之作用，这与彼时流行的"性灵派"观点颇有些不同。

张鹏展这样的诗文观，在当时的文人圈中应该具有相当的代表性，也因此得到了不少文人的认可，包括其兄弟张鹏超、张鹏衢，其子张元鼎等，家风所及，影响深巨；而他的学生黄金声、韦天宝及其儿子韦丰华诸人，将之进一步继承光大，从而有效推动了当地诗文创作的发展⑥。

---

① 《峤西诗钞·序》。

② 关于张鹏展在理学方面的成就，请参见黄华表《广西文献概述》，《建设研究》1931年第4卷第5期。

③ 《山左诗续钞·序》。

④ 《聊斋诗集·张鹏展序》，引自蒲松龄著，路大荒整理《蒲松龄集》（第二册），中华书局1962年版，第696页。

⑤ 《峤西诗钞·序》。

⑥ 韦丰华《张南崧先生崇祀乡贤志庆》云："经济文章叨睿赏，直臣朝右仰南崧。"引自黄诚沅撰《上林县志》，民国二十三年铅印本。

第五节　武鸣诗人群体

现武鸣县，在清代隶属于思恩府，名为武缘县，处于南宁府的东北端，紧邻上林县。有清一代，该县的文化教育在桂南属于发达地区，早在明万历年间就建有阳明书院，道光年间又建岭山书院、西邕书院等，为培养人才奠定了基础。明代以来，这里也的确出了不少名士，如明代正德年间进士李壁、清乾隆年间进士刘定逌等，皆名盛一时。前贤的榜样力量，无疑会影响当地的文化发展，其直接体现之一就是读书入仕在该地甚为流行，并形成家族传统，其中韦氏和黄氏家族最具代表性。武鸣作家群体的形成，即以这两大家族为核心。

韦天宝、韦丰华父子以及覃海安、覃鸿翯、蒙泉镜等人在清代中后期形成一个颇具规模的作家群，其中韦丰华无论成就和声望都属最高，处于核心地位，故不妨将此群命名为"韦氏作家群"。[①] 群中作家大多有为了科名而奔走苦读却屡试不第的人生经历，因而时或沉郁悲愤，时或和陶以自慰。诗文创作上，这一群体特别强调要贯以"真性情"，"随时感触，率性成吟"[②]，关注当下的民生现实，时有抚剑长啸的沉雄之作。

一　壮族名家韦丰华

韦丰华（1821—1905），字剑城，号明山散人，出生时父亲韦天宝已过世百日。道光二十二年（1842）入读桂林秀峰书院，长达五年，深得书院师长器重。前后参加了七次科举，但年近六旬仍未得一第。曾在家乡兴办团练，对抗太平军，并获军功。总其一生，还是以教授课徒为主，历任武缘县岭山、思恩府阳明等书院山长。治教崇理学，敦德

---

① 覃海安的诗作仅在《武鸣县志》（温德溥等修撰，民国四年铅印本）和韦丰华的《今是山房吟草》中存 30 余首；覃鸿翯的作品主要存于《玉如斋吟稿》（抄本，年代不详），计 60 余首。两人皆是韦丰华好友，其诗作与韦丰华、蒙泉镜同质者较多。

② 韦丰华：《今是山房吟草》，民国十五年抄本。

行，优秀门生众多，影响甚大。① 生平著作颇丰，今见《今是山房吟草》六卷，收诗歌约 1 500 首；《今是山房吟余琐记》七卷，属于笔记体文，内容驳杂丰富，涉及历史事件、风土人情、文坛佚事、读书心得等；另有《耐园文稿》、《黯然吟集》等。

韦丰华的人生经历跟黎申产极为相似，但他思想的矛盾性和反抗性显然要大于黎申产。他一方面积极兴办团练，反抗太平军或其他"匪乱"，维护统治阶级利益；另一方面，他又对朝廷官员之腐败现象深恶痛绝，并站在官府的对立面，进行大胆的揭露抨击，对底层民众给予深切同情。且看他的《与故人话故乡事》（二首）。

其　一

蜈礁蛮触斗英雄，扰扰今风变古风。大馆令旗飞到处，最堪怜是磕头虫！

其　二

直道难行是此秋，正言谠论总招尤。羡他畏祸端方子，学得乌龟尽缩头。②

面对波涛汹涌的农民反抗大潮，处于风口浪尖的朝廷官员和地方乡绅是怎样的表现呢？不是做投降的磕头虫，就是做消极的乌龟，缩头避害。显然，诗人是站在统治阶级的立场，对那些消极抵抗者进行辛辣讽刺，怒其不争，也从客观上刻画了当地官员的丑态。面对此种境况，诗人干脆兴办团练，自保一方平安。当然，诗人这种对统治阶级的嘲讽谴责，也极易转化为对下层民众的同情与关切。试看《宾阳杂感》（四首）。

其　一

儒流雅抱济时情，未克为霖愧此生。最是酸心难自遣，啼饥不

---

① 韦丰华生平据《武鸣县志》、《今是山房吟草》。
② 本文所引韦丰华的诗歌皆采自《今是山房吟草》。

绝款门声。

其　二

连旬粥厂四厢开，鹄面鸠形逐队来。当道争夸恩下逮，依然饿殍半蒿莱。

其　三

升平气运转鸿钧，临浦波光亦作春。不道东皇恩泽握，满城荆棘尚争新。

其　四

名成利就乐如何，得意春风有客多。知否呼庚人载道，宵深高阁尚笙歌。

诗歌一开头，诗人便表达了自己一介书生，不能救济天下受难民众的愧疚之心，"最是酸心难自遣"可见其自责程度之深切。诗人何以如此痛心疾首呢？该诗作于 1867 年，此时太平天国运动的余波基本平息，但这种和平并没有让民众的生存状态有多大改观：灾民们依然鹄面鸠形，饿殍遍地，饥寒交迫，真是惨不忍睹。而过去的磕头虫与缩头乌龟们，"运转鸿钧"，又开始掌握大权。为了粉饰太平，他们开设粥厂，大肆夸耀皇恩浩荡，以营造出升平气象，掩盖矛盾，麻痹民众的抗争情绪。而深具讽刺意味的是，在哀鸿遍野之时，当权者们却"得意春风""宵深高阁尚笙歌"，这种对比是何等强烈。也正是这种境况，让诗人在此后的日子里不断反思，逐渐认识到民众反抗的社会原因，并对之报以理解和同情。如《夜坐盼雨书怀》：

粒米贵如珠，沟壑转衰朽，民贫竟为盗，兵勇纷纷凑。

《谈时艰有感八首》之二：

十室真九空，谋生倍着忙。资难金粟借，价并木茹昂。
颗粒珠玑等，皮根草木尝。当途多瓦石，安得化为粮！

之三：

> 纷纷行道客，大半是流移。比屋居皆病，沿门乞问谁？
> 倾囊悭饿妇，复钵顾啼儿。有腹都求饱，何从得肉糜！

之四：

> 饿殍几盈野，哀怜浪有情。群羊悲鲜饱，涸鲋悼多生。
> 未被推恩及，难防攘食横。不图筹救急，遏籴令偏行！

《夜》作于 1871 年，此时米贵如珠，饥寒交迫之下，不仅贫民落草为盗，连兵勇也纷纷加入。这种境况，延续了二十多年，不仅没有改观，反而更加恶化：十室九空，人们流离失所，贫病交加，饿殍盈野，民众皆赤贫，乞讨无去处，恐怕连做强盗都难以生存了。然而，官府却"不图筹救急"，甚至还发出"遏籴令"（阻止灾区购买粮食），这种倒行逆施，置人民于水火而不顾的行径，怎不"难防攘食横"，引发民众的反抗行动呢？在这里，诗人不仅表示了对民众的深切同情、对官府的猛烈抨击，还揭示了民众反抗的社会根源。此后，诗人对民众反抗的认识也更加深入，不再像过去那样简单地反对或抵制，而是采取一种理解、反思的态度。

其实，韦丰华反思的不仅仅是社会问题，还有个体人生的自省。他一生中的相当部分时间都用在对科举功名的追求中，但他的孜孜奋斗，并没有取得相应的回报，"秋闱七试不登科，一领青衫耐折磨"①，让其极其悲愤沮丧，最后醒悟归乡，专心从事自己的课徒事业。他的这一思想转变，也经历了一个复杂的认识过程。早期，他也曾经对科举真能优取名士表示过怀疑。如《京师独夜书怀五首》之三：

> 念彼取士者，岂果重文章？念彼授职者，岂唯尊贤良？
> 嗟予非钟王，科名安能扬？嗟予非况邓，官运安能昌？

---

① 《题梁可庐先生事略，题后十二首·其十》。

万里京国游，彷徨空彷徨！

《即事书感》：

> 八股文章八韵诗，磨人直到白头时。京华马足车尘里，有几英
> 雄不皱眉？

当然，诗人的这种怀疑并不彻底，因为失望归失望，彷徨归彷徨，他在
求取功名之路上是义无反顾的决绝。直到 58 岁第七次京考失败，他才
幡然醒悟自己的大半人生竟被科举所误。如《秋闱报罢自悼四首》
之二：

> 千里归来客，依然一散人。芒鞋如恋足，席帽未离身。
> 前路无知己，今生命不展。名场多苦恼，误我是儒巾。

又如《家居杂感三十绝》之一：

> 难邀天禄养全家，老我青衫百事赊。待要自耕将自食，平生悔
> 不习犁耙。

《家居杂感三十绝》之二：

> 弹铁归来赋遂初，有塘依旧食无鱼。于人钓水咸称便，笑我垂
> 纶只钓书。

诗人以诗"自悼"，可见其悲愤，也表示他这次是真的死心了。而
《家》的自嘲，则是对自己过去沉迷功名、皓首穷经作出真诚的追悔。
　　总之，无论是关注现实，还是反省自身，韦丰华的诗歌皆强调以
"真性情贯之""率意成吟"①，一切情感的抒发皆出自胸臆，不做无病

---

① 《今是山房吟余琐记》，民国十五年抄本。

呻吟之语，"诵其诗而即可想见其人之性情，并可想见其人之学问者"①。因此，他的诗歌是完全可以当作"诗史"来解读的，既具艺术价值和思想价值，也有很高的认识价值。

韦丰华诗歌所具有的丰富性，也给人留下深刻印象。这种丰富性，一是表现在诗歌的体式上，绝句短章，排律长赋，古体歌行，时兴民谣，可谓是各体皆备，各体皆长。二是表现在风格上，抨击批判，率直敢言；讥刺嘲讽，机智冷峻。写景咏物时冲淡平和，赠答送友时温和真挚。总之是诗出多端，不拘一格。三是表现在内容上，题材广泛，包容性大，壮族地区的不少风情掌故都被收纳其中。例如《廖江竹枝词》（十七首），就是融历史掌故、民族风情为一体，将民歌的体式风格与文人气质相结合的佳作。

其　四

无因倾吐爱花情，把颈联肩巧比声。唱到风流欢喜曲，娇花春意一齐生。

其　六

相牵相挽笑眉开，小步寻芳往复回。特地勾留叉路侧，待看如玉少年来。

其十二

姊妹花开簇锦围，一年一度赏芳菲。相须领队还教曲，累得娘行也暮归。

其十三

白首农夫尽在田，经眸也共爱花鲜。皤然人老春心在，故引儿童话少年。

其十四

儿童本未解风流，此日春情也并忧。超距兴阑清唱起，草坡围坐习歌讴。

其十六

灰劫村乡不尽凋，还将故事饰萧条。熙熙绘出升平象，中泽哀

---

① 《今是山房吟草》陶天德序。

鸿恨亦消。

其十七

红粉平看一任人，江干分外有阳春。兰卿太守曾多事，谕禁花
歌枉费神。

生动呈现了"三月三"歌墟时全民狂欢的场景。这里有深情对唱的男
女情侣，有痴痴等待如玉少年的羞涩少女，还有慈爱母亲的言传身教、
白首老农的春心不改、顽皮儿童的看样学样……男女老幼，各色人等都
被写得极为灵动精彩，富于情趣。值得一提的是，这样的狂欢竟是在灾
害刚刚发生之后，人们的生活依然困苦艰难，乡村的境况依然敝败萧
条，但人们对传统节日的热情是一如既往，壮族人民的乐观精神和爱歌
情结由此可见一斑。因而，外来的兰卿太守①，不解风情，妄想谕禁花
歌，看来的确是要枉费精神了。

在诗论上，韦丰华也颇有建树。可以说，韦氏是桂南地区继上林张
鹏展后最为重要的诗论者。其见解集中于《今是山房吟余琐记》，核心
观点是诗歌创作要贯以真情，"诗唯得一真字，故能悱恻动人"，矫情
造作，绝非好诗。

作诗者抚景沉吟，必有一段真情融结其间，乃得超然特出。然
则，虽描摹填砌，工整严密，神趣终是枯竭，是犹土木偶人，塑得
端重庄严，令人触目起敬，究不若一花一鸟之飞扬活动，妙有天
趣，足使人目遇而神不觉为之往也。故余尝熟复：文生于情有春
气，兴之所到无古人二语。窃谓凡学吟咏者，欲得好诗，必有春气
而无古人乃可。若其体裁格调，则于司空廿四品参求之。随吾心之
欣戚悲欢，托于词，而务化乎俗气焉。如是即庶几矣。忆余童时拈
韵，先仲父琴川公尝有句相示云：不难写景写情难，情景交融乃洽
观。佳作由来生趣足，无须岛瘦与郊寒。观此许，有作者可知所从
事哉。

---

① 李彦章（1794—1836），字兰卿，福建候官人。道光五年至八年（1825—1828）任思
恩府知府，任内曾发布禁歌令。

在这里，韦丰华一方面强调了"真情"贯穿诗歌的纲领性作用，另一方面也提出了诗歌"必有春气而无古人乃可"的命题，即诗歌创作要有个性和独创性，这才是诗歌的要义。因而，他认为作诗者并非一定要去学郊寒岛瘦般苦吟寻句，诗歌当出自真情的自然流露。为了追求诗歌的真情真性，韦丰华甚至将作诗与作史相比，认为"作诗者亦必有作史之三长，乃得佳诗，无才则落笔必庸俗，无学则出言必浅薄，无识则命意必卑鄙"，但诗人具有"史之三长"还只是基础条件，好诗还需要以情为驱动，"而具三长者，又必以真性情贯之"，只有这样，诗歌才被赋予灵魂，富于生气，"悱恻感人"。

在具体的创作技巧上，韦丰华也有自己的心得。例如对于写景咏物诗：

> 咏物之诗不刻画不确切，太刻画又易涉于纤巧，其法不外于渲染烘托二诀，总以不粘不脱为妙。

使用"渲染烘托"技法，注意"不粘不脱"，亦即把握好尺度。他还告诫说"专讲格调不得，而徒习油腔滑调更不可得"，"情即从景生"等，这些写作心得，对作诗者亦是不无启发。

当然，韦丰华的一些观点并没有超出"性灵说"的大范畴，但在实际创作中，韦氏对诗歌命意的强调，对民生现实的关注，对本土壮歌民谣营养的吸取，都是富于创见的。这使他的诗论既不脱离时代发展的大潮，又符合本土生存的个性要求。正因如此，他的诗论才被诗友、学生们所认可、接受、传习，出现了"远近学者争就之""郡属士子皆乐趋""成材者众"① 的盛况，为壮族文学的发展作出特殊贡献。

二　韦氏作家群的另外两家

韦天宝（1787—1821），字介圭，号绸斋。其父韦有纲，举孝廉，

---

① 温德溥等修撰：《武鸣县志》，民国四年铅印本。

博学多才。天宝"自幼聪慧",早年师从张鹏展,刻苦自励,寒暑不间。嘉庆十五年（1810）中举,受聘于凤山土官。嘉庆二十五年（1820）中进士,授四川某县知县,到任仅数月便病故。① 生平好吟咏,勤著述,颇有文名。现见由其子韦丰华整理的《存悔堂遗集》六卷,其中前五卷包括"日录""尺牍""时文"等,皆是枯燥的说理文字,算不上文学作品;第六卷是诗歌,但已散佚。其诗歌在《峤西诗钞》、《今是山房吟余琐记》②、《武鸣县志》、《凤山县志》③ 中存有数十首。

虽然韦天宝目前存诗不多,但其关心民瘼、重视民情和正直敢言的性格特征还是颇为突出。试看他的《抵凤署感作》:

> 十日兰阳道,穷檐不忍看。官贪征赋急,丁少避徭难。
>
> 鸡黍供宾减,人烟入望寒。轺轩谁下问,康济苦无端。④

韦天宝中举之后,凤山土司深慕其名,招之人幕,这首诗当是刚到凤山时所作。诗歌以一个旁观者的视角,描写了眼中见到的当地实情:土官统治之下的凤山,官吏残暴,忽视民情;底层民众徭役沉重,生活极端困苦。而诗人想救济百姓,却苦于势单力薄,无法着手。显然,诗人在这里对贫困民众表示了深切同情,对当地土官进行了谴责。韦天宝刚到凤山,就对当地官员提出批评,其后还上呈《凤山救弊条议》,建议改革恶政,裁减徭役,这当然引起顽固、保守的地方土司的不满,双方分歧日剧。最后,韦天宝愤然去职。韦氏一直以"无媚骨"自勉自况⑤,由此观之,他的确是一位勇于为民请命、耿直敢言的壮族文人。而他的这种性格气质,也被其子韦丰华很好地传承和发扬。

---

① 据温德溥等修撰《武鸣县志》,民国四年铅印本。

② 韦丰华著,光绪六年抄本。

③ 谢次颜、黄文观等修撰,民国三十五年修本重刻。

④ 据温德溥等修撰《武鸣县志》,民国四年铅印本。

⑤ 韦天宝《游穿岩次友人韵》:"爱石只因无媚骨。"载谢次颜、黄文观等修撰《凤山县志》,民国三十五年修本重刻。。

蒙泉镜（1832—1897?）①，字芙初。屡次参加乡试，但未得一举。曾任阳朔教谕十余年。生平著作今见《亦嚣轩诗稿》（《亦嚣轩遗集》）②，收入诗歌四百余首。

蒙泉镜对科名的沉迷程度，比之好友韦丰华，是有过之而无不及，他从咸丰十一年（1861）到光绪十九年（1893）的三十多年间，前后共参加乡试十四次，屡试屡败。而蒙氏之所以能屡败屡战，源于他坚信"书中自有科名在"③，因此为之孜孜以求，不惜耗尽半生精力。每次满怀希望之后，带来的都是失望的痛苦，让其人生充满了挫败感，因而一生郁郁寡欢，其大多数诗歌都是抒写这种个人的落寞之情。《中秋寄李应祥代柬》之六：

> 唯我幽窗四面开，风清不见故人来。无穷秋思无穷恨，解释聊凭酒一杯。

又如《失意归，忆前作，恧然生愧，因易其结句为起句，续成一律》：

> 竟遣人嘲弃甲来，青春虚度渐于思。虽云高固多余勇，其耐江淹有尽才。仆仆风尘书剑老，茫茫云路鬓毛摧。未开不向东皇怨，好觅芙蓉到处裁。

失意之余，诗人常发感慨，自怨自叹，甚至幻想能寻得世外桃源，过上超脱无争的生活。《桃源》：

> 寻得桃源妥梦魂，几家鸡犬自成村。忘他世界烟云变，话到桑麻笑语温。春色来时花作浪，秋声响处叶敲门。诗书定未遭秦劫，好趁耕余课子孙。

---

① 蒙泉镜《七月十四日偕同年祝韦剑城》云："十年长我偏怜我，一第输人不让人。"推知其生年比韦丰华小10岁。卒年据其诗最后编年，标"丁酉"（1897）。

② 蒙若陶整理，民国六年排印。

③ 《入泮作》，采自《亦嚣轩诗稿》，下同。

当然，这只是诗人为求一时心灵之平静而生发之感喟，其实诗人也明白桃源根本无处可寻，"几回欲向渔郎问，此去桃源有路无？"①，只能在尘世的功名之路上苦苦跋涉，直至终老。总体而言，这些诗歌境界相对狭小，风格也相对单调。

随着年岁、阅历的增长，特别是数次进京赶考和外游，让蒙泉镜眼界大开——仅从《羊城感事》、《火轮船》、《香港》、《大姑港中》等诗中，就可见外界文明给诗人带来的心灵震撼。到了后期，随着国势日衰，外侵加剧，诗人开始将个人际遇与国家命运联系在一起，抒发自己的满腔忧愤之情，其激烈深沉程度比之韦丰华更甚。且看他的《感事步韵》（四首）。

其　一

凭眺山河眼界空，男儿壮志感桑蓬。天心一片容骄子，海气千重隐射工。忧国少陵兵燹后，筹边德裕画图中。闭关谢却单于使，光武当年汉业隆。

其　二

十万军威振虎羆，谁曾三捷奏肤功？摧锋世绩为佳贼，弭衅奇章列上公。征马萧萧边月下，飞鸢跕跕瘴烟中。低徊世事频搔首，翘望楚云思不穷。

其　三

战谋和议且从删，孰使梯航遍海山？蜃市酿成云黯黯，鸟巢防及雨潜潜。甲兵满腹谁专阃？书剑随身自掩关。赢得闲曹居胜境，碧莲峰作翠屏环。

其　四

剑花尤拂雪花粗，欲斩楼兰快远图。局外激昂聊尔尔，尊前睚豫亦吾吾。三千寄食羞毛遂，五十耽吟笑达夫。苜蓿暂尝风味好，

----

① 《春游杂感·其九》。

宦情何必忆莼鲈。

这是 1884 年，中法越南战事发生之后蒙泉镜写下的一组时事感怀诗。诗人称刘永福等人为"佳贼"，显然是在赞扬他们的英雄壮举；"甲兵满腹谁专阃"，以问句形式不言而喻地批判了李鸿章等人的用兵无力，谋略失当。两相对比，诗人的态度已是非常明朗。在蒙泉镜看来，中法订和之后，国内的境况变得更为危急，周边列强虎视眈眈。诗人也不禁豪气顿生，欲学古人剑取楼兰，建功立业，为国分忧。但自己毕竟是一介老儒，只能"局外激昂"，聊以诗酒发发心中感喟罢了。这几首诗写得浑宏沉郁、意境开阔，将诗人的忧国情感和郁结于心的愤懑表现得淋漓尽致。就此看来，后人评蒙泉镜诗云"格调则苍老，其词旨则隽永，其气魄则沉雄"①，还是基本符合事实的。

三　黄氏作家群

黄氏在武缘当地是一壮族大姓，有汉文化学习的家族传统，因此黄氏读书人甚多，时有拔贡中举者。自清中期始，族中作家陆续出现，名气日隆，其中黄彦坊、黄彦坦兄弟及其子侄黄君钜、黄君铿等人形成作家群体，并发起凤山诗社，与族内外诗人互相唱和交游。② 这一群体又以黄彦坊和黄君钜最为突出。

（一）黄彦坊

黄彦坊，字言可，号鹤潭，具体生卒年不详，嘉庆十八年（1813）拔贡，官雒容（今鹿寨县境）教谕，后还乡家居。今存诗歌近 50 首，散文数篇。

生于斯长于斯的黄彦坊，对壮乡有着特殊感情，对民众的生活习俗、风土掌故也有着浓厚兴趣。因此，黄氏有别于其他文人之处在于，他并不躲在书斋中埋首于故纸堆，而是"常游于陇畔，与父老闲谈，

---

① 《亦嚣轩诗稿》蒙民伟序。

② 据黄诚沅《粤西武缘起凤黄氏家乘》，南宁大成印书馆排印本，民国二十三年。另，温德溥等修撰《武鸣县志》（民国四年铅印本）收有《凤山诗社分韵诗》，可知该社成员包括黄文熊、丰锟、黄维坚、黄文灯、黄维圻、黄彦型、黄彦坊、黄彦坦、黄彦埔、黄斯地等。

熟稔其中况味"①，将鲜活的生活场景和民众的喜怒哀乐绘于笔下。试看他的《岭山女工咏六首》。

扯棉花

寒闺隐隐一灯红，十岁姣娃学女工。玉手纤纤偏耐冷，扯棉声彻竹篱东。

织　布

密缕拖来十丈鲜，深更轧轧未应眠。姣儿慎莫频啼抱，待制新衣好拜年。

绣　花

徐牵彩线十分妍，花样翻新最可怜。漫道小娃犹稚齿，看伊绣出并头莲。

制　鞋

为营方履闭深闺，竹箨匀圆妙剪齐。露湿不愁苔径滑，任郎稳步上云梯。

染　布

伊谁江上去娉婷，洗出兰花湛一汀。十五女郎夸染布，斜阳低处斗红青。

缝　衣

娇儿瑟缩怯风来，啼索新衣向母催。我是女流无尺寸，度儿长短称身裁。②

---

① 《岭山农事纪候咏十二首·序》，采自温德溥等修撰《武鸣县志》，民国四年铅印本。

② 本文所引黄彦坊诗文若不出注，均采自温德溥等修撰《武鸣县志》，民国四年铅印本。

十岁女娃寒夜扯棉的艰辛，年轻女郎江上染布的快乐，绣花女孩的逞强可爱；深闺少女为情郎制鞋的情真意切，贫苦母亲为儿女织布、缝衣的幸福温馨……这一系列心态、情态各异的壮乡女子形象，在诗人笔下得到细腻鲜活的呈现，透出独特的生活之美。这也正是诗人用心体验和观察普通民众生活的回馈。而诗人对农事生产的熟悉程度，同样令人印象深刻，他甚至按月份节气为序，写下了一组《岭山农事纪咏十二首》。

正　月

陆作艰难可奈何？将祈粟雨遍山河。莫言元日田功缓，绿树村边叱犊多。

二　月

种芋须兼播早禾，最宜小雨夜来过。陇头不事耕田早，大麦河边有几多。

三　月

春雨初晴刈麦天，饼香时拂暖风前。腴田更拟连番种，一派新秧漾绿烟。

四　月

荞麦奢收十斛多，浓云一片雨滂沱。前村处处催秧马，我独无牛可奈何！

五　月

离离小米傍烟畦，转眼新秧绿又齐。最爱耘田疏雨过，一家扶杖夕阳西。

六　月

夏月田间庆有收，更逢诸谷熟岗头。雷声忽送千峰雨，依旧新秧绿意抽。

七　月

昨夜西风一叶飞，田禾滋秀芋苗肥。荒村星夜闻言语，播麦人人趁月归。

八　月

黄云十里拥江干，秋社人人笑语欢。一粒几经辛苦得，好好收刈莫阑珊。

九　月

早稻才收晚稻黄，家家炊玉十分香。但祈岁岁逢甘雨，粒我丞民圣泽长。

十　月

稻孙秀发也须犁，且急骑牛上野蹊。数亩花生收不尽，一家跌坐日沉西。

十一月

小米阳回绿渐腴，粪田我是上农夫。占年不用登台望，一片祥云涌画图。

十二月

荞麦千今播欲齐，寒风彻骨雨凄凄。也知入室围炉好，争奈妻儿饿欲啼。

诗人将一年四季中农人的耕耘活动按时序进行描述。诗中写到了农人劳动的艰辛、生活的困苦，写到了看天吃饭的无奈无助，也写到了农人们收获时的快乐和节庆之日的狂欢。显然，诗人的审美情趣不同于古典田园诗派那种过分强调内审和自我体验的关注，他更愿意去呈现壮乡人民普通生活的真实状态。诗人在序言中曾提到，创作该诗组的目的是"慰父老，勉子弟，警游惰，悯勤劳，以俟观风者察焉"，其实，这又何尝不是黄彦坊诗文的创作宗旨呢？正是诗人这种悲天悯人的情怀，让他对农人的现实生活充满兴趣，也乐于去描绘、表现，例如《岭山婚姻纪俗诗十五首》①，也是以组诗的形式，真实记录了壮乡婚俗的方方面面，极富风土性和趣味性。

可以说，在清代壮族诸文人中，能像黄彦坊这样对民众生活投入如此多热情者，恐怕并不多见。对那些影响乡民生活的重大问题，黄彦坊是尤为关注。武缘县在道光十三年（1833）、十九年（1839）、二十年（1840）等年份多次发生了特大洪涝灾害，给当地民众带来重大损失。对这些灾害，地方志记载甚略，倒是黄彦坊的诗歌，生动地呈现了受灾民众的苦难情状。试看其中的一首《武邑庚子复遭大水续》：

> 我邑蕞尔如弹丸，民贫土瘠歉饔餐。况复频年遭大水，言之恻恻心凄酸。君言"自幼失估恃，依人檐下无定止；稍长为佣事牧牛，伶仃猥贱人不齿。百计营救幸娶妻，儿女渐能把锄犁，女学种园儿卖菜，营成小屋当鸡栖。去岁四月大水来，垣墙崩倒栋衰摧；薄田一顷种小米，黍熟又被河沙堆。东西四望杳无家，抚膺扼腕长咨嗟；携我妻儿入败寺，借我瘦牛来耙沙。今春雨泽及时雨，荞麦收来赢十斗；亲戚资助构蜗居，筑之登登未停手。落成自叹拮据多，妻儿笑语醉颜酡；竹床茶灶置井井，荡然顷刻付沧波。君不见六月城中沸嗷嗷，邑侯命轻如牛毛；抛弃官袍为民请，仰天顿足空悲号。又不见城外东西尽渺茫，举头一望断人肠；嘉禾朽腐无边种，腴田万顷尽抛荒。"呜呼闻此能不悲？频遭此毒是谁为？我真一心疚神妃，神妃脉脉无一语；我其御风责河伯，河伯闻之频蹙额；我欲拨云问丰隆，我欲入海询龙宫，我欲腾空上紫府，大声呼吁诉苍穹！

前半部分，诗人通过一位灾民的哭诉，给读者呈现了连年洪灾之下乡民们的悲惨遭遇；后半部分，诗人采用古体，奔放简促，以排山倒海之势，叩天问地，责问灾难发生的原因，情感浓烈，令人阅之动容，从中

---

① 诗歌具体内容请见政协武鸣县文史资料委员会编《武鸣文史资料》（第4辑），1990年，第128—136页。

也可见出诗人对乡民的苦难生活的一种源自内心的真切关怀。

黄彦坊除了以诗歌体裁来描绘民众生活外，他还创作了一系列散文，针对当地的某些突出问题或现象提出自己的看法，代表作是《戒掳牛说》和《戒磨苗说》。耕牛和禾苗，无疑是农人赖以生存的重要物资。但当地一些人为了泄愤，动辄掳人耕牛，蹂躏田间禾苗，这种行径实在令人气愤。黄彦坊对这种恶俗进行了猛烈抨击，同时晓之以理，动之以情，倡导"礼义廉耻"，希望乡民能革除恶俗，理性对待矛盾，避免出现伤害彼此的不良后果。而《捕蝗记》则表现了民众面对自然灾害时，团结一致，充分发挥民智民力，协同作战的精神风貌。文中对捕蝗场面的描写，尤为精彩。

> 于是少者壮者老者矍铄者，相踊跃持器械，崎岖原野，扑取而尽瘗之。虽蝗之丑类繁滋，岂能敌万人之日日殄灭者哉！盖竭旬日之力，而蝗无余种矣。夫何秋成有日，黄茂盈畴，纷纷阵阵而来，昏天蔽日，复惊呼曰："蝗至矣！"则仓皇奔走，揭竿鸣钲，鼓噪而往，阡陌之外，杂遝如云，尽逐蝗人也。于是回翔不敢下，哄然散去。

这段文字夹叙夹议，气韵生动，鲜活地再现了全民与蝗虫相斗的宏大场面，讴歌了乡民团结所爆发出的强大力量。另外，黄彦坊的小品文，也颇具特色。例如《善忘子传》讲述的是世人皆讥讽善忘者，但善忘者反因善忘而豁达坦然，自得其乐，借此委婉地阐释了一些处世之道，文字清隽畅达，虽是阐理之文，但并不枯槁，充满睿智，给人以启发。

（二）黄君钜

黄君钜（1818—1887），字仲尊，初号剑堂，晚号丹崖。道光二十九年（1849）中举，咸丰九年（1859）赴滇为官，历任浪穹（今云南洱源）、富民、易门等县知县，路南州（今路南县）知州和云南府（治所今昆明市）知府。光绪九年（1883）回乡，其后曾主讲武缘岭山书院。黄君钜"诗才敏捷，文格亦极雅健"①，著有《燕石漫藏》诗

---

① 黄君钜生平据黄诚沅《粤西武缘起凤黄氏家乘》。

集，已散佚；今见其子黄诚沅校订的《丹崖诗钞》四卷，其底本应该是《燕石漫藏》，但或有补充，内收诗歌 430 多首，时文数篇①；另有地方志书《武缘图经》八卷。

黄君钜在滇、桂多处为官，阅历丰富，跟下层民众也有较多接触，其自言是"宦游四方，鸿爪偶留，亦多题咏，其间上下二三十年"②，因此写下了不少反映民生、关注当下现实的诗歌。且看《易门任内感事》（八首）。

其　一

讼庭坏壁长蓬麻，老吏疏慵懒报衙。凉夜荒街巡饿虎，深林古木闹栖鸦。浃旬卧起无余事，一饱谋成有几家。绘得流亡图欲上，君门万里路何赊。

其　二

古柏阴阴晚影移，厨烟几处傍寒漪。短衣蔽体怜夷妇，野笋疗饥谢学师。夹日城乌才敛翅，迎春溪柳未生丝。穷荒况是经兵燹，月上天边费梦思。

其　三

绕成溪水碧溇然，草长花开又一年。蛱蝶附枝齐晒粉，巴蕉撼壁欲凌烟。伤心禾黍成愁绝，瞥眼沧桑复变迁。粗识天人三策内，更张何处下调弦。

其　四

滇南万事枕干戈，泽竭浪源尚起波。臣亮渡泸非得已，国侨相郑究如何。秋风古道生荆棘，夜雨颓垣长薛萝。不信鸠民无小补，

---

① 据黄诚沅校订《丹崖诗钞》，该书封面标"守旧山房家藏""丁巳闰月印行"（民国六年印行）。按黄诚沅《粤西武缘起凤黄氏家乘》介绍《燕石漫藏》时，收录有黄君钜所作序言和蔡元燮的《读丹崖先生诗书赠》，而此两文在《丹崖诗钞》中被称为"原序"和"题词"，故推断《丹崖诗钞》之基础当是《燕石漫藏》。

② 《丹崖诗钞·原序》。

有时清理听衢歌。

其　五

邑小山多地不毛，矧经离乱竭脂膏。将军檄令严飞挽，比户诛求敢散逃。人语夜阑惊鬼哭，鹤归天暝怯狼嗥。不才政拙穷追索，安忍希图上考高。

其　六

宿雨连朝未肯晴，官衙与客纵谈兵。鸿沟界楚终非计，魏绛和戎亦不行。长怪健儿轻野战，忍驱羸老役屯营。较量铁骑成群处，何似乌犍陇畔耕。

其　七

虚堂岑寂抚清琴，白鹤徘徊下树阴。闲阁每思前日事，焚香默契古人心。怕听鸿雁哀中泽，恐有鸱鸮据绿林。昨出劝农屯落过，田畴差喜是甘霖。

其　八

童叟相安二载余，痴顽不省吏材疏。看花旧约怜春半，刈麦新登适夏初。剑拂鱼肠星错落，菜肥鸭掌爨虚徐。临行检点前未麓，谕蜀犹存几帖书。①

同治元年至三年（1862—1864），黄君钜任云南易门知县。此时正是杜文秀呼应太平天国起义，对抗清庭的重要时期，战乱遍地，老百姓流离失所，饥寒交迫，境况极为悲惨。这组诗歌，便真实记录了当时的社会状况。诗歌一开头，便描写了战乱之下，官衙破败，昏鸦聒噪，百姓遭荼的景象，堪称一幅清代版的《流亡图》。后面几首诗则从各个方面对这幅图进行填补和细化。"短衣蔽体怜夷妇，野笋疗饥谢学师"，这是流民们饥寒交迫的惨状；"将军檄令严飞挽，比户诛求敢散逃"，这是

---

① 本文所引黄君钜的诗歌皆采自《丹崖诗钞》，以下不再出注。

清廷军队挨家挨户强征役夫军饷，以致造成民众逃离，哀鸿遍地……字里行间透出诗人对普通百姓的同情，对清廷抚边无力的感慨和官兵粗暴行径的谴责，希望早日平息战乱，让百姓安居乐业。另如《壬戌之春滇乱未已，余奉檄至禄劝县筹粮，见境地荒凉，有感而作》（二首）、《怀母》、《泰山叹》等都是同类诗歌，显示了诗人对民众生存状态的热切关注，也见出诗人宽广仁厚的胸怀和正直品格。

　　除了上述悲天悯人的情怀之外，诗人还有风雅多情的一面。他的诗集中，留下了不少情感细腻旖旎的诗作。且看他的《春柳·闺怨》：

> 春风袅袅拍长堤，睡起无人日又西。灞岸送行珠泪迸，章台寄语翠梅低。曲中飞笛愁难破，枝上流莺恨乱啼。月到梢头羞有约，妆楼未夜掩重闺。

《春柳·经旅馆》：

> 送我征骖出帝京，昔来今别重行行。八千归路分梨梦，一万羁愁落笛声。流水倒拖如有恨，夕阳斜挂不胜情。故园风景怜多趣，记取提壶听晓莺。

独守空闺的浓浓思情，临行惜别的依依离情，被表现得如此细腻温婉，让人阅之感动。而当诗人面对宏阔的景物时，又不禁激起了心中的一股豪气。《舟过洞庭湖》：

> 万斛舟嫌小，沧波巨浸洪。君山浮一点，云梦渺孤蓬。
> 船坐疑天上，人行在镜中。柳侯乡谊重，相助半帆风①。
> 一叶中流泛，茫茫目力穷。吴头兼楚尾，高浪接长风。
> 鄂渚云帆远，衡阳雁路通。晚迎斜照泊，无限蓼花红。

《车过黄河故道》：

---

① 自注：俗传洞庭君为广西人。

飞骑驱车过，何须一苇杭。星从天上度，尘向海中扬。

涸鲋沉沙岸，磐雕没草场。平陂原往复，不必问沧桑。

面对浩瀚的洞庭湖、壮美的黄河故道，诗人不禁豪兴大发，将历史、传说融入眼前景色，借以抒发心中感喟，诗风雄健，意境开阔。在写景咏物上，更值得注意的特点是，黄君钜善于将雄奇瑰丽与清新淡雅的诗风相结合，使得诗歌显得摇曳多变，富于情致。且看代表作《大明山》：

万丈穹窿跨绝域，武缘西南上林北。绵亘百里扼昆仑，控制九土耸巍岓。君不见叠翠嵯峨云一带，三日成霖雨天外。镆铘飞出两白龙，奔注凤山细流会。盈盈十里归渡头，双江绮合共悠悠。远送行舟出思武，东下南海历沧洲。又不见浙人青箸绿蓑富薯芋，短柄长镵勤发虑。种成香蕈生息蕃，聚族结庐不归去。山花如云红似火，山鸟画眉声琐琐。扪参历井越涧过，时逐猿猱拾坠果。东峰晴明西峰雨，樵子深入白云坞。伐木丁丁不见人，忽闻树巅鸡报午。郁郁纷纷苍翠浮，常有仙人绝顶游。崖前松偃石杆暗，退心空谷弥深幽。南崧归老爱澄陟，峤西诗成剩余墨。我亦小隐隐山林，形容不尽遥相忆。

诗人先从远观视角，勾勒出大明山的宏阔气势，表现其雄奇壮丽的外观：高耸奇绝，绵亘百里，云遮雾绕。然后取近景，细细描绘大明山丰富而奇特的景观风物：林深花盛，鸣鸟飞猿，鸡鸣树巅；乡民种芋、采菇、伐木，文人雅士隐居、探幽。最后借景怀古，抒发个人志向。在这里，诗人将传统的写意和工笔两种技法进行了有机结合，章法巧妙，富于变化，诗风雄奇之余不失淡雅，是为山水景物诗之上佳之作。

作为壮族人的黄君钜，为官之处也多是少数民族聚居地，跟当地民众也常有接触。他特别喜爱当地的民俗风情，并将之作为诗歌的表现对象，从中也可见民歌对他创作带来的一些影响。《滇垣竹枝词》四首之一：

天气阴晴半熟梅，六城轻暖向晨开。子问健妇兜裙屐，上市传
呼饵馈来。

《新年编粤东采茶歌》四首之二：

采茶齐上古劳山，裙屐相随过小湾。团扇叠挥斜障面，笑看新
月似眉弯。

黄君钜认为诗歌"韵致本天然"，要如"秋水出芙蓉"① 般，不必避讳
俚俗语言入诗，故而像"饵馈"这种当地俗称的特色食品，诗人也极
其自然地将之纳入诗歌，充满了地方特色。采茶歌作为一种民歌体式，
一般用于表现劳动场景或劳动者，清新质朴，节奏明快。黄君钜在保留
采茶歌体基本品格的同时，融入文人的雅趣，使得诗歌清新淡雅，平添
了几分韵致。

第六节　南宁诗人群体

南宁籍诗人，乾隆年间有永淳（今横县）何家齐②，诗风古朴清
新。嘉道年间有宣化（今邕宁县）葛东昌③，葛氏与永福吕月沧友善，
但两人的诗文观并不相合，吕称其诗文"多牵率应酬，故目之杂"，大
体符合实际。何、葛二人并未形成作家群体，影响甚小。

直到清代中后期，南宁府地才形成真正意义上的作家群。此时期，
南宁早已是桂南重镇，经济、文化发展相对发达，汉文化普及程度很

---

① 《自笑俚曲诸作》。

② 何家齐，字燕贻，号双镜，生卒年不详，乾隆间贡生，曾在凤山教馆，今见存《小
隐园诗稿》，抄本，年代不详，收诗歌 267 首。

③ 葛东昌，字晓山，据道光元年（1821）四月奏折"臣葛东昌广西南宁府宣化县人，
年五十岁。由嘉庆十四年（1809）进士候选知县"（秦国经主编《清代官员履历档案全编》
卷二十九，华东师范大学出版社 1997 年版，第 411 页）推断其应生于 1772 年，卒年不详。今
见存《晓山杂稿》，刻本，年代不详，收诗歌 33 首。

高；加上不少文人都是进士出身，有着较长的北方任官经历，为他们融入汉文化圈子提供了条件。在汉文化的长期熏陶之下，他们的文学创作日渐成熟，风格也慢慢转变。特别在诗歌创作上，南宁作家群已经渐渐摆脱桂南壮族文人前期创作的粗朴浅简，开始步入典丽华赡的风格路子。这一群体的作家以谢煌、杜黼庭、钟德祥等为代表。其中杜黼庭目前存诗甚少，无法窥其大貌。谢煌、钟德祥两人交往甚多，互有唱和，成为南宁诗人群体的主干成员。

一　"独辟町畦"的谢煌

谢煌（？—1895）①，字晓凡（亦作小帆），别号"鹤徒"，宣化县（今邕宁）人。早年拜郑献甫为师，与同邑钟德祥交好，时有唱和。谢氏"博闻强记，才气横溢，为文千言立就"，而且"书法颜鲁，端整雄秀"。咸丰十一年（1861）中举后，名气渐盛，为桂抚刘长佑赏识，招之入幕，甚为器重；光绪二年（1876）离职北上，次年考中进士，不久卒于京师。②生平著作颇丰，计有《谢小帆遗集》、《沈文节公传》、《忠义录》、《群盗录》、《平桂纪略》等，但多已散佚。今见《复斋诗存》，收其诗 78 首。

谢煌的诗歌创作体式多样，风格多变，不拘一格。其中有不少古体诗写得颇见功力。试看他的《长歌行》：

> 有客长歌，悠悠于野。四无人声，和余者寡。青青松柏，在彼岩阿。既远斧柯，严霜奈何。遵彼中衢，平池倾殿。禾黍油油，泪不如霰。有酒有酒，以遨以游。遨游何之，我心则忧。心之忧矣，涉彼中泽。采采芙蓉，以遗嘉客。③

诗人举杯起舞，且歌且酒的形象跃然纸上。诗歌采用古体，在回环往复

---

①　谢煌生年不详，卒年据钟德祥《蛰窠诗稿》（1966 年手抄本转抄，未刊）缅怀亡友诗。

②　据莫炳奎《邕宁县志》，民国二十六年铅印本。

③　本文所引谢煌诗歌皆采自《复斋诗存》，天宁小集手抄本，年代不详。

的吟唱中表述心志，古雅深沉，颇有几分豪气。像这类拟古而不泥古的作品，还常常见于他的怀古诗中。例如《姑苏台怀古》：

> 剩水残山感霸图，千秋犹自说姑苏。由来谗士工亡国，不信佳人竟沼吴。露冷玉鱼埋蔓草，风飘金井怨楸梧。越宫歌管同悲慨，三月春深唤鹧鸪。

前代关于姑苏台的诗歌很多，对吴国覆灭原因也是纷纷攘攘，争讼千秋，但有一点却大同小异，不少人在为吴王叹惋的同时，都不约而同地持"红颜祸水"论调，将罪责加在了西施身上。谢煌却不以为是，"由来谗士工亡国，不信佳人竟沼吴"，显然，他对传统的"佳人误国"论并不赞同。类似诗歌还有《桃花扇传奇杂韵十首》等。谢煌这种独立思考、不泥前人的创作观念殊为可贵，也见出他的才气，后人评价其诗文云"能独辟町畦，意境甚高，不求合于古人"①，看来是切中肯綮的。

若说谢煌诗歌的主体风格，则以典丽华赡为主。但这类秾丽的诗歌，却极少抒写欢快之情以娱人耳目，而是另具特点，无论是咏物写景，缅古抒怀还是酬和唱答，常常透出一股淡淡的愁绪。《阻雨燕子矶晚泊》：

> 烟水弥漫泛小舟，横风吹雨入芦沟。炊烟几处芋茨晚，蒲苇一溪鸿雁秋。鼍鼓临江回客蒙，蟹羹和酒拌清愁。五年已赋无家别，重滞东南海浪游。

《送春四首·之三》：

> 沿堤持赠挽长条，小别依然泪不消。三月三旬酬绿酒，一年一度送红桥。江淹旧恨仍南浦，庾信伤心竟北朝。我有闲情偏惜别，阳关一曲雨潇潇。

---

①　广西省统计局编：《古今广西人名鉴》，杭州古籍书店，民国二十三年。

这两首诗歌措辞雅致，细腻华赡，诗人运用的是常见的以景写情手法，但情感的抒发很见分寸和技巧。第一首写烟雨蒙胧的傍晚，宁静的水泊山村炊烟袅袅，诗人几杯老酒下肚，蓦然想起离家已是五年，故土之思不禁袭上心头。《阻》中乡愁的涌现是逐次生发的，而《送》中的离愁则是逐次收束，以潇潇春雨包纳了所有的情感。诗人运用的抒情手法或有不同，但字里行间散溢的淡淡愁绪却恰到好处，因其淡而不觉哀伤，又有因其愁而不觉轻佻，悠乎萦绕，自成风格。

淡淡的愁绪，构成了谢煌诗歌的情感底色，即使是那些表现书生豪气的诗作，也离不开这一基色的渲染。试看他的《登岳阳楼》：

> 仙去云空剩此亭，苍茫浩劫几曾经。掌中形胜收吴楚，眼底乾坤小洞庭。巨浪远连云梦白，群山东压海门青。一声长笛一樽酒，拼卧沧江醉不醒。

诗人登高望远，思接千里，抒发对历史和人生的感喟，豪气干云，但那声幽笛和那杯老酒，还是勾起了诗人心中的无限惆怅。类似的还有《诸山归途漫兴》、《钦江城楼晚眺》等，都是古雅大气、境界较为开阔的诗歌。

谢煌还有一些关注社会现实的诗歌。诗人虽然站在统治阶级的立场上反对太平天国运动，一些观点也并不足取，但他的诗歌也从某个侧面反映出战乱给普通百姓生活带来的巨大伤害。例如他的《乱后》：

> 患难思骨肉，贫贱念乡里。我里自遭乱，万户生荆杞。
> 脱身草莽间，所幸未即死。枕席不及暖，数载劳转徙。
> 哀我宗族人，祭奠多新鬼。红颜悲寡妇，黄口遁孤子。
> 我身不自保，遑言桑与梓。三复葛藟诗，泪泣不能止。

诗人通过个人经历，描写了战后乡民们触目惊心的生活状态，表达了对民众苦难生活的同情和对自己流离失所的惶恐。当然，像这样既具艺术性，又具思想性和社会意义的诗歌，在谢煌的诗歌集子中并不多见，他更愿意去表现个人的生活世界以及个人的内心体验，因此其诗歌的内容和境界被认为相对狭窄。这或许也是谢煌在过去被长期忽略的原因。

二　"直声振一时"的钟德祥

钟德祥（1835—约 1905）①，字西耘，其号有愚公、蛰窠、睡足斋、耘翁等，宣化县斑峰团（今邕宁县刘圩镇）人。其父钟金栋为县学廪生，这让钟德祥自幼受到良好的家学熏陶。16 岁考取贡生，就读于桂林秀峰书院，师从郑献甫；同治三年（1864）中举人，光绪二年（1876）考取进士，任庶吉士，授翰林院侍讲、国史馆编修，帮办福建、台、澎防务。光绪十年（1884），法越之变，奉命出关视师。和议成，回京后拜江南道监察御史。任内因弹劾权贵，被设计诬陷，光绪二十一年（1895）被贬谪到万全县一带戍军台。光绪二十九年（1903）回调，任广西帮办防务，不久辞职赴广州，病逝于羊城。生平著作有《宣南集》、《征南集》等，多已散佚。今见《蛰窠诗稿》五卷②，内附《蛰窠词》和《蛰窠丛稿》，共收诗歌约 1200 首，词 15 首，杂记文 18 篇；《钟西耘诗钞》③ 收其诗 18 首；《全清词钞》④ 收其词四首；撰有《集古联句》⑤ 一书。另在《词学丛书》⑥ 中见其手批词论一百多条。

钟德祥现所存的诗歌始于进士及第，止于病逝前，从其诗歌的内容及风格看，大致可以贬谪为界划分成前后两个时期。

入仕为官后，钟德祥顺利进入京师汉文化圈，结识了不少京官同僚或文学名士，其中有几个文人值得一提。一是跟临桂王鹏运及况周仪交游唱和，并在王、况二人的影响下开始尝试词的创作。二是结识黄遵宪。黄此时正当青壮，才华横溢，在同辈中已是颇具名气。黄、钟二人交游的时间或许并不长，但双方的交情应该不薄。黄遵宪曾写有著名的

---

① 关于钟德祥的生年，此前有 1840 年、1847 年、1849 年等多种说法，当误，《蛰窠诗稿》中多次明确提示其生年。卒年据钟德祥病中所填之词《月清华》，标"乙巳中秋"（1905），此为笔者所见钟氏之最晚作品。

② 由钟德祥之子钟刚中 1966 年提供的手抄本转抄，未刊。

③ 抄本，年代不详。

④ 叶恭绰编，中华书局 1982 年版。

⑤ 光绪三年刻本，葛氏啸园藏版。

⑥ 秦恩复编辑，嘉庆十五年刻本。此丛书为王鹏运收藏。

《和钟西耘庶常德祥津门感怀诗》（共八首），对这组诗，黄遵宪本人也颇为认可，许多年后还特意向日本友人推介说"仆旧有感怀诗八首，皆述欧罗巴之来中国"，从中可见作者的重视①。而钟德祥也常想起二人交游的时日，还曾以"吹笙子晋"来赞赏黄遵宪的洒脱不凡②。当然，这一时期的钟德祥虽与黄遵宪交游唱和，友情甚笃，但两人在诗歌创作上其实并无太多的相似点。黄遵宪诗歌追求意境新奇，讽咏时事，风格也较为恣意深沉；而钟氏诗歌走的基本是传统的路子，内容也以描写闲适感怀、交游酬唱、写景咏物等为主，温和敦厚，含蓄雅致，词旨清隽，较少登科前的那股慷慨豪放之气③。

从现存诗歌看，钟德祥跟好友谢煌一样，仙道思想对其有着较大的影响，处世态度比较审慎保守。因此，甲午战事之前，钟氏诗歌的一大特点是很少直指时事——即使身处晚清这一多事之秋，并曾亲历中法战事，但对这些时代剧变，他在诗歌中极少提及。典型如光绪十一年（1885）正月，钟德祥从南宁西行赴镇南关视师，当时并没留下相关战事的作品，直到两年多后才写诗追忆此行，且以写景咏物方式出之，暗赞戍边军民之勇武。但钟德祥这种尽量回避时事、审慎处世的态度并没有保持多久。身为江南道监察御史的他，目睹了太多的官场龌龊之事，特别是甲午海战前后，国力衰弱，官员腐败，让他益加愤慨担忧，也期待着扶危济世能人的出现。如《甲午九月宿砖门官厩杂咏》六首之二：

　　　　日期诸将定东藩，笳鼓旌旗岂易论。须待孔明擒孟获，那能王猛下桓温。行边可有今筹笔，抗疏群惊此罪言。自笑一官空口舌，冥冥揩眼望边门。

又如《光绪甲午十月初二感事》：

————————

① 见张永芳《黄遵宪·梁启超》，春风文艺出版社1999年版，第40页。

② 《海夜怀黄公度遵宪》，引自《蛰窠诗稿》。本文所引诗、词、文若不出注，皆出自《蛰窠诗稿》。

③ 钟德祥好友葛元煦在《集古联句·跋》中云："吾友钟西耘太史……其时尚未登甲科，而意气之豪放，词旨之清隽，人早钦为木天清品。"

疾风劲草几忠臣，衮衮衣冠倒置民。真将岂须铜面具，好官偏用铁胎银。陈涛列阵祇聊尔，殷浩来朝此甚人。欲问苍茫安注意，古长城外接边尘。

诗人自嘲清议无补于国事，这又何尝不是对朝中群臣空谈御敌之道，却了无成效的嘲讽呢！谁是忠臣，谁是逆子，在国家危难之际，如疾风劲草，终会知晓，而官场的尔虞我诈，相互倾轧，则让诗人倍感悲愤。另如寓言诗《蜘蛛》批判那些处处扰民，时时不忘吸取民脂民膏的贪官污吏；《送安晓峰侍御谪官出塞》中则以鸟雀喻当时官场中的宵小之辈，对之予以嘲讽。当然，此类指向时事的诗歌，用词考究，较为晦涩深沉，但毕竟表明了诗人对时事的关注，就他前期而言已是一大转变，而这一转变，倒是跟黄遵宪的不少诗歌在精神上颇为靠近。

监察御史之职，无疑将钟德祥推上了人事矛盾斗争的风头浪尖，而钟氏又是忠直之士，"在（御史）台日，论列不避权贵，最称敢言。先后劾罢川督刘秉璋等，直声振一时。其弹大学士李鸿章也，侃侃数千言，皆关国家大计。时论方诸文廷式、安维峻也"[1] 连李鸿章也在其弹劾之列，可见其不惮权贵之胆气。然也因此被权贵设计诬陷，于光绪二十一年（1895）七月，被贬谪到万全县一带戍军台，而钟德祥此时已年过六十了。发配边塞，对钟氏而言当然是不幸，但他此后的诗歌创作无论内容和诗风都有了不小的转变，"所作益沈雄伊郁，其遭际使然耶"[2]。的确，钟德祥充斥塞外之后，脱离了过去富足的生活及相对狭窄的酬唱圈，跟社会底层有了更多的接触，其诗歌首先在内容上得到了充实，一改过去那种反复抒写的茶余饭后的富贵闲愁，风格上也增添了苍凉雄健之色。试看他的《雪夜》：

阴山飞雪歌慷慨，牵确支离信老狂。诗境几曾追甫白，谪居一笑如苏黄。髑髅可语梦俱醒，惘两是谁心已忘。绕屋梅花伴幽冷，此时真独立苍茫。

---

① 莫炳奎：《邕宁县志》，民国二十六年铅印本。
② 同上。

塞外飞雪之夜，诗人感怀自身遭遇，在追慕前贤之际，也给自己以慰藉。诗风慷慨低沉，与过去众多的闲适之作迥然有异。同时，诗人也逐渐认识到这种艰苦的边塞生活并不那么诗意："青鞋布面髭髯白，谁道流人是谪仙。"① 当仙道思想并不能让自己解脱时，他也对其产生了怀疑，觉得还是人力可信："是谁豪杰能名世，哪有神仙出济屯。"②

作为南方人的钟德祥，对边塞的风景也充满了好奇，写下了不少边塞风物诗。如《杂咏》：

> 骆驼成阵卧平沙，沙草凝霜似雪花。耐寒鲜卑五更起，月明吹彻小胡笳。

又如《晚望绝句》：

> 渺渺斜阳不见人，沙平如掌草如茵。昏鸦几点冲烟去，黄叶飘萧何处村。

《九塞》：

> 风卷残秋九塞寒，从来边锁此峰蛮。百盘霜滑骡纲道，一角云留马远山。每念亿千劳禹步，岂徒百二拥秦关。茫茫白草无行迹，故垒何处旧将坛。

这种萧杀苍茫的塞外奇景，在南方是难以见到的，故而引起了诗人的浓厚兴趣，随手记之。但诗人描写这种景物时，大多会注入个人的情感，抒发其思乡之情，而且随着时间的推移，老诗人的这种情感愈加强烈——仅仅从钟氏频繁抒写梦回家乡的斑山，即可知诗人心中的故土之思是何等的澎湃难平。

---

① 《书成楼壁》。
② 《古杂感》。

　　相对诗歌，钟德祥致力于词的创作显然要晚得多。其《玲珑四犯》小序云："况夔笙舍人七月十六日夜宣武门西步月，同半塘王君作此词，索和之。余固不喜倚声，夔笙疆至再，乃次其韵复，集录于此识。耘翁四十年来开章第一作也。"按时间推断，这首词大致作于光绪元年（1875），而此时正是钟德祥居京之时。从其序言看，钟氏原先对作词并不感兴趣，只是在王鹏运和况周仪两位好友再三索和之下，"相劝至笃，于是始学焉"①。也正因此，钟德祥前期的词绝大多数都是被动的唱和之作，成就和个性都不突出。直到后期有意识地去填词，其文学个性和艺术才华才逐渐显露。

　　对倚声填词，钟德祥有着一套明确的创作观。他将词的立意摆在首位，"文章要固以意为主也"②，认为词"能以意举，故佳"③。因而在具体技术层面，他强调词要充分利用比兴之法，内蕴寄托、"别有怀抱"④"'意在言外'，故曰辞（辞）也"⑤，否则，"景奇而意旧，本无寄托……大才人故亦不必作也"⑥。而在词的意境营造及其风格上，钟德祥显然更喜欢"意境深俊，笔力遒峭"⑦ "幽韵冷趣，缠绵婉约"⑧类的作品。如《卜算子·秋风》：

　　　　落叶乱鸦翻，冷月城头小。树浪摇空听欲飞，风送鸿来了。
　　　　回首百花时，番报春香晓。几日吹霜点菊金。菊老知人老。⑨

秋风与秋菊是钟德祥诗歌里常见的意象，但很少像《卜算子》这样低沉萧瑟。乱鸦、冷月、秋风等物象所营造的黯淡情调，与金色的老菊花形成比衬，突出作者对年岁迟暮的感伤情怀。词风细腻清幽，格调缠

----

① 《玲珑四犯·前调》。
② 《词学丛书》中《乐府雅词》卷之晁无咎《尉迟杯》批语。
③ 《词学丛书》中《阳春白雪》卷之蔡伯坚《江神子慢》批语。
④ 《词学丛书》中《乐府雅词》卷之日本中《浣溪沙》批语。
⑤ 《词学丛书》中《乐府雅词》卷之贺方回《金人捧露盘》批语。
⑥ 《词学丛书》中《阳春白雪》卷之张梅深《应长天》批语。
⑦ 《词学丛书》中《阳春白雪》卷之奚秋崖《声声慢》批语。
⑧ 《词学丛书》中《阳春白雪》卷之蔡伯坚《江神子慢》批语。
⑨ 采自叶恭绰编《全清词钞》卷二十八，中华书局1982年版。

绵，走的正是钟氏最为青睐的婉约路数。再看他的《卜算子·月夜独坐轩即景》：

> 屋小一舟虚，四面浮空水。天色溶溶海洗清，浸月光明里。
> 独坐正萧寥，心却壶冰似。露比霜寒雁那知，楼角参差起。①

溶溶明月之下，一切都浸透在圣洁光明的奇景之中。词人独享此景，思绪翩翩，当是想起了鲍照《白头吟》中的"直如朱丝绳，清如玉壶冰"吧。身为监察御史的钟德祥，见惯了官场的百态人生，命运的起起落落，"心却壶冰似"当是其自况自勉之言。而后面的"露比霜寒雁那知"，该是对那些深陷功名利禄泥潭而不能自拔者的一种警示吧。词上片写景，以"独坐正萧寥"句承上启下，巧妙转入下片完成抒怀。清峻峭拔，意蕴遥深，立意不俗，充分体现了钟氏写景咏物词的创作原则和艺术个性②，见出词人不俗的艺术功力。也正因此，钟氏虽然后起，但后来居上，成为清代"临桂词派"的一位重要成员。

　　桂南作家群成员几乎都是壮族文人，作为边远地区少数民族学习汉族文学，无论文化生态还是经济条件，都给他们设置了重重困难。但桂南壮族作家在清代一百多年里，竟然能形成一个规模不算小的作家群体，实属不易。

　　若从文学的审美角度对之进行考量，不难发现他们的作品既是汉族文学的有机组成部分，同时也吸取了壮歌丰富的文学养分，体现出壮歌的某些神韵。因此，壮族的文人作品具有双重品格，也正因有了这双重品格，才让它们具有了一定的独立性，成为一种独特的存在。而那些优秀的作家，往往都是能将壮、汉文化进行有机融合，并能自成一格者。典型如黄焕中，在创作、探索中树立了自己的鲜明风格，成为较为成功

---

① 采自叶恭绰编《全清词钞》卷二十八，中华书局1982年版。

② 钟德祥在批点蔡伯坚《江神子慢》时，提出了咏物词创作的原则："幽韵冷趣，缠绵婉约，能以意举，故佳。不善学之，支离侻滑矣。当以此为咏物之则。"见《词学丛书》中《阳春白雪》卷。

者，无愧于直列中国近代文学史①。

　　另一方面，由于桂南作家群生长于中越边境，处于壮族这一地缘文化体系之中，并且兴盛于特殊的历史时期，因此，他们的文学作品除了单纯的审美价值之外，还具有较高的认知价值和历史价值。

　　"壮人多信巫"②，事事皆想到求神问卦，这也给了一些无良巫觋们蒙骗百姓、诈取钱财的机会。而壮族文人接触汉文化后，"不语怪力乱神"，对这些巫觋的把戏多有揭露，并加以批判。典型如黎申产的《乞禁女巫诗呈吴凤楼明府，用韩昌黎〈合江亭〉诗韵》，指出那些"媚道巧黩货"的女巫们蛊惑善良百姓，"邪毒中贫妇，赍甘冻饿"，甚至"倾家事馈遗，典衣忘坎坷"，并且提请知府颁布法令禁行恶俗，希望"浊流一洗清，从此永不涴"，清净社会风气。随后，"吴凤楼明府得产诗，立出《禁女巫示》"，可见黎申产的诗歌确实击中了时弊，才产生如此迅速的效果。相似的还见于赵荣正的戒烟诗、劝农诗等等；另如农赓尧的《村女赤脚行》，还起到了引导人们树立健康审美观的作用。由于文人是精英智识的代表，在当地具有相当的影响力，因此，他们的这些诗歌对启蒙民智，开化风气，提高人们的认知水平都不无裨益。于今人而言，也可从中见识到彼时社会的某些侧面。

　　壮族作家大多久居故土，对家乡充满情感，热爱壮乡的山山水水和世代生活在这里的人民，因此写下了大量的山水田园诗和为数众多的竹枝词、风土诗等，对人们了解壮乡的风土人情都具有极高的认识价值。同时，诗人们都是历史的亲历者，他们对当时的描写，往往比国朝所修的正史更加具体可感，有血有肉，很多还可以补正史之不足。例如，我们从正史知道，清中期时广西经济获得了较大的发展，桂东南及广东、福建籍商人大量西来经商，利用水运沟通南宁与粤、港的商品交流，贸易甚是旺盛。但具体盛况如何，正史中的寥寥数字只能得其大概，而黄体元的《邕江杂咏》则写得有声有色（五首录三）：

---

　　①　具代表性的有郭延礼《中国近代文学发展史》（高等教育出版社 2001 年版），对黄焕中等作家作了专门介绍，并给予了较高的评价。

　　②　黄旭初修，吴龙辉纂：《崇善县志》，民国二十六年抄本。

　　远远歌声遍晓晴，篙工报说抵邕城。货船江面排鳞似，万许桅樯数不清。

　　大船尾接小船头，北调南腔语不休。照水夜来灯万点，满江红作乱星浮。

　　小艇纷纷去复回，满江如市月明开。船头刚卖鱼生粥，船尾猪蹄粉又来。①

当年邕江河上货运之繁忙，北调南腔商客之众多，宛然在目，鲜活生动。可见当时南宁已经成为南方的一大商业重镇之言果然不虚。再如，太平天国革命初期的情况史料记载较少，而黎申产、韦丰华、黄君钜、蒙泉镜等亲历过这场事变，于是他们的不少诗歌便具有了史料价值，特别是黎申产被困梧州期间的一些诗歌如《苍梧谣》《悲书画，为许君月樵作》等，对红巾军和清军在梧州活动的描述也可以补正史之不足。又如黎申产、蒙泉镜等和越南贡使的交往也较多，黎申产还曾经到越南避难一月有余，涉及相关内容的诗歌达三十多首，这些作品对于了解两国的交往史和越南当时的风俗民情也有较高的参考价值。

　　总之，桂南作家群的作品，既具审美价值，也有较高的认知价值和史料价值，这也让笔者在研究中不时获得意外的惊喜。但也发现，桂南壮族作家群在学习汉族文学时，也留下了一些遗憾。或许，壮族作家在近代文化中处于过于弱势的地位，而汉文化的势力又过于强大，在巨人面前，壮族文人对自己本民族的文化传统并没有十足的信心，故而留给自己选择的回旋余地并不大。即使他们大多数人都选择了较适合自身发展并且最具灵性的"性灵"派，但始终无法摆脱清代汉文诗坛暮气沉沉这一大环境的影响，未能完成文化的转型和蜕变，只局限在狭小的空间里艰难地挣扎。而最具悲剧意味的是，他们学习汉文化的同时，很少继承（或吸纳民间）自己颇具价值的浪漫主义传统。读他们的诗歌，

---

① 采自刘介《广西僮族文人诗文选》，1959 年编印（内部资料），第 159 页。

很难相信这是产生过《莫一大王》《刘三姐》这些富于瑰丽奇幻的想象、具有磅礴恣意的宏大叙事的优秀文学的民族。或许，只有回到民间文学，才能找到她的一些孑遗。

第 六 章

广西桐城派研究

第一节 广西桐城派概述

桐城派是清代最大的散文流派，康熙年间桐城人方苞编选《古文约选》，提出了"义法说"，成为桐城派代代相传的不二法门。中经刘大櫆、姚鼐从理论到创作的努力，尤其是姚鼐的积极标举，桐城派被奉为古文正宗。① 随着桐城派的影响日益加强，该派已迅速流衍至南方各地，人人争学桐城古文，到处都是欣欣向荣的景象。正如晚清学人陈衍对桐城派的声势所作的一席评述那样："桐城人以能文章名于时，殆二百年而未有绝，文章遂若为桐城人所私者。然江西、福建、浙江、江苏、广西、湖南、湖北能为文章与桐城相仿佛者，时时间作，于是有桐城文派之说，人不必桐城，文章则不能外于桐城。"② 桐城派与广西的接触，始于游学于方苞门下的陈仁，但桐城派真正传入广西并发展兴盛，则是在嘉庆、道光年间，其中最具代表性的桐城古文家是有着"岭西五大家"之称的吕璜、朱琦、彭昱尧、龙启瑞和王拯等。

---

① 在《刘海峰先生八十寿序》一文中，姚鼐首次把风行于世的"天下文章，其在桐城乎"的提法录诸笔端。请参见张维《"天下之文章，其萃于岭西乎"——试论"岭西五大家"及其对延续桐城派的作用》，《安徽省桐城派研究会成立大会暨第二届全国桐城派学术研讨会论文集》，2005 年。

② 陈衍：《赠桐城姚叔节序》，载吴芹编《近代名人文论》，广益书局 1937 年，第 56页。

桐城派流衍广西的大致情况，曾国藩在《欧阳生文集序》①中已有描述：

> 姚先生晚而主钟山书院，门下著籍者，上元有管同异之、梅曾亮伯言，桐城有方东树植之、姚莹石甫，四人者称为高第弟子，各以所得，传授徒友，往往不绝。……其不列弟子籍，同时服膺，有新城鲁仕骥絜非、宜兴吴德旋仲伦。……仲伦与永福吕璜交友，月沧之乡人，有临桂朱琦伯韩、龙启瑞翰臣、马平王锡振定甫，皆步趋吴氏、吕氏，而益求广其术于梅伯言，由是桐城宗派，流衍于广西矣。

这里提到的吴仲伦和梅伯言，即吴德旋和梅曾亮，分别是姚鼐的私淑和直传弟子，梅曾亮更是"姚门四弟子"之一。由此可见"岭西五大家"与"桐城派"关系之密切，而"岭西五大家"的崛起有着前后两个阶段。

第一阶段为吕璜在道光五年（1825）于杭州亲聆吴德旋讲授桐城义法，并研习数年，奉为正宗，回乡后在秀峰书院致力于桐城古文理论的传播，并利用自己带回的许多古文范本，指导后学研习和创作，从而培养了一批桐城骨干。②其中以朱琦、彭昱尧、龙启瑞、王拯等最为突出。他们都崇奉桐城义法，恪守桐城理论，并以此来指导自己的古文创作。他们坚持不懈地学习桐城古文，在秀峰书院向吕璜虚心请教，并相互切磋，为下一阶段的学习和创作奠定了重要的基础。

第二阶段的活动始于道光十九年（1839）朱琦来到京师，与梅曾亮交游，到道光二十七年（1847）朱琦、龙启瑞、彭昱尧、王拯等人相继出都，或归里，或外任而止。"岭西五大家"从游于梅曾亮，杖履追随，得亲謦欬，古文创作也更趋成熟。如彭昱尧，其古文就得到梅曾亮悉心指导，在不断的点评、修改中，创作风格凸显。正如龙启瑞所

① 曾国藩：《曾文正公文钞》卷一《欧阳生文集序》，同治十二年（1873）上海醉六堂刊本。
② 彭昱尧《吕月沧先生哀辞》："先生既殁，粤人之治古文者，崭然杰出矣。"

说："及见梅先生后，其神韵益近震川。"①

　　之后，"岭西五大家"与梅曾亮因羁于公事，或限于时局之变，再无相聚谈宴之乐。可以说，"岭西五大家"入京游学梅曾亮门下，因之而声名鹊起，梅曾亮也因"岭西五大家"而名声益大，成为嘉道时期的文坛巨擘。道光十九年后，龙启瑞、王拯、彭昱尧等人相继进京赴考，② 同时有意进一步求得古文真谛。而梅曾亮道光十四年（1834）在京官户部郎中后，不乐外吏，专事古文，希图再兴桐城。因此，当"岭西五大家"登门求教之际，京中桐城文风则再盛一时。

　　道光二十七年（1847）后，"岭西五大家"始终坚持磨砺古文技法，以示不忘师训。咸丰四年（1854），朱琦、龙启瑞等人更倡议，由唐岳整理梅曾亮、吕璜、朱琦、彭昱尧、龙启瑞和王拯等六人的文集，刊印了《涵通楼师友文钞》十卷。③ 这个选本所收录的作品虽并不完整，但至少说明，一方面"岭西五大家"与梅曾亮之间紧密的师友关系，另一方面，这个选本的刊印是在太平天国运动日益兴盛的背景下，大家均感到时局之变有可能带来的文献灾难，而作出的这个决定。④ 此时，他们早已知道梅曾亮开始整理刊刻自己的文集。因此，刊印《涵通楼师友文钞》更多的是出于真挚的师友之情。⑤

　　从"岭西五大家"形成到崛起的过程来看，他们确是嘉道时期最为活跃的古文创作群体，成为当时文学桐城的同辈中最令人艳羡的一群。而"岭西五大家"的出现，也为延续桐城派作出了自己的贡献，

---

　　① 龙启瑞：《彭子穆遗稿序》。

　　② 朱琦于道光十五年（1835）年中进士。

　　③ 龙启瑞《经德堂文集》卷三《上梅伯言先生书》："今年在粤与伯韩、子实裒集师友文刻之，而以子实居其名，命曰《涵通楼师友文抄》。先生文从伯韩抄本录出，近作则《先人墓志》、《黄个园传》皆与焉，颇有集隘不能尽登之憾。此外月沧先生、伯韩、子穆、少鹤暨某六人为书九卷，以先生及伯韩、少鹤皆二卷而少鹤及同乡苏虚谷之词合鄜作共一卷，凡十卷，已装订印行。"

　　④ 朱琦《怡志堂文集》卷六《柏枧山房文集书后》："直咸丰二年，寇乱而江南陷，先生间关憔悴，挈家辟淮上，时粤乱粗定，久不得先生耗，恐文字散逸，乃与翰臣谋锓先生文，藏文唐氏涵通楼。"

　　⑤ 龙启瑞《经德堂文集》卷三《上梅伯言先生书》："先生文集曾否刻成，便乞以一帙见寄……"

为重振桐城派进行了有益的尝试和努力。

首先，倍增桐城古文传播者的信心。"岭西五大家"均来自偏于一隅的广西，这里无论从地理位置还是从传播古文的背景来看，都不具备优势。但只要有人专门致力于桐城古文的传播，桐城派的星火就可以在当地扎根、发展、兴盛。这无疑大大增强了那些以承桐城之统绪、扩大桐城派影响为己任者的信心。

其次，有效吸引了文学桐城的潜在群体。"岭西五大家"虽有一定的古文基础，但在真正接触桐城古文理论之前，对桐城义法知之甚少。最终"五大家"通过十多年的不断努力，都成为名副其实的桐城派古文家，古文风格各具特色，自成一体。所以，只要笃信桐城理论，用心钻研，就可能掌握古文创作的门径，并有所成就。这就为许多有志于在桐城古文方面努力的学子们提供了最鲜明的成功范例。

最后，再次验证桐城派的传播方式的可行性。"岭西五大家"的兴起，是多方面因素综合作用的结果。但就传播方式来看，在"岭西五大家"兴起的最初阶段，吕璜自觉不自觉地遵循了自姚鼐以来就开始尝试的延续桐城派的方法，即以书院为中心，系统宣传桐城理论，编辑选本以供研读之需等，并取得了良好的效果。这就在实际运作中为桐城派的传播方式进行了最佳的实验，使之成为各地传播桐城派的不二法门。

总而言之，"岭西五大家"是桐城派发展中重要的一环，虽然说如果没有"岭西五大家"，桐城派不至黯然失色，但是嘉道时期的桐城派会相对寂寞倒是可以肯定的。"岭西五大家"也没有形成桐城派全面中兴的局面（其中有许多不可抗拒的外界因素），但是他们却为嘉道时期桐城派写上了浓墨重彩的一笔，足以在桐城派的发展过程中留下辉煌的一页。[①]

第二节　广西首学桐城的陈仁

陈仁从学于方苞的证明，见于刘声木《桐城文学渊源撰述考》。其

---

① 以上请参见张维《"天下之文章，其萃于岭西乎"——试论"岭西五大家"及其对延续桐城派的作用》，《安徽省桐城派研究会成立大会暨第二届全国桐城派学术研讨会论文集》，2005 年。

卷二"专记师事及私淑方苞诸人"有这样一段记载:

> 陈仁,字□□,武宣人,雍正癸丑进士,官□□道监察御史,师事方苞,受古文法十有余年。

刘声木的文献来源是《望溪文集》。现查《方苞集》,方苞在《陈西台墓表》有这样的记述:

> (陈)仁及吾门十年,自翰林改官台中,颇知慕古贤节慨,……行身之不苟……①

陈西台,即陈世佩,号西台,广西武宣人,陈仁即其孙。② 武宣,即今广西桂平,清朝属浔州府。据《广西通志辑要》载:"陈仁,字寿山,武宣人,雍正十一年与弟旭同榜进士。仁由翰林院编修改御史,历官湖北粮道,调四川建昌道。行身不苟,尝学古文于方苞,尤善吟,有《用拙斋诗草》。"③ 陈仁不仅善于写诗,其古文创作也甚得桐城义法。清道光年间广西巡抚梁章钜曾评价陈仁的古文创作:

> 武宣陈寿山观察(仁)有诗名……闻观察尝在方望溪先生门下者十年,先生称其行一丝不苟。余尝见其所撰《四节妇记》,甚得古文法,不愧望溪宗派。惜集佚不传,粤人但知其工吟咏也。④

以上两条记载都提到陈仁学古文于桐城三祖之一的方苞,但未提及陈仁的文集,或说其文集散佚不传。据现藏于桂林图书馆的清抄本《用拙斋诗文集》,陈仁的诗文集均由其门人沈德潜编次,应是陈仁生

---

① 方苞著,刘季高校点:《方苞集》卷十二《陈西台墓表》,上海古籍出版社 1983 年版。

② 孙世昌修,光昭纂《浔州府志》卷四十七:"陈世佩,号西台,武宣人……孙仁孙旭同成雍正癸丑进士。"清道光 6 年刻本。

③ 苏宗经纂:《广西通志辑要》卷十一,清光绪 15 年刻本。

④ 梁章钜著,蒋凡校注:《三管诗话》,广西人民出版社 1996 年版,第 106 页。

前所编,① 成集于乾隆年间，道光、光绪间的文献均不见记载，不知何故，或是流传较少，或不及得见。这可能就是陈仁古文鲜为人知，或知而不得读的原因吧。现存《用拙斋诗文集》诗二卷，文二卷。其中存文48篇。卷一为书、序文，卷二则多为应酬的寿序、墓志等文。

黄华表在《广西文献概述》中对陈仁的古文作了高度的评价："陈仁，号体斋，武宣人，尝从方望溪学为古文十年，在广西论桐城文派体斋实为最先，其《用拙斋诗文集》，寥寥数十篇，虽非至工，在望溪弟子中，海峰惜抱之外，亦未见其匹。"② 其中虽不免有过誉之嫌，但陈仁是广西文学桐城第一人是不可否认的。

对陈仁的生平记载，道光本《浔州府志》③ 卷四十七这样记道：

> 陈仁，字元若，号体斋，武宣人，雍正癸丑进士，授编修，学行醇谨，经术湛深。由词垣改御史，出为湖北粮储道，四川建昌上南道。所至有政声，引疾归里二十余年，家无长物，杜门扫迹，人罕见其面。先是与临桂陈文恭公相友善，以道义相切劘，有赠陈句云：前辈典型有公在，大臣风节是吾师。可想见其为人，所著文藏于家。

陈仁入仕途不久即因事引疾归里，乡居二十余年，但他生性淡泊荣辱，回乡后闭门谢客，人罕见其面。所以，他虽得桐城正统，却不热衷传授教学，同时，当时也不具备传播桐城义法的客观条件，因此，桐城古文在广西还未能深入人心。直到嘉道时期"岭西五大家"这一古文作家群体的崛起，桐城派才扎根广西，并繁衍、发展而一度兴盛，人相争学。④

---

① 张湄《用拙斋诗文集》序："吾友体斋侍御示余近体一编"。载陈仁《用拙斋诗文集》卷首，清抄本。

② 黄华表：《广西文献概述》，《建设研究》1931 年第四卷第五期。

③ 孙世昌修，光昭纂，清道光六年（1826）刻本。

④ 以上请参见张维《"天下之文章，其萃于岭西乎"——试论"岭西五大家"及其对延续桐城派的作用》，《安徽省桐城派研究会成立大会暨第二届全国桐城派学术研讨会论文集》，2005 年。

第三节 "遒练淳厚"的吕璜

吕璜（1777—1839），字礼北，号月沧，广西永福县锦桥里尚水村人。嘉庆十六年（1811）廷试居第三甲，赐同进士出身。以知县分发浙江庆元、奉化、镇海、山阴、钱塘等县，有政声。道光十八年（1838）因病去世。

吕璜于道光五年（1825）因事落职，滞留杭州，闲暇无事，开始专心研读古文，并偶遇吴德旋，亲聆桐城义法，奉为正宗。1826—1827年间，吕璜阅读、评点了《史记》、《汉书》、《文选》、《唐宋八大家文钞》等古文范本，[①] 获得了一些对古文的感性认识，并尝试创作古文。彭昱尧后来曾这样概括吕璜钻研古文的活动：

> 自先生作令浙中，一旦弃其簿书案牍之劳，研寻古今作者之趣，涵揉探索，博储约发，锵然破虫鸣而奏金石，渊然排尘坌而掏清冷也。……于是三吴之英，两浙之杰，皆赫然而意先生之文。[②]

但吕璜并不就此满足，他谦逊地奉寄习作，[③] 就质于当时的桐城古文大家陈用光、毛生甫、吴德旋等，以此加深对桐城派古文理论的理解，找寻古文创作的门径。他说："削籍后，稍稍治旧业，获交宜兴吴仲伦明经，聆其绪论……于是昭昭然若有以启其蒙矣。"[④] 对"义法"

---

① 吕璜：《自撰年谱》，载《月沧文集》后附，民国24年（1935）桂林典雅铅印本。

② 彭昱尧：《致翼堂文集》卷二《吕月沧先生哀辞》，民国24年（1935）桂林典雅铅印本。

③ 吕璜《答吴仲伦先生书》："乃昨献所为文三首，先生则不鄙而辱教之，且盛奖慰类古人所云诱之而进于是者。……辄又检录旧作凡二十二篇以呈，伏惟赐之指迷，其芜滥不足存而亦杂于中者，盖甚鉴别而芟刘之。"又《上陈硕士先生书》："仲惟阁下师刑部数十年，与之代兴道德文章，海内未有伦比，倘荷剖摘其微，虽叩惜抱轩之门，亲承提命不啻也。故自忘疵贱，仰忘其甚不文，辄录新旧所作凡二十一首以呈，伏惟赐之砭诲。"以上均见《月沧文集》卷二。

④ 吕璜：《月沧文集》卷二《上陈硕士先生书》。

的关系，吕璜也有了新的认识，不只偏重于"法"，而且强调"义"才是古文的核心，"方氏（方苞）重义法，其见于集中者，论法为多，义似未尝细语。彼其时固不烦细语耶？窃意我辈幸生有宋大儒之后，舍其书无以观蕴之深。退之所谓旨约六经，体之所以尊也。非是，则文虽工，亦华焉而已。""而来教恳恳，不欲为文人之文，务根极于道德尤为大易，修辞立诚之训有深旨焉。于虖！璜获交于并世，文章之雄，所奉教者，文焉而已，顾何幸而闻此名论于今日也。"①

　　当然，对吕璜影响最大的是吴德旋。1828 年 3 月，吕璜"以文就质于宜兴吴德旋明经，深获其益"。② 1829 年，吴德旋将返宜兴，过杭。吕璜留住于其寓所丛桂山房二十余日，与畅谈古文，于古文义法乃益窥其深。后吕璜将所亲承口讲指画编纂成《古文绪论》。

　　1825—1832 年在杭期间，吕璜专注于古文研讨，问法于各桐城派大家，最终获得了古文创作的门径，并有意回乡将桐城义法发扬光大："然僻处岭表，交游中或颇有志乎此。他日还山，得举所闻先生之训，广其流传，安必无知而为、为而竟焉者？"③ 回到桂林后两年，即 1834年，吕璜先后受聘主讲榕湖经舍、秀峰书院，开始了桐城义法在广西的传播。直到 1838 年，卒于秀峰书院。

　　此时的广西，研习古文的人很少，可以说是几乎没有，④ 当然也就没有人传授。⑤ 而且，当时文风靡弱，传播桐城理论的前景并不乐观。正如彭昱尧所说的那样：

　　　　粤中古文微乎微，先生崛起为人师。……文澜欲倒力挽之，咄哉文士矜瑰奇。丑如牛鬼怪如夔，浓者绘缛如妖姬。涂黄抹粉面匀

---

① 吕璜：《月沧文集》卷二《答毛生甫书》。
② 吕璜：《自撰年谱》。
③ 吕璜：《月沧文集》卷二《与吴仲伦先生书》。
④ 王拯《龙壁山房文集》卷四《彭子穆墓表》："时粤人士希为古文辞者，自君为之，而人殆多效之。……而粤之人士之皆知，学为古文辞者，乃实自君。"民国二十四年（1935）桂林典雅铅印本。说明彭昱尧是第一个专攻古文的广西人，之前没有人研习古文。
⑤ 彭昱尧《吕月沧先生哀辞》："惟五岭之外，潇湘之南，数千里间，未有以古文介之者。"说明吕璜是在广西传播桐城古文理论的第一人。

脂，淡者黯陋如孤嫠。终身弗睹文绣衣，易者只解老妪颐。方言谰
语听者蛮，难者艰涩其文词。康庄不道由险巇，或则摹古如优施。
面目犹是精神非，或则趺弛骋不羁。驰骤游骑终无归，山林廊庙体
各宜。此则或得彼或遗，或过陡峻或烂靡。侑觞之作谀墓碑，德比
颜闵功传伊。随声附和众口呪，弊端种种皆可訾。①

  但是，吕璜仍然以书院为中心，宣扬桐城义法，力挽狂澜，开启了
广西文学桐城的先风，并得到粤西学子的欢迎。彭昱尧对当时的情形这
样描写道："先生既归，大吏聘掌秀峰讲席，研精澈莹，砻沙磨刑，辨
淄与渑，既廉且贞，诸生始而骇，继而孚，终而悦，且欷歔先生之卒之
难乎为继也。"② 朱琦在听了吕璜所传授的古文理论之后，也深有感慨
道："文字无今昔，六经为根核。夫子抱遗篇，狂简慎所裁。讲席秀峰
尊，百史能兼赅。……弟子逡逡进，白发笑口开。论道有绳尺，举酒方
欢眙。指谓旧师友，徜徉不我猜。初月照高炯，乃自桐城来。义法守方
姚，无异管与梅。……忆昔束发初，执卷心忽摧。每恨古人远，津逮难
沿洄。岂期生并世，几席获追陪。勖以坚操履，闭门绝梯媒。庶几传朴
学，一使志业恢。"③ 这都说明桐城理论给当时广西文坛带来的强烈
反响。

  除了桐城古文理论之外，吕璜还带回了许多古文范本，以供阅读和
学习。吕璜清楚地知道，仅从理论上传授难以完全阐明桐城义法的精
妙，多读古文也是十分重要的。但是，广西向来藏书不丰，加上古文学
习少人问津，这方面的书籍更是匮乏。他自己年少时，就因为限于条
件，难以读到古文作品。就连方苞、姚鼐等的文集，也是宦游浙江时才
得一见。④ 因此，吕璜回乡时，自愿将宦游十多年间辛苦积聚的万卷藏

---

  ① 彭昱尧：《致翼堂诗集》卷一《题吕月沧先生集》，民国二十四年（1935）桂林典雅
铅印本。

  ② 彭昱尧：《吕月沧先生哀辞》。

  ③ 朱琦：《怡志堂诗集》卷二《闻吕先生论文有述》，民国二十四年（1935）桂林典雅
铅印本。

  ④ 吕璜《月沧文集》卷二《上陈硕士先生书》说："顾年三十许，始得方侍郎文读
之。及成进士，作令浙中，乃先后得读姚刑部刘徵君两集，因以略识义法韵度之粹美。"

书，充实书院的书架，这大大开拓了学生的眼界。朱琦就说："示我震川文，有若饮醴醁。元气自开阖，众妙归胚胎。废兴虽百变，真意无隔阂。"① 彭昱尧则这样写道："既罢官，挟书数万卷以归。……既脱圭组，爰购缥缃。载书而返，以薰其乡。……我谒先生，其书满室。……"② 王拯说："仆生偏隅，罕藏书，于方氏（方苞）书幸皆见之。"③ 这些都是吕璜为桐城古文理论传入广西所作的努力。

吕璜带回的桐城派古文义法理论，吸引了一批才学之士。在众多求学诸生中，以朱琦、彭昱尧、龙启瑞、王拯等最为突出。他们都崇奉桐城义法，并以此来指导自己的古文创作。如朱琦在《李竹朋诗序》中标举姚鼐"阴柔阳刚"的风格论来品评诗文。

> 余笑曰：然人所禀有刚、有柔者，天生也。其资乎学以救偏而增美者，人也。人事极则天机自与之相应，其不相应者，必毗于刚与柔，即美矣，而非其美之至。……故曰其为人伉直者，词劲以达；为人和雅者，词温以平；为人沉深者，词郁以厚。推类而言，词虽百变，虽技之小者，各肖其人以出。惟天与人一，艺与道合，而后不毗于所偏，而为美之至。姚子姬传有言，古今文字阴阳刚柔而已。其得阳与刚之美者，如霆、如电、如崇山巨壑、如决大川；其于人如凭高视远，如君而朝万万众、如鼓万勇士而战之。其得阴与柔之美者，缥乎其如叹，邈乎其如有思，愆乎其如喜，愀乎其如悲。观其词、审其音，则其人性情举以殊焉。④

龙启瑞也经常引用姚鼐的言论鼓励后进。当乡人朱应荣以文集《存真堂稿》请序于龙启瑞时，龙启瑞说：

> 昔姚姬传先生谓经义可为文章之至高，而士乃视之甚卑，因欲

---

① 朱琦：《闻吕先生论文有述》。
② 彭昱尧：《吕月沧先生哀辞》。
③ 王拯：《龙壁山房文集》卷二《答陈抱潜书》。
④ 朱琦：《怡志堂文集》卷四《李竹朋诗序》。

率天下为之。尝精选名家文为一编，以迪后学。乃自先生殁，未及百年而时文之道日益衰，独时观二三乡先生之作，固超乎流俗而多存古义，犹有姚氏之遗风焉。要其至此者无他，昔之人学而今之人不学耳。盖自有明之唐、归、金、陈暨我朝国初诸名大家，其人皆学有本原，沈潜乎经训，通达乎世事，发之为文，仅一端而已。今不深探本而惟就区区之绪余，模拟形似，剽窃声句，逮其偶得，则曰：是亦为文焉。否则曰：吾固学先辈而误者也。吁，文岂若是易易哉！先辈亦岂若是之误人哉！……余尝欲用姚先生之言以诏吾乡之后进，今读先生之集，益见文之高卑系乎其人，因为士之自励于学者劝焉。①

虽然吕璜去世后，无人再致力于古文理论的传播，② 但他毕竟培养了一批桐城骨干，③ 而且朱琦、彭昱尧、龙启瑞、王拯等人也没有放弃学习古文，在秀峰书院的相互切磋，为他们下一阶段的学习奠定了重要的基础。④

吕璜是广西传播桐城古文第一人，其古文修养得益于宦游浙江时期。除吴德旋之外，吕璜还与姚门大弟子陈用光有密切往来。陈用光对吕璜的古文指导和影响是不容忽视的。吕璜源于吴德旋的关系，得与陈用光交往。⑤ 吕璜辞官回乡之前，修书奉达陈用光，表达倾慕宗仰之意，并呈作求教，言辞恳切：

---

① 龙启瑞：《经德堂文集》卷二《朱约斋先生时文序》。

② 后来朱琦、王拯等虽曾受骋于秀峰书院、榕湖书院，奖掖乡里后进，但均无法与当日繁盛的景象相比。

③ 彭昱尧《吕月沧先生哀辞》："先生既殁，粤人之治古文者，崭然杰出矣。"

④ 以上请参见张维《"天下之文章，其萃于岭西乎"——试论"岭西五大家"及其对延续桐城派的作用》，《安徽省桐城派研究会成立大会暨第二届全国桐城派学术研讨会论文集》，2005 年。

⑤ 吕璜《月沧文集》卷六《礼部侍郎江西新城陈公墓志铭》："宜兴吴德旋尝受古文法于姚郎中，而其文几百峤然有以自成。既老矣，公延之入浙江学使幕，与商订所作。或有所涂乙，乃益欢。"民国二十四年（1935）桂林典雅铅印本。

宗伯硕士先生阁下，璜弱冠时，即闻古文一脉，惟桐城为正。顾年三十许，始得方侍郎文读之。及成进士，作令浙中，乃先后得读姚刑部、刘徵君两集，因以略识义法韵度之粹美。然硕师既不可遇，其所上继归太仆以追躐唐宋名人之故，未之能窥。且方挂于吏事，亦无暇讲此也。削籍后，稍稍治旧业，获交宜兴吴仲伦明经，聆其绪论，然后知南宋以来，其理裕而吐辞未雅者、务修词而故示晦涩险诐、佻攻以自矜诩者、气暴不静者，虽一时负盛名，终无与于文章之正轨，于是昭昭然若有以启其蒙矣。然自顾所尝试为之者，其庳隘寒浅，非惟无望于古人，且无以自侪于并世能文之列。间出以示明经，虽亦蒙谓为可，实未敢遽信其然。仰惟阁下师刑部数十年，与之代兴道德文章，海内未有伦比，倘荷剖摘其微，虽叩惜抱轩之门，亲承提命不啻也。故自忘疵贱，抑忘其甚不文，辄录新旧所作凡二十一首以呈，伏惟赐之砭诲。……阁下涯度阔远，迈越子厚万万矣，或不深鄙而摈弃之，使长此迷不返乎？干冒威尊，临函不胜悚息之至。[①]

陈用光欣然复信，并寄书相赠。时陈用光次子陈兰滋官广西上思州知州，陈用光一并拜托吕璜照应。吕璜还没回到桂林，陈用光再去书信，就吕璜呈达的文章仔细评点，又寄去其舅鲁仕骥《山木先生集》一部，以示鼓励、感激之意。吕璜收书阅信后，对陈用光的眷顾不胜感激，回信答复道：

宗伯先生阁下，三月十日，璜归舟既抵桂林，周中丞出赐书以示，三复惭感，抑过示谦冲，对之悸汗无似也。璜才屡谫，少时虽尝涉猎有宋大儒之书，然反求之功弗力，于身于心无所合，而只见其离。自入宦场，则益散精神于俗吏之为，夜气销蚀殆尽。既罢职，悄然无所向，乃复遁而之于章句之末。不自量，揣妄思跂夫古之文人。如种树然，枯根弗培，华于何有。先生盖有以察其微，故不欲以空文为训迪，而进于德言。且就文而论，亦恐以腐散为可

---

①　吕璜：《月沧文集》卷二《上陈硕士先生书》。

安，而勉之于词足。璜顾何幸，闻此义谛耶。虽迫衰龄，才最屏，识最谙，知不足以仰副盛期，何敢不勉竭其驽以赴之，蕲有当于万分一耶。鲁宾之进士向尝与相识于杭州者，其文清劲瘦折，迄今罕有其似。闻先生为之锓板，希惠一帙。又建宁有诸生张绅字怡亭者，文笔简远，虽宗仰其乡朱梅崖而尤雅驯。先生校士时，亦尝物色及之否？凡此琐屑，恃先生眷爱之笃，辄附以闻。不罪不罪，临函悚企不宣。①

由此，吕璜得到了桐城正宗的认可，因而他更笃信桐城义法，更坚定了传播桐城古文的决心。吕璜在学习、研究桐城义法的同时，逐步形成了自己的古文理论。其中既崇奉义法之说，也倡导经世致用的古文观。现存近90篇的古文作品，就是吕璜对自己理论进行实践的结果。吕璜去世后，他的诗文集藏于家，并未刊行。直到咸丰四年（1854），唐岳刊刻《涵通楼师友文钞》时，才得以行世，但只选录其中部分，未见全貌。光绪二十四年（1898），侯绍瀛又刊印《粤西五家文钞》，收录了吕璜的文集。光宣年间，姚梓芳计划刊印《桂岭五大家文集》，但只印出《月沧文集》。民国二十四年（1935），黄蓟等将吕璜、朱琦、彭昱尧、龙启瑞、王拯的文集辑为《岭西五大家文钞》，成为研究"岭西五大家"古文创作的重要版本。其中吕璜的《月沧文集》六卷，包括序、跋、书、传、墓志铭等，序跋类文章占了一半之强，多是诗文、画册的序跋，这与吕璜钟爱书画有关。② 他自己也说："自余宦游浙江，先后二十年间，所收书法名画多至数百种。"③ 而诗文集序则是吕璜游宦浙江时与当地友人相互切磋诗文技艺的明证。

吕璜的序跋文虽多，但每一篇笔法都不尽相同、各有深意，或阐发人生哲理，或表明政治态度，或进行史实考论，内容丰富，目不暇接。

---

① 吕璜：《月沧文集》卷二《答陈硕士先生书》。

② 刘兴等修《永福县志》卷三："生平于学无所不究，书法钟王，人争宝之，下至地理奇门，皆有心得"。民国六年（1917）刻本。

③ 吕璜：《月沧文集》卷一《跋〈黎清川书画册〉》。

如《书王竹屿〈黄河归棹图〉后》，① 是作者为朋友画卷所题的跋语。文章不是对画中景物的介绍，而是对友人王凤生治理黄河不畏艰险，将个人安危置之度外的精神，表达了颂扬之情。文章写道：

> 王子竹屿，昔同官浙中，尝相与论"见险能止"之义。王子曰："此盖为无位者言，若身许国，则《传》所谓食焉不避其难，而奚有于止。"王子之见如是，是以敢于任事，为僚友所共怵。卒之，虽艰险其事，无不办也。他日，又与论蹇六二之义，王子曰："躯可捐也，捐之而于国事有济，国体有关，则诚匪躬之恤矣。否则留其身，正以为靖献地耳。"是说也，余谓王子言之不必其事有以徵之。既而，王子屡拜，简命不次，迁去为归德知府，旋为河北兵备道，佐河帅治河凡三年。去年颇闻王子病矣。夫人任事过勇精刊，或足以致疾，勇之衰而沴气又易以中之。其更事久而有慕于知足之不辱，乃恝然引去不顾之数者，世尝以致疑。王子倘居一于此乎？今年王子来杭州，晤之则病良已。快谈天下事，激昂犹昔，气岳岳不稍衰。且箧中衣半以质钱，非家不贫而托于知止足者，亦非矜早退以鸣高也。余笑曰：向者与子言《易》而斲斲于蹇，可云无病而呻。今真瘵及乃身耶，前言其不徵而徵矣。王子亦大笑，遂以跋其《黄河归棹图》。

这是通过直接抒写的手法来表达文章主题。对王凤生的称赞，也是表达吕璜的政治理想，即勤政廉能，不惧艰难，不惜代价，不计得失，奉公为民，这与吕璜的经世思想是相一致的。这样作品还有《书〈焚香默坐图〉后》，② 文章写道：

> 道光丁亥之春，余游越中，叙民大令出此图，属书其后。余

---

① 吕璜：《月沧文集》卷一。梅曾亮有诗《王竹屿丈〈黄河归棹图〉》云："《浙江新志》补《河渠》，又见金堤报最书。春水桃花民气乐，秋风莼菜宦情疏。三山故里迟骢马，九曲流波从鲤鱼。却念汉廷方灭席，薛公那得早悬车。"梅曾亮著，彭国忠、胡晓明校点：《柏枧山房诗文集·诗集》卷五。

② 吕璜：《月沧文集》卷一。

按：梁山舟学士所书卷首，在嘉庆辛未。是岁大令宰汤溪，前此尝宰鄞，后乃移宰德清，宰余姚，所至皆有声。今又移宰山阴，甫期年，以廉能书上，考将遂迁显秩，而大令意思萧闲，处赤紧若行所无事。顾其事乃益理，四境翕然称之，此其焚香默坐之效耶。或曰："审若是，则彼辰夜矻矻于庶事者，非欤？"曰："否。治县受百里之寄，事苟关于民生休戚，乌可不惮精毕力，期无几微之憾，而后即安。然而吏事之举废，尝视乎其才，必辰夜矻矻而始办者，有之。不待辰夜矻矻而已办，其办也，视矻矻者，尤无憾焉，夫亦自有道矣。骐骥一日千里，岂因凡马之不进，而与为濡迟？惟无濡也，是以多暇也。"大令名家子，赋亮特之资，习于吏者既久，料事若烛照，数计处事若秋之奕、僚之丸、郢人之运斤，安有足以难之。而视人矻矻，亦与为矻矻耶？其坐也，其暇也，岂高清净而弛乃事哉？其焚香奈何？曰："仕宦之易溺也，患于多嗜好也。不与事接之，顷有所好，而溺其中，虽或抱案牍，而来请且厌闻之矣。焚香第以澄其念虑，养其室中之虚白焉。事未至而渊乎其默，事既至则油然应之已耳。无他嗜好，故无所累于心也。"吾观大令虽纷拏扰攘中，剖决酬对，其神之无挠自若，斯以知其静存者深，而效之见于一邑，其小者矣。

文章也是借题发挥，不着意于画中人"焚香默坐"的神态刻画，而由此引申出为官之道。勤政不是夜以继日地忙于公务，吏事之余的消闲也不意味着无所事事，这只是个人能力的问题。只要百姓安居乐业，就是尽到治事之责。公务闲暇时，"焚香默坐"不过是冥神养气，澄清杂念，保持充沛的精力和清醒的头脑，以更好地应对各种琐事。这比沉溺其他赏玩嗜好以作调节，不失为更好的选择。

吕璜另一些序跋文，则是将说理寓于描写当中，两者融为一体，别具风味。如《〈千岩万壑搜奇图〉序》、《〈楼观沧海日图〉序》等。前者是吕璜为朋友高小坨的《千岩万壑搜奇图》所写的序，他借此来讨论读书的方法。紧扣题目，他先从岩壑说起：

凡山之巉然而口，截然而岸，豁然而窾，洞然而穿，岩之属也。沓然、匝然、凹然、划然、瓴然、洫然、容而廓然、洩而欿然，壑之属也。其竞秀，其争流，皆非外观远眺所及，惟邃于探寻者得之。

接着，画的主人介绍了绘制这幅图画的原委：

吾家近西湖，湖上诸山其岩壑尤美，步而揽之必穷，必至累旬，日不能尽也。以是而思，设进而求大涤、天目、西塞诸胜，虽累月不能尽也。又进而求富春、仙霞、沃洲、禹穴、雁宕、天台诸胜，且穷年不能尽也。返而读吾书，游心万卷中，其复文隐训，瑰势环声，或阻奥而盘纡，或汨汨洮洮，旁搴而四达。其奇之相引愈深，愈繁愈富，如严壑然，殆不可遍。吾搜之既吾力而已，故绘《千岩万壑搜奇图》。

吕璜借此来讨论读书治学的态度和方法：

盖天下真读书之难，其人也，有其材患无其藉，有其藉又患不得所以读之之方。聚千百卷于前，转毂而翻之，遂当一过，何异驰骏马，放轻舟，以左右望而游，即瞬息可数里，如是而两浙诸山不弥月遍矣。虽宇内名山不数载亦遍矣。既遍而问以岩壑之真，不知也。即叩以某山大势，远望之，奚若亦惝恍不复记也，与不游何异？高君家所储数万卷，皆要书，犹两浙之山，在宇内虽数十而一，然秀异略具。君之展卷，人所属目，亦姑与属目，徐而得一间，又徐而解一难，则群相顾而骇然。君犹不遽舍也，瓥潜钩沉，如探岩壑然，必竟其幽奇乃已。故得一，则真一也；得十，则真十也。推之至于千，至于万，皆实得也。真能读书者也。或曰："若是，则日所读几何？"曰："材之不齐有万，藉之相去有万，是乌可知？虽然，点霤穿石，寸云成霖，积渐使然耳。"[1]

---

① 　吕璜：《月沧文集》卷三。

吕璜从"惟邃于探寻者"得观山水之真秀的一般道理，类推说明平常读书也应该"如探岩壑然，必竟其幽奇乃已"，意即不要匆匆浏览卷牍而不求甚解，知识的积累勿望其速成，而以真正读懂古书获取真知为目的。这样的读书态度和方法在今天仍然有着现实的意义。文章在迂回的叙述中前后呼应，使叙事（为画作序）与说理（读书方法）在疏淡的韵味中自然浑成，不着痕迹。①

寓理于景固然是纡徐委婉的表现手法之一，而寓理于事也是吕璜擅长的手法，这可以《附舟者说》等为代表。《附舟者说》②记叙了吕璜到任浙江庆元时，一次在办理公事途中遇到的一件小事。

　　由龙泉之处州，两山之间有川焉。水激而驶，不宜巨舟楫，利涉之轻舠曰梭，稍大者曰杉板，皆止容六七人。甲戌春，余方宰庆元，以吏事趋郡。出龙泉，从者舣杉板以待。余甫登，有二客随余后，将亦登，从者诃之。二客有难色，不欲去。舟子为之请曰："此小人茇草戚，将返其家，附六七十里，从陆矣。"余虽隐忍弗之禁，然意中不无介介。谓此邦人视长吏往来仅如过客，其平昔之事长上为何如？且余方手一编，令逼处左右，语言面目殊可厌也。已放舟三四里，下浅濑，舟泥不得前。舟子反覆推挽，卒不动。附舟者攘臂抵掌，解其襦，入水掀舟以出。无何，狂风迎面起，吹余舟侧行。附舟者一人前持篙，一人后持桨，许许作力，风若为一靡。舟行快利如骏马，驾轻车，驰广陌，盖瞬息数十里，二客之力为多焉。明日二客去，而水骤涨，浪涌如牛。舟人有惧色。从者立而左右望，若将冀有人附舟以相助也者。余笑谓之曰："容人者公也，藉人者私也。不必容而容，不必藉而藉者，偶也。任私而灭公，狃偶以为常，必有非所藉而藉者。我藉人，人亦藉我。得所藉

① 以上请参见张维《"天下之文章，其萃于岭西乎"——试论"岭西五大家"及其对延续桐城派的作用》，《安徽省桐城派研究会成立大会暨第二届全国桐城派学术研讨会论文集》，2005 年。张维《清代嘉道时期桐城派的中坚——岭西五大家》，《河池学院学报》2005年第 4 期。

② 吕璜：《月沧文集》卷一。

则欣欣而合，失所藉则落落而疏。悁悁而忿。其黠者或且伺吾之意在藉，而为欲取，姑与之术以尝我。盖舟中为敌国，古志之矣。始余不知二客之可藉也，贸贸而容之。二客亦知余之无意于藉也，偶有可藉，贸贸致其力而非必以报余，是皆自率其天焉。参以人则天机浅，而机心机事由是作。且而之欲更有藉也，为速达也。苟达矣，虽不速，庸何伤。"从者聆余言，爽然如有所瘳。语舟子维舟，越一日，涨落而达处。

吕璜与随从在乘小船出行途中，本不欲与两个船客同船，在船夫的恳请之下，心中虽不悦，但勉为其难，应允同行。没想到船刚驶出三四里遇到搁浅，船夫一人无力推行，幸得两个船客帮忙才脱离困境。第二天，两个船客到达离船，忽然河水骤涨，船夫不敢仓促行驶，大家正在盼望有人搭乘，以助一臂之力。这时，吕璜却从中深有感悟，做人做事不能太过机心，时时计较得失利害。就拿这件事情来说，之前作者答应与二客一同乘船，并没有预先知道途中这两个人对自己有用，如果作者真的是有心利用，那么当初他就不会有所不快，那两个船客后来也不会主动帮忙了。所以，对人对事应该坦诚相待，不应夹杂任何功利的目的，这样才能得到真诚的回报。

吕璜的人物传记也非常有特色。他往往能够抓住人物的性格特征，选取材料，用简洁流畅的语言将人物形象烘托出来。如《王晓塘传》、《郭琢如传》、《单照寰传》等。《郭琢如传》[①]通过描写郭其章奔丧途中的种种艰辛，表现他的孝行，读来真切感人。

郭琢如者，居安邑，名其章，字琢如。闾左有古槐四，因自号四槐。年二十许，时父游河南，之鲁山，卒于旅舍。凶问至，琢如即日从一仆往扶榇。会天寒大风雪，琢如徒步行，两足皲裂，血出渍芒鞋。一举趾，则洒洒然，道所经为之赤。见者莫不怜之，劝以少休。泣曰："忍乎？"导之乘骑，则曰："礼乎？"既而惫甚，不能前，倚其仆，息柳下。忽仰天大恸曰："天乎！父骨未归，遽

①　吕璜：《月沧文集》卷五。

死，某死易耳，礼不可失。"卒扶仆肩，蹒跚行至鲁山，举父殡，还安邑，礼葬焉。嗟夫，礼之所系大也。晋人尚通乃曰："岂为吾辈设，后世自高者至，或侈谈以自便。"琢如盖学官弟子，其家又不贫，奔远道丧，往来千余里，乘栈车策蹇不为过，其心顾有所甚不安，皇皇瞿瞿然，至于疲顿，不少改，可谓难矣。琢如后领乡荐，官临汾教谕，课士有方。方嘉庆壬申癸酉间，琢如有弟为浙江知县，来视之。余亦待次杭州，时时相过从，爱其伉爽，与之论天下事，娓娓不穷，皆凿然可以见诸设施者。惜其为校官，无所发抒，遂以死也。余既为尊府君表墓，乃次其传。

寒冬时节，郭其章得到父亲魂归他乡的消息，不顾千里之遥，顶着风雪，立即前往扶榇回乡。因为徒步行走，两脚已经冻裂，血渍冒出，染红道路。路人见状，劝他稍作休息，他回答说不忍心父亲孤魂游野，所以不肯停下来。又有人劝他乘马前往，他说这于礼不合，还是坚持拖着疲惫的身躯蹒跚前往。最终郭其章历经艰苦，将父亲带回家乡安葬。文章正是通过这些细节描写和人物的语言，使孝子的形象呼之欲出，给人留下深刻的印象。

吕璜还有一些人物传记则侧重于对史实的考证，而非人云亦云，表现了他严谨的治学态度和追求信史的写作原则。在《答鄞县令程朗岑书》①　中，吕璜根据班固《汉书·李陵传》的记载，对《史记》中的失实记载提出了疑问。

尝读班氏书《李陵传》，疑其有取败之道三焉：单于在数千里外，其地利于骑而不利于步，乃云无所事骑，愿以步兵五千涉其庭，卒使敌以骑兵数万追之而力不支，一也；出关时军中有女子而不知，直至遇虏引还，鼓之不起，乃始觉寤，何其疏耶，二也；管敢为校尉所辱，不罪校尉以慰敢心，致敢亡匈奴，尽告以汉军虚实，三也。有此三失，师行无律矣。及士卒多死，乃曰："左右毋随我，丈夫一取单于耳。"此匹夫之勇，亦无聊语也。况出居延

---

① 吕璜：《月沧文集》卷二。

后，遣陈步乐还，不请发兵为继，岂所云知己知彼乎？由是观之，陵固始终一轻遽人耳。其后不能死节，累及母弟妻子，班氏谓陇西士大夫以李氏为愧，良不虚矣。子长申救之词，称其事亲孝。夫戮及其亲，尚可谓孝乎？又称其奋不顾身，以殉国家之急。夫降敌而臣之，而壻之果顾身者乎？子长传李广曰："其善射亦天性，虽其子孙学之，莫能及。"则陵之技亦可知矣。而于陵传多没其实，又岂足为信史乎？岂可震于其文，而遂为所蔽乎？

所以，吕璜坚持信史的原则，对一些人物的生平记载作了较为详尽的描写。如《吴屺来先生传》，[①] 是吕璜应吴裕中之请，为其父吴焕彩所做的传记。全文两千多字，对吴焕彩任职山东和湖北两地时，体恤民情、纾解民困、耿直不阿的事迹进行了详细的记载。吕璜最后说道："往余读阳湖恽敬氏文，见所为《书山东知县事》，把卷延慕，慨想其为人。及与裕中同官浙中，相友善，间出其尊府君行状示余，乃知山东知县者，即先生也。然窃怪恽氏所书既弗详，而复多歧误，岂传闻异词官中，事类如斯不足据耶？"恽敬有《书山东知县事》[②]一文，不仅文中事迹记载太略，甚至有谬误，而且连吴焕彩的名字都没有指明。吕璜认为这太过草率，有失严谨，并不可取，表明了他对传记写作的要求。

第四节　"扩方姚所未至"的朱琦

吕璜在秀峰书院开始传播桐城义法时，最早响应的是朱琦。朱琦原来只用力于学习诗歌，投于吕璜门下之后，朱琦对古文产生了很大的兴趣，迅速成长为广西桐城派古文的骨干。后进京赴考，在京游学期间，朱琦继续向梅曾亮学习桐城古文，与之师友相称，可见他们之间关系密切。朱琦的古文创作也日趋成熟，现存《怡志堂文集》六卷，就显示

---

① 吕璜：《月沧文集》卷五。
② 恽敬：《大云山房文稿》初集卷三，续修四库全书本。

了朱琦深厚的古文功底。朱琦的古文以其"理正辞醇，气味深厚"①
"精深雅洁"② 而岿然成一大家。朱琦长于议论，思想深邃，逻辑严密，
气势雄浑，颇具阳刚之美。这与朱琦敢于直言、名响天下的言官身份是
相一致的。尤其在经历鸦片战争之后，清王朝日益衰敝，统治岌岌可
危。作为立志兼济天下的封建知识分子，朱琦当然是义不容辞地肩负起
了挽救颓世的重任。其文集中辨、说、论等作品，让人爱不释卷，读之
不厌。其中最具代表性的，当属《名实说》③。有学者认为，这是道光
年间最值得称道的"晚清四说"之一，可见其地位和影响。④ 文章
写道：

> 孰难辨？曰：名难辨。名者，士之所争趋而易惑天下。有乡曲
> 之行，有大人之行。乡曲、大人其名也；考之其行，而察其有用与
> 否，其实也。世之称者曰谨厚、曰廉静、曰退让，三者名之至美者
> 也，而不知此乡曲之行也，非所谓大人者也。大人之职在于经国
> 家、安社稷，有刚毅大节，为人主畏惮，有深谋远识，为天下长
> 计。合则留，不合以义去，身之便安不暇计也，世之指摘不敢逃
> 也。今也不然，曰：吾为天下长计，则天下之衅必集于我；吾为人
> 主畏惮，则不能久于其位，不如谨厚、廉静、退让。此三者，可以
> 安坐无患，而其名又至美也。夫无其患而可久于其位，又有天下美
> 名，士何惮而不争趋于此？故近世所号为公卿之贤者，此三者为多
> 矣。当其峨冠衫裾，从容步趋于庙廊之间，上之人不疑，而非议不
> 加，其深沉不可测也。一旦遇大利害，抢攘无措，钳口拤舌而莫敢
> 言。而所谓谨厚、廉静、退让，至此举无可用，于是始思向之为人

---

① 倭仁：《怡志堂文集跋》，朱琦《怡志堂文集》后附，民国二十四年（1935）桂林典
雅铅印本。

② 易宗夔：《新世说》卷二，近代中国史料丛刊本，台湾文海出版社 1969 年版。

③ 朱琦：《怡志堂文集》卷二，怡志堂文初编本。

④ 吴兴人著《中国杂文史》第 555 页："在道光年间，还有晚清四'说'，即吴敏树的
《说钓》、龙启瑞的《病说》、刘蓉的《习惯说》、朱琦的《名实说》。"上海人民出版社 2002
年版。"四说"中，"岭西五大家"的作品占一半，也说明"岭西五大家"在道光时期的影响
力和创作成就。

主畏惮，而有深谋远识者不可得矣。且谨厚、廉静、退让三者，非果无用也，亦各以时耳。古有负盖世之功而思持其后，挟震主之威而唯恐不终，未尝不斤斤于此；有非常之功与名而斤斤于此，故可以蒙荣誉、镇薄俗、保晚节，后世无其才而冒其位，安其乐而避其患，假于名之至美，憪然自以为足，是藏身之固，莫便此三者。孔子之所谓鄙夫也，其究乡原也，是张禹、胡广、赵戒之类也，甚矣其耻也。且吾闻大林有尺寸之朽而不弃，骏马有奔踶之患而可驭；世之贪者、矫者、肆者，往往其才可用。今人貌为不贪、不矫、不肆，而讫无用，其名是，其实非也。是故君子慎其名，乡曲而有大人之行者荣，大人而为乡曲之行者辱。

　　文章开篇提出了"辨名"的问题，如何分辨？当然是察其行，就是孔子所说的"听其言，观其行"。但当时很多以"谨厚""廉静""退让"等美名见称于世的所谓"乡曲大人"，其行径却令人不齿。从根本上来看，"谨厚""廉静""退让"不过是他们为保哲全身而伪装的外衣，为的是坐享名利。所以，朱琦指出了辨名的关键，是察其行"有用与否"。这样的话，只遵从"谨厚""廉静""退让"行事，就是"无用"之举。撕下了伪装，使沽名钓誉之人无处遁形，完全暴露于世人面前。朱琦其实是针对当时伪道学们所提出的批评，对当时整个士大夫阶层的面貌是一语中的的，道出了有识之士的担忧，引起了大家的共鸣，因而文章一出，影响巨大。文章本身也反映了朱琦虽尊奉程朱理学，但也注重实行的哲学观，因此，他才可能是一位直谏敢言的骨鲠之士。文章正反论述，层层深入，一气呵成，以"君子慎其名而重其行之有用"为"义"，以"用"字为线索，为"法"，正反对比，前后呼应，说理透彻，文风雄健晓畅，不愧为朱琦的最具代表性的作品。

　　类似的文章还有《答客问》《续苏明允谏论》等。从内容上看，这些文章都有一定的现实针对性，就如何广开言路，集思广益，从统治者到言官，从建立制度到履行职责等各方面都提出了见解。朱琦雄辩滔滔的文风，既是他身为谏官对现实问题思考的真实反映，也是他超凡的学理思辨能力的体现。《辨学》《孟子说》等系列论文就是很好的说明。

《辨学》共有上、中、下三篇，相对独立又相互关联。《辨学》上①是对姚鼐倡导的"义理""考据""文章"，"苟善用之，则皆足以相济；苟不善用之，则或至于相害"②观点的有力补充。其文曰：

学之为途有三，曰义理也，考订也，词章也。三者皆圣人之道也，于古也合，于今也分。专取之则精，兼贯之则博。得其一而昧其二则隘，附于此而攻于彼则陋，有所利而为之而挟以争名则伪。昔者孔子之时，道术出于一，其为教有《易》、《诗》、《书》、《礼》、《乐》、《春秋》，而人无异说。其于问"仁"、问"政"、问"孝"、问"行"、问"知"，所问同而答皆异，而人无异议。其设科有"德行"、"言语"、"政事"、"文学"，其及门有"狂"、有"狷"、有"中行"，而人皆得成其材，故曰道术出于一，一故合也。孔子殁，群弟子以其所得转相授受，而学始分。至孟子出，几几能合之。然当是时，刑、名、法术、纵横、杨墨诸家竞起而又不能胜，至秦遂大坏。而汉之学者收拾煨烬之余，去圣愈远，而学遂不可复合矣。于是区而为六家，总而为七略。历史所载，书目所录，由汉迄今数千年，学之为途日杂，而辩议日繁。然综其要则义理也、考订也、词章也。学之为途虽繁且杂，不越此三者。为义理者，本于孔孟，衍于荀、杨、王通、韩愈，而盛于宋之程朱。为考订者，亦本孔子，溯流于汉，沿于唐初，而盛于明末之顾炎武。其于词章也，六经尊矣，诸子百史备矣，汉朝人莫不能文，至六代浸靡焉，而盛于唐之昌黎氏。是故有专而取者，如汉之经师专治章句，而详于考订；宋之诸儒专治德性，而深于义理者也。有兼而贯者，如司马迁之为史、郑康成之说经、韩之雄于文而其自任以道、朱之醇于儒而又工于文词、明于训诂是也。故曰：精且博也。其次则得其一，失其一，专于体而疏于用，其为道隘矣；辩于义而俚于词，其为道亦隘矣；治考据词章者亦然。交济则皆善，抵捂则皆病。盖方其始为之也，无论其为义理、考订、词章也，其间必有一

---

① 朱琦：《怡志堂文集》卷一。
② 姚鼐：《惜抱轩文集》卷六《述庵文钞序》，四部丛刊本。

二巨子为之倡，其后举天下人从而附之；附之不已，又从而争之，争之不已，其高者不过以为名，其下者至于趋利而止矣。故又曰：陋且伪也。然则救之将奈何？曰：宋之程朱患考订词章之害道也，而矫以义理，以圣人为的，以居敬穷理为端，其徒相与守之，于是义理明，而是二者皆衰。至明用以取士，士之趋向亦云正矣。然陋者尽屏百家之书不观，其为制科文者，类能依附于仁义、道德之懿，而不能尽适于用。至于今日，学者但以为利禄之阶，又其敝也。于是朴学者又矫之，博撼群籍，参考异同，使天下皆知通经学古学之为高，而归之实事求是，意非不善也。至其敝也，繁词累牍、捃摘细碎、专以剽击先儒，谓说理为蹈虚，空文为寡用。数十年来，义理、词章之习少衰，沿其说者亦浸厌之；而考订者亦微矣，而士之散心力于科举速化之学，声病偶对字画之间，方竞进而未已也。《传》曰：三王之道若循环，穷则变，变则通。自汉以后，其学病于杂。杂者可治以孔孟之道，而反于淳。今之学者病于趋利。利者虽治以孔孟之说而不能遽止，而又未知所以救之之方也。呜呼！此吾之言学所以不病于杂，而深恶夫言利者与。

文章通过对孔孟以来学术源流的梳理，对其间的分合繁杂、专攻兼取等情况进行了辨析，认为只有兼取融通，才能精深广博。否则，就会执一害二，浅陋狭隘。但文章没有停留于此，而是进一步深究当时的学术论辩中各执一端的原因，即趋利争名。为争夺名利，门派之间相互攻击，偏颇徇私之事，不一而足。为蝇头小利而阻碍学术的正常发展，这才是朱琦忧心忡忡的。所以，他才会说"此吾之言学所以不病于杂，而深恶夫言利者"。学人如失掉了秉公正直之心，人心虚浮图利，日趋凋敝的学术势必难以挽回。全文直指问题的实质，抽丝剥茧，水到渠成。其中运用排比句式，增强了节奏感，文气更为贯通，读来朗朗上口，抑扬顿挫。

《辨学中》① 接着上文最后的结论，继续阐发"汉宋合一"的观点，其最大特色就是运用比喻说理的手法，使抽象的议论形象生动，贴

---

① 朱琦：《怡志堂文集》卷一。

切自然。文章写道:

　　或曰:子之言学而恶于近利,似矣。其曰"学不病其杂"者,
得毋惑于卑近之说,而不系其统乎?曰:非谓是也。夫杂者,乃所
以为一者也。孔子曰:天下同归而殊途,一致而百虑。《传》曰:
穷乡多异,曲学多辩。不知而不疑,异于己而不非,公焉而求众善
者也。今夫京都,衣冠之所会也。中国,政教之所出也,远方百贾
之所观赴也。天下辐辏而至者有二途焉:一自东,一自西,二者皆
大道也。苟循其途,虽以万里之远,山阻水涯,车舆舟挽而可以至
焉,是故均之。至京师也,出于东与出于西无以异也,此不待智者
而决也。今使东道者必与西道者争,曰彼所由之途非也。西者亦复
之曰,彼所由之途非也。可乎?不可乎?夫道犹京师也。学者所从
入之途,或义理、或考订,犹途有东西之分,其可以适于京师一
也。今之人不知从入之有殊途也,执其所先入者而争之,是东西交
閧之类也。且今之争者吾异焉,彼义理、考订,犹其显殊者也。程
朱陆王同一义理,同师孔孟,奚不相悦如是?为朱之徒者,未必俯
首读陆之书也,而日与陆之徒争;为陆之徒者,未必敛己读朱之书
也,而日与朱之徒争。夫不考其实,但恶其异己而与之争,使他途
者得以抵巇,非第交閧之为患也。又如远适者未涉其途,但执日程
指曰:某至某所若干里而已,某地所经某山某水。其间形状险夷弗
之悉也,其有歧路弗之知也。而况京都官阙之壮,百官之富,睹所
绘之图,而遥揣焉,其庸有当乎?古人有言:义虽相反,犹并置
之。党同门,妒道真,最学者大患。又曰:道一而已。自其异者观
之,不独传记殊也;即《书》有伏生、欧阳、大小夏侯;《易》有
施、孟、梁、邱;《诗》则齐、鲁、韩、毛、郑,皆各为说。而唐
宋以后之笺注者,悉数不能终也。自其同者观之,则义理、考订即
识大识小之谓。程朱陆王与分道接轸而至都邑者何异哉?朱子亦
言:某与彼常集其长,非判然立异者也。是故善学者,不独陆王可
合,汉宋可合,即世所谓旁径曲说,如申、商、老、庄之说,其书
多传古初遗制,圣人复起,必不尽取其籍而废之也。故曰:无病其
杂也。然则学将安从?曰:予固已言之矣,以圣人之道为归而已。

然此又非始学所能知也，此又向者途人交哄者之所笑也。

文中用了两处比喻。一是以无论东西南北，险滩通途，皆可通向京城，不可因取道不同而否定他途的存在，来说明汉学或宋学，程朱或陆王，虽治学方法不同，但都是为了阐扬圣人之道，目的一致，不应相互诘难诋毁。接着，朱琦又以进京取道东西不同，从东来者不能仅凭书上的记载，未经亲历而否认西来者所言西路上的山川风景，反之亦然为喻，说明当时激烈的朱陆之争，双方都存在着对对方理论一无所知，想当然地加以反驳，执拗无理的错误。通过这些比喻，朱琦站在更高的角度，给势如水火的论争双方画了一幅啼笑皆非的画像，旁观者看来不过是一出闹剧，这从根本上为学术的健康发展指明了方向。文章在严谨细密的论述中，不乏诙谐幽默，正是得益于比喻说理手法的运用。这样的手法在《孟子说》中也多有可见之处。

通过上举两篇文章，朱琦敏锐的感受力和深刻的分析能力得到了充分的体现。他对学术史上的重要问题并不回避，而是在结合现实的基础上，有感而发，将论题又推进一步。所以，朱琦没有只停留在对姚鼐学术观点的支撑上，还积极地透过当时学术研究的现象，发现存在的问题，并提出自己的观点，新颖独到，为人所钦服。从中也可以看出，朱琦不是一味因循承袭之人，而是善于独立思考，有所创新的。他的这一本质表现在古文创作中，则是在尊奉桐城古文理论的同时，又有所突破。正如谭献评朱琦的古文："挥斥万有，晖丽婵雅，兼方姚之长而扩其所未至。"①

除论说文之外，朱琦还有许多序跋文，多是师友的诗文集序，或畅谈诗文理论，如《小清阁阁诗序》《国朝正雅集序》《藤华馆诗序》《李竹朋诗序》等；或感怀亲朋故旧，如《张端甫遗集后序》《从子春台遗稿序》《先大夫遗札书后》《邹抚军所藏林文忠公遗诗书后》《柏枧山房文集书后》《跋倭艮峰〈为学大指〉卷后》等；或议论先贤名臣，如《杨忠愍公承恩图序书后》《杨忠愍公狱中谕子墨迹书后》《王少参遗疏书后》《昆山顾亭林先生祠记书后》等；或考论古迹真本，如《书〈北

---

① 谭献：《怡志堂文集叙》，《复堂类集》卷一，光绪十一年（1885）刊本。

宋汴学篆隶二体石经〉记后》等，内容丰富。这些文章往往成为朱琦抒发议论的载体，发挥其论辩的才能，与其论说文风格大致相同。其中一些偏重抒情的，展现了朱琦叙事描写的能力。如《族子春台遗稿序》：[1]

> 族子春台既没，之明年，予弟宝诚刊其遗稿，颜曰：《试草存真》。盖春台去秋乡试时所作者也。春台生数岁即嗜书，见人呐呐如不出口。稍长，习经义，敷陈渊演，试辄魁其侪偶。王秋槎明府宰临桂时，校士终案，拔置第二。去年余在京师，予弟随计北上，携其文数篇，余见而喜，谓：此子可与言文。笑谓予弟云：吾秋必归，归必令儿从我游，当先以我语告之。呜呼！孰谓吾归而汝不及见耶？宝诚又为予言春台天性孝谨，能得祖父欢，没时年二十二。予弟悲甚，为哭子诗绝痛，见人语及，辄流涕。及予今年归，距春台之没已五阅月，然弟犹悲不能自止。一日过予，袖其所刊遗稿及友朋哀挽诸诗，泣语予曰：兄盍为序，此兄曩日在京师所谓可与言文者也。予悲其意，为书数语，将书复止者再。既哀春台，又自念吾归矣不复见汝。吾子弟中，虽多秀出，然如吾曩日所谓可与言文如春台者，亦不可多得矣。道光二十八年五月再从父琦序。

作者虽与从侄未曾谋面，但文章通过追述作者对从侄生前零碎的印象，表现了朱琦对英才早逝的悲痛之情。记忆中的逝者虽然是模糊的，但作者的伤悼却是真挚感人的。因为在经历了仕途的艰险，回乡后的朱琦正准备开始授学乡里，传播桐城古文，而颇具天赋的春台子侄却未及从游就已故去，这种悲哀也许还包含着朱琦隐隐的一种不祥预感，也包含着他为延续广西桐城古文的焦虑心情。但无论怎样，痛失良才的悲哀在文章中表现得含蓄而深沉，得才之喜与失才之悲，一笑一泣，形成了强烈的对比，也更加深了作者的哀叹之情。

在一些"记"类散文中，朱琦的感情表达尤为细腻真挚，与他在

---

① 朱琦：《怡志堂文集》卷四。

议论文中的雄滔奇辨的风格形成了鲜明的对比。如《北堂侍膳图记》，[①]文章通过对昔日与家人欢聚一堂时种种琐事的回忆，表达对天伦之乐的无限向往。文章写道：

　　姚湘坡先生以所绘《北堂侍膳图》示余。图广四尺，纵一尺。修竹古木，翳然庭宇，素衣练裙，怡然坐于堂上者为其母沈太夫人。面白皙，微髭而侍侧者即湘坡先生。稍左，肩随而立为其弟湘舟。其右面微俯，巍然而秀出者为其季弟湘渔。余曰，此天下之至乐，无有逾此者矣。人孰不有此乐，然往往当其境者，视为固然，无足异也。犹记琦少时侍先大夫，饭有馈蒸豚者。琦方自塾归，先大夫谓琦曰，汝今日书熟乎，以啖汝。回顾吾弟牵衣立母旁，先大母年八十，扶杖相视而笑，以为人生骨肉欢然聚处恒如是。及长，更历忧患颠顿，狼狈奔走道途，忽忽已二十年。今独吾母张太宜人在耳。余又以宦游京师，太宜人道远不果来。弟及诸侄南北乖隔，每于中夜彷徨却顾，不独儿时意象邈难再得，即曩昔家居骨肉聚处之乐，亦惝然如梦，不可追忆，则揽是图不能不慨然而叹也。先生以某年官翰林，改铨部，奉赠公讳，归江南，今年春复供职来京。太夫人惮于远涉，不获迎侍。先生所处之境，其有与余同者耶？嗟夫，世之远游而不克顾养者多矣，今先生独睠睠于此，且为之图，以示不忘。余既重先生之诚，且志余感，而又以为世之远游而忘其亲者戒也，乃为之记。

朱琦首先描绘了朋友奉母侍膳图画中的家庭和谐，欢乐融融的场景，由此而感慨道："此天下之至乐，无有逾此者矣。人孰不有此乐，然往往当其境者，视为固然，无足异也"。就是说，人们都知道人生最大的快乐无过于享受天伦，但往往置身其中时，却不懂得珍惜，甚至不以为然。人生总是充满许多的悲欢离合，因而更应该重视天伦，以免追悔莫及，留下"子欲养而亲不在"之憾。接着，作者自己小时候祖母的慈祥、父亲的严厉、母亲持家照顾弟弟等一幅幅画面油然在脑海里清

----

① 朱琦：《来鹤山房文钞》卷下，咸丰四年（1854）《涵通楼师友文钞》本。

晰地显现，心头涌起了一股暖流。但长大以后的颠沛流离，人事变迁，
使这样温暖的画面难以再显，而只成幻影，不禁百感交集，悲从中来。
最后，文章呼应前文，回到主题，对朋友因宦游而不能日日侍奉母亲，
所以绘图纪念的做法予以肯定，也是对那些"世之远游而忘其亲者"
的一种劝诫。唐岳评价此文说："震川之妙处曰真曰逸，惟情真故其文
逸。此文未必规摹震川，然入之震川集中，几无以辨，由其情真故
也。"确是道出了这篇文章动人之所在。

　　朱琦还有一些"记"类散文则长于描写，如《杉湖别墅记》① 当
中对景物的描写、刻画称得上是清新幽美，别具一格。

　　　　杉湖别墅者，王氏新拓小园也。吾粤山水函邃，省治居万山
中，湖水绕之，傍城处处可庐，然惟城西杉湖为胜。环湖而园者数
家，湖以东为李氏故宅，宅后有临水看山楼。其西则湖西庄，负郭
面湖，缭以短垣，亦李氏故圃。旧有老松十余株，春湖侍郎所手植
也。稍折而南，为画师罗星桥芙蓉池馆。曩尝爱而葺之，然其地小
偏，亭榭半颓，李氏园亦近废，故余喜游杉湖别墅。又其子弟多余
门下士，主人正先筑楼三楹，吟啸其间，尤酷爱古碑名画，及寺观
遗迹，百方罗致，自是人知有王氏园矣。楼前累石作小山，循山径
而下为半舫，后改为横楼，意弗惬。爰于楼西拓地数弓，为小阁，
窗户虚敞，花竹翳然，中凿一池，莲叶新苗如盎，游鱼跳水面。每
登眺则城西诸峰隐见烟树间。其左榕楼遥峙，独秀峰适相直。每天
气晴霁，云雾敛净，空翠欲落几席。一日，余往游，侵晨微阴，已
而风雨忽作，汹涛崩豁，小屋濛濛如舟，恍惚在江上，意以天下之
奇，无有过是者。主人喜命酒，酒酣要余作草。余既爱兹园之胜，
倚醉奋书十数纸，主人益喜，洗杯更酌，为书"杉湖别墅"四大
字，悬之楼上。咸丰三年四月朱琦记。

　　作者先用欲扬先抑的手法，从李氏故园、芙蓉池馆等几处环湖而筑
的园林着笔，从而凸显出杉湖别墅独特的地理位置和引人遐想的园内布

---

　　① 　朱琦：《来鹤山房文钞》卷下。

置。其他几处园林虽曾辉煌一时，但现在或狭小偏僻，或颓败凋零，都已无法与杉湖别墅相比。不仅如此，杉湖别墅内部布置典雅幽致，一步一景，园中风景也因天气阴晴而各有不同，令人称奇。因而深为作者赏爱，并赠书匾额，还写记志之。虽然未能亲游此园，但跟随作者的妙笔生花的描绘，我们也仿佛领略了一番园中奇幻万变的美景。这不得不归功于作者对园景的用心领悟和细致的描写。

　　总而言之，朱琦延续广西桐城古文虽未如所愿，但他为桐城派的发展还是作出了一定的贡献。如张之洞就是在朱琦的影响下成长起来的，[①]何应祺也曾师事朱琦。[②] 朱琦在《世忠堂文集序》里有一段话，说道："文有考之古而信者，有达之今而信者。夫不考于古，则无学以充其才，无才以练其识。质者近俚，博者寡要。或局于法则不识变，或荡佚于法之外而莫知所裁。不达于今，则虽多读古人之书，多见前事之善，考其论则高矣，而施于则舛，其才亦伪矣，而投以难事、大事立绌。"[③]"考古达今"，这正是朱琦的古文理论的核心。既一方面尊崇桐城正宗，博学通古，积才练识，坚守义法，另一方面又寻求突变，在文章中加入经世的内容。总之，无论是文章内容还是艺术技巧，朱琦都受到桐城派深刻的影响。他的论说文最能表现这一点，处处以儒家经义为本，于经、史多有心得，内容精深醇正，表述清通雅洁。同时，朱琦能在学习中有所创新，形成自己特有的风格，岿然成一家。

第五节　"学博气伟"彭昱尧

　　"岭西五大家"中，彭昱尧虽因早卒未能尽展其文才，又因其以布衣终生而声名影响不及其余四人，但他反而可以更专注于古文学习，其

---

　　① 陈柱著《中国散文史》第305页："而南皮张之洞复学于从舅朱琦"，东方出版社1996年版。

　　② 刘声木撰，徐天祥点校《桐城文学渊源撰述考》卷七："何应祺，……师事朱琦，受古文法……"，黄山书社1989年版。

　　③ 朱琦：《怡志堂文集》卷三。

"文盖凡数变"①的学文经历就是最好的明证。彭昱尧的古文才华是同辈们所首肯的，所以，在他去世之后，龙启瑞、唐岳等为整理、保存其诗文集不遗余力。龙启瑞在《彭子穆遗稿序》中说："君（彭昱尧）友刘少寅乃取藏稿于其家，乞余读之，纸墨黯昧，篇叶残脱。盖其诗存者仅十之七，文之存则不及其半，大较经吕（璜）梅（曾亮）两先生点定，余为之手自编校，汰其重复与不必存者，以为致翼堂诗、文集若干卷，而子穆之遗稿始完而可读。"② 唐岳刊刻《涵通楼师友文钞》时所收彭昱尧古文作品，即是龙启瑞的编校本。龙启瑞还曾将彭昱尧的全集录出副本，存于唐岳之涵通楼，但并未刊行。龙启瑞去世后，唐岳家道日益衰落，"不能有其园亭，而所谓致翼堂稿，遂不知散佚何所"。③ 王先谦在《续古文辞类纂》中收录的彭昱尧的文章，也是从《涵通楼师友文钞》中转录过来的，大概也未得见到原稿。民国初年，平南甘曦从桂林龙焕伦家里借来《涵通楼师友文钞》本，转抄下来。又从其家及同县、旁县各家搜罗，也只不过数十篇而已。直到 1934 年，原来藏于涵通楼的《致翼堂诗集》、《致翼堂文集》钞本才重现世间，并与吕璜、朱琦、龙启瑞、王拯的诗文一起，刊成《岭西五家诗文集》。

彭昱尧短暂的一生中，其古文风格经历了三次转变。这既与他的从学经历有关，也与他的人生经历密不可分。

彭昱尧早年的文章以才气雄放见长，与其自负才气，希图有所作为的年轻气盛不无关系。④ 这股冲天豪气主要表现在史论文中，气度不凡，纵横开阖，洒脱流畅，令人振奋。如《论周东迁》《项羽论》《曹参论》《秦穆公论》《伊尹论》等，作者对历史人物从全新的角度进行重新评价，匠心独运，不落俗套，自有见地。如《曹参论》⑤ 始终围绕

---

① 王拯：《龙壁山房文集》卷四《彭子穆墓表》。

② 龙启瑞：《经德堂文集》卷二《彭子穆遗稿序》，光绪四年（1878）京师刊本。

③ 蒙起鹏、云程父编：《广西近代经籍志》卷六，南宁大成印书馆 1934 年。

④ 彭昱尧《致翼堂诗集》卷一《五月十七随池籲庭夫子往桂林读书》："挟瑟吹竽百不如，木瓜何以报琼琚。岂期鼠璞虚名士，得读龙威未见书。桂岭诗篇删稿后，浔江春涨放船初。归期只听秋消息，为报高堂漫倚阁。"从这首诗不难体会彭昱尧的狂放自负。

⑤ 彭昱尧：《致翼堂文集》卷一。

"动静"二字做文章，劝诫统治者应该根据实际情况，采取严法或宽政的政策治理天下。论据充分，在对比中突现自己的观点。说理透彻，层次分明。

治天下者必明乎动静之势。不得不动者，所以惩民奸；不得不静者，所以养民力。当承平富庶之后，因循姑息，民皆藐法而不畏，豪强狡猾将恣睢为奸。惟明其政刑，示以不测之威，而人心始惧。故际其时者，利用动。若丧乱初平，疮痍犹未瘳也，杖痕犹未复也，复束缚之，驰骤之，民不聊生矣。必静以抚之，休养生息，然后可养数百年和平康乐之福。夫天下之势，犹一人之身也，使枵腹行千里之远，加以重负夜行，执鞭而笞其后，虽有孟贲、乌获之力，必死矣。王安石青苗之法出，天下骚然，祸流南宋而不可救其心，岂欲祸宋哉？不明乎动静之势也。予观曹参为相，遵守旧法，不事更张，叹其当静而静者，得为治之道也。夫高帝入关，承秦暴虐，后纳法三章，民气稍醒。五年之中，与项羽杀伐战斗，兵行不息，民夫释耒，红女下机，天下之民亦困矣。羽灭而天下始定。然七年，将三十万众击韩王信、文铜鞮。十一年，击陈豨。十二年，破英布、击卢绾。天下疲于干戈兵革之苦者，惠帝立而始纾其力。使用好大喜功之儒，武健深刻之吏，民不受其困者鲜矣。曹参于朴讷谨厚者用之，务名刻深者斥之。人有细过，掩匿覆盖之，欲言事者，辄饮以醇酒。岂痴聋不事哉？盖揆时度务，欲以道化治之也。文帝之世，扫除烦苛，与民休息，断狱数百，几致刑措，亦师参之法也。今夫兵刑者，动之具也；恩赏者，静之具也。国家之兵刑，犹天下之疾雷震电也，国家之恩赏，犹天下之甘露膏雨也。使天常雷电而不雨露，五谷何以熟，百物何以生乎？治天下者，当严刑峻法之后，不省事以安民，能治其天下国家哉？孔子曰："一张一弛，文武之道也。"子产曰："宽则济之以猛，猛则济之以宽"。参也，得之矣。

道光十六年（1836），曾经令自己声名享誉乡里的知遇之人——广西学政池生春去世，彭昱尧突然感到彷徨无助，时时陷入对恩师的伤怀中。①1836—1840年间，彭昱尧的作品更多的是反映家庭亲情和师友情谊的内容，也许是池生春的去世对彭昱尧情感上的影响，使他更懂得体会和珍惜人间真情的可贵，具体表现为抒写手法细腻感人，感情真挚动人。如《楚雄公哀辞》《吕月沧先生哀辞》表达了作者对两位师长的怀念之情和发自肺腑的切肤哀痛；《马氏姊哀辞》《春圃府君哀辞》《陆晓峰哀辞》分别是悼念大姊、叔父、内兄的文章；《书章孝女》《兵马司副指挥刘君行状》《袁少浦哀辞》等，也是这一时期的代表作。如《春圃府君哀辞》：②

　　府君讳煦，字春圃，廪膳生。余之从叔父，而范臣府君之仲子也。范臣翁尝为山东知县，卒于官。府君奉母韦孺人以归。韦孺人年八十余，跛而杖，府君出入扶持之。能称老人意，故韦孺人不忍一日离府君。府君为人敦笃淳淡，衣履敝垢，不以介怀。其伯兄鹤甫府君，倜傥豪迈，治宫室，饰裘马。日烹鲜肥飨客，歌呼饮酒为乐，里中豪少争趋之。然卒粪土其财，以致凋耗。时有以异财之说开府君者，不听，其后艰窭困约，处之怡然，以此里党尤难之。俗之自利久矣，彼以刀锥豪末之故，伤骨肉天亲之爱者，独何心哉？初府君以韦孺人老病，遂通岐黄。余尝遇雨山溪间，足病湿，几跛，府君为疗愈之，可感也。

文章短小精练，描写人物的手法丰富多样，既有直接描写，表现彭煦对母亲的孝心——日日服侍身旁，自学医书，为母治病；也有对比描写，通过兄长的富贵奢豪与彭煦的固守贫穷，表现彭煦的安于清贫，不嗜俗利；还有细节描写，叔父亲自为作者细心疗足，不拘于长幼礼节。

---

①　彭昱尧著《致翼堂诗集》卷一《重过翘秀园》："一别曾无几，荒凉锁晚烟。人琴长已矣，尘榻尚依然。如梦悲秋赋，伤心立雪年。倚阑频踯躅，搔首橘花天。""旧侍琴书地，重徙总断魂。骖鸾悲帝子，失路泣王孙。衰草寒依径，修篁静掩门。可怜虫自怨，相伴吊黄昏。"翘秀园是彭昱尧当年随侍池生春在桂林读书的地方，作者再度重游，物是人非之感顿上心头。

②　彭昱尧：《致翼堂文集》卷二。

文笔细腻真挚，不动声色，却直入人心。

又如《书章孝女》，① 则紧紧围绕章孝女孤身护母遗笥遭启、榇棺遭火这两个细节，通过人物神情、语言、行动等的直接描写，将一位知书识孝、柔弱而坚强的孝女形象鲜明地展现在读者眼前：

> ……丁酉九月，而母卒。其櫏置于学舍之偏，孝女则块然独守哭泣，过哀，四死而苏。寒夜大风雪，布帷飏飏然，若有搴之者，孝女以为母来也，则呼母而啼。邻人之闻其啼也，恒坠泪不能寐。朱氏有遗笥而缄镝固甚，其世母疑而欲启之。女泣曰："是藏吾父之诗文稿者也。娘在不轻启，惧其佚也。吾父今绝，并此而绝之，吾何以见吾父母于地下也。"语既辄哭，世母惭沮而去。
>
> 未几澹人之母秦氏亦卒于上林，明年正月丧归，其一舟为澹人之妻孥，其一舟载两榇，而秦氏榇在前舱，舱之后为朱氏榇。孝女夜突宿于朱榇之足。二月初六日，舣北沙江口夜半风作，有嘻嘻诎诎者，则火自前舱起，风怒火炽。孝女抱母榇呼救。莫毅者，澹人奴也。独冒火入拽秦氏榇以出，置之水，疾呼："节华姑亟避，不然，烬矣。"女曰："救我，则亟救母榇。否则与母俱烬也。"仍抱榇大哭。既而风息，火扑灭，朱氏榇仅焦其题，孝女以身抱棺，焦烂死矣。女以道光甲申八月十五日生，其死也，年十五，未字。其世父以女之死于孝也，葬于永福之凤巢山。余友刘少寅，临桂善士也，其妻为孝女之姑，故知之详而为余言之其信。

章孝女的事迹之所以感人，固然如作者所称"俗之坏，久矣。士大夫不能处常尽其孝，况危变之秋，垂笄之女哉"，但更在于作者出色的描写，如见其人，如闻其声，令人难忘，感同身受。

1840 年冬，彭昱尧入京参加礼部会试，在王拯的引见下，认识并从梅曾亮问古文之学。此前彭昱尧虽工于古文技巧，但并非完美无缺，在文章繁简、文气贯连等方面仍有不足。如梅曾亮就指出彭昱尧《龚林两孝廉哀辞》"两文皆失之繁，繁则少妙趣"。刘大櫆说："文贵简。

---

① 彭昱尧：《致翼堂文集》卷二。

凡文笔老则简，意真则简，辞切则简，理当则得，味淡则简，气蕴则简，品贵则简，神远而含藏不尽则简，故简为文章尽境。"① 可见，彭昱尧的古文尚有不尽合桐城义法之处。在梅曾亮的悉心指导下，彭昱尧的古文日趋成熟，至于臻境。

1843 年，彭昱尧撰《谢绍甫府君墓碣》一文，梅曾亮评道："前半再少简则高古矣。"② 文章选取立市便民、擒贼安乡等典型事件，称赞谢绍甫才略出众，热心公益的无私无畏精神，重点突出，层次分明。

　　古者二十亩为井，因井为市，南越谓野市曰虚。在平南之西北惠政里者，曰思旺虚，在县之东南大乌里者，曰大乌虚。之两虚者，辖以巡检，视他野市较大。平南之南，距县治五十里，有地曰中团村。东去大乌三十里，北去思旺九十里，冈岭回环，取给无所，凡宴宾承祭之必不可减缺者，必崎岖往返而后可得。故民愀然以为艰，于是中团谢绍甫府君，独慨然曰："我思所以便吾乡间者，惟立市于是。"自村而迤里许，顺其阴阳向背，攘剔繁冗，芟铲芜秽。圮者砥之，溃者固之，凹者崇之，塵者豁之，构市舍七八十楹。招东粤之商贾贸贩者，列肆而居焉，曰富藏虚，时嘉庆元年也。府君既立市以便民，其市无司暴之员，有游饮而斗竞者，则喻以理而解之。其贾有不售之物，至滞积而折阅者，则善其价而留之于里。商贾乐趋，百物充牣，间阎挟钱而往，捆载而归，故民欢然以为利，谓微府君则致此不能。府君讳某某，字绍甫，以附生入，赀贡太学。考某，庠生。祖某，岁贡生，横州训导。曾祖某，岁贡生。国家重熙累洽，雨露涵煦，苞蘖萌芽。嘉庆间，其习白阳、白莲、八卦等教曰教匪，跳踉秦蜀楚豫之边，经才略大臣铢锄猕艾而后定。而平南密迩广东，其奸民煽诱狂骇。有纠党拜盟称添弟会者，曰会匪，椎埋慓悍，攘人财物，府君访盗迹既实，密胪其名以裒，时平南令李明府士艺亟嘉奖之，于是府君擒贼首徐升等数人，送于县。有司亦以次搜捕，而平南藉以无事。李明府既多府君乃题

① 刘大櫆：《论文偶记》，人民文学出版社 1959 年版。
② 彭昱尧：《致翼堂文集》卷二《谢绍甫府君墓碣》后注。

其门曰："树德务滋，夫刈蘖于未萌，扑燎于始然，则事半而功倍。"使推府君之才以治郡邑，岂有养痈之患，致溃裂而不可收拾者哉？虽百年无事可也。府君卒于道光七年九十六日，得年七十有四，配覃氏，庶蒙氏。覃氏子男八人，能克其家，子女四人，并适士族。府君卒后十七年，余馆于中团，所谓富藏虚者，皆余往返出入之所由。其虚中人有道及府君者，犹啧啧不置，而府君之季子励，方从余游，以行状来请，至于再。余嘉其知文字之可以不朽，为能显扬其亲，其他赈族党、创石梁、富而好施者，类能之，故不书，揭其大者，俾镌于墓道之石。

其前半稍繁是因为对中团村地理位置的交代过于繁冗，而不是如龙启瑞所妄测那样，要将"自村而迤里许，顺其阴阳向背，攘剔繁冗，芟铲芜秽。阗者砥之，溃者固之，闵者崇之，廛者豁之，构市舍七八十楹"一段删去。因为这一段很能表现谢绍甫做事有条不紊、细致周到的特点。因而，文中之繁在于文意，而非文词。

同年所作另一文《谢氏家庙碑》则在梅曾亮的指导下，进行了一定的修改，已臻完善。梅曾亮赞道："详实，体裁亦得，少有疵句。"[1]录于此处，可备一读。

　　昔周申伯以柔惠之德，著蕃宣之功，而膺介圭南土之寄，其就封于谢也。召伯营之吉甫诵之，皆以一代伟人，赞襄盛美。故崧高之诗，懿铄隆懋，与方叔召虎张仲韩侯仲山甫程伯休父诸人，辉映雅颂，蔚为中兴之大贤。其后子孙，因地为氏，微于秦汉而昌于东晋，历唐迄宋，英杰代兴。前明中叶，有处士谢彩耀，始自广东南雄，迁于广西之平南曰武林乡。彩耀之曾孙讳万载，始自武林迁于平南之零一里曰中团村。万载府君之八世孙讳璠璞轩府，始以裹贡生官横州训导。其仲子邑庠生讳召第淑溪府君，能以勤俭积累，广有阡陌，于是始立祠堂，以万载府君为别子之始祖。后四十一年，为道光癸卯，淑溪府君之子太学生景申，暨府君之孙直隶州同安仁

① 彭昱尧：《致翼堂文集》卷二《谢氏家庙碑》后注。

等，乃起而修葺之。规模式廓，旧祠二楹，而增其一，旧祠南向，改为西水。环户而纡萦，山拱笏而互拱，轩豁宏丽，润色前烈，属余刻文于庙中丽牲之石。谨考祭法，大夫立三庙：曰考庙，曰王考庙，曰皇考庙，其显考祖。考无庙，有祷则为坛祭之，若高祖当迁，则去坛为鬼。本朝《会典》四品至七品官，庙三间，中为堂，左右为夹室，堂后楣北设四室，奉高曾祖祢四世。高祖以上，亲尽则祧，藏主于东西夹室。其祭也，则迁室祔庙，依昭穆之次，为祔位，夫祭法之制严矣。然以太祖之重，使子孙终岁无所祷，则太祖之祭不及。高祖既迁，子孙虽祷，而高祖之祭亦不及。惟《会典》之制，亲尽虽祧，而高祖以上，岁时犹得与祔位之祭。子孙得展其追远之诚，仁之至，义之尽也。今之所谓祠堂者，其祠既合族为之，虽有当祧，其势不能。然藉以敦睦其宗族，绵延其孝思，亦以孝治天下者所不禁，而仁人孝子所窃取焉者也。昔范宣子自言其先自虞以上为陶唐氏，在夏为御龙氏，在商为豕韦氏，在周为唐杜氏。古人保姓受氏，以守宗祊，其慎重如此，故推本其得姓之所由，而折衷古今之祭义，俾后之言礼者有所考焉。

因运命多蹇，彭昱尧是"岭西五大家"中唯一没有出仕做官的。这样的经历对其作文，各有利弊。一方面，其文章内容受到一定程度的制约，另一方面，彭昱尧可以有空闲和精力投注于古文写作技法的研习，古文创作水平得以不断提高。其次，才高不遇的经历，对彭昱尧的古文风格由雄激豪迈转向冲淡朴实也有一定的影响。创作技艺的提升与文章风格的转变，成为彭昱尧古文创作最突出的特点。

第六节 "明畅似东坡"的龙启瑞

龙启瑞在"岭西五大家"中可谓博学多才。不仅在文学创作方面，诗、文、词各体均有不俗的成绩，而且，他还广泛涉猎音韵学、文字学、历史学、地理学、目录学等多个学科，深有造诣，著作等身。就古文创作来说，龙启瑞现存较完整的是光绪四年（1878）京师刊本《经德堂文集》，共八卷，作品近二百篇。其中别集二卷，是书檄公文，内集四卷、外集二卷则包括了论、说、序、跋、传、记、书、墓志铭、哀辞等各种文体。

在众多文体当中，其论说文和杂记文尤为突出。论说文的特点是，无论正论文或驳论文，文章论点鲜明，论证方法多样，说理透彻深刻，形象生动，论据丰富合理，语言简明质朴，一气呵成。龙启瑞在论说中常常运用比喻、类比等方法，将治国安邦的抽象道理娓娓道出，令人佩服不已。《论得人》[①] 一文的比喻说理就很精彩。

自古极难治之世，苟非大无道之国，为天之所弃绝而不可赦者，则必生一二人以维持其敝。使其君幸而拔之于侪人之中，授之以将相之任，总揽独断，然后其志行，其国安。不幸而沉沦湮没，或间隔于谗臣之口，不得大用，则斯人遂废，而天下事亦至于不可救。故夫因时而生才者，天也；生之而必用、用之而必尽其材者，则人也。汉有吕后之乱而得平、勃，晋有江左之厄而得王导，唐有开元之治而得姚、宋，又有灵武之中兴而得李泌，宋有契丹之衅而得寇准。夫此数公者，始亦犹夫人耳，苟世主不知，大权不属，将默然自屏于宽闲之地而不恤，安所能定国家之计而成其大业哉！今有人遇风于江湖者，同舟之子仓皇失措。有人焉，急为之换其柁，徐理其樯帆，而舟以获济，此必出于素所蓄篙工楫师之流无疑也。苟无其人，则济否未可知耳。天下之士众矣，其负过人之材而足任非常之事者，未尝乏也。先王知其不可不预养也，故精其格以取之，多其途以待之，使夫士之有志自见者，不能不尽出于吾术之中，特未尝束缚之以绳墨，使消其果毅刚直之气，则缓急之际有可恃矣。人未有衣帛食粟而不病者。其体素健则受病愈不可测，其无病痛之日愈久，则其致患之地乃愈深，不于无事之日急觅夫良医与药，至其临时又将狃于故常，迟疑而不敢进，逮其悔之则无及矣。幸未至于万难措手之会，则必有能斡旋匡济之人。天意无常，惟视人君之用舍，以开治乱之局耳。吁，可不慎哉！或者曰：天下承平

① 龙启瑞：《经德堂文集》内集卷一。

既久，人皆习于波靡而不克自振，故有时欲用之而常患于无材。夫材不材，岂有定哉，亦视其所用之者何如耳。未尝用之而曰天实生是不材，则非吾之所敢信已。

《真说》① 一文则通篇用了比喻和类比的论证方法，使抽象的道理具体化。

物成于天而效用于人，有以贵乎？曰：唯其真之为贵。人之用世也亦然。金之为宝，而铜锡之为佐；玉之为美，而碔砆之为器；狐白之为珍，而犬羊之皮之为服。天下不为铜锡、碔砆、犬羊而有累于金、玉、狐白也，即铜锡、碔砆、犬羊亦不自以为非金、玉、狐白而必为之似也。今之为伪者曰：吾能涂饰以为金，陶燔以为玉，黏缀以为狐白。是三者，粗观之未必不贤于铜锡、碔砆、犬羊也。不唯贤之而已，又将掩其真者而上之，使人不唯金、玉、狐白之为贵。世之能识真者鲜矣。见其行愿也，而以为温恭；色庄也，而以为诚笃；议论奋发也，而以为有康乂之才；坚愎自任也，而以为有决几之勇。因世之为温恭者，不唯直躬而唯行愿；为笃诚者，不唯心敬而唯色庄；为康乂者，不施之于政而取快于言；为决几者，不审度于心而求盈于气。而士之刚毅木讷者，于外著之气象或有不足，则转为斯人所诟病。此无惑乎涂饰之金、陶燔之玉、黏缀之裘所以见用于天下，人之见之者鲜不以金、玉、狐白相视，而其价反出于金、玉、狐白之右也。或曰：君子之道如之何？曰：大道不以时异，不为物迁，唯其实而已矣。洪荒之瓦砾不如当前之碔砆，刻画之衣裳不如市门之襦袴。真与不真之辨也，真则铜锡、碔砆、犬羊也，而不为嫌；不真则金、玉、狐白也，而不为贵。君子自度夫身之可用与力之能至者行焉，其得为金、玉、狐白则命也；其或时而为铜锡、碔砆、犬羊亦命也。要之，不为涂饰之金、陶燔之玉、黏缀之裘，则固其心也。心之正者，不敝于天下。故君子不作伪以钓名。

---

① 龙启瑞：《经德堂文集》内集卷一。

《雷惺斋药丸说》① 则近似于寓言。

> 余友雷子惺斋，当英夷寇广州时，尝只身走千余里至海门，观其战舰枪炮之利，归而求所以制之之术，著有成说；复只身走七千余里，将献于阙下。会乡人有疑而止之者，不果献，复走而归，以医行于乡里，间以其所为辟邪丸者寄余于京师，而重之以书曰：吾之为此，未尝师古法也，然所活已数十人矣。余得之而喜，以投于人，多因其向无成效，不肯服。吁！天下之病，其日异月出而不可按古法而治之者，固已多矣。以其药之无成效也，而遂畏之而不肯服，因慨世无良药，而疾之不可为也，不亦悖乎？此君之书，宜其终卷于怀而不见用于世也。然则斯丸之不信，犹未可为君之不幸也夫。

龙启瑞的杂记文则长于描写，无论是家乡桂林的山水，还是宦游各处的别样景致，他都以盘曲奥折之笔，为我们展现出一幅幅气象开阔、气势雄伟的画面。因而，在《东乡桐子园先茔记》② 中，我们领略到了桂林尧山沿着漓江蜿蜒起伏的雄伟。

> 桂林近郊多石山，惟漓江东北之尧山负土而特大，江行百里外皆见之。山平起为两峰，迤逦南行，作叠浪纹者六七，则高峰簇起，嵯峨万状，伟如神人自天而下，仪从俨然。有植如笏者，卓如笔者，坦而委衷坐者、行者、顾者，势皆自北而东。至其南，山势将变，则右出为两峰，而以东峰之余势，衍为冈阜……

从《月牙山记》③，随着作者的笔触所至，我们仿佛乘着小舟，穿过花桥，登上了清波临边、山石嶙峋的月牙山，感受着冬日山中冰雪晶

---

① 龙启瑞：《经德堂文集》内集卷三。
② 同上。
③ 同上。

莹的世界。

> 桂之河东皆阛阓也。市廛尽而石桥跨之下,有小水,春夏仅通
> 舟楫,俗所谓花桥者也。桥上东南望,水际一山郁然,红阑朱阁隐
> 见。峰腰林隙间,渡桥不数十武,始得山门。门内宽,平地可一
> 亩,渐上则为陂陀,因乎地势,或平或矗。委折而登,行者左扶山
> 麓,右临溪水,晴波映日,清莹可鉴。石间有小径,舟行之客从
> 焉,皆上达汇于寺门。寺分南北二室,北室供大士像,石壁环其
> 后,若覆釜而缺其半,其高覆檐出者,可四丈余。客来坐南室,望
> 之惕乎,常恐怪石倾压而下者,是所谓月牙之岩也。忆二十年前曾
> 一游山中,时冻雪初晴,山溜之凝为冰柱者,宽可数尺,长几丈,
> 如是者五六,宛然玉龙垂髫。下瞰窗户,正心摇目眩,锵然落其一
> 抵石上,若碎大瓮。寺之檐角陷焉,归而魂动者弥日。……

龙启瑞的杂记文在流连眼前之景时,浮想联翩,寓理于景。如
《寓中小园记》①:

> 将置其身于放浪宽闲之境,则必翛然而无所系,傲然而无所
> 警,神倦形散,于是假他物以寄之。豪纵之士寄之于饮酒博弈、谈
> 论欢笑;其好为清静者,或赋诗读画、玩卉木之佳荫、乐鱼鸟之变
> 态,外以写其闲适之趣,而内以导其情。然昔人有云:得乎山林而
> 乐者,将失乎山林而悲。唯知道之士,其乐自足于中,而不待外
> 求。凡人所流连爱慕者,无论其粗细有无,皆不得与其损益之数。
> 于是高谈名理者,又将外形骸,一动静,游心万物之外,而寄情于
> 荒诞寂寞之乡。盖自圣贤观之,则溺于物者累也;自高行之士观
> 之,则溺于道亦累也。道且不可溺,而况于物哉。虽然,道有即
> 物而寓者。颜氏子之箪瓢陋巷,曾点之风浴咏归,彼非有乐乎物
> 也,乐乎物与道俱也。苟遗乎道以为乐,而其中实不能忘物以自
> 胜,则将荒迷而失其志,必不如内足于己者,有无入不自得之心。

---

① 龙启瑞:《经德堂文集》内集卷三。

吾寓中有小园，宽广仅一亩，古木蓊蓓，嘉花霏映。职事之暇，辄携一编，坐吟逍遥其下，虽非山林之乐，而所谓清静闲适者亦庶几焉。咏于诗，传于画，亦将有得其一二也夫。余之无得于道久矣，而又不能寄情于荒诞寂寞之滨以自适，则将为博弈饮酒、谈剧欢笑，其安能有贤于此者乎？虽然，吾尚虑其徇乎物而溺其志也。嗜欲之不清，心气之不宁，则寄非其寄，而吾之所得者亦仅矣。妹婿韦君亦学道而居于是园者也。既以作记，复书之以共励焉。

还有《江亭闻笛记》①：

　　咸丰乙卯夏，余泛乎均水之阳。薄暮维舟堤下，登乎江亭以玩夫沔北之山。客有吹笛于舷间者，倚而听之，若远若近，缭绞乎回风，激越乎流波。于斯时也，天容沈漻，月色皓皥，禽鸟宵肃，响振林木而万壑相与为寂焉。其诸类乎太古之元音欤？何感人之远也。往余游粤东英德间之所谓观音岩者，苍崖罅裂，佛阁内嵌而外临乎江浒。余朝而登，夕而弭棹其麓。中夜钲铙齐奏，梵呗交作，繁会之音与水石相激荡，浊者殷岩谷，清者彻云霄，凝然浮于太虚而不知余音之所极。方斯时也，余不听之以耳而听之以心，不求合于声也而求合于意，盖历乎天下，索之冥冥，而未一再遇也。今之所闻，其殆几乎。虽然，余今者以有形得之，未若昔者以无形得之之为愈也。昔者以无形得之，未若来者以无形形得之之为愈也。则试反而求之乎莽垠之野，以息夫寂寞之滨，云藏四山，万籁渊嘿，神风穆若，清泠起乎层巅，倏乎夐乎，其希微乎；为有闻乎，为无闻乎。用是反诸人生而静之初，以观夫物感未交之始，其于声音之道，庶其有合哉。因书之以为记。

　　这两篇杂记作者分别借为自家小园题记和泛舟闻笛的描写，通过虚实结合的手法，寄托了抽象的人生哲理。景物描写与文章的基调浑然一体，感情抒发自然合理。

------

① 龙启瑞：《经德堂文集》内集卷三。

龙启瑞的叙事性散文,如传记、墓志铭等,则反映出他善于抓住细节,叙写人物情貌的特点,如《老仆秦寿传》,① 作者通过人物的神态、语言等,刻画了一位对主人忠心耿耿、与主人同甘共苦的仆人形象,其憨直、率真、朴拙的个性跃然纸上。文章写道:

老仆秦寿者,灵川县乡人也。自为童子时,已服役吾家。性谨慎,未尝有过失,然憨直不能容人,同侪忌之而无缘以攻其短。方是时,先大父以举人得教官,待缺里中,先伯父亦会试往来京师,老仆皆常从伯父。再试不售,悯其劳,将别荐之。老仆曰:"奴之随主来,非为利也,如为利,奴将自求之,庸俟主人言。"卒从先伯父以归。先大父之教谕于武宣也,地瘠苦,租俸所入仅给八口衣食。老仆依之无愠色。辟学官隙地为菜圃,艺瓜豆,先大父母食之而甘。老仆间有所得,则用以酤酒饮,未尝不醉。醉后依檐楹间卧,酒气蒸腾扑人鼻。先大父过其旁,以杖叩之,亦不知也。暇辄好读稗史小说,立先大母前口讲手画;遇古人奇节至行可伤感事,先大母泣,老仆亦泣,某孩提时往往从旁观之,以为笑。先大父迁柳州教授,不数年而归,老仆仍随役于家,然其精神益衰老矣。清明日告归上冢,与其乡人缠绵欢宴数日后复来。自入门,至中庭,逢人即哓哓作乡语,众始不解其意,已而皆大笑,其真率朴拙多此类。道光十年庚寅,以疾终于吾家,年七十一,无子,女一,亦先老仆卒。始老仆在吾家几六十年,虽任事,然薄宦未尝有以酬其力;逮家君及先伯父仕时,老仆或因远不去,或已故不及事。事家君及先伯父者,多浮薄不可任,家君常悒悒念老仆不置云。
赞曰:自吾髫龀时,老仆常抱持入学,暇则导游璧宫泮水间。余时幼,第爱老仆之能徇吾乐而已,岂知其为贤哉。观其不以主荣辱易志,此与士之立节者何异。余故表而出之,并叙其性情言貌,使吾家子弟观之,犹有意乎其为人也。

---

①   龙启瑞:《经德堂文集》内集卷四。

又如《善儿墓志铭》①一文，作者在简练的叙述文字中，描写了儿子幼时蹒跚学步的情形，表达了作者不能尽父亲之责的悔恨和对儿子夭折不可言状的悲痛。

> 善儿，余侧室所出之第四男也。以咸丰三年十一月二十三日生于桂林，后二年六月二十六日殇于均州之旅次，即以其日瘗于沔南山麓。儿之生二岁矣，尚不能言，不能步，终日以手指物示意可否。席于地，则以两足伸缩盘姗以行，遇他物仅能扶之而立。余盖决其不寿，而不知其促如此也。儿生也微，而昆弟多。余又事烦，逮其卒，未尝一抱。前一夜疾甚，余为之中夜三四起，守之次日而不获瘳。盖儿生五百七十日，而余知为父之劳者一日而已，痛哉！唯古器物，成毁皆有铭。儿虽幼，是其藏。余又东西南北之人，不可以不志也。铭曰：生而不牢，既孽而殀，反汝元宅求难老。

总之，龙启瑞虽涉猎广泛，学者气息深重，但他并不缺乏敏锐的洞察力和细腻真挚的感情。因此，他的论说文论题多具有现实意义，直指问题关键，鞭辟入里；其描写抒情性散文则以委婉动人、含蓄深沉见长，别有一番风味。可以看出，龙启瑞擅长各体写作，学习不拘泥一家，融会贯通，自出机杼。钱基博评说龙文"大抵明畅差似东坡，而逊其警辟；拗折亦学半山，而无其瘦硬"。②龙启瑞的古文以其特色，得到了时人的赞许、追随，为桐城派培养了一些后劲。③

第七节 "文尤渊雅古茂"的王拯

"岭西五大家"中，王拯最接近梅曾亮的为文取向，即对归有光的

---

① 龙启瑞：《经德堂文集》内集卷四。
② 钱基博：《读清人文集别录》，见钱基博《中国文学史》附录，中华书局1993年版。
③ 刘声木撰，徐天祥点校《桐城文学渊源撰述考》卷七："蒋庆第，……师事龙启瑞，受古文法……"黄山书社1989年版。

推崇和学习。王拯专力研究归、方的古文文法，成《归方评点史记合笔》一书。在创作中，王拯抒写亲情、友情的作品，风格尤近归有光。王拯幼孤由姊抚养的经历，使他尤其注重亲情，回忆身世的悲伤之情和对阿姊艰辛抚育的感激之情，时时流露于作品之中。王拯的《〈媭砧课诵图〉序》一文之所以享誉一时，就是以其真情取胜。王拯的《媭砧课诵图》引来不少师友的吟诵称颂，可见画图所表现的姊弟情深，打动了每一个人。其他作品如《先大父行实》《先考妣行实》《亡室张宜人述》《舅氏凤千公事略》等，通过细节描写，充分体现作者对亲人的无限怀念和伤悼之情；而《池司业庙碑》《吴先生墓志铭》《彭子穆墓表》等，则记述师友的交谊行迹，表达敬仰、怜惜之情。在此不一一列举。

王拯的山水游记类文章也非常突出，且宗法柳宗元较为明显。在景物描写的具体手法上，王拯对柳宗元既有继承也有发展。《夜登苏门山记》《游衡山记》《游天湖山飞水潭记》《罗浮观瀑记》等，都是这类作品的代表作。前两篇着重写山，魁伟盘旋，壮美雄奇，如临其境；后两篇分别描写了泉水蜿蜒山间的动态景象和瀑布沿绝壁倾泻而下的情景，气势磅礴，水声可闻。而王拯在写山画水时，其表达的情感与柳宗元则有着极大的不同。如《夜登苏门山记》：①

　　百泉湖北岸即苏门山，太行之山亘白径、修武而东，绵延绕辉之西南北境几百余里，曰驼峰。石门、方山、韭山者，皆太行支山。韭山别出，尤魁特。形如几，自北折而西南，冈岭盘纡数里许，止于苏门，若覆釜然，百泉出其下。余之来以日既夕，月出山东南，树石朗映。甫登山半亭有物，自檐角飞堕地，大如箕声，唧唧疾走。从山下去土，人谓山有老巨蝠不时出也。山巅聚石若龛，或谓孙登所居。上为台，广袤丈余，俯瞰百泉，湖水如镜，逶迤南出于马桥屯堡。微茫烟树中，回视韭山麓，野烧十数，相聚　长短时，若列炬，若贯绳、若遥遥。洲溆间舟人持爨者往来上下，变幻不可测。北顾太行，自韭山北泝，复西蜿蜒渐高，入云雾中。盖山

────────────

① 王拯：《龙壁山房文集》卷五。

自平阳蒲州以上，北连幽蓟，跨有千余里。东南并泽、潞诸州，以属卫怀。大河横其前，其气磅礴，至是将尽，则左右旋辟而为蟠结之势，往往甘泉灵渎在焉。古之君子处世将乱，择地而蹈者，每乐其幽胜，足采钓，以来隐。魏晋之间，司马氏方恣睢行其篡乱，孙登于此弃妻子，弹琴啸咏，悠然窟室之中，以默为容。夫士有才行，虑不得当一试以效用国家，而乃使其箝忍以求自全，非有国者之所利也。由登以来，历宋元明之代，皆有隐君子者投身于此。今国家承平百余季间，大抵山林畏佳之区，皆为貙貐貚丛窟之乡，曾未闻有钜人长德来栖遁者。于戏！非朝廷清明，草野遗贤网伏之盛，其何以致此哉？是为记。

由山水秀色而联想到隐居其间的高儒名士，以及国家治乱之象，表达了作者无意流连怡人佳景，向往出仕用世的思想。《游百泉记》亦是抒写此意的同类作品。

王拯另外一些山水游记则在游览、登临之际，融入考据、辩证的内容，巧妙自然，不失意境。如《游天湖山飞水潭记》：①

粤西三江水汇苍梧，下肇庆羚羊束之。羚羊峡东北岸曰罗隐屯，溪流出焉。循溪行，出峡山背十余里，溪流或见或否。抵天湖山麓，溪盖微出没山石间，作田水声。登山及半有亭，南北两崖对立，松篁楔桧之木蔽翳天日，中夹石涧，泉出始渐豪，花飞雪舞，曲折绕亭下去。踰涧再登，旋折百余级，泉声隐跃林薄中，前有巨壁、磴道左右出。左达庆云寺，在象来峰麓，为山之最高处。右循巨壁陟降，又百余级，冈岭四合，忽闻雷鼓鞺鞳之声，震荡林木，木叶不风自下。高崖极天，崖顶中稍凹处泉喷出，一再折数丈如匹练，沉沉落无声。崖半巨石挺出大瓤，泉激怒，声始大，左右分流，若裂渠十余丈，溅珠喷玉，其左者尤奇。又下，若飞霆大小，千百掷崖，落者得涧，平流百余步。坐涧侧盘石上观泉水从足下过，盖油油然涧绝崖起，泉复怒迸为三。山益狭，泉怒益甚。并三

① 王拯：《龙壁山房文集》卷五。

为一，声硠湃亦益豪，数丈乃不见。自盘石下窥，澄潭潴之，湛然
深碧，凝流若不动者，盖泉自崖顶落，五折下数十丈，崖横广亦将
十余丈。然其右犹十数丈，黝壁濯濯然。意春夏泉方盛时，皆其落
处，顾皆以潭纳之，自潭稍溢者，乃复为泉，自山半出也。天湖一
曰鼎湖，讹说不足辨。或曰顶湖，以山顶先有湖，常不竭，人莫知
其处。或曰庆云西上有寺曰白云者，其旁有湖。或又曰白云在山之
背，非其顶。余以山之泉自崖顶落，必有所由至。湖其在焉，意山
之巅夐寥绝之区，人所罕至，而未见也。登山日未中，及下山半亭
已日西。复循溪行，至溪流入江处登舟，日遂晡云。

　　在描写天湖山潺潺溪流与飞泻如练的泉水之余，作者对山名由来稍
作考辨，不仅没有枯燥乏味之感，反而增添了对未能踏足的天湖山巅无
尽的想象，表现了天湖山的高峻壮伟。由此可以看出，王拯的山水游记
一方面受柳宗元的影响，着力对山水形态作细致描摹，简洁条畅；另一
方面又继承了姚鼐的写作传统，寓"义理""考据"于"辞章"之中，
渊雅古朴。这两种风格的交融汇聚，形成了王拯山水游记的最大特色。
　　王拯的论说文也不容忽视。孙衣言论王拯古文谓："至其为文，虽
谨守归方氏家法，而雄直有气，能自达其所欲言。"① 如果说抒写亲情、
师友之谊的抒情文章是"谨守归方氏家法"，文风偏于阴柔的话，那
么，王拯的论说文则一改其辙，雄辩浩荡，不乏阳刚之美。《周平王
论》《叔孙通论》《董仲舒论》《汲黯论》《保身论》等，都是这一类的
代表作。且先看《董仲舒论》：②

　　　　三代以来学术之歧也，自管夷吾始也；三代以后学术之明也，
　　自董仲舒始也。三代盛时，天下无异教，并无异学。自周之衰，而
　　管夷吾独以其权略智术称雄天下，于是天下始有异学。彼言功与利
　　者，实肇端焉。孔子生春秋，立《大学》之教，为万世法而道不
　　行于时。老、庄、申、韩、孙、吴、仪、秦、商鞅、李斯之徒，各

　　① 孙衣言：《逊学斋文续钞》卷一《书王定甫集后》，续修四库全书本。
　　② 王拯：《龙壁山房文集》卷一。

以才智创立异学，争鸣于世。至于汉兴，萧曹刀笔吏佐汉帝匹夫顽钝之资，翦强秦而扼暴楚，尚用黄、老、申、韩之学，而先王之迹泯焉。当此之时，孔子之道其与夫老、庄、申、韩、孙、吴、仪、秦、商鞅、李斯之学，或未尝判然也。武帝雄才大略，欲高百王，崇尚儒术。于是公孙宏、枚生、徐乐、严助之徒杂然并进。董仲舒独以其天人王伯之理对策大廷。观其进戒之言曰："诸不在六艺之科，孔子之术者皆绝其道，无使并进。"大哉斯言。自有孔子以来，未有推崇若是之极者也。然而仲舒之学，武帝不能用也。何也？武帝之心，功利之心也，而仲舒之言曰："正其谊不谋其利，明其道不计其功"，是即孔子之言之所谓"诚意"焉耳。尧、舜、禹、汤、文、武、周公，唯意诚也。故与民絜矩而同好恶，身修而天下可平也。彼管夷吾唯意不诚，故挟仁义以图功利。老庄深取而厚与，申韩切切，孙吴耽耽，仪、秦、斯、鞅又肌谲加暴肆焉。战国之世，孙吴最先用争城夺地而祸乱生。仪、秦继之，合纵连衡，祸又甚焉。商鞅、李斯整齐严酷，秦人用之以一天下，十余年间四海大崩。彼其所学非一无所效也，而有所效即有所弊，且其所效不胜其所弊。术唯孔子不弊，则其诚意与尧、舜、禹、汤、文、武、周公同也。然则欲行尧、舜、禹、汤、文、武、周公之道，舍孔子何由也。顾人挟其功利之心，欲以从于孔子之道，末由也。呜呼！仲舒之言，武帝不能用。孔子之道，则自孔子以来犹未之能用也。且自周秦以降，儒者之言其断然摈绝于功利之心者，舍仲舒其谁哉？

王拯仰慕董仲舒、汲黯之为人，直以二人为立身行世的榜样。他对董仲舒的仰慕不仅在于其独尊儒术之功，更重要的是董仲舒不计功利，力排众议，独举儒家思想的勇气和胆识。在时不我利的情况下，董仲舒的正直敢言，正是嘉道时期一批有识之士的自觉追求。王拯为人耿直刚毅，在国家危难之际，勇于言事，切中机宜，虽因此降职而终不悔，就有类于董仲舒式的"舍我其谁"的豪壮。文章先抑后扬，通过对比、反衬，突出主题。

《汲黯论》则运用比喻、对比等论证方法，在惋惜汲黯"不用以死"的同时，也指出其谏诤无"术"的迂弱。但是，王拯所谓谏言时对君主的"因势利导"，也不是叔孙通式的随人俯仰。他在《叔孙通论》①中，对此论道：

> 事有当其溃败蘧然不可以终日者，莫为之拯，则恐沦渐以至于尽。若将拯之，必其熟计万全以求无弊。苟徒张皇补苴，以为犹愈于彼而苟安焉，不若莫为之拯，犹将有待于后之为愈也。三代以来，礼乐之兴，至周大备。嬴秦仪法暴虐，荡弃先生之成法，斯时礼乐之溃败极矣。汉高以马上得天下，上首功而轻儒术，悉去秦仪法为简易。当其殿上饮，群臣醉或争功妄呼，高帝患之。吾尝读书至此，以为礼乐兴复之机未有便于此时者也。及观叔孙通承高帝之旨，杂用古礼与秦仪法上之。惜哉！自汉以来数千百年，三代礼乐终不复见于斯世者，叔孙氏之过也。人之病也，当其先，元气内固焦烁，胶削而自不之病，虽有告者，其中漠然。及其困愈，沈痼始炭炭然不可终日。《书》曰："若药不瞑眩，厥疾不瘳。"庸医不明，苟为之剂，使其小愈不至即死。病夫帖然，遂以苟安，向之焦烁侵削邪秽之入，始以深于膏肓之间，卢扁复生，莫之能出。呜呼！叔孙氏之为礼乐何以异于是哉？使高帝之时未有通，吾谓一代之礼必有能作之者。即无能作，以至文景，贾生、董仲舒之徒出，必有能举先王遗法以定其制于无弊者。唯不幸而有通之礼，而后世主帖然可以苟安。厥后虽有为之议者，而乃谦逊以为弗遑，世不再传，而天下礼乐之数已荡然矣。自是以来，天下治日少而乱日多。其治也，有政而无教；其乱也，民唯知利而不知义。有政而无教，奢淫邪荡，以天下之财供天下之用，而常恐其不足。知利而不知义，兵戈谋算，父子兄弟至相残贼，不知其不可也。呜呼！礼乐之亡，祸亟若是，其孰能挽之哉？或曰："君子之责人也恕，叔孙事高帝，帝方厌弃儒术，使通即欲复古，高帝必不能用。昔孔子先簿正祭器，非簿正之而已也，将以为之兆也。使孔子久于仕岂苟焉，而遂止于是。且高帝之资非实弱不可引之当道。观于叔孙定礼之

---

① 王拯：《龙壁山房文集》卷一。

日，竟朝置酒无敢欢哗失礼者，高帝始喜，以为吾乃今知皇帝之
贵。然而向特不知礼之可贵焉耳。由此而导以先王之法，安知其不
兴起而可与有为耶。不此之图而觊人意旨，自贬损其道以求合。或
谓叔孙能识世务，吾未知其识世务者为何如也。方通始儒服降汉，
汉王恶儒服，通乃变服楚制。夫一衣服之微而因人俯仰若是，世有
因人俯仰之人而可与言礼乐哉？

　　王拯认为拯救颓弊，虽刻不容缓，但如果对存在的问题不进行全
面、深入的了解，并提出根本解决的方法，只是徒改其表，未触其实，
不过是自欺欺人，虚饰欺世，危害更甚。文章以治病为喻，阐明观点，
理深而意浅。论证层层深入，辨析"因时利导""因势利导"与"随人
俯仰""迎合圣意"之间的区别，指出叔孙通复礼蒙蔽欺瞒的本质，分
析合理，令人信服。

　　太平天国运动的兴起，改变了广西桐城派发展的轨迹。当王拯回乡
主讲书院，试图再度振兴桐城古文时，其时势、氛围等已发生了很大的
改变，凭一人之力难以挽回渐颓的趋势。随着王拯的去世，广西桐城派
虽仍有一些后劲，但其辉煌时期已一去不复返。咸丰年间，桐城古文的
创作中心已转移到了湖南。

第八节　广西桐城派余响

　　除了"岭西五大家"以外，广西还有一些桐城派的追随者。如唐
岳、龙继栋、李洵、吕赓治、侯赓成、侯绍瀛等。从文献材料看，唐
岳确与"岭西五大家"成员存在着师友关系。

　　唐岳，原名启华，字仲方。《临桂县志》称其："性颖异，弱冠
举道光二十年庚子乡试第一，具文已如老宿。家藏书数千卷，一意于
学，学博而文钜，名日益起。"① 唐岳年少时因生有异才而为池生春
所赏识，与彭昱尧一同学于翘秀园。惜其"三试于礼部不售"，回乡

---

① 黄沁等修：《临桂县志》卷二十九，1963 年桂林市档案馆翻印石印本。

后闭户静居，治学研读。正如前文所述，唐岳出资刊刻了《涵通楼师友文钞》，为保存师友文集作品作了很大的贡献。可惜的是，唐岳自己的古文作品未见于辑录之中，他现存的只有早年的《唐鹦鹉赋》十二首，清抄本，藏于桂林图书馆。

此外，如龙继栋、李洄、吕赓治、侯赓成、侯绍瀛等，他们的古文虽现已不传，但都与"岭西五大家"有着密切的关系。吕赓治是吕璜之子，"能世其家学"。① 李洄是吕璜的女婿，"古文饶有家法"。② 龙继栋是龙启瑞之子，夙承家学，曾有《槐庐文集》。侯赓成"师事吕璜，受古文法"，③ 曾著《三有堂集》。侯绍瀛，侯赓成子，"因其父师事吕璜，习闻璜论古文义法，亦工古文"。④ 他还整理刊印了《粤西五大家文钞》，为"岭西五大家"之名的确立提供了重要的依据。现在所能看到的侯绍瀛的文章是《粤西五大家文钞后叙》，⑤ 兹录全文，以作一斑之窥。其文曰：

> 《粤西五大家文钞》，永福吕氏璜，临桂朱氏琦、龙氏启瑞，马平王氏拯及象州郑氏献甫也。既彻编，敬叙其后，以谂同志。曰魏晋以降，道丧文敝，其政教不足范，天下治平之效亦恨焉无闻。盖越五百余年，昌黎韩子崛起于有唐大历、贞元之际，乃能约六经之旨以成文，因以上窥周公、孔子之业。文体既正，后世遂莫能踰其防，而古文之名亦由是起。夫所谓古文，非他，亦唯曰正体之文而已。学术正则文体正，文体正则义理之奥得所阐而益明，事功之赜得所纪而益传。其至者，虽论有浅深，卒无以溢于道谊之外。辞有工拙，必无由陷于骈俪之内，则其体成矣。此韩子以来通儒为文之家法，亦近世桐城诸家所以为文之家法，非舍是别有所谓家法也。吾粤西之文，明以上总若干家，皆见汪森氏《粤西文载》。其流别至繁，不具论。近世则乾嘉以后吕先生出，始闻桐城之风而悦

---

① 刘兴等修：《永福县志》卷三，民国六年刻本。
② 刘声木撰，徐天祥点校：《桐城文学渊源撰述考》卷六。
③ 同上。
④ 同上。
⑤ 侯绍瀛辑：《粤西五大家文钞》后附，清光绪二十四年（1898）刊本。

之，持其超雅之材，悉屏歧途，拳拳向学，卒成其业。时临桂朱氏、龙氏，及马平王氏诸先生，为文宗旨适与先生同，且相为师友，能植其学于昭旷之原，遂皆有以发名成业。由是诸先生所作岿然为吾乡文辞之正轨，可谓具兼人之识，特立之操者已。昔先考府君尝受业于吕先生之门，绍瀛幼在侍下，久习其说。及壮渐求诸先生全集读之，因益稔其渊源所在。窃谓诸家之文虽行世已久，而或显或晦，实足以持吾乡文运之盛衰，乃复掇其精英，简其萧莽，合为一编，以示后进。郑氏之文虽与四先生有别，而吾乡亦号称作者，文章乃天下之公器，千秋之下自有定论，非一人所得而私也，因并附焉。夫治文之定程，先宜兼综百家，终当折衷一是。吕先生以下四家之作，既知以桐城相敦勉，且能上缵韩子以来相传之绪，岂非难能而可贵者哉？呜呼，立言之学所以兼三才，达万变，故与德功并称不朽，非义袭所取，助长所能获也。有志之士，乌可不先决趋向哉？后学侯绍瀛谨序。

这些都可以看作是桐城派在广西的后劲力量。虽然此时桐城派古文中心已转移，但他们的出现，说明桐城之学在广西已深深扎根，成为广西地方文学重要的组成部分。

第 七 章

广西词人群体研究

第一节　广西词人群体概述

　　一直以来，让广西的山水与风土人情在文学史上留名的主要是宦游、流放广西的外省籍文士，如颜延之、宋之问、柳宗元、张说、黄庭坚、秦观、张孝祥、范成大等。广西本土作者如曹邺、曹唐虽也曾因诗留名，但始终不能在全国范围内产生较大的影响。及至有清一代，这种现象才有了明显的改观，除了道光、咸丰年间崛起的岭西古文之外，约略同时成长起来并在光绪中末期发扬光大的还有广西词坛，尤其清末王鹏运和况周颐领起临桂词派，"一跃而拔浙常之帜，为全国词坛之领袖"，① 让词坛成了广西本土文学创作中最灿烂的园地。王、况二人在词坛上所取得的丰硕成果首先来自本人天资与努力，同时又受到当时时代特质的推动，另外，还得益于广西本土词人群体与广西词坛创作良好氛围与风气的影响。

　　相对其他省份来说，广西词坛规模不大，最早收集广西词人词作的是光绪二十二年（1896）况周颐编辑的《粤西词见》，此书收入词人24家，词作二百余首，所收词人年代从明末清初至清同治，龙启瑞、王拯、苏汝谦三人之作所占过半，重点突出了粤西词坛在嘉、道、咸年间的面貌。20世纪90年代，曾德珪编《粤西词载》，在况著的基础上进行增补，同时新增入同治到民国年间的词人词作，共录58位广西词人的二千六百多首作品。再加上名存词佚的唐景崧、唐景崇、谢元麒，

---

① 黄华表：《广西文献概述》，《建设研究》1931年第四卷第五期。

以及漏收的朱静瑗，目前可确定的广西词人有 62 位。

广西词坛的发展首先与广西词人群体创作成就、对词的关注程度、其活动能力与影响范围的大小有密切的关系，且词人群体间的关系也对词坛的成长有一定影响。根据上述因素，广西词坛的发展可约略分为萌芽、茁壮和收获三期：

萌芽期

清代道光以前是广西词坛的萌芽期。现存记录最早的广西本土词人是明清之际的谢良琦，广西词坛的发展也是入清后方始萌芽。由于种种原因，在道光以前，广西本土词人的词创作流传下来的数量不多，词人们所处时代与地域相对较为分散，对外影响甚微。此时期的词人有谢良琦、李彬、朱若炳、倪承诜、潘钅+蠡，黎建三、冷昭、朱依真、李秉绶、黄体正、况祥麟、唐建业、朱依程、王维新、封豫、陈继昌等。从现有词作文献的保存情况来看，冷昭的《百字令（淮阴侯庙）》和《百字令（失群雁）》、朱依真的《酹江月（漂帛塘观荷花）》、黄体正的《浪淘沙（客思）》和《水龙吟（春江闻笛）》、唐建业的《大江东去（题去如黄鹤图，挽朱宝仙）》、朱依程的《满江红（春雪）》、王维新的《翠楼吟（殿角）》等作皆自成格调，可供细细玩味吟咏，代表着此期广西词人的最高水平。

相对来说，这一时期词人最擅长的文体皆非词，不少词人存世词作只一首或数首，多数依赖《粤西词见》或其他的方志文献等保存下来，故很难从中窥视其全貌，也难以从中探寻具体词人的整体风格与取径。此期传世词作数量稍多的有谢良琦、朱若炳、封豫等人，他们大多有词集汇编。

另一方面，此期广西出现了一个著名词选家黄苏。黄苏又名道溥，字蓼园，其所辑《蓼园词选》，依《草堂诗余》而"汰其近俳近俚者"，主寄托重忠爱之思与忧国念乱的责任感，但反对为寄托而寄托，强调真情，况周颐受之影响不小，其习词亦本此。另外词人朱依真词作虽传世不多，但其作为一个词评家的《论词二十八绝句》却保留了下来。朱重婉约然亦认可豪放，取径较宽，并且"对本土的粤西词给予了相当的关注，向世人介绍了粤西的代表作家，这些作家在繁盛的南北词坛是不足道的，但却为后来临桂派的崛起作了很好的铺垫"①。同时，朱依真敢于批评当时执词坛牛耳的朱彝尊有堆碛叠垛之弊，出于浙西又超越浙西，具有独立自主的审美意识，如此的气度也影响了后来的岭西词人们，让出自蛮夷之地的他们保持一份创作态度上的真淳，使得他们日后关注靠近主流却不受制于主流，在词创作中保持了自己的独立性。黄、朱二氏在评词选词的过程中指出填词门径，提供学习借鉴，为后来广西词人的创作实践打下了良好的理论基础。

茁壮期

道光至同治年间为广西词坛的茁壮成长时期，此期出现了以岭西五词家（彭昱尧、龙启瑞、王拯、苏汝谦、龙继栋）为代表的广西词人群体，另还包括郑献甫、周必超、周尚文、倪鸿、周益、崔瑛、韦业祥等。况周颐曾云："吾广右词学，朱小岑先生依真倡之于前，吾师（指王拯）与翰臣虚谷两先生继起而振兴之。"② 作为广西的中兴三大词人，王拯、龙启瑞、苏汝谦三人在词坛上的努力耕耘为广西词坛的逐步繁荣作出了贡献。此期的广西词人们皆非专力为词者，然词作集时世、身世之感于一身，真切感人，于质量上有所突破，在当时的词坛便已有一定影响，加之彭昱尧、龙启瑞、王拯与吕璜、朱琦并以"诗古文辞并著名当世"，③ 交游广阔，虽因文得名却也连带彰显了词名，龙启瑞、王拯的词作还被陈乃乾辑入《清名家词》，扩大了广西词人在词坛上的影响。此期的词人群体之间或为亲或为友，彼此之间联系紧密，龙启瑞与王拯之间、王拯与苏汝谦之间及龙继栋与韦业祥之间都曾以词酬唱。这些词人中虽没有出现专门的词论家但已形成一定的词作审美取向，如秉承岭西派古文文法而来的尚"真"思想和后期王拯严守词律的主张。

王拯的倚声活动集中于道咸间，是此时期广西词人中开始词创作时间年纪较早，创作时间最长，且最专于此的。作为此期的核心人物，王拯不仅自身词作水平较高，还在引导其他广西词人上起到了积极的作用，带动了苏汝谦等的创作，其好友唐岳曾言"及（余）归里后，无

---

① 陈水云：《清代词学发展史论》，学苑出版社 2005 年版，第 260 页。

② 况周颐：《莺啼序·题王定甫师委砣课诵图》。

③ 黄蓟：《岭西五家诗文集跋》。

可与语，闲与煦谷（苏汝谦）论词学有契，而定甫比年独深造于此，翰臣则以余为及之，而并式之诗"，[1] 王拯对于词创作的一些看法和论词取向对同时的龙启瑞和苏汝谦、周尚文及后来的龙继栋、王鹏运、况周颐都有影响。严迪昌在《清词史》中曾说"至于清末'四大家'中竟有两家是广西人，即王鹏运和况周颐，则更能说明中原、江东的人文积累和两广地区的深刻的交流融合后所表现的蕴育的厚度"，其实，在王拯身上早已体现出这种交流的广度与深度。从相关词作文献记录来看，王拯曾与众多的词人、词论者有过诗词酬唱来往，这些人物包括：张金镛、顾文彬、勒方锜、周之琦、钱宝青、陈澧、陶梁、谭献、许海秋、周星誉、端木埰、潘曾玮、张炳堃，而端木埰对王鹏运、朱祖谋、况周颐都有直接的教诲。王拯的广泛交游使其能在与友朋的相互切磋中多方面师从古人与今人，提高了自身词艺，扩大了他自己以及广西词家在全国词坛中的影响。另郑献甫、周尚文与倪鸿、张琮的交游虽不及王拯广阔，但四人久游广东，与广东词人陈澧、叶衍兰、沈世良等均友善，极大地加强了粤西与粤东词人的交流。此期交游结社的文学活动对广西词学产生影响的还有龙继栋的觅句堂，龙于同治至光绪初在京师寓所觅句堂主持以诗词创作为主的词社活动，为当时在京的桂籍词人创造了良好的文化创作环境，更对王鹏运早期的词创作具有推动作用，为王后来领起临桂词派打下了基础。

收获期

从光绪十四年（1888）况周颐入京与王鹏运结识开始，广西词坛进入成熟收获期。此期广西词学的收获主要体现为王鹏运与况周颐作为个人在词学上取得了巨大成就。王、况二家凭借他们在词的创作、词论与校刊出版方面取得的巨大成绩在清末词学四大家中占了两席，引起了人们对广西词坛和广西词人群体的关注。王鹏运论词有"重、拙、大"理论，对况周颐、朱祖谋作词多有指点，况、朱二氏的词学创作后虽各有千秋但论词主旨与审美大方向仍与王鹏运保持一致，王氏词论随况、朱二人后来成为一代词学宗师而有了众多的再传弟子。王鹏运的词社组织能力也很强，其所主持的咫村词社、四印斋词社、校梦龛词社等分别

---

[1]　咸丰四年唐岳辑刊《涵通楼诗友文钞》卷首，唐岳《涵通楼诗友文钞叙》。

吸引了宋育仁、朱祖谋、王以敏、郑文焯、刘福姚等词人加入他的倚声队伍中来，从者日众，影响力益增。

　　就词作而言，这一时期以临桂词派为标志的广西词人的作品时代特征非常明显，忠君爱国忧时念乱的作品或为幽怨之作，或为慷慨之声，或化寓讥之讽，如王鹏运的感愤安维峻谪戍和志锐变相迁谪的《满江红（送安辛峰侍御谪戍军台）》和《八声甘州（送伯愚都护之任乌里雅苏台）》，其与刘福姚及朱祖谋在庚子之乱中倚词为命酿成的《庚子秋词》等都有"词史"意味，而况周颐的词情从《苏武慢（寒夜闻角）》到《水龙吟（声声只在城南）》、《浣溪纱（风雨高楼悄四围）》，每愈悲凉，明显与大清国的国运同步，代表了那个时代大部分旧式文人的心理历程。于是人们在感念时世、研究王鹏运等人的词学渊源及清末词学的发展演变时也开始关注广西词坛的发展及广西本土词创作对他们的影响，连带提高了广西词人在清末全国词坛上的地位，扩大了广西词人的影响。

　　此期形成了一个以王鹏运为核心的临桂派词人群体，成员包括：况周颐、刘福姚、王维豫、邓鸿荃、钟德祥。此处须指出的是，临桂词派成员名单多因学者们的不同研究兴趣而有所不同，"临桂派"最早称"桂派"，叶恭绰《广箧中词》所称"桂派"只包括王鹏运一人，其后大多学者都加上同是临桂籍的况周颐称为"临桂词派"，而随着粤西词研究的深入，有人将与王、况有唱和的广西籍词人如龙继栋、韦业祥、唐景崧、唐景崇、刘福姚、邓鸿荃等也归为"临桂派"。近年的研究者则从词人交游、词社活动的角度出发，打破地域限制，将曾参与王、况二人的词社活动的外省人士或交游中亦好词、能词者也列入其中①。其中以巨传友的《清代临桂词派研究》所论成员最众，有36人之多②。巨说除王、况二家外，将朱祖谋、文廷式等皆列在其中，范围又嫌过宽。我们从整理地方文献、研究地域文学的角度出发，仍将临桂词派首先限制在广西本土词人范围内。至于不把龙继栋、韦业祥、唐景崧等归入苗壮期而非收获期，理由如下：

---

　　①　巨传友：《清代临桂词派研究》上海古籍出版社 2008 年版，第 10 页。
　　②　同上书，第 85—92 页。

从词人个体词学历程及其风格的成熟情况来看，龙继栋与韦业祥虽与王鹏运有一定联系，俱为觅句堂的成员，但龙、韦二人的词学创作并不与王鹏运同步。龙继栋《韦业祥小传》记录他始作词并与韦唱和是在1865年，其《槐庐词学》中的原刻龙氏自己的编年亦只从1865年至1872年，即龙继栋的词作主要作于同治四年至十一年间。今存的王龙唱和词手稿中龙继栋与王鹏运唱和之词只二首，后由龙榆生作为补遗补入《槐庐词学》刘氏抄本。唯王鹏运唱和作一首能确定是在光绪六年（1880）。又韦业祥于光绪八年（1882）早亡，龙继栋于是年卷入云南奏销案并于次年流放，此后迁转各地，目前没有他在1882年后作词的记录。而据王鹏运作品小题来看，其较频繁地填词当是在同治十三年（1874）成为候补内阁中书以后，此前可能只是零星创作过。此外王、龙唱和词稿中王鹏运的九首作品并非都是与龙唱和之作，其真正与龙酬唱的作品在后来删定的《半塘定稿》中只余一首，因王于己词审定甚严，故不排除此种淘渌有嫌悔其少作的因素。

1881年王鹏运父亡，王鹏运扶柩南归，于1884年底方返京，其词开始成熟，渐在词坛享有号召力当是在此次返京后之数年。而另一个临桂派的重要人物况周颐于1888年方入京并从王鹏运学词。此后1890年彭銮刊《薇省同声集》，1896况周颐辑刻《薇省词钞》，待王、况二人在词场上蜚声海内、王鹏远被奉为词坛领袖已到了19世纪的最后一个十年，"重、拙、大"理论因况周颐词话发扬光大则时间更晚。故实际上龙继栋、韦业祥的词创作活动结束后王鹏运、况周颐的词创作、词社组织、编著词话等工作才逐步成熟并影响日增。随着此数方面的独特性与成就的逐步突显，临桂词派慢慢形成并走向辉煌，然与龙、韦关系实不大。

个人创作从起步走向成熟总有一个发展的过程，从王鹏运自身的填词历程来看，王与龙有词唱和是事实，曾受龙继栋及龙所主持的觅句堂影响也是事实，但其个人的词学历程与临桂词派的生成并不完全重合。从广西词坛整体发展情况来看，从同治到光绪前十年，粤西词学的派性还没有形成，特征也未特别突显，还不足以特立于词坛，其时王鹏运对粤西词坛的影响也并不大，从质量上看此时龙继栋的词作较王更胜一筹。当时作为觅句堂主体的龙继栋与成员等俱是以余力为词，填词于他们还只是一种有意义的消闲方式，其作虽也有所托，但比起临桂派词人尊奉词体，以之为避难所的专注程度来说，二者的创作态度相别甚大，龙继栋等人明显不若后者，且龙继栋等人词作中对家国时世的忧患感不如后者临桂词派词作明白显露，占总体大多数。

再有同是觅句堂词客的唐景崧早年虽曾与龙、韦、王等诗词唱和，但据其《请缨日记》载，他也是在1882年末便只身前往越南联络沟通刘永福黑旗军联合攻法，此后又参与了中日战争，至少在其从台湾抗日失败归乡之前远离了词坛，而觅句堂早已随主人的夺职流放、成员的或逝（韦业祥逝于1882年，谢元麒逝于1887年）或离（唐景崧1882年，王鹏运本人亦因父丧于1882年至1884年离京）而风流云散。据此可知，觅句堂的活动与对广西词坛的贡献实至1882年就已结束，它虽曾为广西词人提供了良好的创作环境，为王鹏运在词坛上的发展创造了一个适宜的平台，但只对广西词人有较大影响。突来的解散，使它在帮助广西词人与广西词坛结出硕果前止步。而且正是觅句堂的突然结束和旧词友的飘零使钟情于倚声之事的王鹏运只得另处结交新词友，并开始另起新词社炉灶，渐渐形成了自己在词坛上的知名度与号召力。从这个意义上说，觅句堂的终结反倒促成了后来其他以王鹏运为中心的成员更众、词艺更高、活动更专一、用力更深的新词社如咫村词社等的成立，对促成王鹏运成为词坛领袖不无帮助。故作为一个词学活动团体来说，它还只是广西词学在茁壮成长期的产物，而非收获期限收获的丰硕果实，是曾为培育临桂词派作出贡献的营养土而非临桂词派本身。

综上所述，我们认为，觅句堂及其成员龙继栋、韦业祥、唐景崧等实际上处于广西词学茁壮到收获的中间阶段，加之龙继栋的词在家学渊源上对其父龙启瑞与继母何慧生的继承与自己的开拓各半，实是从以王拯为中心的词人茁壮期词人群体到以王鹏运为核心的收获期词人群体间过渡时期的代表，将他与韦业祥、唐景崧等人归入茁壮期词人群体讨论更确切一些。

除王、况的临桂词派外，此期广西本土词人还有阳颙、范家祚、崔肇琳、罗一清、赵炳麟、封祝唐、于式枚、郑揆一、秦致祜、胡元博、吕赓治、侯赓成、周维华等，他们的词作传播范围虽然很窄，影响甚微，且与以王、况为首的临桂词派词人关系不甚密切，但其自身的词创有不少可观处，秦致祜、范家祚、崔肇琳、罗一清的一些作品对风云突变、乱离四起的社会有深切的反映，语近辛弃疾、刘过，气格与王鹏运的此类作品类似，格调不低，也有较高的审美价值，为广西词坛整体水平的提高作出了贡献。

第二节　道光以前的广西词人群体

此时期的词人有 17 人，数量与质量参差，除谢良琦、朱若炳、黎建三、封豫词作保留得稍好外，多数所余不足五首，然亦有冷昭、朱氏兄弟、黄体正、况祥麟等作品少而精者，他们的词出语自然，纯为性情而抒写，从源头处已有粤西词人于词重情尚真的影子，下面就具体词人分别述之：

谢良琦，字仲韩，又字石臒（癯），号献庵，全州人，明崇祯十五年举人。其《醉白堂诗文集》附有《醉白堂诗余》一卷，多为题咏感怀之作，出语清新平易。如其《祝英台近（惜别）》词云：

> 渡溪云，隔江树，记得别离路。生怕轻分，一棹几回顾。今夜断肠寸寸，有谁来管，还消受、搅林风雨。　望南浦。但倚孤篷屈指，细把离情数。莺儿燕子，呖呖花间语：怪他春唤人愁，酒浇人醉，却不肯、梦留人住。

石臒生于江山易姓之时，所作《摸鱼儿（春恨）》《念奴娇（望湖亭感怀）》《临江仙（前题）》皆有兴亡沧桑之感；《桃源遇故人（醉酒）》一阕隐有幽怨，然归于浑厚蕴藉，独其《八声甘州（偶成）》鲠郁苍凉，似英雄悲慨。

李彬，字伊丽，号厚斋，别号愚石居士，贵县人，顺治九年进士，所著《〈愚石居集〉续集附词》，用语多平俗直白，今存词十三首。

朱若炳，号桐庄，临桂人。乾隆二年进士，有《补闲词偶存》。其词极富生活气息，每逢元旦、上巳、人日、清明等节日节气多有题述，又好咏花木，出语自然，田园意趣浓厚，也有不少赠答词，情意真切中又带有些随兴之笔，如其《青玉案（陈仑山病中以词见示，和以慰之）》：

> 恼人最是逢春暮。无计把、春拦阻。平子愁多谁寄与，天涯芳草，楼头夜雨，且自由他去。　丁香一树香薰午，思淡东风泥惹絮。悄地问花花不语，鬓丝禅榻，茶声梵部，解道含情处。

倪承诜，字同人，临桂人，乾隆诸生，其《寄尘山房诗编》附词稿，已佚，今存《相见欢（落花）》及《南浦（春草，用玉田春水韵）》二首。

潘蠡，字力上，桂平人，乾隆三十年举人，官平乐教谕，今存《锦帐春（春睡）》及《前调（灯花）》二首。

黎建三，字谦亭，广西平南县人，乾隆三十三年举人，其《素轩诗集》附有《词剩》。《粤西词见》称王鹏运极赏其《满亭芳（杨花）》，而况爱其《木兰花（春晚）》"倚兰脉脉几多愁，一把柳丝犹有数"句，认为语不甚深，却似未经人道。谦亭填词语浅情真，其《忆汉月（有忆）》在词集中要算是比较委婉的。词云：

> 记得青钱犹小，露泡海棠春晓。秋江栽藕不成莲，辜负断丝多少。　芳丛谁是主，空赢得、蝶魂飞绕。娥眉应比旧时娇，一寸相思人老。

冷昭，字春山，临桂人，乾隆三十五年举人，有《春山词》，后佚。与朱依真善，朱最赏其咏枇杷花之作，《粤西词见》中云《临桂县志（人物志）》称其工词，有《新雁词》与《咏枇杷花》二首，时人并艳称之。今只传词四首，从其《百字令（失群雁）》亦可想见其《新雁词》格调。词曰：

> 云中嘹呖，甚年年摇落、秋风偏到。浦溆苍茫波外影，逗起孤情多少。叫月行低，呼云伴冷，谁念天涯杳。一声笳管，玉关怕有人老。　回首江北江南，芦花梦醒，寂历寒星小。燕燕不来春又

远，误了王孙芳草。几字相思，三生旧恨，夜雨长门悄。岭头苦竹，踏枝还认鸿爪。

朱依真，字小岑，临桂人，乾隆时人，有《纪年词》，其作风格在碧山、玉田间，惜今仅存二首。《酹江月（漂帛塘观荷花）》为况周颐所赏。词道：

> 涉江路通，望田田何处、裂帛光中。欲折青芦浑意懒，碧云消息难通。鹭外霞轻，鸥边凉重，依约见幺红。夕阳低尽，杖藜扶过桥东。 怀想石帚当年，花迎曲送，人在水晶宫。多癖多情都未减，芳国无限惺忪。十里潭香，一声菱唱，吹断藕丝风。争生消受，隔城催趁疏钟。

李秉绶，字芸甫，桂林人，乾隆间人，今存其题桂林叠彩山景风阁词《疏帘淡月（云岚簇簇）》一首。

黄体正，字直其，又字元真，号云湄，桂平人，嘉庆三年举人，其词附于《带江园诗》后，今存三首，幽婉绵缈，其《水龙吟（春江闻笛）》词作：

> 天涯芳草春初，美人何处潇湘隔。离情欲诉，更沉鼍鼓，波寒瑶瑟。蓦地龙吟，一枝竹裂，江南江北。凭迷蒙烟月，声声弄破，缥缈作关山白。 吹散梅魂柳魄，忆当年、动人凄恻。高楼醉倚，清笙漫掩，红牙低拍。回首离亭，万条飞絮，十年孤客。到如今，试问紫鸾，黄鹤个谁骑得。

况祥麟，字皆知，号花矼，临桂人，况周颐的祖父，嘉庆五年举人。曾有《红葵斋诗草》附词。《粤西词见》中选收其词七首，其《满庭芳（前题）》咏走马灯，于小物事翻出人世情，又长于平处作婉曲，词境清婉浑厚，有《虞美人（春闺）》词曰：

> 秦楼寂寞东风悄，午枕游仙杳。碧丝红缕绊鸳鸯，休说绿蒲池

畔，戏双双。　　朱颜止与梨花对，恁不成憔悴！等闲教见惜春人，懒把相思消减、可怜身。

唐建业，字月山，临桂人，与况祥麟为文字交，其词仅存一首。

朱依程，字春岑，临桂人，依真兄，曾有《耐寒词》，今仅存一首《满江红（春雪）》。

王维新，字景文，号竹一，容县人，嘉庆十五年举人，有《海棠桥词》六卷。

《海棠桥词》系王维新自行编订，共收入词作 512 首。关于其词集的名称，某些论著误称为《海棠词》，其实"桥"字是必不可少的。作者即在其"自序"中特地加以交代和强调："系海棠桥者，以吾粤横浦有是桥。昔淮海秦先生被谪时日从酣咏醉乡，所谓'瘴雨过，海棠开，春色又添多少'者是也。"王维新以宋代秦观贬谪横浦（今广西横县）酣咏过的"海棠桥"为自己的词集命名，其立意应是景仰秦学士的为人风范，并追慕其流风余韵，奉秦词为创作典范。这有《醉乡春（海棠桥次秦少游韵）》、《华胥引（题秦少游小像）》、《安公子（华光亭吊秦少游）》诸作为证。

王维新的词中，近半数为吟咏山水景物、书写田园生活之作。如《柳梢青》：

寂寞江林，萧条门巷、苔积无尘。燕子春归，结窠梁上，时见泥痕。　　墙头草色初新，任琐屑、花飞四邻。荷笠农人，敲针稚子，日与相亲。

写春色到农家，风和日丽，草青燕归，生机蓬勃。诗人与农夫比邻而居，"日与相亲"，生活气息极为浓郁。

他的咏怀遣兴、伤时感遇之作也颇有特色。如《满江红（楚江除夕）》：

浩浩长江，流不尽、乾坤岁月。容我辈、高歌此处，洒腔热血。九万里风抟轻斥，三千水击嗤飞鳖。任萧疏、古树暮村旁，笼寒雪。　　唾壶近，曾敲缺，酒樽罄，重添设。怕光阴，迅速逼人华发。素志难移心里石，寒光忽动腰间铁。问当朝、明日考中书，谁豪杰？

此词写于其初次参加会试，于年末渡江北上之时。在慷慨高歌中抒发了对建功立业的渴望和志在必得的豪情。

《青玉案》则夫子自道其清贫困顿的教授生活：

茫茫世路浮云似。漫领略、真滋味。十载居官无仆婢，自家因应，自家料理，如此称清贵。　　半间斋署如无事，熟客到此浑欲避。庶莫号啼声入耳，常钞录杂翻文史，那管无钱币。

王维新的人生遭际和心路历程，正是清代中后期处于下层的知识分子的生活命运和思想感情的真实写照。

其他如抒写男女恋情、离别相思、赠答唱和、咏物题画之类，相对较为一般。倒是一首《法曲献仙音（洋琴）》，具有珍稀的历史文献资料价值。

扇面横披，金丝错絚，辈几平将安放。宝盖初开，轻敲重击，纷纭起落难状。想绝域传来处，鱼龙骇奇创，乍闻响。　　忆年时、有人携着，明月下、声应远墙飘荡。此际略相同，作孤鸿、天际嘹亮。依永能谐，任歌喉、健捷雄壮。彼鹍弦雁柱，入座当先推让。

南京艺术学院音乐学院张翠兰教授指出："《海棠桥词》是清嘉、道年间广西词人王维新的一部稀见词作，集中的《法曲献仙音（洋琴）》是目前所见清词中唯一一首专述洋琴的咏物词。因作者身处边地，词集未刊刻，原作流传不广且抄本稀见，故词作中蕴涵的相关史料在目前所见洋琴研究论著论文中鲜见引用。"[1]

----

① 张翠兰：《稀见清词中的洋琴史料》，《江苏教育学院学报》2007 年第 6 期。

封豫，字道昭，号望仙，容县人。嘉庆间岁贡生，著有《后生缘词》，春情秋思、凉夜新雨在词人笔下化为幽约词心，其小令闲雅明快，长调缠绵婉转，以其《忆秦娥（莺声）》为例：

> 春光悄，春山一路闻啼鸟。闻啼鸟，柳阴花陌，东风多少。
>
> 差池飞到金衣小，玲珑唱彻红楼晓。红楼晓，惊回好梦，余音犹绕。

陈继昌，原名守壑，字莲史，桂林人，陈宏谋曾孙，嘉庆二十五年状元，官至江西巡抚。有《如画斋诗稿》附词，今存词四首，有些许疏朗萧散气格，其《长亭怨慢（买几个、鱼儿穿柳）》和《长亭怨慢（听不尽、曲中杨柳）》着意于抒写闲居情趣，自然亲切。

此期作者词作散逸较为严重，按况周颐所云，黄苏亦当擅词，况曾记黄氏家祠楼上有黄苏之《偶彭楼词》并版，惜其时况因年幼不获观①。

第三节　承前启后的岭西五词家

"岭西五词家"包括彭昱尧、龙启瑞、王拯、苏汝谦和龙继栋。将彭昱尧等五人合称其来有自：首先，彭昱尧、龙启瑞、王拯俱为古文"岭西五大家"成员，他们的古文有着同一师承，且挚友情深，彼此间常酬唱赓和；其次，咸丰四年（1854）唐岳刊《涵通楼师友文钞》，将龙启瑞、王拯、苏汝谦三人词集合刻入第十卷，是书实为唐岳与龙启瑞、朱琦共同校定，可见三人词作并称已为他们自己及友朋所认可，实开三家并称之风。随后，谭献的《复堂日记》将龙启瑞、王拯、苏汝谦三人之词一起评论，进一步为这三家词并称提供了依据；1897 年况周颐的《粤西词见》扬州刻本《跋》称："综论国朝吾粤词人，朱小岑先生倡之于前，龙、王、苏三先生继起而挹兴之"，承继了三家并称的

---

① 况周颐：《蕙风词话续编》卷二《词话丛编》本，第 4581 页。

提法。民国时，黄华表先生的《广西文献概述》则曰："定甫《茂陵秋雨词》与栩谷《雪波词》、翰臣《汉南春柳词钞》并称粤西三家"，至此三人于词合称遂成定论；其三，民国二十三年陈柱校刻苏汝谦与彭昱尧、龙继栋的词集，三人词集刻本版式一致，后有人将苏汝谦的《雪波词》和彭昱尧的《彭子穆先生词集》、龙继栋的《槐庐词学》及王鹏运的《校梦龛集》合为《粤西词四种》；其四，严迪昌《清词史》将龙启瑞《汉南春柳词钞》、龙继栋《槐庐词学》与王拯的《龙壁山房词》并称为粤西名家，而龙继栋作为龙启瑞之子，不仅学者气息与其父相似，其词婉丽蕴藉者与其父亦相似，家族渊源影响明显。鉴于上述原因，本文将彭昱尧、龙启瑞、王拯和苏汝谦、龙继栋五人合称为"岭西五词家"。①

一 才丰命蹇彭昱尧

彭昱尧（1809—1851），字子穆，初字兰畹，广西浔州平南县人。以平南县阆石山为号，称阆石山人。彭子穆天资聪颖，道光甲午（1834）、乙未（1835）间，时任广西学政的池生春视学浔州，"一见大赏，目为国士，携之桂林学廨，将以其所学者使毕学之，欲其大成，为世用也。"②后入吕璜门下学习古文。在桂林数年，他结识了王拯、朱琦、唐岳等人，与他们性情相投，结为一生知己。道光十七年丁酉（1837），彭昱尧乡试中举，此后困顿科场，游于广东数年，曾佐广东学使幕，1851年在乡落拓而终。

彭昱尧主要以诗文名世，其词集《忏绮盦词稿》"世无传本"，③今本为民国初年平南甘曦在收集彭昱尧诗文作品时顺便汇编成册，1934年陈柱对之进行校刊时已疑其非旧。陈校本收词四十首，称《彭子穆先生词集》，另叶恭绰《全清词钞》选彭词三首，称彭昱尧词集名《忏绮盦词稿》。

---

① 请参见黄红娟《岭西五家词校注》，硕士学位论文，广西大学，2005年；梁扬、黄红娟《岭西五家词校注》，巴蜀书社2011年版。

② 王拯：《彭子穆墓表》。

③ 陈柱：《彭子穆先生词集跋》。

　　从今本《彭子穆先生词集》的内容来看，才子落拓、艳情相思是词中最普遍的主题，其客居广东为生计而奔波时所作的词在其中占的比重相当大，"无成生计拙，荏苒堕风尘"①的焦虑在词中往往与怀古的慨然交织缠绕而出。作为一个"生有轶才，权奇倜傥，不协俗性，性嗜读，博洽贯通，熟于二十四史事迹，不屑屑于制艺"②的传统文人，彭好不容易中举后又"五会试不第"，③壮志难酬，其郁闷可想而知。这种心情使得他的一些词作在沧桑中带有一种慷慨抑塞的味道，其咏《桃花扇》故事的《夺锦标（李香君小像）》体现得尤为突出。词云：

　　　　汝是何人，撑撑气节，朝局是何时事。一样风流旧稿，玉树琼花，春灯燕子。叹相寻覆辙，哀江南、悲声同寄。剩桥头、碧柳毵毵，旖旎如痴如醉。　　明识精灵尘土，感慨欷歔，掩卷亦都无谓。勘破阎浮世界，绣佛龛灯，清凉滋味。惜商邱再出，莽天涯、可怜蛇尾。忆从前、血点桃花，此泪为谁憔悴。

　　人作古，情成空，旧朝慷慨悲歌的往事让人欷歔，在感怀历史的激情已化为尘土时蕴含了彭昱尧自己郁结心中的不平。他的另一首《夺锦标（武子风流）》含有些许名士清狂气，更增添了狂狷的意味，王拯曾说彭昱尧"行身为文如贾谊晁错，纵弗肯以自居若子瞻"，④可见彭昱尧的纵横习气。

　　这种借古人之杯酒来浇自己之块垒，悼古伤今吐露心声的笔法还有作于惠州缅怀苏轼与苏轼妾朝云的《翠楼吟》一首，融哀悼、同情与自伤为一体，感情跌宕起伏中贯穿着对有才情却际遇坎坷的人们的慨叹：

　　　　江水茫茫，髯仙昔日，迁谪从斯来去。我来怀旷世，但肠断水

---

① 彭昱尧：《龙川道中》。
② 周寿祺：《平南县志》。
③ 王拯：《彭子穆墓表》。
④ 王拯：《答彭子穆书》。

环山阻。为龙为虎，怅运会迁流，斯人犹鼠，哀中处。九原谁作，
泫然如注。　　延伫凭吊丰湖，觉黯然伤者，朝云茔墓。斜阳尊酒
酹，拜松径惟公之故。红颜黄土，附寓惠文词，已堪千古。休凄
楚，党人名姓，断碑风雨。

　　词从诞生之日起就与舞扇歌裙相伴，彭昱尧将自己的词集定名
《忏绮盦词稿》，怨愤之情却多过忏悔之意，通过习用"红粉飘零，青
衫落拓"的传统的悲情模式，他词中才子青衫与佳人红妆两相辉映，
侧艳中带哀伤，柔婉与悲慨并存。"都是婵娟，羡他人、琼华偏早。一
样红颜迟暮，青衫颠倒"（《八宝妆（翠䙅敷茵）》），由来福慧难双全，
这种同是天涯沦落人的论调赋予他的艳情词以寄慨身世的内涵，透露出
彭昱尧心底难以平息与忘怀的"不遇"之憾。

　　"人世孤生蹇，劳劳何所营。百年文字感，一棹水云轻。痴爱根难
断，因循悔易萌"①，长年的科场失意，碌碌奔走而生计无着让彭昱尧
的失落感更深，其内心深处对济世理想的追求又无法泯灭，加剧了他的
痛苦，而此痛苦是花月裙钗与诗文酒会都不能排解的。"春去也，无从
觅"（《金缕曲（画美人）》）、"旗亭曾听黄河唱，江海诗名谁过访"
（《青玉案（春江浩渺春涛壮）》），词中的伤逝之情混合着惋惜与急迫
之感，有一种愤急又无奈的意味，加之岁月流逝，年华虚度，彭昱尧最
后"卒颠连抑塞以死"，② 是其个人的悲剧，也是那个时代众多文士的
悲剧，研读其词，不禁为之悲叹。

　　彭昱尧的词大多直抒胸臆，将心中的感愤忧郁披露尽兴，但亦有含
而不吐的幽微之作。叶恭绰选入《全清词钞》的《蝶恋花》即可为例：

　　　　缥缈碧城春不隔，青鸟多情，芳信传端的。百啭流莺声呖呖，
惊残好梦难寻觅。　　红雨阑珊烟幂历，门掩苍苔，中酒愁如织。
浓睡觉来无气力，灯花烂漫空怜惜。

---

① 彭昱尧：《七月十七日有潮州之行》。
② 龙启瑞：《彭子穆遗稿序》。

有学者以为彭昱尧的词"宗常州词派，讲究比兴、寄托，抒发怀才不遇的身世之感受，委婉哀怨"，① 当指此类作品。相似的词作还有《蝶恋花（二月东风熏绮陌）》与《蝶恋花（妆卸铅华香褪麝）》、《醉花阴（缥缈碧城垂碧柳）》等。

前面说过，彭昱尧之词绝大多数作于广东，从 1846 年至 1849 年，他大约在广东停留了三年半之久，而 1846 年夏至次年秋，王拯亦在广州。彭昱尧《寄怀王定甫》有回忆二人同在广州时情景，"忏悔共期删绮语，栖真相约访青邱"之句，彭词集原名《忏绮盦词稿》，由此可见其就词创作曾与王拯有过切磋。②

二　"经师词家之最"龙启瑞

龙启瑞（1814—1858），字翰臣，一字辑五，广西临桂人，道光十四年（1834）中举，道光二十一年（1841）状元及第并授翰林院修撰，历任顺天、广东乡试同考官，湖北、江西学政等，官至江西布政使。咸丰八年（1858）九月，龙启瑞卒于江西南昌任所，同治十一年（1872），诏入江西名宦祠。

龙启瑞学问广博，通经史、精音韵，著述丰富，有《尔雅经注集证》等十数种。③ 他的古文与朱琦、王拯等并称岭西五大家，诗与朱琦、汪运等号为"杉湖十子"。对于词，龙启瑞开始创作的时间要比诗和古文晚很多，据《汉南春柳词钞》里的词前小序和他的《复少鹤书》推断，他约略于道光二十八年（1848）九月视学湖北时开始作词。其《复少鹤书》称："近有江南耆宿在此，深于此道（填词）。某乃时从为之，见谓不恶"。也许是这位"江南耆宿"的引导和鼓励才促使龙启瑞开始词创作。龙启瑞始事倚声后其行迹所至常以词记之，又与王拯诗词往来，互相指正。咸丰二年龙启瑞刘氏妻亡，形成翰臣悼亡词创作的一个小高潮；其娶才女何氏后，两人情投意合，夫妻互以诗词赠答，相关

---

① 张维、梁扬：《岭西五大家研究》，江苏古籍出版社 2003 年版，第 241 页。

② 以上请参见黄红娟《岭西五家词校注》，硕士学位论文，广西大学，2005 年；梁扬、黄红娟《岭西五家词校注》，巴蜀书社 2011 年版。

③ 龙继栋：《经德堂文集跋》。

词作亦不少。

龙启瑞的词集与选本流传不少，咸丰四年他与唐岳、朱琦共同校定的《涵通楼师友文钞》所附的《汉南春柳词钞》；光绪五年（1879），其子龙继栋刻《汉南春柳词钞》，此本收录了咸丰六年龙启瑞任江西学政之前的词作，也包括咸丰四年刊本内容。后有陈乃乾所辑《清名家词》所收的《汉南春柳词钞》本和民国二十四年（1935）桂林典雅印行排印本的《汉南春柳词钞》。另龙启瑞仕江西后的诗词名《䜣帚集》，龙继栋曾将之别为一集刊出，今《䜣帚集》全本已佚。光绪二十三年（1897）况周颐所编《粤西词见》在扬州刻印出版，录启瑞词34首，包括已佚《䜣帚集》中的数首。

龙词以述情词、纪行词、题咏词为主。龙启瑞是一个感情丰富的人，在《汉南春柳词钞》中，思妻念友的词所占比重不小。其前妻刘氏早亡，龙启瑞最早的悼亡之作《浣溪沙》九首作于刘氏亡后不久，词以伤感的口吻回忆两人过往的点点滴滴，哀叹她的薄命，诉说自己的孤独与思念。其五云：

> 落尽繁英惨不喧，廿年春梦了无痕，慰人空对掌珠存。　　只有长歌能当哭，更无芳草与招魂，西风吹老芷兰根。

"恭人之生也，于世途无爱恋之迹；其殁也，盖若得所止而休焉"，[1]当龙启瑞面对年幼的子女，回想起妻子贤良的品德与淡薄世情的个性，便化成了词中凄楚难当的鳏鱼之叹。其为刘氏作的悼亡词还有《凄凉调（晚花院落）》《解珮令（韶华婉晚）》《沁园春（效俳体）》等二十余首，在《汉南春柳词钞》中占近五分之一。

龙启瑞继室何氏是个工诗词的才女，是龙启瑞真正的知音胜侣，二人的书信往来启瑞常寄以词，他的《摸鱼儿（潇湘舟次寄内）》写道：

> 忆红窗、拥衾谈艺，深宵同听春雨。花前谁把将离赠，瞥见秋来人去。湘浦路，望彩凤孤飞，忍使芳华误。相思正苦。叹百炼刚

---

[1]　龙启瑞：《祭先室刘恭人文》。

柔，九回肠断，犹记向时语。　　东风杳，天上幽怀空赋。人间芳
信无据。多情争似无情好，分付啼鹃休诉。行且住。拟整顿渔蓑、
系艇湖边树。佳音记取。待梅讯江头，团栾灯火，重与话离绪。

眼前景，往昔事，离别时的叮嘱，分别后的思念，都在诉说对重聚的期
盼，末句"待梅讯江头，团栾灯火，重与话离绪"，颇有几分李商隐
《夜雨寄北》中"何当共剪西窗烛，却话巴山夜雨时"的味道。

龙启瑞自弱冠后游学为宦，足迹踏遍大江南北，始习倚声后，他写
了不少抒发行旅感受的词作，《解连环》一阕词云：

丽韶飘瞥。更匆匆过也，禁烟时节。看布帆、芳草晴波，只花
鼓饧箫，暂时抛撇。梦绕东阑，剩几树、梨云飞雪。对垂杨影里，
渡口晚风，何处啼鴂。　　还添子规夜月。更江船远泊，笛韵吹
裂。忆旧游、清兴连番，漫人倚玉楼，马嘶金坼。景物依然，换新
火、异乡能说。但天涯、对花对酒，负他怨别。

此调感受细致入微，情思不薄，伤春怨别之情在凄迷流逝的暮春之景映
衬下更觉哀婉，且笔触轻倩柔和，融景情为一体，笔意圆润，婉约
可诵。

启瑞主张在作品中抒发真性情，强调"真"，在作品中内容第一
位，修饰第二位，曾道："文章虽末艺，贵与性情俱。真性苟一漓，
千言终为虚……寄言摛华氏，根柢当何如。"① 他所说的根柢即是真
性情，对于龙翰臣来说，它首先是创作的动力。其悼亡的《浣溪
沙》九首词前小序云："情之所至，有不能已于言者。因作长短句
廿余章，盖亦长歌当哭之意"。内心情感的积聚压逼迫切需要找到
释放的出口，在这种情况下产生创作冲动，所抒发的自然是心中不
假雕饰的真情。

龙启瑞作词又善于写景，如"浅渚新黄苗菜芽。晓风吹软绿兼葭"
（《摊破浣溪沙（浅渚新黄苗菜芽)》）的春机盎然，"半林红叶，依约

_____

① 龙启瑞：《古诗五首》其二。

染微霜。云送征鸿自远，河桥外、烟水微茫"（《满庭芳（燕入疏帘，鸦啼古树，数峰相向斜阳)》）的秋情渺渺，三言两语点染成画，自有神思涵于内。总的说来，其词中之景构图疏阔简洁，稍加勾勒即止，用色淡雅，绝似水墨画中的尺幅小品境界。又好写山林田园风光，"然某谓文人笔墨之间，自有烟云供养。要多阅古书，博观名迹，取彼气息，荡我凡秽，使胸中常有清旷超脱、奇崛磊落之致，则凡邱壑林泉之憩息，皆吾书境也；时鸟候虫之变态，皆吾书理也；村农野老之周旋，皆吾书料也"①。对他而言，山水可寄其性情、陶冶其情操，兼词人常有隐退江湖之愿，故土家园之思，笔下水乡河畔的田园风光便特别吸引人。下面这两首《浣溪沙》是最好的证明。

　　　　潋滟金波照大堤，堤边杨柳细如丝，暖空时见露痕微。
　　略有声闻长笛静，更无形影白鸥飞。江清人近觉天低。
　　　　　　　　　　　　又
　　潮路光阴燕子家，小桥经雨涨平沙，野田三月尽黄花。
　　挑菜河滨人影聚，卖饧村市语声哗。水乡风物未应差。

　　前一首杨柳依依，鸥鸟飞翔，悠远的笛声隐微传来，空气中一派悠闲自得的气息；后一首以小桥、人家、黄花为背景勾画水乡村市之景，充满清新亲切淳朴的风味；如此恬静适意的生活景象，带有理想化的浪漫色彩，使人向往。

　　龙启瑞还有些小词写得非常有韵致。如《采桑子（杨花吹作浮萍了)》情味隽永，温柔敦厚中有缠绵掩抑之思，又如《临江仙（长日恹恹春倦里)》整个笼罩在一种慵懒无聊赖的氛围中，其"刺桐明月下，闲坐学吹箫"句典雅含蓄，温婉中颇显心力。

　　《清名家词》以为"近代以经师工填词者，以启瑞为最"。钱基博先生认为龙启瑞"词工小令，凄丽清婉，颇得晏殊父子之遗也"，② 但

---

　　① 龙启瑞：《答李古渔书》。
　　② 钱基博：《中国文学史》附录，中华书局 1993 年版。

在黄华表先生看来，龙词"瓣香北宋，小令取法欧范，慢词得之秦柳"，① 此说似比钱先生之说更为确切。龙启瑞的小令如上面所举的《浣溪沙》"潋滟金波照大堤"和"客路光阴燕子家"俨然有范仲淹《眼儿媚（萍乡道中）》等小词闲适、恬静的田园水乡风味；而其《江南好》诸调也有欧阳修描画颍州西湖的《采桑子》组词的影子。秦观为词"专主情致"②，"其淡语皆在味，浅语皆有致"③；柳永词善铺叙，每于生活平凡细处言情，"景中人自有无限凄异之致"；④ 二人其实不仅只影响了龙启瑞的慢词。龙启瑞于创作强调渊源与实践，讲究宗法，他曾说："诗古文词，宗法甚高。熟而操之，何患不至"，⑤ 于诗与古文如此，于词亦然。故此他对当时的词家持否定态度，认为"近之词家，专取曼声弱字，以为不如此则不得谓之当行。此亦如古文家之拘守绳尺，异己者则谓之不工也。安得一才力大、宗法正者起其衰而返诸古乎？"⑥ 然他所说的宗法并非是泥古守旧，其论古文曾言"如专守其门径，而不能追溯其渊源所自，且兢兢焉惟成迹之是循，是束缚天下后世之人才而趋于隘也"。⑦ 宗法、溯源而不因循旧迹，是龙启瑞的古文创作与词创作都奉行的原则。这种重溯源、讲门径的见解与况周颐的"不知门径之非，何论堂奥"一致。⑧ 龙启瑞词被谭献列为粤西三家之一，其论词主张写真情，情真不假饰的观点也被王鹏运、况周颐所认同。⑨

三　"近词一大宗"王拯

王拯"素以古文名，诗词皆擅长"⑩，生前著述不少，有《龙壁山

---

①　黄华表：《广西文献概述》，《建设研究》1931 年第四卷第五期。

②　李清照：《词论》。

③　冯煦：《宋六十一家词选例言》。

④　郑文焯：《大鹤山人词话附录》、《词话丛编》，第 4348 页。

⑤　龙启瑞：《致舒伯鲁书》。

⑥　龙启瑞：《复少鹤书》。

⑦　龙启瑞：《致唐子实书》。

⑧　况周颐撰，屈兴国辑注：《蕙风词话辑注》，江西人民出版社 2000 年版，第 25 页。

⑨　以上请参见黄红娟《岭西五家词校注》，硕士学位论文，广西大学，2005 年；梁扬、黄红娟《岭西五家词校注》，巴蜀书社 2011 年版。

⑩　杜文澜：《憩园词话》卷三《词话丛编》，第 2911 页。

房文集》《龙壁山房诗草》等。其词集有若干种：《忏庵词稿》《瘦春词》《茂陵秋雨词》（此集有两卷本和四卷本两种，《茂陵秋雨词》两卷本即为王拯所言的《龙壁山房词草》二卷，1859 年编定，次年刻行），有重见与遗佚者。后陈乃乾辑《清名家词》，收王拯《茂陵秋雨词》（是书中作《茂林秋雨词》）与《瘦春词》，总名《龙壁山房词》，另有 1935 年桂林典雅排印本《岭西五家诗文集》于王拯诗文集后附刊《茂陵秋雨词》四卷与《瘦春词钞》一卷。本书依《清名家词》例，将《龙壁山房词》作为王拯词集总名。

《龙壁山房词》的内容比较丰富，呈现出一个重情多感的词人眼底心头的所见所感，中又以怜妻念友之作占大多数，特别是王拯两娶，前为张氏后为施氏，夫妻感情均极笃，然两位夫人皆不幸早亡，《龙壁山房词》中为她们所作的悼亡词数量众多，几占王拯全部词作的四分之一。张氏于道光二十二年（1842）三月甫为王室，次年六月即因难产卒，王拯因而"幽忧多疾，举百不事事"，[1] 唯填词述其伤痛。《沁园春（三神庵展张宜人殡宫作）》即作于其间，词云：

> 秋到长安，断雨零风，愁人自醒。惨琳宫门掩，葳蕤玉锁；瑶京路隔，缥缈云軿。戢佩商量，斋盐论略，寂寞生涯涕泪并。年华影，奈朱弦锦瑟，一半尘扃。　　禅关我亦伶俜，渐带索、衣宽也自惊。念青山归骨，何时负汝；白头进愧，梦底从卿。隔院棠梨，连街鱼鼓，不信人天有万层。幡竿静，待烛灰香冷，环珮来经。

在上片的独白与下片和亡妻的拟对话及痴想中饱含对妻子的深情，述说着对妻子的依恋，那种互相依靠扶持的夫妻忽然变成孤单一人的哀伤与悲痛透纸而出，酸楚难当。

咸丰十一年（1861），王拯的第二任夫人施氏在与之相伴 16 年后亡故，其时王拯方自滦阳归，其于归途中距都门三十余里犹唱道"白头只有鸿妻在，何处青山堪隐"（《摸鱼儿（夜宿孙河，距都门仅卅余里。展转更阑，不能成寐，赋此调未成，而林鸦已起矣）》），不料归家

---

① 王拯：《忏庵词稿序》。

妻已弥留，"感君息犹存，见我语不出。百年嗟黔娄，殃厉几时绝"，①
其惨苦滋味在《青山（衫）湿遍（辛酉八月，归自滦阳，适遭施淑人
丧。曩见纳兰容若此调，尝为金梁外史所谱，窃自效颦，不知两君情况
视我何如也）》表现得最透彻。词中写道：

> 菱花破也，依然噩梦，潦草霜晨。不道西风倦羽，蓦归来、并
> 影鸾分。感黔娄、身世总难论。只青山、有约偕归处，待白头、长
> 对如宾。禁得孤生暮景，重伤弱草轻尘。　　痴绝石麟空祷，灵萱
> 佩影，愁带三春。那识江潭摇落，又凄凉、孀萼含黄。恁东华、百
> 故恨长贫。算从头、十六年间事，到今宵、一一凄神。断送瑶华倩
> 影，支离未了残魂。

按纳兰容若（纳兰性德，原名成德）的悼亡词素以"哀感顽艳"著称，
而《青衫湿遍》是其自度曲，也是其初赋悼亡之作，满纸凄情苦语，
哽咽凄凉。而周之琦中年悼亡，词中世情与悼亡合一。王拯此词则将悼
亡与身世结合，宦途不堪、羁旅疲惫的他更渴望家庭的温暖，可归来变
成孤鸾只影的现实让他悲痛不已，白头偕老的愿望破灭，回忆中的甘苦
与共更让他伤怀。

对比纳兰悼亡词中的知己之恨，王拯的悼亡之作更突出的是身世之
感。王拯早年孤苦，一岁丧父，七岁丧母，其家本有祖父、父母、三
兄、二姊，至王拯中进士时只剩下了他和一寡一嫁两个姐姐，孤苦无依
之感伴其终身。迨娶妻后，妻子即是王拯的家人，给予了王拯家的关怀
与抚慰，故王拯两娶皆欲与妻偕老，多次表示"骨肉永团栾，所愿良
亦足。"② 或是"平生残骨肉，所愿作蛩蛩。"③ 一旦妻亡，王拯即再次
产生"余生迈凶厉"④ 的宿命意识，其童年父母兄长早亡的心灵创伤也
因而再次撕裂，与他的悼亡心情合而为一，使他的悼亡词显得越发沉

---

① 王拯：《寒夜自题秋中所为〈滦阳百乘卷〉，后计一载来两匦滦直，触挽万端，简为
百韵，自知凌乱复沓所不免也》。

② 王拯：《示内》其三。

③ 王拯：《出门》。

④ 王拯：《北风二首寄彭子穆》其二。

痛。王拯丧妻悲不能已因而开始作词，可以说，悼亡心情是促成王拯开始词创作的关键。除了悼念两位夫人的词作之外，他还有一些悼念亡友的作品，如《鹧鸪天（阳朔舟中。重九。忆去年此日，自吴门舟达武林。又十四年前，与亡友彭子穆同舟过此，不胜今昔之怀)》、《高阳台（悼海门)》、《高阳台（悼萍矼)》等也都写得情真意挚，婉婉动人。

前人曾评王拯诗多伤时感事之语，其词中亦然。如《瑞鹤仙（夜过德如所居姚氏楼作)》《瑞鹤仙（闻雁再拈前韵)》《惜余春慢（二月十五日清明，行荔浦道中作)》《金缕曲（重至寿阳山下)》等作，皆于时世有所慨叹。以其《惜余春慢（二月十五日清明，行荔浦道中作)》为例，词云：

> 旧垒荒余，新村燹后，拂面轻飓寒峭。山花懒艳，涧草怜幽，试问东君曾晓。回首星幕森沈，风雨夜来，梦魂惊觉。怎萧萧数骑，天涯憔悴，几时归好。　谁知又、杨柳攀余，刺桐开遍，宫烛禁烟分早。二分萧瑟，百六凄凉，一半青春过了。遥忆画堂炷香，流入泪痕，萧关能到。恨红羊无赖，今夕碧磷多少。

词中战火过后旧垒村边的山花涧草、杨柳刺桐掩去了战时的如星帐幕与风雨硝烟，颇有战地黄花的沧桑况味，结句的"今夕碧磷多少"沉重地道出战火带给人们的创痛。

《龙壁山房词》两百首，是五家中存词最多的，故此在内容上也比其他四家要丰富。王拯在词作中除了传统的离情别绪外，加入了时世之感、身世之叹，这是受时代风云的影响，也是清末词体益尊的一种体现。如其《齐天乐（为人题八骏图)》，借词中的骏马一吐心中不得志的悲叹：

> 海山天外神仙路，迢迢玉鞭轻指。隔目青荧，肉鬃块磊，骏尾朔风揹起。房精漫拟，只一镜清波，渥洼飞水。万里西游，六龙谁挽翠华逝。　忧来空叹抚髀。也群空冀北，流盼生喜。九折羊肠，十年汗血，都付驽骀鞭弭。清高顾视，奈伏枥悲鸣，壮心难已。会见瑶池，东方寒贝齿。

　　此词上阕描绘骏马之神俊，下阕抒骏马壮志难酬之情，词中骏马的经历与感慨几乎就是王拯自己的翻版。"频年困微贱，持策干朝廊。岁月忍抛掷，风尘走徜徉。灵性久汩没，令名复何望。中宵起坐叹，拥鼻悲寒螿"，[①] 王拯心中实有壮志消磨、年华空逝的愤慨，在此化作了骏马的悲鸣，其郁愤不平之气，喷薄而出。

　　王拯以为"凡人执笔临文，苟欲有所自表见者，必不免矜心作意于其间，惟亲知酬应，往来简牍，每其时甚促而其事又细，则不假思绎往往称心率意辄为之，而其人之真必载之以出，而不能掩君子察微"，[②] 其最初开始填词时，即是因伤痛郁闷不能自已而作悼亡词；此种率意又表现在其突为灵感所驱下笔情不自禁，如其《金缕曲（夜雨闻菰叶）》小序曰："小窗卧雨，孤檠愁伴，感物兴怀，玉田生所谓不自知其词之何以然也"，词中思绪飘荡，词境凄婉，自有一番幽怨在其中：

　　　　夜雨闻菰叶。问几时，芙蓉前度，水花开彻。满目香闺儿女恨，暗底繁华销歇。念去日、东风飘瞥。打起黄莺辽西梦，是禁烟、寒食清明节。思往事，泪盈睫。　　　游丝落絮愁孤撒，凭高楼、平林漠漠，数声啼鴂。水面琵琶翻别调，聒乱银瓶浆裂。盼不尽、估帆烟灭。江北江南魂销断，更惊心，桥畔鹃声接。商舶怨，最呜咽。

　　对王拯而言，驱动其作词的思想感情才是主要的，是它们决定了《龙壁山房词》或是婉约或是豪放的大致面貌，它们的差异又让词作在这两大基础风格上各有其细微的变化。如《木兰花慢（雨中沉闷，忽忆五年前虚谷赠句有云："中年偃蹇怜儿女，旧学衰颓重友生。"感叹之余，为填此解）》清雄隽逸，在激昂慷慨中带有名士清狂气，词云：

　　　　怕衰容揽镜，问底事，恋东湖。几败壁蜗涎，寒窗蚓曲，荏苒

---

①　王拯：《拟古赠陈抱潜元禄》。
②　王拯：《陈文恭家书跋尾》。

朝晡。跚蹒，病腰瘦损，笑盘餐长忍对江鲈。破础门边暮雨，云山
咫尺蓬壶。　　何须问讯双鱼。鸿外影，蠹余书。怅千里关河，百
年身世，卧稳筇孤。呜呜仰天击缶，有高文能傲敬通无。那得尘清
丈室，只园坐老团蒲。

类似的作品还有《长亭怨慢（同龚海床夜饮江上）》、《金缕曲
（辛酉七夕，与陈兰谷大令，话别密云官舍，并调县斋主人）》、《百字
令（滦桥）》、《满江红（重经古北口）》等。此类作品虽不占王拯作品
的多数，但在自嘲中带有一丝名士萧疏的苍凉意味，以别样格调显现了
王拯的才情笔力，增强了《龙壁山房词》的表现力。

词至晚清，对格律愈发讲究，与王拯交游酬唱的周之琦、陈元鼎等
皆是执律派。王拯初作倚声时于此并不太讲究，中晚年后反省时曾有
"声谱荒唐，工匠大惭红友"① 之语，且道"自维倚声一事，本强作解
人，聊以宣幽导郁，不自爱重，遂亦不甚检点，声谱荒唐，而音韵尤非
素习也。中年以往，精力渐疲，文辞潦倒，亦颇知自悔艾。乃以滦阳再
役，比辛酉秋重有悼亡之戚，往往情不自禁，独丝哀歌，虽声文幼眇之
间，依然鲁莽从事，而用律用韵时较前刻，稍知谨慎，抑不知果能免咎
戾否"。② 这番话可证明其后期创作时是有意识地严守词律，其《眉妩
（武林晤金眉生廉访，得读蒋鹿潭、杜筱舫、丁保庵诸词集，俱是江南
断肠句也。兹又以张君松溪所作见示，乃君至交，为刊其遗集，张君可
不朽矣。禾中舟次，用陈实庵太守〈吹月词〉中〈眉妩〉韵赋此）》
可为实例。

剩歌传竹屋，酒载樊川，天末几幽素。唤醒江南梦，东风转，
飘零愁问纤妩。远山自许，最画楼、孤雁声苦。定何事、夜月成清
影，鲍坟爱秋雨。还怅修文同去。　　叹玉颜骓马，多少尘土。迟
我扁舟弄，江春好、红箫志在何处？栗留恨语，料镜波、花月都
悟。判寥寂尊前，丝鬓冷、暂投聚。

---

① 王拯咸丰九年《茂陵秋雨词》自序。
② 王拯同治三年《茂陵秋雨词》跋。

杜文澜评："按此词笔致超妙，清气盘空，凡用去上及应去应入，
无不谐协。此调词律所载王碧山词后结，作'还老桂花旧影'。考之姜
白石、张仲举各词，皆作折腰句。盖原是'还老尽、桂花影'，词律抄
误。今此词作折腰法，可知究律之细，确为词坛名手。"①

从王拯的词创作历程与渊源来看，他约从道光二十三年（1843）
六月后因其张氏夫人亡故而开始作词，时其幽忧多疾，论词"于（温）
庭筠词皆不能得意，独知其幼眇为制最高，而于李（珣）及秦（观）、
苏（轼）、柳（永）氏之伦，读其至者一章一句之工则含咀涵佚终日不
能去"。据此可以看出，王拯作词取径五代北宋，对李珣、秦观、苏
轼、柳永等人的作品情有独钟，其虽听闻且认可张惠言的常州派理论，
但实际创作上其词重在明白地抒己悲情，并不讲求寄托。

　　……（王拯）出示此卷，清丽芊绵，于白石玉田为近。小令
亦骎骎上追五代北宋诸公。从此以造于自然，又乌能测其所到耶。
……时道光庚戌九月廿日，钝悔陈祖望拜读于是双石琴轩。

　　庚戌九月重见少和杭州，得读此卷，适有烦恼，匆匆浏览一
过，然已见南宋风流。少和东渡江，予亦将游淮，何日再相逢，酒
边灯畔细细吟之。海床记。

均出自王拯《茂陵秋雨词》附录，为上面两则1850年王拯朋友
对他的词作出的评论，从中可以发现，其时王拯词宗五代北宋的情况
已出现了变化，风格开始逐渐向南宋靠拢。此后王拯词集中的南宋色
彩进一步加浓，其作于1859年的《茂陵秋雨词自序》道："夫词虽
小文，道由依永，情文缭绕，家风既愧碧山；声谱荒唐，工匠大惭红
友。爰事删夷，都为斯集。寓香草美人之旨，敢翼骚人；聆钧天广乐
之音，犹疑梦呓"，已明确将自己的作品与张炎相比照。《龙壁山房
词》和宋人词中，有和周邦彦词一首，和姜夔四首，和吴文英一首，

----

① 杜文澜：《憩园词话》卷三《词话丛编》，第2911页。

和张炎一首，和周密五首，和陈允平一首，六人中只有周邦彦是北宋人，明显是南宋词家占多数，且就其中后期作品而言，云"其为词以南宋为宗"亦不为过。① 但就《龙壁山房词》整体而观，王拯作词兼取五代与两宋是不争的事实，其词于柳永、周邦彦、姜夔、张炎用力最深；从体裁上说，他的小令多取径五代北宋，长调更近南宋。王拯论词兼取意律，其在为周尚文所作的《小游仙馆词序》中赞周词"风旨之微，则李珣、孙宪也；节拍之谨，则美成、邦卿也"。这种既重词的寄托之意，又重词律之美的观点与其学词兼取五代两宋，不偏倚一家有内在的一致性。

在词坛上，王拯是广西籍词人中除王鹏运、况周颐外影响最大的一人。杜文澜称"细读其词，如食哀家梨，甘而能脆，有幽瘦者，宜以哑觱栗吹之，足为金梁梦月（周之琦）替人"；② 谭献评王拯为"近词一大宗"，并将之与皋文（张惠言）、保绪（周济）、定庵（龚自珍）、莲生（项鸿祚）、海秋（许宗衡）、鹿潭（蒋春霖）、剑人（蒋敦复）、翰风（张琦）、梅伯（姚燮）并为清词后十家，认为他们"能桃南宋而规北宋……皆乐府中高境，三百年所未有也"；③ 冒鹤亭则曰："所著《茂陵秋雨词》，置之《迦陵》（陈维崧词集名）、《饮水》（纳兰性德词集名）之间，非但不愧之而已。"④ （按：此语原出自《茂陵秋雨词》后所附的周腾虎识，原话为"其近作瘦春词，缠绵清远，沉着悲凉，以此置之《迦陵》、《饮水》之间，非但不愧之而已"。）平心而论，冒氏的评价太高，但依《龙壁山房词》的质量来看，王拯列为清后十家是当之无愧的。同时，王拯的广阔交游为广西词坛与江南中原等地词坛之间架起了一座桥梁，促进了彼此的交流，扩大了广西词家的影响。此外，清季四家的王鹏运、况周颐与王拯也有着密切的关系。王拯为王鹏运同宗叔祖，王鹏运在《雪波词后记》中称"家通政、龙方伯""俱善长短句"，可见其于王拯在词学上的成就亦是认可的。至于况周颐，其

① 杜文澜：《憩园词话》卷三《词话丛编》，第 2911 页。
② 杜文澜：《憩园词话》卷六《词话丛编》，第 2978 页。
③ 谭献：《复堂日记壬申》、《词话丛编》，第 3998 页。
④ 冒广生：《小三吾亭词话》卷一《冒鹤亭词曲论文集》上海古籍出版社 1992 年版，第 12 页。

12 岁时曾师从王拯，有确切的师承关系。① 要言之，王拯以其本身的创作与交游，为恢弘广西词学作出了巨大的贡献。②

四　"清空绝俗"的苏汝谦

苏汝谦，字虚谷，一字栩谷，广西灵川人。道光十七年举人③。在乡数为人幕僚，曾入周之琦之幕。太平天国运动爆发时，他佐荔江戎幕，后奉母避难隐居村谷间。咸丰五年（1855）授直隶新乐县知县。中曾一度退隐又复起原职，约于同治九年（1870）卒于新乐任上，所著有《东山草室诗文集》、《雪波词》。

苏汝谦好学且极有才华，又长于诗，其后作词实赖某种历史机缘和周之琦与王拯之力。周之琦，字稚圭，号耕樵，一号退庵，河南祥符人。嘉庆十三年（1808）进士，曾官广西巡抚。所著有包括《金梁梦月词》等的《心日斋词集》。苏汝谦自言"少不喜琦声"，④ 但他在周之琦的幕府时却"得读其《金梁梦月词》，并见所选古词二十家。花朝月夕，时闻绪论，稍识此中门径"。⑤ 其时虽未作词，但周之琦的论词主张却已深入其心，王鹏运在读《雪波词》后认为苏词"琢句选词尤与金梁为合，渊源所自，信不诬矣"。⑥

如果说周之琦是苏汝谦词创作理论上的指导人，那么王拯就是实践中的诱导者。苏、王二人"平生同有文字癖"，⑦ 情谊深厚。"辛亥，逆泉陷永安，余佐荔江戎幕，吾友王君少鹤，适随帅节来驻于此，君固精词，每侘傺不自得，有所作，强余属和。时大军顿于坚城之下，累月不能拔。杨柳之悲，采薇之感，情不自禁，因而效颦。偶一篇成，君辄许

---

① 况周颐《菊梦词》、《莺啼序·题王定甫师〈婴砧课诵图序〉》云："周颐年十二，受知定甫先师。"

② 以上请参见黄红娟《岭西五家词校注》，硕士学位论文，广西大学，2005 年；梁扬、黄红娟《岭西五家词校注》，巴蜀书社 2011 年版。

③ 从王拯《送苏虚谷序》及龙启瑞《赠苏虚谷》说，考证略。

④ 苏汝谦：《雪波词自叙》。

⑤ 同上。

⑥ 王鹏运：《雪波词》后记（《粤西词四种》本《雪波词》附录）。

⑦ 王拯：《栩谷自蓟州牧来出近作率题即用志别时乙丑之春行将乞归矣》。

可，知吾友诱我也。"① 其在战乱流徙之中奉母避难山间，"目击时事，则无路请缨；足茧荒山，则自伤狼狈。终日咄咄，曾倚此事为性命，往往酒边灯畔，独弦哀歌，亦可悲矣"②。可以说，周之琦的理论指导、王拯的实际鼓励，还有太平天国运动爆发时特殊的时世三者合力促成了苏汝谦的词创作，此幕府从军与避难山间是苏汝谦词作高产期，同治二年（1863），苏汝谦将旧作整理编订，此后可能便不再作词。

　　苏汝谦的词集最早是咸丰四年（1854）唐岳辑《涵通楼师友文钞》所附的《雪波词》，1863 年苏汝谦曾收集旧作志以缘起，并寄王拯订正，未知时刊刻否。谭献《复堂词话》辛卯记"（况周颐）又示予苏汝谦虚谷《雪波词》写本，唐子实涵通楼师友文钞，附龙王苏三家词。今写本多唐刻所未见"。③ 照此说况周颐曾有一《雪波词》写本，只不知是否写自苏虚谷自订本。后光绪二十三年（1897）况周颐编《粤西词见》收苏词 23 首，疑当是以谭献所见的《雪波词》写本为依据。1934 年陈柱校刊《雪波词》，后记言"此集传本已极少，由龙榆生兄录示云"。

　　《雪波词》今存词 37 首，但凡朋友赠别相思、咏物唱和、羁旅思乡等都在词集中有所反映，其《齐天乐（寄抱潜津门）》一阕抒写别后相思，在思念之情中融入怀旧伤今之感，词云：

> 天涯杨柳伤心碧，依依又将春暮。袴褶黄骢，简书白羽，赢得一官尘土。浮生自苦，问碧落羲轮，甚时能住。草草劳人，中年哀乐已如许。　　新霜更添几缕。觅裘萯未得，犹怅羁旅。团扇歌沉，乌丝名满，可忆玉京游处。西窗夜雨，是几度沉吟，断肠题句。为语河阳，乱红谁是主。

劳碌中年，因于卑官的疲倦无奈再加上旧友零落，可见词人灰暗沉重的心境。

---

① 苏汝谦：《雪波词自叙》。
② 同上。
③ 谭献：《复堂词话》，《词话丛编》，第 4007 页。

　　苏汝谦同彭昱尧一样，怀才待发，欲有用于世却为科举所囿，为了生计四处漂泊，词中有怀才不遇的身世之感寓于时世感之中。黄华表《广西文献概述》言："（苏汝谦）值咸丰太平天国之变，且晚从军，故《雪波词》数十阕，大抵均伤时念乱之作"，此说甚是准确。苏汝谦的《摸鱼儿（归故山）》描述了他于太平天国起义的大军北上后返乡的情景，颇有几分杜甫记安史之乱后回家情形的《羌村三首》的味道，词中写道：

　　　　叹飘零、十年书剑，无端荒了三径。斜阳收笛羌村晚，迤逦杜陵归兴。山外影。刚转过、寒云一角柴门静。双棕细认。有父老殷勤、墙头递酒，残烛夜深秉。　　还山梦，一霎荒鸡唤醒。角声无数凄警。男儿未了封侯愿，那便屋乌栖定。闲自省，算赢得、朱颜未老频看镜。烟空帐冷。问岩桂荄荄，迟谁同赋，招隐事幽屏。

那种乱后重逢惊魂未定的感觉，时光飞逝事业无成的悲嗟，使重逢的惊喜被对未来的忧虑、彷徨与迷惘所掩盖，道出了其于衰颓时世的一种无望的落寞心绪。

　　如《蝶恋花（枕上闻雁声，戏拈旧句有作）》中有"何况前途、兵气昏如雾"，《探春慢（桂林解围，喜少鹤归自阳朔）》有"杳杳残烽影，又愁人、戍楼吟望"，《高阳台（题何夫人梅神吟馆诗草并柬翰臣学士）》有"眼底家山，惊心戍鼓城笳"，感怀、酬唱、题赠中都带有烽火战乱的影子。太平天国运动对苏汝谦的影响是巨大而深远的，他在与鼓励他作词的王拯这位知音好友的酬唱词中表达出了更复杂的心绪，《瑞鹤仙（梁君德隅，招同少鹤夜集姚氏小楼。少鹤迭用前韵，复和此解）》可为代表。兹录如下：

　　　　茧灯深夜雨。话旧日，西窗依然乡土。平生素心许，又荒鸡、枕畔剑花寒舞。黄骢绣袴，弄金丸、低徊俊侣。任消磨盾鼻，东风猎猎，夜鸣雕羽。　　疑误烽边鹤怨，角外猨啼，故岑空赴。危栏漫抚。愁浩渺，问前浦。怪家山、一样登楼萧瑟，更指江天雁度。但彷徨城上，栖乌倦怀诉与。

词中有朋友间的激励，对建功立业的渴望，对时世的担忧，期待与怀疑、彷徨诸感交集，既可见苏汝谦对王拯的真诚坦露，也足见当时其内心的激荡，体现了一位低层封建文人在太平天国运动大背景下的真实感受。太平天国的爆发对苏汝谦而言也许是个建立功业的契机，但苏汝谦终是无所作为。作为一位封建文人，他难以泯灭功名之心，但世道的动荡衰微，个人的郁抑不遇，早已改变了当年"待诏东华玉貌时，淋漓豪气欲何之"① 的豪情年少。科举功名对他成了欲弃不能、欲求不得的鸡肋，更兼有生计之忧，让苏汝谦身心憔悴。《声声慢（出山词）》一首，多少透露了苏汝谦的这种心情。词云：

> 雕戈枕夜，铁笛传朝，惊烽照见离颜。递酒墙头还念，故老凋残。归来卧云未稳，甚青山、不许人闲。空惆怅，是青山负我，我负青山。　　为问平生萧瑟，似杜陵家室，庾信乡关。雨雪征衣，何况岁又将阑。攀援桂枝在否，恨留人、不似淮南。春又近，看棠梨、开遍墓田。

词中对家山的留恋，对漂泊的厌倦溢于言表，其于功名亦在怀疑中产生了一种无望与腻烦，此词虽言出山却表现了山居不欲出之意，更显出身不由己的无奈。

也就是基于这个原因，作为漂泊的对立面家山田园对苏汝谦的心灵来说具有了抚慰与庇护的功能，因而他笔下的一些描述田园风光与村居生活的词作显现出一派平和自在的风光。"馑岁田家，惊心傩鼓黄昏。灯前携手怜儿女，坐更阑、笑语柴门。判通宵、斝尾流连，几度深樽"（《高阳台（村居守岁）》）他笔下乡亲们击傩鼓驱除不祥，捧出礼物互赠贺年，这热闹亲切的除夕景真切生动地再现了山村生活的素朴与温馨。

"桂林山水奇丽，唐画宋词之境。苏君超超，非少鹤丈所能掩，亦

---

① 王拯：《喜虚谷得新乐令并寄抱潜南皮》。

不负灵区矣",①桂林山水的清雅秀丽浸润了苏汝谦的词作,其词中之境淡雅清丽如画,读罢悦目怡神。如《鹧鸪天(郊行)》中展现的春郊,清新适意,春光旖旎。

> 叱犊声中布谷鸣,青山影里看人耕。桐花满地斑斑雨,闲踏春风信马行。　才几日,过清明,新烟散袅绿杨村。流莺一晌偎人住,柳外金梭掷未成。

苏汝谦的小词中有些季节感很浓的,对比《鹧鸪天》里那弥漫山野田间春天的气息,下面这首《南乡子》扑面而来的是冬的冷冽和清幽。词云:

> 山郭又黄昏。零乱梅花满地魂。恰被东风收拾去,无痕。月下归来独掩门。　霜重竹难扪。煮酒垆头火不温。寂寞翠禽相伴语,篱根。梦绕寒溪一段云。

刘勰《文心雕龙·隐秀》言"情在词外曰隐,状溢目前曰秀",②若以之论此词,可谓既隐且秀。细玩词中之景,梅花、竹、禽寥寥数物,虽着墨不多,然形象鲜明,与黄昏、月夜等背景相映衬构成冷寂清幽、淡雅而又意味隽永的画面;深味词人之情,则可能是时世之伤、身世之感,抑或是伤逝恨别,凡此种种皆在可能。读者很难明确作者究竟为何伤怀,但这种情怀郁结不化,半暗不明,寻之无迹,挥之却又在字里行间萦绕,恰如钱裴仲《雨华盦词话》中所说的"迷离惝恍,若隐若现,此善言情者也"。

苏汝谦对这样迷离恍惚的情感似乎特别钟爱,他述情多隐微婉曲以出之,用迷离景述迷离情,使《雪波词》中一些小词幽约绵渺,耐人寻味。如《菩萨蛮》词中写道:

---

① 谭献:《箧中词》,《词话丛编》,第4018页。
② 刘勰:《文心雕龙》,《词话丛编》,第3699页。

西窗独坐黄昏雨，空阶滴沥如人语。风飐绣帘斜，夜凉弹烛花。　　锦屏秋影澹，沉水熏笼换。无可奈何时，此情谁得知。

此词情景相间交融一体，其闲雅蕴藉颇有五代小令的风致，哀而不伤，怨而不怒，温柔而敦厚，恐不可以平常闺词视之，当是有所寄托之作。"词之有令，唐五代尚矣"，[①] 按周之琦论词于小令推唐五代，王拯论词亦以为"独知其（温庭筠）幼眇为制最高"，[②] 两人的理论皆在苏汝谦的创作中反映出来。如《望江南（思往事）》、《浪淘沙（风雨闭重门）》、《蝶恋花（帘幕深深莺语透）》等作，深婉含蓄，用淡然的笔调回味往事，但情思真切，用意颇深，故淡而有味，有言外不尽之致。

王鹏运曾评苏汝谦词"颇近玉田碧山"，[③] 王鹏运自己亦是"瓣香碧山者"，[④] 故其评语较精当。《雪波词》中如《祝英台近（湖上）》《喜迁莺（曙窗啼鸠）》《浪淘沙（青鸟啄红巾）》等风格甚类张炎、王沂孙。"碧山、玉田生当宋末元初，黍离麦秀之感，往往溢于言外"，[⑤] 苏汝谦《南浦（用山中白云谱。卅年萍梗，未到江南；半壁河山，已成残劫。辛酉过中山，遇吴人汪君东舫，出江南春图索题，因拈此曲，作鹧鸪唱，不顾坐中之有江南也）》一词不仅词律依张炎的山中白云谱，其伤时忧世的沧桑乱离之感也与张炎的遗民词类似。词云：

金粉六朝山，望江南，只趁烟波一棹。因甚不来游，繁华地、都付乱鸦残照。香销翠褪，梦华空逐东风杳。说与三生浑未省，枉却杜郎年少。　　当时巷陌人家，便燕子归来，都迷芳草。试问旧王孙，天涯路、愁听鹧鸪春晓。零纨断绮，画图留得伤心稿。惟有伤心无画处，看取画中人老。

---

① 杜文澜：《憩园词话》卷二，《词话丛编》，第2865页。

② 王拯：《忏庵词稿序》。

③ 王鹏运：《雪波词》后记（《粤西词四种》本《雪波词》附录）。

④ 蔡嵩云：《柯亭词论》，《词话丛编》，第4913页。

⑤ 同上。

词虽是题画之作，但以主观抒情替代了对画幅的全方位描绘，只抓住图中画面凄迷暗淡的景物加以突出，那种繁华成空的沧桑与羁绊天涯不能归的伤心感人至深。

在彭昱尧、王拯、龙启瑞几人中，苏汝谦的身世与彭昱尧最为相似，年少时的慷慨豪情亦相当，但苏汝谦词中的曲尽其情与彭昱尧的直抒胸臆有着明显的差别，可《雪波词》中并非完全没有豪爽之作，《水龙吟（汪士松上舍荫绶，寄示重九日众春园登高之作，次韵奉酬)》即是一首酣畅痛快以抒情为主的作品。

> 簿书忙过重阳，宦情赢得黄花笑。满城风雨，催租帖去，催诗人到。雁白缄愁，鸳红题恨，旅乡秋老。问中山胜迹，中仙胜侣，争放过，金杯小。　　眼底烟尘未扫。黯关河、昏鸦残照。渊明宅畔，西风三径，几时归好。古道呼鸾，荒台戏马，一声长啸。更何人、送酒隔篱唤取，玉山颓倒。

虽然这样的风格不是《雪波词》的主要风格，然那种世事自忧我自醉的狂放别具一格，亦值得一读。

《雪波词》上学唐五代小令，下摹宋末遗民心曲，其词蕴藉绵渺，寄兴尤婉。谭献认为"苏君超超，殆翰臣、少鹤两先生所不能掩"，① 认可了《雪波词》的价值，实开三家并称之例。王鹏运言当年《雪波词》曾让伏日中的他"挥汗读一过，不觉两腋清风自生"，② 可见王鹏运对这位先辈同乡的词作也相当推崇。推崇之余，王鹏运还考辨了苏汝谦的渊源，得出了"先生受词学于金梁外史，又与家通政、龙方伯为云霞交，通政、方伯俱善长短句，宜其清空绝俗语也"③ 的结论，为进一步研究苏汝谦的词提供了重要的参考。黄华表《广西文献概述》将苏汝谦与同时代的其他词人相比，以为"其实并代词人，若玉井（许宗衡）、青耜（何兆瀛）亦庶几无愧"。谭献《箧中词》评许宗衡"为

---

① 谭献：《复堂词话》，《词话丛编》，第4007页。
② 王鹏运：《雪波词》后记（《粤西词四种》本《雪波词》附录）。
③ 同上。

近词一大宗"，并在《复堂日记》中将之列为清词后七家之一，于何兆瀛则言"抗手许海秋（即许宗衡），齐名文苑"，^① 以这两人作为参照，约略可见苏汝谦在晚清词坛中的位置。^②

五　子承父学龙继栋

龙继栋（1845—1900），原名维栋，字松琴，一字松岑，号槐庐，广西临桂人。龙启瑞子，同治元年（1862）举人，官至户部候补主事。光绪八年（1882）因卷入云南奏销案被夺职，次年遣戍，因缪荃孙请李鸿章出资赎还后主万全书院，1891 年任江南官书局《图书集成》总校，1895 年任江南尊经书院山长。

龙继栋"博涉群籍，喜驰骋文字，通小学，多才，工篆隶"^③，著述丰富，著有《十三经廿四史地名韵编今释》等，其撰有《图书集成》校勘记二十四卷，所校本因成善本，文学作品有《槐庐诗学》、《槐庐词学》、《侠女记》等。《槐庐词学》有刘氏精抄本和 1934 年北流陈柱校刊本，陈本收词 38 首，刘氏精抄本多补遗二首。

《槐庐词学》体现了龙继栋细腻善感的诗人特质，他的一些因伤春而牵动宦情、唤起身世之感的小词写得哀婉动人。如这首《虞美人》：

> 迟春无计春将老，铃语花枝小。诗魂清瘦到谁家，记得昨宵疏雨碎桐芭。　此生已分成中隐，城市猪肝尽。闭门何事最销魂，满地落红流水送黄昏。

虽"隐"隐于闲官，可闲官之隐并不能让作者真正如隐者般超脱于世事。下片中块然独居时的伤逝已多了几番无奈与由他去罢的不顾惜之感，读之更为伤情。

龙继栋的敏感重情也许对个人官场发展不利，但却十分适合写作小

---

① 谭献：《箧中词》，《词话丛编》，第 4012 页。
② 以上请参见黄红娟《岭西五家词校注》，硕士学位论文，广西大学，2005 年；梁扬、黄红娟《岭西五家词校注》，巴蜀书社 2011 年版。
③ 缪荃孙：《前户部候补主事龙君墓志铭》（改桐庐袁研秋同年文）《碑传集三编》卷一二，第 1691 页。

词，尤其是闺词。以其《减字木兰花（将回桂林与内人别）》为例：

> 双蛾恨绾，道折将离肠欲断。强笑成痴，不问重来是几时。
> 秋风花渡，杨柳鞭梢归去路。小涧泉鸣，疑是阿侬送别声。

上片重点突出与妻惜别时的神情：愁眉不展的她念及分离柔肠欲断，但怕夫婿担心而强作欢颜，甚至不敢问夫婿的归期，"强笑成痴"的楚楚可怜与"尊前只恐伤郎意，阁泪汪汪不敢垂"境况相似。下片写别后作者在返乡途中听见小溪潺潺的声音，回想起妻子送别时的细细嘱托。全词主要通过神态、语调表现词中女主人公的贤淑、痴情形象，吐露她幽怨缠绵的情怀，同时表现了词人与妻子之间互相依恋的深情。

如《清平乐》中"砑笺半幅银床，与侬描写鸳鸯。画到并头春影，双鬟一笑添香"的活泼多情；《南乡子》中的"暗地将裙钗比，宽些，一种闲愁上鬓鸦"的自惜自怜；《蝶恋花》中"弄草凭谁花下斗，等闲莫道春光旧"中的闲雅，很能表现闺中人的神韵与情思。

《槐庐词学》中还有一些感愤时世之作，或以世事质苍天，或以仙界喻人事，冷峻峭拔，寓意深刻。如《浪淘沙（醉眼几凭栏）》一首则有对时事的忧患，苍茫凄楚中带有一种失落。词云：

> 醉眼几凭栏，无限江山，可怜春草碧无端。百雉严城银铸就，一望生寒。　十里夕阳殿，谁诩骖鸾，欲将邱壑老虚屏。待访蛰龙岩下去，藓径云干。

《槐庐词学》有一个耐人寻味的特点，他的小令与长调基本呈现为两种截然不同的风格，小令以蕴藉含蓄为主，他的《唐多令》以平常絮语叙平常事，然词浅情不浅，语尽情不尽，即是很好的证明。词云：

> 酒不解醒春酲，新愁暗底萦。捻花枝、插向铜瓶。倚袖端相无一语，思旧梦，恨黄莺。　何事送春行，春花细品评。又郊原、绿遍蘼芜。恰蒸水沉酣午睡，蓦地里，响风筝。

此词一派宁静闲雅的情调，然表面的悠然之下又隐隐透出主人公难以排遣的愁绪。

相较而言，《天香（宜槛欺人）》《满江红（长啸天空）》之类的长调聚集了不少典实，多书面语，顿挫凝重，有慷慨悲歌的意味，恰与词中纵横捭阖的格调一致，清狂中别有郁抑涵胸，这或许就是其好友袁昶眼中龙继栋"坐论台北与安西……忧时有泪并嗢笑"[①] 的性格另一面的体现。如下面这首《月中桂》：

> 万古穷冬，问如何至今，照旧寒冽。定九重珠殿，不胜高洁。昨宵青凤语，要快睹、玉尘万石。太息华阳洞，痴龙雾隐，矫首望甜雪。　银湾浦层冰裂。叹嫦娥瘦了，岁岁伤别。黄姑笑指，道玉犀无恙，花枝愁折。怒风翻地冷，万山外，一丸澹月。照破霓裳梦，知在几时天未说。

词中的"万古""万石""万山""九重"，三个"万"和一个表示多的"九"重叠造成厚重感，营造出一种非人间的冷冽的穷冬气象。末句隐约有警世的意味，当为有寓意之作。

与《月中桂》里非现实的仙界的辉煌奇丽相映衬的是最显其狂狷之气的《庆宫春》，词云：

> 踢倒蓬山，饮干河水，个侬览尽天边。后有千秋，前无万古，共谁同去飞仙。彩霞低挂，要书我、愁怀当笺。凌风狂啸，知我何人，知此何年。　天宫帝座巍然，阊阖轻排，玉虎鸣颠。王母垂头，宓妃微笑，受他琯朗一卷。青裙未著，再休拍、洪崖右肩。归飞沉醉，步障迷空，看汝成烟。

此作想象奇绝，狂放不羁，词人赋予自己时间上的永恒之身，超俗登

---

① 袁昶：《浙西村人初集诗第六卷·诗八卷·槐庐前示尊甫翰臣先生经德堂集校毕，招饮兼示新诗，牵勉奉和，并简韦君伯谦》，第289页。

仙，平揖天神，豪气冲天，几有李白"素手把芙蓉"①的气势，可与苏轼和辛弃疾的狂放词相媲美。

严迪昌先生曾指出研究清词时家族的渊源因素不能排除在外，②龙氏父子在个性上至少有三个共同点：一是重情；二是敏感多思；三是学者气质。龙启瑞"词工小令，凄丽清婉，颇得晏殊父子之遗也"，龙继栋的《槐庐词学》能与父亲龙启瑞的《汉南春柳词钞》在严迪昌先生的《清词史》中并称粤西名家（还有一家是王拯），有一部分源头实"秉翰臣先生家学"。③

龙继栋还是开启清末桂派词学的觅句堂的主持者。觅句堂本是龙继栋京师寓所一堂名，后来成为广西籍京官，如唐景崧及其弟景崇、龙继栋、韦业祥、谢元麒、王鹏运等及一些外省友人在北京的以文会友组织，主要通过出游会饮过程中的分韵、限题等传统活动促成众人的词创作。黄华表先生在论及觅句堂的影响时，认为它"虽不专于词，而于词为最专。厥后广西词派，领导晚清词坛，与浙常二派，三分鼎足，考其渊源，固觅句堂有以启之"。④龙继栋对以文会友活动的热情，无形中丰富了广西词作的数量，促进了词家们的沟通与交流。张正春等的《王鹏运资料研究》和孙克强的《中晚清四大家概说》（见其著《清代词学》）皆认为觅句堂的活动对王鹏运的词创作有重要的推动作用。唯后者以为王鹏运1870年赴京应试落第后滞留京师期间曾参加"觅句堂"，受王拯影响由此步入词坛⑤说与实不符，今考王拯、龙启瑞、彭昱尧等人的诗、文、词集中皆无关于觅句堂的片言只语，且王拯1865年乞归还乡，从此再未至京，而王鹏运1870年中举，次年参加会试，其时王拯不在京，没有材料证明他能直接影响到王鹏运作词。⑥

---

①　李白：《古风》第十九首。

②　严迪昌：《清词史》江苏古籍出版社2001年版，第539页。

③　黄华表：《广西文献概述》，《建设研究》1931年第四卷第五期。

④　同上。

⑤　孙克强：《清代词学》中国社会科学出版社2004年版，第334页。

⑥　以上请参见黄红娟《岭西五家词校注》，硕士学位论文，广西大学，2005年；梁扬、黄红娟《岭西五家词校注》，巴蜀书社2011年版。

六　同期的其他词人

周尚文，字释香，象县人，官广东某知县。王拯曾为其《小游仙馆词》作序。倪鸿《减字木兰花（题周释香小游仙馆词后）》赞周词曰："小乔夫婿，花底填词音律细。秦柳苏辛，一手能兼有几人。朗吟倾倒，天厚吾乡生此老。铁拨铜弦，此卷流传可百年。"况周颐以为其词"气体深厚，异乎世之小慧为词者"。① 释香词为众人推崇实因其气韵格调出众，其胜迹怀古之作带有一种世事苍茫的感伤，如《万年欢（出居庸关）》、《南浦（汴梁怀古）》、《水龙吟（广州访南汉遗址）》、《风蝶令（伍村古刹题壁）》意境深沉清远，也有如《沁园春（漳河怀古）》、《金缕曲（剑舞生铜吼）》之类的抑郁悲歌，而一些即事就景的小词如《祝英台近（纪梦）》、《青玉案（当门恰对南山秀）》则落笔流畅随意，清新灵动，如《万年欢（出居庸关）》：

> 骤马南来，挥鞭北指，匆匆峡度车箱。历尽危峦绝巘，路转羊肠。剩有前朝废垒，征战地、草白沙黄。空凭吊、古月今云，昨宵倚到边墙。　　重关闭门待暝，又数声残角，一片斜阳。况是凉秋时候，风景殊乡。可有炉边似月，萧条甚，琴剑轻装。何人唱，出塞歌哀，那禁清泪沾裳。

又如《青玉案》：

> 邻叟园中，艺菊百数十本，烂漫放花，既赠折枝，复贻两盏。小斋坐对，此身忽不复在尘世中也。
> 当门恰对南山秀，正篱菊、初开后。去岁重阳今岁又，满头插得，一肩担就。多谢邻家叟。　　白衣谁遣仍携酒，酣饮何妨笑开口。相伴合呼朋耐久。人如花淡，花如人瘦，说与秋知否。

胡元博，字筱初，临桂人，道光九年进士，官至浙江候补道，太平

---

① 况周颐：《粤西词见》。

军入杭州时死于军，今存词二首。

侯赓成，字康田，临桂人，道光十一年举人，词附《三有堂诗集》后，今只存一首。

郑献甫，号小谷，象县人。道光十五年进士，著有《扶舆词》。小谷词学周邦彦笔法，情意温婉深厚，以健笔写柔情，其长调尤显曲折婉转，擅作一波三折。词中不少神鬼情事，每在常人生活情景中添加幽幻景象，既有《千秋岁引（石上三生）》、《水调歌头（一片白云冷）》、《满江红（天末凉风）》等的瑰丽清远，又有《摸鱼儿（最无端梦中来去）》、《揉碎花笺（镜中人）》、《风中柳（死去千年）》等的幽冥鬼气，个中实有寄托，很有特色。如《水调歌头》：

> 一片白云冷，万里洞庭秋。秋夜鱼龙飞舞，幻出百重楼。楼上盈盈仙子，歌罢思凡一曲，烟外起轻鸥。只恐潇湘晚，记曲有人愁。　醉融光，舞袅娜，忆前游。绿裙乍袅，天风激我水云舟。我思绋兰楚客，不为吹箫秦女，临去几回头。无限别离意，杜若冷汀洲。

献甫词又精于刻画缠绵幽约的心绪，如下面这首《浪淘沙》：

> 眉语更心盟，风露无声。海棠梦醒夜三更，月影花枝相印处，莫问前生。　秋月望盈盈，儿女痴情。一丝长恨两心萦，君自无聊侬自笑，听唤卿卿。

周必超，字熙桥，号慎庵，临桂人，道光三十年（1850）进士。著《分青山房集》附词。周曾与龙启瑞唱和，词多怀古与酬答之作，将时世感与亲友情合而为一，其《满江红（述怀，即柬梁冠臣李孟玉况花潭）》、《满江红（一死留名）》等隐有风云豪气，以其《满江红（述怀，即柬梁冠臣李孟玉况花潭）》为例：

> 拔剑高歌，问识得、刘郎才否。是醉曾一石，量须八斗。壮志常嘶虞坂马，生涯也屠夷门狗。笑步兵、动辄哭途穷，将安走。

东邻子，绾青绶，西家子，围红袖。算几生、修到竟能消受。破浪我经沧海过，胸中块垒归乌有。但愁来、莫便皱眉头，浇樽酒。

吕赓治，字小沧，永福人，道咸间诸生，今存词一首。

崔瑛，字瑶斋，平桂人，生活于道咸间，有《琼笙吟馆诗词集》收诗余两卷。其词多族人感怀、古迹幽思、闺情友谊之作，其感怀词则多抒写郁郁不得志的心情，或于怀古中发其抑涩悲歌，闺词却轻情旖旎，其《菩萨蛮（春闺忆二阕）》其二可为代表：

> 卖花声脆惊香梦，梦回翻恼钗头凤。杜宇隔窗呼，那堪闻鹧鸪。　　远游人万里，酒美还鱼美。夜雨断人肠，家园春韭香。

刘景棠，字伯端，临桂人，与崔瑛互相唱和，其作今存两首。

倪鸿，字延年，号耘劬，又号云癯，临桂人。著有《花阴写梦词》，曾汇刻白石歌曲词集。久游广东，与许青皋（玉彬）、张南山（维屏）、沈伯眉（曾植）、谭玉生（莹）等善。词多为酬唱题咏而作，描画点染细腻，词调闲适有花间气息，然出语自然，观其《满宫花（许粤樵学博，寄风雨怀人图索题，率填此阕）》可知：

> 雨如丝，风似片，织得相思成段。高烧红烛坐西窗，没个人儿同剪。　　琢新词，题画卷，花瓣吹来眉砚。披图侬亦苦思君，恨隔鸳江天远。

周益，临桂人，咸丰八年（1858）进士，有《树萱草堂诗集》附诗余。其词不离客思题咏之什，然语词清新、情意深挚，《一丛花（溶溶春水静无烟）》、《鹧鸪天（相忆遥遥相见稀）》、《忆江南（乙卯除夕）》中的旅人客怀平易而真切，如其《忆江南（乙卯除夕）》其二云：

> 春来也，相见又天涯。雨后眉痕杨柳叶，风前泪点杜鹃花。容易便抛家。

周冠，字鼎卿，灵川人，咸丰九年进士，有《筠园词》，今传一首。

秦致祜，字受之，一作寿芝，临桂人，同治元年举人，今只存词《长相思（东海波狂）》一首，虽亦有为人作颂意味，然豪迈雄健，爱国情绪激昂，刻画了中西海战中清军出战时的场面气势，也反映出清军内部的腐败，有词史价值。词作：

> 东海波狂，西欧徵绝，翻腾百丈长鲸。人心共愤，天意能回，高牙谁拥雄兵。先著当争。看雷轰铁舰，星拱金城，将军选奇英。仗中原、列圣威灵。　　叹征调军储，供支财赋，当路转扰民生。勤王同敌忾，戴皇仁、宁负生成。壮士长征。听奏凯、燕然勒铭。愿将军、高标四海勋名。

张琮，字石邻，临桂人，同治元年举人，官广东候补知府，有《白石仙邻词稿》，今余一首。

韦业祥（1845—1882），字伯谦，永宁人。同治四年（1865）进士，官至河北河间知府，著有《醉筠居士词》，今存六首自《粤西词见》。其词多于腾挪中曲进，可试从其《陌上花（酬槐庐）》观其风格。词作：

> 无花无酒，时光争更，恹恹连雨。闷掩屏山，早则沉檀懒注。旧游屈指观莲近，梦入水亭烟浦。待从新点缀，小窗花事，倩谁分与。　　谢殷勤持赠，幽香千缕，雨后啼痕犹聚。恰好微凉，轩槛暗芳吐。纸窗竹簟清如水，便当倚香偎玉。写风怀，付与冰弦银管，夜窗按谱。

韦业祥与龙继栋的词创作有密切关系。龙自叙1865年会试落第后"君（指韦业祥）数相过，始唱酬为乐。各以写客怀，未尝留稿"，①

---

① 龙继栋：《韦业祥小传》。

可见他是从与韦业祥唱和开始走上填词道路的。今天所见的《槐庐词学》中注明写给韦业祥的酬唱词虽只有一首，但《粤西词见》所收录的六首韦业祥的词中却有五首小序注明因槐庐而作，看来他与韦业祥在词创作上互相影响不小。[①]

李守仁，字若山，容县人，有绮云楼词，自序作于同治丙寅，《粤西词见》选录六首。

此期词人还包括觅句堂成员中名存而词不传者三人：

唐景崧，字维卿，又作薇卿，灌阳人，同治四年（1865）进士，官至台湾巡抚。

唐景崇，字春卿，灌阳人，景崧弟，同治进士，官至江苏学政。

谢元麒，字子石，桂林人，工绘事。

第四节　晚清著名的"临桂词派"

一　"岭表宗风"王鹏运

王鹏运（1848—1904），字幼遐，一作幼霞，号半塘，晚号鹜翁，又号半塘僧鹜，广西临桂人，原籍浙江山阴。同治九年（1870）举人，十三年（1874）以内阁中书分发到阁部行走，后升内阁中书，光绪八年（1882）丁父忧返乡，1884年底回京后不久转内阁侍读学士。光绪十八年（1892）授江西道监察御史，升礼科给事中，转掌印给事中。光绪二十八年（1902）去官归江南，主扬州仪董学堂，两年后卒于苏州。

王氏"唯精于词学，生平捆款抑塞，一寄托乎是"[②]，又好校勘词集，所刻《四印斋所刻词》及附《四印斋汇刻宋元三十一家词》世称善本。其词创作亦丰富，有《袖墨集》、《虫秋集》、《味梨集》、《鹜翁集》、《蜩知集》、《校梦龛集》、《庚子秋词》、《春蛰集》、《南潜集》九种，以甲乙丙丁为序，又以不登甲第为憾，故无甲稿。晚年自将词作

---

① 请参见黄红娟《岭西五家词校注》，硕士学位论文，广西大学，2005年。
② 况周颐：《礼科掌印给事中王鹏运传》。

删定为《半塘定稿》，亡后由朱祖谋刻于广州，朱并从《袖墨集》、《虫秋集》、《校梦龛集》、《南潜集》的删余稿中辑出五十五首，汇成《半塘剩稿》。

王鹏运在清末词坛中名气甚大，已成为清末词坛公认之领袖。其在词学上的成就主要集中在以下几个方面：一是个人高水平词作；二是在词学校勘上的巨大贡献；三是发动组织词社的强大号召力与对其他词人创作的感染推动作用；四是词学理论上的建树。

王鹏运首先是以其高水平的词作为众人所认可推崇。早在1890年彭銮刊《薇省同声集》时，王鹏运的词已为人所知，而1896年况周颐辑刻《薇省词钞》，"中书四词人"因词并为世人所赏。人赏其词原因有三：一为其词有词史性质；二是其词气体浑厚；三是其词广采众长，融南北宋为一炉，艺术性强。

半塘本人正直不屈，于时世政事每敢指点时弊，抨击权贵。"直谏垣十年，疏数十上，大都关系政要"，[①] 人格气度向为人所敬重。其词集中多含对家国衰败、民生凋落的伤痛忧念，寓有黍离铜驼之悲，亦有不少间接反映具体政治事件的作品，如其最受人称道的《满江红（送安辛峰侍御谪戍军台）》和《八声甘州（送伯愚都护之任乌里雅苏台）》即表达了对两位刚直不阿的臣子的敬仰与同情，以及对权贵当道、庸人误国的愤懑。

《满江红（送安辛峰侍御谪戍军台）》的主角御史安维俊弹劾李鸿章挟外洋以自重、误国卖国，同时又指责慈禧干政专权，因而被革职遣戍张家口，半塘即赠以此词，表现出对安氏的关切、景仰与安慰，也表达了对最高统治者的不满。词写道：

> 荷到长戈，已御尽、九关魑魅。尚记得、悲歌请剑，更阑相视。惨淡烽烟边塞月，蹉跎冰雪孤臣泪。算名成、终竟负初心，如何是。　　天难问，忧无已，真御史，奇男子。只我怀抑塞，愧君欲死。宠辱自关天下计，荣枯休论人间世。愿无忘、珍惜百年身，君行矣。

---

① 况周颐：《礼科掌印给事中王鹏运传》。

而《八声甘州（送伯愚都护之任乌里雅苏台）》中的伯愚（即志锐）在甲午中日战争中上疏力主抗战，反对和谈，并指责李鸿章等误国，遂于1894年底调任乌里雅苏台都护，其实是得罪权贵而迁谪。王鹏运在送别词中以一种同情的口吻宽慰友人的远宦，并赞美友人的人品才华，对之寄予厚望。词云：

是男儿、万里惯长征，临歧漫凄然。只榆关东去，沙虫猿鹤，莽莽烽烟。试问今谁健者，慷慨著先鞭。且袖平戎策，乘传行边。

老去惊心鼙鼓，叹无多忧乐，换了华颠。尽雄虺琐琐，阿壁问苍天。认参差、神京乔木，愿锋车、归及中兴年。休回首、算中宵月，犹照居延。

他如隐有与中日战争的人、事相关的《水龙吟（乙未燕九日作）》《定风波（有寄）》《木兰花慢（送道希学士乞假南还）》等作，皆有本事可考。

半塘以词记史最集中的还是其《庚子秋词》，是集为半塘与寄寓在其四印斋的刘福姚及朱祖谋在庚子之乱中日倚词为命而成。徐珂《近词丛话》"光绪庚子之变，八国联军入京城，居人或惊散，古微与刘伯崇殿撰福姚，就幼霞以居。三人者，痛世运之陵夷，患气之非一日致，则发愤叫呼，相对太息。既不得他往，乃约为词课，拈题刻烛，于啽唱酬，日为之无间"……①郭则沄《清词玉屑》卷六："《庚子秋词》……皆隐约其词，惜无笺释之者，然大旨寻绎可见，如半塘《鹧鸪天（无计销愁独醉眠）》，谓联军盘据禁苑，叫嚣廛陌也。又《谒金门（霜信骤）》，哀首祸亲贵也。《三字令（春去远）》云，谓京僚疏请回銮，而订期屡展也。余作皆有所指，略举其大端而已。②"此类作品还有《南歌子（夜气沉残月）》《南乡子（山色落层楼）》《渔歌子（禁花摧）》等，皆隐有历史事件，帝国主义的野蛮、慈禧的霸道、民众的

---

① 转引自严迪昌《近现代词纪事会评》，黄山书社1995年版，第281页。
② 同上。

悲苦等尽寓于小词中。然其词虽记史，终是以词之笔法而非诗文之法，故而幽约绵缈，曲尽其意，如《渔歌子》词云：

> 禁花摧，清漏歇，愁生辇道秋明灭。冷燕支，沉碧血，春恨景阳羞说。　　翠桐飘，青凤折，银床影断宫罗袜。涨回澜，晖映月，午夜幽香争发。

是为感珍妃事而作，珍妃为光绪宠妃，慈禧于庚子七月出逃时竟然命人将其沉入宫井中。词中字字写景，阒无人影，然"燕支、碧血"指红颜殒命，"景阳"用陈后主与张丽华事，"银床"句更影射珍妃被杀时的情形，语意隐晦，词调凄冷，表达了词人对珍妃和光绪的深切同情，也从侧面表现了慈禧的凶残，以及帝后间的矛盾。

此数月当中王鹏运和刘、朱沉迷于倚声，本不是平常歌亭酒宴边的文人酬唱，其心实苦，半塘《浪淘沙（自题庚子秋词后）》即刻画出当时哀痛惶惑中的无可奈何，反映出那个动乱的大时代背景中自身难安的文人忧国忧民却有心无力、凄苦难诉的心境。词曰：

> 华发对山青，客梦零星。岁寒濡呴慰劳生，断尽愁肠谁会得？哀雁声声。　　心事共疏檗，歌断谁听？墨痕和泪渍清冰，留得悲秋残影在，分付旗亭。

王鹏运另有《望江南》游仙词十五调、《浣溪沙（拟续小游仙）》四首，皆为依托神仙故事的讽喻之作。《望江南》十五调小序云："诗家小游仙，昔人拟之，九奏中新音，八珍中异味，词则不少概见。暇日冥想，率成十有五阕，东坡想当然者，妄言妄听，无事周朗之顾误也"，实"皆咏颐和园故实"①，影射慈禧晚年不顾国贫兵弱仍耗费巨资修建颐和园，且于园中听政独揽大权事而作，如其三斥慈禧之奢侈。词云：

---

① 李岳瑞：《春冰室野乘》卷下，转引自尤振中、尤以丁编著《清词纪事会评》，黄山书社 1995 年版，第 925 页。

云木杪，瑶殿敞山阿。天上也思安乐好，璇题新署似行窝。富贵到烟萝。

又如其十三讥刺意更浓，嘲讽宵小之辈依附权贵而得势。词云：

仙路迥，天外望青鸾，最是人间鸡犬乐，因缘分得鼎余丹。长日守松坛。

从上列作品来看，半塘之词有"词史"之称，洵非过誉。

人们对王词的喜爱推崇还在于其词气势浑厚，陈锐云："王幼遐词，如黄河之水，泥沙俱下，以气胜也"，^① 龙榆生、严迪昌等学者也颇赏半塘词中的风云之气。按此种风云之气恐怕与王本人的人格气度与情操相关，王鹏运耿直而不避权贵，纵使曾因"抗疏言事"几遭杀身之祸而并不改其志，"直声震内外，然卒以不得志去位"。^② 观其于中日甲午战争时的态度与对康有为革新的支持，志向崇高，确实有英雄的识见气度。其以此浑厚慷慨之气作词，其词便也如稼轩般豪放爽健，以其稼轩格调的《沁园春》祭词二首为例。

沁园春

岛佛祭诗，艳传千古。八百年来，未有为词修祀事者。今年辛峰来京度岁，倡酬之乐，雅擅一时。因于除夕，陈词以祭，谱此迎神，而以送神之曲属吾弟焉。

词汝前来！酹汝一杯，汝敬听之。念百年歌哭，谁知我者？千秋沉瀣，若有人兮。芒角撑肠，清寒入骨，底事穷人独坐时？空中语，问绮情忏否？几度然疑。　　玉梅冷缀莓枝，似笑我吟魂荡不支。叹春江花月，竞传宫体，楚山云雨，枉托微词。画虎文章，屠龙事业，凄绝商歌入破时。长安陌，听喧阗箫鼓，良夜何其？

---

① 陈锐：《裒碧斋词话》，《词话丛编》本，第4198页。
② 朱祖谋：《半塘定稿序》（《清名家词》本）。

又

代词答

词告主人：醽君一觞，吾言滑稽。叹壮夫有志，雕虫岂屑？小言无用，刍狗同嗤。捣麝尘香，赠兰服媚，烟月文章格本低。平生意，便俳优帝畜，臣职奚辞？　　无端惊听还疑，道词亦穷人大类诗。笑声偷花外，何关著作？情移笛里，聊寄相思。谁遣芳心，自成呫舌，翻讶金荃不入时！今而后，倘相从未已，论少卑之。

此二调虚拟了词人与词之间关于词的创作缘起、内容、地位、特征与意义等的问答，一气呵成，自然酣畅，语稍带自嘲意味，包含着对词体的深切思考，词史中少见。叶恭绰《广箧中词》评此二作曰："奇情壮采"，确非虚语。

半塘词为人所倾倒还有一个原因是其高超的艺术感染力。谭献对王鹏运的《袖墨集》推崇备至，以为是集"千辟万灌，几无炉锤之迹，一时无两"。[①] 窃以为谭氏此语过誉，然其作如《宴清都（四月望日谢子石前辈招饮花之寺）》、《齐天乐（秋光）》、《绮罗香（和李芋亭舍人雨后见月）》等皆自然妥帖，意蕴深厚。而冒广生则极赏半塘《青玉案（亭皋绿遍）》、《南浦（新绿满瀛洲）》、《三姝媚（怀人心正苦）》等作，以为"泠泠累累，若鸣杂佩[②]"，恰如石上清泉、山间鸣佩，幽约缥缈，细听有味，试观下面这首《青玉案》：

亭皋绿遍春来路，又冉冉、春将去。不是吟情浑漫与。天涯回首，落花飞絮，都付流莺语。　　珠帘翠幕无重数，似水空庭镇延伫。满地江湖君念否？青山犹是，白云终古，百草忧春雨。

---

① 谭献：《箧中词》，转引自严迪昌编《近现代词纪事会评》，黄山书社 1995 年版，第 282 页。

② 冒广生：《小三吾亭词话》卷一，转引自严迪昌编《近现代词纪事会评》，黄山书社 1995 年版，第 283 页。

此篇景清调婉，语虽平易，然所蕴却深，结句悠远清逸，情尤眷眷。

王国维《人间词话删稿》则最服膺半塘丁稿中的"和冯延巳"《鹊踏枝》十阕，以为此十首"乃鹜翁词之最精者，'望远愁多休纵目'等阕，郁伊徜恍，令人不能为怀"。以其第十首为例：

> 几见花飞能上树。难系流光，枉费垂杨缕。筝雁斜飞排锦柱，只伊不解将春去。　漫谂心情黏地絮。容易飘飏，那不惊风雨。倚遍阑干谁与语，思量有恨无人处。

半塘此组和作词前小题云："冯正中《鹊踏枝》十四阕，郁伊徜恍，义兼比兴，蒙嗜诵焉。春日端居，依次属和，忆云生云：'不为无益之事，何以遣有涯之生。'三复前言，我怀如揭矣。"可见是有所寄兴而作。香草美人喻忠贞臣子是中国古典文学的传统表现手法，故词人心事每以春情闺意出之，将国事之忧与君臣之念化为柔婉词句，欲为无可为，欲诉无由诉，然终是不能忘，曲笔中有深厚情思，缠绵沉郁，值得细细体会。

多数学者都认同王词本出自常州一派，极重寄托，其词多以比兴的方式表现对家国时世的深切忧思与感悟。前举诸如中日甲午战争中主战派的贬谪流迁、上层统治权贵的腐败弄权、八国联军入侵京城等皆借迂回之笔毕现词中，幽约含蓄却又浑厚深挚，试以其名作《点绛唇（饯春）》为例，词写道：

> 抛尽榆钱，依然难买春光驻。饯春无语，肠断春归路。　春去能来，人去能来否？长亭暮，乱山无数，只有鹃声苦。

此调写作时中日战争中方战败，签订了丧权辱国的《马关条约》，大清帝国国事日非，衰败之势已难挽。作者表面上抒发的是春去难留的惆怅，但寓有眼前暂时的平静已难留的哀伤，下片春与人异的对比、乱山啼鹃的哀鸣声更表现出了作者对战乱四起的家国无尽的忧患。他如《南乡子（斜月半胧明）》《玉漏迟（望中春草草）》《祝英台近（次韵道希感春）》《长亭怨慢（乍吹起愁心千叠）》等郁伊缠绵皆若是。

国势衰微对词人的刺激是深刻的，当其登临怀古时，古今的沧桑变幻让他更感慨眼前家国民生的乱离。《满江红（润州怀古）》、《西河（燕台怀古）》、《满江红（敬书岳忠武王赠吴将军宝刀墨迹后）》等都是王鹏运的怀古杰作，《百字令（登旸台山绝顶望明陵）》一首慨古伤今，对着已灭亡数百年的明陵感怀已显衰亡之际的大清，在时世的苍茫变幻中永存的是荒山野照，还有词人无法化解的时世忧虑与难以释怀的家国眷恋。词云：

> 登临纵目，对川原绣错，如接襟袖。指点十三陵树影，天寿低迷如阜。一霎沧桑，四山风雨，王气消沉久。风生金粟，老松疑作龙吼。　唯有沙线微茫，白狼终古，滚滚边墙走。野老也知人世换，尚说山灵呵守。平楚苍凉，乱云合沓，欲酹无多酒。出山回望，夕阳犹恋高岫。

半塘词在艺术上的独到之处主要体现在将心中深厚沉挚的感受与词体委婉缠绵的抒情特质相结合，虽重寄托却非是为寄托而寄托，融情入物，以一种自然真淳的方式述写其深沉的家国之思、忧民之心。如其《齐天乐（鸦）》词作：

> 城南城北云如墨，纷纷飐空零乱。落日呼群，惊风坠翼，极目平林满。萧条岁晚，是几度朝错，玉颜轻换。露泣宫槐，夜寒相与诉幽怨。　新巢安否漫省，绕枝栖未定，珍重霜霰。坏堞军声，长天月色，谁识归飞羽倦。江湖梦远，记噪影樯竿，舵楼风转。意绪何堪，白头搔更短。

此调通篇以鸦喻人，生动细致地刻画出惊飞倦怠的鸦群无处可依的凄惶，表现了战争离乱中无可依处者的惶惑悲苦，虚实合一，那动荡萧索的况味恰是时世家国的真实写照，吐露出一个有强烈爱国忧民意识的作者在此时背景下的痛心和无奈。

半塘词从早期至晚期风格有所变化，其取径也有所不同。朱祖谋在《半塘定稿序》中认为"君词导源碧山，复历稼轩、梦窗以还清真之浑化，与周止庵说契若针芥"，徐珂语同朱氏。于是在朱氏观点的基础上，王氏治词由南宋入、由北宋出的说法为多数王鹏运的研究者所接受。从王鹏运词作小题所作的说明及其词风格来看，此说部分符合半塘词的演变过程：其早期对南宋姜夔、张炎、王沂孙等的确多有偏爱，而后有一段时期颇倾慕稼轩风度，又曾提倡并精校梦窗词，大大提高了清末词坛对梦窗词的评价，而其柔情绵缈之作不仅谋篇构句讲究，亦有清真的"浑化"词境。

　　然朱氏说法过于简略，龙榆生后来将半塘的词学创作分为三期，指出其前期词浸淫于王沂孙的《花外集》，又受浙派影响宗白石，摹写颇见功力；中期则与文廷式唱和，词风一变，悲壮者近苏辛；后期则融冶各家为一炉，沉郁悲壮。综观其词，沉郁悲壮、清雄浑厚是其主要特点①。

　　我们以为，王鹏运所作既多内容也杂，风格各异，但其最主要特征可归为"厚"，其词无论忧念家国、慰友悼亡、怀古思乡等皆有深厚的情思作为底蕴，而受时代的影响，其爱国忧时之思几乎贯穿于所有的词作中，尤为时人所敬，也最容易引起清末文人们的共鸣。另外，王在不同时期的风格偏好上有其取向，与时世、友朋的影响有一定关系：如好辛词阶段为中日交战前后，风云慨叹特深；又与文廷式多酬唱往来，文词慷慨处自不少，其弟王维豫词宗辛刘，其时曾呈不少豪放激昂之作与其兄鹏运多有褒扬。要言之，王氏精于词不仅来源于其性情襟抱，也建立在遍师五代、宋、金、元诸多词家的基础上，可谓兼采众长，取径实宽。加之王鹏运提出"重、拙、大"的词学理论，身体力行且以之指点他人作词（此理论后由况周颐发扬光大，将在况周颐的词学成就中展开讨论），终取百家精华融炼一炉，将一己深沉忠厚的心锻于其中，形成了自己的独特风格，成就其"回肠荡气中仍不掩其独往独来之概"②。

　　王鹏运生性和易好交游，又喜指点人作词，清季四大词人中况周颐与朱祖谋于词都曾直接受教于王鹏运，况周颐自述其少作有尖艳之讥，

---

① 龙榆生：《清季四大词人》，《暨大文学院集刊》第一集。
② 朱祖谋：《半塘定稿序》（《清名家词》本）。

1888 年入京结识王鹏运后王对之多所规诫，并于王处得"重、拙、大"之法，体格遂变；朱祖谋亦是"早岁工诗，及交王鹏运，乃专力于词"①。另外郑文焯、文廷式、夏孙桐、缪荃孙等皆先后被王鹏运延入到词社中来，其所组织的诸如咫村词社、四印斋词社、校梦龛词社等分别吸引了众多的参加者，曾包括了清末最重要的词人在内。半塘本人不吝于奖掖后进、标榜友人，加之其在政治上的正直，从者日众，影响力益增，遂成为清末词坛之领袖，为引导词人创作、推动和促进清末词坛的健康繁荣作出了巨大的贡献。

　　另外，王鹏运在词集校刊方面功绩至伟，他对前人词集的刊刻始于光绪七年（1881），先后刻有五代、宋、金、元词人别集、总集及有关的词学著作如《乐府指迷》和《词林正韵》等，历时二十四年完成《四印斋所刻词》二十四种附《汇刻宋元三十一家词》三十一种，此外，尚有未及收入的吴文英的《梦窗甲乙丙丁稿》四卷附《补遗》一卷、朱敦儒的《樵歌》三卷及周密的《草窗词》二卷补二卷。四印斋的词集校刻本所据有金、元旧椠、诸家钞本、辑本及稀有流传的明清刻本，搜集之功已不少，而校勘尤为精到，数十年来除自己躬行以清儒考据之法校词外，还汇集了众多词人学者如缪荃孙、朱祖谋等为之校勘词集，所刻世称善本。况周颐评之为"旁搜博采，精彩绝伦，虽虞山毛氏弗逮也"②，冒广生《小三吾亭词话》也赞王氏四印斋所刻词"校勘精审，汲古弗逮"，龙榆生更高度评价了鹏运校词之意义，认为"自鹏运以大词人从事于此，而后词家有校勘之学，而后词集有可读之本。"③

　　总之，王鹏运在词的创作与理论的提出、词集的校勘刻印、词社的组织和词人的培养上都有不可忽视的成绩，是清末四大家中对词坛发展影响最大的人物。

二　"新莺词客"况周颐

　　况周颐（1859—1926），原名周仪，后因避溥仪讳改为周颐，字夔

①　陈运彰：《彊村语业》前说明（《清名家词》本）。
②　况周颐：《蕙风词话续编》卷二，《词话丛编》本，第 4575 页。
③　龙榆生：《清季四大词人》，《暨大文学院集刊》第一集。

笙，又字葵孙，号蕙风，一号玉梅词人。广西临桂人，光绪五年
（1879）举人，官内阁中书。1895 年南下后曾入张之洞、端方幕，以金
石为端方所赏识。晚岁潦倒，辛亥革命后以遗老自命，避居上海卖文为
生，时就朱祖谋以词相切磋。其词集有《存悔词》《新莺词》《玉梅
词》《锦钱词》《蕙风词》《菱景词》《玉梅后词》《二云词》《餐樱词》
《菊梦词》《秀道人修梅清课》《补遗集》等十二种，后合刊为《第一
生修梅花馆词》，再删定为《蕙风词》，又著有词评《蕙风词话》五卷、
《续编》两卷等。

　　"近代词人，致力之专且久，而以词为终身事业，盖无有能出周颐
右者。"① 况氏致力于词五十余年，既从事实践创作也关注理论探索，
在词作与词话两个方面都有很深的造诣。民初以后，他的《蕙风词话》
比其《蕙风词》的影响要大得多。

　　前人认为况夔笙于词"涉猎之粗，非馀子可及"②，而"论词尤工，
细入毫芒，发前人所未发"。③ 其论词首先有"重、拙、大"说。《蕙
风词话》（以下不注明者皆出自此书，只注卷数）卷一以为"作词有
三要，曰重、拙、大。南渡诸贤不可及处在是"。对于这三者的具体
内容与表现，作者没有明述，只是指出"重者，沉着之谓，在气格，
不在字句"（卷一、卷三）；又转录半塘语云："宋人拙处不可及，国
初诸老拙处并不可及"（卷一）。其以晏小山的《阮郎归（天边金掌
露成霜）》为"沉着厚重"（卷二），评周邦彦的"拼今生、对花对
酒，为伊落泪"等句为"愈朴愈厚，愈厚愈雅，至真之情，由性灵
肺腑中流出，不妨说尽而愈无尽"（卷二），同时还联系"顽"来解
释重、拙、大。

　　　问哀感顽艳，"顽"字云何诠？释曰："拙不可及，融生与大
　　于拙之中，郁勃入之，有不得已出乎其中，而不自知，乃至不可

---

　　① 龙榆生：《晚近词风之转变》，《龙榆生词学论文集》，第 383 页，转引自沙先一、张
晖《清词的传承与开拓》，上海古籍出版社 2008 年版，第 289 页。
　　② 陈锐：《袌碧斋词话》，《词话丛编》本，第 4198 页。
　　③ 陈运彰：《蕙风词》前说明（《清名家词》本）。

解，其殆庶几乎。犹有一言蔽之，若赤子之笑啼然，看似至易，而实至难也。"（卷五）

至于"大"，况则以金元好问之词为例，认为元词"亦浑雅、亦博大、有骨干、有气象……"（卷三）

由于况周颐对三要的表述零散且较为模糊，其具体内涵历来各家论述有异，一般都以为况之"重、拙、大"与纤、巧、小相对，反对纤薄的情思和雕琢的笔法。其"重"主要指的是思想感情的深厚诚挚，"拙"则取其感情思绪及其表达的自然、质朴与真率，"大"并非指其所描写的景致物象而言，而指词中所蕴涵寄托的旨意之深婉、胸襟心怀之广阔。从另一个角度说，则正是"沉着""沉郁""浑厚"宗旨的继续阐发①。三者其实都是以"真"为基础，以"沉着""浑厚"为追求，凸显的是思想、情感、学养、襟抱等内在因素的重要性。况词论词主性灵，从心灵深处不自觉流露出来的深切情思才有可能达到"重、拙、大"之境。近有学者还指出，况的"'重、拙、大'等范畴，是为'儒家伦教'复归这个轴心而服务的，反映了清末民初一部分人复古守旧的思想、一种自我慰藉的心态。……具有那个时代的社会心理的'时代共感'的性质。"②

除"重、拙、大"三要之外，"词心""词境"也是《蕙风词话》中重点强调的议题，如卷一中写道：

> 人静帘垂……乃至万缘俱寂，吾心忽莹然开朗如满月，肌骨清凉，不知斯世为何世也。斯时若有无端哀怨枨触于万不得已；即而察之，一切境象全失，唯有小窗虚幌、笔床砚匣，一一在吾目前。此词境也。……
>
> 吾听风雨，吾览江山，常觉此风雨江山外有万不得已者在。此万不得已者，即词心也，而能以吾言写吾心，即吾词也。此万不得已者，由吾心酝酿而出，即吾词之真也……

---

① 严迪昌：《清词史》，江苏古籍出版社 2001 年版，第 586 页。

② 杨伯岭：《晚清民初词学思想建构》，安徽大学出版社 2004 年版，第 346 页。

　　况论词极推崇"不得已"与"不自知",与其所主张的词心、词境、词格有密切关系。其所云之"词境"其实有二,一为从创作时的心境、创作意念到生成词作之意境的过程,另一说即其所云的"词以深静为至"(卷二),或"词有穆之一境,静而兼厚、重、大也。淡而穆不易,浓而穆更难,知此可以读花间"(卷二)。从其论述中可以发现,词人万不得已的词心与澄澈空灵的词境恰恰是酝酿后一种静穆词境最合适的条件。

　　况氏对于词的艺术技巧的运用讲究大化无形,曾云:"词过经意,其蔽也斧琢。过不经意,其蔽也褴襟。不经意而经意易,经意而不经意难",又曰"恰到好处,恰够分量,毋不及,毋太过,半塘老人论词之言也",这与其对情感的真挚、词境的深沉的强调其实是融为一体的。

　　周颐《蕙风词话》论词的立足点与一般词论有异,他以学习作词为出发点,兼顾天分与学力,在论词提出了"作词须知暗字诀"、"词意忌复"、"学词须按程序"(以上卷一)、"填词要有襟抱"(卷二)、"词宜有性灵语"(卷五)等等观点,故有学者指出,他的词论"基本上是关于词的创作论……(《蕙风词话》)系统地总结了作词的基本要求,主体创作意识的形成、学词的途径、作词的技巧和创作的艺术境界等方面的经验,其创作论在词学史上是较为完整与详明的。[1]"

　　这种以学词者为出发点的视点使得其在论词的过程中注意到学习者或读者在性情学养上的差异,指出不同的人适合不同的词作风格,学作词在确立榜样时要因人而异,有云:"性情少,勿学稼轩;非绝顶聪明,勿学梦窗"(卷一)。其于学词取径顺序的论述亦是如此,夔笙虽对五代词有美誉,但却认为唐五代词不易学、不必学,更反对初学词便从花间入手,以为易流为尖纤,必待人体知由浓而穆之后,方可以读花间。这种强调学词的难易程序,从创作者或读者本身的性情等特质出发来讨论词作风格的优劣及其接受度的视角对比单纯只是评价不同时代作品风格高下者来说,已大大前进了一步。

　　夔笙论词还能在继承的基础上加以拓展,其虽宗常州意绪以寄托为

---

①　谢桃坊:《中国词学史》(修订本),巴蜀书社 2002 年版,第 410 页。

重，然却能突破常州词论之囿，以为"词贵有寄托，所贵者流露于不自知，触发于弗克自己。身世之感，通于性灵即性灵，即寄托，非二物之比附也"（卷五），这种以真情实感为基础的寄托就比为寄托而寄托的生硬附会要强得多。

另外况氏的词学理论有相当一部分来源于王鹏运，如其于词尚气格，重、拙、大三要说，恰到好处说等都是对王说的引述。但其对格律的精审就比王鹏运更进一步，除指出"词宜守律"外，还细致地分别论述了"上去声不可忽"，在某些情况下"上可代入""入声字适用"，以为守律"《词林正韵》最为善本"等等（以上皆自卷一）。

况周颐论词在很大程度上是建立在自己学词作词的切身体验基础上的，其词创作历时半个世纪，风格数变。一般将况词的创作分为三个时期，早期在识王鹏运前，其时才思敏捷，年少轻狂，有不少婉丽侧艳词作；中期为识王鹏运后至辛亥革命之前，此期受王鹏运尚气格与"重拙大"说的影响，遂改其少作之风，渐渐往沉郁深婉方向发展。后期为清亡后所作，每多遗老血泪，艺术上更趋成熟，精于审律和谋篇炼字，格调哀怨苍凉。此三期只是取其大略，中期与后期跨度太大，具体还可细分出数个小期，此不赘述。

夔笙早期作品中最著名的是《苏武慢（寒夜闻角）》，写于光绪十五年（1889）刚与王鹏运结识不久，此词描绘敏感多思的词人听到凄咽角声时的种种感受，表现了词人对渐显颓败象的时世的忧虑，词中又以沉溺于酒乐中的人及塞鸿城乌为衬，有较强的讽喻义。词作：

> 愁入云遥，寒禁霜重，红烛泪深人倦。情高转抑，思往难回，凄咽不成清变。风际断时，迢递天街，但闻更点。枉教人回首，少年丝竹，玉容歌管。 　凭作出、百绪凄凉，凄凉惟有，花冷月闲庭院。珠帘绣幕，可有人听？听也可曾断肠？除却塞鸿，遮莫城乌，替人惊惯。料南枝明月，应减红香一半。

王鹏运甚赏是作，作者于此词也颇为自负，叶恭绰《广箧中词》卷二亦曰："'珠帘绣幕'三句，乃夔翁所最得意之笔。"按此调擅于转折，愈转而愈深，幽婉而有深意，王国维《人间词话》以为"境似清真，集中他作，不能过之"。

数年后，中日战事起，此时况感于时世国运，另成《水龙吟》一阕：

> 己丑秋夜，赋角声《苏武慢》一阕，为半塘所击赏。乙未四月，移寓校场五条胡同，地偏宵警呜呜达曙，凄彻心脾。漫拈此解，颇不逮前作，而词愈悲，亦天时人事为之也。
>
> 声声只在街南，夜深不管人憔悴。凄凉和井，更长漏短，觳人无寐。灯灺花残，香消篆冷，悄然惊起。出帘枕试望，半珪残月，更堪在，烟林外。 愁入阵云天末，费商音、无端凄戾。鬓丝搔短，壮怀空付，龙沙万里。莫谩伤心，家山更在，杜鹃声里。有啼乌见我，空阶独立，下青衫泪。

对比《苏武慢》自然流转的深婉而言，《水龙吟》一调沉郁顿挫，悲凉情绪更浓重也较为直观，但其深层词义更为含蓄，或以此调为感1894年四月初八的公车上书事件而作①，曲笔隐写国事，寓有时衰世乱中无可奈何的悲凉沉痛。

谭献《箧中词》曾以"隐秀"概括况词，综观《蕙风词》全貌，词婉而伤者多，甚少有激昂色彩。严迪昌在比较王、况二人风格时说，王鹏运《半塘定稿》还略有风云气，故其词颇能爽健；而况周颐呈显的是名士气，所以其词隽秀而不乏清狂②，如其《鹧鸪天》就以流畅清隽之笔刻画出其清狂情状，自然疏朗中寓有自嘲兼自宽之意。词云：

> 如梦如烟忆旧游，听风听雨卧沧州。烛消香灺沉沉夜，春也须旭何况秋。 书咄咄，索休休，霜天容易白人头。秋归尚有黄花在，未必清尊不破愁。

况周颐才子情多，天资聪颖，词易走柔婉绵丽路线，故龙榆生

---

① 俞润生：《蕙风词话、蕙风词笺注》，巴蜀书社2006年版，第666页。
② 严迪昌：《清词史》，江苏古籍出版社2001年版，第584页。

《清季四大词人》有云，况"入都以后，稍尚气格，而凄艳在骨，终不可掩"。况有本事可考的艳情词中不少词婉情切，缠绵感人，如《凤栖梧（过香炉营故居）》《青山湿遍（空山独立）》《减字木兰花（重到长安景不殊）》《减字木兰花（一晷温存爱落晖）》《鹧鸪天（苦恨花枝照酒杯）》《金缕曲（八月十八夜记梦）》《菩萨蛮（五更才得朦胧睡）》等，多数为亡姬桐娟而作，怀旧与悼亡合一，情挚而真，不当以寻常艳词视之。以《菩萨蛮》为例，词作：

　　　　五更才得朦胧睡，梦中多少伤心事。残月乱啼乌，梦回钟动无？　　　鸳衾空覆暖，魂共炉烧断。何日是欢期，他生得见时。

此词以平白口语叙述梦醒时的孤独，质朴无华地表现了对情人的思恋，那种人天永隔的伤心与绝望感人至深。

辛亥以后，夔笙作为一个前清遗老，思想日趋颓废，然遣词谋篇却更为凝炼精审，每将"身世断蓬之感，辄托于倡优草木，聊发抒哀"①，或于男女情事，伤春忆旧中发抒遗老之血泪，如其《曲玉管（忆虎山旧游）》词写道：

　　　　两桨春柔，重阐夕远，尊前几日惊鸿影。不道琼箫吹彻，凄感平生，忍伶俜。杳杳蘅皋，茫茫桑海，碧城往事愁重省。问讯寒山，可有无限伤情？作钟声。　　　换尽垂杨，只萦损、天涯丝鬓。那知倦后相如，春来苦恨青青。楚腰擎。抵而今消黯，点检青衫红泪，夕阳衰草，满目江山，不见倾城。

词作幽怨非常，词人的前尘往事如梦，化为词中迷蒙春景，然梦醒佳人已逝，空余词人独自伤心，末三句更以一疏旷悠远的空境头突出佳人不见的孤凄，情味隽永绵长。此作估计本为感亡姬事，却兼有身世之感而益发显悲痛，隐有山河依旧、国事已非的悲凉心绪。

1913年，程颂万来上海，况有《临江仙》八阕和作，小题曰："子

---

①　龙榆生：《清季四大词人》，《暨大文学院集刊》第一集。

大来申，词事云涌。《临江仙》连句八阕，极掩抑零乱之致。讷翁和之，余亦叠韵。晨夕素心之乐，身世断蓬之感，固有言之不足者"，很能代表清末民初遗老们的真实心绪，这种思念旧朝的心情虽违背历史发展要求，然其所吐露出的对旧朝深情的忠贞忆恋与因旧朝灭亡所带来的哀痛确实深沉真挚。如《临江仙》其一词云：

> 老去相如犹作客，天涯跌宕琴尊。上阶难得旧苔痕，帘深春梦浅，香冷夕阳温。　　拾翠心情销歇尽，东风不度兰荪。言愁天亦欲黄昏。断魂芳草外，何止忆王孙。

作为前朝臣子，况晚年眼见江山易色，世乱纷纷，虽漂泊困顿却始终不易其孤忠，著于词则寄托深婉，沉郁苍凉，如其晚期有著名的组词《浣溪沙（听歌有感）》五首和《减字浣溪沙》八阕，俱借惜春感旧以发抒其悲痛绝望之情。如《浣溪沙（听歌有感）》其二作：

> 惜起残红泪满衣，他生莫作有情痴，人天无地著相思。　　花若再开非故树，云能暂驻亦哀丝，不成消遣只成悲。

多情不堪对无情，依恋旧朝而旧朝永不可复，对于词人而言，寄情无处，剩下的就只有悲凉了。此调以平白质朴之语直述其绝望之悲，《减字浣溪沙（风雨高楼悄四围）》则以孤寂凄清之境突出其愁极之苦。词云：

> 风雨楼高悄四围，残灯黏壁淡无辉，篆烟犹袅旧屏帏。　　已忍寒欺罗袖薄，断无春逐柳绵归。坐深愁极一霑衣。

虽说词人的世界观不值得肯定，但从艺术上说，上述二调于深沉柔婉中带有一种执着，因质直而真诚，塑造出一个痴怨伤痛至极而终不改易初心的词人形象，有很强的艺术感染力。

如果说学者们对王鹏运的词作成就是一致肯定（只除了受时代社会意识因素有过贬低外），那么人们对况周颐的词作的欣赏就是众口难

调：学者们对其词作的总体评价和其不同时期词作的态度都有差异。对
比陈运彰关于况词"顿挫排荡，柔厚沉郁，千辟万灌，略无炉锤之迹，
而又严于守律，一声一字，悉无舛讹。虽阔大不及古微，而绵密过之"
的评价①，严迪昌只认可况中期的作品，以为"《蕙风词》的精彩部分
是在那几年里（注：1889—1895 年）所写的作品，他理论上提出的
'重、拙、大'的美境也只有在这些词中略可得见"②。

　　一般说来，清末学者多数肯定况词，如谭献及其弟子徐珂、朱祖
谋、陈运彰、冒广生、王国维、叶恭绰等，民国二十年后则况词的评价
普遍降低，特别其晚期作品在民国初年的评价要明显高于后来的。这当
中受到几个因素的影响：首先是对其作品内容思想性的认识，朱祖谋、
王国维等俱是遗老，故自然对况的家国身世之痛感同身受，王国维在
《人间词话附录（观堂论学语）》盛赞"蕙风词小令似叔原，长调亦在
清真、梅溪间，而沉痛过之。缰村虽富丽精工，犹逊其真挚也。天以百
凶成就一词人，果何为哉？"然此评语在后世不一定能找到知音，这当
中涉及一个审美主体的个性背景差异的问题。今人多以为况氏门人赵尊
岳的《蕙风词跋》中关于况词"辛亥国变后作，抚时感事，无一字无
寄托，盖词史也"，言过其实而不可信。其实际情况可能是弟子虚美成
分确有，而部分况词之寄托亦实深，唯其解人心中既已本"何必不然"
之念，作者"未必然"亦可成为"必然"。以其《满路花（彊村有听
歌之约，词以坚之）》为例。词云：

　　　虫边安枕簟，雁外梦山河。不成双泪落、为闻歌。浮生何益，
尽意付消磨。见说寰中秀，曼睩修娥。旧家风度无过。　　　凤城丝
管，回首惜铜驼。看花余老眼、重摩挲，香尘人海，唱彻《定风
波》。点鬓霜如雨，未比愁多。问天还问嫦娥。

　　王国维以此为佳作，赵尊岳《蕙风词史》评此词曰："先生以恻艳
写沉痛，真古人长歌当哭之遗，别有怀抱者。……其缠绵悱恻，有如此

---

① 陈运彰：《蕙风词》前说明（《清名家词》本）。
② 严迪昌：《清词史》，江苏古籍出版社 2001 年版，第 586 页。

者！夫融家国身世于一词，而又出以旖旎温馨之笔；宜其超轶等伦，流芳并世也。"以今人之眼观此词，戏里戏外红颜耆老的虚实对比中激生出沧海桑田之意，幽怨缠绵，诚为好词，亦可觉察其言外深意，然若于异代求其怀抱，则不必也不能。

其次况周颐后期以卖文为生，因而词亦有奉酬之作，又所作题材稍杂，或以此讥之也是实情。然从另一个角度看，其实况倚词为心灵之寄托，词于他已成了诗文一般无不可入的文体，从开拓词的表现空间来说，他确实有些向苏轼的"诗无不可赋之题，无不可用之典"靠拢，故而其词之题"乃至陆离光怪，匪夷所思"[1]。我们以为，况后期基本上仍以花草书画题咏或赠答酬和之类为主，有不少真诚之作，寓意深厚者亦不少，在作词技巧上日趋完美，虽有一些无聊之作，如咏阿芙蓉的《临江仙（记得琼窗风不度）》，但如《醉翁操（婵媛）》咏外国银币描绘新见事物，又同调（枢星）咏与客谈人变虎事，内容虽荒诞不经但试以记叙法作词，在手法上有创新性，同时也寓有讽刺意味，都有一定的实验意义。古今时世既改，于今人求古人之志不可，于古人求今人心眼亦难通，故于况辛亥之后的词创作自不必苛责过多，仍当予以肯定。

另外，况周颐对于词集的校勘整理的贡献虽不及王鹏运，但也有裨于词坛，除了帮助王鹏运校过《断肠词》《蚁术词选》《樵庵词》等词集外，他还辑录广西词人的词作《粤西词见》一书，存录广西词人词作的筚路蓝缕之功实不可没。而其论词亦存有对故乡本土词人的积极关注，粤西词学先贤朱依真、苏汝谦等多赖其《粤西词见》和《蕙风词话》等得以传芳后世。从整理评述粤西词的深广度来看，况颐周实际上是最早全面研究广西本土词人词作的学者。

三　同期的其他词人

这一时期广西还有下列词人：

钟德祥，字西耘，号愚公，晚号愚翁，宣化人，光绪二年进士，有《睡足斋词钞》，词调清空幽寂，今存四首。

王维豫，字辛峰，号稚霞，临桂人，王鹏运弟，词风尚稼轩，疏旷

---

[1]　赵尊岳：《蕙风词跋》（《清名家词》本）。

豪放中有幽怨。其词今存四首。

邓鸿荃,字雨人,号休庵,临桂人,王鹏运妹婿,词集名《秋雁词》,其早期艳情词语带琢痕,后期调凄婉绵邈,淡语中有沧桑感,寓意实深。咏燕为词中常见之题材,然其《满庭芳(秋燕)》下片"飘零缘底事,来从瀚海,长寄雕梁。便主人情重,也怨清商。问讯归期未冷,重帘外、红冷斜阳。疏钟动,呢喃未歇,花底咽寒螀。"翻出欲寄难依的凄凉难奈,实因时世所赋予,另《浣溪纱(见燕感赋)》中有情对无情的感怀亦哀婉动人。词曰:

> 王谢乌衣已式微,当时燕子傍谁飞,重帘高阁故依依。
> 芳草可怜随意绿,桃花无赖尽情绯,一春情事与心违。

邓鸿仪,临桂人,光绪元年举人,今存词一首。

封祝唐,字眉君,容县人,光绪六年进士,今存词一首。

于式枚,字晦若,贺县人,光绪六年进士,与况周颐等有唱和,今存词二首。

刘福姚,字伯崇,号忍庵,桂林人,光绪十八年状元,有《忍庵词》,1900 年八国联军入侵时他与朱祖谋共聚于王鹏运寓所避乱,日以填词抒其心志,众作合刊为《庚子秋词》,为时人所激赏。其《浪淘沙·自题庚子词后》述其回过头来视当时倚词为命的情景,对比眼前日益衰颓的时世,忧而无奈的、愤而无力的心情,历来为人称引。词作:

> 幽愤几时平,对酒愁生。短歌莫怪泪纵横,记得西窗同剪烛,听惯秋声。　身世醉兼醒,顾影伶俜。哀时谁念庾兰成,词赋江关成底事,一例飘零。

而当时的民生凋敝使得他《鹧鸪天(除夕)》词笔下的大年夜凄清无比,词人由是生出苍凉心绪,却终无法忘怀其忧国忧民之心。

> 老去逢春事事差,飘零风絮况天涯。慵将彩笔题新句,犹如残

更恋岁华。　　人语悄，烛光斜。酽寒城阙静鸣笳。不知九陌车尘里，箫鼓春声尚几家。

刘福姚富才气而混沌于仕途，难挽世运，因而其词如《蓦山溪（凿空险语）》等激昂悲慨，但其最擅长的仍是以柔情软语隐写对清末时衰世乱的感怀忧念，如《念娇奴（春尽书怀）》《月下笛（用玉田韵）》《齐天乐（鸦）》等清婉缠绵，寓意实深厚之至。

郑揆一，原名庆鹏，字镜之，桂林人，光绪十八年进士，今存其词一首。

阳颙，字翰卿，桂林人，光绪十八年进士，有《悔庵诗词稿》，其《百字令（野泊）》《金缕曲（老倦风尘矣）》《台城路（调任封川过上陇下陇作）》慷慨悲吟中倾述宦情羁旅心绪，语调雄健，然亦能作绵邈小词，浑厚蕴藉，试从其作《丑奴儿令》观之：

> 伤心二十年前事。待不思量，怎不思量。风絮云萍两渺茫。
> 春来没个安愁处。倚遍回廊，数遍回廊。芳草如烟怨夕阳。

范家祚，字希淹，桂林人，光绪二十年甲午科进士，有《希声词》。范词最钟情于抒写平常若有所思的闲情，《浣溪纱（晓起）》《锦堂春（晚坐）》《风入松（长日漫兴）》数作清灵自然，个中有种淡泊清幽。范多行旅事，足迹遍南北，好以词纪行，其《满江红（香港）》描绘出一个初步现代化的繁华喧闹的都市形象，亦多有集世情、行旅、身世、人情于一体的感怀之作，风格异于前者，如其《摸鱼儿（岭南九月，与伯崇表兄、叔葆同年，流连为乐，屡改归期）》云：

> 对潇潇、满城风雨，越王台下重九。客游已倦登临眼，端为故人携手。留连久，是蒋径、开时邂逅逢三友。题糕莫负。快鬓菊簪黄，囊萸佩紫，拼倒金樽酒。　　陶然醉，衣上京尘犹有。秋风容易年又。人生欢会知能几，况是天涯聚首。开笑口。且暂系、归帆赏遍珠江柳。明年健否。纵沽醑长安，留诗瀛沼，难得此时候。

　　赵炳麟，字竺桓，号柏岩，全州人。光绪二十一年进士，今存词一首。

　　崔肇琳，字湘淇，桂平人，崔瑛子，光绪二十四年进士，有《扶荔词》一卷，清朗中带沧桑，词作《满江红（出都感怀）》《买陂塘（和高伯慈旅感）》《满江红（满地江湖）》等于世乱时衰感受真切，以末一首为例。

满江红

　　大江舟次，凭吊河山，顿增身世之感，谱此自遣

　　满地江湖，问底事、无家轻别。卅五载、年华虚负，儒冠漂泊。乌鹊南飞空绕树，杜鹃北听犹啼血。看诗书、发冢几人归，成高洁。　　人事改，山容寂，旧游处，浑难识。只大江东去，乱涛呜咽。有田不归如江水，问天无语惟明月。好江山、龙战几时休，身如叶。

此作述写动乱时世中文弱儒生对世事前途的忧凄无奈，其"看诗书、发冢几人归，成高洁"更是一针见血地讽刺了趁乱夺取权力地位的宵小之徒的虚伪奸诈。

　　罗一清，字寿泉，贵县人，光绪二十七年举人。著有《寿泉诗词钞》，多抒其鲠郁不得志的幽愤。《满江红（和刘邢孙）》中"锦绣江山成碎碎，繁华市井多新鬼"句以诗法入词，悲凉苍劲；又有"问如今、政治外交家，知何似"之语讥刺以新名词掩内心奸恶者，于词法虽俱嫌稍过露，但其于华夏国民之患伤之实深。此作与《贺新凉（方寸真愁绝）》、《貂裘换酒（在梧江酒艇作）》皆慷慨悲苦，抑郁难消，以末一首为例。词作：

　　梦冷邯郸路。忆当年、才骄倚马，气雄擒虎。无奈秕生终铩羽。莫向青云飞去。便负却、韶华如许。岂是文章憎命达，问苍天、穷达凭谁主。三尺剑，空盘舞。　　亡秦莫漫夸荆楚。慨时艰、千钧一发，孰筹前箸。酒国花枝聊借隐，掷尽金钱无数。犹强

学、少年纨绔。今日飘零成底事，抚襟期、未敢逢人语。歌一曲、泪如雨。

周维华，字公皇，临桂人，工词，曾有《熙春词》、《璩玢词》各一卷。周词寓有一种以淡语说旧梦式的幽怨，这在其《金明池（叶暗藏鸦）》《瑞龙吟（垂帘幕）》《台城路（春星摇碎银河影）》等词最为明显，当为有寄托之作，又如其《八声甘州（登陶然亭）》以世事幻变，而众人麻木嬉游如昨来反衬作者的苍凉心绪。词云：

> 倚危栏遥眼极苍茫，孤亭正斜阳。但暮云千里，归鸦万点，几树残阳。莫话昆明劫火，世事几沧桑。谁唤神州梦，铁笛凄凉。
> 士女嬉游如昨，忍凭高望远，人海潜藏。叹中原名士，风月苦平章。绕宣南、层城如画，剩萧疏、断苇满回塘。归来晚，望高衢里，灯火昏黄。

吕炳升，字春琯，又字颂声，号松声，陆川人，其《松声轩集》附词。

也许是清末时变世乱的纷繁世事严重地扰乱了词人们的心绪，此期的广西词人不论其创作的总体风格如何，词中总有一些类似辛弃疾、刘过风格的作品出现，尽管数量多少因词人个体的性情际遇而有所不同。辛、刘词风在清末词坛的重新兴起是一种时势使然，正如其在明末清初曾一度风行类似，综观广西词人的此类词作，语虽豪放却不流于叫嚣浮荡，寓有深切情思。

第五节　广西闺秀词和词学家族

一　广西闺秀词

粤西有记录的女词人不多，目前记录只唐氏、梁月波、朱静瑗、何慧生、况桂珊、陈肖兰、陈肖菊，其中流传范围最大的当属何慧生。

唐氏，黄南溪妻。自号"月中逋客"，早卒，有诗词集若干卷。

梁月波，宦门女，有才思，早卒。

上述唐氏与梁月波的记录均出自《粤西词见》中附录的朱依真以诗对本土词所作的评论及附注，然其词皆不存，唯余朱诗与所录词中名句各一。

朱静瑗，道咸间人，朱琦从姐，况周颐祖母，况《玉栖述雅》载其词《临江仙（赠某塾女弟子某）》一首。词云：

> 家在花桥桥畔住，月牙山到门青。十三年纪掌珠擎。扫眉来问字，不栉亦横经。　　早至晚归同一样，学堂长揖先生。怜渠心性忒聪明。勤勤听讲义，朗朗诵书声。

何慧生，字莲因，龙启瑞继室，工诗词，与夫情投意合，常以诗词往来。何有《梅神吟馆词草》一卷六首述写闺情，情意深婉。以《浪淘沙（寄外）》为例：

> 微雨打扁舟，天气初秋。最难为客五更头，回首家园何处也，梦绕秦楼。　　倚枕听江楼，雁唳芦洲。离情如水几时休，谁似鸳鸯沧海上，不解离愁。

此词境界疏朗孤清，具有婉丽蕴藉、言短情长的特点。何慧生此词于龙启瑞《经德堂诗文集》附录，《粤西词见》、《全清词钞》选录。

况桂珊，字月芬，临桂人。况周颐姐，刑部主事黄俊熙妻。叶恭绰《广箧中词》中录其《如梦令》一首。词曰：

> 静对青灯如豆。一向跳珠雨聚。雨过嫩凉生，云破月来还又。生受。生受。照得纸窗清透。

陈肖兰，贵县人，山阴魏铁珊妻，父、兄、夫皆能诗，词附《陈肖兰女士遗诗集》后，存三首。

陈肖兰之词皆柔婉清丽，《一剪梅（闻雨有感，寄怀夫子于都门）》是典型的咏闺情之作。词云：

别泪偷弹别恨赊，愁里年华，病里年华。相思魂梦绕天涯。郎可思家，侬盼还家。　　江头何日泛归槎，卜尽灯花，数尽更衙。那堪风雨更交加，响透窗纱，滴碎檐牙。

其有女弟名肖菊，亦能诗词，其词风格与其姊相似，并附于肖兰诗集后，存两首。

相对于文化较发达的省份来说，广西女词人的数量与词作皆不能与之比肩，可见女性从事文学创作受到时代思维等种种不良因素的限制，在文化较为落后的广西尤是，唯有良好的家庭文化氛围才有助于培养出女词家。上述有词传世的何慧生等人，也恰恰是受到父家、夫家的鼓励与扶持才能走上填词历程，并使词作得以传播的。

二　广西词学家族

良好的家庭文化创作环境对词人的创作有很大的促进作用，在广西词人群体中，至少存在以下几个词学家族：朱氏、王氏、龙氏、况氏、崔氏、陈氏。他们以血缘为最初关系，而后加之以姻亲关系相联系，最后辅之以友人关系，使得词人间在作品风格、论词取向、实际创作等方面具有一定的传承性或类聚关系。

临桂朱氏：朱氏依程和依真兄弟与友人冷昭的词在早期粤西词中占有相当的地位，属质量上乘者，而依真更因其以诗论词在评词及保存本土词人词作方面对粤西词坛贡献更大。

王氏家族：包括王拯、王鹏运、王维豫、邓鸿荃。王拯与王鹏运虽一籍马平一籍临桂，但其先俱为浙江山阴籍，王拯为王鹏运、王维豫之父王必达的族叔，在王必达早岁入京时即居王拯处，王拯对王必达多有指点与关照，邓鸿荃为王鹏运妹夫。王鹏运对王拯的词作比较熟悉，从其《青山湿遍》小序"纳兰容若往制此调，音节凄惋，金梁外史、龙壁山人皆拟之，伤心人同此怀抱矣"数语。《长亭怨慢（寒夜饮水芝仙馆，用昔龙壁山人词韵）》《瑞鹤仙（翠深天尺五）》等对作词缘起的说明来看，他曾经研读、追和过王拯的词。

临桂龙氏：包括龙启瑞、龙继栋、何慧生和韦业祥。龙启瑞本世代

业儒之家，其继室何氏亦出书香门第，在家已有才女称，龙氏夫妇唱和
是他们的词作内容的一个重要来源。他们对龙继栋的言传身教作用使龙
继栋一生对父亲与继母的人品学识崇敬不已，光绪初年，龙继栋认真地
整理校勘了父亲的文稿诗词与继母的诗词，后付刻。因龙启瑞的关系，
龙继栋与父亲的友人如王拯、谭献都有密切联系，王、谭都曾为其
《槐庐诗学》题诗，语辞至亲至厚。而松琴与伯谦本为姑表兄弟，幼即
相熟，稍长亦共同攻读，松琴的词创作活动即始自与伯谦相唱和，并与
他们的密切来往相联系。

　　临桂况氏：况氏亦是一个文学世家，于词有况祥麟、朱静瑗、况桂
珊、况周颐。况祥麟为周颐祖父，朱静瑗为周颐祖母，况桂珊又为周颐
姊，是黄俊熙（《蓼园词选》编者黄苏之孙）妻室，周颐学词即自于姐
夫家得观《蓼园词选》而始。

　　桂平崔氏：崔肇琳为崔瑛之子，父子之词在风格上有依约相似处；
又刘景棠为崔瑛友，二人互有酬唱。

　　贵县陈氏：陈氏姐妹能为词离不开其父的教育，肖兰"父兄皆能
诗词"，这种家庭的熏陶无疑是有助于培养出女词人的。

　　上述词学家族对子弟的教育目的绝非培养词人，但他们对子弟的文
化教育使词人们具备了表达与欣赏能力，加上书香门第深厚的文化积
淀，以及家族内互相以诗文酬答的传统为词人们的唱和创造了良好的创
作环境，词人们便成了他们无心插柳而长成的婆娑杨柳。

　　词至有清一代，可谓复兴，且越至清末，词人词作越众，其体也愈
尊，研究也愈深入。钱仲联先生的《清代词坛流变》一文指出清词的
第二个高潮是 19 世纪，主要是 20 年代到世纪末，这一时期因民族矛盾
与阶级矛盾的交织激化，社会性质的逐渐改变导致了世态人心的巨大变
动，极大地激荡了封建知识分子的心灵，词坛亦产生相应的一些变
化。① 于是，尽管词的渊源与词体本身的特质都不适合于叙史论事，但
论词者中强调词作内容上的时代感与重寄托者却日益增多，而广西本土

---

　　① 请参见黄红娟《岭西五家词校注》，硕士学位论文，广西大学，2005 年；梁扬、黄红
娟《岭西五家词校注》，巴蜀书社 2011 年版。

最杰出的两位词家王鹏运与况周颐的词作也恰恰因具有"词史"的意义及所寓的家国忧思与孤臣孽子诚挚淳厚的拳拳之心而受到人们的高度评价。虽说龙启瑞、王拯、苏汝谦词中关于太平天国运动的记录是站在封建统治者立场上的，但与那个时代的多数敏感文人一样，"他们在这股汹涌澎湃而来的大潮面前所表现出来的惊悸和深沉悲哀，是从某一角度折射着时代的剧变，从而不无一定的认识意义。词表现这一陵谷变迁，其所唱起的哀鸣之调，也应视为是'词史'的一页而予以审察的"。①

综观广西词坛在道光后的发展与词人群体走上创作道路的因缘我们可以发现，广西词坛的茁壮成长恰好顺应了重"词史"的历史潮流。近代中国半殖民化的历史与深重的社会民族矛盾侵蚀着封建文人常规的政治理想与传统格局，鸦片战争和太平天国起义将不少文人抛出了常规的人生历程并封堵了其旧有的政治出路，使之从社会政治主体边缘化，但却无法忘怀和改变对旧有理想、责任的忠贞，词在此时向精神苦闷、心绪惨淡的人们敞开怀抱，成为抚慰人们心灵的灵药。此时历史便促成了传统文人向专职词人的转化，让他们在情不自禁落笔填词的灵感与冲动的推动下去慨叹臣子的家国忧思。

对于本来就处在全国政治与文化中心之外的广西文人们来说，我们不禁怀疑他们原来的边缘身份反倒更有助于他们在随主流文人边缘化的过程中倍受词的青睐。王拯《金缕曲（夜雨闻菰叶）》词前小序云"小窗卧雨，孤檠愁伴，感物兴怀，玉田生所谓不自知其词之何以然也"，而王鹏运《临江仙（歌哭无端燕月冷）》小题曰："枕上得"家山"二语，漫谱此调。梦生于想，歌也有思，不自知其然而然也"，其《摸鱼儿（耐残更）》词序亦云"寒夜不寐，率意倚声，得《摸鱼儿》后半，莫知词之所以然也"，况周颐师从王鹏运，论词以重、拙、大为核心，强调用沉着质直之笔写真实深挚的情感，其所论的"万不得已"的词心②及"所贵者流露于不自知的，触发于弗克自己"③ 实即此"不知其

---

① 严迪昌：《清词史》，江苏古籍出版社 2001 年版，第 524 页。
② 况周颐：《蕙风词话》卷一，《词话丛编》本，第 4411 页。
③ 况周颐：《蕙风词话》卷五，《词话丛编》本，第 4526 页。

然"的另一种表述。王拯在《雪波词叙》中说，"盖情至则文自工也"，究其本源，他们都是在一种不知其所以然的创作冲动下自觉地钻研词律词技，进行词创作的。当词人们如苏汝谦、王鹏运、况周颐那样倚填词为性命，把词当作一种自我抚慰心灵创痛的唯一途径时，就此意义而言，是那个时代选中了他们作为词人。①

但正如有学者指出，晚清民初词家自觉地利用这种"不得已"来调剂他们在德性设定时的自信与作为词人时的自贱之间、在道德节操信守与个体生命意识之间的紧张关系②；而王、况的"重、拙、大"洋溢的仍是浓烈的儒家伦常精神，体现出一种复古守旧的思想、一种自我慰藉的心态③。正所谓国家不幸诗家幸，以王拯、王鹏运、况周颐为代表的晚清广西词人的词学成就更多地与国家民族及其个人悲剧相关，他们不能自已的作词冲动只是使其在家国与个人的悲剧性遭遇中勉强寻到暂时的心灵寄托而已，没有未来的希望，更遑论指引方向。虽说不当对古人提出跨越时代的要求，然历史地看，晚清广西词人们笔下的清婉哀曲只是抒情，他们的豪放悲歌亦只是泄其忧愤而已。王鹏运曾数次抗颜上谏，并同情康有为的变法，在他身上仍有些许风云气概，其余人更多的只是有心无力的哀叹。况周颐《唐多令（甲午生日感赋）》的"我生初、弧矢何为"，说到底不过是书生意气罢了，并不具备辛弃疾般慷慨豪情中确实有补于世的可行性成分存在，终不如龚自珍的《金缕曲》中的"纵使文章惊海内，纸上苍生而已"看得清楚。所以尽管晚清广西词坛在国家民族与个人的灾难上开出了艺术的奇葩，但于国家民族命运无补，更无法唤醒人们转换意识以期革新，最终只好与词体一起退出了历史舞台，让好不容易开出绚丽花朵的广西文坛重新归于沉寂。

---

① 请参见黄红娟《岭西五家词校注》，硕士学位论文，广西大学，2005 年；梁扬、黄红娟《岭西五家词校注》，巴蜀书社 2011 年版。
② 杨伯岭：《晚清民初词学思想建构》，安徽大学出版社 2004 年版，第 93 页。
③ 同上书。

参考文献

一 基本文献

陈康祺:《郎潜纪闻初笔二笔三笔》,中华书局 1984 年版。

陈澧:《东塾集》,光绪十八年(1892)菊坡精舍刻本。

陈湘、高湛祥编:《〈粤西十四家诗钞〉校评》,广西人民出版社 1997
    年版。

陈用光:《太乙舟文集》,道光二十三年(1843)重刻本。

蔡冠洛编:《清代七百名人传》,上海世界书局 1937 年版。

邓显鹤:《南村草堂诗文钞》,道光咸丰间刻本。

方苞:《方望溪先生全集》,四部丛刊本。

方东树:《仪卫轩诗文集》,同治七年刊本。

方宗诚:《读文杂记》,光绪四年(1878)刻本。

冯志沂:《西陬山房全集》,民国八年(1919)冯志沂铅印本。

甘曦:《彭子穆先生年谱》,见陈柱等《清儒学术讨论集》第一集下,
    商务印书馆 1930 年版。

葛士濬辑:《皇朝经世文续编》,光绪辛丑年(1901)上海久敬斋刊本。

管同:《因寄轩文二集》,光绪己卯年合肥张士珩刊本。

《广西百科全书》编纂委员会编:《广西百科全书》,中国大百科全书出
    版社 1994 年版。

归有光:《震川先生集》,四部丛刊初编本。

广西省统计局编:《古今广西人名鉴》,杭州古籍书店民国二十三年。

侯绍瀛编:《粤西五家文钞》,光绪二十四年(1898)刊本。

黄沁等编:《临桂县志》,光绪三十一年续修本。

黄旭初修，吴龙辉纂：《崇善县志》，民国二十六年抄本。

黄诚沅校订：《丹崖诗钞》，民国六年印行。

黄诚沅：《上林县志》，民国二十三年铅印本。

金安清：《水窗春呓》，中华书局1984年版。

金鉷编纂：《广西通志》，文渊阁四库全书本。

龙启瑞：《经德堂文集》，光绪四年（1878）京师刻本。

龙启瑞：《浣月山房诗集》，光绪四年（1878）京师刊本。

黎庶昌：《拙尊园丛稿》，光绪癸巳（1893）上海醉六堂石印本。

李绂：《穆堂别稿》，乾隆王恕无怒轩刊本。

梁启超：《清代学术概论》，上海古籍出版社1998年版。

梁章钜：《退庵随笔》，载《笔记小说大观四集》，台湾文海出版社1969年版。

刘大櫆：《论文偶记》，人民文学出版社1959年版。

刘介：《广西僮族文人诗文选》，1959年编印。

刘兴等：《永福县志》，民国六年（1917）刻本。

刘声木：《苌楚斋随笔》，直介斋丛刊本。

李宗瀛：《小庐诗存》，光绪三十二年家刻本。

罗傑：《桐城古文宗派论》，《船山学报》1935年第8期。

吕璜：《月沧诗文集》，民国二十四年（1935）桂林典雅铅印本。

吕璜：《自撰年谱》，民国二十四年（1935）桂林典雅铅印本。

吕集义：《广西诗征丙编》，1943年排印本。

毛岳生：《休复居诗文集》，民国二十五年（1936）宝山滕氏影印清道光间嘉定黄氏刊本。

蒙起鹏、云程父：《广西近代经籍志》，南宁大成印书馆1934年版。

莫炳奎：《邕宁县志》，民国二十六年铅印本。

莫乃群主编：《广西历代人物传》，广西地方志研究室编印1983年。

欧震汉、叶茂荃修撰：《龙州县志》，民国二十六年版。

欧阳若修、周作秋等：《壮族文学史》（第三编），广西人民出版社1986年版。

平南县志编纂委员会编：《平南县志》，广西人民出版社1993年版。

彭明、程啸主编：《近代中国的思想历程——1840—1949》，中国人民大学出版社 1999 年版。

彭昱尧:《致翼堂诗文集》,民国二十四年（1935）桂林典雅铅印本。

廖鼎声:《拙学斋论诗绝句考略》,民国二十五年版。

秦瀛:《小岘山人文集》,民国二十二年（1933）癸酉环溪草堂铅印本。

沈廷芳:《隐拙斋集》,乾隆丁丑至己亥则经堂刊。

苏宗经编:《广西通志辑要》,光绪十五年（1889）刻本。

苏康甲、农樾等集校:《宁明耆旧诗辑》（卷五）,民国二十三年刊印。

汪辟疆:《论高密诗派》,《中华文史论丛》第二辑,中华书局 1962
　年版。

汪森等编:《粤西文载》,文渊阁四库全书本。

王拯:《龙壁山房文集》,光绪七年（1881）河北分守道署刊本。

韦丰华:《今是山房吟草》,民国十五年抄本。

温德溥等修撰:《武鸣县志》,民国四年铅印本。

魏际昌:《桐城古文学派小史》,河北教育出版社 1988 年版。

倭仁:《倭文端公（艮斋）遗书》,光绪二十七年（1901）山东书局重
　刊本。

闵尔昌录:《续碑传集补》,北平燕京大学国学研究所,民国年间刊本。

谢启昆编纂:《广西通志》,光绪十七年（1891）桂垣书局补刊本。

徐珂编:《清稗类钞（文学类）》,中华书局 1984 年版。

杨新益、梁精华、赵纯心编著:《广西教育史——从汉代到清末》,广
　西师范大学出版社 1997 年版。

杨钟羲:《雪桥诗话三集》,民国癸丑至己未求恕斋刊本。

姚鼐:《惜抱轩诗文集》,四部丛刊本。

叶恭绰编:《全清词钞》,中华书局 1982 年版。

易宗夔编:《新世说》,近代中国史料丛刊本,台湾文海出版社 1969
　年版。

赵尔巽等:《清史稿》,中华书局 1977 年版。

羊复礼修:《镇安府志》,光绪十八年刊本,台湾成文出版社 1967 年影
　印本。

赵翼:《檐曝杂记》,乾隆五十七年（1792）湛贻堂刊本。

郑献甫:《补学轩文集》,近代中国史料丛刊本,台湾文海出版社 1969

年版。

周蕭编纂：《广西通志稿·文化篇》，1949 年油印本。

周寿祺编：《平南县志》，光绪九年（1883）刻本。

朱琦：《怡志堂诗文集》，民国二十四年（1935）桂林典雅铅印本。

张凯嵩编：《杉湖十子诗钞》，同治江夏张氏刊本。

张鹏展：《峤西诗钞》，道光二年刊印本。

张舜徽：《清人文集别录》，中华书局 1963 年版。

张翔鸾：《文章义法指南》，上海有正书局 1917 年版。

郑献甫：《郑小谷文集》，甘崔汀抄本。

二　研究论著

陈子展：《最近三十年中国文学史》，上海古籍出版社 2000 年版。

陈柱：《中国散文史》，东方出版社 1996 年版。

龚书铎：《中国近代文化探索》，北京师范大学出版社 1988 年版。

姜书阁：《桐城文派评述》，商务印书馆 1928 年版。

梁扬、黄海云：《古道壮风：赵翼镇安府诗文考论》，中国社会科学出
　版社 2005 年版。

梁扬：《论王维新对清代散曲题材的新变与开拓》，《广西大学学报》
　2008 年第 5 期。

梁扬、颜美琳：《论〈红豆曲〉的版本及文献价值》，《阅读与写作》
　2011 年第 3 期。

张维、梁扬：《岭西五大家研究》，江苏古籍出版社 2003 年版。

张维：《试论家族文化对清代广西古文创作的影响——以全州谢氏、蒋
　氏为例》，《广西师范大学学报》2010 年第 3 期。

张维：《晚清诗人朱琦的诗歌创作》，《中国韵文学刊》2000 年第 2 期。

张维：《广西文学桐城第一人——陈仁的古文创作》，《河池学院学报》
　2007 年第 6 期。

张维：《清代嘉道时期桐城派的中坚——岭西五大家》，《河池学院学
　报》2005 年第 4 期。

莫恒全：《试论爱国诗人朱琦及其诗》，《学术论坛》1989 年第 2 期。

王德明：《论清代广西诗派的形成、特征及其意义》，《南方文坛》2010

年第 9 期。

王德明：《〈杉湖十子诗钞〉的编纂及其价值》，《河池学院学报》2007
　年第 4 期。

王德明：《广西乡邦文学研究意识的觉醒与发展》，《广西师范大学学
　报》2010 年第 3 期。

王德明：《论广西文学在晚清的崛起》，《南方文坛》2007 年第 7 期。

赵黎明、朱晓梅：《李宪乔（少鹤）诗歌的意象分析》，《广西大学学
　报》2002 年第 6 期。

黄佩华：《话说岑家父子》，《当代广西》2008 年第 11 期。

梁扬：《广西地方古籍整理的历史、成就和价值——〈广西地方古籍整
　理研究丛书〉总序》，《广西大学学报》2010 年第 5 期；《广西地方
　古籍整理研究丛书》，巴蜀书社 2011 年版。

《赵柏岩诗集校注》，余瑾、刘深校注，巴蜀书社 2011 年版。

《岭西五家词校注》，梁扬、黄红娟校注，巴蜀书社 2011 年版。

《九芝草堂诗存校注》，周永忠、梁扬校注，巴蜀书社 2011 年版。

《空青水碧斋诗集校注》，银健、梁扬校注，巴蜀书社 2011 年版。

《戴钦诗文集校注》，滕福海、石勇校注，巴蜀书社 2011 年版。

《青箱集剩校注》，谢明仁、江宏校注，巴蜀书社 2011 年版。

《镡津文集校注》，林仲湘、邱小毛校注，巴蜀书社 2011 年版。

《榕阴草堂诗草校注》，李寅生、杨经华校注，巴蜀书社 2011 年版。

《宝墨楼诗册校注》，阳静校注，巴蜀书社 2011 年版。

《甘汝来诗文集校注》，郭春林校注，巴蜀书社 2011 年版。

三　学位论文

张　维：《〈怡志堂诗文集〉校注》，硕士学位论文，广西大学，1999 年。

李　芳：《〈龙壁山房诗文集〉校注》，硕士学位论文，广西大学，1999 年。

吕　斌：《〈经德堂诗文集〉校注》，硕士学位论文，广西大学，2000 年。

杨永军：《〈广西清代闺秀诗〉校注》，硕士学位论文，广西大学，2000 年。

周永忠：《〈九芝草堂诗存〉校注》，硕士学位论文，广西大学，
　2001 年。

赵志方：《〈韦庐诗集〉校注》，硕士学位论文，广西大学，2001 年。

阳　静：《〈宝墨楼诗山册〉校注》，硕士学位论文，广西大学，2001 年。

曾赛男：《〈玉照堂诗钞〉校注》，硕士学位论文，广西大学，2002 年。

赵黎明：《〈少鹤先生诗钞〉校注》，硕士学位论文，广西大学，2003 年。

黄海云：《赵翼镇安府诗文考论》，硕士学位论文，广西大学，2003 年。

银　健：《〈空青水碧斋诗集〉校注》，硕士学位论文，广西大学，2003 年。

方　芳：《〈西舍诗钞〉校注》，硕士学位论文，广西大学，2003 年。

彭君梅：《〈王维新韵文集〉校注》，硕士学位论文，广西大学，2003 年。

王　璇：《〈桐阴清话〉校注》，硕士学位论文，广西大学，2003 年。

苏铁生：《〈味腴轩诗稿〉校注》，硕士学位论文，广西大学，2003 年。

秦玮鸿：《〈况周颐词集〉校注》，硕士学位论文，广西大学，2004 年。

王先岳：《〈退遂斋诗钞〉校注》，硕士学位论文，广西大学，2004 年。

周毅杰：《〈悦山堂诗集〉校注》，硕士学位论文，广西大学，2004 年。

黄红娟：《岭西五家词校注》，硕士学位论文，广西大学，2005 年。

杨经华：《〈榕阴草堂诗草〉校注》，硕士学位论文，广西大学，2005 年。

刘　晖：《〈小庐诗存〉校注》，硕士学位论文，广西大学，2005 年。

步蕾英：《〈空青水碧斋文集〉校注》，硕士学位论文，广西大学，2005 年。

李国新：《〈易安堂集〉校注》，硕士学位论文，广西大学，2005 年。

范利亚：《〈横槎集〉校注》，硕士学位论文，广西大学，2005 年。

戎　霞：《〈小山泉阁诗存〉校注》，硕士学位论文，广西大学，2006 年。

夏侯轩：《〈树经堂文集〉校注》，硕士学位论文，广西大学，2006 年。

熊　柱：《〈醉白堂诗文集〉校注》，硕士学位论文，广西大学，2007 年。

肖　菊：《〈咀道斋诗集〉校注》，硕士学位论文，广西大学，2007 年。

方立顺：《〈愚石居集〉校注》，硕士学位论文，广西大学，2008 年。

周　楠：《〈北上〉〈过江集〉校注》，硕士学位论文，广西大学，2008 年。

范学亮：《商盘旅桂诗研究》，硕士学位论文，广西大学，2009 年。

梁颖珠：《论清代竹枝词的创新与价值》，硕士学位论文，广西师范学
　　院，2008 年。

黄海云：《清代广西汉文化传播研究》，博士学位论文，中央民族大学，
　　2006 年。